Idylle avec un cow-boy

Éprise d'un séducteur

Voluptueux gala

KATIE FREY

Idylle avec un cow-boy

Traduction française de
HÉLÈNE ARNAUD

PASSIONS

HARLEQUIN

Collection : PASSIONS

Titre original :
HOW TO CATCH A COWBOY

HARPERCOLLINS FRANCE
83-85, boulevard Vincent-Auriol, 75646 PARIS CEDEX 13
Service Clients — www.harlequin.fr
ISBN 978-2-2804-9540-0 — ISSN 1950-2761

Édité par HarperCollins France.
Composition et mise en pages Nord Compo.
Imprimé en juillet 2024 par CPI Black Print (Barcelone)
en utilisant 100% d'électricité renouvelable.
Dépôt légal : août 2024.

FSC www.fsc.org
MIXTE
Papier issu de sources responsables
FSC® C159065

Pour limiter l'empreinte environnementale de ses livres, HarperCollins France s'engage à n'utiliser que du papier fabriqué à partir de bois provenant de forêts gérées durablement et de manière responsable.

1

La blessure

— Quand tu es un athlète et que tu défies un adversaire en colère qui fait dix fois ton poids, tu as des chances de te faire mal. Et ce sera sans doute grave...

Jackson Hartmann sentit sa gorge se nouer, mais il ne savait pas quoi dire d'autre. Que *pouvait*-on dire à quelqu'un qui venait de se faire battre par un taureau de trois cent soixante kilos ? Le réconfort n'avait jamais été son fort, ce qui n'était pas étonnant puisqu'il avait été plus ou moins élevé par des sauvages – bien que nul ne le sache, ici.

— Merci beaucoup, répondit Mickey, son disciple, en faisant tourner son chapeau au bout de son doigt avant de boire une gorgée de bière. Quoi qu'il en soit, ta chance a tourné du bon côté, admets-le.

Mickey fronça les sourcils et Jacks sentit ses joues s'embraser. Sa victoire de ce soir avait été rapide et méritée. Il était resté sur Viper, le pire taureau de Yellowstone, trois secondes de plus que son dauphin. Mickey, lui, n'avait pas tenu cinq secondes avant d'être éjecté...

— Tu sais, je suis tombé aussi, parfois.

Il s'accouda lourdement au bar. Cet endroit n'avait rien à voir avec les cuisines grouillantes de personnel de son enfance ; mais il avait un rôle à tenir. Peut-être appréciait-il tant le monde du rodéo justement parce qu'il était différent de ce qu'il avait connu enfant – et parce qu'il n'y avait aucun Hartmann dans la région.

Une chanson country braillait dans les petits haut-parleurs et la salle était remplie d'un brouillard tabagique percé par l'éclairage de quelques lampes. Le panneau « INTERDIT DE FUMER » ? Apparemment, ce n'était qu'une suggestion, pas une règle. On était dans le Montana, après un rodéo, et les cow-boys bénéficiaient d'un traitement de faveur.

— Hé, champion !

Will, le plus jeune membre de leur équipe, lui donna un grand coup dans l'épaule. La groupie blonde accrochée à son bras se pressait contre lui, pendue à ses lèvres.

— Sur quelle fille tu paries, ce soir ? plaisanta Mickey.

— N'es-tu pas fatigué de perdre ? répondit Jackson.

Ils avaient commencé ces paris stupides pour oublier leurs plaies. Par exemple, qui pourrait embrasser une inconnue en premier ? Qui ramènerait chez lui une groupie avec un piercing au nombril ? Hélas, Jackson se désintéressait de ces choses, à présent. Mais il était en minorité. Il avait déjà assez de mal à trouver sa place parmi eux, alors qu'il avait été le plus jeune fils du principal propriétaire terrien du Montana. D'où le pseudonyme.

— Tu as toujours été un mec classe, Brad, marmonna Mickey avec une grimace.

Jackson lui sourit. C'était devenu une seconde nature. Son alias, Brad Hill, était une armure destinée à le protéger de la vraie blessure. Une blessure bien plus profonde que tout ce qu'il pourrait subir dans l'arène. Peut-être était-ce pour ça qu'il était si doué pour le rodéo. Il *aimait* souffrir. Surtout si c'était une douleur choisie par lui. Ou presque.

Brad Hill avait été le nom figurant sur sa première fausse carte d'identité. Sa première chance de donner un coup de canif dans l'héritage Hartmann et de se distancier de son père. À présent, grâce au championnat de l'Association des cow-boys de rodéo professionnels, il avait l'occasion de donner plus de poids que jamais à ce nom. S'il devenait célèbre, ce ne serait pas sous le patronyme de son cher papa. Des années plus tôt, lors de sa rencontre avec Rodney « HotRod » McAllister, quand il n'avait été qu'un jeune fugueur, il avait donné ce nom machinalement et n'avait jamais regretté son choix. Il était Brad depuis si longtemps qu'il commençait presque à oublier Jackson Hartmann.

Il fit signe à la serveuse, une blonde qui croulait sous les commandes sans paraître troublée, puis posa un billet de dix dollars sur le bar et lui laissa la monnaie. Elle avait bien gagné son pourboire et, de toute manière, il n'était pas à quelques cents près. Les gars avaient sans doute raison d'être jaloux. Il avait décroché une grande victoire, ce soir - et le chèque qui allait avec. Bien sûr, quand HotRod aurait récupéré sa commission, sa fortune serait bien moindre. C'était leur accord, pour l'instant. Au fond, ça n'avait pas d'importance. L'argent ne comptait que pour ceux qui en manquaient. Ce soir, il allait laisser ses amis s'amuser sans lui. Pendant ce temps, il boirait.

— Ne trouvez-vous pas ça dégoûtant ?

La voix qui venait de l'interpeller était charmante, avec un délicieux accent de Boston, inhabituel par ici. Il se retourna sur son tabouret et sentit sa gorge s'assécher en dépit du whisky qu'il venait d'avaler. La femme mystérieuse était belle. D'un charme peu conventionnel, peut-être, mais belle avec ses cheveux roux soigneusement coiffés.

— Je vous demande pardon, madame ?

— *Madame ?* Essayez-vous d'être galant, alors que vous venez de discuter de paris sur des femmes ?

Elle se moquait. Ses reproches ne semblaient pas sérieux et ses grands yeux bleus pétillaient, le mettant au défi de nier.

— En fait, j'apprécie beaucoup les femmes.

La serveuse posa un verre devant elle et elle sourit. *Elle a donc un côté plus doux.* Alors qu'elle ouvrait son sac, Jackson l'arrêta et plaça un autre billet sur le bar.

— Je vous l'offre.

Il la regarda prendre sa paille et lécher la goutte mentholée au bout avant de la poser sur le comptoir.

— Les pailles, c'est pour les enfants, déclara-t-elle en haussant les épaules.

— Je m'appelle Brad, dit-il en tendant la main.

Elle sourit, mais ne la serra pas.

— Hannah. Merci pour le verre.

Hannah. Sans doute était-elle nouvelle sur le circuit. Il ne l'avait encore jamais vue, et pourtant, on ne pouvait pas la manquer. Elle ressemblait à un poisson hors de l'eau. Certes, elle portait la tenue standard – jean et chemise à carreaux – mais son haut était trop grand, comme une chemise d'homme qu'elle avait nouée à la taille. Elle avait des courbes généreuses, sensuelles, gourmandes. Exactement ce qu'il aimait. Elle ne portait pas de chapeau, mais ce sourire ravageur ? Ce n'était pas une simple groupie. C'était une *femme*. Et il était dur de rester impassible face à elle.

— Vous avez un sacré sourire, remarqua-t-il.

Elle rayonna de plus belle. Parfaite.

— La journée a été bonne, admit-elle en buvant une gorgée sans le quitter des yeux.

— C'est-à-dire ?

Il avait du mal à se détourner de son sourire. Elle parut hésiter et leva son cocktail si vite qu'elle en renversa un peu sur son verre. Elle chercha une serviette mais, n'en trouvant pas, en lécha le bord. Puis, croisant de nouveau le regard de Jackson, elle rougit jusqu'aux oreilles.

— J'ai eu un entretien d'embauche pour un boulot dont je rêvais et ça s'est passé mieux que je l'espérais.

Jackson baissa les yeux sur son propre verre pour cesser de contempler cette chemise nouée.

— Vraiment ?

Ses joues retrouvaient leur couleur rosée, plus claire, et il la contempla de nouveau, remarquant ses quelques taches de rousseur pour la première fois.

— Ce n'est pas tant le boulot, mais l'opportunité. Personne ne m'en croyait capable, ou ne pensait que j'aurais dû *vouloir* faire ça...

Elle redressa le menton, comme s'il avait fait partie des sceptiques. Il avala sa salive. Cette fille flamboyante était sans doute capable d'accomplir tout ce qu'elle désirait.

— Alors, qu'est-ce qu'une belle fille comme toi...

— Fait dans un endroit pareil ? gloussa-t-elle. Visiblement, elle accepte des verres de la part d'inconnus.

Elle sourit de nouveau. Sa joie était contagieuse.

— Je ne suis pas un inconnu. Je suis ton nouvel ami, Brad.

— On est amis, hein ?

Elle le dévisagea avec des yeux ronds. Il haussa les épaules, sentant qu'il venait de rater sa chance. Perdait-il la main, avec le temps ?

— Ouais.

— Dommage, dit-elle en se penchant vers lui.

Son souffle parfumé au bourbon mentholé le fit frémir. Il faisait chaud pour un mois de juillet et tout semblait plus sexy, dans cette torpeur.

— Dommage ? Pourquoi ?

Il s'approcha subtilement. *Cette femme est exactement ce dont tu as besoin, ce soir.*

— Je n'embrasse pas mes amis.

Ou pas.

— Pourtant, ça pourrait t'ouvrir de nouveaux horizons...

Comment arrivait-il à parler, malgré sa déception ? Aucune importance. Il ne cherchait pas de fille, ce soir.

— Vraiment ?

La vit-il rapprocher son tabouret ?

— Possible.

— Es-tu un cow-boy ?

Il se figea. Cette question innocente le contraria sans qu'il sache pourquoi. L'étiquette « cow-boy » lui rappelait le ranch. Son père. Tout ce qu'il ne voulait pas devenir. Il n'était pas comme le vieux. *Il* allait devenir champion. Elle ne savait pas qu'il était un Hartmann et ça valait mieux… Néanmoins, il aurait préféré qu'elle s'intéresse à celui qu'il était vraiment. *Brad Hill.* Bon sang, il s'amollissait. Viper avait dû le secouer plus fort qu'il ne l'avait cru.

— Oui, avoua-t-il en ravalant sa méfiance.

Ça faisait bien longtemps qu'il n'avait pas embrassé de jolie rousse… Elle se mordit la lèvre. Ses dents étaient parfaites. Pourquoi le remarqua-t-il ? C'était bizarre.

— Dans ce cas, tant pis. Je n'embrasse *jamais* de cow-boys, qu'ils soient mes amis ou non.

Elle se concentra sur son verre et Jackson soupira. *Elle n'embrasse pas les cow-boys ? On est dans le Montana ! Qui d'autre pourrait-elle embrasser ? Pas toi, apparemment.*

— Alors, c'est tout ? demanda-t-elle soudain.

— Eh bien, si tu ne veux pas qu'on soit amis…

Il sourit malgré lui.

— Je n'ai pas dit ça, bien que je ne sache rien de toi, à part tes paris sur les femmes, dit-elle en lui rendant son sourire. Je t'ai juste dit que je n'embrassais pas mes amis.

— Ou les cow-boys.

— En particulier, les cow-boys.

Elle acheva son verre d'une traite, tout en le dévisageant.

— Excusez-moi…

Une autre femme passa tout près de Jackson et le regarda un peu trop longtemps. Pas très subtile… Il se concentra sur Hannah. Elle fronçait les sourcils, clairement contrariée de voir son nouvel ami se faire draguer de la sorte. Miss Boston n'était peut-être pas aussi froide qu'elle le laissait croire – et Jackson n'avait pas l'habitude de baisser les bras. *Si ce n'est pas dur, ça n'en vaut pas la peine.*

— Aucun problème, dit-il à la fille avant de sourire à Hannah. Je ne serais pas un bon ami si je ne trinquais pas au moins au succès de ton entretien d'embauche mystérieux.

On ne trouve pas des types comme ça dans le Massachusetts, songea Hannah en levant son verre.

— Merci, dit-elle, le souffle court.

Dans une autre vie, Brad aurait été l'archétype du cow-boy dangereux pour la petite Hannah Bean. Et, dans cette vie passée, rebelle, elle se serait penchée, l'aurait attrapé par la ceinture et l'aurait attiré contre elle. Mais elle avait laissé cette Hannah derrière elle. Celle qui faisait n'importe quoi pour tenter d'attirer l'attention d'un père absent.

D'ailleurs, ça n'aurait servi à rien puisqu'il ne savait pas qu'il *était* son père. Mais elle avait un plan. D'abord, décrocher le boulot, se montrer irremplaçable, gagner son respect, et bam ! Lui dire enfin : « Rodney, je suis ta fille. »

Cette stratégie ne laissait pas de place à un homme comme Brad, aussi séduisant soit-il. Mais il avait raison sur un point : fêter son entretien seule était un peu triste.

— Puis-je te demander ce qui t'amène ici, depuis Boston ?

Le cow-boy, sans doute l'homme le plus sexy qu'elle ait jamais rencontré, sourit comme s'il pensait déjà que ses raisons étaient forcément bonnes.

— Tu peux demander, oui…

Elle n'arrivait pas à s'empêcher de le provoquer. Probablement parce que rien ne se passerait entre eux. Elle n'avait pas besoin de jouer les intouchables, elle l'*était* – et elle aimait bien cette sensation nouvelle.

— Tu m'as eu. D'accord : je le demande.

Une autre femme, à moitié ivre, le percuta.

— Brad, tu étais incroyable, aujourd'hui !

Sans la moindre finesse, elle glissa un bout de papier dans sa poche et murmura : « Mon numéro. » Elle lui fit un clin d'œil, penchée en avant pour mettre son décolleté en valeur.

Étrange tactique d'approche, songea Hannah.

— C'est un honneur, répondit Brad en la chassant poliment.

Ainsi, c'est aussi un gentleman.

— On a vu plus subtil, ajouta-t-il quand elle fut partie.

Hannah ravala sa salive. Quelques mois plus tôt, elle avait fait ce genre de choses. Pourvu qu'elle ait eu l'air moins désespérée...

— Comme ça, tu étais *incroyable* ? demanda-t-elle malgré elle en imitant la cambrure exagérée de la fille.

— Chacun est libre de son opinion, dit-il en récupérant le papier pour le froisser avant d'interpeller la serveuse. Peut-on avoir deux autres verres ?

Avec un clin d'œil, il fit tomber le papier dans son verre vide, envoyant le numéro de téléphone nager au milieu des glaçons.

— Si je suis ici, c'est pour ce boulot, dit enfin Hannah. Pas ici, dans le bar ; mais ici, au Montana.

Elle n'avait pas eu l'intention de lui répondre honnêtement et se surprit elle-même. Le voir repousser une deuxième femme l'avait fait grimper dans son estime. Elle se laissait déstabiliser et perdait ses moyens...

— Ah oui, le fameux entretien.

Il se pencha, comme s'il avait du mal à l'entendre à travers les tubes de Keith Urban. Il était bien trop près d'elle... mais elle aimait ça. Elle se pencha donc à son tour.

— J'ai besoin d'un salaire et de mettre de l'argent de côté avant de commencer mon internat de médecine à l'automne.

Elle venait clairement de retenir son attention. Il serra les dents et acquiesça gravement.

— Tu es docteure ?

— Interne, corrigea-t-elle avant qu'il lui demande de nouveau ce qu'une fille comme elle faisait ici.

Elle tenait à trouver sa place dans l'univers de son père.

— Pour faire court, reprit-elle, j'ai un permis d'exercer probatoire. La paie est affligeante et c'est pour ça que j'ai cherché un boulot d'été ici. Mon internat ne commence qu'en septembre, à l'hôpital de Bozeman.

Si elle n'avait pas observé Brad d'aussi près, elle n'aurait sans doute pas surpris l'étincelle de dégoût dans ses yeux.

— Un problème avec Bozeman ?

Leurs verres furent apportés, et Brad parut plus détendu.

— Non, pas du tout. J'ai juste grandi dans la région. N'est-ce pas un peu loin de Boston ?

Il détournait la conversation comme s'il ne voulait pas parler de Bozeman. *Étrange.*

— J'ai pris ce qu'on m'a proposé. Au cas où tu ne serais pas au courant, le monde médical est assez compétitif.

Certes, ce n'était qu'une partie de la vérité, mais elle venait de rencontrer cet homme et ne le reverrait sans doute jamais. Inutile d'entrer dans les détails. De lui dire qu'après dix ans de recherches, elle avait enfin trouvé l'homme qui, d'après sa mère, était son vrai père ; et qu'il vivait dans le Montana. Pour obtenir la moindre confession de sa génitrice, elle avait dû attendre patiemment ses rares instants de sobriété, entre de longs épisodes d'ivresse. Ça n'avait plus d'importance. Elle avait veillé sur sa mère toute sa vie et était enfin sur le point de trouver son père. Peut-être allait-elle rencontrer un parent disposé à prendre soin d'*elle*, pour changer – ou du moins, à apprendre à la connaître. Quelqu'un qui serait fier d'elle, et pas juste sobre le temps de lui demander de l'argent. Pour la première fois, elle avait un plan pour croiser la route de son cher vieux papa. Vingt-huit années d'attente, et elle avait décroché une offre d'emploi !

— D'où l'entretien pour un job d'été bien payé, reprit Brad en buvant une autre gorgée de whisky.

— C'est ça.

En quelque sorte. La serveuse revint pour prendre son verre déjà vide. Il faisait si chaud qu'elle l'avait bu d'une traite. Ou bien était-elle nerveuse ?

— Une autre tournée ? demanda Brad en tirant un nouveau billet de son portefeuille.

Elle acquiesça, surtout parce qu'elle n'était pas encore prête à rentrer chez elle. Cette troisième tournée était-elle une mauvaise idée ? Sans doute, mais elle était là et elle ne voulait pas que cette soirée se termine. Elle ne voulait pas que Brad se détourne d'elle. Elle lui sourit, puis fit signe à la serveuse et acheva les dernières gouttes de son deuxième julep à la menthe.

En un clin d'œil, trois tournées devinrent quatre et, tandis que le bar se vidait, Brad restait fermement installé sur son tabouret. Il lui posa d'autres questions, se lançant dans un véritable interrogatoire auquel elle répondit sans gêne. Lui, par contre, ne se livra pas. Son récent succès sportif dont parlaient les « groupies », comme il les appelait, fut balayé avec nonchalance. Elle put à peine comprendre qu'il avait remporté une étape importante du championnat, ce soir.

— Pour être honnête, dit-elle, j'ignore tout du rodéo...

— Une étudiante en médecine ne peut-elle trouver de meilleur boulot que ce qu'on offre par ici ?

Un meilleur boulot ? Oui, sans aucun doute. Elle ne pouvait le nier – ou l'admettre, d'ailleurs. Elle opta donc pour la seule option envisageable : changer de sujet. Elle reposa son verre où ne nageaient plus que des glaçons et se pencha vers Brad. Passant les mains dans son cou, elle se leva et se hissa sur la pointe des pieds. Il sourit, surpris.

— Que se passe-t-il, Hannah ? Je croyais que tu n'embrassais pas les cow-boys ?

— Et tu ne m'as pas demandé pourquoi...

— Ça n'a pas d'importance. N'oublie pas : ce n'est pas *mon* premier rodéo.

Elle sentit sa main sur sa hanche, brûlante et possessive. Une distraction. Elle pourrait bien survivre à une distraction sans gâcher tout son plan. De son autre main, Brad lui redressa le menton mais, à sa grande déception, il se contenta de déposer un baiser sur son front.

— Pourquoi ne me donnes-tu pas ton numéro, Miss Boston ? Nous en reparlerons l'esprit clair.

Mortifiée, elle se sentit rougir.

— Oui... D'accord.

Elle aurait tout accepté pour éviter de mourir de honte. S'il ne lâchait pas très vite son menton, elle risquait de fondre sur le plancher. Était-il possible de désirer un homme plus que cela encore ? Hélas, oui...

Il lui tendit son portable.

— Inscris-le ici. Je ne voudrais pas qu'il finisse tout mouillé, comme l'autre...

Il sourit et des fossettes se dessinèrent au creux de ses joues mal rasées.

En effet, ce n'est pas son premier rodéo.

2

Il te faut un docteur

— Tu as fait *quoi* ? hurla presque Emily, sa meilleure amie, dans le combiné. Belle manière de ferrer un cow-boy !

— C'est-à-dire ? demanda Hannah, sans être sûre d'avoir envie d'entendre la réponse.

— Faire semblant de ne pas être très intéressée. Te connaissant, tu as même dû réussir pendant une *bonne partie* de la soirée. Je n'arrive pas à croire que tu lui aies dit que tu n'embrassais pas les cow-boys… Menteuse !

Hannah faisait les cent pas dans sa chambre, au motel de Great Falls. L'occupant de la chambre voisine pouvait-il entendre les cris d'Emily ? Probablement pas. L'endroit avait clairement été rénové, passant de la case « motel bas de gamme » à « petit hôtel de charme ». Hélas, la qualité de l'isolation ne suffit pas à la rassurer.

— Sais-tu quelque chose que j'ignore ? Je ne me souviens même pas de…

— Tom ? À la fête d'Halloween de la fac ?

D'un seul coup, elle redevint la fille de vingt-deux ans qui enchaînait les mauvais choix en boîte de nuit.

— Je ne pensais pas qu'on allait revivre nos heures de gloire, grommela-t-elle en effleurant un serre-livres en teck.

— Détends-toi. Tu sais que j'ai fait bien pire que toi. Pourquoi es-tu autant à cran ? Tu n'as passé qu'une journée là-bas, et tu es déjà sur le point d'être l'Employée du Mois.

— Loin de là.

Elle examina les deux tenues qu'elle avait posées sur le lit. Le T-shirt blanc faisait plus professionnel que le top noir à col en V... Elle ne voulait pas être trop habillée, mais avait peur d'opter pour un look nonchalant. Certes, les premières impressions comptaient beaucoup, mais les deuxièmes ? Avec son père ? C'était important aussi... Elle avait enfin la chance de le connaître, de l'impressionner avant de lui annoncer la grande nouvelle.

— La Fille de l'Année, alors ? suggéra Emily.

— Oui, c'est ça. Avoir une gueule de bois pour son premier jour est très pro. Papa va être ravi.

Son estomac gargouilla. Sans doute avait-elle encore faim. Son petit déjeuner s'était limité à un peu de viande séchée, un cachet de paracétamol et un verre de limonade. Pas vraiment un menu de championne mais, au moins, le médicament commençait à faire effet. Sa migraine semblait une bonne punition pour son comportement ridicule de la veille. Elle se massa les tempes. Si seulement sa tête arrêtait de tourner ! Elle devait retrouver Rod dans quarante-sept minutes. Il était temps de se reprendre.

— Je ne comprends toujours pas pourquoi tu n'es pas restée travailler avec moi, cet été. Tu me manques, reprit Emily avec douceur. Nous avons rêvé de notre premier été de « vraies docteures » depuis notre entrée à la fac !

— Si on a pu attendre six ans pour bosser ensemble, quelques semaines de plus ne changeront rien. Tu sais bien que j'ai guetté cette opportunité toute ma vie...

Elle s'était remise à faire les cent pas. Emily et elle avaient été colocataires depuis leur première année de médecine. Elles étaient vite devenues des amies intimes. Hannah, la modeste boursière, et Emily, l'élève sérieuse soutenue par la fortune familiale. S'il était dur de se retrouver soudain sans sa complice, Hannah savait néanmoins qu'elle devait faire ça seule. Elle ne pouvait pas s'appuyer sur son amie pour gagner le respect de son père. De plus, si Rodney finissait par la rejeter, elle préférait que ce soit loin des regards.

— Hannah, tu as rêvé d'être docteure toute ta vie, et tu acceptes un emploi de masseuse ? Pour un cow-boy ?

— C'est sérieux, Em. Dénouer les tensions peut éviter de graves blessures aux cavaliers, et mes connaissances médicales m'aideront à poser des diagnostics. Bien sûr, je fais ça pour rencontrer Rodney, mais c'est aussi une opportunité énorme, surtout si j'envisage un jour de me réorienter dans la médecine sportive.

— La médecine sportive ? Tu *détestes* le sport, lui rappela amèrement Emily, qui avait toujours été la plus athlétique.

— Ouais. Peut-être. Mais ça pourrait me permettre de travailler avec des gens que j'apprécie.

Le visage de Brad revint danser devant ses yeux. Avait-il un thérapeute ? Les champions avaient aussi besoin de soins.

— Je suis sûre que les beaux baraqués ne manquent pas, au pays du rodéo ! gloussa Emily.

Hannah rit aussi et décida de contre-attaquer :

— C'est toujours mieux que changer des draps d'hôpital pendant le service de nuit.

— D'accord, d'accord. Tu marques un point. Je pense juste que ton plan est un peu fou. Pourquoi attendre avant de tout dire à ton père ?

— Parce que aller voir un inconnu pour lui balancer que je suis sa fille serait moins gênant ? Tu sais, Em, grandir sans père était dur, mais le rencontrer et être rejetée serait pire. Jusqu'à présent, je pouvais justifier son absence en me disant qu'il ignorait tout. Comment aurait-il pu être là pour moi, quand il ne savait pas que j'existe ? Mais le trouver et courir le risque qu'il ne *veuille* pas faire partie de ma vie ? Non. Je dois d'abord lui montrer qui je suis, le pousser à m'apprécier. Sois un peu logique, Emily !

— Et toi, essaie d'avoir plus de tact. Je ne comprends juste pas pourquoi tu veux perdre plusieurs mois en travaillant comme masseuse. Ça sent mauvais et tu le sais.

— Merci de t'inquiéter pour moi, dit-elle négligemment en fouillant dans ses deux trousses de maquillage.

Quand on a peur, le mascara change tout. Bonne devise.

— Promets-moi au moins de me tenir au courant. Je suis au service gériatrique, cette semaine. Vider des pots de chambre fait aussi partie du boulot d'urgentiste...

— Masser des cow-boys me semble plus alléchant que vider des pots de chambre, plaisanta Hannah. Tu devrais peut-être te demander laquelle de nous deux a vraiment fait un mauvais choix.

— Tout doux, tigresse. Appelle-moi, d'accord ?

— Promis. Souhaite-moi bonne chance.

Elle chuchota presque ces derniers mots à l'adresse de son reflet, dans le miroir de la salle de bains. *C'est maintenant ou jamais, Hannah.*

Le problème, avec les lits de motel, c'était leur taille : toujours trop courts...

Dix ans. Ça faisait dix ans que Jacks avait quitté les immenses lits du ranch de ses parents ; et il n'y était jamais revenu. Il fallait bien admettre que les matelas étroits qui accompagnaient sa vie de nomade n'étaient pas ce qu'il préférait dans sa liberté durement gagnée.

Austin, son frère aîné, avait été le premier à quitter Bozeman. Plus important, il avait été le premier à partir après une violente dispute avec Nick, frère Hartmann numéro deux. Nick était le bon fils, bien décidé à reprendre un legs dont personne ne voulait et à étendre l'empire familial. Jackson avait eu raison de lui céder ses parts dans l'entreprise. Cela avait été le prix de son indépendance. Les jumelles, ses sœurs par alliance Mia et Evie, avaient vingt-cinq ans, soit deux ans de moins que lui, et étaient la prunelle des yeux de leur mère. D'ailleurs, Josephine n'était pas la pire belle-mère qui soit, mais elle se souciait trop des apparences. Elle vivait au manoir, une autre propriété immense à quarante minutes du ranch. Son idée de léguer aux garçons le ranch Hartmann et une part de leur héritage en avance avait été futée, mais Jacks n'avait pas mordu à l'hameçon. Il avait aussi laissé à Nick le soin de gérer sa part de l'affaire. Encore hanté par les insultes proférées par leur père sur son lit de mort, il avait quitté la maison avec une certitude : ne plus jamais compter sur son nom de famille. Gagner le championnat ? Devenir une star du rodéo, le sport préféré de son père ? Être célèbre sous un *faux* nom ? C'était pour lui la meilleure manière de gagner un combat qui n'avait jamais pris fin. D'avoir le dernier mot, pour de bon.

Jackson songeait à ça chaque jour, tandis que la troupe de Rodney « HotRod » McAllister se déplaçait de ville en ville, de motel en motel. HotRod était agent et manager. Il s'occupait de la carrière de Jacks, de Mickey et de Will. Dans les premiers temps, Jackson s'était contenté d'un boulot invisible, soignant les chevaux sans jamais protester. Lors de son arrivée au sein de la troupe, il avait commencé par débourrer des poulains – une tâche bien plus facile que chevaucher un taureau sauvage. Mais le salaire n'avait pas été glorieux. Il aurait aimé s'en moquer ; hélas, il tenait à couper le cordon avec sa famille et pour ça, il devait devenir indépendant, financièrement. Un plan ambitieux. Les appels de Nick s'étaient faits de plus en plus fréquents depuis qu'il avait épousé Rose, mais Jacks ne pouvait pas se permettre de nouveau le moindre attachement. Seules les personnes qu'on aimait pouvaient vous blesser et il ne supportait que la douleur qu'il contrôlait. Son père resterait la dernière personne à avoir le pouvoir de le faire souffrir. Se préparer à tourner le dos à la fortune Hartmann était facile. *Avait été* facile. Mais, chaque matin, pendant les quelques minutes où il s'étirait sur les lits trop courts des motels, il se laissait aller à rêver au luxe de son enfance…

Un puissant soleil filtrait à travers les stores, atteignant l'oreiller au niveau de ses yeux comme s'il avait voulu l'empêcher de se rendormir. Ce n'était pas plus mal. Il attrapa son téléphone et sursauta en lisant l'heure : 8 h 45. Il ne lui restait qu'un quart d'heure pour arriver à temps à la réunion d'équipe. Il ravala une pointe de déception. Il avait espéré qu'elle allait lui envoyer un texto. C'était ce que faisaient les filles, en général : elles écrivaient, ou le poussaient à les inviter dans sa chambre. Mais Hannah ? Hannah Bean ? Elle s'était contentée de lui donner son numéro, de sourire et de lui souhaiter une bonne nuit.

Il se laissa retomber sur l'oreiller de mousse. Pourquoi tenait-il tant à avoir de ses nouvelles ? Peut-être était-ce à cause de sa tentative de séduction maladroite. Il n'aurait pas pu accepter de l'embrasser, après ce qu'elle lui avait dit au sujet des cow-boys. Si elle avait été un peu plus sobre, il aurait été tenté de céder. Il en avait eu tellement envie ! Mais non. Il avait passé la nuit seul dans son lit trop petit. Au moins, il n'avait pas trop la gueule de bois. Pâle consolation.

Soudain, un message apparut sur l'écran, sapant définitivement son humeur. Il venait de Nick, son frère.

Jacks, appelle-moi. L'inspecteur des élevages interfère dans le troupeau. Pourquoi ne rentres-tu pas, bon sang ?

C'était du Nick tout craché. Il revenait à la charge pour hâter le retour du fils prodigue, sans rien connaître des désirs de Jacks. Ce n'était d'ailleurs pas le moment de lui en parler. Il contempla l'écran un long moment avant de lâcher son portable sur le matelas. Il ne répondrait pas. Parfois, ne rien faire était la meilleure solution. Nick allait-il finir par comprendre ? Un coup d'œil au réveil lui apprit qu'il était 8 h 47. Il avait encore le temps de se doucher en vitesse, de s'habiller et de s'autoriser cinq minutes de rêverie au sujet de Miss Boston. Il allait lui écrire. Jamais il n'avait été homme à suivre les règles, et celles des jeux de séduction étaient stupides. Oui, il allait lui envoyer un message – mais pas si tôt. Même lui refusait de piétiner certaines traditions...

— Tu es en retard, grommela Rodney McAllister quand il se présenta au *diner* à 9 h 05, les cheveux humides.

— Les autres ne sont pas là, remarqua-t-il en embrassant la salle vide du regard.

Il se laissa ensuite glisser sur la banquette, casant tant bien que mal ses longues jambes sous la table trop basse.

— Je t'ai commandé un petit déjeuner.

HotRod sourit et tamponna ses tempes moites de transpiration avec sa serviette. Il n'était pas idiot. Corrompu, peut-être, mais pas idiot. De plus, il avait été un vrai père pour Jacks, quand son paternel lui avait tourné le dos ; et le jeune homme ne l'oublierait jamais.

Rodney n'avait pas beaucoup changé, en dix ans. Certes, il avait plus de rides et sa barbe brun-roux se teintait d'argent, mais son sourire et ses yeux restaient aussi chaleureux qu'autrefois. En tant qu'entraîneur, il était bougon, mais juste ; même si son éthique laissait à désirer.

— Tu n'aurais pas dû, murmura Jackson.

Le *diner* était étouffant, mal entretenu. Un unique ventilateur au plafond apportait un peu d'air dans la lourdeur de la salle. Au moins, une bonne odeur de bacon flottait depuis la cuisine. Jacks s'éclaircit la voix.

— En fait, je suis content qu'on soit seuls. Il faut qu'on parle.

Il avait craint cette conversation depuis un moment, et quelque chose ne tournait pas rond chez Rodney, ce matin. Jacks le connaissait depuis assez longtemps pour le sentir. La première chose qu'il lui avait demandée, la veille, quand la foule l'entourait pour le féliciter, était le montant de ses gains. Autrefois, il se serait plutôt enquis de son état… Jackson avait battu son record personnel sur Viper, mais Rodney semblait à peine l'avoir remarqué. Les gains, par contre ? Ça avait retenu son attention, et c'était mauvais signe. Il était grand temps qu'il cesse de voir Rodney comme un père et qu'il commence à le considérer pour ce qu'il était : un moyen d'atteindre son but.

— Je voulais te parler aussi, dit-il avec un entrain exagéré qui mit Jacks mal à l'aise.

Il n'avait pas besoin de le voir acquiescer à tout ce qu'il disait, comme sa belle-mère. Les gens qui vous disaient uniquement ce que vous vouliez entendre n'apportaient rien de bon. Jacks préférait de loin les piques de Miss Boston.

— Tout d'abord, je sais que les choses ont été un peu...

Rodney s'éclaircit la voix à son tour et toussa.

— En fait, je ne me sens pas très bien, en ce moment.

Allait-il mettre son comportement sur le compte d'une maladie ? Comme c'était pratique.

La serveuse replète vint leur proposer du café et Jacks lui tendit sa tasse en souriant.

— Je sais que tu mérites mieux, Brad. Tu es le fils que je n'ai jamais eu et je n'ai pas été juste avec toi. Mais tout va changer, je te le promets.

Parfois, admettre qu'il y avait un problème était le meilleur moyen de le régler. Jacks avala son café médiocre et hocha la tête. Il se sentait déjà mieux. Le fils que Rodney n'avait jamais eu ? Était-il si important à ses yeux ? Peut-être n'aurait-il pas été une vraie figure paternelle s'il n'avait pas été au moins un peu décevant, après tout. Ou bien, Jackson prenait l'affaire par le mauvais bout, espérant trop des hommes avec qui il travaillait. Il ravala sa salive. Tenait-il à ce point à excuser HotRod ? Ou son propre père ?

— Changer ? demanda-t-il en ôtant son Stetson pour le pendre à un crochet.

Il repoussa ses cheveux de son front et passa une main sur son menton râpeux. Il n'avait pas eu le temps de se raser.

— Oui. J'ai décroché un gros circuit pour toi : vingt-deux spectacles en soixante jours. J'ai besoin de te savoir en forme. Nous allons viser le championnat national.

Jackson acquiesça de nouveau, les dents serrées. S'il voulait se libérer de sa famille, il devait gagner ce titre. Rodney se pencha pour attraper un sac par terre et en tira une liasse de documents. Jacks vit des auréoles de café et des passages surlignés sur les pages noircies d'annotations.

— Qu'est-ce que c'est ? demanda-t-il, curieux malgré lui.

— Tu sais que je veux le meilleur pour toi, fils, dit Rodney en classant les feuilles.

La serveuse revint pour poser des assiettes bien garnies devant eux. Puis elle rapporta la cafetière et remplit de nouveau leurs tasses d'un liquide noirâtre et insipide.

— Avant de te plonger dans la lecture, dit son agent en lui passant les documents, jette un coup d'œil à ça.

Jacks eut besoin de quelques minutes pour comprendre ce qu'il déchiffrait. *Accord de sponsorat. Cardic Motors.*

— Est-ce... ?

Il ravala sa salive. *Impossible.*

— Une proposition de sponsorat venant du fabricant de 4x4 le plus en vogue ? Exactement.

HotRod semblait ravi et sourit de toutes ses dents avant d'enfourner une grosse bouchée de pancakes au sirop d'érable. Il était peut-être mal dégrossi mais, pour l'instant, Jackson s'en moquait.

— Waouh, dit-il, faute de mieux.

Des émotions contradictoires l'envahirent. D'un côté, cet accord pourrait lui offrir sa propre fortune. D'un autre ? Pouvait-il signer un tel document sous un faux nom ? L'attrait de l'argent n'était-il que ça ? Un piège ? Une tentation alléchante et trompeuse ? Allait-il oser signer sous sa véritable identité et envoyer au sponsor une copie de sa carte pour preuve ? Non. S'il concourait pour le championnat national, il allait devoir le faire en tant que Brad. Il ne s'agissait pas que de se forger une notoriété. Il fallait que ce soit le *bon* nom, celui qui n'avait rien à voir avec son père. Sans compter qu'il n'aimait pas l'idée d'être redevable à Rodney. S'il signait ce contrat en le désignant comme son agent, son succès serait toujours lié à HotRod. Et il ne voulait pas ça. Pas du tout.

Suivant son exemple, il attaqua sa pile de pancakes, mais son estomac lui fit bien vite comprendre qu'il avait trop bu, la veille, pour manger si tôt.

— Je savais que je t'obtiendrais ce que tu mérites, dit Rodney entre deux bouchées.

Jacks n'était pas encore prêt à accepter quoi que ce soit. Ce qu'il *méritait...* ? Heureusement pour lui, Rodney semblait avoir une idée précise de ce dont il parlait, car lui-même n'en était pas si certain. Il leva les yeux vers le ventilateur, qui tressautait dangereusement.

— Je ne suis pas sûr que cet accord soit bon pour nous. J'aurais un peu l'impression de me vendre.

Il fut heureux de parvenir à exprimer ses doutes, même s'il n'avouait pas toute la vérité.

— Tu ne sais pas encore le meilleur, répondit Rodney avec l'entrain d'un vendeur de voitures.

— C'est-à-dire ?

— L'accord prévoit aussi l'organisation d'un grand cocktail en ton honneur !

— Un cocktail ? Tu sais que je n'aime pas ça.

— Et il y a la voiture. La firme est prête à t'offrir un nouveau pick-up de luxe, pour aller d'un circuit à l'autre.

Bon, la voiture était tentante... Elle lui permettrait peut-être de quitter enfin leur vieille caravane. Sentant sans doute qu'il avait marqué un point, Rodney enchaîna :

— Il y aura aussi une avance en cash. Une belle somme. Et une interview pour une chaîne du câble, un masseur attitré pour les dix prochaines semaines...

— Pardon ?

— Un sponsor de ce niveau offre toujours les services d'un thérapeute.

— Un thérapeute ?

Maintenant qu'il y songeait, son dos usé aurait bien eu besoin de la poigne de fer d'un masseur baraqué. Finalement, cette affaire avec Cardic méritait peut-être réflexion. Et puis, dix semaines n'étaient pas une éternité. Rodney et lui pourraient se quitter plus riches, après le championnat.

— Ils te veulent, conclut HotRod. Ils me harcèlent depuis des mois, mais je ne voulais pas répondre. Tu sais comment sont ces gens dans l'industrie : que des costards bornés.

Pendant un instant, Jackson revit Austin, feu son frère. Il avait été l'archétype du costard borné et n'aurait pas hésité à poignarder n'importe qui dans le dos. Il restait à espérer que les types de Cardic soient plus intègres.

— Bref, ils ont fini par me demander ce qu'ils devraient offrir pour que Brad Hill accepte de porter les couleurs de Cardic Motors au championnat.

— Je ne savais pas que tu connaissais mon prix, répondit sèchement Jackson.

Cette offre était intéressante, s'il la signait sous le nom de Brad Hill. Mais rester avec un mentor qu'il avait dépassé depuis des années ? Il n'était pas sûr d'en avoir envie.

— Et j'ai exigé le masseur personnel.

Jackson recracha son café par-dessus son assiette. Rodney plaisantait-il ? Il n'avait pas envie d'être harcelé par un thérapeute jour et nuit au sujet de sa santé – aussi agréables les soins puissent-ils être.

— Je ne veux pas d'un masseur personnel, Rod.

— Tu ne l'as pas encore vue. Elle est...

Elle ? Même une femme ne pourrait réveiller son intérêt. Jackson examina les documents avec plus d'attention. Bien qu'il n'eût aucune envie de l'admettre, le contrat était plutôt avantageux. Très avantageux, même.

HotRod agita sa tasse en direction de la serveuse, tout en souriant de toutes ses dents.

— Bref, elle vient. Elle va travailler pour l'équipe. Vous avez tous besoin de soins et j'ai pensé qu'elle pourrait remonter le moral de la troupe.

— Oh oui, je n'en doute pas.

Une jolie fille saurait détourner les gars de leurs perpétuelles disputes au sujet de la commission exigée par Rodney sur tous leurs gains.

La serveuse remplit de nouveau leurs tasses, et Rodney demanda une troisième assiette.

— Nous attendons quelqu'un, précisa-t-il. Je pensais lui offrir le petit déjeuner.

— C'est inutile.

Jackson entendit l'accent de Boston et sentit ses cheveux se dresser dans sa nuque. *Hannah* ? Ici. Le monde **était** petit.

— Parfait, elle va pouvoir passer commande elle-même, clama Rodney. Que veux-tu, chérie ?

Jackson s'interdit de se retourner. Inutile : la salle était minuscule. En effet, quelques secondes plus tard, il sentit Miss Boston se glisser sur la banquette près de lui. Sa hanche se pressa contre la sienne, mais elle ne l'avait pas encore regardé en face.

— Je vais commencer par un café, dit-elle à la serveuse.

Ses cheveux étaient lâchés, ce matin, et roulaient en boucles souples le long de son dos. Elle ne portait plus sa chemise d'homme trop grande, l'ayant troquée contre un T-shirt ajusté. Une fois de plus, il sentit sa bouche s'assécher. Il repoussa la mèche qui lui était tombée devant les yeux et l'étudia attentivement.

— Brad ? balbutia-t-elle enfin, l'air choqué.

Que faisait-elle ici ?

— Bonjour, dit-il d'une voix étranglée.

— Vous vous connaissez ? intervint Rodney.

— On s'est croisés au bar, hier.

Hannah rougit en l'entendant répondre.

— Puisque tu la connais, autant lui dire toi-même que tu n'aimes pas cette idée…

— Quelle idée ? demanda-t-elle en se tournant vers lui malgré l'étroitesse de la banquette.

Elle était si proche qu'il sentit son parfum printanier.

— Je pensais justement que tu pourrais avoir besoin d'un docteur, plaisanta-t-elle.

Sa cuisse toucha la sienne sous la table et Jacks sourit.

— Vraiment ?

Peut-être avait-elle raison.

— N'es-tu pas d'accord ? Vas-tu me renvoyer, après avoir trinqué à mon nouveau boulot, hier ?

— Non… Pas du tout…

Il passa de nouveau la main dans ses cheveux et haussa les épaules.

— Je suis juste surpris.

Et elle ne pouvait pas lui en vouloir !

— C'était ça, ton entretien ? Tu aurais dû me le dire.

C'était une question rhétorique. Il parcourut de nouveau l'accord et le plia. Hannah se tourna vers Rodney.

— Monsieur McAllister, vous n'aviez pas parlé de…

Elle indiqua Jacks d'un signe de tête.

— Appelle-moi Rodney.

— Rodney, corrigea-t-elle avant de se concentrer de nouveau sur Jackson. Je ne pensais pas que tu étais le genre de cow-boy à demander les soins d'une masseuse. Est-ce que tout va bien ?

— Oui, est-ce que ça va ? renchérit Rodney.

Joli tour de passe-passe. Jackson contempla son agent, puis la déesse assise près de lui. Rodney le connaissait trop bien – assez pour savoir identifier son talon d'Achille. Une rousse venue tout droit de Boston, dotée d'un esprit affûté et de courbes partout où ça comptait.

— Ouais, l'accord me semble bien, HotRod.

Il se pencha sur la banquette pour se rapprocher d'Hannah et lui glissa à l'oreille :

— Félicitations pour ton nouveau job. J'ai hâte de travailler avec toi.

Jamais encore il n'avait été plus sincère de sa vie.

3

Un coup de chance

Le café était insipide, mais Hannah le but quand même. Elle força sa mâchoire à fonctionner, avec une raideur robotique qui pouvait presque passer pour normale. Il fallait qu'elle se concentre, qu'elle ne laisse pas son choc la trahir.

Elle avait placé une alerte Google sur son père des années plus tôt, dès que sa mère lui avait avoué son nom. Quand elle était petite, subissant les colères alcooliques de sa maman, Hannah se réfugiait dans le rêve d'un avenir où son père aurait enfin voulu d'elle. Quand l'alerte lui avait appris que Rodney McAllister avait posté une annonce pour un emploi temporaire, ça lui avait paru trop beau pour être vrai. Et, après le succès de son entretien, elle avait voulu fêter ça avec un verre. Mais, de tous les cow-boys avec lesquels elle aurait pu flirter, il avait fallu qu'elle choisisse celui qu'elle allait devoir soigner. Brad Hill était un délice, c'était certain. Hélas, sa beauté rendait la tâche plus difficile à Hannah, surtout si elle voulait éviter l'humiliation devant son père.

— Vous allez devoir commencer vite. Brad doit être en forme pour monter Beast, demain soir.

Rodney, qui ignorait encore qu'elle était sa fille, donna mécaniquement ses ordres sans même la regarder. Ce n'était pas vraiment l'instant précieux père-fille qu'elle avait espéré vivre ; mais elle comptait bien l'impressionner par son professionnalisme. Du moins, si elle parvenait à garder son sang-froid, ce qui n'était pas gagné.

— Je me sens bien, répondit Brad en s'éclaircissant la voix d'un air un peu gêné.

— Ne dis pas de sottises. Cardic a allongé une belle somme pour assurer ta santé, répliqua Rodney en empalant une saucisse trop cuite au bout de sa fourchette avant de se tourner vers Hannah. Après le petit déjeuner, je veux trouver un planning de soins sur mon bureau. Peux-tu me le faire parvenir avant midi ?

— Oui, bien sûr.

Soulagée d'avoir enfin retrouvé sa voix, elle sourit. Ce n'était pas le moment de perdre la tête. Elle devait à tout prix gagner le respect de son père. Comme il fuyait encore son regard, elle se contenta de hocher la tête dans le vide.

Près d'elle, Brad se détendit et elle sentit sa cuisse puissante se presser contre la sienne quand il se contorsionna pour se trouver face à elle.

— J'ai quelques minutes devant moi. Veux-tu que je t'emmène voir l'arène où aura lieu l'épreuve de demain ? Je pourrai aussi répondre à tes questions sur le rodéo.

Elle commit alors la pire erreur de sa matinée en le regardant. Elle plongea immédiatement dans ses yeux pétillants couleur miel. Il ressemblait à un dieu grec… mais en mieux. Un dieu grec en tenue de cow-boy. Et il était hors d'atteinte pour elle. Hélas, sa libido refusa de l'admettre et elle se sentit rougir.

— D'accord… Hem… Mais je dois d'abord aller faire des courses pour… trouver des… fournitures ?

Esquiver son invitation ainsi était peut-être lâche, mais ici, devant son père, elle ne pouvait pas céder au désir qui l'avait hantée toute la nuit. Au contraire, elle devait tout faire pour le réprimer. De nouveau, la cuisse de Brad effleura la sienne. Il était temps de recourir à l'autosuggestion. Elle ne désirait *pas* cet homme. Il était un client, un outil pour mener sa quête à bien.

Et cette fossette ? Eh bien, il lui faudrait plus qu'une fossette et un sourire étincelant pour la déstabiliser !

— Je t'accompagne. Je veux dire... Tu es nouvelle, ici. Je ne voudrais pas qu'un cow-boy maladroit t'ennuie en chemin.

Il ponctua son discours d'un clin d'œil qui envoya un courant électrique en elle. *Seigneur, aidez-moi. Cet homme ne m'attirera que des ennuis...*

— Parfait, c'est réglé, lança Rodney. N'oublie pas de demander des reçus pour qu'on te rembourse le matériel dont tu auras besoin.

Cela dit, il goba un œuf, puis sortit son portefeuille.

— Ce ne sera pas nécessaire, protesta-t-elle en repoussant le billet de vingt dollars qu'il lui tendit. Je peux faire mes comptes et vous remettre une facture tous les quinze jours. Je n'aurai pas besoin de grand-chose : juste quelques lotions.

— Je sais où en trouver, intervint Brad avant de la pousser vers le bout de la banquette. Si tu as fini de manger, je t'y conduis, Miss Boston. Ça ne me dérange pas du tout.

Cette fois, pas d'issue de secours. Elle ravala sa salive. Craignant de paraître bête devant son père, elle se leva. Elle s'humecta les lèvres et surprit le regard de Brad, qui l'imita. Une telle beauté aurait dû être illégale !

— Bien, je vais prendre tout ce dont j'ai besoin et...

Elle jeta un regard en coin à Brad, luttant pour ne pas rougir davantage.

— ... et nous allons préparer un programme. Vous l'aurez avant le déjeuner, Rodney.

— Mmm-hmm.

Il s'attaqua à ses pommes de terre sans lever les yeux. Aucun problème. Elle avait dix semaines pour retenir son attention. Elle avait attendu ça toute sa vie. Le contrat la liait à lui jusqu'à la fin du championnat, ce qui lui laissait largement le temps d'apprendre à le connaître et de lui dire qui elle était. D'ici là, il l'apprécierait. C'était certain. Elle se redressa et tenta de sourire à Brad, qui rayonna.

— Bon, allons-y.

Il se leva à son tour, salua Rodney de la tête et, enfilant son chapeau, sortit du *diner* d'un pas vif pour l'attendre dehors, adossé au mur, les hanches en avant et les pouces glissés dans les passants de son jean. Il était l'incarnation de la virilité. Quel dommage qu'il ne soit pas pour elle...

Quand Hannah Bean sortit en plein soleil, Jackson sentit sa bouche s'assécher malgré les trois tasses de café qu'il avait bues pour lutter contre sa gueule de bois. Elle avait été belle, la veille. Très belle. Son charme, à la fois citadin et un peu décalé dans ce coin de campagne, avait été différent de ce qu'il voyait d'habitude et il avait aimé ça. Bien sûr, maintenant, en pleine lumière, elle était encore plus ravissante. Hélas, elle ne sortait pas avec des cow-boys. Et, trois fois hélas, il ne sortait avec *personne*. Avec une histoire familiale comme la sienne, il préférait éviter la tentation récurrente de l'infidélité, héritée de son père.

Hannah le dévisageait et il se redressa.

— Tu n'as pas dit que ton entretien était pour un poste de masseuse, lança-t-il avant de pouvoir s'en empêcher.

— Et tu n'as pas dit que ton entraîneur...

— Il est surtout mon agent, corrigea-t-il.

Elle ne se laissait pas intimider et lui rendait ses attaques coup pour coup. C'était adorable.

— Ton agent, répéta-t-elle en levant les yeux au ciel. Tu n'as pas dit que ton *agent* cherchait à embaucher quelqu'un.

— Je ne me souviens pas que tu m'aies posé la question, gloussa-t-il. Mais, honnêtement, je l'ignorais.

Elle se rapprocha et il inspira son parfum floral divin. Ces notes acidulées et fraîches lui donnèrent envie de goûter la saveur de sa peau tandis qu'elle le bombardait de questions.

— Attends. Tu ignorais que Cardic Motors allait te proposer

un sponsorat juteux ? Tu es à un doigt du couronnement de ta carrière...

Elle s'interrompit, rouge comme une tomate, et il sourit.

Il se mit en route pour le centre-ville. Il savait quelle carte jouer. Il devait se montrer inaccessible – ce qui n'était pas dur. Il *était* inaccessible, sauf pour une éventuelle partie de jambes en l'air dans le foin. Là, il était partant.

Quelques instants plus tard, Miss Boston l'avait rattrapé et, pendant une seconde, il fut ravi d'avoir fui son regard. Comment rester concentré, face à une telle tentatrice ?

— Ce serait une bonne chose, si je cherchais la notoriété.

— Et ce n'est pas le cas ? Tous les cow-boys ne cherchent-ils pas à devenir des stars ? demanda-t-elle.

Il faisait chaud. Jacks ajusta son Stetson, appréciant l'ombre du large rebord.

— Pas moi, admit-il.

Sans sa gueule de bois, il aurait pu se demander pourquoi il tenait tant à défendre la vérité, voire à l'admettre devant elle. Hélas, il avait lâché le morceau. C'était bien le problème des aveux : on ne pouvait pas les effacer. Les santiags qu'elle portait cliquetaient près de lui, rythmant ses pensées. Il était vrai qu'il ne voulait pas être célèbre. Ça ne lui aurait attiré que des ennuis. Mais elle avait raison : avec le soutien de Cardic, il aurait du mal à l'éviter.

— Puis-je te demander pourquoi ?

— Tu peux.

— Et me répondras-tu ?

Il s'arrêta devant le magasin général, soulagé.

— Commençons par faire tes courses, d'accord ?

Sans répondre, elle entra dans la boutique. Jacks la regarda examiner les étagères où s'entassait un mélange hétéroclite de médicaments et de produits d'épicerie. Rejetant d'un geste l'aide qu'il lui proposa, elle commença à fouiller parmi les... boîtes de thé ? Que faisait-elle ? Heureusement pour lui, son portable se mit à vibrer. Il se détourna et contempla l'écran. Le destin était peut-être cruel, en fin de compte.

— N'as-tu pas d'autres amis ? grommela-t-il.

Son frère aurait dû se douter que son accueil serait froid. Nick était un type bien, mais Jackson n'avait aucune envie de penser au ranch, surtout ce matin.

— Je ne savais pas qu'on était amis, mais je suis content de l'entendre, gloussa Nick.

Jackson rit aussi, malgré lui.

— Arrête de faire le malin. Que se passe-t-il ?

— Ai-je besoin d'une raison pour t'appeler ?

— Y en a-t-il une ?

Du coin de l'œil, Jacks vit Hannah discuter avec le propriétaire qui venait de lui apporter quelques flacons.

— Pour tout te dire, oui. Rose pensait que tu pourrais passer à la maison pour le week-end prolongé…

Jackson parvint à peine à réprimer le soupir qui lui venait dès qu'il recevait une invitation de sa famille.

— Non. Je ne crois pas que ce soit au programme.

— Et rien ne pourrait te faire changer d'avis ?

La voix de son frère trahissait une pointe d'espoir. Pendant un instant, Jackson se sentit un peu coupable. Mais sa famille était comme les femmes de sa vie : mieux valait rester distant, pour ne pas passer pour le méchant quand il leur posait un lapin. Et il tenait à rester le gentil de l'histoire.

Le ranch Hartmann faisait la fierté de son père, Bart ; et bien qu'il soit mort depuis dix ans, Jackson ne supportait pas de mettre un pied dans cette propriété. Non, il ne rentrerait pas. On disait que la maison se trouvait là où se trouve le cœur et, dans ce cas-là, son seul foyer était l'arène. Peut-être pourrait-il y décrocher un jour un titre qu'il ne devrait qu'à lui-même. Pour avancer, il devait construire un nouvel héritage qui n'aurait rien à voir avec Bart Hartmann. C'était plus important pour lui que rentrer au ranch…

Au fond de la boutique, la clochette d'une caisse à l'ancienne tinta et Hannah prit sa monnaie avant d'attraper un grand sac en papier.

— Il faut aussi qu'on parle d'autre chose. Il y a des problèmes au ranch, reprit Nick plus gravement.

— Ça ne change rien, frérot. Ma réponse reste non.

Un soupir impatient accueillit ces mots.

— Il n'est plus là, tu sais. Je comprends pourquoi tu es parti, mais pas pourquoi tu refuses de revenir.

— Aucune importance. C'est comme ça, point.

Sans attendre, il raccrocha. La main qui vint se poser sur son épaule le ramena au présent. Quand il se retourna, il fut accueilli par un regard intense et curieux.

— Qu'est-ce qui n'a pas d'importance ?

— L'interrogatoire que je viens de subir. Et tes questions.

Il ouvrit la lourde porte vitrée et précéda Hannah dehors pour se soustraire à ses yeux. Son portable vibra de nouveau, mais il l'ignora et examina la façade d'un café, plus bas.

— Tu n'as pas mangé, ce matin…

Elle suivit son regard, clairement étonnée.

— Je ne pensais pas que tu serais le genre de type à me proposer un déjeuner Chez Pierre.

— Je suis plein de surprises, répliqua-t-il avec un sourire.

À la vérité, il n'avait aucune envie de retourner au motel et de retrouver son lit. Ses draps, certes propres, n'avaient pas cet exquis parfum de fleurs qu'il aimait déjà tant…

— J'avoue que je ne dirais pas non à une brioche, dit-elle en lui rendant son sourire avant de se diriger vers le café.

Aucune autre fille du circuit ne savait ce qu'*était* une brioche. Pourquoi était-ce si important ? Et pourquoi lui proposait-il un second petit déjeuner alors que la seule friandise qui l'intéressait était cette femme ?

Un serveur peu aimable les installa près de la baie vitrée. Dans le clair soleil matinal, Miss Boston avait une peau translucide, si pâle que Jacks fut tenté de compter les taches de rousseur sur son nez en trompette. Elle portait un simple T-shirt noir qui embrassait ses courbes sans pour autant mettre en valeur les atouts de sa silhouette. Clairement curieuse, elle ne parut pas intimidée par son regard insistant.

— Pourrions-nous avoir de l'eau ? demanda-t-elle au serveur en prenant le menu relié de cuir.

— Pour ma part, je prendrai un cappuccino, ajouta Jacks.

— Un cappuccino ? C'est inhabituel pour un cow-boy...

Elle se moquait. Il en aurait mis sa main au feu.

— Je commence à croire que tu ne sais pas grand-chose des cow-boys, surtout si tu as pensé qu'être la masseuse d'une équipe méritait que tu abandonnes ta carrière hospitalière.

— Hé ! Je ne quitte pas l'hôpital, protesta-t-elle d'un air amusé. C'est un boulot d'été. J'avais envie de voir à quoi ressemblait la pratique de la médecine sportive.

Elle ouvrit la carte et la parcourut avec gourmandise.

— Je suis affamée...

— Les œufs benedict sont plutôt bons, ici. J'adore leur sauce hollandaise, avoua-t-il.

Elle haussa un sourcil étonné.

— Quel gourmet.

— Quoi ? Je ne fais pas assez « cow-boy » pour toi ?

Il ne plaisantait qu'à moitié.

— Je ne pense pas que ce soit le problème.

— Oh ! il y a donc un problème ?

Voilà. Ils attaquaient le vif du sujet. Heureusement, elle se détourna, distraite par le retour du serveur.

— *Un croque-monsieur pour moi, s'il vous plaît*, dit Jacks en français, s'attirant un sourire enchanté de l'autre homme.

— Et je vais essayer les œufs benedict.

Dès qu'ils furent seuls, elle lâcha à mi-voix :

— Tu n'as pas dit que tu parlais français.

— C'est l'un de mes nombreux talents.

Pourquoi fanfaronnait-il ? Il ignorait tous les signaux d'alerte. Pire, il s'appuyait sur son éducation Hartmann pour impressionner Hannah. Elle était pourtant le genre de femme à qui il ne pouvait faire aucune promesse, le genre qu'il ne pouvait se permettre de charmer.

Elle eut un petit rire.

« Chez Pierre » était un café charmant, l'un des rares endroits dans un rayon de dix kilomètres à servir un petit déjeuner français correct – et leur confit de canard était excellent. Mais amener Miss Boston ici ? C'était une très mauvaise idée. Elle allait en tirer les mauvaises conclusions et ce serait sa faute.

— À propos d'hier soir, commença-t-elle en le regardant dans les yeux, je ne savais pas qui tu étais.

Il s'humecta les lèvres en faisant de son mieux pour la laisser poursuivre sans l'interrompre.

— Je veux dire que... Clairement, nous... Enfin...

Elle était adorable, quand elle rougissait !

— Tu veux me demander d'effacer ton numéro, maintenant que nous allons devoir travailler ensemble ?

Son soulagement fut évident et il fut étrangement déçu.

— Inutile : je suis ta masseuse, maintenant. Donc, si tu as besoin de quelque chose...

Elle battit des paupières très vite et redressa le menton, comme pour bien insister sur sa proposition. Il sourit.

— Quelque chose en lien avec mon emploi, bien sûr.

L'arrivée de leur petit déjeuner, le deuxième qu'on lui servait en moins d'une heure, la libéra de la nécessité de s'expliquer davantage.

— Je garderai ça en tête, m'dame.

— Mon numéro ?

— Ton travail.

Il sourit de plus belle. Certes, les masseurs habituels, avec leurs grandes mains fermes, étaient souvent doués pour effacer les douleurs d'une journée dans l'arène ; mais il serait intéressant de tester un traitement plus doux…

— J'imagine que nous allons passer du temps ensemble.

— On dirait, confirma-t-elle. Je suis là pour faire tout ce que Rodney jugera bon.

S'il n'avait pas été aussi attentif, il aurait pu manquer sa rougeur furtive à la mention de HotRod. Il soupira. Son mentor était bougon, mais il pouvait sans doute avoir un certain charme. C'était pour ça qu'il se liait si vite.

— Tout ce qu'il jugera bon ?

Hannah se concentra sur ses œufs.

— Eh bien, je… J'aurai besoin d'une bonne lettre de recommandation. Si Rodney vante mon travail auprès de ses collègues, je pourrai sans doute espérer trouver un autre travail rapidement, ou au moins décrocher des entretiens.

Jacks sentit sa gorge se nouer. Ses explications étaient absurdes : travailler sur le circuit était clairement un pas en arrière pour elle, après ses études. Non, elle devait avoir un faible pour HotRod. Il avait toujours du mal à comprendre pourquoi les femmes préféraient les mauvais garçons, mais c'était un fait. Jusqu'à présent, ça ne l'avait pas gêné…

— Je suis sûr que tu obtiendras tout ce que tu désires. Tu sembles être très persuasive.

— Je ne l'étais pas assez pour toi, hier.

Aïe ! Tu parles d'une attaque en traître !

— Je te demande pardon ?

— Je dis juste que je n'obtiens pas toujours ce que je veux.

La boule qui lui bloquait la gorge se relâcha un peu.

— Vraiment ?

Il n'avait pas encore touché à son croque-monsieur et l'attaqua mécaniquement, sans quitter Hannah des yeux.

— Le circuit n'est qu'un début, précisa-t-elle.

Soudain, une vague de désir monta en lui. Qu'avait dit Rodney ? Dix semaines ? Il ravala sa salive. Avec un peu de volonté, il saurait probablement étouffer cette passion et calmer ses nerfs jusqu'au bout. Ce n'était pas une éternité.

Il était facile de ne pas penser à Nick, ou à son père. Facile, aussi, de ne pas ruminer le serment qu'il avait fait : ne jamais avoir de famille. Il allait forger sa propre gloire, sans le soutien des Hartmann. Pendant un instant, il fut presque facile de ne pas penser non plus à toutes les raisons qui auraient dû l'empêcher de partager un brunch avec Hannah, dans ce café.

S'il y avait bien une chose qu'il savait faire, c'était flairer le danger. Et cette petite masseuse légère comme un oiseau *était* dangereuse. Il but une longue gorgée de café en comprenant soudain que cette nouvelle menace pourrait le détruire. Hannah Bean était explosive et il ne devait pas allumer la mèche. Hélas, il mourait déjà d'envie de jouer avec le feu...

4

La première blessure est la pire

Hannah parcourait la rue à un rythme réconfortant. Il était 4 h 30 du matin – bien trop tôt, mais elle n'arrivait pas à trouver le sommeil. Puisqu'elle ne dormait pas, autant courir. Et si elle devait courir… Autant éviter de montrer ses petits bourrelets en public. Elle grimaça, jurant une fois de plus qu'elle ne toucherait plus au pain à table. Néanmoins, en dépit des rondeurs sous son T-shirt, elle était contente de courir. Ça lui offrait un moment de calme avant la tempête. Une chose était sûre : avec Brad Hill qui concourrait ce soir, un ouragan approchait bel et bien.

Une chance que cette région soit plate, songea-t-elle. Au même instant, son téléphone bipa. Le moment était venu de marcher pour cinq minutes. Cinq minutes de course, cinq de marche. Qui aurait pu croire qu'elle allait devenir l'esclave d'une appli ? Si seulement le pain ne la tentait pas autant ! Elle coupa l'alarme et ne put s'empêcher de lire ses plus récents messages.

Brad : Tu ne pouvais pas attendre que je t'appelle ?

Hannah : Les coups de fil sont dépassés. Je préfère un bon massage…

Brad : Quel dévouement à ton job.

Hannah : C'est dur, mais quelqu'un doit le faire.

Brad : Dans ce cas, je suis content que ce soit toi.

Elle n'avait pas répondu au dernier texto. Que dire à un cow-boy d'un mètre quatre-vingt-dix qui vous fait un tel compliment ? « Je suis content que ce soit toi… » Cet homme allait lui attirer des ennuis. Pire : elle ignorait s'il était sérieux. Maintenant qu'il était son client, Brad Hill était un fruit défendu. Elle devait à tout prix montrer à son père qu'il pouvait être fier de sa fille. Il était hors de question qu'elle le déçoive en couchant avec un de ses poulains.

Les cinq minutes passèrent trop vite et elle dut reprendre son jogging jusqu'au motel.

Elle n'avait appelé ni Emily, ni sa mère. Elle n'avait parlé à personne de Brad et de leur premier brunch professionnel. À présent, elle ne pouvait plus – pas quand l'homme qu'elle devait masser était aussi celui qui risquait de la détourner de son but.

« Je suis content que ce soit toi. »

Bon sang. Belle manière de ferrer un cow-boy, en effet !

L'horizon se parait de rose tendre et la lumière la réchauffa un peu. Elle était seule, à présent. C'était le moment d'être honnête avec elle-même. Si elle devait réellement passer l'été à masser un cow-boy, eh bien… Elle était aussi contente que ce soit lui.

— Avez-vous vu la masseuse ? demanda Jacks en passant la tête par la porte de la caravane de l'équipe.

Will et Mickey jouaient aux cartes dans un brouillard de fumée, jetant des billets froissés sur la table. Ils dormaient ici, tandis que Rodney, Jackson et Hannah profitaient d'une chambre de motel à chaque étape.

— Je suis tes vingt dollars et mise une session à l'écurie.

— Le perdant s'occupe des chevaux ? Sans moi. Je me couche, déclara Mickey en jetant ses cartes sur la table.

— Je ne l'ai pas vue, répondit Rodney par-dessus le brouhaha des paris.

— Un bluff ? Tu as *bluffé* face à ma quinte ?

Malgré lui, Mickey réexamina la main qu'il avait lâchée.

— Il suffit de savoir repérer un pigeon, gloussa Willie.

— Et moi, je veux savoir si l'un de vous a vu la masseuse, insista Jackson en tentant de rester calme.

Elle devait l'aider à s'échauffer, pas se cacher !

— J'ai un nom, tu sais, lança Miss Boston dans son dos.

Il fit volte-face et la vit à contre-jour devant le soleil bas.

— Hannah, dit-il en la saluant de la tête.

Étrangement, il se sentait un peu coupable. Il n'avait pas encore profité de ses services, ces sept derniers jours, en dépit de ses offres répétées. Ses émotions et son travail se mélangeaient trop, brouillant toutes ses perspectives.

Il bondit de la caravane et s'approcha. Elle portait un simple T-shirt blanc qui, tout comme son jean slim, épousait à merveille ses courbes. Clairement, l'ambiance entre eux était trop intime, ce soir.

— Je te cherchais, dit-il en faisant un pas de plus.

— Je ne suis pas si dure à trouver. Il te suffisait de m'envoyer un message.

— Je suis peut-être trop vieux jeu pour ça.

Il souleva le bord de son chapeau avec son pouce et sourit.

— Puis-je faire quelque chose pour toi ?

— Non, je suis prêt pour l'épreuve.

Ce qui n'expliquait pas pourquoi il l'avait cherchée...

— Le départ sera donné dans trois quarts d'heure, lui rappela-t-elle.

Il consulta sa montre et serra les dents.

— Ouaip. Je suis en pleine forme.

Hannah croisa les bras.

— Alors, que fais-tu pour te préparer, en général ?

Elle rougissait un peu – et c'était ravissant.

— Viens. Je vais te montrer.

Quelques instants plus tard, ils passèrent l'angle du parking et s'approchèrent des écuries.

— N'est-ce pas un peu cliché pour un cow-boy ?

— Attention, tu deviens revêche. N'est-ce pas cliché aussi, pour une citadine ?

— Dis donc, quel vocabulaire précieux ! dit-elle avec un rire musical qui le fit frissonner. As-tu fait des études ?

— Par ici, m'dame.

Il la précéda dans la grange. À l'intérieur flottait une chaude odeur de foin et de terre. C'était le parfum de son foyer ; du moins, du seul que Jackson considérait comme tel.

Elle resta près de la porte, embrassant d'un regard l'agitation de l'écurie. Les chevaux piaffaient, cherchant des friandises dans les mangeoires. Partout, des cow-boys enroulaient des cordes, ciraient des selles et remuaient du foin à la fourche. Trois poules se pavanaient en caquetant comme des reines dans un palais. Oui, c'était sa maison.

— Je ne sais pas à quoi je m'attendais, mais pas à ça...

— On n'a pas de table de massage ici, confirma-t-il.

Elle se tourna, examinant le décor avec de grands yeux, et il tenta d'imaginer ce qu'elle voyait.

— Désolé pour l'odeur, dit-il en haussant les épaules.

— Non, j'aime bien.

Elle avait prononcé ces mots timidement, mais il la comprenait. Il s'avança au centre de la grange.

— Outlaw est par là.

— Outlaw ? répéta-t-elle, perplexe.

— Je l'ai sauvé. C'était un cheval sauvage, un mustang des monts Pryor. À présent, on fait équipe.

Sa monture faisait sa fierté. Outlaw était unique : fougueux, mais dompté. Bougon, mais loyal.

Il n'eut pas besoin de l'appeler : le son de sa voix suffit à le faire approcher et il fourra son museau dans son cou.

— Désolé, vieux, pas de bonbons cette fois. Je suis juste venu te présenter une fille.

Hannah eut un sourire solaire. Dans la lumière tamisée de la grange, il était impossible de manquer l'étincelle qui pétillait dans ses yeux. Elle semblait aimer les chevaux. Tant mieux. Jacks n'était pas certain de savoir pourquoi c'était si important à ses yeux, mais il s'en moquait. Il la regarda s'approcher de la stalle.

— Alors Brad, vas-tu enfin le vendre ? lança soudain une voix rude et puissante depuis l'entrée.

— Non, dit-il à son cheval, assez fort néanmoins pour que tous les occupants de l'écurie l'entendent.

Il ne se retourna même pas, restant concentré sur Outlaw. Hélas, l'homme s'avança sans attendre d'invitation.

— On parie ?

— Je ne suis pas un parieur, juste un champion.

— Ça reste à voir : je monte aussi, ce soir.

Jackson fit enfin volte-face. Carter Jones était campé devant lui, les pouces glissés dans sa ceinture à la boucle lustrée. Hannah le dévisagea avec un dégoût évident.

— N'est-ce pas démodé, de porter une boucle gagnée il y a quatre ans ? demanda Jacks malgré lui.

— Tu sais, si tu cherches à te faire de l'argent, tu devrais te débarrasser de ce cheval sauvage, gloussa Carter avant de quitter la grange dans un tintement d'éperons.

— Il s'appelle Outlaw et il n'est pas sauvage ! cria Hannah dans son dos.

L'homme répondit d'un vague geste de la main.

— Voilà, tu as rencontré Carter, grommela Jackson en fouillant ses poches à la recherche d'une friandise.

— Pourquoi veut-il acheter Outlaw ?

— Je te le dirai peut-être un jour.

Il lui fit un clin d'œil. Il n'était pas prêt à se dévoiler… D'ailleurs, pourquoi lui avait-il présenté Outlaw ? Elle n'était qu'une masseuse engagée pour la tournée. Elle se moquait de connaître son cheval.

— Carter, hein ? Je devrais m'estimer heureuse que *son* agent n'ait pas cherché à lui offrir les services d'un masseur.

Elle tendit timidement la main, s'arrêtant juste avant de toucher Outlaw.

— Tu peux le caresser. Il est plus calme, quand je suis là.

— Et en ton absence ?

Elle avait de $1a repartie, il fallait bien l'admettre.

— As-tu l'intention de lui rendre visite sans moi ?

— Nous verrons bien...

— Attention, Miss Boston. On pourrait croire que tu aimes jouer avec le feu.

Peut-être était-ce exactement ce qu'elle faisait : jouer avec le feu. Assise dans l'arène, Hannah agrippait la rambarde d'aluminium et se penchait en avant – comme si ça avait eu le pouvoir de faire parvenir de bonnes ondes à Brad.

Cette arène était très différente du centre de Boston. C'était aussi un autre monde que les services d'urgence. C'était aussi étranger pour elle que son propre père – et c'était pour ça qu'elle était ici. Pour apprendre. Rodney se fit un plaisir de lui donner quelques explications :

— Pour gagner des points...

— C'est-à-dire, de l'argent, intervint Mickey.

— Comme je le disais, pour gagner des points et monter dans le classement, les cavaliers doivent tenir huit secondes.

— OK.

Ça ne semblait pas très long...

— Ce n'est pas si facile, reprit Mickey. J'ai été éjecté en moins de quatre secondes, tout à l'heure.

— Mais tu n'es pas bon, lâcha Rodney sèchement.

— Et Brad ? Est-il bon ?

Elle ne pouvait s'en empêcher. Pourtant, ça n'aurait pas dû avoir d'importance et ce n'était pas la raison de sa présence. Elle but une gorgée de bière et sourit aux hommes qui l'entouraient. Rodney adorait le rodéo et l'interroger sur sa passion était un bon moyen de briser la glace.

— Brad chuchote à l'oreille des chevaux. Il en débourrait,

quand je l'ai connu, et je l'ai engagé pour contenir les étalons, à l'époque où j'en vendais.

— Je ne savais pas que tu avais été marchand.

Son plan fonctionnait. Certes, ils parlaient de Brad, mais elle en apprenait aussi plus sur son père…

— Je ne le suis plus. Néanmoins, le circuit de rodéo était un bon endroit pour faire des affaires, surtout en vendant des bêtes sauvages du Montana. Ce sont elles que Brad dressait : des chevaux venant des réserves lors des écrémages. On ne peut en tirer un bon prix qu'en les entraînant.

— Pourquoi avoir arrêté ? demanda-t-elle.

— À cause de Brad. Les meilleurs chevaux se trouvent dans la région de la rivière Yellowstone, mais il n'avait plus envie de s'y rendre…

Il se redressa sur son siège et acheva sa canette d'une traite avant de l'écraser. Comment un homme pouvait-il préférer grimper sur un taureau enragé plutôt que de chercher des chevaux sur les berges d'un fleuve ?

— Ne lui as-tu pas demandé pourquoi ?

Elle n'arrivait pas à réprimer sa curiosité.

— Aucune importance. Il gagne plus d'argent au rodéo, et moi aussi.

— Tu te moques donc de savoir pourquoi il descend dans l'arène, tant qu'il le fait…

— Il est bon, intervint encore Mickey avec un haussement de sourcils entendu. Très bon, pour répondre à ta question.

— Oui, c'est à peu près ça, convint Rodney avant d'appeler une serveuse pour payer une autre tournée.

— Va-t-il bientôt passer ? demanda Willie.

— Dans trois minutes.

— Vas-y, Brad ! cria-t-elle en même temps que la foule.

Son épreuve, la monte de taureau, était la dernière de la journée, mais aussi la plus populaire.

— Il faut bien l'admettre, ce gamin n'a peur de rien.

— Que veux-tu dire ?

Elle était venue à la demande de Rodney, ce soir. Mais, en attendant le tour de Brad, elle comprit qu'elle avait accepté pour une tout autre raison, plus gênante. Elle voulait le voir au sommet de sa gloire.

— Beaucoup de gens pensent que cette épreuve est la plus dangereuse. Il faut avoir des nerfs d'acier pour sauter sur une bête furieuse qui rêve de te désosser.

Oh ! elle n'aimait pas ça. Pas du tout. Elle serra plus encore la barrière jusqu'à perdre toute sensation dans ses doigts. En dépit de la foule et des bêtes, l'arène ne sentait pas comme l'écurie. Un parfum de menace flottait.

— Il est là, dans l'enclos, s'écria Rodney en prenant son bras pour lui montrer le bout de l'arène.

Brad se tenait sur la haute barrière et passait la jambe par-dessus. Le rugissement de la foule devint assourdissant. Une musique violente s'éleva, trouvant des échos dans tous les gradins. Des lumières illuminèrent le soir. La voix du présentateur couvrit le vacarme, énumérant les victoires de Brad et les exploits du taureau sur lequel il venait de bondir.

— Je ne peux pas regarder ça, murmura-t-elle.

Mais la main de Rodney serra son bras plus fort.

— Regarde ! C'est ce que ce gosse fait de mieux.

Résistant à l'envie de lui rappeler que Brad était un *homme*, pas un gosse, elle hocha la tête. De toute manière, en dépit de sa peur, elle semblait incapable de se détourner.

— Whisky ! lança Willie à la serveuse avant de se glisser sur le banc, près d'Hannah. Dans une minute, hein, Rod ?

— Moins que ça.

L'arène devint soudain silencieuse. Pendant un instant, Hannah n'entendit plus que les battements de son cœur. Au ralenti, la porte de l'enclos s'ouvrit et un taureau aux muscles bandés en jaillit. Furieux, il enchaînait les ruades, donnant de grands coups de sabots en l'air. La foule l'encouragea bruyamment. Mais Hannah ne regardait pas la bête. Elle contemplait l'homme.

Brad suivait le mouvement avec la souplesse d'une vague, se cambrant et se penchant à chaque à-coup brutal du taureau. Sa main libre était levée très haut pour l'équilibrer. Il se coucha presque sur l'encolure. Elle se souvint de la première leçon théorique de Brad, lui expliquant l'importance d'un bon massage pour les cavaliers. Ils n'avaient le droit de toucher la bête que d'une main. Ils devaient se maintenir sur son dos à la seule force des cuisses, agrippés à une sangle. La fermeté et l'équilibre étaient leurs meilleures armes.

Beast, le taureau que l'on avait assigné à Brad, avait été monté onze fois. Seuls cinq cow-boys avaient réussi à tenir quatre secondes. Ce qui la rendait plus nerveuse encore était la réaction de son père : blafard, il contemplait la danse.

— Six… Sept, scanda la foule.

À huit secondes, Brad bondit en arrière et se retourna dans les airs. Il atterrit, fit un pas de côté, et se redressa dans un tonnerre d'acclamations.

Hélas, Beast fondit sur lui et il s'écroula dans un nuage de poussière.

5

Adrénaline

L'adrénaline provoque des changements rapides dans le corps : le cœur s'emballe, le sang est redirigé vers les muscles, provoquant un sursaut d'énergie ou des tremblements, et la trachée s'ouvre pour laisser plus d'air entrer dans les poumons. Hannah le savait. Elle avait étudié ça. Maintenant, elle le *vivait*.

— Dégagez ! cria-t-elle en se frayant un chemin entre les huit personnes qui entouraient Brad.

— Laissez-la passer, rugit Rodney dans son dos.

En un éclair, le groupe s'écarta comme la mer devant Moïse. Mais aucun miracle n'apparut. Juste Brad, étendu au sol, inconscient, le visage relâché. Hannah pressa deux doigts sur son cou. Son pouls était régulier. C'était une bonne chose. Elle se pencha et plaça sa joue à la hauteur de son nez pour sentir son souffle. Au lieu de ça, elle fut accueillie par une voix faible :

— J'espère que tu vas me faire du bouche-à-bouche...

Elle se redressa si vivement que sa nuque craqua.

— Pas ce soir, cow-boy.

Brad se redressa lentement et elle le repoussa.

— Ne bouge pas. Je dois t'examiner. Tu pourrais avoir la colonne abîmée. C'était une sacrée chute...

— Une charge, pas une chute.

Il se leva sans écouter ses protestations et se massa les lombaires.

— C'est vrai que tu es un expert. Je ne suis qu'un médecin hautement qualifié, alors qu'est-ce que j'en sais ? répliqua-t-elle agacée, mais aussi profondément soulagée. As-tu songé que je perdrai mon boulot s'il t'arrive quoi que ce soit ?

Il se fendit d'un petit salut avec une grimace de douleur.

— Dans ce cas, je te promets de faire de mon mieux pour ne pas mourir, puisque tu y tiens tant.

— Je tiens surtout à pouvoir faire mon travail. Trouvons un endroit calme pour un examen complet, afin de nous assurer que tu n'as pas de contusions, d'hémorragie ou...

Ses pensées défilaient à toute vitesse tandis qu'elle l'étudiait de la tête aux pieds. Il avait l'air en forme et c'était assez exaspérant. Il lui adressa son charmant sourire en coin.

— Je crains de devoir te faire patienter avant de t'offrir l'occasion de me peloter. J'ai un engagement important.

Elle en eut le souffle coupé. *Le peloter ?* Quel culot !

— Tu es une légende ! hurla Mickey en approchant pour lui donner une grande tape dans le dos.

Brad grimaça de nouveau, puis repoussa son ami avant de faire le tour de l'arène, sous le regard éberlué d'Hannah. Elle repoussa ses cheveux derrière son oreille, se rappelant qu'il allait bien. Pouvait-on rendre une affirmation vraie, juste en la répétant ? Elle murmura ce mantra plusieurs fois, dans l'espoir que ça fonctionne. *Brad. Va. Bien.*

Elle jeta un coup d'œil par-dessus son épaule, plus calmement, et contempla Rodney qui griffonnait dans un carnet tout en guettant le tableau des scores illuminé. Il l'ignorait. Il faisait son travail. Elle se retourna alors vers la silhouette puissante de Brad. Du bouche-à-bouche, hein ?

Il indiqua d'un signe une troupe de photographes excités.

— Leurs badges de presse ne leur permettront pas de passer la barrière, heureusement.

On l'attendait pourtant de pied ferme. Brad Hill. Le seul homme à avoir tenu huit secondes sur Beast.

— Brad, par ici ! cria un homme en brandissant un micro, que Brad repoussa d'une main. Est-ce vrai que vous allez monter pendant dix semaines sans vous arrêter ?

Même à quelques pas d'eux, Hannah entendait tout.

— C'est ce qu'on m'a dit, répondit Brad avec assurance.

— Essayez-vous d'engranger des points ? demanda un autre journaliste.

— Je fais mon boulot, dit-il, moins amusé.

— Sacré exploit, ce soir, monsieur Hill. Avez-vous peur de monter le frère de Beast ?

Le reporter consulta ses notes et ajouta :

— Il paraît qu'il a été baptisé Mayhem.

— Mayhem. Plus gros, plus fort et plus méchant. Je ne vois pas de raison de m'inquiéter, plaisanta Brad.

Hannah se mordit la joue. Plus méchant que Beast ? Cette idée ne lui plaisait pas du tout !

— Clancy Evans a été paralysé par cet animal. Sa carrière est finie. On dit que Mayhem marque la fin de partie pour quiconque le tire au sort, lança un autre reporter.

— Il ne s'agit pas que de sa carrière, intervint Will. Clancy ne marchera plus jamais. Ayez un peu de respect !

Hélas, son reproche ne calma pas le déluge de questions. Brad leva enfin les mains pour réclamer le silence.

— Vous parlez d'une épreuve qui aura lieu dans deux semaines. Ne pensez-vous pas qu'on devrait discuter de ce soir ? De plus, il y a de nombreux taureaux en lice et je ne vais pas craindre un tirage au sort qui n'a pas encore eu lieu. J'ai une chance sur huit de tomber sur Mayhem, et ça me va.

Étrangement, il semblait très calme. Nonchalant. Du moins était-ce l'impression d'Hannah en regardant son dos.

Mayhem ? Elle avala sa salive et ignora les questions suivantes, prise de vertige. Cet emploi était censé être facile. Une opportunité et rien de plus. Mais il était dur de ne pas être affectée par le courage des hommes qu'elle soignait – en particulier celui-ci.

La zone fut dégagée par des employés aux T-shirts vert fluo, qui repoussèrent les badauds derrière les barrières. Soudain, Hannah sentit une main sur son épaule.

— Qu'en as-tu pensé, petite ? Addictif, hein ?

Elle se retourna et rendit son sourire à HotRod.

— Je pense que Cardic aurait mieux fait d'embaucher un médecin, plutôt qu'une masseuse…

Rodney haussa les épaules.

— Les hommes peuvent endurer beaucoup de douleur.

Les projecteurs baignaient l'arène d'une violente lumière blanche. Hannah avait presque l'impression de naviguer dans un filtre Snapchat New Age surexposé.

— Les femmes en endurent beaucoup aussi, répliqua-t-elle dans un murmure, plus pour elle-même que pour son père.

Elle avait besoin d'un bon verre… Rodney rit et se fourra une pincée de tabac à chiquer dans la bouche.

— Tu sais que ce truc risque de te tuer, n'est-ce pas ?

— Tout le monde doit mourir, répondit-il. Mais nous autres cow-boys sommes faits d'un bois différent. Dans le rodéo, nous sommes une espèce à part. Nous n'avons peur de rien, pas même de la mort. Nous le prouvons à chaque fois que nous montons sur un taureau.

— Des paroles en l'air, grommela-t-elle malgré elle. Je… Je veux juste dire que je ne comprends pas tout ça.

— C'est ta première semaine. Laisse-toi le temps de te fondre dans la masse et réserve ton jugement pour plus tard. Quoi qu'il en soit, tu dois bien admettre que cette victoire était méritée. Mon gars Brad vient d'entrer dans la légende : personne n'était resté aussi longtemps sur Beast avant lui.

Hannah ravala sa frustration. D'où venait ce besoin de prouver sa virilité en se jetant sur le dos d'un taureau enragé ? C'était absurde. Avoir des pulsions suicidaires n'était pas sexy, et elle avait du mal à voir ce sport autrement que comme un rassemblement de gamins décidés à tenter le diable. Ils n'avaient pas besoin de masseurs, mais d'un bon psychiatre !

Elle chercha Brad des yeux dans la foule. Il fallait qu'elle lui dise que ce sport était de la folie, qu'elle lui confie son opinion de docteure aguerrie. Il *devait* arrêter ça avant de se faire vraiment mal.

Elle s'approcha de la grande porte, puis s'arrêta. Le problème, c'était qu'elle n'aurait plus de travail s'il cessait de concourir, et elle n'avait encore jamais autant discuté avec son père avant ce soir...

Elle scruta de nouveau l'arène. Pas de Brad en vue. Elle rejoignit alors Mickey et lui donna un petit coup de coude dans les côtes.

— Est-ce que tu l'as vu ?

— Brad ? Non, répondit-il d'une voix déjà pâteuse, sa deuxième bière à la main. Il a gagné une autre boucle de ceinture commémorative, ce soir.

— Oui. Enfin, j'imagine.

— Et il a battu Carter, ajouta Mickey avec une fierté évidente, quoique déplacée – ce n'était pas *lui*, le champion.

Hannah sourit vaguement. Elle ne comprenait peut-être pas le monde du rodéo, mais elle aussi appréciait de voir des hommes comme Carter remis à leur place.

— Je crois que je sais où il est, dit-elle soudain en s'éclaircissant la voix. Je vais essayer de le trouver.

Cinq minutes plus tard, elle avait enfin quitté l'arène. Le ciel était rempli de plus d'étoiles qu'elle n'aurait pu en voir à Boston en un an. Elle inspira l'air chaud et moite, expira. Inutile d'être une fille de la campagne pour comprendre que l'orage promis par la météo approchait. Aucune importance. Elle n'était pas loin de l'écurie et était presque certaine d'y dénicher Brad.

Elle retrouva le bâtiment très facilement. La porte était lourde, mais elle parvint à l'ouvrir. En revanche, dénicher l'interrupteur parut impossible. Dans la pénombre, elle aperçut enfin Brad, dans la stalle d'Outlaw, et poussa un soupir de soulagement.

— Brad ! Je te cherchais.

Elle traversa l'écurie en quelques enjambées rapides. Il n'était qu'une silhouette obscure illuminée par la lune. Lorsqu'elle arriva à la hauteur du cow-boy, hélas, elle comprit son erreur. Ce n'était pas Brad...

— C'est drôle de te voir ici, lança Carter en se tournant vers elle.

Une fois de plus, elle sentit l'adrénaline monter et son sang se mit à battre plus fort à son oreille. Elle recula.

— Je cherchais juste Brad...

— Il aime les bêtes sauvages, murmura Carter en observant Outlaw qui piaffait dans son box.

— Oui, sans doute. Je... Je ne le connais pas très bien.

Elle fit un autre pas en arrière et attrapa son téléphone dans sa poche. Pourrait-elle le sortir discrètement ? La sécurité qu'elle avait ressentie dans l'écurie un peu plus tôt semblait avoir disparu.

— Je suis sûr que Brad me cherche. Nous avons rendez-vous après chaque épreuve. Il a besoin de mes soins.

— Tes *soins* ? Est-ce comme ça que tu appelles ce genre de choses ?

Elle se redressa malgré elle face à son sourire narquois. Comme un oiseau peut gonfler ses plumes pour paraître plus grand, elle cala les poings sur ses hanches et se raidit. Elle n'était pas un poulain sauvage en manque de dressage et cet homme l'agaçait. D'un seul coup, sa peur initiale reflua – peut-être à tort.

— Ne fuis pas au moment où les choses deviennent intéressantes, murmura Carter. Tout le monde doit faire la fête, ce soir, en particulier ton petit champion.

Il s'avança, presque assez pour se plaquer à elle. Puis elle la sentit... Sa main sur son bras.

— Ne me touchez pas, siffla-t-elle d'une voix chargée de menace.

Dehors, un grondement de tonnerre brisa le silence de la nuit, et un éclair illumina brièvement l'écurie. Profitant de la distraction de Carter, elle piétina sa botte avec force. Il la lâcha avec un cri de surprise et recula. Cette attaque lui avait souvent été utile, à Boston, mais elle n'avait pas anticipé la solidité des coques de ses chaussures. Au lieu de se tordre de douleur, il éclata de rire.

— Tu sais quoi ? Je crois que je vais encore plus apprécier ça si tu te débats.

— Je ne suis pas un taureau à dompter. Touchez-moi encore, et je porte plainte !

— C'est mignon. Penses-tu que mes copains de la police t'écouteront ? Ils ne verront qu'une fille de la ville venue assouvir son rêve de cow-boy. Tu sais que je pourrais très bien satisfaire tous tes fantasmes...

Son rire grave la fit tressaillir.

— Pour l'instant, je ne rêve que de vous écraser le pied de nouveau, dit-elle en s'écartant, étouffant un cri quand le tonnerre claqua encore une fois.

— Tu sais, petite citadine, on pourrait commencer doucement. Un baiser, par exemple...

Soudain, la porte s'ouvrit à la volée, laissant la lumière bleutée envahir toute la grange.

— Que se passe-t-il, Carter ? On vient encore reluquer ce qui m'appartient ? lança une voix puissante et rassurante.

Jackson cherchait Hannah depuis vingt minutes. Il se sentait coupable d'avoir si vite écarté ses inquiétudes à son sujet et, au fond, n'aurait rien eu contre un rapide examen médical. Peut-être était-il temps de la laisser faire. De plus, il tenait à discuter un peu avec elle, bien qu'il n'ait pas su dire pourquoi. Renonçant finalement à la trouver, il s'était rendu à l'écurie en quête de la seule constante de sa vie, depuis dix ans. Un cheval. Plus spécifiquement, Outlaw.

L'orage estival était arrivé très vite, mettant fin à la chaleur. Il avait pressé le pas, conscient que les bêtes auraient peur du tonnerre.

Mais, en ouvrant la porte, il perçut une voix qu'il connaissait trop bien – tout comme il connaissait la « citadine » à laquelle elle s'adressait. Une émotion primale qu'il faillit ne pas reconnaître le saisit. Jalousie. Possession. Instinct de protection. Mais aussi colère et haine.

Même dans la pénombre, il vit la jeune femme, le dos plaqué aux planches usées de l'écurie, le visage pâle. Et cette brute de Carter lui barrait la route. Il était avec *son* Hannah. Sans se soucier de savoir depuis quand il la considérait ainsi, il avança. Carter recula, les mains levées.

— Brad. Je pensais que tu serais en train de faire la fête.

Jacks vint se placer entre eux en trois enjambées. Il tâtonna dans son dos et posa la main sur la hanche d'Hannah dans l'espoir de la réconforter, résistant à l'envie d'enfoncer son autre poing dans le nez de Carter.

Une paume fraîche couvrit ses doigts. Hannah...

— Ne la touche pas, tu m'entends ? Ou bien je te tuerai.

Jamais il n'avait été aussi sincère de sa vie.

La petite main serra la sienne et un flot d'émotions lui monta à la gorge. Dire qu'il avait failli ne pas venir ici.

— Te voilà bien agressif, marmonna Carter.

Un nouvel éclair illumina la grange, juste assez pour que Jacks puisse croiser le regard calculateur de son rival.

— En effet.

Menacer une femme dans une écurie ? C'était méprisable, même pour Carter.

— Mieux vaudrait que je ne te surprenne plus dans les parages et que tu ne lèves plus jamais la main sur elle.

— Tu te crois fort, espèce d'amateur, mais tu n'as pas ta place ici. Ne pense pas que nous n'avons pas remarqué ton équipement de marque et cette selle de cuir premier choix, répliqua Carter avec un coup d'œil en direction du box.

Jackson résista à l'envie de le corriger. Il avait *gagné* cette selle dans les règles. Mais Carter marquait un point : il aurait sans peine pu se l'offrir. Il aurait même pu acheter l'écurie entière dix fois, et l'usine qui avait fabriqué son équipement. Mais ce n'était pas important aux yeux de *Jackson* Hartmann. Il n'était pas là pour acheter, mais pour gagner.

À regret, il lâcha la main d'Hannah et fit deux pas en avant, toujours aussi furieux.

— Laisse tomber, mec, soupira Carter. Crois ce que tu veux, mais cette garce avait envie de savoir de quoi un vrai cow-boy est capable.

Sans attendre de réponse, il quitta la grange. Jackson fut tenté de le suivre, mais renonça pour se tourner vers Hannah.

— Tout va bien ?

Question stupide... Bien sûr que tout n'allait pas bien.

— Mieux, maintenant que tu es là, avoua-t-elle.

Elle lui prit la main de nouveau et il comprit qu'il était plus facile d'être vulnérable dans le noir. Un troisième éclair fendit la nuit, suivi par un autre grondement assourdissant.

— Le plus gros de l'orage arrive, chuchota-t-il.

Elle rit nerveusement.

— Pourquoi baisses-tu la voix ?

— Je ne sais pas.

Il gloussa à son tour. Une tension palpable montait.

— Merci de m'avoir sauvée.

Sa voix était calme, mais ses paroles vibrèrent en lui. Les jambes soudain plus lourdes, il resta face à elle, plongé dans son regard azur.

— Je suis sûr que tu te serais débrouillée, Miss Boston.

Enfin, il s'obligea à reculer et à mettre plus de distance entre eux. Mieux valait garder l'esprit clair.

— Les garçons vont me chercher, dit-il avant de siffler Outlaw. Désolé, vieux, je n'ai rien pour toi...

Le cheval noir hennit sa déception et donna un coup de sabot impatient au sol.

— Allons-y, alors, soupira Hannah avec une pointe de désapprobation évidente.

— Tu n'es pas obligée de venir...

Déjà, elle se dirigeait vers la porte restée ouverte. En l'entendant, elle fit volte-face.

— Merci pour l'invitation, Brad.

Ses yeux écarquillés étaient luisants de larmes retenues. Son expression le troubla. Que répondre à ça ?

— Je ne savais pas que tu attendais une invitation, grommela-t-il en passant devant elle.

Il sentit la chaleur de son corps un instant, avant d'être accueilli dehors par une pluie chaude. En un éclair, Hannah fut à ses côtés et il étouffa un juron.

— Prends ça, dit-il en se débarrassant de sa veste de cuir.

C'était sa préférée et il l'avait usée depuis dix ans, mais au moins, elle la protégerait des gouttes.

— Je n'en ai pas besoin, protesta-t-elle, acceptant son offre tout de même.

— Laisse-moi t'escorter jusqu'au motel. Nous avons connu assez d'émotions fortes pour une soirée.

En dépit de sa silhouette menue, elle le suivit sans peine, faisant deux pas pour égaler chacune de ses enjambées.

— Que vas-tu faire, pour Carter ? demanda-t-il enfin.

— Il m'a clairement dit ce que les policiers pourraient me répondre. Et puis, sur quoi pourrais-je baser une plainte ? Il a posé la main sur mon bras, ce n'est pas illégal…

— Tu sais aussi bien que moi qu'il ne se serait pas arrêté là, répondit-il sèchement.

Elle avait les joues inondées de pluie mais ne pleurait pas. Au contraire, elle était calme, méthodique et – hélas – elle avait raison. Jacks aurait voulu l'enlacer, la serrer contre lui de toutes ses forces. Au lieu de ça, il hocha la tête.

— Fais comme tu le sens. Je suis juste heureux d'être arrivé à temps.

Miss Boston fit alors une chose inattendue. Elle se rapprocha vivement de lui. Il ne bougea pas, pétrifié. Elle posa la tête au creux de son torse et un spasme traversa tout son corps tandis qu'elle s'abandonnait à la tension qu'elle avait retenue jusque-là. Il passa les mains dans son dos pour la caresser avec douceur.

— Pleurer n'est pas grave, la rassura-t-il, sans trop savoir si ça allait la réconforter.

Elle sanglota de plus belle.

Il perdit alors toute notion du temps, de ses responsabilités, des promesses formulées dans la colère et des menaces proférées. Il oublia son désir de vengeance, ses buts, tout ce qui n'était pas *elle*, et la laissa s'agripper à lui sous la pluie.

— Tu sais, tu me fais penser à Outlaw...

Il regretta immédiatement cet aveu. *Comparer une femme à un cheval ? Quel idiot !*

Sa remarque la calma aussitôt et elle se redressa.

— Pourquoi ? Tu comptes me dompter aussi ?

Il essuya une larme sur sa joue avec son pouce.

— Non... Ce que j'aime le plus chez toi, c'est que tu es *indomptable*. Et ta force ? Elle est extraordinaire.

La pluie tombait toujours. Sans laisser les gouttes chaudes la troubler, Hannah releva le menton.

— Je ne peux pas toujours être forte, dit-elle avec une franchise qui lui noua l'estomac.

— Moi non plus, admit-il à mi-voix.

Puis, guidé par un éclair, il se pencha pour l'embrasser.

Il avait voulu lui donner un baiser doux, la réconforter, mais perdit vite le contrôle. Elle s'accrocha à son T-shirt, l'attirant à elle. Il prit son visage entre ses paumes pour la serrer contre lui. Elle se laissa faire, répondant à sa fièvre par une impatience gorgée de désir qu'il n'avait pas anticipée.

Soudain, des phares les interrompirent et elle bondit en arrière avant que le véhicule ne parvienne à leur hauteur. Hélas, l'arrivée de l'intrus ne suffit pas à étouffer l'excitation de Jacks ; mais il eut assez de présence d'esprit pour être soulagé de ne pas avoir laissé ce baiser déraper dans un parking public.

— Je suis désolée, Brad. Ce n'était pas professionnel...

Elle retrouva immédiatement son masque habituel et distant.

Ce n'était pas plus mal. Elle ne sortait pas avec des cow-boys. Et lui ? Il ne sortait avec personne. Il ne pouvait pas se le permettre.

6

Faire des étincelles

Hannah était magique. Jackson ferma les paupières, faisant ainsi disparaître l'habillage en bois des cloisons de sa chambre, et gémit.

— Je ne sais pas ce que tu fais, mais c'est merveilleux...

Hannah pressa ses paumes à la base de sa colonne vertébrale en faisant de petits cercles – du moins, c'était ce qu'il croyait. La sensation était phénoménale.

— Remercie Cardic, dit-elle en riant.

— Oh ! je remercie le Ciel. Mon dos n'a jamais été aussi détendu.

C'était vrai. Sa chute de la veille avait été plus effrayante que grave, comme souvent, mais il appréciait néanmoins les soins d'Hannah. La veille, il avait été prêt à en venir aux mains avec Carter ; mais ici, à 9 heures du matin, c'était oublié... *Tout* était oublié. À part le baiser.

Ils n'en parlaient pas, profitant d'une trêve tacite. Vus de l'extérieur, ils n'étaient qu'une masseuse et son client. Cependant, allongé à demi nu sur la table, il ne pouvait ignorer ce frisson. Pas quand elle le torturait avec des mouvements si exquis, tandis qu'il tentait de se réciter l'alphabet à l'envers pour empêcher son corps de trahir l'ampleur de son désir pour elle. Le flacon d'huile crachota quelques bulles quand elle en fit couler une noisette sur son dos. Puis ses doigts, frais et assurés, l'étalèrent.

— Ta peau ressemble à un Picasso…

Il imaginait sans peine les taches sombres et colorées de ses contusions. Il avait passé quelques après-midi en compagnie d'Outlaw et son cheval était assez caractériel ces derniers temps. Sans compter Beast. Ou Viper. Peut-être n'était-il pas le plus doué pour anticiper les réactions des bêtes, finalement. Quoi qu'il en soit, elle n'avait pas à s'inquiéter. Il n'avait pas besoin qu'on ait peur pour lui, et il fuyait toujours ceux qui faisaient preuve d'empathie…

— Serais-tu amatrice d'art ?

Il gémit de nouveau sous ses mains, qui pétrissaient avec force ses lombaires.

— Pas vraiment. Je suis médecin : mon écriture est illisible et mon dessin déplorable, dit-elle en travaillant.

La pression délicieuse qu'elle exerçait ne cessait jamais. Il pouvait presque la sentir dans tout son corps.

— J'en doute, souffla-t-il entre deux soupirs d'aise.

— Ai-je l'air d'une artiste ? C'est ce qu'on dit aux femmes laides pour les réconforter, non ?

— Pas vraiment, la rassura-t-il.

Elle ressemblait plutôt à une splendide œuvre d'art. Ses traits auraient pu appartenir à une statue de marbre ; ses courbes, à une toile de la Renaissance. Et ses proportions étaient… parfaites. Non pas qu'il ait étudié l'art, bien sûr.

Soudain, son portable vibra. Il redressa la tête avec une grimace. Le nom de Nick s'affichait sur l'écran.

— Veux-tu répondre ? On peut faire une pause.

Oh ! s'il avait pu effacer sa politesse professionnelle ! Il ravala une nouvelle bouffée de désir et se rappela qu'il avait *justement* besoin qu'elle fasse son travail – rien de plus. Il ne pouvait pas emmener sa masseuse dans le foin pour une partie de jambes en l'air et n'était pas prêt à réfléchir aux raisons qui l'avaient poussé à l'embrasser, la veille. Il aurait été trop facile de blâmer ses grands yeux, sa silhouette sensuelle, cette féminité qui savait si bien le distraire. Il avait déjà résisté à des belles femmes, avant. Mais elle était plus que ça. Elle était *Hannah*. Seulement, ça ne changeait rien : elle n'était là que parce que Cardic la payait et ne cherchait sans doute pas un coup d'un soir. Or, c'était la seule chose qu'il aurait pu lui proposer.

— Non. Je m'en occuperai plus tard, répondit-il.

Elle ne dit rien et reprit son travail. Ses doigts se rapprochaient dangereusement de la ceinture de son jean. Jacks pressa le front contre la table molletonnée, heureux de pouvoir se cacher quand il dut se mordre la lèvre.

— Qui était-ce ? demanda-t-elle au bout d'une minute.

— Nick. Nous étions...

Comment expliquer qui était Nick, sans trahir son identité ? Sans lui dire qui *il* était ?

— Nous étions associés, avoua-t-il.

Oui. C'était honnête. Le ranch Hartmann n'était pas un foyer chaleureux, mais plutôt une petite entreprise familiale. Du moins, quand son père était aux commandes.

— Associés...

— Associés, confirma-t-il.

Il redressa de nouveau la tête et attrapa le portable pour lire le texto qui venait d'arriver, les sourcils froncés.

Jacks. Les chevaux ont traversé la Yellowstone hier soir. Ils quittent la réserve. Nous devons trouver un moyen d'expliquer ça à la commission. L'inspecteur actuel n'est pas un ami.

Les chevaux ? Sans doute parlait-il des mustangs.

— Alors ? insista Hannah.

— Je devrais peut-être le rappeler...

Elle retira ses mains de son dos et, en un éclair, le charme qu'elle avait jeté sur lui fut rompu. Mais ce n'était pas le plus grave. Qu'arrivait-il aux mustangs ?

— Tu n'es pas obligée de sortir, dit-il par politesse.

Néanmoins, il préférait avoir cette conversation en privé. C'était bien parce qu'il cachait son vrai nom qu'il ne pouvait pas se permettre d'avoir une petite amie. Il était plus facile de garder un secret quand on était seul.

— Pour que nos sessions soient plus efficaces, nous devrions les limiter à quarante-cinq minutes et en faire plus souvent, dit-elle. Demain, nous pourrions nous retrouver le matin, puis une deuxième fois après le déjeuner, juste avant ton entraînement.

Demain. Il n'allait pas la revoir avant demain. Ravalant sa déception, il récupéra son T-shirt.

— D'accord. À demain.

De toute manière, il était occupé, ce soir. Devait-il l'inviter ? Non, mieux valait ne pas mélanger travail et plaisir. Ces séances de massage brouillaient déjà suffisamment les lignes.

— OK, répondit-elle.

Il la surprit en train de l'observer tandis qu'il se rhabillait et ralentit son geste. Ses yeux ne quittaient pas son torse, explorant sa chair avec une intensité hypnotique. Jusqu'à ce que son portable vibre de nouveau.

— Ton associé a l'air d'avoir besoin de toi.

Elle s'empressa de ranger ses flacons dans un sac de sport.

Bon sang, Nick. Ça a intérêt à être urgent.

Il jeta un coup d'œil au réveil, près du lit. Leur session avait duré plus d'une heure vingt, mais il avait eu l'impression de s'être à peine allongé quelques minutes. Quelques minutes d'extase.

— À demain matin, lança-t-il.

— Nous verrons.

Son sourire fut interrompu par une nouvelle sonnerie.

— Quoi ? aboya Jacks dans le combiné dès qu'elle fut partie.

— Je suis content de te parler aussi, Jackson. Pourquoi ne me rappelles-tu pas ? On a des problèmes !

Jacks ferma la porte qu'Hannah venait de passer et attrapa une bière dans le mini-frigo, sous la télé.

— Si j'avais voulu te rappeler, je l'aurais fait, dit-il avant d'avaler une gorgée rafraîchissante.

— Je m'en doute, mais j'ai envie de te parler, *moi*.

Nick était vraiment insupportable.

— N'est-ce pas pour ça que je t'ai signé une procuration ? Tu es censé prendre les décisions pour moi et me faire un bilan. Point.

Jacks but une autre gorgée. Il se sentait un peu coupable. Au fond, ce n'était pas à cause de Nick qu'il refusait de rentrer. Son frère était même l'*unique* raison qui pourrait le convaincre de se rendre au ranch. Lui et Amelia. Mais les choses avaient changé. Nick avait rencontré Rose. Amelia, Mia pour les intimes, avait quitté la maison pour s'occuper de l'hôtel familial. À eux deux, ils avaient transformé le visage du ranch Hartmann et Jacks avait de plus en plus de mal à accepter le fait qu'il manquait tout cela. Mais Brad n'appartenait pas à ce monde, et Jackson Hartmann ne pouvait pas être sacré champion de rodéo. Il refusait de donner au fantôme de son père la satisfaction de voir son nom faire les gros titres. Il allait gagner en tant que Brad Hill.

— Oui, je peux voter pour toi au conseil d'administration, mais il se passe des choses. Tout a changé. Ce n'est plus comme avant, répondit Nick d'une voix pleine d'espoir.

Oh non. Jackson ne pouvait pas laisser la porte ouverte à un éventuel retour. Brad ne le pouvait pas.

— Ça ne suffira pas pour que je rentre, frérot. J'ai clos ce chapitre de ma vie et tu le sais.

— Est-ce que tu t'entends ? Tu ne peux pas tirer un trait sur qui tu es, *Brad*.

Cette attaque lui fit mal. Nick était le seul à connaître son pseudonyme. Il avait été le seul à qui Jacks s'était confié car son frère n'aurait jamais retourné cet aveu contre lui. Jusqu'à maintenant, apparemment.

— Est-ce pour ça que tu appelles ? Pour me faire une leçon de morale ou me donner… des conseils ? Honnêtement, je ne veux ni l'un ni l'autre, Nick.

C'était méchant, mais Jacks ne prétendait pas être gentil.

— Je commence à être fatigué d'être un oiseau de mauvais augure, soupira son frère. J'ai l'impression de me battre pour un héritage dont personne ne veut. Tu n'es même pas revenu voir Rose depuis notre mariage. Ou Alix, ta nièce.

— Touché. Mais j'ai au moins rencontré *Mary* quand elle a assisté au rodéo.

Nick pouvait-il sentir son sourire dans le téléphone ? Quand son frère avait engagé Mary, une nounou anglaise, pour s'occuper d'Alexandra, il n'avait pas su qu'elle s'appelait Rose et avait pris la place de sa sœur, récemment décédée. Jackson avait croisé « Mary » avant qu'elle n'avoue son vrai nom et il se sentait très proche d'elle, depuis. Ils connaissaient tous les deux le poids du mensonge.

— Écoute, les choses vont plutôt bien ; mais je suis capable d'admettre que j'ai besoin d'aide, de temps en temps, moi. Je ne veux pas m'épuiser au ranch et négliger ma famille. J'ai une femme, tu sais, et j'ai encore du mal à réaliser ma chance. Elle est tout pour moi...

— Tu veux dire qu'elle essaie de changer ta nature ? demanda Jacks en passant dans la salle de bains pour ouvrir la douche et laisser l'eau chauffer.

— C'est moi qui veux changer, corrigea Nick sèchement.

— Si tu as besoin d'aide, tu frappes à la mauvaise porte. Mon truc, c'est les chevaux...

— C'est bien pour ça que je t'appelle. On a un pépin. Les mustangs migrent vers les plaines du nord de la Yellowstone. C'est un nouveau troupeau et l'inspecteur veut abattre ceux qui n'ont pas la robe originelle. Si nous ne le faisons pas, ils enverront une équipe : les hommes de Ryan.

Ryan Stuart était l'inspecteur en charge de la faune sauvage, et son équipe avait la réputation de détourner les étalons des domaines privés vers ses propres écuries. Ces chevaux étaient le legs de *Jackson*, pas de son père. Les mustangs des monts Pryor étaient une race typique de la région, et les pur-sang n'avaient pas de prix. Il existait un marché juteux pour les étalons sauvages pure race. S'ils migraient, l'arrivée d'une troupe de la commission ne ferait qu'accélérer le processus et les chasser du parc national. En somme, tout était toujours une affaire de gros sous...

— Quand viendront-ils ? demanda-t-il en faisant de son mieux pour paraître nonchalant.

— Bientôt. Si nous ne prouvons pas que le troupeau est sur nos terres et qu'il répond toujours aux critères de la race, ils débarqueront dans douze semaines. Tu sais aussi bien que moi que s'ils révoquent notre droit sur ces bêtes, ce sera un massacre. Je préférerais vendre la propriété plutôt que voir ce barbare piétiner nos pâturages !

— On est au moins d'accord sur ce point.

La salle de bains s'était remplie de vapeur et Jackson fronça les sourcils face à son reflet dans la glace embuée.

— Je viendrai dès la fin du championnat.

Il raccrocha sans attendre la réponse de Nick. Il expliquerait plus tard qu'il n'était de retour que pour les bêtes et referait sa valise une fois le problème réglé. Que son frère savoure donc sa victoire temporaire. Pour l'instant, il devait se préparer pour la fête organisée par son sponsor. Il n'avait pas le temps de songer au soulagement qu'il avait ressenti en prononçant ces mots. *Je viendrai.*

— Que doit-on porter, pour un cocktail de sponsorat ?

Hannah se sentait stupide de demander des conseils à Emily sur Zoom...

— La petite robe noire est toujours un classique, mais j'aimerais surprendre.

— Porte ton truc rose.

— Ma lingerie neuve ?

Hors de question ! Elle l'avait empaquetée pour plaisanter, et voilà que sa blague se retournait contre elle.

— Oui ! Tu feras sensation au milieu des cow-boys et des vendeurs de voitures ! J'aimerais tant voir ça...

— Tu *peux* venir, tu sais.

Hélas, même en sautant dans un avion, elle n'arriverait jamais à temps pour la fête.

— Ça m'étonnerait. La Cendrillon que je suis doit se rendre au bal des pots de chambre.

Elle s'éventa avec un livre de poche usé, et son geste se figea sur l'illustration de la couverture, le temps qu'Hannah en déchiffre le titre. C'était une romance western. Elle sourit.

— Et ça ? demanda-t-elle quand le livre eut repris sa fonction d'éventail.

Elle tenait sa robe émeraude. Trop nonchalante ? C'était de la soie, mais avec une coupe simple : de basiques rectangles qui se drapaient sur le corps en pans asymétriques. Relax, mais sexy. *Trop sexy pour papa, peut-être...*

— J'adore cette couleur sur toi, mais je vote quand même pour la lingerie rose.

Hannah soupira.

— D'accord, je mettrai l'ensemble rose si ça peut te faire taire, mais il me faut quand même une robe par-dessus.

— Oui ! couina Emily. Il *faut* que tu la portes. On est toujours mieux préparée pour les soirées mondaines dans une tenue appropriée...

— Mais rien ne m'oblige à porter un ensemble approprié *sous* mes vêtements.

— C'est ce que tu crois, plaisanta son amie.

Hannah pinça les lèvres. Elle ne le croyait pas. Elle le savait. Rodney l'avait invitée et elle devait rester concentrée. Cette soirée lui offrirait une occasion de mieux le connaître.

Elle suspendit la robe verte derrière la porte de la salle de bains et fouilla sa trousse à maquillage. Il était temps pour elle de revêtir son masque. Les personnes attirantes étaient toujours plus appréciées. C'était presque scientifiquement prouvé. Bien sûr, elle ne pourrait pas devenir fine comme une liane, mais elle savait au moins comment mettre ses atouts en valeur.

— Au fait, ta mère va bien, si jamais tu te posais la question… Je l'ai vue aujourd'hui et elle m'a demandé de tes nouvelles.

— J'espère que tu ne lui as pas parlé de Rodney, murmura Hannah en appliquant son mascara. Aïe !

Bien joué. Elle venait de se mettre la brosse dans l'œil. C'était la pire douleur : celle que l'on s'infligeait soi-même. Celle pour laquelle on ne pouvait blâmer personne… Elle s'observa un instant dans la glace. Non, c'était faux. Être blessé par quelqu'un qu'on aime était bien pire.

— Bien sûr que non, la rassura Emily. Quelles chaussures vas-tu porter ?

— Très subtil, Em, gloussa Hannah. Tu sais que j'adore parler de chaussures. Que penses-tu de celles-ci ?

Elle posa son pied au bord du lit, en face de la caméra, montrant ses escarpins couleur chair délicatement arqués sur des talons de dix centimètres.

— Ils sont hauts, remarqua Emily, clairement jalouse.

— Mon cow-boy est grand, lâcha-t-elle sans réfléchir.

— *Ton* cow-boy, hein ? plaisanta son amie. Dire que tu prétendais ne pas vouloir embrasser de cavaliers de rodéo.

C'était bien le problème d'avoir une meilleure amie qui n'oubliait jamais rien. Elle n'hésitait pas à lui renvoyer ses erreurs les plus stupides au visage.

— Je dois y aller. Rodney passe me prendre dans vingt minutes et je dois encore me coiffer.

Sans attendre de réponse, elle referma son ordinateur. Cette soirée était pour Rodney. Et elle *risquait* de croiser Brad – après tout, c'était un cocktail organisé par Cardic Motors – mais ce n'était pas pour lui qu'elle se pomponnait. Parviendrait-elle à s'en convaincre si elle le répétait assez ?

Elle venait à peine de tracer un trait de khôl au bord de sa paupière quand on frappa à la porte. Elle l'ouvrit et rougit jusqu'aux oreilles. Son cerveau, un instant figé, réagit enfin.

— Brad, dit-elle, heureuse de parvenir à parler.

Il portait un costume bleu nuit coupé près du corps. Le tissu épousait la forme de ses épaules.

— Tu... J'attendais quelqu'un d'autre, balbutia-t-elle.

— *Dixit* la déesse, répondit-il avec un grand sourire.

— Pardon ?

Elle se sentait à la fois insultée et flattée. C'était gênant.

— Tu es jolie. Trop jolie, dit-il dans un murmure.

Elle sourit malgré elle. Elle n'aurait pas dû être heureuse d'entendre ça. Au fond, elle avait même du mal à croire qu'il venait de la qualifier de déesse. Elle fit volte-face pour chercher son sac.

— Je suis prête.

Elle referma la porte derrière elle et prit le bras tendu de Brad. Pour ne pas tomber sur ses talons, bien sûr. Rien d'autre.

Un pick-up flambant neuf, blanc avec des touches noires, était garé devant le motel.

— Est-ce le tien ?

— Pour l'instant, dit-il en ouvrant la portière pour elle. M'dame.

Il souleva le rebord de son chapeau avec un sourire.

Jacks avait du mal à rester de marbre devant cette vision enchanteresse toute drapée de vert.

— Merci, monsieur, répondit-elle en appuyant sur le « monsieur ». Ta voiture sent si bon !

— Elle est neuve.

Pendant un instant, l'odeur de son ancien 4x4 lui manqua. Bessie était une vieille machine qui embaumait le cheval, le cuir chaud et les harnais cuits par le soleil...

— On a vingt minutes de route, dit-il au bout d'un moment, pour briser le silence.

— Vingt minutes, répéta-t-elle, les mains à plat sur sa jupe. J'avoue que je ne m'attendais pas à ce que tu viennes me chercher.

Ah. C'est donc ce qui la tracasse.

— Qui espérais-tu voir ?

Une question évidente, mais il retint son souffle en attendant la réponse.

— Rodney.

— HotRod ? Il était déjà à Billings et m'a demandé de passer te prendre. C'était plus simple. Je suis désolé de te décevoir. J'aurais dû te poser la question plus tôt.

— Je ne suis pas déçue, promit-elle.

— Je n'arrête pas de penser à Carter. Je n'aurais pas dû le laisser partir comme ça, hier soir, reprit-il sans quitter la route des yeux.

Il était plus facile d'être franc s'il ne la regardait pas. Il sentit Hannah se raidir et regretta d'avoir abordé le sujet.

— Non, tu as fait ce qu'il fallait.

— Je n'en suis pas sûr.

Il lui jeta un petit coup d'œil en biais. Elle avait rougi.

— C'était la bonne décision. Les types comme lui... Qu'aurais-tu fait ? Le tabasser ? On n'est plus au lycée.

— Hé, c'est le Far West, ici.

Néanmoins, il sourit. Leur baiser sous la pluie avait été plus satisfaisant qu'assommer Carter à coups de poing. Et puis, il pourrait toujours se rattraper plus tard.

— Alors, aimes-tu ton nouveau boulot ?

— C'est bien. Sympa. Je ne m'attendais pas à me sentir aussi bien, ici.

Elle appréciait son travail. Lui aussi, peut-être. C'était bon à entendre, même s'il n'aurait pas dû s'en soucier.

— Qu'aimes-tu le plus ?

Il n'osa pas poser la vraie question : *M'aimes-tu ?*

— Je ne pensais pas être à l'aise avec les cow-boys.

Il leva le pied et le pick-up ralentit. Quittant un instant la route des yeux, il s'interrogea...

— Pourquoi méprises-tu tant les cow-boys ?

Cette fois, sa rougeur fut impossible à manquer. Depuis la gorge jusqu'aux pommettes, elle devint rose vif. Un gentleman aurait changé de sujet, mais pas Jackson. À son grand soulagement, elle ne détourna pas la conversation. Elle redressa le menton et crispa les épaules.

— Ma mère avait un faible pour les cow-boys.

— Je suppose que tu ne veux pas qu'on pense un jour : *Telle mère, telle fille...*

— Ce n'est rien de le dire ! D'un autre côté, c'est un peu exagéré de la considérer comme une mère.

Jacks coupa la radio. Après cette remarque, il ne se sentait pas d'humeur pour des chansons pop.

— Elle m'a donné naissance, mais c'est à peu près tout, comme un animal qui abandonne son bébé dans la nature. Certainement pas l'image de la maman adorée, poursuivit-elle avec une amertume croissante.

— Tu t'en es bien sortie. C'est déjà ça.

Il se concentra de nouveau sur la route, caressant le cuir souple du volant tout en réfléchissant à ce qu'elle avait dit.

— Pas grâce à elle, lâcha Hannah près de lui.

— Grâce à ton père, alors ?

Pourquoi insistait-il autant ? Ça dépassait de loin leur relation client/masseuse. Néanmoins, il voulait savoir. Il devait savoir.

Elle ne rougissait plus. Le regard perdu par la fenêtre, elle l'empêchait de pouvoir admirer son profil.

— Je n'ai connu mon père que très récemment.

Elle avait dit cela avec calme, et Jacks comprit. Il était surpris qu'elle lui ait confié tout ça en quelques minutes.

— Je n'ai pas bien connu mon père non plus. C'était un homme aigri et il a disparu pendant sept ans quand j'en avais à peine dix.

Sans doute fut-elle surprise, car elle se redressa un peu.

— Au moins, il est revenu.

— Il a essayé de rattraper le temps perdu pour « faire de moi un homme ». J'ai toujours eu du mal à respecter les hypocrites.

— C'est sûr qu'abandonner sa famille n'est pas très viril.

— Tu l'as dit, murmura-t-il en ravalant sa salive.

Elle ralluma la radio et chantonna quand un tube du Top 10 se mit à hurler dans les haut-parleurs. C'était aussi bien. Jacks ne pouvait s'empêcher d'entendre ses dernières paroles en boucle. « *Abandonner sa famille n'est pas très viril.* »

N'était-ce pas ce qu'il faisait avec Nick ? Il tenait tant à se démarquer de son père qu'il était en train d'agir comme l'homme qu'il méprisait le plus...

7

Tout ce qui brille

— Je ne savais pas que Billings était une si grande ville, avoua Hannah en admirant la scène illuminée.

Des gens fourmillaient dans toutes les pièces et les convives semblaient rivaliser d'élégance.

— Je ne m'attendais pas à ça non plus, répondit Brad.

En observant la foule, Hannah comprit bien vite le code tacite en vigueur. Tout le monde était en noir et blanc.

— Tu es très belle, ajouta Brad, sentant sans doute son embarras.

Bien sûr, il avait fallu qu'elle porte du vert émeraude. Elle faisait toujours les mauvais choix. En dépit de ses efforts, elle ne parvenait jamais à se fondre dans le décor...

— Il faut croire que je n'ai pas reçu le mémo.

Elle haussa les épaules en faisant de son mieux pour paraître nonchalante. Elle était la seule femme à porter des couleurs. *J'aurais dû choisir la robe noire. Bon sang, Rodney. Tu aurais pu me le dire ! Ce genre de détail est toujours précisé sur l'invitation.*

— Ne sois pas ridicule. Tu es un mustang parmi des chevaux de trait.

Elle haussa un sourcil un peu surpris et blessé. Il s'empressa de reformuler son compliment maladroit :

— Je veux dire que tu es formidable. Vraiment.

La fête avait été organisée dans une galerie d'art – une

vieille scierie réaménagée et garnie d'immenses baies vitrées qui montaient jusqu'aux poutres. Le plafond cathédrale était orné de guirlandes lumineuses. Et les fleurs… Une multitude de bouquets débordaient de lys blancs et de pivoines. Pendant un instant, Hannah fut abasourdie par tant de splendeur. Par la somptuosité du lieu. Soudain, elle vit Rodney s'approcher en compagnie de cadres de Cardic.

— Permettez-moi de vous présenter Brad Hill, dit-il avec un profond salut.

Hannah avait presque l'impression d'être une mouche sur un mur de salle de bal. Une mouche en robe verte.

— C'est un honneur, répondit Brad avec un hochement de tête poli.

Il était plus grand que tous les hommes en costume, mais son autorité naturelle n'émanait pas que de sa taille. Les autres étaient… un peu trop propres. Un peu trop maniérés. Et puis, bien sûr, il y avait Rodney.

Son père était toujours aussi prévisible. Rassurant. Il portait un jean et des bottes noirs sur une chemise ébène brodée de roses et ornée de clous brillants. Il ressemblait à un cow-boy de carnaval, pas à un homme d'affaires – ce qui faisait sourire les cadres qu'il tenait tant à impressionner.

— Tu sais comment charmer les foules, chuchota-t-elle, trop bas pour qu'on puisse l'entendre dans le brouhaha.

— Et qui est cette demoiselle ? demanda l'un des cadres en pointant sa flûte de champagne dans sa direction.

— Le membre le plus important de notre équipe, répondit Brad. Hannah Bean, notre masseuse. Elle sait réduire toutes les blessures avant qu'elles ne deviennent graves.

— Je pensais que tous les cavaliers rêvaient d'une charmante infirmière, mais je me trompais. Une masseuse est une perspective fort séduisante aussi…

— On fait du rodéo pour de nombreuses raisons, corrigea Brad, et bien qu'Hannah sache adoucir les aspects les plus pénibles de ce sport, j'ai personnellement toujours été attiré par le challenge. Affronter un taureau est une bonne manière de savoir ce que l'on vaut.

Elle perçut une pointe de défi dans sa voix. Le cadre se raidit. Clairement, il l'avait entendue aussi.

Brad posa une main au bas de son dos, avec tant de légèreté qu'elle aurait pu ne rien remarquer si tous ses sens n'étaient pas tournés vers lui. Ce simple contact agit comme une ancre. Elle se pencha vers lui et sentit son pouce la caresser à travers sa robe. C'était à la fois délicieux et une torture. C'était aussi une tentation dangereuse.

Elle songea de nouveau que le travail de masseuse n'était pas assez respecté. Sentant le regard de Rodney sur elle, elle se crispa. Avait-il vu le geste de Brad ? Non, elle s'inquiétait pour rien. Il ne pouvait pas l'apercevoir. De toute manière, c'était juste un signe de soutien de sa part. Elle était en train de se monter la tête toute seule.

— Je l'imagine, répondit Costard Un en adressant un grand sourire à Hannah.

— Je… J'apprends beaucoup. Accompagner l'équipe sur cette tournée est une précieuse opportunité pour moi.

Elle se maudit de bégayer ainsi et fit de son mieux pour masquer sa gêne sous un bref sourire.

— Je ne pensais pas que le travail de masseuse était si compliqué, gloussa Costard Deux en adressant un clin d'œil à son ami.

De nouveau, ils échangèrent un regard salace.

— Sachez que Mlle Bean possède un diplôme en médecine. Elle a accepté ce travail…

— J'ai accepté ce travail car j'envisage de me spécialiser en médecine sportive. J'avais également dix semaines devant moi avant d'entamer mon internat à Bozeman, coupa-t-elle.

Elle fusilla Brad du regard. Elle n'avait pas besoin qu'on la sauve. Cette fois, elle n'était pas seule dans une grange, mais noyée dans une marée d'hommes d'affaires qu'elle pourrait repousser d'un seul mot bien placé.

— La médecine sportive ? ricana Costard Un.

Hannah sourit de nouveau. Elle avait au moins retenu leur attention. Certes, elle n'avait pas opté pour des études de médecine à cause du respect que ce travail lui apporterait, mais elle n'hésitait pas à faire étalage de ses connaissances pour servir ses intérêts.

— Oui. Les impacts profonds laissés par les élongations et torsions dans la pratique du rodéo sont un cas d'étude passionnant. Et qui sait pendant combien de temps les fans pourront baver devant leurs chers cow-boys en les voyant valser sur un taureau ? J'admets que l'importance de mes notes en matière de thérapie sportive me dépasse, mais cela pourrait être utile à la recherche médicale à long terme.

Elle rit, tout en maintenant un masque de froideur exercée.

— En tout cas, j'apprécie cette expérience, le temps d'un été. Son utilité pour mon cursus est indiscutable.

Voilà. Ça devrait suffire.

— Vous êtes *payée* par Cardic Motors pour ce travail, glissa Costard Un d'un air menaçant.

Certains hommes n'aimaient pas être remis à leur place – même subtilement.

— Et sa présence est l'une des raisons pour lesquelles j'ai signé, enchaîna Brad. Vous semblez avoir soif... Désirez-vous que j'aille chercher des rafraîchissements au bar ? Je suis un cow-boy serviable, comme vous le voyez.

Son offre brisa la tension et les hommes acquiescèrent.

— De la bière pour nous, répondit Costard Deux. Et rapportez donc un verre de vin pour la petite demoiselle.

Il adressa un clin d'œil à Hannah, qui ressentit un profond dégoût. Puis elle se souvint des paroles de Brad. Un cow-boy serviable ? Pourquoi avait-elle l'impression qu'il avait dit ça juste pour elle ? En un éclair, son corps se détendit.

— Je vais prendre un…

— Julep à la menthe ? suggéra Brad avant de lui glisser à l'oreille : J'aime bien l'effet qu'ils ont sur toi.

— Non, un verre de blanc m'ira très bien.

Elle devait montrer à Rodney qu'elle était la fille qu'il avait toujours attendue sans le savoir, et se lancer sur la pente glissante des juleps à la menthe n'était sans doute pas une bonne idée.

— Blanc. La couleur de la reddition. Je vais faire pareil, chuchota Brad pour qu'elle seule puisse l'entendre.

En dépit du groupe qui les entourait, elle eut l'impression d'être en tête à tête avec lui. Son regard intense paraissait la dénuder. Au moins, si elle avait été nue, elle n'aurait plus été embarrassée par sa robe verte…

— Il me faudra plus qu'un verre de vin pour baisser les armes, répondit-elle à voix basse avec un clin d'œil.

Puis, gênée, elle s'assura que personne n'avait entendu cet écart. Non. Elle n'avait rien à craindre.

— Commençons par un verre et voyons où ça nous mène, suggéra Brad avec un large sourire aguicheur.

— Si ça me permet de boire mon vin avant mes cinquante ans, je prends, répondit-elle en se tournant vers le groupe.

— Ne vous y trompez pas, reprit Brad en lui prenant le bras. Je ne la laisserai pas s'éloigner d'un pouce.

Il l'entraîna vers le bar avec autorité et, dès qu'ils furent à bonne distance, elle murmura :

— Merci.

Elle n'était même pas certaine de savoir pourquoi elle le remerciait. C'était un simple réflexe.

— N'écoute pas ces types. Je pense que tu as raison de chercher à enrichir ton expérience dans le monde du sport. Tu verras de nombreuses blessures avant même de mettre un pied à l'hôpital.

Il lui parlait, mais elle ne pouvait détacher ses regards de la chemise tendue sur son torse. Il aurait été plus facile de bavarder si elle n'avait pas passé la matinée à le masser, si elle n'avait pas senti ces muscles sous ses doigts… Dans un cadre professionnel, bien sûr !

— Ouais, lâcha-t-elle en dépit de sa bouche asséchée. Tu sais que j'ai *déjà* travaillé dans un hôpital, n'est-ce pas ?

— Je n'en doute pas.

Ils étaient arrivés au fond de la salle et se trouvèrent devant une grande table couverte de hors-d'œuvre. Ce n'était pas une fête de village : la nourriture était assez prétentieuse pour faire comprendre aux invités que beaucoup d'argent avait été dépensé pour cette soirée. Il y avait du foie gras, des verrines d'endives en salade, des *crostini* au fromage de chèvre, des petites coupelles de travers de porc au miel et aux figues. Quelques bols de carottes râpées ajoutaient une touche de couleur à l'ensemble.

— Et dire qu'ils n'ont même pas prévu de serviettes…

Hannah rit. Comment aurait-elle pu s'en empêcher ?

— As-tu peur d'avoir de la sauce sur les doigts ? demanda-t-elle en attrapant un travers de porc qu'elle dévora.

Puis, comme un défi, elle lui tendit son index luisant de miel. Elle aussi savait flirter. *Prends ça, cow-boy.*

En un éclair, il lui prit la main et la tourna dos à la foule pour se cacher. Un peu troublée, elle se laissa faire. Il avait mordu à l'hameçon et elle ne savait plus comment réagir.

Quand ses lèvres chaudes et humides se refermèrent sur son doigt, elle sentit son estomac se nouer. Sa langue glissa sur sa peau, gourmande. Elle eut alors une vision de cette bouche sur son sein, ses cuisses, et dut réprimer un gémissement de plaisir. Ça ne dura que quelques secondes, mais le temps parut s'arrêter autour d'eux. Seule la langue de Brad existait encore. Enfin, elle parvint à se reprendre et détourna les yeux, craignant que son père les ait vus. Brad se tenait bien trop près d'elle et elle avait conscience de chaque centimètre de son grand corps, comme si de l'électricité statique parcourait l'air entre eux.

— La voie est libre, si c'est ce qui t'inquiète, souffla-t-il avant de se mordre la lèvre.

À quoi pensait-il ?

— Tu crois que ces gens se soucient vraiment de mes talents de médecin ?

Mieux valait lui poser des questions que réfléchir à ce qu'elle faisait. Se laisser séduire par un cow-boy aurait été le pire des faux pas.

— Tes talents m'aident beaucoup. Je sais que nous n'avons pas encore fait beaucoup de sessions, mais tu as déjà accompli des miracles, dit-il pour la rassurer.

— Merci…

Elle examina la salle à la recherche de Rodney. C'était pour lui qu'elle était venue, pas pour écouter les compliments de Brad. Elle faisait de son mieux pour apprendre à connaître son père, même si ça l'obligeait à espionner le *diner* chaque matin pour lui tomber dessus au petit déjeuner. Ou à passer son temps libre dans la caravane pour apprendre à jouer au poker. Et ça marchait. Ce matin il lui avait souri et avait mangé avec elle avant de l'inviter à la fête. Cela avait semblé naturel, presque normal.

— Nous devrions rejoindre les autres, dit-elle d'une voix qu'elle espéra détachée.

Elle vit Brad serrer les dents et avaler sa salive.

— Bien sûr. Rod court sans doute après les chèques, comme toujours.

— Les chèques ?

Il baissa un instant les yeux sur son décolleté et elle inspira profondément, le cœur battant.

— J'imagine qu'il essaie de négocier d'autres partenariats pour moi. Il touche une commission sur tous mes gains.

Enfin, il recula d'un pas et elle put respirer de nouveau.

Cette information était inattendue. Elle avait su que Rodney s'occupait des négociations, mais elle avait pensé qu'il le faisait par amitié pour Brad. Lequel semblait s'attirer la loyauté de tous ses proches. Après tout, il n'avait pas besoin qu'on lui ouvre la voie : ses fans se jetaient sur lui après chaque spectacle pour réclamer des autographes. Trouver un sponsor aurait sans doute été aussi facile que commander une pizza, pour un homme comme lui. Pourquoi donc laissait-il Rodney tenir les cordons de la bourse ?

— Comment avez-vous commencé à travailler ensemble ? demanda-t-elle, préférant la franchise.

Brad lui reprit le bras et l'entraîna de nouveau au milieu de personnes qu'elle ne connaissait pas. Il saluait les gens en passant, sans ralentir le pas. Une fois débarrassé d'un groupe de femmes d'une cinquantaine d'années en pâmoison, il répondit enfin :

— Je suis avec lui depuis longtemps. Je n'aurais rien de tout ça, s'il m'avait laissé dans la grange où il m'a trouvé.

Elle fut surprise. Il ne semblait pourtant pas aimer les mondanités ou la gloire.

— Brad ! lança une autre femme. Vous étiez magnifique, la semaine dernière ! Vous voir monter donne des frissons.

— Merci, m'dame, répondit-il en soulevant son chapeau.

Il garda néanmoins ses distances et poursuivit sa route.

— Je vous ai cherchés partout, s'écria Rodney quand ils le rejoignirent enfin.

Les cadres étaient partis et il jonglait maladroitement avec plusieurs bouteilles de bière. Avisant un serveur, il se déchargea sur son plateau, ne gardant que sa boisson.

— Tu nous cherchais ? Vraiment ? Désolé, HotRod. Tu sais que je n'aime pas ces soirées. Quand puis-je partir ?

Ils étaient près de quelques mange-debout d'aspect Art Nouveau garnis de bouquets de tulipes blanches. Non loin d'eux, un orchestre jouait des reprises acoustiques de rock et Hannah fut ravie que la musique rende toute conversation difficile. Elle parvenait plus facilement à observer les deux hommes tout en laissant ses pensées divaguer. Brad était appuyé contre une table, les sourcils froncés. Le mur, derrière lui, portait le plus gros écran qu'elle ait vu de sa vie, sur lequel défilaient en boucle des images de 4x4 sur des routes de campagne, au milieu de pêcheurs. Elle comprenait pourquoi Cardic tenait à sponsoriser Brad : les activités viriles de plein air étaient leur meilleur argument de vente. Brad avait un raffinement un peu rude qui serait très bien passé à la télé. Il aurait même pu convaincre des femmes d'acheter ces engins !

— Tu vas faire ton numéro de claquettes comme nous tous, répondit Rodney. Tu es la star de la soirée.

— Vont-ils te proposer de tourner une publicité ? demanda Hannah malgré elle.

— C'est hors de question, coupa Brad.

— En fait, glissa Rodney, ils vont filmer quelques images pour les diffuser pendant le championnat.

— Ce n'était pas sur le contrat !

Rodney fit signe à une serveuse portant un plateau de salades d'endives.

— Où allez-vous avec tout ça, chérie ? dit-il avant de gober trois verrines tandis que Brad et Hannah refusaient poliment.

Puis il se tourna vers eux.

— Techniquement, ces tournages font partie du contrat. Dans la clause « Autres possibilités marketing ».

Brad se redressa, le regard noir.

— Je t'ai dit dès le départ que je refusais de passer à la télé.

— Écoute, Brad, c'était écrit dans le document que tu as signé. Vérifie. Tu ne sais pas ce qui est bon pour toi. Regarde autour de toi, fils : Cardic ne sponsorise pas n'importe qui. *Je* t'ai obtenu tout ça. Quant à toi...

Il se retourna d'un coup vers Hannah.

— Quel est le problème ? N'as-tu jamais entendu parler de la fameuse petite robe noire ? Et ça te tuerait de flirter un peu avec les gens qui paient ton salaire ?

— Mes services n'incluent pas ce genre de choses, répliqua-t-elle, les dents serrées.

Sans réfléchir, elle posa la main sur le bras de Brad, craignant qu'il réagisse trop violemment.

— Magnifique. J'ai engagé la seule masseuse du Montana qui refuse de flirter, cracha Rodney comme si c'était une insulte.

— Tu as engagé une thérapeute. Point.

La main de Brad fut de nouveau dans son dos, lui offrant un peu de stabilité dans cette scène surréaliste. Son père était le méchant, et le cow-boy se muait en chevalier servant…

Rodney haussa les épaules, se tournant vers son poulain.

— Donc, tu *as* lu le contrat, et pas uniquement la partie qui t'intéressait. C'est pour ça que je vous ai présentés quand je t'ai parlé de l'accord. Tu es si prévisible, fils.

— Peux-tu aussi prédire ce qui va arriver, si tu continues sur ta lancée ? demanda Brad, glacial.

Hélas, Rodney ne parut pas impressionné.

— Bois un coup. Du travail nous attend.

— Je ne pense pas, répondit Brad. Écoute, Rod, j'aurais préféré ne pas faire ça ici, mais autant te prévenir avant que tu te lances dans d'autres négociations pour moi. Après le championnat, j'arrête.

— Tu arrêtes ? répéta Hannah, choquée.

Elle n'aurait pas dû s'en inquiéter. Après la compétition, elle arrêterait aussi. Dans huit semaines, elle serait à Bozeman, au poste pour lequel elle avait été formée. Avec un peu de chance, elle téléphonerait chaque semaine à son père pour l'informer des progrès flamboyants de sa carrière ; mais cette soirée rendait cette perspective plus incertaine…

— Tu partirais au sommet de ta gloire ? Pour une sottise ?

Rodney paraissait abasourdi.

— Certaines choses sont plus importantes que le rodéo.

Vraiment ? À quoi pensait-il ? Et pourquoi se posait-elle la question ?

— La famille, par exemple ? La famille au soutien sans faille que j'ai toujours représentée pour toi ? demanda Rodney, abattant son seul atout.

Sans doute son geste aurait-il été plus utile s'il n'avait pas déjà épuisé ses cartes.

— Tu as du culot ! La famille ne fait pas de coups en traître.

J'avais dit : pas de télé. Dès le départ, je t'ai fait comprendre que je ne voulais pas afficher mon visage sur tous les écrans du pays.

— Ton visage est *fait* pour la télé, insista Rodney en avalant d'une traite le reste de sa bière.

— Ce n'est pas à toi d'en décider.

La serveuse percuta Hannah sur son chemin du retour. Le plateau était cette fois chargé de vin blanc et, à défaut de julep, elle en attrapa deux verres pour en tendre un à Brad. Il ne la remarqua même pas jusqu'à ce qu'elle pose une main sur son épaule. L'effet fut immédiat : il se retourna d'un bond, ses beaux yeux couleur miel trouvant les siens. Une fois de plus, un courant électrique passa entre eux.

— Je dois aller aux toilettes, dit-elle sans savoir comment mettre fin à cette dispute.

Voir ces hommes se mesurer comme des chiens fous était atroce. Le pire, c'était qu'elle n'était pas certaine de deviner lequel elle soutiendrait s'ils en venaient aux mains.

— Je t'accompagne, répondit Brad avec sa courtoisie habituelle.

Puis, jetant un coup d'œil à Rodney, qui boudait toujours, il ajouta :

— Fais mes adieux aux gars de Cardic.

En un éclair, il emmena Hannah jusqu'aux toilettes des femmes.

— Je n'ai pas vraiment besoin d'y aller, admit-elle.

— Mais *nous* devons y aller, dit-il avec un sourire. Je ne supporte plus cette soirée.

— Comme tu es mon taxi, je suppose que je vais rentrer avec toi...

Pendant un instant, elle regretta sa nervosité. Elle aurait aimé que son trouble soit moins flagrant.

— Veux-tu une autre bouchée, avant de partir ? demanda-t-il en caressant le doigt qu'il avait léché avec une lenteur insoutenable.

Une autre bouchée ? Oh oui !

8

Voyage sans fin

Jackson n'aurait jamais cru pouvoir haïr une voiture neuve. Surtout celle-ci. C'était un pick-up de luxe, avec toutes les options, mais ça n'avait plus d'importance. Il le haïssait. Le parfum de cuir neuf, enivrant jusqu'ici, l'écœurait. Sa seule consolation était qu'Hannah y était installée avec lui. Hélas, sa présence lui rappelait aussi tout ce qu'il ne pourrait jamais avoir. Il n'était pas du genre à enchaîner les aventures d'un soir, mais il ne désirait rien de plus stable. Une chose était sûre : il refusait de terminer comme son père et de courir tous les jupons du pays sans souci de sa famille.

Lorsque Jacks avait eu dix ans, son père était parti pour de bon et, pendant les sept années qui avaient suivi, sa grand-mère avait été le seul parent qu'il ait connu. Tout ça, parce que le vieux avait eu une aventure. Jackson s'était juré d'être meilleur que lui. Il le devait.

— As-tu vraiment l'intention d'abandonner le rodéo ? demanda Hannah dès qu'elle eut attaché sa ceinture.

Ses grands yeux étaient fixés sur lui, mais il ne voyait que ses taches de rousseur. La lune faisait ressortir la pâleur de sa peau. Elle irradiait.

— Oui. Nick a besoin de moi.

C'était une excuse pitoyable. Il n'avait aucune intention de vivre de nouveau au ranch. Il ne voulait pas s'enraciner.

— Ton associé ?

Elle posa un pied sur le tableau de bord. N'oubliait-elle jamais rien ? Il s'éclaircit la voix, gêné.

— Ouais.

Faisant demi-tour, il appuya sur l'accélérateur et laissa le gala derrière eux. Peut-être avait-il été rude d'annoncer ainsi son départ à son agent ; mais la notoriété qui le gagnait était dangereuse. Il ne voulait pas être reconnu par les mauvaises personnes – celles qui pourraient l'obliger à rentrer. Ou pire, celles qui étaient liées à lui *par le sang*.

— Huit semaines et c'est tout, donc ?

— Ne t'en fais pas, Miss Boston : je peux encore être désarçonné par plusieurs taureaux en huit semaines. Dans ce métier, les plaies et les douleurs sont garanties. Tu ne manqueras pas de travail, je te le promets.

Il passa une main sur son menton, puis serra le volant.

— Je ne m'inquiétais pas, répondit-elle dans un souffle.

Son pied s'agitait sur le tableau de bord, trahissant sa nervosité.

— Je suis désolé pour ce soir, dit-il simplement.

Elle se redressa un peu et posa les mains sur ses cuisses.

— Pourquoi t'excuses-tu ?

— Grande question...

Il sourit dans l'espoir d'étouffer sa mauvaise conscience. Oui, pourquoi s'excuser ? Pour ses mensonges ? Pour l'avoir laissée croire un instant qu'il était capable de lui offrir ce qu'elle méritait ?

Car elle le pensait. Il le voyait dans ses yeux. Il attisait le feu entre eux – consciemment. Et il ne savait pas comment s'arrêter. Jamais encore il n'avait autant désiré une femme... Il n'y avait qu'une façon de réprimer ses sentiments.

— Tu cherches un moyen d'esquiver, n'est-ce pas ? demanda-t-elle avec un petit sourire.

— Je... Je m'excuse au nom de Rodney, de ces types en costard et de tous ceux qui t'ont traitée comme un vulgaire morceau de viande, ce soir.

— Ce n'est pas ta faute.

Jacks lui jeta un bref coup d'œil tandis qu'elle enroulait une mèche autour de son doigt. Ce geste l'hypnotisa. Se doutait-elle de l'effet qu'elle lui faisait ?

— Suggérer que tu flirtes avec eux, comme s'il avait le moindre droit sur toi… C'était répugnant.

S'il n'avait pas déjà prévu d'arrêter le rodéo, l'arrogance de Rodney, ce soir, l'en aurait convaincu. Bien sûr, ils étaient liés ; mais le moment était venu de tourner la page. Il ne voulait pas rester dans une équipe qui traitait Hannah de cette manière – ou n'importe quelle autre femme, d'ailleurs.

— Rodney n'est pas le premier homme à croire que ses projets sont plus importants que tout le reste.

— Drôle de façon de présenter les choses…

Il ralentit, sans se soucier des limitations. Plus vite ils seraient rentrés au motel, plus vite elle lui souhaiterait une bonne nuit, et il n'en avait pas envie. Elle alluma la radio.

— La musique ne te gêne pas ?

— Bien sûr que non. Ton plaisir est le mien.

Ton plaisir est le mien ? Combien de verres avait-il bus ? Un seul et déjà il disait n'importe quoi. D'un autre côté, il était plus facile de blâmer le vin que d'admettre qu'il était sincère.

— Huit semaines, alors. Ensuite, nous en aurons tous les deux fini. C'est comme une date limite de consommation… sans rien consommer.

Se rendant compte de ce qu'elle venait de dire, elle rougit et s'empressa de monter le son.

— Je ne suis pas sûr de savoir de quelle « consommation » tu parles, répondit-il sans quitter la route des yeux.

Il préférait ne pas la regarder pour éviter de rougir aussi.

— Je parle de ces relations qu'on s'autorise en sachant que ça finira un jour. Ça permet parfois de s'accorder une liberté qu'on se refuserait en temps normal.

— Je vois. Une date limite de consommation.

— Je n'ai pas voulu dire qu'on devrait... le faire. Bien sûr, c'est amusant parce que je suis ta masseuse et... Nous nous entendons bien... Nous avons failli – tu sais – l'autre soir, quand tu as arrêté de...

Elle bafouillait, s'embrouillait. C'était adorable.

— On pourrait y réfléchir.

Il se gara sur le parking du motel. Excellent timing. Arrêtant le moteur, il se tourna vers elle.

— On pourrait avoir une relation à durée limitée.

Elle ne répondit pas. Il la regarda avaler sa salive. Dans ces cas-là, le silence était souvent une bonne chose. Elle aurait pu refuser tout net, mais non. Elle y songeait sérieusement.

Ce genre de liaison était tout à fait dans ses cordes. Ils pourraient sortir ensemble sans s'engager vraiment. Le beurre et l'argent du beurre, en quelque sorte.

Elle détacha sa ceinture et repoussa ses cheveux derrière son oreille.

— Je ne sors pas avec les cow-boys, lui rappela-t-elle.

— Je me souviens. Mais tu as aussi dit que les relations avec une date limite permettaient de faire ce qu'on s'interdit en temps normal, non ?

— Comment sais-tu que je n'ai jamais essayé avec un cow-boy ?

— On est une espèce addictive, dit-il avec un grand sourire qui la fit rougir de plus belle.

Elle se détourna. *Oh ! ça va être amusant...*

Sans répondre, elle ouvrit la portière et un flot d'air frais entra dans l'habitacle. En un éclair, Jacks sortit pour lui tendre la main et l'aider à descendre. Il s'approcha tout près d'elle, réveillant l'électricité entre eux.

— Si tu es si addictif, comment suis-je censée te quitter dans huit semaines ?

— Facile, murmura-t-il en faisant un pas de plus vers elle. C'est moi qui te quitterai.

— Et tu n'es pas inquiet ? Tu n'as pas peur de devenir accro aussi ?

Elle redressa le menton, si proche de lui qu'une grande inspiration aurait suffi pour que leurs bustes se touchent.

— C'est l'intérêt de ce genre de choses, non ? On saurait tous les deux à quoi s'attendre et on pourrait profiter des bons moments sans craindre d'en souffrir.

— Sans douleur...

Ses yeux s'écarquillèrent et elle hocha la tête. Une étincelle traversa furtivement son regard et il fit semblant de ne pas la voir. Si la douleur était un cancer, alors cette femme était le remède. Il inspira. Son torse effleura la poitrine d'Hannah, attisant leur désir. Comme dans l'écurie, elle s'approcha et passa les mains dans son cou. Il en avait tant rêvé depuis, se réveillant avec une érection chaque matin.

— Alors embrasse-moi, cow-boy, dit-elle avec un sourire.

Il avait déjà surpris cette expression une ou deux fois : une joie teintée d'un peu de mélancolie. Comme celle qu'il ressentait.

Il caressa ses épaules avec légèreté, la touchant à peine. Elle était douce – si douce ! Il suivit du bout des doigts la ligne de sa mâchoire et prit son visage entre ses paumes. Puis, cédant à son envie irrépressible de goûter ses lèvres, il l'embrassa enfin. Elle ouvrit la bouche sans résister et il la serra plus fort.

— J'ai envie de ça depuis notre rencontre, au bar.

Il était si facile de l'admettre, maintenant qu'elle était dans ses bras. Elle ne répondit pas, se contentant de se hisser sur la pointe des pieds pour lui rendre son baiser. Il en profita pour explorer son corps, descendant jusqu'à ses hanches. Il n'avait plus la force de réprimer sa fièvre mais fit une dernière tentative avant de perdre tout contrôle.

— Je devrais y aller, chuchota-t-il entre deux baisers.

La prudence lui extirpa ces paroles, si creuses, et il eut presque honte de les prononcer. Mais si elle le souhaitait, il la laisserait en paix ce soir. C'était certain.

— Oh non ! Si nous n'avons que huit semaines, je compte bien profiter de chaque instant.

Un immense soulagement l'envahit.

— Ton plaisir est le mien, souffla-t-il tout en poursuivant ses caresses au bas de son dos.

Elle l'embrassa de nouveau avant de reculer brusquement.

— Nous verrons ça, répondit-elle avec un clin d'œil.

Sa robe verte légère dansa autour de ses jambes quand elle se retourna pour ouvrir sa chambre.

— Il est peut-être dur de te dire au revoir, mais j'avoue que j'adore te voir t'éloigner...

C'était un cliché, mais ça n'en était pas moins vrai.

— M'éloigner ? *J'ouvre* la voie, au contraire.

Surpris, il hocha la tête.

— Les chevaux sauvages ne m'ont pas habitué à ça...

— Accorde-moi deux minutes, reprit-elle dans un souffle.

Il verrouilla sa voiture et pressa le pas. Une liaison avec date limite de consommation. Était-ce la réponse ?

Peut-être... Pour peu qu'il pose la bonne question.

Il était plus facile d'avoir l'air confiante que d'être réellement assurée. Que disait Emily ? « Jouer la comédie peut suffire, quand on le fait bien. » Hélas, c'était le problème. Elle n'était pas sûre de tenir son rôle toute la nuit. C'était une très mauvaise idée... Mais Brad ne savait rien des relations sans attaches et elle pouvait énoncer les règles qu'elle voulait. Un peu rassurée, elle prit soudain conscience qu'elle aurait moins besoin de « faire semblant » qu'elle l'avait craint.

Il frappa à la porte au bout de quelques instants. Il était ainsi : un vrai gentleman.

— Service d'étage, dit-il depuis le palier.

Oh ! si c'était bien ça, alors elle adorait déjà le menu !

Elle avait eu ses deux minutes. Deux minutes pour se préparer et retrouver son assurance. Ça ne l'empêcha pas d'hésiter au moment d'ouvrir. Non, elle devait le faire. Elle devait lui donner l'impression qu'elle savait où elle mettait les pieds au lieu de jouer les biches effarouchées. Elle voulait qu'il la voie sous son meilleur jour. Elle ouvrit donc et recula hors d'atteinte de ses mains pressées.

— Non, non, dit-elle. Avant de plonger dans le terrier du lapin blanc, mettons une ou deux choses au clair.

— C'est-à-dire ?

Il s'assit au bord du lit, attentif comme un bon élève.

— Je t'écoute.

Reste calme, Hannah. Reste calme. Elle sourit.

— Il va falloir que cette liaison reste secrète. Dans ce genre de cas, ça pourrait être gênant que les gens sachent ce qui se passe.

Il se contenta d'acquiescer, ce qui la rassura un peu.

— Et tu dois être gentil...

— Je suis gentil ! protesta-t-il.

— Je veux dire que c'est une liaison à durée limitée, pas du sexe entre amis à durée limitée.

— Je ne suis pas sûr de comprendre la nuance.

— La nuance, c'est qu'on ne verra pas d'autres personnes pendant ce temps, expliqua-t-elle, les joues en feu. Si tu dois... tu sais... faire un test pour être sûr de pouvoir... Pas de problème, mais protégeons-nous quand même.

Heureusement, il l'interrompit d'un geste.

— J'ai saisi. Tu veux une relation exclusive. Aucun souci, Miss Boston. J'ai fait des tests, mais je peux recommencer si tu préfères, dit-il en riant.

— Ce n'est pas drôle. Je ne suis pas une groupie draguée dans un bar, dit-elle en priant pour que sa naïveté ne soit pas aussi évidente qu'elle le craignait.

— Personne n'a dit ça.

Cette fois, il semblait très sérieux.

— Bon, alors on est d'accord ? On ne dit rien à personne et, quand ce sera terminé, on se quittera bons amis.

Il ne fallait surtout pas que Rodney l'apprenne – pas après ce soir.

— On dirait bien que tu vas finir par sortir avec un cow-boy, dit-il en se levant pour s'approcher.

— Pendant huit semaines, précisa-t-elle, le souffle court.

— Ouaip.

Il l'embrassa dans le cou. C'était soit la pire idée qu'elle ait eue de sa vie, soit la meilleure. Il l'embrassa de nouveau et une vague de chaleur la parcourut. *La meilleure.* Clairement.

— As-tu fini de négocier ?

Le troisième baiser fut suivi par un quatrième. Elle rejeta la tête en arrière dans un soupir.

— Oui. J'ai fini.

— Bien, parce que moi, je ne fais que commencer.

Ses deux baisers suivants longèrent sa clavicule.

Il fit glisser la bretelle de sa robe sur son épaule et pressa ses lèvres sur la peau découverte, puis répéta son geste de l'autre côté. Le cœur d'Hannah s'emballa quand il la déshabilla. Pendant un instant, sans réfléchir, elle tenta de retenir le corsage sur sa poitrine.

— Quoi ? demanda-t-il, les yeux levés et l'air surpris.

Oh ! Emily et ses idées stupides ! Bien sûr, elle avait enfilé son ensemble de lingerie rose bonbon. Brad allait croire qu'elle avait anticipé ce qui se passait, qu'elle avait tout prévu. Quelle humiliation…

— Je…

Que pouvait-elle bien dire ?

— Quelque chose ne va pas ? Veux-tu que je parte ? Hannah… ? demanda-t-il entre deux baisers sur son épaule.

— Non, je suis juste gênée.

— Pourquoi ? murmura-t-il avec un sourire timide. Qu'y a-t-il de si gênant ?

Un autre baiser au creux de sa gorge. Elle recula d'un pas. Elle laissa tomber sa robe, qui coula sans bruit sur ses chevilles. Elle se redressa ensuite, faisant de son mieux pour paraître sûre d'elle dans son corset rose en tulle, sa jarretière assortie et sa culotte minimaliste. Brad émit un sifflement et elle pria pour ne pas rougir.

— Hannah Bean… Est-ce pour moi ?

— Non.

Hélas, sa protestation manquait de ferveur et le fit rire.

— Si ce sont tes sous-vêtements habituels, alors cette aventure promet d'être formidable.

Elle laissa retomber ses bras, redressa les épaules. Le maître-mot était « assurance ».

— Tu es à croquer, ajouta Brad.

Soulagée, elle s'autorisa un sourire. Elle ne put le retenir.

— À croquer ? répéta-t-elle en s'avançant vers lui, enveloppée par l'électricité qui avait vibré entre eux toute la soirée.

— Oh oui, et je meurs de faim.

Il voulut l'embrasser de nouveau, mais elle recula.

— Tu portes beaucoup trop de vêtements, cow-boy.

— Hélas, ce qui se cache dessous n'est sans doute pas à la hauteur, sans compter que tu as déjà presque tout vu…

Sans répondre, elle entreprit de déboutonner sa chemise d'un geste sûr, les doigts agiles. Il ôta sa veste et ses bottes. En un éclair, il ne portait plus que son chapeau – et elle n'avait jamais vu de cow-boy plus alléchant !

— Je crois que je vais exploser si je ne peux pas te goûter, murmura-t-il à son oreille avant de lui mordiller le lobe.

— Buffet à volonté, répondit-elle dans un souffle.

Il ne lui en fallut pas plus pour l'enlacer et la retourner face au mur. Puis, se mettant à genoux, il pressa ses lèvres dans le creux de son genou avant de l'embrasser plus haut. Allait-elle réussir à tenir sur ses jambes, tandis qu'il explorait les zones les plus sensibles de son corps ?

— Cet ensemble est joli, mais je pense que je vais préférer ce qu'il y a dessous, dit-il en jouant avec sa jarretière et sa culotte.

Les quelques morceaux de dentelle dissimulaient mal sa nudité. Prenant ses cuisses à deux mains, il écarta ses jambes. Elle se laissa faire. Elle sentit un instant son souffle sur sa peau, puis une pression au niveau de ses hanches la guida jusqu'au lit. Elle s'y laissa tomber, offerte. Le temps ralentit. Il joua avec elle, l'embrassa, la caressa jusqu'à ce qu'elle ne puisse plus tenir.

— T'amuses-tu assez ? demanda-t-elle d'une voix étouffée, en retirant son chapeau pour glisser les doigts dans ses cheveux.

Elle s'amusait, en tout cas. Pour toute réponse, il poursuivit son exploration, usant de ses doigts, de sa bouche, comme une torture. Elle avait craint le jugement de son père et avait tenu à garder le contrôle, pour ne pas finir comme sa mère. Mais Brad avait su effacer ces angoisses en quelques coups de langue bien placés. À présent, elle ne pensait plus qu'à lui. Ne sentait plus que lui.

Elle ferma les yeux, envahie par une montée de désir. Il avait clairement de l'expérience : on n'était jamais aussi bon la première fois. Non, elle ne devait pas songer à ça, maintenant. Ses mains virtuoses délivraient un courant électrique dans tout son corps et elle se laissa entraîner. Il se pencha sur sa hanche pour déposer un baiser dans le petit creux semblable à une fossette qu'elle avait là.

Certes, dans cette position, elle n'étalait pas le même abdomen lisse et musclé que lui. En dépit de toutes ses bonnes résolutions, son petit ventre refusait de s'en aller. Il écarta l'étoffe transparente de son corset avec un sourire.

— J'adore ça.

— Quoi ? Rassure-moi : tu ne parles quand même pas de mes bourrelets, s'étrangla-t-elle.

Ses joues s'embrasèrent. *Bien joué. Tu n'aurais pas pu mieux attirer son attention sur tes pires défauts.*

Il frotta son menton contre l'élastique de sa culotte, puis

remonta jusqu'à ses côtes avant de suivre le même chemin du bout des lèvres.

— Tu es belle. De la tête aux pieds. Douce. Féminine, chuchota-t-il en ponctuant son discours de baisers.

Il était certes splendide, mais elle ne l'avait encore jamais trouvé aussi attirant. Sans doute était-ce pour ça qu'elle se sentit obligée de se justifier :

— Tu sais, je fais du jogging et du sport.

Il lui prit la main et embrassa l'intérieur de son poignet.

— Fais ce qui te plaît, mais essaie de ne pas perdre ces courbes. Je te promets de te dédommager...

Cet homme est parfait. Absolument parfait.

Il la repoussa sur le matelas et, avec une lenteur insoutenable, dégrafa son corset tout en couvrant sa peau de baisers au fur et à mesure. Elle glissa les doigts dans ses cheveux – c'était plus facile que de réfléchir à une réponse intelligente. Les lèvres de Brad l'embrasaient tout entière et elle l'attira sur elle. Si elle était douce, lui était dur, au contraire. Du moins, là où ça comptait le plus...

Elle ferma de nouveau les yeux, ses autres sens en éveil. Tandis qu'elle s'obligeait à rester dans le noir, elle sentit chaque geste de Brad au ralenti. Il pressa son front contre le sien. Un parfum de pommade et de menthe l'enveloppa. Ses mains, calleuses et rudes, la tenaient avec fermeté. Puis, soudain, il la lâcha et commença à fouiller son pantalon abandonné sur le bord du matelas.

— Que fais-tu... ?

Elle comprit. Un préservatif. Elle eut soudain honte de ne pas y avoir pensé.

Quelques secondes plus tard, il la rejoignit, s'allongea au-dessus d'elle et elle écarta les cuisses pour lui. Elle sentit la pression de son sexe, se cambra un peu. Il la pénétra. La puissance de son geste la surprit. C'était à la fois ce à quoi elle s'attendait et une découverte inattendue. Elle avait eu des amants, bien sûr, mais aucun ne l'avait remplie aussi complètement.

— Mon Dieu, murmura-t-elle en l'attirant un peu plus en elle, les mains sur ses hanches.

Il ne répondit pas et se contenta d'obéir à son geste impérieux. Tout son corps était si ferme, si masculin, plus viril que tous les hommes qu'elle avait connus. Elle aurait pu croire qu'aucun d'entre eux n'avait vraiment su comment faire l'amour, qu'il était le seul à avoir les réponses. Il ne s'arrêta pas et continua à dévorer la chair à sa portée tout en la prenant avec force. Il goba même ses lèvres avec une telle fièvre qu'elle eut peur de les voir rouges pendant des jours.

— J'en veux plus, murmura-t-il contre son cou. Viens plus près de moi.

Sans lui laisser le temps de bouger, il glissa un oreiller sous ses fesses, lui offrant une nouvelle voie vers l'extase. Elle griffa son dos quand il la pénétra plus loin.

— Continue ! cria-t-elle, emportée par la vague.

Il obtempéra. Il la chevaucha encore et encore jusqu'à ce que leurs peaux soient moites de sueur. Pendant une seconde, elle pria pour que la chambre voisine soit inoccupée, car elle était incapable de se retenir de gémir. Ses muscles se tendirent. Une flamme la traversa. Elle aurait voulu hurler, pleurer et se laisser aller dans ses bras, mais aussi se tendre vers lui, les muscles crispés. Il goba ses tétons et elle se brisa en mille morceaux, tremblante contre lui. Les gémissements de Brad s'accélérèrent. Bien qu'elle n'ait plus de force, elle parvint encore à suivre son rythme jusqu'à ce qu'il bande ses muscles comme un arc et pousse une dernière fois. Puis il se laissa rouler sur le matelas en l'entraînant dans ses bras.

— C'était incroyable, soupira-t-elle, encore frissonnante. Je me sens tellement femme, avec toi.

— Tu es une femme, murmura-t-il, le visage enfoui dans sa nuque. Petite, sensuelle et mienne.

Il la serra plus fort et elle pressa ses fesses contre lui.

— Pour huit semaines.

— Pour huit semaines, confirma-t-il.

Elle crut qu'il allait ajouter quelque chose, protester. Pensait-il que huit semaines ne suffiraient pas, après ce soir ? Car elle commençait déjà à en douter...

9

Brisés

Jackson était réveillé depuis une bonne minute, complètement rassasié. Qu'il était bon de se sentir aussi reposé, alors qu'il n'avait presque pas dormi. Il jeta un coup d'œil à Hannah. Elle paraissait plus jeune, dans son sommeil, plus détendue, ses cheveux étalés sur l'oreiller. Et ces taches de rousseur... Il avait une érection rien qu'en la regardant.

Il ne put s'empêcher d'embrasser son épaule et elle s'étira.

— Essaies-tu de me réveiller ? demanda-t-elle en ouvrant un œil. Encore ?

Il déposa un autre baiser sur son épaule ronde et sourit, bien décidé à lui laisser un suçon. Elle le repoussa vivement.

— Arrête. Tu n'es plus un gamin !

— Je marque juste ce qui m'appartient...

Il la mordit et la succion de ses lèvres eut quelque chose d'étrangement érotique.

— Je ne t'appartiens que pour un temps, lui rappela-t-elle.

— Si tu penses que ce suçon va tenir plus de huit semaines, alors tu as une haute opinion de moi.

Elle se retourna et le drap glissa, dévoilant son corps.

— Je n'ai pas l'impression de t'avoir sous-estimé, hier soir, dit-elle, mutine.

— Il ne faut rien commencer, si on n'est pas sûr d'aller jusqu'au bout, plaisanta-t-il avant de regretter ce défi.

Cette nuit avait été merveilleuse et il était heureux ce matin ; mais leur histoire se terminerait bel et bien dans huit semaines moins un jour. Et il refusait de commettre les mêmes erreurs que son père. Il ne pouvait rien promettre à Hannah. Jackson Hartmann ne faisait jamais de promesses qu'il ne pouvait tenir. Semer des bâtards était dans ses gènes et, bien qu'il soit prêt à combattre sa nature autant que possible, il avait toujours peur de perdre le contrôle. Il se redressa sur un coude pour caresser la poitrine sensuelle d'Hannah. N'avait-il pas mieux à faire que se punir, aujourd'hui ? Si. Il pouvait savourer cette peau douce et chaude... Il ravala sa salive. Ce serait bien mieux, en effet.

— Ce que j'avais en tête ne devrait pas durer aussi longtemps, murmura-t-elle d'une voix ensommeillée.

Il sentit alors sa main sur sa cuisse et serra les dents.

— Nous allons devoir retrouver l'équipe. Rodney tient à faire le point sur notre plan de route au petit déjeuner.

La mention de son agent brisa le charme. Elle s'assit, abandonnant ses caresses.

— Quand ? demanda-t-elle.

— À 9 heures. Il est le seul type à organiser des réunions un dimanche matin.

— J'avais oublié, dit-elle, l'air soudain paniqué. On a rendez-vous au *diner*, c'est ça ?

Elle bondit du lit, emportant le drap pour se couvrir, mais celui-ci, bien coincé sous le matelas, refusa de céder. Elle rosit, clairement gênée à l'idée de devoir exposer ses courbes si délicieuses.

— J'ai admiré ton corps toute la nuit, Miss Boston, dit-il pour la rassurer.

Il se cala contre la tête de lit, un coussin dans le dos, pour mieux profiter du spectacle. Elle hésita un instant.

— N'as-tu pas honte ? Laisse-moi un peu d'intimité...

— Je suis surpris que tu sois aussi pudique, plaisanta-t-il en couvrant ses yeux d'une main, les doigts écartés pour mieux voir.

En un éclair, un oreiller l'atteignit en plein visage.

— Très bien, tu as gagné, ma belle.

Hélas, elle ne l'entendit pas : elle était déjà enfermée dans la salle de bains.

— Tu devrais partir, cria-t-elle à travers la porte. Tu ne peux pas te montrer au *diner* dans la tenue que tu portais pour la fête d'hier soir.

Il fronça les sourcils. Elle avait raison. S'étirant, il sentit ses pieds dépasser du matelas. Étrange : ces lits trop petits ne le dérangeaient pas, quand il les partageait avec elle.

— Et si je le faisais ? plaisanta-t-il.

Elle entrouvrit la porte de la salle de bains et le dévisagea. Il entendait la douche couler et ravala sa déception à l'idée de ne pas pouvoir se glisser sous l'eau chaude avec elle.

— Tu perds du temps, lança-t-elle encore en s'enfermant de nouveau.

Il sourit, puis enfila son pantalon.

— Je te retrouve là-bas.

— Tu es en retard, siffla Rodney, tout rouge et souffrant clairement d'une sévère gueule de bois, quand Jackson entra dans le *diner*.

— C'est toi qui insistes pour organiser des réunions le dimanche matin. Si tu veux mon avis, c'est un blasphème, grommela Will en avalant son café comme un shot de whisky.

— Si j'ai besoin de ton opinion, je te la demanderai.

— Café ? suggéra Hannah avec douceur.

Elle était arrivée avant Jackson – bien sûr. Non seulement elle était venue à l'heure, mais elle avait aussi trouvé un moyen de paraître rafraîchie et belle, sans le moindre cerne après leur nuit blanche.

— Je veux bien, répondit Jacks en se glissant sur la banquette, près d'elle.

Comment pouvait-il encore trouver une place à côté d'Hannah malgré son retard ? Mickey et Will étaient-ils aveugles ?

— On déjeunera quand le travail sera fini, coupa Rodney en chassant la serveuse, sans laisser à Jacks le temps de commander son café. Nous avons quarante spectacles prévus, dans trois États différents. Les huit semaines à venir seront critiques et toute l'équipe doit être sur le pont.

Rodney était rarement aussi sérieux. Il devait avoir besoin d'argent... Pendant un instant, Jackson envisagea de lui faire une donation anonyme, juste pour soulager la pression.

— Quarante spectacles ? Cinq par semaine ? C'est beaucoup, remarqua Will, qui ne se plaignait pourtant jamais.

Il avait raison : ça ne laisserait pas beaucoup de temps pour se remettre des blessures éventuelles.

— Pour y parvenir, nous allons faire pas mal de route, reprit Rodney avant de se pencher vers Hannah. Tu seras dans ma voiture.

— Pardon ?

Sous la table, Jacks posa une main sur la cuisse de la jeune femme. Il avait du mal à écouter son agent, et encore plus à comprendre ce qu'il disait.

— Ta voiture ? Je pensais que tu étais dans la caravane.

— Ouaip. Tu voyageras avec l'équipe.

— OK, dit-elle d'un air indécis.

— Bien. Je tiens à ce que tout le monde fasse enfin ce que je dis et cesse de remettre mon autorité en question.

Le reste de ses ordres fut ignoré, comme souvent. Ils formaient un groupe étrange et, vivant sur les routes, n'avaient pas l'habitude de dresser des plans à long terme.

— Je prends mon pick-up, leur rappela Jacks. Il me suffit de récupérer Outlaw et d'atteler ma remorque. Ça ira vite.

— Quand aura lieu le premier spectacle ? demanda Hannah en posant sa main sur celle de Jacks, sous la table.

Il écarta les doigts et elle y entremêla les siens.

— Demain, à quatre heures de route. Ce n'est pas si mal.

— Dans ce cas, j'aimerais avoir le temps de m'installer avant. Il faut aussi que j'examine les ligaments croisés de Mickey, reprit-elle.

— Nous partirons après le petit déjeuner. J'ai aussi quelques muscles fatigués qui auraient bien besoin de soins, ajouta Jackson.

Un muscle, en particulier, serait ravi de bénéficier de ses attentions...

— Tant que vous êtes tous en forme demain soir, répondit Rodney en se levant. Et je veux qu'elle travaille correctement sur toi, Brad. Si tu veux tenir le rythme, tu vas devoir être au meilleur de ta forme.

— Eh bien, puisqu'elle est là pour me soigner, elle devrait peut-être faire le voyage avec moi. Ça lui laisserait plus de temps pour me prodiguer quelques massages en route.

Voilà, il recommençait. Il jouait au caméléon malgré lui et racontait n'importe quoi pour arriver à ses fins. C'était exactement ce que son père aurait fait : il se transformait pour plaire aux femmes, à ses associés... Jacks avait horreur de suivre son exemple ; mais céder à une mauvaise habitude pour une bonne raison n'était peut-être pas si terrible.

Rodney rougit et reposa violemment sa tasse sur la table. Quelques gouttes de café en jaillirent.

— Tu prévois notre plan de route, maintenant ? aboya-t-il.

— J'essaie juste de prendre les bonnes décisions, lui rappela-t-il, surpris par cette négativité.

— Dans ce cas, vas-y, fils. Prends les bonnes décisions. Mais n'oublie pas qui t'a hissé jusqu'ici... et comment.

Sur ce, Rod quitta le *diner* dans un claquement de bottes.

— Quelqu'un s'est levé du mauvais pied, gloussa Mickey.

Jackson rit aussi, soulagé de ne pas être celui dont on se moquait, pour une fois. Il était plus simple de se détendre quand on savait qu'on s'était levé d'un *très* bon pied...

La première semaine de la tournée infernale passa vite. Jackson et Hannah trouvaient leur rythme. Rodney cessa de ronchonner et elle put tranquillement tenir le rôle de copilote dans le pick-up neuf de Jacks. Il était heureux de voyager en sa compagnie même si, en dépit de ses efforts, elle ne lui révélait pas grand-chose sur elle. Sa curiosité ne faisait que croître au fil des jours. Ils ne parlèrent pas de Carter, ou du fait que leur liaison était condamnée d'avance.

Ils passaient de motel en motel, partageant le même lit sans jamais utiliser la seconde chambre réservée pour eux. Jacks s'habituait à elle, mais c'était tout l'intérêt de cette aventure à durée limitée. Il pouvait se laisser aller : ils avaient dressé un filet de sécurité. Quand ce serait fini, il tournerait la page sans devoir endosser le rôle du méchant. Néanmoins, il se sentait un peu coupable de ne pas lui dire qui il était vraiment ou de ne pas pouvoir lui offrir tout ce qu'elle méritait.

Un matin, alors qu'il s'attardait au lit avec elle, quelqu'un frappa à la porte de sa chambre. Il redressa la tête, contemplant un instant la belle endormie, près de lui. Ses cheveux flamboyants s'étalaient sur l'oreiller. Une étincelle de désir s'alluma en lui, attisée par son gémissement ensommeillé.

On frappa de nouveau, avec plus d'insistance. Sans doute Jackson allait-il devoir répondre.

— Qui pourrait bien venir ici à 6 h 30 du matin ? demanda Hannah sans ouvrir les yeux.

— Je n'irai pas voir, promit Jacks en l'attirant contre lui.

Il avait du mal à se passer de ses courbes si douces. Hélas, on frappa une troisième fois et il lâcha un juron.

— Ça a intérêt à être grave, grommela-t-il en s'arrachant au lit et aux bras d'Hannah.

Il enfila un caleçon et alla ouvrir. Un petit cri lui échappa.

— Nick ! balbutia-t-il en reconnaissant son grand frère. Qu'est-ce que tu fiches ici ?

— Je m'arrange toujours pour savoir où tu es.

Comme à son habitude, il portait un jean confortable, une chemise sur mesure, un Stetson blanc cassé et des bottes. On aurait pu croire qu'il était debout depuis des heures, coiffé et lavé avec soin. Jackson regretta de ne pas avoir pris la peine d'enfiler des vêtements.

— Ce n'est pas le moment, dit-il en indiquant le lit.

Hannah remonta le drap sous son menton, et rougit comme une pomme croquante.

— Je n'aurais pas été obligé de venir si tu avais répondu à mes coups de téléphone, lâcha Nick.

Il n'avait pas changé. Toujours le même donneur de leçons…

— Tu devrais être assez futé pour en déduire que je ne veux pas parler, marmonna Jacks sans le laisser entrer.

— Tu ne veux *jamais* parler.

— Exactement.

Son frère savait qu'il cherchait à couper les ponts avec leur famille et pourtant, il était là.

— Que veux-tu, Nick ?

À une heure pareille, mieux valait aller droit au but.

— C'est comme ça que tu accueilles ton frangin ?

Jackson s'adossa au montant de la porte et se massa la nuque. Dehors, il aperçut la Lexus de son frère.

— Désolé. À quoi tu t'attendais ? Combien de fois dois-je te répéter que c'est peine perdue ? Je refuse d'enfiler un costard et de faire comme si je me souciais d'un héritage que je n'ai jamais demandé.

Il entendit vaguement Hannah lui demander à qui il parlait, dans son dos.

— Tu ne veux pas de l'héritage, d'accord. Ça me va. Mais nous sommes du même sang et, même si ce n'était pas le cas, je ne vois pas qui serait mieux placé que toi pour tenir tête à l'inspecteur des élevages.

— Même si ce n'était pas le cas ? Que veux-tu dire ?

Il soupira, puis reprit :

— Écoute, Nick, ce n'est peut-être pas l'endroit pour avoir cette conversation…

Son frère recula, contempla son caleçon et la jolie rousse, dans le lit.

— Une groupie ? demanda-t-il avec dédain.

Parfait. Ils allaient se lancer dans la litanie trop familière des : « Tu pourrais faire mieux », ou pire : « J'avais de plus grands espoirs pour toi. » Sans compter l'inévitable : « Quand vas-tu enfin te caser, Jacks ? »

— Ce n'est pas une groupie, protesta-t-il. C'est ma… petite amie.

— Ta petite amie ? répéta Nick, clairement abasourdi.

Jackson lâcha enfin le montant de la porte et recula pour attraper ses vêtements.

— Accorde-moi deux minutes. Je veux bien parler, mais pas ici, dit-il avant de fermer la porte.

Il avait prononcé ces derniers mots à voix basse ; hélas, Hannah l'avait forcément entendu. Il allait devoir trouver une justification… mais c'était un problème pour plus tard.

Il ressortit au bout de dix minutes, douché et habillé, pour se glisser dans la Lexus de son frère. Hannah avait coupé ses excuses maladroites en marmonnant : « Tu m'en parleras tout à l'heure. Je dors, bébé. » Elle ne l'avait encore jamais surnommé ainsi. Sans doute ce mot lui avait-il échappé, dans son demi-sommeil. C'était la voix de son inconscient. Il se demanda un instant s'il aimait ça. Oui. Définitivement.

— Ta petite amie, hein ? demanda Nick, qui n'allait pas lâcher l'affaire, bien sûr.

— Conduis. De préférence quelque part où on ne risque pas de nous voir. Je ne veux pas qu'on me reconnaisse.

— Détends-toi. On va penser que je suis un sponsor.

Jacks ne répondit pas, les yeux fixés sur la route.

— Vas-tu prétendre que tu ne sais pas ce qui m'amène ? demanda Nick dès qu'ils eurent quitté la ville.

Vingt minutes plus tard, il se gara en bordure d'un champ nu et sortit de la voiture. Jacks le suivit dehors.

— Je suis sûr que tu as tes raisons, mais lesquelles ?

Cette répartie sonna creux. Ils savaient tous les deux ce qui se passait. Jackson envoya d'un coup de pied une pierre rouler dans l'herbe sèche et la poussière.

— Il est temps, Jacks. Tu dois rentrer. Je sais que tu m'as promis de venir après le championnat, mais les choses se corsent. J'ai besoin de toi, *maintenant*. La commission pour la faune sauvage veut abattre le troupeau migrateur. Ils envoient une équipe. C'est le chaos et, si nous ne leur proposons pas une solution, ils vont se débarrasser des bêtes qui n'ont pas la robe d'origine. Le temps presse.

Jackson donna un coup de pied dans une autre pierre.

— Écoute, j'ai déjà accepté de venir t'aider à trier les mustangs, dit-il en ramassant un caillou pour jouer avec, sans regarder son frère.

C'était incompréhensible. La commission avait toujours été dans la poche des Hartmann. Il y avait autre chose. Pourquoi Nick était-il réellement venu ?

— Ne crois-tu pas que tu es un peu vieux pour les caprices ? demanda son frère avec une pointe de colère que Jacks n'avait encore jamais entendue. Sais-tu seulement combien de gens vendraient leur mère pour être à ta place ?

— Qu'ils viennent. Tu n'as qu'à céder mes parts, gronda-t-il en lançant le caillou avec force.

Nick soupira et envoya valser un gros morceau de roche à son tour. Le soleil levant commençait à briller sur le pré.

— Tu n'es pas sincère, Jacks.

— Si. Je le suis. Je viendrai t'aider. Je te dois bien ça, puisque tu m'as permis de prendre mon envol, mais je ne rentre pas. Pas vraiment.

— Ce n'est pas pour ça que je suis venu…

Jackson tressaillit. Il paraissait soudain trop calme. Il s'adossa à la Lexus, savourant la chaleur du moteur dans ce petit matin brumeux.

— C'est Mia.

Trois mots. Ça suffisait parfois pour tout changer.

Mia était la préférée de Jackson, l'une de leurs sœurs jumelles par alliance. Celle qui essayait toujours de satisfaire les autres.

— Quoi ? demanda-t-il, la gorge nouée.

Nick s'appuya sur la voiture près de lui.

— Elle ne va pas bien.

Jackson ferma les yeux. Il pouvait la voir : déterminée, fière, adorable et blessée.

— Elle est forte et intelligente. Elle s'en sortira mieux sans moi, dit-il en se frottant consciencieusement un doigt.

— Il faut croire que ta petite sœur a trouvé une nouvelle figure masculine digne du vieux, en fin de compte. Scott l'a laissée en miettes.

Jacks frappa la carrosserie malgré lui et fut surpris par la bosse que son poing y laissa.

— Scott ? Cette enflure ? Il a osé la tromper après quatre ans de mariage ? Tu t'empresses de m'appeler dès qu'un inspecteur te cherche des poux, mais tu n'as même pas la présence d'esprit de me dire que notre sœur a eu le cœur brisé par un sale type ?

Il se redressa, donna un coup dans le pneu et grimaça quand le choc remonta le long de sa jambe.

— Un millionnaire n'est pas exactement le genre de type qu'on peut dompter, tu sais. Et Austin a encouragé leur relation.

Ils se turent à la mention de leur frère. Dix-huit mois après sa mort et celle de sa femme dans un accident d'hélicoptère, Austin continuait à manipuler et détruire leur famille. Le seul fait qu'il ait encouragé la liaison entre Scott et Mia aurait dû leur prouver que cette histoire finirait mal.

— Il a sans doute été payé pour ça, grommela-t-il.

C'était bien le problème, quand on coupait le cordon et qu'on tournait le dos à ses racines. Parfois, la plaie s'infectait et ce n'était pas beau à voir…

— Ce qui est fait est fait. La famille de Scott s'arrange pour tenir la presse à distance pendant le divorce et Mia sera bientôt libre. Mais elle souffre, Jacks. Bref, Scott est parti pour une autre femme, ou plusieurs… Sincèrement, je ne suis même pas sûr de savoir exactement pourquoi il l'a quittée.

— Aucune importance. Les raisons ne comptent pas.

— Amelia… Mia va… bien. Elle est sur pilote automatique, n'aime plus *personne*, mais elle va bien.

— Nous sommes tous abîmés.

Quelle était la blessure d'Hannah ? Quel fardeau portait-elle ? Pourquoi avait-elle accepté cette aventure temporaire avec lui ? Elle méritait pourtant mieux.

Ils se turent un moment. Finalement, Nick se redressa et retrouva son masque professionnel.

— J'essaie, tu sais. J'essaie de recoller les morceaux. Tu m'aideras ? demanda-t-il d'une voix torturée.

— Tu n'as pas besoin de mon aide, répondit Jacks.

Il aurait tant aimé que ce soit vrai…

— Écoute, reprit-il, un peu radouci, j'ai un contrat mais j'ai déjà annoncé mon départ. Après le championnat, j'arrêterai le rodéo et je rentrerai à la maison.

Ce titre était son unique but. C'était la récompense que son père, cow-boy comme lui, n'avait jamais obtenue. Gagner le championnat serait le couronnement de Brad Hill.

— Resteras-tu au ranch ? insista Nick.

— Il t'en faut toujours plus, hein ? Toujours plus…

— Ton retour n'a jamais été une fin en soi, corrigea Nick. C'est le seul moyen d'avancer, pour nous tous. Nous devons panser nos plaies ensemble.

— Je ne peux pas te faire de promesses.

Il songea malgré lui à la jolie rousse qu'il avait laissée dans son lit. Il ne pouvait rien lui promettre non plus, quand bien même il l'aurait voulu. Parfois, partir était la meilleure chose à faire. Mais peut-être qu'en affrontant ses démons, il trouverait un moyen de la garder. Cela en valait-il la peine ?

— Fais de ton mieux, Jacks. C'est tout ce que je demande.

Il acquiesça et ravala la frustration qu'il portait comme un fardeau depuis dix ans. En ce qui concernait sa famille, faire de son mieux n'était jamais suffisant.

10

Sur la route

— Notre troisième concurrent de ce soir sera Brad Hill, mesdames et messieurs ! Fort de quatre victoires, il a déjà enchaîné deux records sur le circuit du Montana. Cette fois, il montera Viper… Préparez-vous pour un spectacle sensationnel ! tonna la voix du présentateur dans l'arène.

Hannah retint son souffle, sans écouter les exploits des autres cavaliers en lice.

— C'est le pire moment de ma soirée, murmura-t-elle.

— Si tu détestes le rodéo à ce point, pourquoi venir ? demanda Mickey, accusateur.

— Je n'ai jamais dit que je détestais le rodéo !

Néanmoins, il avait marqué un point…

— L'étiquette que tu arraches de ta bouteille te trahit, répliqua Rodney, qui avait clairement remarqué sa nervosité.

Rodney… Elle commençait à croire qu'abandonner Amy enceinte avait été la chose la plus gentille qu'il ait faite de sa vie. Il ne se souciait pas des autres. Hélas, d'après sa mère, il était indéniablement son géniteur. Parfait. Certes, elle ne lui avait pas encore avoué la vérité et, dès qu'elle le ferait, il la chasserait sans doute à son tour. Seulement, elle ne voulait pas manquer un seul moment avec Brad. Il ne leur restait plus beaucoup de temps. Pour la première fois de sa vie, elle avait l'impression d'avoir trouvé sa place avec quelqu'un. Peut-être que Rodney n'était pas l'homme qu'elle avait espéré trouver, mais sa rencontre avec Brad avait tout changé. Elle était chez elle, à ses côtés.

Brad Hill était sa lumière. Il restait encore quatre semaines avant la fin de leur liaison et elle comptait bien profiter de leur accord jusqu'au bout. Même si cette sensation enivrante d'appartenance n'était pas amenée à durer, elle la savourerait tant qu'elle le pourrait.

— Tu montes, ce soir ? demanda-t-elle à Mickey.

Le jeune homme rougit.

— Oui, en cinquième place, mais je n'ai pas besoin d'aller me préparer avant le passage de Brad. Ils ne veulent pas encombrer les enclos.

— Bonne chance, dit-elle en pressant sa cuisse, ce qui le fit rosir de plus belle.

— Merci... Bien sûr, comme je suis sur le même circuit que Brad, mes chances de victoire sont quasi nulles...

— Je ne suis toujours pas certaine de comprendre ce qui vous attire tant, dans ce sport.

— J'aime le rodéo pour les mêmes raisons que Brad, j'imagine.

Cette réponse attisa sa curiosité. C'était bien le problème, avec leur aventure à durée limitée : elle ne pouvait pas lui poser les questions qui lui brûlaient les lèvres. *Pourquoi fais-tu du rodéo ? Pourquoi ne parles-tu jamais de ta famille ? As-tu déjà eu une véritable petite amie ?*

Mickey contempla ses pieds avec un sourire réticent.

— Sais-tu comment on appelle le mois de juillet ?

Elle secoua la tête. Non, elle ne savait pas.

— Le Noël des cow-boys. Il y a tant de rodéos, tant de prix à décrocher. Nampa, Salinas, Cheyenne, Salt Lake...

— Tu me dis ça comme si je n'avais pas passé un mois avec vous dans la caravane, à brûler de l'essence juste pour vous voir monter.

L'arène sentait le hot-dog, la bière, la sueur, le crottin, l'excitation et la peur. Mais tout se tut quand Brad émergea.

Le voir monter était un beau spectacle. C'était évident. Brad ne semblait ni soucieux, ni apeuré, ni fiévreux. Il se concentrait, bien sûr, mais sa fossette était visible à quarante mètres. Hannah le regarda, oublieuse de la foule, du bruit. Il n'y avait plus que lui, en train de faire ce qu'il aimait le plus.

Fêter un nouveau prix était une bonne manière de terminer la soirée. Hannah attendit Brad près de sa voiture.

— Salut, beau gosse, chuchota-t-elle.

— Salut, beauté.

Il lâcha la corde qu'il portait à l'arrière du pick-up et attira Hannah contre lui. Il sentait le gel douche mais, en fermant les yeux, elle perçut aussi son odeur – celle à laquelle elle était déjà devenue accro. Tanin, huile, cuir et cheval ; le tout mêlé aux accents profonds du cèdre et de l'ambre.

— Tu sens si bon, dit-elle, le nez enfoui dans son buste.

— Tu sais, gronda-t-il d'une voix chargée de désir, il y a une partie de ton corps qui m'appelle…

Il lui mordilla le cou. Sentait-il son pouls sous ses lèvres, tandis qu'il la dévorait consciencieusement ?

— Pas ici, protesta-t-elle en le repoussant.

— Est-ce encore à cause de Rodney ?

Elle n'avait jamais clairement exprimé ses inquiétudes au sujet de son père, mais il avait dû les percevoir. Elle ne pouvait pas se permettre de flirter en sa présence.

— Ce n'est pas professionnel, répondit-elle tout en regrettant la pression de sa bouche dans son cou.

— C'est vrai. Je ne voudrais pas que les autres se fassent de fausses idées.

Depuis quatre semaines, ils parvenaient à garder leur aventure secrète. Un exploit.

— Tu as raison. Allons boire un verre à ta victoire, suggéra-t-elle avec un sourire un peu forcé avant de tourner les talons.

Mais il la rattrapa par le bras.

— En fait, j'ai quelque chose pour toi.

Surprise, elle tenta de se libérer.

— Tu sais que notre histoire est... Je ne pensais pas qu'on allait fêter notre anniversaire de rencontre, ou ce genre de choses. Pourquoi veux-tu me faire un cadeau ?

Troublée, elle n'eut cependant pas la force de s'éloigner. Elle était bien trop curieuse. La boîte qu'il venait de prendre sur le siège conducteur était longue et fine. Trop grande pour un bijou – ce qui la rassura et la déçut un peu.

— J'ai pensé que tu pourrais apprécier, c'est tout. Et, si tu es d'accord, j'aimerais bien t'emmener quelque part, ce soir. Pas loin, mais on va devoir rouler un peu.

Sa voix calme, pleine d'espoir, l'hypnotisa.

— Es-tu en train de rougir ? plaisanta-t-elle, ravie d'avoir une bonne excuse pour se concentrer sur son petit copain temporaire si sexy.

— Il fait chaud. Bon, tu vas l'ouvrir, oui ou non ?

La boîte était lourde. Plus lourde qu'elle ne l'aurait cru. Elle l'ouvrit, puis la referma immédiatement, la gorge nouée.

— Tu détestes...

Il était de nouveau près d'elle et elle sentit sa nervosité. Comme souvent, il torturait l'ongle de son pouce et elle chassa sa main. Elle ne pouvait pas parler. C'était le plus merveilleux cadeau qu'on lui ait fait. Un stéthoscope plaqué d'or rose. Un 3M Littmann Classic, le meilleur du marché. Et il l'avait fait graver : « Dis-moi où tu as mal. »

— Je l'adore, balbutia-t-elle, trop émue pour se contrôler.

Quand il se pencha sur elle, elle ne bougea pas. Elle en fut incapable. En cet instant, elle comprit qu'elle était en train de tomber amoureuse. Il la connaissait mieux que personne et la portion de cœur qu'il lui avait volée était exactement l'endroit où elle aurait le plus mal, dans un mois.

Quand il l'embrassa, le frisson qui la parcourut descendit jusqu'à son cœur, vibra dans son corps entier.

— J'aimerais te faire un aveu… Pourrait-on sauter la fête de ce soir et s'esquiver en douce ?

— Avec plaisir.

Elle ouvrit la portière et monta. Tant pis pour la douleur.

Brad conduisit en silence. Il dépassa leur motel. Elle ne dit rien, se contentant de lui indiquer la route dans le rétroviseur.

— Je sais. On va ailleurs. Je dois te dire une chose importante…

C'était la deuxième fois qu'il en parlait, mais la révélation ne vint pas. Il serrait fermement le volant, ses articulations blanches sur le cuir souple.

— Nous n'avons pas de public, ici, lui rappela-t-elle.

Aucune réponse. Elle n'insista pas et se cala dans son siège. Au bout d'un moment, il posa une main sur sa cuisse et elle la serra.

— Ne t'en fais pas. Je peux attendre.

Elle le vit avaler sa salive de nouveau.

— As-tu confiance en moi ? demanda-t-il.

Au lieu de répondre, elle serra un peu plus ses doigts.

— Où m'emmènes-tu, Brad ?

— Big Sky est à moins d'une heure de Bozeman et nous sommes déjà sur la route de l'ouest. Nous arriverons dans vingt minutes.

Elle vit sa main se crisper davantage sur le volant.

— On va à Bozeman ?

Elle sourit. Bozeman était une ville sympa. Ce n'était pas là qu'elle avait pensé passer sa soirée, mais ça irait.

— Je veux te montrer qui je suis.

Il avait dit cela sans la regarder. Son cœur se serra un peu plus. Elle referma ses doigts sur les siens avec plus de fièvre. Elle voulait le connaître, avoir une vraie place dans sa vie. De sa main libre, elle rouvrit son cadeau et admira le stéthoscope. Il était magnifique. *Dis-moi où tu as mal.*

— Tu n'aurais pas dû dépenser tout ton argent pour moi. On m'en donnera un, à l'hôpital.

Elle était à la fois extrêmement touchée et un peu gênée.

— Je ne l'ai pas fait.

— Quoi ?

Le pick-up venait d'entrer dans Bozeman et les lumières l'aveuglèrent un instant. Il ralentit devant le Kimpton Armory, un imposant immeuble ancien reconverti en hôtel. Puis, baissant la vitre, il tira le frein à main et fit signe au voiturier.

— Je n'ai pas dépensé tout mon argent, dit-il avec un clin d'œil.

Aussi chevaleresque qu'un gentleman d'autrefois, il contourna le véhicule et ouvrit sa portière avant de lui tendre la main pour l'aider à descendre.

— Je n'ai pas pris d'affaires, tu sais.

— C'est arrangé. Le voiturier fera monter nos sacs.

Ils s'approchèrent de la porte. Émerveillée, Hannah hésita un instant. Brad était-il en train de s'ouvrir enfin ? Arrivé au sommet des marches de l'entrée, il s'arrêta et la regarda.

— Je peux t'embrasser ici, n'est-ce pas ? On ne connaît personne.

Sans attendre sa réponse, il lui donna un baiser brûlant. Elle gémit malgré elle, un peu embarrassée et tremblante.

— Si tu continues à faire des bruits comme ça, je ne pourrai jamais m'arrêter et, même si ces gens sont des inconnus, on pourrait les mettre mal à l'aise.

Le hall était resplendissant. Le plafond vertigineux s'élevait au-dessus des dalles de marbre polies comme des joyaux. Plusieurs employés leur sourirent, depuis le comptoir coiffé lui aussi de marbre.

— Veux-tu manger un morceau, avant de monter ? demanda Brad d'un air soudain plus nerveux.

— Comme tu préfères, répondit-elle avec un sourire.

Au lieu de s'arrêter au bar, il l'entraîna directement vers les ascenseurs. Un valet les salua et glissa une carte devant le lecteur. Bientôt, ils furent en route pour le restaurant aménagé sur le toit.

Dès que les portes de la cabine habillée de miroirs se refermèrent sur eux, Brad se jeta sur elle. Il l'embrassa jusqu'à ce qu'elle laisse échapper un deuxième gémissement qui parut attiser son désir. Ses mains possessives étaient partout, animées d'une urgence bestiale et érotique. Un bras solide emprisonna sa taille et la souleva pour la percher sur la rambarde lustrée. Elle ouvrit les yeux pour découvrir sa passion reflétée à 360 degrés. Les glaces lui offraient une vision parfaite de Brad, sous tous les angles. Il souleva sa jupe et glissa les mains dessous. Elle écarta les cuisses.

— Si nous n'étions pas dans un ascenseur, souffla-t-il dans ses cheveux.

Elle rejeta la tête en arrière, s'appuyant contre la cloison. Le plafond lui renvoya l'image des épaules tendues de Brad tandis qu'il la caressait. Elle ferma les paupières et s'abandonna.

Hélas, il fallut se séparer – trop vite. Il s'écarta dès que la clochette annonça l'ouverture des portes. Entraînant Hannah vers une table libre, il tira sa chaise avec assurance. Elle fut surprise de le voir aussi détendu, dans ce cadre huppé.

— C'est magnifique, dit-elle, un peu troublée.

Elle tenait trop à lui, mais il n'était pas censé être la famille dont elle avait tant besoin.

— Ouais. J'avoue que je ne viens plus très souvent à Bozeman, ces temps-ci.

Son regard se perdit dans le lointain. Elle eut l'impression qu'il n'était soudain plus vraiment là, avec elle.

La serveuse s'approcha, une ravissante jeune femme assez fine pour inciter Hannah à couvrir instinctivement son ventre trop rond.

— Souhaitez-vous un apéritif ? Le cocktail du jour est un old-fashioned au gingembre confit.

— Je vais en prendre un, dit-elle, ravie de ne pas avoir à examiner l'interminable carte des boissons.

— Moi aussi.

De toute évidence, il tenait à se débarrasser au plus vite des sourires aguicheurs de la serveuse, qui parut comprendre le message et s'éloigna.

— Ne préfères-tu pas un julep à la menthe... ?

— Je ne me plains pas de vivre un moment très *Pretty Woman*, mais tu ne penses pas qu'il est temps de me dire ce qui se passe ? répondit-elle.

Si elle avait bien retenu une chose de ses études de médecine, c'était qu'il ne fallait jamais reculer devant les questions sensibles.

— N'ai-je pas le droit d'emmener ma petite amie en ville pour une soirée surprise ? demanda-t-il avec un sourire désarmant.

— Brad. Je suis sérieuse. Tu voulais me faire un aveu important, non ? Tu m'as conduite ici sans prévenir, dans un restaurant sans doute hors de prix et un hôtel encore plus cher dans lequel, apparemment, tu as prévu de passer la nuit. Que se passe-t-il ?

Il retira son chapeau – et elle comprit que ce n'était pas bon signe. Mais il ne le posa pas sur la table. Il se contenta de le faire tourner sur son doigt en le contemplant attentivement.

— Je crois que je veux juste que tu saches qui je suis.

— Je le sais déjà, Brad. Nous passons toutes nos nuits ensemble depuis près de six semaines. Je te connais.

— Pour commencer, je ne m'appelle pas Brad.

Il étudia Hannah avec soin, après cet aveu. Il vit son masque parfait, son sourire fixé, les boucles rousses qui encadraient son menton. Son visage était fermé, comme celui d'un chirurgien venu annoncer une mauvaise nouvelle. Était-ce cela ? Était-elle sur le point de délivrer le coup fatal ?

— Quel est ton nom ? dit-elle d'une voix si calme qu'il dut tendre l'oreille. Et une explication ne serait pas de trop.

— Je m'appelle Jackson... Jackson Hartmann.

Il avala sa salive, la gorge nouée, et attendit sa réaction.

Nul ne pouvait mettre les pieds à Bozeman, Montana, sans savoir qui était la famille Hartmann. C'était aussi pour ça qu'il n'avait pas eu besoin de donner son nom à la réception de l'hôtel ou de réserver leur table au restaurant. Même en tenue de cow-boy, son visage était connu de tous, ici – ce qui expliquait son refus de participer à des épreuves dans cette ville. Il ne voulait pas brouiller les lignes entre Brad Hill et Jackson Hartmann. Hélas, en dépit de ses efforts, ça devenait de plus en plus difficile.

— Comme le ranch Hartmann ? demanda Hannah. Ou l'aile Hartmann du Bozeman Memorial ?

— Je pense que nous faisons des donations pour financer l'hôpital tout entier, désormais.

Il la regarda. Elle le dévisageait, pâle sous ses taches de rousseur.

— Pourquoi ? Pourquoi mentir ? *Me* mentir ?

Elle prit sa serviette et tira dessus, l'entortilla et la noua mécaniquement, d'un air plus déçu que furieux.

— C'était une erreur. Je n'aurais pas dû te l'annoncer comme ça, ici...

Un incendie faisait rage en lui, dévorait tout. Était-il allé trop loin ? Était-il fou de se battre pour préserver une chose qu'il n'avait jamais pensé vouloir ? Ou bien était-ce la perspective de rentrer qui le rendait si nerveux ? La confrontation inévitable avec Nick, Rose, mais aussi l'abîme creusé en lui ? *Non. Ce n'est rien de tout ça.*

— Je pense que ton erreur a été de ne pas être honnête dès le départ, répondit Hannah, si calme, si posée.

Jacks fut soulagé qu'elle ne crie pas. Elle l'avait connu sous le nom de Brad avant de sortir avec lui. Ce n'était pas un *nouveau* mensonge, et il espérait que cela adoucirait le coup pour elle.

— Je t'ai dit que mon père m'a abandonné. J'ai été honnête avec toi, plus qu'avec quiconque. Je tiens à ce que tu le saches.

Voilà, c'était la partie la plus dure, celle qu'il avait espéré éviter quand elle lui avait proposé cette ridicule aventure « à durée limitée ».

— Pourquoi me dis-tu ça maintenant ? Pourquoi ne pas continuer à me mentir ? Après tout, je ne suis qu'une conquête de passage.

— Justement, non. Tu es beaucoup plus que ça et je pense

que tu le sais. Je pense aussi que tu sais que notre histoire est plus importante qu'un simple flirt, même si nous ne pouvons pas nous permettre de partager davantage.

Heureusement, la serveuse arriva au même instant avec leurs cocktails. Il prit son verre et noya ses regrets dans l'alcool – une méthode testée et approuvée depuis longtemps. Hannah saisit le sien aussi mais n'y goûta pas.

— Je suis très en colère, tu sais, dit-elle tout aussi calmement, d'un ton grave qui lui fit presque peur.

— Je le suis aussi, contre moi.

Parfois, la meilleure chose à faire était de dire la vérité. Bien sûr, il ne l'avait pas appris de son père... Elle ne répondit pas et sirota une gorgée.

— Pourquoi Brad Hill ?

Il reprit son chapeau pour le faire tourner sur son index, comme une sorte d'antistress. L'air était frais, sur le toit, et Hannah frissonna.

— Tu veux mon manteau ? demanda-t-il, ravi de pouvoir retarder l'inévitable, ne serait-ce qu'un instant.

— Pourquoi Brad Hill ? insista-t-elle.

— Je ne sais pas. N'as-tu jamais eu envie d'être quelqu'un d'autre pour un instant, une décennie, ou pour toujours ?

Haïr son propre héritage était un fardeau. Il l'avait porté pendant quinze ans. Comment Nick avait-il réussi ? Comment avait-il pu s'extirper d'un cauchemar pour *créer* un foyer ? Décidément, la vie de Brad était bien plus facile. Hélas, le mantra qu'il se répétait avant chaque rodéo vint ternir son humeur. *Si ce n'est pas dur, ça n'en vaut pas la peine.* Et si qui que ce soit en valait la peine, c'était bien Hannah. Elle baissa finalement les yeux et murmura :

— Oui, je comprends qu'on puisse vouloir cacher son identité.

Elle le regarda de nouveau, avec une profonde empathie. Elle comprenait réellement, en effet.

— Je te promets de ne plus jamais rien te cacher. Du moins, pas pendant les trois prochaines semaines et demie.

Ce défi serait plus facile à relever, s'il était limité dans le temps. Cette date butoir lui ménageait une issue de secours. Si l'ADN avait un poids réel, il tenait autant de son père que de Nick, et il n'aurait pas pu supporter l'idée de ne pas savoir qui il était vraiment. Le championnat allait lui apporter une réponse. Hélas, il regretta ses paroles dès qu'elles furent prononcées. Il commençait à deviner qu'il ne pourrait pas quitter Hannah si facilement. Qu'il ne voulait pas la quitter. Quoi qu'il en soit, il gérerait ce problème le moment venu.

Il sourit donc et s'attira un sourire rassurant en retour.

— Bon, maintenant que tout est dit, pourrions-nous faire livrer notre repas dans la suite présidentielle ?

Elle leva son verre et le vida d'une traite sans quitter Jacks des yeux. À son grand étonnement, elle lui fit un clin d'œil.

— Portez la suite à notre chambre, dit-il à la serveuse en prenant le chemin de l'ascenseur.

Il passa devant les portes sans s'arrêter et conduisit Hannah à l'autre bout du couloir, tout en fouillant dans sa poche pour en tirer une clé.

— Le voiturier me l'a confiée, expliqua-t-il timidement.

Ses doigts étaient froids. Il était nerveux. Il n'avait jamais fréquenté de femme sous son vrai nom et avait toujours pu s'appuyer sur le personnage de Brad Hill. Le cow-boy. L'homme qui savait parler aux chevaux. Mais ce soir ? Avec elle ? Il n'avait rien à offrir que lui-même.

Il ouvrit la double porte de la suite présidentielle. Non, c'était plus que ça : c'était la porte des possibles. Un chemin qui pouvait le ramener aux sources. Avec Hannah, cette idée fut soudain moins terrifiante, presque tentante. Peut-être *voulait*-il être un Hartmann, juste pour une nuit. Avec elle, il avait envie d'être Jackson. Uniquement Jackson.

Il la regarda tandis qu'elle explorait la chambre opulente. L'immense lit à colonnes était tendu de lin d'Égypte et garni de plaids en velours. La cheminée à gaz avait été allumée et, sur la table basse installée devant, on avait déposé un plateau de charcuterie accompagné de Prosecco dans un seau à glace. Des lampes en laiton poli sous leurs abat-jour de lin noir projetaient une lumière tamisée dans toute la pièce. De toute évidence, le designer adorait les éclairages indirects…

Mais Jacks ne voyait rien de tout ça. Il la regardait, elle. Et elle le regardait aussi.

D'une main, elle fit glisser une bretelle de sa robe légère de son épaule, puis l'autre. La robe glissa le long de son corps et tomba à ses pieds. Elle ne portait pas de lingerie sexy, cette fois ; juste un soutien-gorge en coton et une culotte pas assortie. Elle ne croisa pas non plus les bras devant elle pour se couvrir, mais se redressa, les épaules en arrière, pour agiter ses cheveux dans son dos.

— La chambre te plaît ? plaisanta-t-il.

Il avait la bouche sèche et fut surpris de pouvoir parler devant un tel spectacle.

— Tu me plais, Jackson.

Elle s'attarda sur son nom, en savoura chaque syllabe. Il avala sa salive, puis enleva rapidement ses bottes et sa chemise. Il avait pensé que rien ne serait plus beau qu'Hannah Bean, presque nue devant lui, mais il avait eu tort. La plus belle chose au monde était Hannah presque nue devant lui, qui l'appelait Jackson.

Il l'embrassa sans cérémonie, longtemps, avec fièvre. Il saisit son visage entre ses mains, déposa des baisers sur son nez, son front, ses joues. C'était presque une prière. Une absolution. Une demande de pardon silencieuse et enfin accordée. Et c'était… si bon ! Il tomba à genoux pour presser sa joue contre elle, inhaler son odeur jusqu'à perdre la tête. Il glissa un pouce dans l'élastique de sa culotte et la débarrassa des derniers vêtements qui la couvraient. Elle ne bougea pas. Elle resta immobile, les mains dans ses cheveux pour mieux l'attirer à elle – non pas qu'il eût résisté…

Il avait toujours aimé les femmes. Mais celle-ci ? Hannah était addictive. Il laissa courir ses mains le long de ses cuisses et de ses jambes. Sa chair était douce, souple, si féminine qu'il avait presque du mal à la croire réelle. Elle était aussi tendre qu'il était ferme. Et il était *très* ferme !

Il sentit une douleur vive à la racine de ses cheveux quand elle les tira pour qu'il se relève, mais il refusa d'abandonner son exploration et la dévora avec plus de gourmandise que jamais.

— J'adore ton odeur, murmura-t-il tout contre elle.

Elle recula d'un pas et se laissa tomber sur le lit.

— Arrête, c'est ridicule…

Elle voulut le repousser et il attrapa sa main pour poser un baiser au creux de son poignet.

— Il n'y a rien de ridicule. Si je devais mourir maintenant, je mourrais heureux.

Elle rit, sans méchanceté. C'était le genre de rire timide sous lequel on tente de cacher ses larmes.

— Ton corps est parfait, dit-il encore avec adoration.

Il se sentait niais, répétant ces bêtises sans s'arrêter ; mais il n'y pouvait rien. Il l'embrassa encore et ne s'interrompit que lorsqu'elle ouvrit sa ceinture pour le débarrasser de son jean. Nu, il s'assit près d'elle, bien décidé à prendre tout son temps. Puisqu'il ne trouvait pas les mots pour exprimer ses sentiments, ou n'était pas encore prêt à dire certaines choses, il laisserait son corps parler pour lui.

— Qu'est-ce qui te prend si longtemps, cow-boy ?

Malgré lui, il ne put attendre davantage. Il récupéra un préservatif dans son pantalon, l'enfila et s'étendit sur elle. Il la pénétra d'un mouvement puissant tout en l'embrassant avec une sorte de désespoir. Il la caressa, depuis la taille jusqu'aux hanches. Il comptait bien punir son impatience en allant le plus lentement possible.

— Arrête de jouer avec moi, dit-elle en se cambrant.

— Attention, Miss Boston…

Il se redressa, toujours en elle. Elle donna un autre coup de reins et il redoubla ses efforts. Quand elle jouit sous lui, il se laissa aller.

Il aurait suivi cette femme jusqu'au bout du monde…

11

Avantages et mauvaises nouvelles

Le service d'étage apporta un plateau garni de tout ce que la carte des petits déjeuners avait à offrir. On aurait pu nourrir tout un étage, si cet étage n'avait pas été uniquement occupé par leur suite...

— C'est trop ! protesta Hannah, tout en songeant que – peut-être – ce n'était pas assez.

Le temps qu'elle avait à passer avec lui n'était pas *assez*.

— On ne devrait jamais commander à manger quand on a faim, répondit Jackson, et je suis affamé.

Ignorant leur petit déjeuner titanesque, il caressa du bout du doigt la hanche d'Hannah et elle rassembla toute son assurance pour s'allonger de nouveau, plus exposée que jamais dans la lumière du soleil de 10 heures. Il explora son corps avec cette paresse que seul un dimanche matin peut apporter. Ses doigts effleuraient à peine sa peau, sans jamais interrompre leur chemin.

— N'es-tu pas encore rassasié ? soupira-t-elle en frissonnant quand sa main atteignit le sommet de sa cuisse.

Il ne répondit pas, mais la pénétra d'un doigt. Elle était prête. Elle avait été prête toute la nuit. Toute la semaine. Toute sa vie.

Elle voulut le caresser aussi, mais il repoussa doucement sa main avec un sourire.

— J'ai envie de te toucher, sans distractions. Je veux savourer ceci…

Il embrassa sa hanche et plia son doigt en elle. Il recommença plusieurs fois, faisant de petits cercles jusqu'à ce qu'elle se mette à trembler. Tout son corps se tendait, impatient, rendu plus sensible par ses caresses expertes. Il savait jouer d'elle comme d'un instrument qu'il aurait étudié toute sa vie. La jouissance fut aussi soudaine que d'habitude, une explosion d'émotions et de plaisir… mais ternie cette fois par une pointe de culpabilité. Jackson lui avait avoué ses secrets, mais elle ? Elle lui cachait encore une grave vérité.

Il déposa un baiser sur son front et repoussa sa main une fois de plus.

— Ce matin, c'est juste pour toi, dit-il avant de l'embrasser une seconde fois.

— Qu'allons-nous faire, aujourd'hui ?

Elle attrapa un croissant au beurre et mordit la pointe grillée. Mortifiée, elle tenta vainement de chasser les miettes du lit – une occupation qui eut l'avantage de la détourner un instant de l'homme nu allongé près d'elle.

Il posa la main sur son sein et elle lui donna une petite tape avant qu'il ait le temps d'aller plus loin.

— Je t'ai dit que j'avais faim, murmura-t-il en mordillant la chair rebondie de sa hanche.

Elle le chassa sans lâcher son croissant, éparpillant plus de miettes sur les draps, et rit.

— Je pense que tu as encore une dette envers moi…

— Je suis bien d'accord, et j'ai quelques idées pour la rembourser.

— Jackson ! prévint-elle avant de lui lancer un petit pain encore chaud.

Il se figea, sans même tenter de le rattraper.

— Désolé. Pendant un instant, j'ai oublié que tu savais.

— Et tu as cru que j'oublierais tout après une nuit de galipettes ? Était-ce ton plan ?

Elle passa une main dans ses cheveux pour les repousser derrière son oreille.

— Non, au contraire.

Elle avala le reste de son croissant et l'étudia un moment. Ses yeux étaient cernés à cause du manque de sommeil et elle s'en voulut un peu. Il pinçait les lèvres. La fossette qu'elle aimait tant avait disparu. Elle prit une brioche et la lui jeta. Cette fois, il l'attrapa au vol.

— Je suis content que tu saches.

— Tu as dit que ton père est parti, lança-t-elle d'une voix interrogatrice, attendant qu'il s'explique.

Cette fois, il n'y avait ni vin, ni lumières féeriques ou désir brûlant pour les distraire. Ils étaient seuls.

— Pourquoi ne pas m'en dire plus ? Tu pourrais me *parler*, pour une fois.

Jackson s'assit, un oreiller calé dans son dos.

— Veux-tu vraiment entendre mon histoire de « pauvre petit garçon riche » ? Veux-tu savoir que ma mère est morte et que mon père s'est remarié ? Qu'il ne nous a pas choisis ? Qu'il avait une seconde famille dont nous ne savions rien ?

Il soupira.

— C'est vrai. Il y avait une autre femme. Il y avait toujours une autre femme ; mais Rachel était différente. Un jour, Bart est simplement parti pour vivre avec son autre famille. On ne l'a pas revu pendant sept ans. Il n'a même pas écrit. Je ne sais rien d'eux, à part le nom de cette femme. Nous ignorons tout le reste. Ils ont vécu dans le Colorado, avec *mon* père… Je n'étais pas triste, mais les jumelles ? Nick ? Austin ?

Sa voix se brisa. Hannah ne répondit pas et se contenta de lui prendre la main. C'était un geste simple, une ancre. Il avait clairement envie de lui en dire plus, de se dévoiler.

— Veux-tu aussi entendre l'histoire de mes grands-parents et de toute ma famille se battant pour l'argent, comme si ça avait le pouvoir de nous immuniser contre les vrais problèmes ?

Veux-tu entendre qu'ils nous ont blâmés pour le départ de mon père, que ma belle-mère était effondrée et qu'elle a dû élever seule des enfants qui n'étaient pas les siens ? Ou bien juste que tout le monde avait plus ou moins raison ? Au sujet de l'argent, de mon père… Est-ce si difficile de comprendre pourquoi je n'ai pas voulu faire partie de ce monde ? Pourquoi je tenais à laisser ce poison derrière moi ?

— Mais… Tu as des frères et sœurs. Ta mère n'est pas partie, elle est morte. Je veux dire… Tout n'était pas empoisonné, n'est-ce pas ?

Elle avait parlé d'une toute petite voix, de peur de l'effrayer et de couper court à ses confidences. Jackson joua un instant avec le drap, puis s'assit au bord du lit, dos à elle.

— Je vais chercher du café, dit-il en montrant le chariot du service d'étage qui avait été laissé devant la porte, avant leur réveil. En veux-tu ?

— Oui, et j'aimerais aussi une assiette de *parle-moi-de-ta-mère*…

Peut-être qu'en insistant assez, elle obtiendrait des réponses. Sa plaisanterie n'éveilla hélas pas de sourire. Il lui rapporta son *latte*, mais elle avait soif d'autre chose. De confidences.

— Tu ne vas pas lâcher l'affaire, n'est-ce pas ?

— Et toi, fais-tu comme les avocats qui ne posent que les questions dont ils connaissent déjà la réponse ? demanda-t-elle en souriant.

— J'avais deux grands frères. Ils se battaient tout le temps pour se hisser à la première place. Je n'ai jamais participé à cette rivalité. À croire qu'ils pensaient faire revenir mon père, s'ils étaient assez bons. Ensuite, sont venues les jumelles. Plus jeunes que moi et très intelligentes. Mia était ma préférée, mais elle n'a jamais eu la chance de s'épanouir. Ma belle-mère Josephine s'est enfermée pendant un an après le départ de mon père et n'a jamais vraiment tenu son rôle de maman pour ses filles de huit ans.

Il lui avait déjà dit que ses sœurs avaient deux ans de moins que lui. Il n'avait donc été qu'un enfant lui-même, quand Bart les avait abandonnés pour fonder une autre famille…

— Et pour un garçon de dix ans ?

Elle avait du mal à imaginer ce qu'il avait vécu et sentit des larmes lui monter aux yeux. Jackson, encore innocent et mignon, essayant de comprendre pourquoi son papa avait disparu du jour au lendemain. Essayant de s'accrocher à une mère qui le repoussait et de veiller sur deux petites sœurs comme s'il avait déjà été adulte.

Il ne la regardait plus. Sans doute était-ce plus facile pour lui. Elle hocha la tête en silence, pour ne pas l'interrompre.

— J'ai toujours aimé les chevaux, tout comme Mia. Quand mon père est revenu, il lui a offert un animal magnifique et je lui ai appris à le monter.

— Tu as toujours su parler aux chevaux ?

Cette fois, il sourit. Il avait au moins connu quelques instants de joie dans son enfance si triste.

— Il est rentré pour tenter de se ranger enfin et de sauver son mariage. J'avais dix-sept ans et je n'avais aucune envie de l'accueillir de nouveau dans notre existence. Comment aurions-nous pu lui faire confiance de nouveau ? Nous nous sommes disputés. Je voulais agrandir notre élevage ou du moins, modifier notre activité. Je désirais élever des étalons mustangs. D'une certaine manière, je *parlais* aux chevaux, aussi bien qu'un ado pouvait le faire.

Elle sirota son café, soulagée d'avoir les mains occupées. Le regard de Jackson s'assombrit.

— Hélas, ce cher papa ne partageait pas ma vision. Il n'aimait pas qu'on lui dise quoi faire. « Tu ne peux pas lutter contre ton destin, Jacks. » Selon lui, j'étais né pour faire de la politique. Il voulait que je façonne l'avenir en tant que gouverneur, ou un autre cauchemar bureaucratique du même genre. Quand je m'y suis opposé, Mia m'a défendu. Elle lui a dit que j'avais fait des miracles en dressant son cheval. Papa n'a pas apprécié.

Il s'interrompit, prit une profonde inspiration, et lâcha :

— Il est allé à l'écurie et lui a mis une balle dans la tête.

Hannah étouffa un cri. Elle aurait voulu pouvoir pleurer. Jacks et elle n'étaient pas si différents... Certes, elle avait grandi dans la pauvreté, mais ils étaient tous les deux des esprits libres, un peu sauvages. Et profondément déçus par leurs parents. Pour la première fois, elle se demanda s'il avait envie d'une famille autant qu'elle.

— J'ai bondi sur un étalon que j'avais attrapé quelques semaines plus tôt et suis parti à cru. Bart m'a suivi sur une autre bête, un des mustangs. Un serpent a effrayé le cheval qui s'est cabré et l'a fait tomber. Mon père est mort de ses blessures une semaine plus tard. Nous ne nous sommes jamais réconciliés. On ne peut pas lutter contre ce que l'on est, et Bart n'était pas un homme bien.

— Je suis désolée. Je sais que ce n'est pas... assez. *Désolée ?* Comme si ce mot pouvait te réconforter. Néanmoins, c'est vrai. Je le suis. Désolée.

— Je ne sais plus quoi faire, Hannah, soupira-t-il. Au sujet de Nick, de Mia. Elle a besoin de moi, mais je ne peux pas encore rentrer à la maison. J'ai besoin de gagner ce championnat pour prouver à mon père que je vaux quelque chose. Que je suis meilleur que lui. Que je peux atteindre les sommets sans m'appuyer sur son nom. Tout seul.

— Nick est ton frère...

Ce n'était pas une question. Il acquiesça tout de même.

— Pour être honnête, nous avons aussi travaillé ensemble, dit-il avant de boire une gorgée de café. Je sais que je te dois des excuses. De véritables excuses.

Elle rougit en songeant aux excuses plus *physiques* qu'il lui avait faites pendant la nuit. Un tel geste incitait au pardon – voire à plus de disputes, tant il était délicieux de le voir faire amende honorable.

— Je n'ai pas besoin que tu sois un héros. Tu n'es pas obligé de me dévoiler toute ta vie d'un seul coup.

Certes, elle avait envie d'en savoir plus, mais elle gardait aussi des secrets. S'il lui disait tout de lui, que devrait-elle faire en échange ? Elle se sentit soudain plus seule que jamais et le serra dans ses bras. Il se laissa faire. Tout était bon pour éviter de penser à la dernière épreuve du championnat qui approchait et à Mayhem, qu'il avait une chance sur huit de tirer au sort.

Hannah aurait pu compter sur les doigts d'une main les fois où son cœur s'était arrêté. Elle se souvenait de toutes les occasions où elle était restée figée, incapable de bouger ou de parler. C'était surtout arrivé dans sa jeunesse, avec sa mère, mais elle avait depuis longtemps tiré un trait sur les sottises d'Amy. Elle avait espéré ne plus connaître cette sensation de vide. Durant ses études, elle avait même été réputée pour ses nerfs d'acier. Mais maintenant ? Tout recommençait. Elle était pétrifiée. Impuissante. Et terrifiée.

— Sors de là ! hurla Rodney par-dessus son épaule.

Il avait bondi par-dessus la clôture avec une surprenante agilité et courait vers un corps effondré dans la poussière. Vers Jackson.

Hélas, Hannah n'arrivait pas à remuer un muscle.

L'équipe médicale arriva avec un brancard et chargea Jacks sur la planche raide.

— Viens, insista Mickey en la tirant par la manche.

Elle ne put que regarder l'atroce spectacle.

— Qu'est-ce qu'elle a ? demanda Will à son ami.

Mécaniquement, elle baissa les yeux sur ses doigts. Ses ongles avaient bleui, trahissant le premier stade d'un état de choc. D'un seul coup, sa poitrine se souleva très vite, en plusieurs courtes inspirations. Elle ferma les yeux. Allait-elle parvenir à oublier l'accident, à reprendre ses esprits ? Allait-elle contrôler son corps ? Hélas, les images brutales de la scène défilaient en boucle dans sa tête.

Jackson avait bondi loin de la bête avec une élégance qui lui garantissait la médaille d'or, sans voir le taureau de Carter charger depuis son enclos. Celui-ci avait prétendu que le loquet avait cédé par accident. Viper s'était jeté sur Jacks.

Elle avait tout vu au ralenti. Incapable de parler, de crier. L'arène, plongée dans un silence de mort, avait contemplé son corps projeté dans les airs. Il avait atterri dans un craquement assourdissant. Inutile d'être médecin pour deviner que la blessure était grave. Mais il avait roulé. Ses muscles avaient agi d'eux-mêmes pour l'entraîner près des rambardes et lui éviter un piétinement fatal.

Néanmoins, le mal était fait. L'adrénaline ne pouvait pas tout régler. Jackson était gravement blessé. Hannah le savait.

— Elle est avec nous. Elle montera dans l'ambulance.

Rodney, insistant, la poussa à bord du véhicule sans lui laisser le temps de protester. L'habitacle sentait le sang et l'antiseptique – une odeur familière qui aurait pu la réconforter. Elle prit la main de Jackson.

— Miss Boston, murmura-t-il en entrouvrant un œil.

Ses doigts serrèrent ceux d'Hannah. C'était bon signe. Il semblait aussi la voir clairement.

— Je suis là, promit-elle en se penchant sur lui.

— N'aie pas l'air si inquiète, dit-il avec un sourire douloureux.

Ha. Comme si elle avait pu faire autrement !

— Essaies-tu encore de me dire quoi faire ? demanda-t-elle en faisant de son mieux pour lui rendre son sourire.

Ne pleure pas...

— Écartez-vous, mademoiselle, ordonna l'ambulancier avant de découper la chemise de Jackson.

Elle obéit et s'assit près de sa tête pour la tenir entre ses mains. Ravalant son émotion, elle répéta :

— Je suis là.

Son visage était tuméfié. Elle entrevit son dos, marqué d'empreintes de sabots bleues et noires. Une grande ombre violacée s'étendait peu à peu sur son ventre.

— Tout va bien, mademoiselle. Il va s'en remettre, promit gentiment l'ambulancier.

Mais Hannah était médecin.

— Vous ne pouvez pas en être sûr. Vous ne le saurez qu'après les examens, lança-t-elle avec une violence étranglée.

— Tu t'inquiètes trop, Miss Boston, chuchota Jackson.

Son souffle court l'angoissa plus encore.

— Arrivée dans trois minutes, annonça l'ambulancier dans son talkie.

Les nouvelles, transmises après trois heures d'examens et plusieurs tests, étaient bonnes. Apparemment. Jacks avait la colonne vertébrale abîmée, mais pas brisée.

— Vous avez de la chance, lui rappela le médecin.

Il avait du mal à se sentir chanceux, avec une minerve et plusieurs perfusions dans le bras... Heureusement, Hannah était là. Elle l'avait accompagné depuis le départ et il avait même eu du mal à l'empêcher de mettre en doute chaque diagnostic des chirurgiens.

— Dans combien de temps pourrai-je partir ?

Son bras droit, libre, effleura le carcan de plastique qui emprisonnait son cou. Il passa la main dans ses cheveux – intacts. Il sentait le sang séché, mais aucune plaie n'était profonde. Oui, il avait de la chance.

— Sans doute pourrez-vous quitter l'hôpital sous peu, répondit le médecin avec un sourire rassurant.

— Dites-lui, ordonna Hannah.

Sa voix, basse et menaçante, trahissait ses pleurs.

— Les fractures vont se remettre...

Il tapota nerveusement son stylo sur sa tablette.

— À condition que tu ne montes plus, ajouta Hannah. Tu *ne peux plus* approcher un taureau. Plus de rodéo. C'est terminé, bébé.

Ce surnom provoqua un sursaut chez Rodney, qui avait suivi l'ambulance de près et était assis dans la chambre.

— Ne nous lançons pas dans des déclarations dramatiques,

dit-il. Il a déjà assez de points pour remporter le championnat, même sans monter durant les deux prochaines semaines. Qu'en dites-vous, Doc ? Pourra-t-il se présenter à la dernière épreuve ?

Sa voix avait retrouvé ses accents de vendeur rusé. Hannah aurait tant voulu l'aimer. Elle aurait voulu qu'il soit un homme bien, digne d'être son père. Mais *ça* ? Elle le regarda tenter de convaincre Jacks de monter une nouvelle fois, sur son lit d'hôpital, et son estomac se retourna. Une haine farouche l'envahit. Tiraillée entre les deux hommes, elle ravala sa fureur et leur sourit de son mieux.

— Doc ? demanda Jackson avec impatience.

— Votre colonne vertébrale est gravement atteinte. Je suis navré, mais votre petite amie a raison. Vous avez beaucoup de chance : j'ai vu des accidents de ce genre finir bien plus tristement. Encore une mauvaise chute et cette fissure provoquera une rupture fatale.

— Fatale ?

— La paralysie. C'est irréversible, précisa le médecin.

— Plus de rodéo, répéta Hannah avec fermeté, en massant ses yeux gonflés.

— Mais sa colonne n'est pas brisée. Il *pourrait* se remettre. Il n'y aurait de problème qu'en cas de chute, n'est-ce pas ? insista Rodney.

— Je lui conseillerais de ne plus participer à une épreuve de rodéo professionnelle. C'est mon opinion en tant que médecin, mais vous êtes libres de demander l'avis d'un confrère.

Le docteur observa un instant leurs visages tendus, puis tira son pager de sa poche pour y répondre. Rodney paraissait hors de lui. Il ouvrit sa tabatière et se fourra une chique dans la joue. Jackson se contenta de sourire.

— La bonne nouvelle, Rod, c'est que je vais *bien*.

— Évidemment, le rassura Hannah.

Clairement apaisée, elle sourit de plus belle.

— Je vais à la cafétéria pour trouver à manger. Voulez-vous quelque chose ?

— Ton plaisir est le mien, répondit Jacks avec un clin d'œil.

Même depuis ce lit, il appréciait de pouvoir la taquiner. Rodney et lui la virent rougir un peu, puis elle leva les yeux au ciel.

— Comme vous voudrez, dit-elle en quittant la chambre.

Resté seul avec son agent, Jackson prit un instant pour digérer ce qui venait de se passer et faire le point sur ses blessures. À la vérité, il se sentait étonnamment bien et fut rassuré de voir ses orteils bouger quand il voulut les agiter.

Rodney se mit à faire les cent pas près de lui. Ses bottes cliquetaient sur le lino et Jacks se demanda un instant pourquoi on ne l'avait pas installé dans une suite privée.

— Tu ne comprends pas, fils, et je ne suis pas étonné. Si tu ne termines pas le championnat, tu romps ton contrat et on pourrait te demander de rendre l'avance que tu as perçue. Ta petite amie trouvera peut-être ça moins drôle, quand on la renverra. N'oublie pas que *son* salaire est lié à *ta* participation aux épreuves. Les cow-boys montent tant qu'ils le peuvent. En es-tu capable, ou non ? Es-tu un cow-boy, ou non ? Qu'en dis-tu, petit ? Vas-tu laisser tomber ta famille ?

Jackson se redressa sur son lit. Rodney était définitivement corrompu, c'était évident. Mais Jacks s'était appuyé sur lui, quand il n'avait été qu'un gosse perdu de dix-sept ans. Rod n'avait pas hésité à l'accueillir dans sa caravane et à lui offrir un travail qu'il aimait, qui lui donnait un but.

— Nous sommes de nouveau une famille, n'est-ce pas ? Est-ce ton meilleur argument ?

Jamais il ne remonterait sur un taureau uniquement pour une « famille », réelle ou trouvée.

— Je sais que les choses n'ont pas toujours été faciles entre nous, mais tu es un roi du rodéo. Cet accident n'est arrivé que parce que tu as été chargé. Ça ne se reproduira pas, crois-moi.

Jacks doutait aussi de ça. Il était presque certain que Carter était directement responsable. Ça aurait été logique.

— Est-ce vraiment si simple, Rod ? Seras-tu aussi confiant, si je tombe de nouveau ?

— *Si tu tombes.* Quelles sont les chances ? Tu as triomphé de trente épreuves, ces deux derniers mois, et tu n'es tombé que neuf fois. Je dirais que les chiffres jouent en ta faveur.

— Facile à dire ! Tu n'es pas celui qui prend les risques.

Rodney se figea et l'observa un instant. Puis il fit une chose qui surprit Jacks. Il ôta son chapeau et le tint contre sa poitrine.

— Si tu fais ça pour moi, je ne te demanderai jamais rien de plus. Nous serons quittes après le championnat. Tu ne me devras rien, en dépit de tout ce que j'ai accompli pour toi. Je te le jure. Je ne te demande que huit secondes de plus.

Il était un négociateur-né. Pendant un instant, Jackson réfléchit sérieusement à sa requête.

— Veux-tu quitter le rodéo comme ça ? insista Rodney. Vaincu par une blessure ? Est-ce la fin héroïque de Brad Hill, le champion national ?

Incapable de se retenir, Jackson secoua la tête.

— Ce n'est pas la fin.

Au fond, il n'était pas prêt à faire ses adieux au rodéo – ou à Brad Hill. Il ne pouvait pas renoncer au désir de faire ses preuves, même si c'était pour triompher d'un homme qu'il ne reverrait plus. Il participerait à la dernière épreuve et il gagnerait. Parce qu'il était trop tôt pour abandonner le rêve qui l'avait poussé à quitter le ranch pour s'épanouir seul. Et, surtout, il n'était pas prêt à quitter Hannah.

12

Lanceuse d'alerte

— Comment ça, tu vas monter ? s'étrangla Hannah.

Elle tournait en rond dans leur chambre d'hôtel, pieds nus sur l'épais tapis, arpentant la pièce à un rythme effréné. Jackson soupira et compta jusqu'à trois. Il avait connu assez de femmes en colère pour savoir qu'il fallait attendre le bon moment pour répondre. Et Hannah ? On ne faisait pas plus furieuse, en cet instant...

— Je crois que tu prends le problème à rebours.

— Oh ! vraiment ?

Elle fit volte-face, les cheveux flamboyants et les yeux trop brillants.

— Tu veux risquer ta colonne vertébrale pour prouver quelque chose à un homme qui ne s'est jamais soucié de toi. Un homme déjà mort !

Elle avait toujours réponse à tout, et c'était bien pour ça qu'il l'aimait. Un instant... Non. Il ne l'aimait pas. Leur histoire avait une date limite de consommation. Il s'éclaircit la voix et fit de son mieux pour rester concentré.

— C'est à moi que je veux prouver...

Elle le coupa d'un geste, agitant son index sous son nez.

— Vas-tu me dire que tu envisages de concourir contre l'avis des médecins juste pour ça ? Tu as une chance de retrouver enfin les gens qui tiennent le plus à toi.

Elle ponctua ce discours de coups de pied dans le tapis et de grands gestes rageurs. Était-elle l'une de ces personnes ? Tenait-elle à lui ?

Cette conversation ne se passait pas comme il l'avait prévu, mais la réaction d'Hannah ne le surprenait pas vraiment. On ne pouvait pas être doux en permanence, et elle avait fait preuve d'une gentillesse incroyable toute la matinée. Il savait d'ailleurs pourquoi. Elle avait essayé d'apaiser ses doutes à l'idée de quitter le circuit et d'abandonner son sponsor. Elle avait tenté de couper ses protestations à la racine ; mais la décision *lui* revenait.

Jusqu'à présent, il avait réussi à ignorer la petite voix qui lui répétait les mises en garde du docteur. Il était plus difficile de rester sourd à l'inquiétude d'Hannah et il repoussa fermement l'idée qu'elle puisse avoir raison. Il ne pouvait pas se permettre de penser que l'angoisse de cette femme était peut-être plus importante que sa propre soif de victoire. Rodney avait raison aussi… Si Hannah et lui espéraient faire durer leur relation, huit secondes de plus n'y changeraient rien. Ne pouvait-il avoir sa copine *et* son titre ? Ne serait-il pas un homme meilleur, une fois débarrassé du fantôme de son père – ce qui arriverait en cas de victoire ?

Il s'éclaircit de nouveau la voix et passa la main dans ses cheveux. Un autre soupir lui échappa.

— Contre l'avis d'*un* médecin, corrigea-t-il. Un médecin qui ne m'a jamais vu monter.

Hannah baissa les yeux. Il l'avait terrassée en une seule phrase. Quand elle redressa la tête, des larmes perlaient au coin de ses paupières.

— Je suis docteure et je t'ai vu monter. Mon opinion n'a-t-elle pas d'importance ?

Il s'approcha d'elle et la serra contre lui.

— Hannah, je dois prendre cette décision pour moi. Je ne suis pas homme à obéir aux ordres. Je ne l'ai jamais été.

Il l'entendait encore… L'écho du rire de son père, quand il répétait que Nick et lui étaient des gamins, pas des cow-boys. Qu'ils n'auraient jamais le cran de faire du rodéo. Il entendait encore le bruit du cheval de Mia qui s'écroulait dans son box, et Bart qui disait que les vrais hommes n'avaient pas peur de la douleur. Les vrais hommes gagnaient.

Il était plus facile d'admettre la vérité avec le corps d'Hannah pressé contre le sien. Soudain, il sentit un petit poing le frapper au creux de l'épaule.

— Tu peux faire tes propres choix, tant que ce sont les bons, dit-elle.

Son insistance le troublait. Il ne s'était pas attendu à ce qu'elle résiste tant. À ce qu'elle lui témoigne tant d'attention.

— Tu veux dire, tant que c'est le choix que tu approuves. Tu refuses que je parte dans une direction qui te déplaît.

— Je pense que tu sais ce que je ressens…

Elle allait le dire. Il le sentait dans son souffle plus court, sa voix plus nerveuse. Elle allait prononcer une phrase qui changerait tout. Mais, pourquoi ?

— Non. N'essaie pas de me manipuler. Ça ne marchera pas. J'ai décidé de terminer le championnat et je te demande de me faire confiance. J'ai grandi à dos de cheval. Je ne laisserai pas s'échapper ce titre ou tout ce qu'il représente.

— Ce qu'il représente ? demanda-t-elle, surprise.

— Ma liberté. Ne le vois-tu pas ? Je ne peux pas rentrer chez moi sans elle. C'est impossible.

Il secoua la tête. Il avait enfin admis la vérité à voix haute. Il *voulait* rentrer, mais ne pouvait pas s'y résoudre sans avoir prouvé de quoi il était capable.

Elle s'écarta avec une brutalité inattendue.

— Tu as un nom, une famille qui veut te retrouver, et tu es trop buté pour voir à quel point c'est précieux !

Elle se détourna violemment, dans un balayage de cheveux roux.

— Nick a-t-il réussi à te parler ? demanda-t-il, soudain méfiant. Il ne pouvait s'empêcher de soupçonner le pire… Elle éclata d'un rire froid. Distant. Détaché.

— Nick ? Tu vois le mal partout, sauf en toi, Jackson. N'as-tu jamais pensé que tu pouvais être un…

Elle s'interrompit et il se rapprocha, aiguillonné par une curiosité malsaine. Le jugement final tomba, accompagné d'un petit coup dans le torse.

— Un lâche ?

Jacks se rebella malgré lui.

— Un lâche risquerait-il tout, même ses jambes, pour l'honneur ?

— L'honneur ? gloussa-t-elle. Crois-tu qu'un homme d'honneur tournerait le dos à un héritage qui pourrait transformer la destinée tout entière de sa famille ? Un héritage qui pourrait le changer ? *Te* changer, Jackson ! Tout ce que j'ai toujours voulu était une famille, un peu de stabilité et quelqu'un prêt à se battre pour moi. Et toi ? Tu serais prêt à brûler la Terre entière, plutôt que d'admettre que tes proches ne sont pas mauvais et que le passé est enterré.

Jackson alla se camper devant la cheminée de marbre du loft qu'il avait loué pour ses deux semaines de convalescence. Ses mains, appuyées sur la pierre froide, étaient brûlantes. Il crispa les doigts sur l'arête du manteau, comme s'il essayait de presser un fruit. Mais le marbre ne pleurerait pas – pas plus que lui. Il savait exactement ce qu'il devait faire et Hannah lui disait des choses qu'il aurait préféré ne pas entendre. Elle lui répétait les arguments que le petit diable perché sur son épaule lui susurrait depuis un an. Elle avait raison. Il devait abandonner le rodéo. Mais huit secondes ne changeraient pas grand-chose. Il tournerait la page dès qu'il aurait remporté le titre.

Bon sang ! Personne n'avait le droit de dire à Jackson Hartmann ce qu'il devait faire !

— Je suis désolé d'apprendre que je suis un homme sans honneur à tes yeux. J'imagine que tu n'as pas envie d'être liée à un type que tu méprises, donc mieux vaudrait que nous mettions fin à notre relation dès maintenant. Ça pourrait t'éviter de penser que tes conseils ou ton opinion ont la moindre importance pour moi.

Il l'entendit retenir sa respiration mais ne se retourna pas pour la regarder. Il se contenta de se raccrocher au manteau de cheminée, puisant de la force dans la pierre inerte. Tout comme elle, il devait rester intransigeant.

— Je vais terminer le championnat. Et je *gagnerai*.

Un lourd silence pesait dans la chambre. Il attendit qu'elle proteste. Il attendit qu'elle insiste, qu'elle lui répète qu'il commettait une erreur, qu'elle se batte pour le faire changer d'avis. Il voulait qu'elle le fasse changer d'avis !

Mais il l'entendit juste traverser la pièce, prendre son sac et quitter le loft.

Quand il se redressa pour contempler son reflet dans le miroir suspendu au mur, ce qu'il vit le choqua. Une larme unique avait tracé un chemin humide sur sa joue.

Hannah Bean avait renoncé. À lui. À ses convictions. Mais au moins, en remplissant sa part du contrat, il s'assurerait qu'elle soit payée jusqu'au bout. Elle avait tort. Il pouvait encore être là pour Nick. L'un n'empêchait pas l'autre. Il était un homme de parole et, après la finale, il rentrerait au ranch. Ce titre était tout ce dont il avait besoin. Il le décrocherait pour le petit Jackson de dix-sept ans. Après toutes ces années, la médaille était enfin à sa portée…

Il observa la porte et ravala la boule qui s'était formée dans sa gorge. Oui, c'était à sa portée.

Alors, pourquoi regrettait-il qu'elle soit partie ? Pourquoi aurait-il tant voulu qu'elle reste, qu'elle se batte jusqu'à ce qu'il cède ?

Hannah avait déjà vu ça. Le regard d'un animal acculé, qui ne voit plus qu'une issue possible. Elle ressentait la même chose. Elle éprouvait la même *peur*. Les mâchoires du piège fermées sur elle. Ici. Maintenant. Elle allait s'apprêter à faire la dernière chose dont elle avait envie, mais elle n'avait pas le choix.

— Avez-vous un rendez-vous ? demanda la réceptionniste sans la regarder dans les yeux.

Les dalles de marbre du hall résonnaient sous le cliquetis des escarpins, et ce bruit régulier l'empêchait de réfléchir. Elle tira nerveusement sur le bas de sa blouse.

— Euh, non. Mais c'est important. J'ai téléphoné...

Elle s'interrompit, puis se redressa, bien décidée à avoir l'air professionnelle.

— Je suis Hannah Bean et je viens au sujet du contrat de Brad Hill.

La réceptionniste ne se laissa pas impressionner et pianota sur son clavier avant d'acquiescer.

— M. Jacobs peut vous recevoir.

Elle glissa une carte magnétique sur le comptoir et Hannah la prit, les doigts humides de sueur.

— Prenez l'ascenseur de gauche. Le bureau de M. Jacobs se trouve au dix-huitième étage. Présentez-vous à l'accueil et on vous guidera.

Ceci dit, elle décrocha l'un des téléphones qui ne cessaient de sonner et Hannah, droite comme un I, se dirigea vers les ascenseurs. *Tu n'as pas le choix*, se répéta-t-elle.

La montée fut interminable et beaucoup trop courte en même temps. Elle n'arrivait pas à chasser Jackson de ses pensées. À qui d'autre pouvait-elle songer ? Il allait la haïr, mais n'était-ce pas le rôle d'une famille ? On veillait les uns sur les autres. En huit semaines et un nombre incalculable de nuits passées avec lui, elle le voyait bel et bien comme un membre de sa famille – même si ce sentiment n'était pas réciproque.

Quand les portes s'ouvrirent enfin, elle s'attarda dans la cabine, ferma les yeux et revit la chute tragique de Jackson. Elle laissa l'image de son corps brisé saturer ses paupières, puis les rouvrit avec une détermination nouvelle. Oui, il allait la détester ;

mais cela valait mieux que de l'aimer en étant victime d'une paralysie qu'elle aurait pu éviter. Elle préférait subir sa colère que se mépriser elle-même.

— Hannah Bean ?

— Ouaip.

Bon sang. Elle commençait à parler comme lui. Peut-être n'était-ce pas un mal, car ce tic de langage serait bientôt tout ce qui lui resterait de lui.

— Il vous attend, indiqua la secrétaire.

La porte du bureau était lourde, mais Hannah parvint à l'ouvrir, reconnaissante de pouvoir enfin venir à bout d'une épreuve facilement. Le cadre de Cardic se leva et lui tendit une main qu'elle serra.

— Mademoiselle Bean.

— Je vous remercie de me recevoir au pied levé.

Elle se dandina un peu, les mains plaquées contre ses cuisses. M. Jacobs sourit d'un air fat, l'œil interrogateur.

— Ça semblait important, dit-il.

C'était maintenant ou jamais.

— Je suis ici au sujet d'un de vos contrats de sponsorat. Celui qui concerne Brad Hill.

— Brad Hill, murmura-t-il avec un nouveau sourire, plus rapace. C'est un personnage, n'est-ce pas ? Mais il est bien placé pour gagner le championnat. On dirait que nous avons misé sur le bon cheval.

— Il n'est pas en état de concourir, dit-elle très vite.

Elle n'aurait pu retenir ses paroles, pas plus qu'elle n'aurait pu s'empêcher de respirer.

Le sourire disparut aussi vite qu'il était venu. Elle poursuivit, de peur de perdre courage :

— Sa dernière chute a causé une fissure vertébrale. Il a failli se briser le dos...

— Mais ce n'est pas le cas, coupa Jacobs.

— Certes. Seulement, une autre chute ou le moindre choc pourraient lui laisser des séquelles permanentes.

La secrétaire les interrompit en passant la tête par l'entrebâillement de la porte.

— Votre rendez-vous de 11 heures est arrivé, dit-elle.

— Je serai là dans un instant, répondit Jacobs en empilant des papiers sur son bureau, sans quitter Hannah des yeux. Ce ne sera pas long.

Sa nonchalance la hérissa. Elle se rapprocha, un poing sur la hanche pour se donner meilleure contenance.

— Il ne peut pas monter.

— C'est au médecin de prendre cette décision.

— Je *suis* médecin.

Comme souvent, elle sentit une bouffée de fierté l'envahir et se redressa plus encore.

— Je croyais que vous étiez sa masseuse.

— On peut être plusieurs choses à la fois. J'ai accepté cette mission pour apprendre à mieux connaître les risques liés au rodéo, et le serment d'Hippocrate m'oblige à m'opposer à la participation de M. Hill.

Jacobs l'observa enfin avec une pointe de respect.

— Et que suis-je censé faire, docteure ? demanda-t-il sans le moindre sarcasme.

Elle rougit malgré elle.

— Je ne suis pas venue pour vous dire comment faire votre travail...

— Vraiment ?

— S'il prend part à la finale avec votre soutien, votre firme sera légalement responsable de toute blessure supplémentaire, attendu que le corps médical vous a mis en garde. Je vais vous laisser à votre rendez-vous et vous ferai envoyer un compte rendu écrit détaillant l'état physique de M. Hartmann.

— Vous voulez dire M. Hill.

— Oui, bien sûr. M. Hill.

Il l'examina un instant encore, posa son stylo et se concentra uniquement sur elle pour la première fois.

— Vous avez dit « M. Hartmann ». J'en déduis que vous parlez de Jackson, le plus jeune des deux frères. Celui que nul n'a aperçu depuis plus de dix ans.

— Je n'ai pas affirmé qu'il s'appelle Jackson, murmura-t-elle, paniquée. J'ai moi aussi un autre rendez-vous. Je dois y aller.

— Jackson Hartmann. Faisant du rodéo sous le nom de Brad Hill, répéta Jacobs en récupérant son stylo pour tapoter son porte-documents.

En tant que médecin, Hannah savait que le sang ne pouvait pas geler. Le corps humain était une symphonie chimique parfaite… Mais en cet instant ? En cet instant, elle sentit de la glace dans ses veines. Il n'y avait aucune issue. Elle avait dérapé.

— Oui, bien sûr, dit-elle. M. Hartmann. Je ne l'ai appelé Brad Hill que pour éviter que le reste de son équipe n'apprenne son véritable nom.

— Dans ce cas, je vous recontacterai, docteure Bean. Je suis sûr que nous trouverons un moyen d'amender le contrat pour le bien de tous.

— Merci.

Elle ne sut pas comment elle avait réussi à prononcer ce simple mot, tant sa bouche était sèche. Elle hocha la tête et quitta le bureau, priant pour que son pas vif parvienne à restaurer un peu de vie dans ses muscles tétanisés. Elle savait à quel point ce championnat était important pour Jackson, mais la prudence médicale dépassait son ego. Aucune motivation ne méritait qu'il prenne un tel risque. S'il finissait dans un fauteuil roulant, elle ne se le pardonnerait jamais. Elle préférait le perdre plutôt que de le voir se perdre lui-même.

Cependant, tandis que ses talons cliquetaient sur le sol poli, une question atroce se mit à tourner dans sa tête. *Qu'avait-elle fait ?*

Il était terrible d'attendre que le couperet tombe. Elle avait su que ce n'était qu'une question de temps avant qu'il n'apprenne ce qu'elle avait fait, et elle avait préparé un discours devant son miroir. Jamais encore la caravane ne lui avait paru aussi étroite, mais elle s'efforça de sourire en entendant la porte grincer sur ses gonds.

— Ils ont téléphoné, lança Rodney en entrant sans frapper, rouge de colère. Tu n'avais *aucun droit* de faire ça !

Hannah ravala sa salive. Elle n'avait pas pensé devoir faire ses aveux dans de telles circonstances, mais elle allait parler. Si le reste de cette discussion se déroulait comme elle le craignait, elle n'aurait sans doute aucune autre chance.

— Tu as tout mis en danger. Cardic a annulé le contrat, mais tu le savais, non ? C'est ce que tu voulais !

— Ce que je voulais ?

Elle prit un verre d'eau sur le plan de travail et but une gorgée dans l'espoir de calmer ses nerfs. Il était plus simple de répéter ses paroles sans chercher à répliquer.

— Tu as passé les bornes. Mais, ce n'est pas fini : il peut encore monter. Si nous parions l'avance qu'il a reçue, nous nous referons. Nous gagnerons l'argent qui nous était promis, même sans sponsor. On ne court aucun risque, quand on sait qu'on va gagner.

Il faisait les cent pas, sans la regarder. Qui cherchait-il réellement à convaincre ?

— C'est le couronnement de sa carrière et tu le lui as volé.

Elle but de nouveau.

— Viper le lui a volé, corrigea-t-elle posément.

— Certainement pas !

Rodney prit le verre, leva les yeux sur elle un instant, puis le jeta par terre.

— Tu es médecin et tu as dévoilé des informations sensibles. Je suis sûr que ça va à l'encontre de ton serment !

— Je ne suis pas qu'un médecin...

Elle se leva. Rodney était furieux. Ça n'allait pas bien finir et son estomac se noua, mais elle ne pouvait pas reculer.

— … je suis ta fille.

Rodney faillit s'étrangler.

— Je n'ai pas de fille.

— Justement, si.

Elle avait l'impression de voir la scène de très loin. Ses membres engourdis ne lui répondaient plus.

— Je n'ai pas de fille, répéta-t-il. Et tu n'as plus de boulot.

Elle accusa le coup, les muscles tendus. Elle s'était attendue à ça depuis sa visite à M. Jacobs.

— Tu *as* une fille. C'est pour ça que je suis venue dans le Montana. Pour te connaître, et pour que tu me connaisses. Je veux que tu fasses partie de ma vie.

— Tu as tout gâché. La famille passe en premier. On doit rester loyaux les uns envers les autres. Tu n'es qu'une balance, Hannah !

Parfois, la famille la plus proche était celle qu'on se choisissait, et elle aimait Jackson. Elle l'aimait assez pour courir le risque de le perdre. Peut-être était-ce suffisant. Peut-être huit semaines avaient-elles le pouvoir de tout changer. Elle sourit en suivant Rodney dehors, sans écouter ses menaces et sa promesse de la mettre dans le premier car pour Bozeman. Oui, mieux valait avoir aimé et perdu son âme sœur que ne jamais aimer du tout. Si elle avait dû recommencer, elle aurait fait la même chose.

Même le simple souvenir de Jackson Hartmann suffirait à justifier ses actions. Pendant quelques semaines, elle avait enfin eu sa place quelque part…

— Je vieillis, soupira Jacks en se massant les lombaires.

C'était douloureux, mais il le supportait. Will buvait du whisky. Lui refusait de toucher à l'alcool avant midi. Ce n'était qu'un détail, mais il y tenait. Pourtant, c'était le moment ou jamais de boire, pour oublier le pincement au cœur qui refusait de le quitter.

— Tu l'as dit, vieux ! gloussa Will.

Jacks ne voulait pas penser à elle. Plus maintenant. C'était terminé. Il ne lui restait plus qu'à se préparer à affronter Mayhem, dans six jours...

Il entendit Rodney avant de le voir arriver.

— Sale petite garce fouineuse ! gronda-t-il à travers le *diner*. Traîtresse ! Merd...

— Hé, il y a des enfants, coupa Jackson.

Il jeta un coup d'œil à un gamin d'une dizaine d'années, très intrigué par la scène, et à sa mère qui les fusillait du regard. Il sourit, navré, mais elle ne parut pas se radoucir. Rodney se glissa sur la banquette et abattit son téléphone sur la table.

— Vous n'allez pas croire qui vient d'appeler.

— Je suppose que tu vas nous le dire, murmura Jacks, amusé malgré lui.

— *Elle* a fait ça. *Elle* est responsable.

Connaissant HotRod, il avait sans doute mérité ce que la mystérieuse « elle » avait fait...

— C'est fini, dit-il, sa colère virant à la lamentation.

En un éclair, Jackson perdit son appétit. Il poussa son assiette vers Willie, qui ne se fit pas prier pour terminer ses œufs, et réconforta Rodney de son mieux. Il était surpris de sentir une telle affection pour lui, après leur dispute.

— Je suis sûr que ce n'est pas si grave que ça...

— C'est pire !

Il prit sa tête entre ses mains puis, d'un bond, se redressa.

— Il me faut une bière.

— Je vais bien, le rassura Jacks. Très bien. Plus qu'une épreuve avant la victoire. Ne te tracasse pas.

Ses paroles sonnaient creux, mais elles n'en étaient pas moins vraies. Redescendre dans l'arène serait amusant et il n'avait plus de petite amie pour tenter de lui arracher le rêve qu'il pourchassait depuis si longtemps. Que signifiait une aventure de huit semaines, face à dix-sept ans de souffrance ?

— C'est fini, Brad.

Ces mots le terrassèrent comme un ouragan.

— Fini ?

D'un seul coup, le *diner* sembla plonger dans le silence. Il n'entendait plus que le sang à ses oreilles. *Fini ?*

— Ils ont appelé ce matin, et j'essaie de trouver une solution depuis, mais…

— Une solution à quoi ?

— Il n'y a rien. Terminé. Cardic a annulé le contrat. Ils refusent de te sponsoriser pour la finale. Ce n'est même plus la peine d'y aller.

Voilà. En une phrase, son indépendance et sa chance de se faire un nom volèrent en éclats.

— Pourquoi ? demanda Willie, comme en écho à ses pensées.

Il retrouva enfin la force de parler et répéta :

— Oui, pourquoi ?

— Elle.

Il n'avait pas besoin d'en dire plus. La vérité lui apparut dans toute son horreur. Mensonges. Trahison. Pendant un instant, il espéra que Rod parle d'une autre femme, pas de celle qu'il aimait tant…

— Je ne suis pas sûr de comprendre, dit Will.

— La masseuse. Elle est aussi médecin, tu sais.

La serveuse apporta sa bière et Rodney la but presque entièrement. Jackson ne put s'empêcher de corriger :

— Elle est interne.

Étrangement, il avait besoin de s'accrocher à la vérité. Willie siffla et repoussa son chapeau.

— Mince alors…

Puis, devinant sans doute qu'il était de trop dans leur conversation, il se concentra sur le reste de son assiette.

— Appelle-la comme tu veux, elle nous a trahis. Elle a dit à Cardic que tu étais blessé et ils t'ont lâché. Leur équipe juridique est en train de réviser notre accord et va nous recontacter, mais tu ne pourras pas monter sous leurs couleurs. C'est une question de responsabilité légale, d'après eux. Si tu chutais de nouveau et devais passer le reste de ta vie à manger avec une paille, ils seraient obligés de s'occuper de toi.

— Joli tableau, Rod, grommela Jacks, l'estomac noué.

Il était furieux et, s'il était parfaitement honnête avec lui-même, un peu soulagé.

— Pourtant, les blessures font partie du boulot, reprit Rodney, retrouvant son baratin de vendeur forain.

— Sauf que ce n'est pas une petite contusion. C'est une fracture de la colonne. Mais je peux encore monter, avec ou sans le soutien de Cardic, répondit Jackson.

Voyant l'expression figée de Willie, sa fourchette en l'air, il balaya ses inquiétudes. Le danger était précisément ce qui l'attirait. C'était sa marque de fabrique. En face de lui, Rodney reprit son portable et pianota sur l'écran.

— À qui écris-tu ? demanda Willie.

— À Hannah. Je veux qu'elle sache qu'elle a échoué. Elle va perdre son droit d'exercer pour rien, cette garce.

Jackson tressaillit.

— Ça suffit, Rodney.

Le haussement d'épaules de son agent attisa encore plus la colère qu'il essayait de contenir.

— Je *peux* encore monter, mais je n'ai pas dit que j'allais le faire. Où est-elle ?

Rod sourit d'un air mauvais. Il consulta sa montre.

— Elle doit approcher de Butte, à l'heure qu'il est. Je l'ai mise dans un car, ce matin. Juste après l'avoir virée.

À la table voisine, la femme abattit ses couverts sur la table et se leva pour emmener son enfant dehors.

— Je ferais mieux d'y aller aussi, dit Jackson en lançant deux billets de vingt dollars sur la table. Ça devrait suffire à payer le petit déjeuner.

Il avait du mal à y croire. Était-elle vraiment montée dans ce car ? Impossible. Si Hannah avait pris le risque de perdre son droit d'exercer, peut-être devrait-il réfléchir à la situation… Willie le rappela avant qu'il passe la porte et lui montra le journal qu'il avait feuilleté en mangeant.

— Tu es célèbre, mon vieux !

Jacks examina la couverture de la *Gazette* et sentit son estomac tomber dans ses talons.

— *« D'après une source au sein de Cardic, Brad Hill, le favori du championnat soutenu par la firme, ne serait autre que Jackson Hartmann, l'héritier perdu du ranch Hartmann »*, lut-il à voix haute.

Willie et Rodney le dévisagèrent, bouche bée, puis son agent lui arracha le journal.

— Tu es obligé de monter, maintenant, dit-il. Il faut se servir de cet article pour améliorer ta cote !

Jackson le dévisagea, sous le choc. À présent, s'il participait et risquait tout pour huit secondes, il gagnerait sous le nom de Hartmann. Autant dire qu'il ne gagnerait rien du tout…

La chambre était vide. Le lit avait été fait, mais le drap était mal lissé dans les coins. Ce n'était pas une employée qui avait rangé la pièce, mais elle. Qui d'autre faisait son lit, dans un hôtel ? Un sourire traître lui monta aux lèvres. Il n'aurait pas dû être amusé. Il n'aurait pas dû trouver ça mignon. Elle était comme ces champignons rouge et blanc de contes de fées : ravissants, mais mortels.

Il vit le message ensuite. Il ne l'avait pas cherché, mais elle l'avait posé en évidence sur son oreiller.

Jackson,

Je ne m'attends pas à ce que tu comprennes. Je ne suis pas sûre de comprendre moi-même. Tu dois me haïr, ce serait logique. Mais je n'avais pas le choix. Je n'aurais pas pu supporter de te voir prendre de tels risques.

J'ai craint l'heure des adieux. J'en avais peur. Comment aurais-je pu continuer à faire semblant ? Comment prétendre que je pouvais tourner la page sur mes sentiments, du jour au lendemain ?

J'espère juste que tu comprendras à quel point ces dernières semaines ont été importantes pour moi. La seule chose qui comptait plus à mes yeux était le peu de temps qui nous restait, et il a été dur de sacrifier ce précieux cadeau. Je savais que m'opposer à ta volonté et te forcer la main en parlant à Cardic serait la fin, pour nous. Mais je le ferais encore, si ça pouvait te protéger.

Je recommencerais tout.

Tendrement,

Hannah.

Il froissa la lettre et la jeta à travers la chambre, surpris par sa propre violence. Passant une main dans ses cheveux, il soupira, puis contourna le lit, reprit la feuille et la lissa. *Jackson.* Elle avait adressé son message à Jackson. Elle pensait encore qu'il pouvait être lui-même, qu'il devait oublier Brad définitivement.

Une nausée lui monta aux lèvres. Il attrapa son téléphone dans un juron. Une seule personne pourrait l'aider… Mais c'était le dernier homme qu'il voulait appeler.

— Nick à l'appareil, répondit joyeusement son frère.

— Il faut qu'on parle, répondit Jacks.

13

Fin de partie

— Vous dites que je vais devoir intégrer l'équipe des ambulanciers ? demanda Hannah.

Roberta, la joyeuse cheffe des urgences de Bozeman General, était apparemment en pause déjeuner.

— Oui. Nous manquerons de personnel aux admissions pendant les trois prochaines semaines. Si vous pouviez nous aider à combler le vide, je pense pouvoir avancer la date de votre prise de poste sans le moindre problème.

Au fond, les admissions étaient aussi de la médecine, et elle avait déjà fait un stage en service d'urgences, donc la proposition tombait sous le sens…

— Merci beaucoup. J'apprécie énormément votre flexibilité, dit Hannah mécaniquement.

Pour une fois, elle était contente de négocier ce genre de choses par téléphone. La directrice aurait sans doute vu ses doutes gravés sur son visage.

— Ce n'est rien. Votre arrivée anticipée nous soulage, au contraire, puisque nos équipes sont assez réduites en ce moment. Nous avons hâte de vous accueillir, docteure Bean.

L'appel prit fin avec la promesse renouvelée de préparer tous les documents nécessaires pour le lendemain, 10 heures. Bien. Un problème résolu.

Hannah soupira. Elle était là, dans le même car, à la même place que celle qu'elle avait occupée lorsqu'elle avait accepté le poste de masseuse. Deux petits mois, et la seule chose qui avait changé était elle. Ses efforts pour connaître son père avaient échoué. Il ne voulait pas d'elle, il voulait juste la détruire. Il n'avait même pas semblé troublé d'apprendre la vérité. Dans les derniers instants, quand il l'avait licenciée à cause de son honnêteté, elle avait perdu la force de lutter.

— Rodney, je suis ta fille, dit-elle pour elle-même.

Ces paroles ne semblaient pas folles. Mais, devant lui ? Elles avaient été terrifiantes. Quelque chose, chez Rodney, rendait l'aventure encore plus décevante. Mais elle s'en moquait. Elle ne voulait plus penser à lui. Il n'était pas le père qu'elle avait espéré trouver, mais elle avait trouvé mieux. Trouvé, et perdu...

Jackson.

Elle se mordilla la lèvre en pensant à lui.

Le car cahotant était bien moins luxueux que son pick-up Cardic hors de prix. Pire encore, elle n'était pas conduite par un cow-boy mélancolique qui la charmait à chaque instant d'un sourire où apparaissait une fossette hypnotique.

Le car poursuivit sa route vers Bozeman sous la pluie. Elle ferma un instant les yeux et songea à une autre soirée pluvieuse. Leur premier baiser. C'était tout ce qui lui restait, à présent. Des souvenirs.

Son portable sonna et interrompit enfin ses ruminations.

— Emily, Emily, Emily, marmonna-t-elle en jetant un coup d'œil à l'écran.

— Hannah ? Est-ce que tout va bien ?

Ses regards se tournèrent vers la pluie qui coulait le long de la vitre.

— Si je vais bien ?

Elle n'aurait pas pu répondre, même si elle l'avait voulu. À la vérité, elle n'en savait rien.

— Je pensais vraiment que les choses allaient se passer autrement. Avec lui, soupira son amie.

Sa voix était douce, rassurante. Hannah ferma de nouveau les yeux pour s'accrocher à ce semblant de réconfort et serra les dents. Il était hors de question qu'elle pleure dans ce car.

— Moi aussi.

— Tu peux encore tout lui dire. Il n'est jamais trop tard pour l'honnêteté, reprit Emily avec son bon sens habituel.

— Il va monter. Contre mon avis médical. Pire encore, Em, il le fait délibérément. Il préfère son autre identité à moi.

Le texto triomphant de Rodney était gravé dans sa mémoire. Elle avait aussi lu l'article de journal un millier de fois pour y croire.

— Et ton père ?

— Aucune importance. C'est Jackson qui compte. Avec lui, je me suis sentie complète. Il me voyait, murmura-t-elle avant de prendre une profonde inspiration. Je me sentais... aimée.

Cet aveu brisa la dernière digue et relâcha un flot de larmes silencieuses. De l'autre côté de l'allée centrale, une vieille femme eut une moue hautaine. Ses cheveux poivre et sel étaient rassemblés en un chignon sévère. Elle dévisagea encore Hannah un instant, puis se replongea dans sa lecture.

— Est-ce pour ça que tu l'as fait ? Que tu as mis ta carrière entière en danger ?

— Oui, et je recommencerais, admit Hannah.

— C'est encore pire ! Je te confronte à ta faute professionnelle, et tu n'essaies même pas de nier.

Emily paraissait exaspérée. La vieille femme se pencha soudain et les interrompit :

— Quand on est bien élevé, on ne parle pas au téléphone en public.

Hannah la fusilla du regard.

— Quand on est bien élevé, on s'occupe de ses affaires, répliqua-t-elle froidement.

— Crois-tu que je vais me contenter de m'occuper de mes

affaires ? cria presque Emily. J'ai presque envie de sauter dans le premier avion pour Bozeman !

— Ce n'est pas à toi que je parlais, Em. Reste à Boston.

Elle réprima un nouveau sanglot et poursuivit :

— C'est fini. Je ne peux plus revenir en arrière. Si tu penses que j'allais laisser Jackson monter sur un autre taureau sans rien dire, tu te prépares à une drôle de surprise. Toi, lui, et tous les autres. Il ne tient peut-être pas assez à sa vie pour la préserver, mais moi, oui !

Peu à peu, ses forces revenaient.

— Et ton père ? demanda de nouveau Emily. Si tu parlais à Rodney, tu pourrais éviter qu'il prévienne l'Ordre. Je n'imagine pas Jackson te dénoncer lui-même…

Ce n'était pas l'ordre des médecins qui inquiétait le plus Hannah.

— Que dois-je faire ? Que *puis-je* faire ? Ce que je ressens pour Jackson me dépasse. Peut-être ne ressent-il pas la même chose… mais c'était très important pour moi, acheva-t-elle dans un murmure, consciente que sa voisine écoutait.

— Je sais que vous avez partagé quelque chose de spécial, mais tu ne peux pas couler avec le navire. Écoute, tu devrais contacter ton père. S'il ne porte pas plainte, tu n'auras rien à craindre ; et tu as travaillé trop dur pour perdre ta licence. Jamais je ne laisserai ça arriver, même si je dois venir botter les fesses de HotRod moi-même.

L'assurance de son amie renforça la sienne.

— D'accord, dit-elle. Je vais y penser.

Elle pouvait le faire… Emily raccrocha sans lui laisser le temps d'en dire plus, et ce n'était pas plus mal. On dit qu'on est plus fort à plusieurs et, en ce moment, Hannah se sentait plus seule que jamais.

Nick et Jacks chevauchaient en silence, guidant leurs chevaux par une simple pression de la cuisse. Jackson montait Outlaw, dont la robe luisait sous la lune.

— C'est une belle bête que tu as là, dit son frère.

— Ouaip.

Outlaw était un bel animal.

— Je ne sais pas ce qui t'a poussé à rentrer plus tôt, mais j'en suis ravi, reprit Nick.

Jackson fit claquer sa langue et Outlaw partit au trot, laissant Nick derrière eux. Il entendit un battement de sabots dans son dos. Son frère le suivait de près. Tant mieux : il savait exactement où aller.

Vingt minutes plus tard, ils arrivèrent à destination.

— Rien n'a changé, remarqua Jacks en contemplant la pierre tombale.

— Non, répondit son frère, adoptant son goût pour les monosyllabes.

Le petit cimetière familial était installé au sommet d'une colline, sous un immense orme solitaire au tronc plus large qu'un tonneau. Une élégante grille de fer rouillé vieille de plus de cent ans délimitait la parcelle. Les plus anciennes tombes avaient été creusées là avant même la création du Montana et la pluie avait lentement effacé les inscriptions des pierres. Mais les quatre plus récentes restaient lisibles. La mère et le père de Jacks. Son frère aîné Austin et sa femme Katherine, enterrés là dix-huit mois plus tôt.

Jackson s'assit devant la sépulture d'Elma. Il ne se souvenait plus d'elle – sa vraie mère. C'était Josephine qui l'avait élevé et avait endossé le rôle de maman. Néanmoins, la nuit, il se demandait parfois si la mort d'Elma n'avait pas brisé quelque chose, chez son père. Combien d'hommes de la famille s'étaient effondrés, ce soir-là ?

Nick se tenait près de la tombe de Bart, bien entretenue.

— Cody s'occupe du nettoyage, ici, dit-il en examinant le cimetière. Il taille les plantes, ce genre de choses…

— Oui.

Jackson ravala sa salive. Il était difficile d'imaginer Cody, un simple employé, en train d'accomplir le devoir d'un fils. À en croire l'air peiné de Nick, la chose n'était sans doute pas plus facile à accepter pour lui.

— Lui en veux-tu toujours ?

Jacks contempla la tombe de Bart et ferma les yeux. Il revoyait Hannah, debout devant lui.

« Crois-tu qu'un homme d'honneur tournerait le dos à un héritage qui pourrait transformer la destinée tout entière de sa famille ? Un héritage qui pourrait le changer ? »

— Je n'ai plus envie de lui en vouloir, d'être en colère, avoua-t-il.

Il préférait se battre pour construire un autre héritage – celui dont elle avait parlé.

— Rien ne t'y oblige, soupira Nick en passant un bras autour de ses épaules. Construisons un nouveau foyer.

— Nouveau ?

Cette idée semblait soudain lui ouvrir d'autres perspectives. À quoi pensait-il ? Des racines ? Des enfants ? Toutes ces choses qu'il s'était interdites ?

— Je n'ai pas ma place ici, Nick. Je ne suis pas doué pour la vie de famille, admit-il lamentablement.

Nick retira un peu de mousse de la tombe d'Elma.

— Je ne viens pas assez souvent ici. Jamais, en fait. Sauf quand Rose insiste ou pour accompagner Alix. Au fond, peut-être que je viens suffisamment.

Un petit rire sec lui échappa.

— Mais ce que Rose et Alix m'ont appris, c'est qu'on peut créer notre propre famille. Nous pouvons définir nos règles, nos valeurs. Et je suis sûr d'une chose, Jacks : tu *as* ta place ici. Avec moi. Les frères Hartmann, installés sur la terre que nous avons domptée.

Jackson ne répondit pas. Sa gorge était trop nouée. Il se contenta de sourire et d'acquiescer. Les frères Hartmann. Il aimait ça.

— Qu'en dis-tu ? Veux-tu t'installer dans l'aile ouest ? Elle serait toute à toi et tu pourrais même la partager avec quelqu'un d'autre…

Jackson lui donna un coup de coude amusé.

— Et si je commençais par m'y établir seul ? Une chose à la fois, frangin.

— En parlant de famille...

Nick laissa sa phrase en suspens et retourna auprès de son cheval pour se mettre en selle avec souplesse. Jacks le suivit, soudain bouleversé. Miss Boston ne pouvait pas être enceinte ! Nick savait-il une chose qu'il ignorait encore ?

— Rose attend un bébé. Tu vas être oncle de nouveau et je suis content d'apprendre que tu vas rester pour connaître cet enfant. Il va avoir besoin de quelqu'un qui soit capable de lui apprendre les ficelles du métier...

Jackson sourit, confus, et le félicita tout en se demandant pourquoi il avait immédiatement pensé à Hannah. Elle avait eu raison. Au sujet de sa famille et de cet endroit. Peut-être avait-elle aussi eu raison de lui dire qu'il n'avait rien à prouver. Il avait du mal à croire qu'il était ici, sur les terres Hartmann, à un jet de pierre de la tombe de son père, et qu'il voulait y prendre un nouveau départ.

Pourtant, il ne pouvait le nier.

C'était bien le cas.

14

Mamma Mia

— C'est bien de te revoir, dit Amelia en donnant un coup de pied dans la touffe d'herbe qui menaçait l'équilibre de leur parfaite pelouse.

— Ouaip, répondit Jackson.

Le chemin qui conduisait de la maison à l'écurie faisait à peine 400 mètres et ils le remontaient, côte à côte. Amelia semblait en forme. À première vue, on n'aurait rien deviné. Mais il voyait ses lèvres pincées, ses dents serrées, son chignon un peu trop sévère. Elle ne souriait pas – n'avait pas souri depuis son retour.

— Tu aurais pu m'en parler, dit-elle en donnant un autre coup de pied dans la poussière.

— Je ne pouvais pas. Je te connais, tu te souviens.

Elle tressaillit.

— Moi aussi, je pensais te connaître.

Une volée de gravillons atterrit dans l'herbe.

— Mia, ne fais pas ça. Tu sais que je devais m'en aller. Papa voulait juste que je devienne un politicien de carton-pâte, un joli sourire à la télé.

— Et tu as préféré devenir une star du rodéo ?

Aïe. Elle frappait là où ça faisait mal.

— J'ai mérité cette célébrité. Ça n'aurait pas dû finir ainsi.

— C'est ce qu'on dit toujours, murmura-t-elle avant de s'arrêter.

Nous avons besoin de toi ici, Jacks. Je comprends. Je sais que tu as souffert. Mais ça a été pire depuis ton départ…

Cet aveu le déstabilisa. Il s'éclaircit la voix, un peu gêné.

— Je suis revenu, maintenant.

Et c'était agréable.

— Pour de bon ? Nick m'a parlé de la fille.

— Hannah ? C'est… compliqué.

— Inutile de m'expliquer. Je comprends.

— Tu comprends quoi ?

Le soleil tapait dur. Il sentit son portable vibrer dans sa poche, plus persistant qu'un moustique. Fermant les yeux, il pria pour que ce soit elle.

— Je comprends qu'il soit plus simple d'être seul, et je suis tout à fait d'accord.

Ce n'était pas le soutien qu'il avait espéré, venant d'elle. Au contraire, son air blasé le frustra davantage.

— Tu es d'accord ? Penses-tu que j'ai pris la bonne décision en me disputant avec la seule femme qui a eu le courage de me tenir tête ? D'essayer de me faire changer d'avis ? répliqua-t-il avec une véhémence qui le surprit.

— D'autres femmes auraient pu le faire aussi, si tu leur en avais laissé l'occasion, répondit Amelia du tac au tac.

— Je sais. Je sais. Je suis parti, je suis méchant. Mais j'avais dix-sept ans ! C'était l'instinct de survie.

Il leva les mains pour se défendre et elle se campa devant lui, très droite.

— Vraiment ? N'est-il pas un peu facile de nier tes responsabilités quand tu m'as abandonnée, et de rentrer dix ans plus tard en prétendant que tu vaux mieux que *lui* ?

Bon sang. Elle avait raison. Il n'était pas différent de leur cher vieux papa. Il n'avait pas tourné le dos à ses enfants, mais à sa petite sœur… Cette prise de conscience le terrassa.

— Mia, je suis désolé, dit-il en la serrant contre lui. J'étais aveuglé, blessé et stupide. Je ne voulais pas te laisser seule. Tu as raison, tout comme Hannah.

Ce dernier aveu ne lui était pas destiné, mais il n'en était pas moins vrai. Amelia restait crispée et il l'enlaça de plus belle.

— Je suis sincèrement désolé, petite sœur. Je suis ici, à présent…

— Jusqu'à quand ? murmura-t-elle contre son torse.

— Pour toujours, promit-il.

D'un seul coup, il se sentit plus léger – et pas seulement parce que Mia se détendait enfin. Était-il possible que ce qu'il avait cherché toute sa vie l'ait attendu là, depuis le début ? Que les seuls taureaux qu'il devait vraiment dompter aient été ses propres démons ? Hannah avait réussi à lui faire découvrir une chose plus importante que son orgueil.

L'amour.

— Ton téléphone va exploser, remarqua Amelia, sans la moindre trace de sarcasme ou d'émotion.

Nick avait eu raison : cette version d'elle n'était qu'une coquille vide. Mais il était de retour pour réparer toutes les erreurs du clan Hartmann – y compris les siennes.

Il tira son portable de sa poche et fronça les sourcils en découvrant douze appels manqués de Rodney. Il avait espéré qu'ils soient d'Hannah…

— Vas-tu répondre ?

— Je le rappellerai, dit-il.

Puis, au moment de ranger son téléphone, il se ravisa.

— En fait, je crois que je ferais mieux de le rappeler tout de suite.

Il composa le numéro de son agent. Pourquoi insistait-il autant ? Que s'était-il passé ? Amelia ouvrit la porte de l'écurie et y disparut, lançant par-dessus son épaule :

— Prends ton temps. Je vais me promener.

Elle s'approcha de sa jument gris pâle et se mit en selle sans laisser à Jacks le temps de protester.

— J'ai réussi ! s'écria Rodney dans l'écouteur avant de lâcher un grand rire satisfait.

— Réussi quoi ? demanda Jacks, en suivant la silhouette de sa sœur des yeux.

— J'ai déposé une plainte en ton nom auprès de l'ordre des médecins. Je n'arrive pas encore à croire qu'on ait échoué si près du but !

« On » ? Pensait-il donc avoir eu un rôle dans le succès de Jacks ? Il n'avait fait que négocier les contrats. C'était lui – Brad, Jackson – qui avait fait opérer la magie dans l'arène.

— Elle n'a pas voulu nous faire de mal.

Il était plus facile de la défendre à distance. À présent qu'il n'était plus Brad, il savait de quel côté se ranger.

— Vraiment ? Elle t'a détruit ! cria Rodney. Heureusement, maintenant que les médias s'intéressent à *l'héritier perdu des Hartmann*, nous avons une chance de décrocher le gros lot… Mais j'ai l'impression que ça ne va pas suffire à te motiver.

Heureusement ? Pour qui ? L'avance qu'il avait touchée n'était rien pour un Hartmann – Rodney avait raison sur ce point.

— Tu sais, ce n'est plus pareil sans toi. Tu manques aux gars. Ils ont du mal à croire qu'ils ont vécu avec un prince des chevaux sans le savoir.

— Ouais, je suis une vraie Cendrillon…

Willie et Mickey lui manquaient aussi. Énormément.

— Cendrillon ? Amusant. Essaies-tu de dire que je ne pourrai pas te convaincre de revenir ?

La dispute qui avait précédé le départ de Jacks avait été violente. Rodney l'avait épaulé dans sa jeunesse, mais ces liens s'étaient distendus avec le temps. À présent ? Comment pourrait-il soutenir l'homme qui essayait de briser la carrière d'Hannah ?

— On peut encore sauver les meubles, avec Cardic.

Jackson envisagea cette option un instant. En faisant preuve de finesse, il pourrait encore faire d'une pierre deux coups…

— Tous les médecins urgentistes accompagnent-ils les ambulanciers au domicile des patients ? demanda Hannah, ballottée à l'arrière de l'ambulance.

Elle était bien attachée sur son siège, près d'un lit hydraulique et d'une série de machines. Mais, au moins, l'habitacle frais la soulageait de la chaleur étouffante d'août.

— Quand le patient en question a financé l'hôpital, nous y allons. Le moindre appel du ranch Hartmann est traité en priorité, répondit Eric, l'ambulancier, avec un sourire.

— Hartmann ? Est-ce là que nous allons ?

Elle avala sa salive. Pour son second jour, c'était rude…

— Amelia est tombée de cheval. Elle n'a pas l'air gravement blessée, mais la patronne nous a dit d'y aller quand même. Les Hartmann ont réservé six tables pour notre prochain gala caritatif, dans un mois. Donc, on fonce.

Il haussa les épaules. Une course de vingt minutes n'était clairement pas inhabituelle pour lui. Que c'était différent de Boston ! Elle entreprit de chercher un masque, pressée de se cacher derrière le protocole.

— A-t-on des détails au sujet de sa chute ?

— Calme-toi. Ce n'est que la routine : une légère perte de sang, un os cassé, mais on leur a dit de maintenir une pression sur la plaie en attendant notre arrivée.

— D'accord.

Elle se laissa aller contre son siège. Sa blouse poisseuse collait déjà au métal froid du dossier et cette sensation glacée l'apaisa un peu. Pourquoi ne s'était-elle pas maquillée, ce matin ? Elle aurait au moins pu prendre le temps de se faire un brushing…

— Je t'avais dit que t'habiller en médecin était une mauvaise idée, glissa Emily, qui était montée dans l'ambulance au dernier moment en prétendant qu'elle avait un peu de temps libre et qu'elle savait gérer les traumas.

Personne n'avait eu la présence d'esprit de lui demander

pourquoi un médecin en visite tenait à les accompagner, mais Hannah prit la main de son amie et lui murmura :

— Je suis contente que tu sois là.

Elle n'osa pas la regarder. Emily sourit et tira un tube de rouge à lèvres de sa poche.

— « Adore-moi », chuchota-t-elle en le lui tendant. C'est ma teinte favorite et elle ira très bien avec tes cheveux.

Eric leva les yeux au ciel, et Hannah le fusilla du regard avant de se maquiller. Elle avait besoin d'une armure avant de rencontrer la famille de Jackson. Elle ne savait ni quoi dire, ni comment se comporter ; mais, en contemplant la ville qui s'éloignait par la fenêtre, elle ne put réprimer un sourire.

Ils arrivèrent rapidement sur place, sans qu'elle ait le temps d'admirer la splendeur du domaine. L'ambulance roulait trop vite et le paysage défilait en accéléré sous ses yeux. Enfin, Jackson ouvrit la portière et aida Eric à descendre la civière.

— Elle est là ! cria-t-il.

« Là », c'était l'écurie ; un grand bâtiment blanc aux gouttières en étain, plus impressionnant que tout ce qu'Hannah avait pu imaginer. La cour attenante était remplie de chevaux qui piaffaient et piétinaient dans la poussière. C'était un ranch actif, grouillant d'employés. Mais elle ne vit rien de tout ça. Elle restait figée, hypnotisée par Jackson.

— Monsieur Hartmann, intervint Emily. Je suis le Dr Barrett. Pouvez-vous me décrire la blessure de votre sœur ?

Si l'accent bostonien surprit Jackson, il n'en montra rien.

Il se détourna d'Hannah, la libérant du sortilège qui l'avait pétrifiée, et se tourna vers son amie.

— Bien sûr. Amelia est une cavalière expérimentée, mais son cheval l'a désarçonnée dès qu'elle a quitté l'écurie. Je pense qu'elle souffre d'une fracture avec déplacement.

Il indiqua sa sœur d'un geste. Très pâle, elle était assise près du bâtiment, adossée au mur, et pinçait les lèvres pour ne pas pleurer.

— Est-ce votre opinion médicale ?

— L'os a percé la peau. Inutile d'être médecin pour comprendre qu'il est cassé, répliqua-t-il froidement.

Son regard croisa un instant celui d'Hannah. Ses yeux la percèrent de part en part. Pouvait-il voir son cœur battre la chamade ? Elle le contempla quelques instants, se laissa emporter par ce regard qui savait éveiller tant d'émotions en elle. Amour. Appartenance. Acceptation. Hélas, quand elle avait essayé de l'aider, comme une vraie famille devait le faire, il l'avait quittée. Il l'avait repoussée et elle n'était pas assez bête pour courir ce risque de nouveau – quoi qu'elle ressente pour lui.

— Bonjour, Amelia. Je suis Hannah et je vais vous aider.

— Est-ce que Silver va bien ? demanda la blessée.

— Le cheval va bien, promit Jackson en s'accroupissant près d'elle.

Hannah sourit. Elle appréciait sa patience et sa douceur. Il serra tendrement son épaule, mais Mia le repoussa.

— Va t'occuper d'elle. Elle doit avoir peur.

Comment pouvait-elle le rejeter aussi facilement ? Si seulement Hannah avait eu cette force...

— Oui, vas-y. Ici, tu ne ferais que gêner mon travail.

Et voilà, elle l'avait fait.

S'occuper du cheval ? N'était-il bon qu'à ça ?

Jacks s'éloigna à regret des deux femmes qui comptaient le plus pour lui. Mia semblait plus détendue et, pour la première fois depuis une semaine, il la vit sourire. Logique, puisqu'elle était avec Hannah.

— Tu devrais remettre tout le monde au travail, dit-il à Cody, leur cow-boy en chef qui s'attardait avec les autres, près de l'écurie.

— Les gars veulent juste s'assurer que Mlle Mia va bien.

— Vous avez sans doute mieux à faire, coupa le Dr Barrett.

Il se tut et l'instant s'étira, immobile.

— En fait, je pense que je n'ai plus le temps de faire du rodéo. J'ai appelé Cardic, aujourd'hui, et je leur ai proposé une idée qu'ils adorent, dit-il en caressant sa joue.

— Tu les as appelés ?

— Oui. Je leur ai parlé des mustangs, sur notre portion de la Yellowstone. Je leur ai suggéré de modifier leur campagne de communication, de passer à la protection de la vie sauvage. « Cardic, promoteur de l'Ouest sauvage et fier sponsor de la réserve protégée de mustangs Hartmann. »

Il sourit et elle se sentit fondre.

— Il existe une réserve protégée pour les mustangs ?

— Maintenant, oui. Et je vais la diriger, entre autres choses. Je reste ici, mais j'ai besoin de plus. J'ai besoin de bâtir une vie avec quelqu'un qui me comprend. Penses-tu en être capable ?

De nouveau, il prit son visage entre ses mains.

— Non, souffla-t-elle, je ferai encore mieux.

Son sourire était comme un chaud soleil sur son âme.

— Je t'aimerai. Toujours.

Jackson Hartmann l'embrassa.

Enfin, elle était chez elle…

Vous avez aimé *Idylle avec un cow-boy* ?
Retrouvez la suite de la série « Les héritiers Hartmann »
dès le mois prochain dans votre collection Passions !

YAHRAH ST. JOHN

Éprise d'un séducteur

Traduction française de
ROSA BACHIR

PASSIONS

HARLEQUIN

Titre original :
HER BEST FRIEND'S BROTHER

1

— Il y a quelqu'un ? lança Wynter Barrington.

Elle avait utilisé sa clé pour entrer dans la demeure de sa famille, située à Terrell Hills, quartier huppé de San Antonio.

Elle posa son sac de voyage et sa valise sur le sol, déposa ses clés dans le vide-poches sur la console puis ôta sa veste en jean. Elle avait oublié à quel point il pouvait faire froid au Texas en janvier. Aujourd'hui, il faisait à peine quatre degrés. Quand elle était arrivée à la zone de retrait des bagages, elle avait espéré qu'un membre de la famille serait venu la chercher, peut-être avec une veste plus chaude. Mais il n'y avait eu personne.

Cela t'étonne ?

Son père, Gregory Barrington, à la tête d'une grande société d'investissement, travaillait sans relâche pour accroître sa fortune, comme s'il n'y avait pas assez de zéros sur son compte en banque. Sa mère, Melinda, enchaînait les galas de bienfaisance et les soirées mondaines. Quant à son frère aîné, Corey ? Depuis qu'ils étaient enfants, il cherchait constamment à la contrarier. Pas étonnant qu'elle ait renoncé à fêter Noël en famille pour passer un mois de plus à Bali.

Wynter observa le sol de marbre à damier noir et blanc, le splendide chandelier en spirale, le vaste escalier et les arches de pierre qui menaient aux pièces principales. Un énorme bouquet de lys calla trônait au centre de la table de l'entrée. Tout semblait pareil, pourtant Wynter avait le sentiment que tout avait changé.

Elle n'arrivait pas à croire qu'elle était revenue pour assister à l'enterrement de sa tante, Helaine Smith. Helaine était décédée dans son sommeil quelques jours plus tôt, d'une rupture d'anévrisme. Elle était la seule personne de la famille à avoir toujours soutenu Wynter, même quand elle n'approuvait pas ses choix. Un an plus tôt, Wynter était si malheureuse qu'elle avait quitté son poste au service marketing de la société familiale, et fui sa vie monotone. Pourquoi ? Parce qu'elle voulait être comme sa tante, qui avait mené une vie de bohème et parcouru le monde.

Sa famille avait estimé qu'elle avait perdu la tête, mais pas Helaine. Wynter comptait faire de son blog de voyages et de loisirs, *Wynter's Corner*, un succès. Elle ne postait pas seulement de belles images, elle proposait de s'immerger dans d'autres cultures, de tester de nouveaux mets ou de nouvelles activités, de sortir des sentiers battus. Elle donnait des astuces et des conseils pour dénicher des billets d'avion et des hébergements bon marché, créer des itinéraires amusants, tout cela sans trop dépenser, mais son blog n'était pas toujours lucratif. Par conséquent, son père lui versait une allocation mensuelle pour couvrir une partie de ses dépenses.

Pendant une grande partie de sa vie, elle s'était sentie invisible au sein du clan Barrington. Elle avait fait des bêtises dans sa jeunesse pour attirer l'attention de ses parents, mais cela ne lui avait apporté que des ennuis. Corey, en revanche, comblait les attentes de leur père. Comme lui, c'était un bourreau de travail. Et puis, il y avait Francesca, la prétentieuse épouse de Corey. Wynter ne l'appréciait guère, car Francesca la méprisait alors qu'elle venait d'une famille pauvre.

Lorsque l'on était un membre de la famille, il fallait rester au sommet et viser la perfection, une quête sans fin. Voilà pourquoi Wynter voyageait loin d'ici dès qu'elle en avait l'occasion.

Elle se dirigeait vers sa chambre quand Agnes, leur employée de maison espagnole, se précipita vers elle et l'étreignit chaleureusement. Agnes était en poste depuis des décennies. C'est elle qui avait expliqué à Wynter les choses de la vie, sa mère étant trop occupée pour expliquer ce qui arrivait à son corps quand elle avait traversé la puberté.

Agnes prit le visage de Wynter entre ses mains.

— Je suis vraiment désolée pour Mme Helaine. C'était une femme si gentille.

— Merci, Agnes, répondit Wynter. Elle était phénoménale.

— Il nous faut plus de gens comme elle, renchérit Agnes en lui caressant la joue. Comment vas-tu ?

— Je fais front, répondit Wynter avec honnêteté.

— C'est tout ce qu'on peut faire, mais si tu as envie de parler...

Agnes ne termina pas sa phrase – Wynter était heureuse qu'elle ne la presse pas – mais elle suggéra :

— Si tu allais te rafraîchir et te préparer ? Le dîner sera prêt bientôt, et tu sais comment est ta mère.

Oh ! oui, elle le savait.

Melinda Barrington exigeait que tout le monde mette une tenue élégante pour dîner. Wynter détestait cela. Elle avait toujours le sentiment de ne pas être à la hauteur, probablement parce que c'était le cas. Sa mère trouvait toujours à redire sur sa tenue, sa coiffure, ou son maquillage.

— Bonne idée, approuva Wynter et elle s'apprêta à empoigner sa valise, mais Agnes écarta sa main.

— Je me charge de tes bagages, déclara-t-elle.

Elles montèrent l'escalier en colimaçon pour gagner l'étage, où était située la chambre de Wynter.

— Combien de temps restes-tu cette fois ? demanda Agnes.

— Pas longtemps. Après l'enterrement, je m'en vais.

— Dommage. J'aurais adoré que tu restes un peu.

— Je suis désolée, j'ai des engagements. Où est ma mère ?

— Elle se fait faire un soin du visage dans la salle de massage.

— La salle de massage ?

— Ta mère a procédé à quelques changements depuis ta dernière visite. Elle a dit qu'il était temps qu'elle pense à elle.

— Je vois, dit Wynter.

En réalité, elle ne voyait pas. Sa mère s'assurait toujours d'être parfaite à cent pour cent avant de franchir la porte. Wynter devait se rendre à l'évidence, sa famille ne serait jamais chaleureuse et détendue. Plus vite elle oublierait ses illusions, mieux cela vaudrait.

— Nous sommes très heureux que vous rejoigniez le cabinet.

Brock Jamison, l'un des associés du cabinet Jamison et Charles, serra la main de Riley.

— Il nous faut quelqu'un avec votre instinct de tueur dans notre équipe, ajouta-t-il.

Riley avait été surnommé « le Requin de la côte Est » car il savait comment découvrir la faille d'un adversaire et l'exploiter afin de gagner ses affaires. Depuis qu'il avait obtenu son diplôme de droit à Harvard, Riley visait toujours l'excellence. Il avait rejoint un grand cabinet à New York juste après ses études et s'était rapidement taillé une belle réputation.

Il avait défendu plusieurs clients en vue et avait réussi à minimiser leur exposition médiatique pendant leurs divorces respectifs. Lorsque la nouvelle de son retour à San Antonio s'était répandue, des cabinets de tout le pays l'avaient courtisé car ils voyaient en lui une machine à cash. Cela ne le dérangeait pas. Riley savait ce que c'était que de vivre sans le sou. Sa sœur Shay et lui avaient eu une enfance confortable, jusqu'à ce que le divorce de leurs parents les plonge dans la pauvreté.

— Je suis ravi d'être de retour chez moi, répondit-il.

Il avait rencontré Brock et son associée, Gina Charles, quelques mois plus tôt, à Manhattan. Ils lui avaient proposé de l'embaucher. Bien qu'il ait toujours eu l'intention de revenir à San Antonio, Riley avait posé une condition : devenir associé. Gina et Brock l'avaient acceptée. Désormais, Riley était inscrit au barreau du Texas, et le cabinet avait été rebaptisé Jamison, Charles et Davis.

— Si vous avez besoin de quoi que ce soit – Gina lui toucha légèrement le bras en sortant –, faites-le-nous savoir.

Il remarqua la lueur appréciative dans son regard. Riley savait qu'il était séduisant, car depuis qu'il avait quinze ans, des femmes de tous âges le courtisaient. Aujourd'hui, il était vêtu d'un costume trois pièces qui mettait en valeur son corps d'athlète. Quand il se rendait au tribunal, il dominait ses adversaires du haut de son mètre quatre-vingt-douze. Il incarnait la puissance et obtenait en général ce qu'il voulait, quand il le voulait.

Quand Gina et Brock furent sortis, Riley posa sa mallette sur le bureau de verre moderne et se posta devant la baie vitrée pour admirer la vue sur San Antonio. C'était bon d'être chez soi. Il pourrait voir sa mère régulièrement et soutenir sa petite sœur. Elle donnait des cours de yoga et de Pilates dans une salle de fitness en ville. Bien qu'elle ait une base de clients très attachés à elle, il estimait qu'elle pourrait trouver un meilleur emploi.

Son téléphone sonna, et sur l'écran, le nom de Shay s'afficha. Avait-elle un sixième sens ? Riley accepta l'appel.

— Salut, sœurette.

— Bonjour, grand frère, répondit Shay. Tu es arrivé hier et tu n'es pas passé me voir.

Il soupira. Pourquoi les petites sœurs aimaient-elles tant embêter leurs grands frères ?

— Je suis désolé. J'ai été accaparé par un dossier, et aujourd'hui, je m'acclimate à mon nouveau cabinet.

— Et ? Comment est-ce ?

— Exactement comme je l'imaginais.

Il n'entreprenait jamais rien sans avoir bien réfléchi. Shay était son exact opposé. Elle écoutait son cœur, ce qui expliquait son divorce précoce à vingt-quatre ans. Riley, lui, examinait une situation sous tous les angles avant de se lancer.

— C'est une bonne chose, j'imagine. Peut-on se retrouver pour dîner ? Ça me ferait très plaisir de te voir.

— Absolument, j'en serais ravi.

Et il était sincère. Sa sœur lui avait manqué. Ils s'étaient rapprochés lorsque le divorce de leurs parents avait anéanti leur mère. Certains matins, Eliza Davis n'arrivait même pas à quitter son lit pour les emmener à l'école ou leur préparer leur repas. Au bout du compte, Riley avait appris à se débrouiller seul et, par conséquent, à aider sa sœur plus jeune de quatre ans, qui à l'époque ne comprenait pas pourquoi leur maman ne parvenait pas à remonter la pente.

— Génial. Je te vois ce soir à 19 heures ? demanda Shay. Je passe te prendre à ton hôtel.

— Inutile. Je peux te retrouver quelque part.

— Riley, laisse-moi faire ça pour toi.

Il était difficile pour lui de ne pas être aux commandes. Il était censé prendre soin de Shay, et non l'inverse, mais sa Bentley, dont il avait organisé l'expédition depuis Manhattan, n'arriverait que le lendemain.

— D'accord, mais tu devras passer me prendre au bureau.

Après avoir raccroché, Riley jeta un regard circulaire dans son bureau d'angle. Il était enfin arrivé là où il le voulait. Peut-être était-il temps de lever le pied et de se détendre un peu. Il ricana à cette pensée. Son travail était toute sa vie.

Wynter se réveilla de sa sieste en sursaut. Regardant autour d'elle, elle dut faire un effort pour se souvenir de l'endroit où elle se trouvait, mais une fois sa mémoire réactivée, le chagrin qu'elle avait tâché de contenir ces derniers jours l'assaillit. Sa tante Helaine n'était plus. Au moins, elle était morte dans son sommeil, sans souffrir. Wynter aurait aimé lui parler une dernière fois...

Plutôt que de se laisser envahir par la tristesse, elle se remémora les moments marquants qu'elles avaient partagés. Comme la première fois qu'elles étaient allées déguster un thé accompagné de scones, quand Wynter avait huit ans, et qu'elles avaient porté une jolie robe, un chapeau et des gants. Ou le jour où sa tante avait emmené Wynter à Paris et où elles étaient montées au sommet de la tour Eiffel. Wynter supposait que c'était là-bas qu'elle avait attrapé le virus des voyages. Et lorsqu'elle était adolescente, lors de leurs sorties, sa tante emmenait aussi fréquemment les amies de Wynter, baptisées les Six Gemmes, car elles étaient pour elle les filles qu'elle n'avait jamais eues.

Lentement, Wynter se redressa. Il faisait noir dehors, ce qui signifiait qu'elle avait dormi plus longtemps que prévu. Elle ne portait pas de montre, car elle aimait profiter de la vie sans être entravée par des horaires. Tendant la main vers son iPhone, elle consulta l'écran. Il était 18 heures – l'heure de l'apéritif chez les Barrington. Si elle se dépêchait, elle pourrait se doucher, s'habiller et être en bas d'ici quinze minutes. Sa mère tenait à ce que tout le monde soit à l'heure pour le dîner.

Un quart d'heure plus tard, après avoir enfilé une robe-pull et ses bottes frangées préférées, Wynter descendit l'escalier au pas de course pour rejoindre le grand salon. Sa tenue n'était pas aussi chic que sa mère le voudrait, mais tant pis. Elle avait appliqué sur ses cheveux mi-longs et ondulés une crème au karité, redessiné l'arc de ses sourcils et maquillé ses lèvres d'une couche de gloss.

Quand elle entra dans la pièce, sa mère et son père étaient en train de se chamailler, tandis que son frère buvait du vin avec son épouse. Tous se turent quand ils virent Wynter dans l'embrasure de la porte. Le dédain dans leur regard ne lui échappa pas. Ils étaient parés de leurs plus beaux atours. Son père et Corey portaient leurs costumes stricts. Tous deux étaient de taille moyenne, avaient le même teint brun doré, et arboraient la même coupe de cheveux très courte. Sa mère portait une robe jacquard cintrée au bas évasé, et Francesca était vêtue d'une robe fourreau noir et blanc.

— Wynter, Dieu du ciel, qu'est-ce que c'est que cette tenue ? s'exclama Francesca.

Francesca était tout ce qu'une femme du statut social de Wynter était censée être : posée, élégante et raffinée – du moins, c'était ce que sa mère lui serinait. Avec sa silhouette élancée et ses longs cheveux ébène à la coupe soignée, Francesca était un modèle de sophistication. Comparée à elle, Wynter semblait mal fagotée.

— J'ai acheté cette robe à Bali durant mon dernier voyage, répliqua Wynter tout en se dirigeant vers ses parents. Maman, papa.

Elle embrassa sa mère sur les deux joues et serra brièvement son père dans ses bras.

— Contente que tu aies enfin pu te joindre à nous, répondit sa mère. Agnes nous a dit qu'après ton arrivée, tu es directement allée te coucher.

— Le trajet depuis Bali a été long.

— Tu devrais peut-être voyager moins loin, dit Corey avec un sourire narquois. Tu serais un peu plus près de la maison.

Wynter ignora sa pique, se rappelant que cette visite serait de courte durée. Une fois qu'elle aurait dit un dernier adieu à sa tante, elle repartirait.

— Comment vas-tu, maman ? Perdre Helaine si soudainement...

L'expression de sa mère s'adoucit.

— C'était un choc. Ma grande sœur a toujours été si charismatique, si audacieuse. Je croyais que rien ne pourrait lui arriver.

Le regard de Wynter s'embua.

— Je n'arrive pas à y croire, moi non plus.

— Eh bien, sèche tes larmes, déclara sa mère en lui tendant un mouchoir. Nous devons aller de l'avant. C'est ce qu'Helaine voudrait.

Wynter avait cru qu'elles pourraient se soutenir dans le chagrin. Elle avait espéré que la mort de sa tante la rapprocherait de sa mère, mais maintenant, elle n'en était plus si sûre.

— Je me demande ce que contient son testament, s'interrogea Francesca à voix haute.

Wynter et sa mère émirent un son réprobateur. Même son frère eut la décence de paraître mal à l'aise devant l'impair de sa femme. Francesca en commettait rarement. Elle reprit :

— Mes excuses, Melinda. Je ne sais pas ce qui m'a pris.

Wynter n'était pas dupe. Francesca espérait qu'Helaine avait légué une grosse somme à Corey, mais leur tante n'avait jamais apprécié son frère. Ils étaient comme chien et chat.

— En ce qui me concerne, la vieille mégère va me manquer, déclara son père.

— Gregory ! le réprimanda Melinda.

Il haussa les épaules et but une gorgée d'alcool.

— Quoi ? Helaine estimait que je n'étais pas assez bien pour toi, tu le sais. Je venais d'un milieu populaire, alors que vous deux, vous apparteniez à la haute société.

— De l'eau a coulé sous les ponts, fit valoir Melinda. Regarde où tu en es aujourd'hui.

— Je suppose que tu as raison, concéda-t-il.

— Je vais voir où en est le dîner.

Dès que sa mère fut sortie, Corey s'attaqua à Wynter.

— Qu'est-ce que tu as fabriqué ces derniers mois, rase-mottes ?

Il adorait la taquiner sur son mètre cinquante-huit.

— Tu le saurais si tu étais abonné à mon blog, répliqua Wynter.

Elle se dirigea vers le bar et se servit un bourbon, un alcool qu'elle avait pris l'habitude de boire après un séjour dans le Kentucky, l'État de l'herbe bleue.

— Ce n'est pas un peu fort comme apéritif ? commenta Francesca en haussant son sourcil trop arqué.

— J'ai vingt-sept ans. Je n'ai pas besoin de toi ni de quiconque pour surveiller ce que je bois.

Francesca expira.

— Oh ! excuse-moi.

— Tu es excusée.

Wynter et sa belle-sœur se détestaient cordialement. Elles se connaissaient depuis l'adolescence, et Francesca était déjà prétentieuse au lycée. À l'époque, après que Wynter avait abîmé la Porsche flambant neuve de son père, ses parents s'étaient vengés en la retirant de son établissement privé pour l'envoyer dans un lycée public. Ils avaient cru la punir, mais en réalité, ils lui avaient fait un cadeau : elle avait rencontré cinq filles exceptionnelles qui étaient maintenant ses meilleures amies. Quant à Francesca, elle était encore plus imbuvable depuis qu'elle avait épousé Corey.

— Inutile de monter sur tes grands chevaux, intervint Corey. Franny craignait sans doute que tu aies développé une addiction à l'alcool. Peu de femmes boivent du bourbon.

— Eh bien, moi j'en bois, répartit-elle.

Corey voulut répondre, mais leur mère annonça que le dîner était prêt. Wynter la suivit dans le couloir jusqu'à la salle à manger, décorée de meubles français anciens.

— Je suis content que tu sois rentrée, Wynter, dit son père lorsque l'entrée, un gaspacho, fut servie. Il est grand temps que nous parlions de ton retour chez Barrington Investments.

Et c'est reparti, pensa Wynter, réprimant l'envie de lever les yeux au ciel. Elle savait que son père n'était pas ravi qu'elle parcoure le monde, mais elle avait espéré qu'avec le temps, il finirait par accepter sa décision...

— Je n'ai pas envie de renoncer à mon blog de voyages.

— Un blog qui ne te rapporte pas d'argent, rétorqua Gregory avec véhémence.

— Si, il m'en rapporte, assura Wynter.

Peut-être pas autant que Wynter le souhaitait, mais lorsqu'elle aurait davantage d'abonnés, elle gagnerait plus d'argent, grâce à la publicité.

— Pas suffisamment, lâcha son père d'un ton sec. Et nous ne subventionnerons plus ce passe-temps.

Wynter leva les yeux de son bol de soupe.

— Je te demande pardon ?

— Tu n'es pas sourde, répliqua son père, et elle vit Corey afficher un sourire narquois de l'autre côté de la table. Il est grand temps que tu reviennes travailler avec ton frère et moi.

— Je n'en reviens pas que tu me parles de ça maintenant ! Tu n'aurais pas pu attendre que l'enterrement ait eu lieu, au moins ?

— Attendre ne me fera pas changer d'avis.

Wynter se tourna vers sa mère, espérant un soutien de sa part, mais Melinda avait les yeux rivés sur son gaspacho.

— Soit tu reviens chez Barrington Investments au service marketing, soit nous te coupons les vivres, ajouta Gregory. Cette famille ne soutiendra plus tes pérégrinations.

Elle n'aurait pas dû être surprise. Ses parents n'avaient jamais compris sa soif de liberté, sa passion pour les autres cultures. Se tamponnant les lèvres avec sa serviette, elle se leva lentement et se dirigea vers la porte.

— Eh bien, tu ne vas pas me répondre ? s'étonna son père.

Wynter se retourna vivement vers lui.

— Mon départ est une réponse suffisante. Je refuse que tu me forces la main ou que tu me fasses chanter pour que j'obéisse, papa. Je ne vois pas mon avenir dans un bureau à compulser des feuilles de papier.

Son père eut l'air indigné, et Corey la fusilla du regard.

— Wynter, je te préviens..., commença son père, et il tapa du poing sur la table.

— Message reçu cinq sur cinq, répondit Wynter. Maman. – Elle jeta un regard dans sa direction. – Mes excuses, mais je ne reste pas pour le dîner. Bonsoir.

Wynter quitta la pièce d'un pas furieux. La somme mensuelle qui complétait ses maigres revenus ne lui serait plus versée, et elle devrait trouver une solution rapidement. Son père venait de fixer des limites. Mais elle aussi. Elle n'avait pas utilisé la totalité de son allocation. En fait, elle en avait épargné l'essentiel pour se laisser un peu de marge, ce dont elle se félicitait à présent.

Elle n'avait qu'une vie, et personne ne lui dicterait comment la vivre. D'une manière ou d'une autre, elle trouverait un moyen de subvenir à ses besoins.

Il lui fallait trouver un plan, voilà tout.

2

— C’est génial que tu sois de retour, Riley, dit Shay.

Ils se trouvaient dans leur restaurant italien préféré, un établissement chaleureux et familial situé sur la River Walk, une promenade aménagée le long du fleuve San Antonio.

Riley observa longuement sa petite sœur, dont le visage était encadré par de longues boucles brunes. Elle était petite et fine, ce qui expliquait pourquoi il avait toujours été protecteur avec elle.

— C’est bon d’être de retour, dit-il.

Il n’avait pas eu l’intention de rester loin de San Antonio aussi longtemps. Après quatre années à Princeton, il avait prévu de finir ses études de droit au Texas. Mais, contre toute attente, il avait été accepté à Harvard. Durant ces trois années supplémentaires, il avait dû laisser Shay gérer seule les épisodes dépressifs de leur mère.

— Maman aussi sera ravie. Quand je lui ai annoncé ton retour, son visage s’est illuminé.

— Je suis désolé de t’avoir laissée seule pour gérer les répercussions de sa maladie, répondit-il.

Plus jeune, il avait protégé Shay des dégâts que la santé mentale de leur mère avait occasionnés, mais lorsqu’il était entré à l’université, elle avait porté seule ce fardeau. Il s’était montré égoïste, voulant se créer une vie loin de la bipolarité qui avait consommé tant d’années de son adolescence.

— Ça ne fait rien, dit Shay, sirotant son vin. Tu avais le droit de penser un peu à toi.

— Et toi ?

— Moi ?

— S'occuper de maman peut être un emploi à plein temps certains jours. Ça n'a pas dû être facile.

Ça ne l'avait certainement pas été pour lui. C'estpourquoi il ne croyait pas en l'amour. Il avait vu de ses yeux à quoi le fait d'aimer quelqu'un pouvait mener. Sa mère ne s'était jamais remise du départ de leur père. Par conséquent, Riley refusait de tomber amoureux.

Shay soupira et posa son verre.

— Non, en effet. C'est l'une des raisons pour lesquelles Kevin et moi avons eu tant de problèmes, en plus du fait que nous nous sommes mariés trop jeunes. Kevin n'acceptait pas que je le relègue au second plan quand maman avait besoin de moi.

— Kevin était un crétin. Je n'ai jamais compris ce que tu lui trouvais. Je suis content que vous n'ayez pas eu d'enfants.

— Ce n'est pas faute d'avoir essayé, dit-elle d'un ton triste.

Riley fut surpris par sa réponse.

— De quoi est-ce que tu parles ?

— Kevin voulait un bébé, et je voulais lui en donner un, mais plus on essayait, plus on s'éloignait, tous les deux. Si on ajoute à cela la dévotion avec laquelle je prenais soin de maman, on obtient la recette d'un divorce.

La voix de Shay se brisa sur ces derniers mots, et Riley posa la main sur la sienne.

— Je suis vraiment navré, Shay. J'aurais aimé que tu m'en parles.

— Tu n'aurais rien pu faire, dit-elle en haussant les épaules.

— Tu as vu un médecin ?

— Nous parvenions à peine à joindre les deux bouts. Nous n'avions pas les moyens de consulter un spécialiste en fertilité.

— Alors il y a encore une chance pour que tu puisses devenir mère un jour si tu le souhaites.

Et si c'était le cas, il ferait tout ce qui était en son pouvoir pour que sa sœur réalise son rêve. C'était le moins qu'il puisse faire après l'avoir laissée seule avec leur mère toutes ces années. Lorsqu'il avait commencé à gagner suffisamment d'argent, il avait engagé une auxiliaire de vie pour l'aider, ce qui avait permis à Shay de se concentrer sur elle-même et d'obtenir un diplôme de professeur de fitness.

— Oh ! mince ! fit Shay en souriant. Comment en est-on arrivés à s'éloigner autant du sujet ? Ma fertilité, ou plutôt mon manque de fertilité, ce n'est pas la question. Ce n'est pas comme s'il y avait un homme dans ma vie.

— Tu veux dire que ma petite sœur n'a pas une flopée de soupirants devant sa porte ? plaisanta Riley.

Shay était une splendide jeune femme, au teint caramel et à la silhouette de rêve, car c'était une grande sportive.

— Hélas, non, dit-elle en souriant, mais je n'aurais pas le temps de toute façon. Je me concentre sur mon travail et j'aide les autres à devenir la meilleure version d'eux-mêmes.

— Il faut que tu prennes du temps pour toi.

— Ha ! fit Shay. Ça te va bien de dire ça ! Tu es aussi ambitieux que moi. Non, tu l'es encore plus.

Bien que leur père ait versé une pension alimentaire quand ils étaient jeunes, il avait abandonné sa famille, laissant ses enfants payer les pots cassés. À l'époque, Riley n'était pas équipé pour endosser une telle responsabilité, et l'argent que son père envoyait couvrait à peine les factures, puisque leur mère n'était pas en état de travailler. C'est pourquoi il était si ambitieux aujourd'hui. Il voulait que sa famille ne manque plus jamais de rien.

— Si nous commandions ? demanda Shay. Je meurs de faim. Au déjeuner, je n'ai mangé qu'un bol de riz, du chou-fleur et de l'avocat.

— Ça a l'air appétissant, ironisa-t-il.

Il fit un signe au serveur, et ils commandèrent assez de nourriture pour un régiment. Riley était heureux de pouvoir être présent pour Shay et pour leur mère. Il en était à un stade de sa vie où il avait accompli ce qu'il souhaitait sur le plan professionnel. Toutefois, il continuait à travailler dur, pour rester au sommet.

— Quelle est la prochaine étape pour toi ? demanda Shay tandis qu'ils dégustaient un dessert et un cappuccino.

— Acheter une maison, peut-être ?

Après qu'ils eurent fini leur repas, Riley raccompagna Shay à sa voiture. Puis il décida de marcher le long de la River Walk, son appartement étant situé non loin.

Tout en flânant, il remarqua que plusieurs femmes le suivaient du regard. Mais la femme qui retint son attention ne l'avait même pas vu. Elle était à quelques mètres et regardait au loin. Elle avait le teint caramel et une longue chevelure brune et ondulée qui retombait sur ses épaules. Sa robe-pull épousait ses courbes féminines. Il sentit son cœur battre à coups redoublés. Son corps tout entier se mit à vibrer.

Tandis qu'il approchait, Riley se rendit compte qu'il connaissait cette jeune femme. Et cela, depuis l'adolescence.

Il venait de fantasmer sur la meilleure amie de sa petite sœur, Wynter Barrington.

Au bord du fleuve, Wynter était en plein questionnement. Elle était seule sur bien des plans. Sa famille s'était retournée contre elle, mais avait-elle jamais été *avec* elle ? Autrefois, quand elle se disputait avec ses parents, elle se rendait chez sa tante Helaine, qui savait comment la rassurer. Mais sa tante n'était plus là. Wynter supposait que c'était pour cela qu'elle était venue ici ce soir – pour se sentir plus proche d'elle, d'une certaine manière. La River Walk avait toujours été l'un de ses endroits préférés.

Wynter songea à ses amies, les autres membres des Six Gemmes : Lyric Taylor, Asia Reynolds, Teagan Williams, Shay Davis et Egypt Cox, qu'elle avait rencontrées au lycée public. Wynter les avait repérées à l'époque et avait eu envie d'aller leur parler, mais elles avaient semblé former un groupe soudé, dans lequel les outsiders n'étaient pas admis. Jusqu'à ce qu'un jour, une fille plus âgée s'en prenne à Wynter en cours de gym. Les cinq filles étaient venues à sa rescousse, et leur amitié était née.

De nombreux garçons les courtisaient, et Teagan avait décidé qu'elles avaient besoin d'un nom pour leur groupe. Egypt avait fait valoir qu'elles étaient toutes inestimables et que les garçons qui sortiraient avec elles auraient de la chance. Asia avait glissé qu'elles étaient comme les gemmes qu'elle utilisait pour fabriquer ses bijoux. Et, soudain, les Six Gemmes étaient nées. Le nom était resté, et elles l'utilisaient toujours.

Les amies de Wynter lui offriraient leur soutien sans hésiter si elle le leur demandait, mais il était tard. Elle n'avait pas envie de leur téléphoner pour parler de ses problèmes. D'ailleurs, pourraient-elles vraiment comprendre sa situation ? Elle aurait sûrement l'air d'une pauvre petite fille riche, alors que ses amies travaillaient dur et économisaient pour lancer leurs entreprises respectives. Egypt espérait vendre son *food truck* et ouvrir son propre restaurant à Raleigh. À Memphis, Lyric, ancienne ballerine, en avait assez de composer avec les ambitieuses mamans de ses élèves, et souhaitait ouvrir sa propre école. De son côté, Shay assurait qu'elle pourrait devenir le prochain gourou du fitness si elle avait une salle à elle. Teagan, brillante agente immobilière, souhaitait ouvrir sa propre agence. Les bijoux d'Asia se vendaient comme des petits pains en ligne, mais elle voulait un magasin physique.

Elles avaient toutes un objectif, y compris Wynter. Le sien était de monétiser son blog de voyages. Elle s'assit sur un banc afin de s'apitoyer sur son sort.

— Wynter ?

Entendre son prénom était étrange, étant donné qu'il était près de 22 heures. Levant les yeux, elle marqua un temps d'arrêt. Elle était face à Riley Davis. Il portait une chemise de soie blanche dont quelques boutons étaient défaits, et un pantalon noir qui enserrait sa taille mince et soulignait ses cuisses musclées. Une veste de costume était suspendue à ses impressionnantes épaules. À trente et un ans – elle se souvenait de son âge précis car elle avait un faible pour lui lorsqu'elle était adolescente – il avait l'air riche, puissant et tout à fait viril.

— Riley ?

Il sourit, révélant une dentition blanche et parfaite.

— Lui-même. Qu'est-ce que tu fais ici ? demanda-t-il en approchant. Il est tard.

Wynter admira sa coupe de cheveux classique qui encadrait son visage ciselé, son nez large, sa bouche généreuse, entourée par une barbe noire bien taillée. C'était un remarquable spécimen de beauté masculine, *de plus* il sentait divinement bon.

— J'avais besoin d'air, se surprit-elle à dire.

— Tout va bien ? demanda-t-il, s'asseyant à côté d'elle.

Serrant le mouchoir que sa mère lui avait donné tout à l'heure, elle baissa les yeux et secoua la tête.

— Non, pas vraiment. Je suis en ville parce que ma tante…

Sa voix se brisa sur le dernier mot, et elle se mit à pleurer.

— Elle… elle est décédée il y a quelques jours, et je suis… je suis ici pour son enterrement.

— Wynter, je suis vraiment désolé, répondit-il, et avant qu'elle puisse ajouter un mot, il la serra dans ses bras.

Comment savait-il qu'une telle étreinte était exactement ce dont elle avait besoin ? Ce qu'elle rêvait de recevoir de sa famille mais qu'elle n'avait pas reçu ? Elle s'accrocha à lui sans doute plus longtemps que ne le permettaient les convenances, puis Riley la relâcha. C'était si bon d'être dans ses bras. Wynter se sentait réconfortée et protégée, bien qu'elle n'ait pas revu Riley depuis des années.

Adolescente, elle était secrètement amoureuse de lui, mais il ne l'avait jamais traitée autrement que comme l'amie de Shay. Cependant, tout à l'heure, elle avait cru voir une lueur appréciative dans ses yeux. Était-ce le fruit de son imagination ?

À regret, elle recula et s'essuya les yeux.

— Merci.

— Il n'y a pas de quoi. Tu en avais sans doute besoin.

— Oui. Ma tante était tout pour moi. Elle était la seule personne sur laquelle je pouvais compter, et pour cette raison, je croyais qu'elle vivrait éternellement. Je sais que ça peut sembler stupide.

— Non, ça ne l'est pas. Sa mort a dû être un choc.

Elle hocha la tête.

— J'avais prévu de revenir dans quelques semaines et de passer du temps avec elle, mais il est trop tard. Je ne pourrai plus jamais lui dire à quel point elle comptait pour moi.

— Elle savait que tu l'aimais. Tu dois t'accrocher à cette pensée, et à tes précieux souvenirs d'elle.

Wynter lui lança un regard oblique. Elle ne se souvenait pas que Riley était si gentil, si attentionné. Cela contrastait avec sa réputation d'avocat impitoyable.

— Quoi ? demanda Riley quand il remarqua qu'elle l'observait de près.

— Tu n'es pas comme je l'imaginais.

Il soutint son regard, et elle tenta d'ignorer les palpitations de son pouls, en vain. Il s'agissait de Riley, l'adolescent de ses rêves, qui était maintenant un homme. Son parfum affolait ses sens.

— Toi non plus, Wynter, répondit-il.

Il joua distraitement avec une mèche de ses cheveux.

— Tu es devenue une femme.

Wynter déglutit, ne sachant comment réagir. Si elle déchiffrait correctement les signaux qu'il envoyait, Riley s'intéressait *à elle*. Elle aurait aimé réagir favorablement à cet intérêt, mais ce n'était pas le moment de commencer quelque chose qu'elle ne pourrait pas – ou n'oserait pas – terminer. Riley avait la réputation d'être un séducteur, et elle ne voulait pas être une conquête de plus sur sa liste.

Elle recula, et Riley relâcha sa mèche de cheveux.

— Quand es-tu revenu ? J'ai entendu dire que tu menais une brillante carrière à New York.

— Cette semaine.

— Tu vas rester longtemps ?

Wynter était curieuse de savoir combien de temps l'énigmatique Riley serait dans la même stratosphère qu'elle.

— Indéfiniment.

— C'est vrai ?

Son cœur fit un bond, et elle relâcha le souffle qu'elle n'avait pas eu conscience de retenir.

— Oui, je veux être plus près de Shay et de ma mère, alors je suis revenu ici, et j'ai intégré un cabinet d'avocats.

— Félicitations ! s'exclama-t-elle. Shay est sûrement très heureuse.

— J'espère qu'elle n'est pas la seule, répartit-il.

Oui, il flirtait avec elle, c'était certain. Mais elle ne voulait pas s'emballer.

— Bon, je devrais y aller, dit-elle.

Elle se leva, et Riley l'imita.

— D'accord. Je peux te raccompagner à ta voiture ?

— Avec plaisir, merci.

Ils marchèrent dans un silence agréable et traversèrent quelques rues jusqu'à ce qu'ils arrivent devant sa BMW.

— C'est la mienne, indiqua-t-elle.

— Jolie voiture.

— Merci.

Mais plus Wynter y pensait, plus elle se rendait compte qu'elle devait l'abandonner. Elle ne pouvait pas se permettre de payer les loyers mensuels ou l'entretien d'un tel véhicule. Si sa famille lui coupait les vivres, il lui faudrait être plus économe. Il lui faudrait aussi stocker ses affaires dans un garde-meubles. Quand elle reviendrait à San Antonio, elle pourrait louer un logement temporaire. De toute façon, elle ne restait jamais longtemps.

— Je suis désolé pour ta tante, mais si tu as besoin de quoi que ce soit… – Il sortit une carte de visite de sa veste et la lui donna. – Mon numéro personnel y est inscrit. Appelle-moi quand tu veux.

Wynter observa la carte gravée. Riley lui donnait son numéro personnel. Cela voulait dire quelque chose, non ? Discrètement, elle l'observa et remarqua qu'il fixait intensément sa bouche. Elle sentit sa température corporelle augmenter.

— Je pourrais bien te prendre au mot, dit-elle.

Puis elle tourna les talons et, ouvrant la portière aussi vite qu'elle le pouvait, monta dans sa voiture. Le moteur rugit dès qu'elle démarra. Elle n'osait pas regarder Riley. Elle ne pouvait pas. Elle avait trop peur de ce qu'elle pourrait voir dans son regard. Du désir. De l'attirance.

Si elle avait montré à Riley le moindre signe d'intérêt, que serait-il arrivé ? Wynter ne le saurait sans doute jamais.

Mince.

Était-il parti si longtemps que ça ? Wynter était devenue une très belle jeune femme. Dès que Riley l'avait vue sur la River Walk, il avait été attiré par elle. Elle avait une taille fine, un postérieur rond, des cuisses fermes et de jolis seins rebondis. Elle était irrésistible !

Il la désirait.

Mais ce n'était vraiment pas le moment. Wynter avait perdu sa tante, elle était en plein deuil. Il n'allait donc pas lui faire des avances, mais cela ne signifiait pas qu'il n'en avait pas envie. Elle était si belle… Son teint caramel était lumineux. Ses lèvres pleines et pulpeuses. Il pourrait se noyer dans ses yeux. Et si les circonstances avaient été différentes, il l'aurait emmenée chez lui.

Sa libido était forte, et peu de femmes étaient capables de satisfaire son appétit sexuel. Wynter serait-elle de taille ? Parmi toutes les amies de Shay, elle était celle qui l'avait le plus marqué, car, adolescente, elle avait un faible pour lui. À l'époque, elle était bien trop jeune. Il avait vingt ans, et elle seize. Il avait été flatté, mais s'était tenu à bonne distance.

À l'université, il avait rencontré beaucoup d'étudiantes qui recherchaient, comme lui, des histoires sans lendemain. Après avoir dû prendre soin de sa mère au lycée, Riley avait rattrapé le temps perdu pendant ses années à Princeton et à Harvard. Il savait qu'il avait une image de play-boy, et cette image correspondait à la réalité. Le mariage n'était pas pour lui, mais les liaisons charnelles, si, et Wynter Barrington lui plaisait.

Il la reverrait, c'était certain. Et s'il parvenait à la séduire, la prochaine fois, ils finiraient la soirée dans son lit.

3

Dans la demeure des Barrington, Wynter campait devant la fenêtre, plongée dans ses pensées. Une rude journée l'attendait – c'était aujourd'hui qu'aurait lieu l'enterrement d'Helaine, et Wynter devait prononcer l'éloge funèbre. Au départ, sa mère avait refusé que les membres de la famille prennent la parole, mais Wynter ne pouvait pas enterrer sa tante sans dire à tout le monde quelle femme formidable elle avait été.

Prenant une grande inspiration, elle saisit son caban et descendit l'escalier. Sa famille attendait dans l'entrée. Son père émit un son de désapprobation, comme si elle était en retard, pourtant elle était à l'heure. Sa mère et Francesca ne pourraient pas critiquer sa tenue, une robe noire à manches cape, car elles étaient aussi en noir, toutefois Francesca portait un chapeau élégant pourvu d'une voilette, comme si c'était *sa* tante qui était décédée.

Sans un mot, Wynter suivit ses parents, Corey et Francesca jusqu'à la limousine. Lorsqu'ils arrivèrent à l'église, le parking était plein. Ce qui signifiait que beaucoup de gens avaient fait le déplacement. Des gens qui aimaient et respectaient sa tante.

Les larmes lui montèrent aux yeux lorsqu'elle aperçut ses meilleures amies, Shay, Egypt, Lyric, Asia et Teagan, qui l'attendaient sur le trottoir. Shay vivait ici, mais quand les autres filles étaient-elles arrivées ? se demanda-t-elle. Après le lycée, Egypt, Lyric, Asia et Teagan avaient quitté San Antonio pour poursuivre leurs rêves, toutefois les Six Gemmes étaient toujours restées en contact et s'efforçaient d'effectuer un voyage par an ensemble. Leur présence aujourd'hui et leur affection étaient d'un grand réconfort.

Et... était-ce Riley à côté de Shay ? Wynter faillit trébucher lorsqu'elle sortit de la limousine, mais son père la rattrapa et l'aida à retrouver l'équilibre.

Le directeur des pompes funèbres vint à leur rencontre.

— Mes condoléances.

Son père lui serra la main.

— Merci. Tout est en ordre ?

— Oui, monsieur Barrington. Nous attendons encore quelques invités, mais si vous le souhaitez, je peux vous conduire dans notre pièce réservée aux familles et vous prévenir quand nous serons prêts à commencer.

Sa famille suivit le directeur, mais Wynter ne bougea pas. Elle avait besoin de ses amies dans un moment comme celui-ci. Dès que ses parents eurent disparu de leur champ de vision, elles se précipitèrent vers Wynter et la serrèrent toutes dans leurs bras.

— Nous sommes vraiment navrées, ma belle, dit Asia.

— On adorait tante Helaine, déclara Lyric.

— Elle nous manquera énormément, ajouta Shay.

— M-merci, répondit Wynter.

Elle avait du mal à parler. Son regard croisa celui de Riley. Il se tenait en retrait, pour se faire discret, pourtant elle ne pouvait ignorer sa présence. Il l'avait réconfortée quelques jours plus tôt. Et voilà qu'il était de retour. Était-il venu lui présenter ses condoléances ? Ou y avait-il une autre raison à sa présence ?

— Nous sommes là pour te soutenir, dit Egypt, interrompant le fil de ses pensées. Nous allons toutes rester quelques jours. Pas vrai ?

Wynter interrogea du regard Teagan, agente immobilière et bourreau de travail notoire.

Teagan parut réfléchir un instant, puis répondit :

— Oui, bien sûr.

— Que peut-on faire pour toi ? demanda Shay. Demande-nous ce que tu veux, tout ce que tu veux.

Francesca apparut à côté de Wynter et lui chuchota :

— C'est l'heure.

Wynter lança un regard vers les portes de l'église, dans laquelle elle ferait ses adieux à sa tante, puis reporta son attention sur Riley.

— Riley, pourrais-tu t'asseoir à côté de moi aujourd'hui ? demanda-t-elle.

Il afficha un sourire chaleureux et répondit :

— J'en serais ravi.

Tandis qu'il avançait vers elle, ses amies furent bouche bée. Il lui tendit la main, et Wynter la saisit comme si c'était une bouée de sauvetage. Ensemble, ils entrèrent dans l'église.

Riley regardait Wynter discuter avec les gens dans le salon des Barrington. L'après-midi touchait à sa fin, et seuls la famille et les amis avaient été invités à prendre part au repas funéraire. La famille avait sorti le grand jeu : des serveurs proposaient des apéritifs sur des plateaux, et le buffet était aussi garni que celui d'un mariage.

Il ignorait ce qui l'avait poussé à téléphoner à Shay ce matin pour savoir à quelle heure aurait lieu l'enterrement. Mais il se félicitait de sa décision. Car Wynter avait eu besoin de lui, au point qu'elle lui avait demandé de s'asseoir près d'elle pendant la cérémonie religieuse.

Il lui avait tenu la main, et elle avait serré la sienne pendant un discours particulièrement émouvant, prononcé par l'un des anciens soupirants de sa tante. Lorsque était venu le moment pour Wynter de prononcer l'éloge funèbre, il lui avait murmuré des mots encourageants avant qu'elle ne se lève pour faire face à la foule. L'air brave, elle avait évoqué le souvenir de sa défunte tante, et expliqué comment Helaine avait influencé non seulement son existence mais aussi celle de ses amies. Riley avait été ému. Et il avait décidé de rester à ses côtés pour le reste de la journée. Oui, il souhaitait devenir beaucoup plus intime avec Wynter, mais pour l'instant, elle avait besoin d'un ami.

— Qu'est-ce qui se passe entre Wynter et toi ? demanda Shay, qui venait de le rejoindre devant le buffet.

Plutôt que de laisser les gens se servir eux-mêmes, les Barrington avaient engagé du personnel pour assurer le service. Après avoir demandé un assortiment, Riley prit son assiette, une serviette et des couverts, et s'écarta de la file.

— Est-ce que tu vas me répondre ? insista Shay.

Au lieu de prendre la parole, il posa son assiette sur une table haute et commença à manger. Il avait sauté le petit déjeuner, aussi était-il affamé. Tout en mastiquant, il regarda sa sœur s'agacer devant son silence. Il adorait la taquiner.

Après quelques bouchées, il déclara :

— Il ne se passe rien entre Wynter et moi.

Shay inclina la tête et croisa les bras.

— Pourquoi ai-je du mal à te croire ?

Il haussa les épaules et se remit à manger.

— Je ne peux pas être là pour soutenir une amie ?

— Wynter et toi n'avez jamais été amis.

— On a appris à mieux se connaître.

— Qu'est-ce que tu entends par « mieux se connaître » ?

— Ne va pas sur ce terrain, sœurette, dit-il, bien que son esprit soit allé exactement sur ce terrain plus d'une fois durant l'heure qui venait de s'écouler, car Wynter était très séduisante dans sa robe noire moulante.

— Tu prétends que tu n'as pas de vues sur elle ? Je te connais, Riley, et je connais ta réputation de séducteur.

— Ne crois pas tout ce qu'on dit sur moi, répliqua-t-il avant de prendre une gorgée d'eau.

Mais il était vrai qu'il avait brisé quelques cœurs.

— Je crois ce que je vois, et sur les réseaux sociaux, de nombreuses femmes t'ont tagué.

— Ça ne veut pas dire que j'ai couché avec toutes ces femmes. Qui plus est, Wynter m'a demandé de m'asseoir à côté d'elle. Qu'est-ce que j'aurais dû faire, dire non à une femme en deuil alors qu'elle avait besoin de moi ?

— Non, bien sûr. Je ne veux pas qu'elle souffre, c'est tout.

— Je n'ai aucune intention de la faire souffrir.

Il avait envie de passer du temps avec elle. Car, d'après ce qu'il avait vu jusqu'ici, c'était une jeune femme qui valait la peine d'être connue.

Wynter s'était réfugiée dans un coin du salon, à l'écart de la foule. La journée avait été aussi longue et difficile qu'elle l'avait imaginé. Enterrer sa tante avait épuisé ses forces, sur le plan mental et émotionnel. Néanmoins, sur le plan physique, elle se sentait *vivante*. C'était comme si tous ses sens étaient exacerbés.

Parce que Riley était là.

Il n'était pas à côté d'elle à cet instant, mais elle savait qu'il était dans les parages. Il ne partirait pas sans lui dire au revoir. Elle ignorait comment elle le savait. Elle le savait, voilà tout. C'était comme s'ils étaient reliés par une corde invisible.

Une corde qui se romprait s'ils devenaient beaucoup plus intimes, mais Riley s'était comporté en parfait gentleman. Lorsqu'elle lui avait demandé de s'asseoir à côté d'elle dans l'église, intuitivement, elle avait su que c'était la bonne décision. Riley avait été son roc, toute la journée, et elle lui en serait éternellement reconnaissante.

— Allô, Wynter ? Ici la Terre.

Egypt claqua des doigts devant le visage de Wynter.

— Quoi ? fit Wynter.

— Tu rêvassais, répondit Egypt. J'imagine que tu pensais à ce grand brun ténébreux qui était assis à côté de toi à l'église.

Wynter gloussa nerveusement.

— Qui, Riley ?

Si quelqu'un pouvait lui soutirer la vérité, c'était bien Egypt. C'était un véritable détecteur de mensonges. Belle, grande et plantureuse, elle portait un pantalon noir et un chemisier cache-cœur en soie qui mettait en valeur son généreux décolleté.

— Ne fais pas ta timide, répliqua Egypt avec un sourire malicieux. Je vous ai espionnés tous les deux. En fait, nous vous avons toutes espionnés. Riley était collé à toi.

— Il s'est comporté en ami.

— Un ami qui veut coucher avec toi.

— Egypt ! s'exclama-t-elle. Tu ne peux pas parler comme ça. Et si quelqu'un t'avait entendue ?

— Et alors ? Tu as toujours accordé trop d'importance à ce que les gens peuvent penser.

Egypt n'avait jamais peur de dire les choses. C'était l'un des nombreux traits de caractère que Wynter admirait chez elle. Néanmoins, elle préférerait que Riley ne découvre pas qu'elle avait encore, peut-être, un faible pour lui.

— Ce n'est pas vrai.

— Si, c'est vrai, insista Egypt. Quand vas-tu cesser de te soucier de l'opinion des gens ?

— J'ai déjà commencé. Résultat, mon père m'a coupé les vivres.

— Sérieusement ?

— Oui ! Il voulait que je revienne travailler chez Barrington Investments. Comme j'ai refusé, il m'a dit que je devrais subvenir moi-même à mes besoins si je choisissais de continuer à voyager et à tenir mon blog.

— Que ta famille aille se faire voir !

— Egypt ! la réprimanda-t-elle, choquée par le manque d'empathie de son amie.

— Franchement, je pense que c'est exactement le coup de pied aux fesses dont tu avais besoin. Tu écris divinement bien, et les articles de ton blog sont fantastiques. Tu es réellement douée, Wynter, mais tu t'es toujours cachée derrière la fortune de ta famille. Maintenant, tu vas devoir consacrer un peu plus de temps et d'efforts à ton rêve. Ce n'est pas nécessairement une mauvaise chose. Vois le côté positif : sans l'argent de ton père, tu as la liberté de faire les choses à ta façon. Tu n'es plus redevable envers personne.

— Je n'avais jamais vu les choses sous cet angle.

Wynter avait pensé à ce qu'elle avait perdu, et non à ce qu'elle pourrait gagner. Voilà pourquoi elle avait besoin de ses amies autour d'elle : elles lui faisaient voir les situations sous une autre perspective.

— Quand je travaillais comme sous-chef, je détestais rendre des comptes, confia Egypt. Maintenant, j'ai mon propre *food truck*. Je suis la propriétaire, la gérante, et la cheffe cuisinière. Je prends toutes les décisions. Et maintenant, toi aussi, tu es ta propre patronne.

Egypt avait raison. Wynter pouvait s'en sortir seule, et elle était déjà sur la bonne voie. Dès qu'elle aurait plus d'abonnés, elle gagnerait davantage d'argent grâce à la publicité et aux sponsors.

— Ce n'est pas parce que tu as changé de sujet que tu as réussi à m'avoir, affirma Egypt. Je veux en savoir plus sur Riley et toi.

— Moi aussi, intervint Asia. Vous aviez l'air très proches tous les deux.

Wynter ne l'avait même pas vue arriver. Les cheveux coupés au carré, Asia portait une robe noire à une épaule et des bottes noires. Dynamique et pétillante, c'était un vrai boute-en-train.

— C'est vrai, renchérit Lyric.

Sans que Wynter s'en rende compte, Lyric avait rejoint leur groupe. La jeune femme était plus réservée qu'Egypt et Asia. Elle avait sublimé son teint café au lait et ses yeux en amande d'un maquillage subtil, approprié pour un service funéraire, et sa fine silhouette de ballerine était moulée dans une robe fourreau noire à col V. Ses longs cheveux auburn étaient coiffés en une élégante queue-de-cheval.

— Il ne se passe rien entre Riley et moi, répondit Wynter.

— Pas encore, rectifia Egypt.

— Ma tante vient de décéder et…

— Et tu as besoin de quelqu'un pour te consoler ? glissa Asia avec un petit rire faussement timide.

Wynter gloussa.

— Les filles, vous êtes terribles, vous le savez ?

— Oui, mais tu nous adores, répondit Egypt.

Et Wynter les adorait, en effet. Leur présence rendait la journée supportable. Restait encore une épreuve : assister à la lecture du testament d'Helaine. Et elle soupçonnait que c'était pour cette raison que l'avocat de sa tante, Sidney Carter, un homme aux cheveux poivre et sel en costume sur mesure, avançait vers elle.

— Mademoiselle Barrington, il est temps, annonça Sidney. Et vous, mesdames, vous êtes Egypt Cox, Lyric Taylor et Asia Reynolds ?

— Oui, répondirent les trois femmes à l'unisson.

— Et où sont Shay Davis et Teagan Williams ?

— Juste derrière vous, dit Teagan.

Toujours tirée à quatre épingles, Teagan portait un tailleur-pantalon noir et arborait une coupe courte et chic. Son teint caramel était radieux et son maquillage était parfait, comme toujours.

— Et qui les demande ? questionna Shay.

Sidney s'éclaircit la voix.

— Excusez-moi pour cette interruption, mais toutes les cinq, vous êtes invitées à assister à la lecture du testament d'Helaine Smith avec Mlle Barrington.

— Donc, vous êtes M. Carter, répondit Teagan. Vous avez laissé un message à mon assistante, me demandant de confirmer ma présence à l'enterrement.

— En effet. J'ai téléphoné à chacune de vous, dit-il en regardant les cinq jeunes femmes.

— Elles ont été invitées ? s'étonna Wynter. Pourquoi ?

— Vous en saurez plus pendant la lecture du testament. Si vous voulez bien me suivre ? Les autres membres de la famille sont dans le bureau.

— Je ne m'attendais pas du tout à ça, déclara Egypt. Quand il m'a téléphoné, j'ai cru que cela avait quelque chose à voir avec le nombre d'invités pour le repas.

Les autres émirent de petits rires, puis elles suivirent Wynter, en file indienne, jusqu'au bureau. Ses parents étaient déjà assis sur le canapé, tandis que Corey et Francesca étaient installés sur des chaises.

— Qu'est-ce que ta clique fait ici ? pesta Corey en croisant les bras. C'est une réunion réservée à la famille uniquement.

— La « clique » ? fit Egypt. Si ce n'était pas le jour de l'enterrement de ta tante, je retirerais mes créoles et je te montrerais ce qu'est une clique, Corey !

Cela commençait bien, se dit Wynter. Son frère roula les yeux et ses parents émirent un son réprobateur, comme si ses amies étaient grossières. *Peu importe*, songea-t-elle. Elle voulait en finir avec cette épreuve, afin de passer à la prochaine phase de sa vie.

— C'est moi qui ai demandé aux amies de Mlle Barrington d'être présentes, répondit Sidney.

Il alla s'installer derrière le bureau de son père. Ouvrant sa mallette, il prit un document bleu.

— Je ne comprends pas pourquoi, dit sa mère. Elles ne sont pas de la famille.

— Un peu de patience, madame Barrington. Vous allez comprendre dans un instant. Si nous commencions ?

Et il entama la lecture du testament.

— « Moi, Helaine Smith, saine d'esprit et de bonne mémoire... »

— Excusez-moi, monsieur Carter, intervint son père, mais si ça ne vous ennuie pas, pouvez-vous aller à l'essentiel ?

— Pourquoi tout le monde est-il si pressé ? Tante Helaine n'est en terre que depuis quelques heures. Vous ne pourriez pas lui montrer un peu de respect ? protesta Wynter.

Elle ne se rendit compte qu'elle avait exprimé sa pensée à voix haute que lorsque sa famille la dévisagea d'un air choqué. Ils n'avaient pas l'habitude qu'elle dise ce qu'elle pense, encore moins qu'elle défende ses positions. Dûment réprimandés, ils se turent, et Sidney poursuivit. Il lut les requêtes spéciales et énuméra les dons que sa tante avait faits à ses organisations caritatives préférées, et lorsqu'il arriva à la partie concernant ses biens personnels, tout le monde se redressa sur son siège.

— « Je lègue mes bijoux et toutes les œuvres d'art à ma sœur, Melinda Barrington », déclara Sidney.

— C'est tout ? demanda Melinda. Et la maison ?

Sidney poussa un soupir exaspéré puis reprit :

— « Je lègue ma maison et tout ce qu'elle contient à ma nièce, Wynter Barrington. Tu étais comme la fille que je n'ai jamais eue, et maintenant tu auras toujours un chez-toi dans lequel tu pourras revenir, où que tu sois. »

— Wynter ! s'exclama Corey en se levant d'un bond. Et moi ? Je suis son neveu ! Il n'y a rien pour moi ?

— Si vous voulez bien me laisser finir, répondit Sidney.

— Continuez, lui enjoignit sa mère en agitant la main.

— « Quant à la richesse personnelle que j'ai amassée, je laisse deux cent cinquante mille dollars à ma gouvernante de longue date, Hope, et à son mari, Mark Nelson. À Egypt Cox, Lyric Taylor, Asia Reynolds, Shay Davis et Teagan Williams – vous avez toujours été gentilles avec la vieille dame que j'étais, et vous étiez comme mes filles. Vous avez traité ma Wynter comme une reine, et elle le mérite. Je lègue à chacune d'entre vous deux cent mille dollars pour vous aider à poursuivre vos rêves et à fonder votre entreprise. »

— Quoi ? s'écria Corey, l'air abasourdi. Elle donne son argent à ces filles ! Ça fait un million de dollars ! Elle avait sûrement perdu l'esprit. Je veux dire, elle devait vraiment être cinglée.

— Je ne te laisserai pas parler ainsi de tante Helaine, protesta Wynter.

— Évidemment, tu n'as pas à te plaindre, toi ? riposta-t-il. Tu as la maison.

Sidney s'éclaircit la voix.

— Je crains que ce ne soit pas tout. Mlle Smith a acquis une fortune substantielle de plusieurs millions après que Melinda et elle ont vendu l'entreprise de leur famille.

— Bien que je ne sois pas d'accord avec le fait que ma sœur lègue à ces femmes une telle somme, dit sa mère, je vais sûrement hériter du reste. N'est-ce pas, monsieur Carter ?

— J'ai bien peur que non, madame, répondit-il avant de reprendre le document en main. « Je lègue le reste de ma fortune à ma nièce, Wynter Barrington. »

Des bruits de stupeur résonnèrent dans la pièce, y compris celui qu'émit Wynter.

— Comment ? fit sa mère. Vous dites que ma propre sœur m'a exclue de son testament et a tout laissé à ma fille ?

— Pas exactement, madame Barrington. Comme vous le savez, votre sœur vous a nommée bénéficiaire de son assurance-vie afin de vous aider à payer les dépenses liées aux obsèques et toutes les dettes et impôts qu'elle avait à régler. De plus, elle vous a nommée exécutrice testamentaire. Je suppose que vous pouvez accomplir cette mission ?

— Mon Dieu ! s'exclama Melinda, plaquant la main sur sa poitrine. Je ne peux pas y croire. Ma sœur et moi sommes les seules Smith en vie. Elle ne m'aurait pas exclue et laissé des babioles, des œuvres d'art et une petite police d'assurance-vie. Pas alors que sa richesse personnelle provenait de la vente de notre entreprise familiale.

— Un quart de million de dollars ce n'est pas rien, madame Barrington, fit valoir Sidney.

— Qu'est-ce que tu as fait, Wynter ? demanda Corey en se précipitant vers elle, l'air furieux. Tu as manipulé une vieille dame pour qu'elle te lègue toute sa fortune ?

— Ça suffit, Corey ! intervint Egypt en se plaçant devant Wynter, qui était trop stupéfaite pour bouger.

Tante Helaine lui avait en substance légué tous ses biens. Cela semblait irréel. Tout à l'heure, elle se demandait comment elle allait pouvoir subvenir à ses besoins, et maintenant, elle était multimillionnaire.

— Ou quoi ? tonna Corey, bombant le torse. Qu'est-ce que tu vas faire, Egypt ? Wynter, pourquoi vous ne partez pas, ta clique et toi ? Vous en avez assez fait pour aujourd'hui.

— Non seulement elles ont été conviées par l'avocat de tante Helaine, mais elles sont là pour me soutenir, répondit Wynter avec véhémence, ayant recouvré sa voix.

— Quand ce testament a-t-il été rédigé ? demanda sa mère à Sidney. Ma sœur n'était pas en forme ces dernières années.

— Madame Smith était saine d'esprit quand elle a rédigé ce testament, il y a plusieurs années, répondit Sidney.

— C'est ce que nous verrons, rétorqua Melinda en se levant. Je conteste le testament.

— Maman ! s'exclama Wynter en se précipitant vers elle. Pourquoi ferais-tu une chose pareille ? Tu irais à l'encontre des souhaits d'Helaine. Est-ce vraiment ce que tu veux ? Si l'argent est si important pour toi, nous pouvons sûrement trouver une solution, en famille ?

Sa mère la saisit par les épaules.

— Wynter, je sais que tu veux bien faire, mais as-tu la moindre idée de l'étendue de la richesse de ta tante ? Tu n'as pas les compétences pour la gérer.

— Et toi, si ? rétorqua Wynter.

— Ta mère a raison, renchérit son père, posant un bras autour des épaules de sa femme. Tu es toujours par monts et par vaux, or gérer une fortune demande du temps. Nous pouvons nous en occuper.

— À l'évidence, tante Helaine voyait les choses autrement, répondit Wynter. Et je me battrai pour ce qui m'appartient.

Elle se tourna vers Sidney.

— Monsieur Carter, légalement, la maison est à moi jusqu'à ce que la cour en décide autrement, est-ce exact ?

— Oui, mademoiselle Barrington.

— C'est là-bas que vous me trouverez, ainsi que ma *clique*, car à l'évidence, je ne suis pas la bienvenue ici.

Elle avait déjà les clés de la maison de sa tante. Elle n'avait pas réussi à y aller seule, mais elle n'était plus seule.

— Venez, dit-elle à ses amies. Mettons-nous en route.

Sa mère avança vers elle.

— Wynter, arrête ! tonna sa mère en lui bloquant le passage. Je ne veux pas me battre contre toi, mais je le ferai s'il le faut. Je ne te laisserai pas dilapider l'héritage de ma famille.

Wynter fit face à sa mère. Elle en avait assez d'être maltraitée.

— Fais donc, je t'en prie.

Elle passa devant sa mère et quitta le bureau, les Gemmes sur ses talons.

Elle entendit sa mère crier :

— Je t'enterrerai sous la paperasse ! Ni tes amies ni toi ne verrez le moindre sou de cet héritage !

Wynter ne se retourna pas et continua à avancer. Elle se concentra sur ses pas, pour empêcher que les larmes qui lui piquaient les yeux ne coulent. Dès qu'elle aurait récupéré ses affaires dans sa chambre, elle quitterait cette maison. Elle ne supporterait pas l'hostilité de sa famille un instant de plus. Aujourd'hui, elle avait enterré la personne la plus importante de sa vie, et alors qu'elle se sentait seule, et perdue, elle avait appris que sa tante ne l'avait pas abandonnée. Elle lui avait donné une maison, et les moyens financiers de réaliser ses rêves les plus fous. Mais Wynter renoncerait à cet héritage en un battement de cœur si cela pouvait faire revenir Helaine.

À présent, elle allait devoir se battre contre toute sa famille pour avoir le privilège de conserver ce qui lui appartenait de droit. Ses parents et son frère la sous-estimaient. Ils n'avaient aucune idée de ce dont elle était capable quand elle était dos au mur. Mais ils allaient bientôt le découvrir.

4

Il était temps pour Riley de rentrer chez lui. Il avait fait une bonne action en soutenant Wynter, mais les obsèques étaient terminées, et la famille était passée à la lecture du testament. Il était sur le point de s'en aller quand il vit les Six Gemmes marcher d'un pas ferme dans le couloir. Wynter avait l'air abattue, et il n'osa pas l'interroger. Il attrapa Shay au passage pendant que les autres femmes montaient l'escalier.

— Que s'est-il passé ? demanda-t-il à sa sœur.

— La famille Barrington, maugréa Shay en l'entraînant dans un coin. Ils sont terribles. Si tu avais vu comment ils ont traité Wynter ! C'était affreux, Riley.

— Un jour comme aujourd'hui ? Pourquoi ? Ils devraient au contraire se serrer les coudes.

Shay regarda autour d'elle pour s'assurer que personne ne les écoutait.

— À cause de la tante de Wynter. Elle a presque tout légué à Wynter – la maison, et la plus grande partie de sa fortune. Et puis, tiens-toi bien – elle prit une grande inspiration –, Helaine a laissé à chacune des cinq Gemmes deux cent mille dollars pour que nous puissions toutes fonder notre propre entreprise !

— Quoi ? s'exclama-t-il.

— Melinda est furieuse. Elle pense que Wynter a dû faire quelque chose pour pousser sa tante à tout lui laisser.

— La propre mère de Wynter a dit ça ?

Riley n'en croyait pas ses oreilles. Comment cette femme pouvait-elle s'en prendre à sa fille de cette manière ?

— Melinda a affirmé qu'elle allait contester le testament. On dirait qu'elle est prête à se battre jusqu'au bout pour cet argent.

— Hélas, les deuils ne font pas toujours ressortir le meilleur chez les gens, déclara Riley. J'espère que Wynter sait qu'elle n'est pas seule et que nous ferons tout ce qui est en notre pouvoir pour l'aider.

— « Nous » ? Pourquoi est-ce que tu t'intéresses tant à mon amie, ces derniers temps ?

— Je te l'ai dit, nous sommes de vieux amis qui avons renoué.

Il détestait mentir à sa sœur, mais il n'était pas prêt à définir ce qui se passait entre Wynter et lui.

Shay n'avait pas l'air de croire à ses paroles, mais elle n'insista pas. Quelques instants plus tard, Wynter descendit l'escalier, une valise à la main. Egypt la suivait, chargée d'un grand sac de voyage et d'une sacoche d'ordinateur.

Wynter sortit de la maison. Une fois dehors, elle se tourna vers ses amies qui se rassemblèrent autour d'elle. Riley les suivit.

— Cette journée a été très difficile. Vous n'avez pas idée à quel point. Sachez que je vous apprécie toutes.

— Et nous t'adorons, répondit Egypt.

Wynter esquissa un sourire.

— Si ça ne vous ennuie pas, dit-elle, je vais avoir besoin de compagnie dans la maison de ma tante.

— Laisse-moi une seconde pour annuler ma réservation d'hôtel, répondit Teagan.

— Idem, ajouta Asia. Tu peux compter sur nous.

— Et sur moi, renchérit Riley, se surprenant lui-même.

Il n'avait pas eu l'intention de prononcer ces mots, mais il n'avait pas pu faire autrement. Non pas parce que Wynter était une femme qu'il trouvait séduisante, mais parce qu'elle avait besoin de soutien. Elle leva les yeux vers lui, l'air hébété, comme si elle venait seulement de remarquer sa présence.

— Je ferai tout mon possible pour t'aider sur le plan juridique, ajouta-t-il.

— Merci, Riley. Shay, tu veux bien m'emmener chez tante Helaine ?

— Bien sûr, répondit Shay, et elle adressa à Riley un regard suspicieux avant de filer chercher sa voiture.

Riley ignorait ce qui pourrait se passer entre Wynter et lui ces prochaines semaines ; en revanche, il savait qu'un lien fort les unissait, et qu'il ne serait pas prêt à la quitter tant que leur relation n'arriverait pas à sa conclusion naturelle. Il n'y avait plus qu'à attendre.

Wynter avait le sentiment d'être en mode survie. Elle avait dû quitter la maison Barrington pour éviter d'exploser. Sa famille pensait-elle honnêtement qu'elle était une manipulatrice machiavélique, qui avait poussé sa tante à tout lui léguer ? Tout ce qu'elle avait fait, c'était aimer Helaine. L'aimer comme une fille aimerait sa mère, et, au bout du compte, c'était exactement ce que sa tante avait ressenti. Wynter était pour elle « la fille qu'elle n'avait jamais eue », et ces paroles comptaient plus que tout pour elle.

Mais il y avait plus surprenant que la lecture du testament : ses interactions avec Riley. Il y avait une énergie palpable entre eux. Une indéniable attirance physique.

Wynter ne savait qu'en penser, et apparemment, Shay aussi s'interrogeait, car elle questionna Wynter sur le trajet jusqu'à la maison d'Helaine.

— Qu'est-ce qui se passe entre mon frère et toi ? demanda-t-elle sans ambages.

Wynter se tourna vers elle.

— Je ne comprends pas.

— Allons, Wynter. Il y a quelque chose entre vous deux, c'est certain, dit-elle, fixant la route.

— Je ne dis pas qu'il n'y a rien, mais s'il y avait quelque chose, est-ce que ça te dérangerait ?

— Évidemment ! Riley aime enchaîner les conquêtes. Il n'a pas envie de se fixer, mais toi, si. Ça m'ennuierait beaucoup que tu finisses par souffrir si tu as une relation avec mon frère. Garde tes distances, tu veux bien ?

Wynter avait reçu le message de Shay cinq sur cinq : *pas touche !*

Et elle souhaitait tenir compte des conseils de sa meilleure amie. Après sa balade avec Riley l'autre jour, elle s'était renseignée en ligne sur sa réputation de séducteur, mais cela ne l'empêchait pas de vouloir savoir si son attirance pour lui était réciproque.

— Eh bien ? demanda Shay. Tu vas me répondre ?

— Riley a été un ami formidable aujourd'hui, tout comme il y a quelques jours, quand il m'a trouvée en train de pleurer sur la River Walk. Je doute qu'il cherche à me séduire. Donc, je ne crois pas que je devrais garder mes distances.

Shay lui adressa un sourire triste.

— Mon frère est un garçon génial, il l'a toujours été, mais il ne reste pas. Quand nous étions plus jeunes, il prenait soin de maman et de moi. Jusqu'à l'adolescence, je ne savais pas que ma mère avait des problèmes de santé mentale. Ce n'est que quand Riley est allé à l'université et que ses appels et ses visites sont devenus moins fréquents que j'ai mesuré à quel point il avait gardé les choses en lui. Ne mets pas tous tes espoirs en Riley. Car il te laissera tomber.

— Tu sais de quoi tu parles, on dirait, souligna Wynter en lui lançant un regard oblique.

— Je ne lui en veux pas, affirma-t-elle. Je t'assure. Simplement, j'aurais aimé savoir à l'avance ce qui m'attendait quand il est parti, pour me préparer.

Wynter hocha la tête. Il lui faudrait se souvenir des conseils de Shay. Sinon, elle courrait droit au désastre.

Quelques heures plus tard, chez tante Helaine, Wynter, Egypt, Shay, Teagan, Asia et Lyric étaient installées sur le sol du salon, en tenue de nuit, blotties sous des couvertures. La maison, située dans le quartier d'Elm Creek, comptait sept chambres, sept salles de bains et une salle d'eau.

À leur arrivée, elles avaient été reçues par Hope, l'employée de maison de tante Helaine. La vieille dame était rentrée directement après la cérémonie, et ne connaissait donc pas le contenu du testament. Elle avait été très surprise d'apprendre qu'elle avait reçu un héritage, et bien qu'elle n'ait pas à le faire, elle avait préparé les chambres pour Wynter et ses amies ainsi qu'un dîner léger.

— C'est si bon de vous avoir toutes ici avec moi, déclara Wynter. Je me souviens de nos soirées pyjama, ici même.

Vêtue de son pyjama en coton préféré, elle s'appuya contre le bas du canapé.

— Moi aussi, répondit Egypt, qui avait opté pour une longue robe débardeur. Ta tante en faisait un événement. Il y avait du pop-corn, des pizzas, et des cookies tout droit sortis du four. J'avais oublié à quel point j'aimais cet endroit.

— Comment te sens-tu, Wynter ? s'enquit Lyric.

Ses longs cheveux auburn étaient rassemblés en un chignon désordonné, et elle portait un bas de jogging associé à un T-shirt court. Wynter tuerait pour avoir son corps de danseuse.

— Je n'en reviens toujours pas, confia-t-elle avec franchise. C'était comme si je vivais une expérience extracorporelle. J'assistais à la lecture du testament, mais je n'étais pas vraiment là.

— Le mécontentement de ta mère était palpable, quand elle a su que ta tante nous avait légué de l'argent, répondit Teagan, habillée d'un pyjama en satin. Elle a toujours été très guindée, mais aujourd'hui, c'était un tout autre niveau.

— Jusqu'à quel niveau peut-elle encore monter ? plaisanta Egypt. Tu veux bien me passer la bouteille de vin, Teagan ?

Les filles avaient apporté plusieurs bouteilles, car elles savaient que Wynter aurait besoin d'un remontant après cette rude journée.

Pendant que Teagan remplissait le verre d'Egypt, cette dernière demanda :

— Alors, que fait-on maintenant ? Est-ce qu'on avance dans nos projets professionnels respectifs, ou est-ce qu'on se prépare au combat ?

— Bonne question, dit Wynter. Je dois consulter Riley, puisque ma mère semble décidée à contester le testament.

— Elle pense que tu as conspiré pour voler son héritage familial, déclara Asia sans détour.

— Et c'est totalement ridicule ! lâcha Wynter en se levant d'un bond. Je passais mon temps à voyager et à écrire mes articles. Ses accusations m'ont vraiment secouée.

Shay se leva et serra Wynter dans ses bras.

— Tu n'es pas seule dans cette histoire.

— Je le sais, ici, dit-elle, pointant un doigt contre sa tempe, mais va dire ça à mon cœur, ajouta-t-elle en se tapotant la poitrine. Toute ma famille est contre moi.

Des larmes roulèrent sur ses joues. Elle appuya la tête contre l'épaule de Shay et les laissa couler.

— C'est tellement injuste, murmura-t-elle.

— Oui, c'est vrai, approuva Shay.

Teagan posa son verre sur la table basse et se leva.

— Mais nous allons lutter à tes côtés, déclara-t-elle.

— Contre ma famille ? demanda Wynter en relevant la tête.

— S'il le faut, affirma Asia. Ta tante voulait que tu hérites de cette maison et de sa fortune. Tes parents et ton frère n'ont aucun droit de contourner ses souhaits.

Egypt alla vers Wynter et lui saisit doucement le menton, la forçant à la regarder.

— Et nous ne les laisserons pas faire. Demain à la première heure, nous nous lancerons dans la bataille. N'est-ce pas ?

Wynter hocha la tête.

— Je ne t'entends pas ! s'exclama Egypt.

— Absolument ! déclara Wynter d'une voix un peu plus

sonore, et beaucoup plus déterminée. Je me battrai pour ce qui m'appartient.

Elle récupérerait son dû, même si pour cela, elle devait affronter sa famille entière.

5

Riley s'était levé tôt et avait passé près de deux heures à s'entraîner dans la salle de sport de l'hôtel. Après quoi, il avait révisé des dossiers pendant quelques heures. À présent, il était prêt à faire une chose qu'il reportait depuis son arrivée à San Antonio, une semaine plus tôt : aller voir sa mère.

Il lui fallait se préparer quand il lui rendait visite. Car il ne savait jamais quelle Eliza Davis il allait retrouver. Était-ce la Eliza joyeuse, ravie de revoir son fils, un avocat prospère ? Ou la Eliza dépressive, qui n'arrivait pas à sortir de son lit, encore moins à se coiffer ou à se doucher ? Il fallait qu'il soit prêt pour la version qu'il allait rencontrer, quelle qu'elle soit.

Adolescent, il avait dû apprendre à gérer ses fluctuations d'humeur. À l'époque, elle n'avait pas été officiellement diagnostiquée comme bipolaire. Plus tard, lorsqu'il avait gagné suffisamment d'argent, Riley s'était démené pour que sa mère reçoive les meilleurs soins. Malgré tout, elle ne prenait pas toujours ses médicaments, ce qui signifiait que son humeur continuait à fluctuer.

Après avoir enfilé une veste en cuir par-dessus son jean et son pull, il monta dans sa Bentley, arrivée quelques jours plus tôt, et prit la direction du quartier de Stone Oak pour se rendre dans une communauté résidentielle dotée d'un court de tennis, d'un terrain de basket-ball, d'une piscine et de sentiers de course à pied. Il avait installé sa mère et Shay ici lorsqu'il était devenu l'un des avocats les plus demandés de la côte Est.

Il gara la voiture dans l'allée et regarda autour de lui. Il avait fait de son mieux pour aider sa famille, mais sa mère et sa sœur pourraient arguer qu'il ne leur rendait pas visite assez souvent. Riley avait fait en sorte qu'elles aient tout ce dont elles pourraient avoir besoin : une infirmière passait chaque jour, un jardinier tondait la pelouse, et une femme de ménage venait nettoyer la maison une fois par semaine. C'était le moins qu'il puisse faire, et maintenant qu'il était de retour à San Antonio de manière permanente, il avait l'intention de s'impliquer davantage.

Après avoir coupé le moteur, il marcha vers la maison et se servit de sa clé pour entrer.

— Bonjour ! lança-t-il.

Quelques secondes plus tard, sa mère descendit l'escalier d'un pas léger, vêtue d'un jean et d'un sweater. Ses cheveux châtains étaient coiffés en queue-de-cheval, et ses yeux bruns étaient pétillants. Elle était dans un bon jour, se réjouit-il.

— Riley ! s'exclama-t-elle, et elle se précipita dans ses bras.

C'était bon de serrer sa mère contre lui.

— Bonjour, maman, comment vas-tu ?

— Je vais fabuleusement bien, maintenant que tu es là, dit-elle chaleureusement. Tu veux boire quelque chose ? Je m'apprêtais à aller jardiner.

— Oui, avec plaisir.

Riley la suivit jusqu'à la grande cuisine ouverte dotée d'un îlot central. Eliza ouvrit le réfrigérateur américain et prit une bière qu'elle lui donna.

Il haussa un sourcil, surpris que sa mère ait de l'alcool à disposition. Il dévissa le bouchon de la bouteille et but une gorgée de bière.

— Ne me regarde pas comme ça, Riley. Je ne bois pas, et tu sais que Shay non plus.

— Alors à qui est-ce ? demanda-t-il en brandissant la bouteille.

Sa mère rougit.

— À un ami.

— Un ami ? demanda-t-il, prenant place sur un tabouret de bar en osier. Un petit ami ?

Elle haussa les épaules.

— J'ai bien le droit d'en avoir un.

— Oui, bien sûr.

Riley était heureux d'apprendre qu'elle était sortie de sa coquille et qu'elle profitait à nouveau de la vie.

— Darryl est un homme merveilleux, et quand il regarde un match de football, il aime prendre une bière de temps en temps. J'en garde quelques-unes au frais pour lui.

Pourquoi Shay ne lui avait-elle pas dit que sa mère avait un homme dans sa vie ? Cela l'aurait rassuré, certainement.

— Je suis content pour toi, maman, et je me réjouis que tu sois en forme.

Elle soupira et vint s'asseoir à côté de lui.

— Je sais que grandir avec une mère comme moi a été difficile pour toi, Riley. Je suis désolée de ne pas avoir été là pour toi. Je ne comprenais pas mon état et je ne savais pas comment m'occuper de moi.

— Ça ne fait rien, maman. Je ne te fais aucun reproche. Tu étais malade.

— Tout de même, c'était un très lourd fardeau pour tes épaules. Tu n'as pas pu avoir une adolescence normale car tu devais toujours veiller sur moi. Ce n'était pas juste.

Riley prit sa main dans la sienne.

— Je suis heureux que tu ailles mieux. C'est tout ce qui compte.

Elle secoua la tête.

— Shay aussi a souffert, et c'est parce qu'elle s'occupait de moi qu'elle a fini par divorcer. Il est rare qu'elle ait des rendez-vous galants maintenant. Elle a besoin de sortir davantage et de prendre du temps pour elle.

— Maintenant que je suis de retour, je vais faire en sorte qu'elle puisse le faire.

— Et toi ? dit sa mère, scrutant son regard. Où en es-tu sur le plan sentimental ?

Pour toute réponse, il haussa les épaules.

— Riley ? insista-t-elle, posant la main sur sa joue. Il n'y a personne en particulier ?

Il songea aussitôt à Wynter. Elle était vulnérable en ce moment, et il voulait faire tout ce qu'il pouvait pour l'aider. Pourquoi avait-il envie de la protéger ? Il l'ignorait. La bataille autour de l'héritage pourrait être longue. Il doutait que Wynter sache ce qui l'attendait. Il avait déjà contacté le responsable du service de droit successoral de son cabinet.

Elle n'était pas comme les femmes qu'il fréquentait d'habitude, des femmes qui pouvaient se contenter d'une liaison éphémère. Wynter méritait un homme capable de lui donner davantage, et Riley n'était pas cet homme, mais cela ne l'empêchait pas de la désirer. Il pensa à sa splendide peau caramel, à sa somptueuse chevelure bouclée, à sa silhouette qui semblait faite pour ses mains… Il imagina la déshabiller et s'allonger sur elle. Ses lèvres pulpeuses s'ouvriraient-elles ? Ses yeux brilleraient-ils de désir comme ils avaient brillé ce soir-là, sur la River Walk ?

— Donc, il y a quelqu'un ? devina sa mère.

Il songea à Shay, qui n'était pas ravie à l'idée qu'il passe du temps avec Wynter. Mieux valait ne rien dire.

— Il n'y a personne. Je suis trop accaparé par mon travail, et je dois me réhabituer à la vie au Texas.

— J'imagine que c'est très différent de la côte Est.

— Très ! admit Riley, amusé. Si tu me montrais le jardin ? J'ai hâte de voir comment tu l'as transformé.

Visiter le jardin l'empêcherait de prendre son téléphone pour appeler Wynter. Mais il finirait par la joindre. Et ils finiraient par avoir une liaison, il en avait la certitude. Ce n'était qu'une question de temps.

— Vous allez me manquer, dit Wynter.

Egypt, Lyric, Asia et Teagan se tenaient devant la maison de sa tante. Leurs valises avaient été chargées dans la Ford Escalade qui les conduirait à l'aéroport. Avoir ses amies avec elle pour le week-end avait été salutaire, mais maintenant, elles devaient retourner à leur vie et à leur carrière. Des carrières qui allaient, Wynter l'espérait, décoller lorsque les legs de tante Helaine leur seraient versés.

Asia la prit par les épaules.

— Tu vas nous manquer aussi, assura-t-elle.

Elle recula pour que Lyric puisse prendre Wynter dans ses bras.

— Je sais que nous sommes peut-être éloignées, mais tu peux nous téléphoner quand tu veux, déclara Lyric, prenant le visage de Wynter entre ses mains. Garde ça à l'esprit, d'accord ?

Les larmes aux yeux, Wynter hocha la tête.

— Allons, pas d'effusions, intervint Egypt en séparant le trio. Vous vous comportez toutes comme si nous n'allions pas nous revoir bientôt. Mais nous avons notre voyage annuel entre filles, à la Barbade !

Teagan claqua des doigts.

— C'est vrai, et ça va être génial, tout comme Las Vegas l'an dernier ! Et toujours à un prix imbattable. Wynter, merci infiniment pour tous ces bons plans que tu nous déniches. Tu es notre agent de voyages personnel.

Elle avait un réel talent pour organiser des escapades à petit prix, comme celles qu'elle présentait dans *Wynter's Corner*.

— Pas de quoi, dit-elle. Quand vous verrez la villa que j'ai trouvée, vous n'allez pas en croire vos yeux.

Après d'autres accolades et quelques bises, ses quatre amies grimpèrent dans le véhicule. Wynter soupira en les regardant s'éloigner.

— Ça va aller, assura Shay en lui tapotant la main.

— Oui, tu as raison, répondit Wynter.

Avant le fiasco de la lecture du testament, elle avait compris une chose : elle devait se comporter en adulte et établir un plan d'action. Au cours du week-end, elle avait discuté avec ses amies, et toutes étaient parvenues à la conclusion qu'il valait mieux qu'elles ne comptent pas sur l'argent d'Helaine tant que la question du testament n'était pas réglée. En attendant, elles travailleraient sur leur plan de développement.

Wynter s'emploierait à développer son blog et à augmenter le nombre de ses abonnés. Ce serait difficile, mais elle pouvait réussir. Pour l'instant la priorité était de trouver un avocat.

Un nom occupait ses pensées.

Riley Davis.

Il était magnifique, sexy et viril. Une onde de chaleur l'envahit lorsqu'elle songea à la façon dont il lui avait tenu la main pendant la cérémonie religieuse. Il lui avait apporté le réconfort dont elle avait besoin, et *envie*.

Shay lui avait déconseillé toute interaction avec Riley, mais Wynter ne l'en désirait que plus. Elle était face à un dilemme. Devrait-elle écouter son désir ? Ou l'ignorer ?

— Wynter ?

Elle cligna des yeux et se rendit compte que Shay était en train de lui parler.

— Hmm... ?

— Tu veux que je reste avec toi ce soir ?

Wynter observa la maison de pierre. C'était son second foyer, un lieu où elle s'était toujours sentie protégée et réconfortée. Et maintenant, grâce à sa tante, il était à elle.

— Non, ça ira.

— Tu en es sûre ? insista Shay, l'air sceptique.

— Oui.

Et elle disait vrai. Il était temps qu'elle se débrouille seule.

De retour dans son appartement, Riley se servit un verre de brandy et songea à la journée qu'il venait de passer avec sa mère.

Il était agréablement surpris par les progrès qu'elle avait faits. Elle prenait son traitement, et était suivie par un psychiatre. Sa maladie mentale pouvait être contrôlée grâce à des soins appropriés, mais son père ne s'en était pas soucié pendant leur mariage.

Il avait été si occupé à tromper sa femme avec d'autres qu'il n'avait pas vu les signes. Et lorsqu'il avait fait le choix de s'en aller, il n'avait pas pensé aux enfants qu'il laissait avec elle. Au lieu de cela, il s'était remarié et avait commencé une nouvelle vie, ce qui avait dévasté Eliza. Elle était déjà fragile, et perdre son mari avait été la goutte d'eau. Maintenant, plus de vingt ans plus tard, elle était enfin la mère qu'il avait toujours voulu qu'elle soit.

Riley sirota son brandy tout en observant la ligne d'horizon de San Antonio. L'échec du mariage de ses parents avait poussé Riley à vouloir exactement le contraire. Il ne voulait pas d'amour ni de relation sérieuse. Ses relations avec les femmes étaient éphémères, exactement comme il le souhaitait.

Mais il était attiré par Wynter, la meilleure amie de sa sœur. Il souhaitait vivre une nuit torride avec cette femme sensuelle à la chevelure ondulée et au postérieur de rêve. Shay désapprouvait tout rapprochement entre Wynter et lui, mais Wynter était une adulte. Elle était capable de prendre ses propres décisions, non ? Si elle montrait le moindre intérêt pour lui, Riley doutait de pouvoir lui résister.

Son téléphone portable sonna, et Riley accepta l'appel.

— Allô ?

— Riley, bonjour. C'est Wynter.

— Je sais, j'ai reconnu ta voix. Comment vas-tu ?

— Ça pourrait aller mieux. Et pour aller mieux, j'ai besoin de toi.

— Ah oui ? fit-il en souriant. Comment puis-je t'aider ?

— J'espérais que nous pourrions nous voir demain à ton bureau, pour parler du testament. Tu es disponible ?

Mince. Riley avait espéré un dîner, et peut-être une soirée chez lui... Il visualisa mentalement son emploi du temps.

— Il faudra que ce soit autour de 15 heures, si ça te va ?

— Oui, c'est parfait. C'est très gentil de m'accorder un peu de ton temps.

— Je t'avais promis de t'aider.

— Je sais, mais parfois les gens disent ça uniquement par politesse. Ils ne s'attendent pas à ce qu'on les sollicite.

— Eh bien, je pensais ce que je disais.

— Merci. C'est agréable de se sentir soutenue.

Après qu'il lui eut indiqué l'adresse de son bureau, Wynter mit fin à leur conversation. Il aurait aimé discuter plus longtemps, mais il ne voulait pas se montrer insistant. Il devait être sûr que Wynter était partante pour une aventure avec lui, mais il lui faudrait attendre pour le découvrir.

Riley poussa un soupir frustré. La nuit allait être longue, car il la passerait à fantasmer sur Wynter.

6

Wynter observa l'imposant gratte-ciel, excitée à la perspective de revoir Riley. Après toutes ces années, son coup de cœur d'adolescente s'était transformé en une véritable attirance physique. Cependant, elle n'était pas ici pour tenter de séduire Riley, surtout parce qu'elle ne voulait pas gâcher son amitié avec Shay.

Elle aurait pu consulter Sidney Carter, l'avocat de sa tante, mais elle avait confiance en Riley, et elle espérait qu'il pourrait l'aider pour contrer la contestation du testament voulue par sa mère. Elle n'avait pas eu de nouvelles de sa famille depuis l'enterrement samedi dernier, et cela lui déchirait le cœur. Ses parents et son frère croyaient réellement qu'elle avait manipulé sa tante afin qu'elle lui laisse l'essentiel de ses biens.

Tentant de contenir sa nervosité, elle traversa rapidement le hall au sol de marbre et s'arrêta devant les ascenseurs en acier. Après avoir appuyé sur la touche d'appel, elle attendit que la cabine la transporte jusqu'à l'étage de Jamison, Charles et Davis, le nouveau cabinet de Riley.

Quelques instants plus tard, elle sortit de l'ascenseur et se dirigea vers le bureau d'accueil en forme de U, derrière lequel une superbe brune à la coiffure impeccable était assise. Wynter jeta un coup d'œil à sa propre tenue. Sous son caban, elle portait une jupe crayon et une chemise de soie qui s'évasait dans une cascade de volants. Elle semblait élégante et sophistiquée, et elle ne détonnait pas dans ce décor.

— Puis-je vous aider ? demanda la jeune femme.

— Wynter Barrington. J'ai rendez-vous avec Riley Davis.

— Oui. Je vais le prévenir de votre arrivée. Je vous en prie, asseyez-vous.

Wynter se dirigea vers un groupe de sièges luxueux. Après avoir retiré sa veste, elle prit place. Elle était nerveuse, non pas à cause de la bataille judiciaire qui l'attendait, mais parce qu'elle allait revoir Riley.

Un frisson la parcourut soudain, et lorsqu'elle leva les yeux, elle vit Riley face à elle. Depuis combien de temps l'observait-il ? Elle l'ignorait. Ce qu'elle savait en revanche, c'est qu'il était extraordinairement séduisant, éclairé par les rayons de soleil qui filtraient par les vitres. Il était rasé de frais et portait un costume rayé bleu marine associé à une cravate gris argent.

Il plongea le regard dans le sien, et Wynter sentit une onde de chaleur monter en elle.

— Wynter, je suis content de te voir.

Lorsqu'il lui serra la main, un courant électrique traversa ses doigts et elle sentit son cœur tressauter. Elle était prête à parier que les mains de Riley savaient comment exciter et tourmenter le corps d'une femme pour l'amener jusqu'à la jouissance.

— Merci de me recevoir.

— Pas de quoi.

Il sourit et relâcha sa main. Mais le cœur de Wynter continua de cogner dans sa poitrine.

— Allons dans mon bureau, suggéra-t-il.

En silence, Wynter le suivit, admirant ses larges épaules, pendant qu'il marchait devant elle. Elle devinait que sous son costume, il avait un corps d'athlète. Ils s'arrêtèrent devant un bureau d'angle aux murs de verre. Riley s'effaça pour la laisser entrer.

— Assieds-toi, dit-il, désignant le canapé.

Elle espérait que Riley s'installerait derrière son bureau et mettrait un peu d'espace entre eux. Il actionna une télécommande, et les murs de verre devinrent soudain opaques. Personne ne les verrait, songea-t-elle. Ils auraient une intimité totale.

Tâchant de ne pas songer à ce que cela signifiait, elle s'installa à une extrémité du canapé beige. Après avoir déboutonné sa veste, Riley prit place à l'autre extrémité.

— Je suppose que tu es ici pour le testament ? avança-t-il.

Wynter avait du mal à réfléchir, trop occupée à admirer les cuisses fermes et musclées de Riley. Elle devait se reprendre, s'avisa-t-elle. *Se concentrer.* Elle leva les yeux et découvrit que Riley l'observait.

Elle déglutit.

— Comme tu le sais, ma famille était très fâchée après la lecture du testament de ma tante, et elle a décidé de le contester. Je suppose qu'ils ont engagé un avocat, et je dois en faire autant. Il faut que je sache comment lutter et quelles sont mes options.

Il hocha la tête.

— Contester le testament de ta tante sera chronophage et onéreux pour tes parents. C'est à eux qu'il incombe d'apporter la preuve que tu as eu une influence excessive sur ta tante, que tu as exercé une contrainte sur elle, ou que le testament n'a pas été convenablement rédigé. Et ils devront trouver des témoins pour le certifier.

— C'est insensé, Riley. Personne ne pourra dire que je l'ai influencée de manière excessive. Tout le monde sait à quel point nous étions proches.

Riley se redressa.

— C'est très bien, car la priorité pour toi sera de démontrer que ta tante était saine d'esprit quand le testament a été écrit.

— Ma tante n'était pas mentalement diminuée.

— Bien. Nous avons un excellent service spécialisé dans les successions pour gérer ce genre de dossiers, et je peux t'adresser à l'une de mes consœurs.

— Ah ? Tu ne peux pas t'en occuper toi-même ?

— Non, je suis spécialisé dans les divorces, et si je suis si efficace, c'est parce que je reste dans mon domaine d'expertise. Je ne connais pas les nuances du droit successoral, or il te faut quelqu'un de qualifié. Je ferais preuve de négligence si je ne te recommandais pas une consœur. Étant donné que nous sommes également amis, le fait que tu sois ma cliente serait problématique.

Wynter était bouche bée. Elle n'avait pas pensé à tout cela, mais il fallait dire qu'elle ne connaissait rien au droit.

— D'accord, cela m'aiderait, merci.

Elle se leva, les yeux baissés. Elle avait été si impatiente de passer un peu de temps avec Riley qu'elle n'avait pas fait de recherches. Elle se sentait stupide.

— Désolée. Je ne vais pas te déranger plus longtemps.

— Tu ne me déranges pas. J'avais envie de te revoir.

Elle jeta un coup d'œil furtif vers lui. Ses mots étaient équivoques. Avait-il voulu qu'ils le soient ? À nouveau, elle éprouva une vague de désir étrange et perturbante. Sa bouche devint sèche et ses joues se réchauffèrent.

— C'est vrai ? demanda-t-elle.

— Oui.

Il approcha, sans envahir son espace, mais assez après pour qu'elle puisse percevoir sa chaleur, voir la couleur de ses iris, et sentir son parfum aux notes épicées, boisées et ambrées. Une fragrance enivrante, excitante. Elle fixa ses lèvres, qu'elle avait soudain très envie d'embrasser, et son cœur battit à coups redoublés.

Et lorsqu'elle croisa son regard, elle fut perdue.

Riley ignorait pourquoi il avait dit cela. Il aurait pu laisser Wynter quitter son bureau, et elle n'aurait jamais su ce qu'il ressentait. Mais il n'avait pas pu s'y résoudre. Car il avait lu de la déception dans ses yeux lorsqu'il lui avait annoncé qu'il ne pourrait pas être son avocat. Et il avait eu l'impression qu'il y avait aussi une autre raison à son désappointement. Voilà pourquoi il avait avoué sans détour qu'il souhaitait la revoir.

Et maintenant, il décelait du désir dans ses yeux noisette. Elle fixait sa bouche comme si elle avait envie de la même chose que lui. D'un baiser.

Avoir une liaison avec Wynter pourrait être une erreur, se rappela-t-il. Sa sœur était totalement contre cette idée, mais Riley s'en moquait. Le parfum de Wynter lui montait à la tête, et elle était en train de se pencher vers lui.

Sans pouvoir s'en empêcher, il l'embrassa.

Le baiser fut timide et tendre au début. Riley fit connaissance avec ses lèvres, douces, moelleuses, aussi sucrées que du miel chaud. Puis l'étreinte prit une autre tournure lorsque Wynter plaqua ses seins ronds et pleins contre son torse. Lorsqu'elle passa la main sur les muscles de son dos, il prit son visage en coupe et approfondit leur baiser.

Elle entrouvrit les lèvres pour le laisser glisser la langue dans sa bouche. La saisissant par la taille, il l'attira tout contre lui. Et ce fut comme s'il entrait en éruption. Wynter était une femme qu'il ne devrait pas désirer, mais qu'il désirait malgré tout. Elle ondula contre lui, de sorte que son sexe en érection fut pressé contre elle.

C'était si bon de l'avoir dans ses bras. Il caressa ses courbes de ses mains avides.

— Riley..., murmura-t-elle.

Cela suffit à ramener son esprit à l'instant présent.

Avait-il perdu la tête ? Il était au bureau !

Il recula si vite qu'il fut brièvement étourdi.

— Je... je ne sais pas ce qui s'est passé, dit-il.

Ce baiser était arrivé parce que Riley était attiré par Wynter, et maintenant, il savait que son désir pour elle était réciproque.

— Et pourtant, cela s'est passé, dit-elle.

Elle tira sur le bas de sa jupe, qui était remontée sur ses cuisses pendant leur étreinte. Il eut un aperçu de sa peau caramel juste avant qu'elle ne remette le vêtement en place.

— Je vais te laisser. Tu m'enverras le nom de ta consœur ?

Il acquiesça d'un signe de tête. Elle était presque à la porte quand il se précipita vers elle.

— On devrait se revoir, déclara-t-il.

— Tu penses vraiment que c'est sage ?

Bon sang, oui. Il était impossible de nier leur attirance physique, alors pourquoi essayer de l'étouffer ?

— Oui. Dîne avec moi. *Ce soir.*

Elle sembla hésiter.

— *S'il te plaît*, Wynter. J'ai envie de te revoir. Dis oui.

Wynter baissa les yeux, et Riley crut qu'elle allait dire non, mais elle répondit :

— Oui.

— Je passe te prendre vers 19 heures. Ça te va ?

Elle hocha la tête puis sortit précipitamment. Une fois seul, Riley s'appuya contre la porte de verre. Il ne pourrait pas tenir la promesse qu'il avait faite à Shay, à savoir rester à distance de Wynter, ce fruit défendu. Dès qu'il avait goûté à sa saveur, il avait perdu le contrôle, au point d'oublier la raison. Ils étaient sur son lieu de travail, pourtant il avait eu envie de la plaquer contre le bureau et de s'enfoncer en elle.

Il passa les mains sur son visage. Il fallait qu'il se ressaisisse. Une fois qu'ils auraient assouvi leur désir, la tension en lui serait apaisée. Ensuite seulement, sa vie pourrait reprendre son cours normal.

Wynter était assise dans sa voiture, dans le parking de l'immeuble, encore sonnée par ce qui venait de se passer dans le bureau de Riley. Elle était allée le trouver afin qu'il l'aide à se battre pour obtenir son héritage. Elle n'aurait jamais imaginé qu'ils finiraient par échanger un baiser…

Et quel baiser !

Riley embrassait comme un dieu. C'était sûrement un amant très doué. Elle n'était pas une novice, et elle avait apprécié les relations sexuelles qu'elle avait eues avec ses quelques partenaires, mais elle avait le sentiment qu'avec Riley, ce serait différent.

Le simple fait de l'embrasser avait été différent. S'ils ne s'étaient pas trouvés dans son bureau, jusqu'où seraient-ils allés ? Jusqu'au bout ? Elle se mordilla la lèvre. Elle aurait dû éprouver de la honte et des regrets après son comportement. Mais c'était tout le contraire. Elle était euphorique et excitée, car Riley la désirait. Lorsqu'il avait caressé ses courbes, elle avait eu envie qu'il passe la main sous sa jupe et la touche à l'endroit où elle en avait le plus envie. Elle pulsait encore de désir.

Le laisserait-elle apaiser ce désir ce soir ?

L'image de Shay surgit dans son esprit. Sa meilleure amie pensait que Wynter commettrait une erreur en fréquentant Riley. Shay avait-elle raison ? Wynter devrait-elle éviter Riley à cause de sa réputation de play-boy ?

L'idée d'annuler leur dîner lui déplaisait. Cette soirée était l'occasion de suivre ses envies. Elle refusait d'être une spectatrice passive de sa vie plus longtemps. Elle avait envie de Riley, et si le désir était mutuel, il fallait qu'elle voie où leur relation les mènerait. Elle s'occuperait des conséquences de ses actes plus tard.

7

Plus tard ce soir-là, Wynter se changea pour son dîner avec Riley. Elle avait déjà décidé qu'elle prendrait la soirée comme elle viendrait. Elle n'allait pas se poser mille questions pour savoir comment le dîner allait se terminer. Cependant, elle ne jouerait pas la sécurité.

Après avoir quitté le bureau de Riley, elle avait fait un saut dans sa boutique de lingerie préférée, et s'était offert un coordonné sexy, afin que sa confiance en elle soit totale pour leur rendez-vous. Les bords festonnés et la dentelle fleurie de la culotte épousaient son postérieur, tandis que le soutien-gorge au décolleté profond était parfait pour sa robe cocktail, dont le col plongeant était bordé de strass. Wynter appliqua du parfum sur ses points de pulsation, et après avoir placé un peigne orné de strass dans sa chevelure pour la maintenir sur le côté, elle fut prête.

Elle savait que Shay n'approuverait pas ce rendez-vous galant, mais Wynter ne pouvait pas ignorer son désir plus longtemps. Elle savait que sortir avec un play-boy comme Riley était risqué, mais ce dîner serait l'occasion de voir si l'étincelle qui s'était allumée entre eux était toujours présente. Allait-elle s'éteindre rapidement ou allumer un feu ? Quelle que soit l'issue, cette soirée promettait d'être mémorable.

On frappa doucement à la porte. Wynter occupait l'une des chambres d'amis, car elle n'avait pas réussi à s'installer dans la chambre de sa tante. Il faudrait un certain temps avant qu'elle soit capable de trier les affaires d'Helaine. Pour l'instant, elle devait se concentrer sur son blog et sur le contenu de ses réseaux sociaux, ainsi que sur son prochain rendez-vous avec son avocate.

Wynter ouvrit la porte et vit Hope face à elle.

— Votre invité est là.

— Merci, Hope. J'arrive.

Tandis qu'elle descendait l'escalier, elle vit Riley dans le salon. Il était resplendissant dans son costume noir et sa chemise blanche au col déboutonné. Il la regarda descendre. Quand elle fut sur la dernière marche, il avança vers elle et lui tendit galamment le bras.

— Merci, dit-elle.

Riley la dévorait des yeux.

— Tu es magnifique, dit-il.

Wynter sourit. Le garçon qui avait fait battre son cœur de jeune fille venait de lui faire un compliment. Elle était ravie.

— Toi aussi, dit-elle.

Il se fendit d'un grand sourire.

— Prête ?

— Oui.

Après qu'il l'eut aidée à enfiler son manteau, ils sortirent de la maison et elle grimpa dans la Bentley. Lorsque Riley s'installa derrière le volant, Wynter huma une bouffée de son parfum délicieusement épicé. Il était tout à fait possible que Riley et elle deviennent amants ce soir, se dit-elle.

Comme à l'accoutumée, le restaurant était plein d'hommes d'affaires raffinés et de femmes élégantes. La table de Riley était légèrement en retrait des autres, car non seulement il voulait la meilleure vue, mais il voulait aussi avoir Wynter pour lui seul.

Toute la journée, alors qu'il aurait dû se concentrer sur les dossiers de ses clients, il n'avait pas cessé de penser au baiser époustouflant qu'ils avaient partagé dans son bureau. Après le dîner, il espérait avoir droit à une autre étreinte.

Une fois qu'ils eurent commandé et que le vin leur fut servi, il leva son verre.

— Santé.

— Santé, répéta-t-elle.

Le vin était exquis, et après en avoir bu une gorgée, Wynter reposa son verre.

— Allons-nous parler du sujet tabou ? demanda-t-elle.

Il haussa un sourcil.

— Tu parles du baiser de cet après-midi ?

Elle hocha la tête.

— C'était l'expression d'un désir. Purement et simplement.

— Tu parles toujours aussi clairement ?

— Si tu veux dire, est-ce que je suis toujours aussi direct ? La réponse est oui. Je ne vois pas de raison de tourner autour du pot, et toi ? Nous sommes attirés l'un par l'autre.

Wynter gloussa.

— Ça ne t'étonne pas ? Nous avons grandi ensemble et tu ne m'avais jamais regardée avant. Pourquoi maintenant ?

— Tu es devenue une vraie femme, dit Riley, l'observant par-dessus le bord de son verre. Nous sommes tous deux libres de suivre notre désir.

Il but une gorgée de vin avant de reposer son verre sur la table.

— Mais pour répondre à ta question, tu as toujours été une surprise pour moi, Wynter. De toutes les amies de Shay, tu étais la seule à ne pas avoir peur de me parler.

— Parce que tu ne me fais pas peur, Riley.

Quand elle prit un morceau de pain pour le glisser dans sa superbe et délicieuse bouche, Riley faillit gémir.

— Tu devrais peut-être avoir peur. Peut-être que je mords.

— J'aime qu'on me morde.

Une rougeur se répandit sur son décolleté, et Riley sut qu'elle n'avait pas prévu de dire cela à haute voix. Il s'attarda sur ses seins, mis en valeur par le décolleté plongeant de sa robe.

— Je n'avais pas l'intention de dire ça.

— Tu fais beaucoup de choses que tu n'avais pas l'intention de faire quand tu es avec moi. J'aimerais savoir, est-ce que je fais ressortir le meilleur ou le pire de toi ?

— Cela reste à voir, répondit-elle, impertinente.

La soirée promettait d'être divertissante, se dit Riley.

Leurs plats arrivèrent. La cuisine était délicieuse, et magnifiquement présentée, conformément aux attentes de Riley. Son assistante l'avait informé qu'il y avait des mois d'attente pour obtenir une réservation dans ce restaurant.

— Comment va ta mère ? demanda Wynter tandis qu'elle dégustait son mahi-mahi poêlé accompagné d'une mousse de chou-fleur et de brocoli, et d'un émietté de crabe avec sa sauce au vin blanc.

— Elle va bien mieux que je ne le pensais, révéla Riley.

Pour sa part, il avait choisi un steak d'angus avec purée de butternut aux truffes et sauce poivrée au vin rouge.

— C'est une merveilleuse nouvelle, dit Wynter en souriant.

— Oui. Je m'inquiétais, mais elle prend ses médicaments et elle voit même un psy. Je suis content, car cela facilite un peu la vie de Shay. Je sais que ça a été difficile pour elle quand j'ai quitté la maison.

— En effet, dit-elle. Shay a vécu beaucoup de choses difficiles avec ta mère, en particulier pendant son mariage avec Kevin.

— J'étais contre l'idée qu'elle s'engage si jeune.

— Parce que toi-même, tu refuses de t'engager ? demanda-t-elle. Pourquoi ? Est-ce que tu as été traumatisé par une précédente relation ?

— Eh bien, tu ne prends pas de gants !

Riley n'aimait pas être mis sur la sellette. Il n'aimait pas parler de ses histoires passées, même si aucune d'entre elles n'avait été une relation sérieuse.

— C'est un interrogatoire ? ironisa-t-il.

— J'essaie simplement d'apprendre à te connaître. Tu peux me demander tout ce que tu veux.

— Ah oui ? fit-il, se frottant joyeusement les mains. Tu es prête à passer sur le gril ?

— Je suppose que tu ne vas pas me dire pourquoi tu restes célibataire ?

Elle avait le sens de $1a repartie, et Riley trouvait cela étrangement agréable. La plupart des femmes se pliaient à ses moindres désirs car elles étaient heureuses de coucher avec le grand Riley Davis. Wynter ne semblait pas du tout impressionnée par sa brillante carrière, et cela lui plaisait, mais il n'avait pas envie de parler de ses anciennes conquêtes.

— Tu supposes bien, répondit-il. Et toi, pourquoi est-ce que tu parcours le monde au lieu de rester chez toi ?

Elle émit un petit rire sec.

— Tu as vu ma famille, non ? Elle est très dysfonctionnelle, et ce week-end a démontré que je n'ai pas grand-chose en commun avec mes parents et mon frère. Donc, je n'ai pas très envie de rester chez moi. Les voyages me donnent de la matière pour mon blog, et surtout, ils me procurent un sentiment de liberté.

— Qu'est-ce que tu fuis ?

— Est-ce que je dois forcément fuir quelque chose ? riposta-t-elle.

Elle prit une gorgée de vin puis ajouta :

— Je ne pourrais pas plutôt courir vers quelque chose, vers mon avenir ? Mon blog est tout pour moi. Un jour, j'en ai eu tellement assez du statu quo, de faire ce que les autres attendaient de moi, que j'ai décidé d'explorer le monde et de commencer à vivre ma vie en faisant les choses qui comptaient pour moi. Et puis, c'est ma tante qui m'a transmis le virus des voyages. C'est pourquoi cette passion compte particulièrement pour moi. Et puis, j'ai trouvé un domaine dans lequel je suis vraiment douée. J'adore écrire des articles.

— Tu es très passionnée quand tu parles de ton blog.

— Je suis passionnée par bien des choses.

Riley était surpris par l'audace de Wynter. Apparemment, elle était partante pour finir la soirée comme il le souhaitait. Et elle semblait aussi désireuse que lui de poursuivre leur soirée ailleurs.

Il avait cru qu'elle serait fragile après avoir perdu sa tante et subi les attaques de sa famille. Il avait eu tort. Il aurait dû se souvenir de la Wynter de sa jeunesse, impétueuse et fougueuse.

Il afficha un sourire nonchalant et sensuel.

— Tu aimerais prendre un dessert ?

— Pas du tout, répondit-elle. J'ai autre chose en tête.

Il se cala sur sa chaise, sans la quitter des yeux.

— Tu me surprends, Wynter.

— Agréablement, j'espère ?

— Oh ! certainement.

Il avait cru qu'elle serait nerveuse ce soir, mais elle n'avait pas peur de lui faire savoir exactement ce qu'elle voulait.

Il fit signe au serveur.

— L'addition, s'il vous plaît.

Wynter contempla son reflet dans le miroir des toilettes pour femmes. Elle n'en revenait pas d'avoir été si directe avec Riley. Elle lui avait clairement fait comprendre qu'elle était prête à passer la nuit avec lui. C'était un rêve devenu réalité, mais elle ne jouerait pas les ingénues naïves.

Au contraire, ce serait elle qui serait aux commandes. Riley était un homme qu'elle désirait depuis des années, et elle n'aurait peut-être pas d'autre chance avec lui. Elle n'allait pas se montrer passive et le laisser tout contrôler. S'ils devaient coucher ensemble, ce serait à *ses* conditions.

Perdre sa tante avait rappelé à Wynter que la vie était courte. Elle ne voulait pas gaspiller son temps, car demain n'était promis à personne. Elle devait vivre pour le présent. Peut-être n'aurait-elle jamais d'autre occasion de coucher avec Riley. Elle devait saisir sa chance. Ce soir, il ne l'avait pas quittée des yeux, et inversement. L'étincelle était toujours là, et Wynter était prête à s'embraser.

Après s'être repoudré le nez et avoir appliqué une nouvelle couche de rouge à lèvres, elle observa son reflet. Son regard brillait et sa peau était rosie par le désir. Il n'y avait pas de retour en arrière possible à présent.

Elle retourna à leur table, désormais débarrassée.

— Je suis prête.

Riley scruta son regard. Cherchait-il à y déceler des regrets ? Un revirement ? Il ne verrait rien de tout cela. Elle savait ce qu'elle voulait.

Lui.

Riley escorta Wynter vers la sortie et l'aida à grimper sur le siège passager de sa Bentley, garée le long du trottoir, puis alla s'installer au volant. Avant de démarrer la voiture, il se tourna vers elle.

— Tu es sûre de toi, Wynter ? Car, si nous franchissons cette étape, il faut que tu comprennes que ce ne sera qu'une histoire d'un soir. Je ne m'engage jamais sur le plan sentimental. Qui plus est, je suis un nouvel associé dans mon cabinet d'avocats. Je n'ai pas le temps pour une relation sérieuse.

Elle comprenait, car elle non plus ne cherchait rien de plus qu'une nuit avec lui. Son monde était déjà sens dessus dessous, ce n'était donc pas le moment de s'investir dans une histoire à long terme.

— Oui, j'en suis sûre. J'ai envie de toi, Riley, mais si ce n'est pas réciproque...

Il ricana. Et avant qu'elle s'en rende compte, Riley posa sur ses lèvres les siennes, dures et exigeantes. Une vague de désir envahit Wynter tandis qu'elle nouait les bras autour de son cou. Elle lui rendit son baiser, se donnant tout entière. Riley gronda contre elle tandis qu'il explorait sa bouche et mêlait sa langue à la sienne, dans une danse érotique qui fit palpiter son cœur. Son esprit était exalté par un flot de sensations. Si Riley continuait, elle redoutait ce qu'elle pourrait le pousser à faire, ici, dans la voiture. Lentement, elle s'écarta de lui.

Il fronça les sourcils.

— Ça va un peu trop vite ? demanda-t-il.

— Non, pas du tout. C'était parfait, mais à moins que tu ne veuilles être arrêté pour exhibition sexuelle, il vaudrait mieux que nous allions chez toi.

Il sourit.

— Tu as raison.

Après avoir posé son regard incandescent sur elle, il démarra et sortit du parking.

Elle savait que Riley vivait dans la résidence Alteza, au-dessus de l'hôtel Grand Hyatt. Le trajet fut court, et Wynter s'en réjouit. Elle ne comptait pas changer d'avis. Elle se demandait simplement si Riley serait à la hauteur de ses attentes, après toutes ces années.

Le voiturier les salua à leur arrivée et ouvrit immédiatement la portière de Wynter.

— Merci, répondit-elle en sortant du véhicule.

Riley la rejoignit rapidement, la prenant par la taille et la conduisant vers l'entrée. Wynter ne remarqua pas grand-chose dans le hall, hormis le sol de marbre et la réception en teck. Elle laissa Riley l'emmener vers l'ascenseur privé réservé aux appartements. Riley occupait l'un des logements du dernier étage. Wynter n'était pas étonnée qu'il choisisse une résidence aussi luxueuse. Il s'était très bien débrouillé depuis qu'il avait quitté San Antonio pour ses études.

Une fois dans l'ascenseur, Wynter observa Riley. Elle ne bougea pas, ne respira pas quand il fit un pas vers elle. Il lui caressa doucement la joue.

— Tu n'es pas exactement la personne que je te croyais être, Wynter.

— Tu pensais que j'étais une fleur fragile ? Eh bien, non. J'ai juste eu une semaine difficile.

— Je peux l'imaginer, mais nous allons oublier nos soucis le temps d'une nuit.

Il lui mit la tête en arrière, exposant sa gorge. Puis il se pencha et y déposa un baiser.

— Oui, encore, parvint-elle à articuler.

Un souffle s'échappa de ses lèvres quand il déposa une série de baisers chauds sur la courbe de son cou. Ses caresses étaient douces, et quand il mordilla un endroit particulièrement sensible, elle haleta et frissonna.

— Tu t'en es très bien sortie cette semaine, murmura-t-il, ses lèvres effleurant son oreille.

Wynter prit une grande inspiration.

— M-merci. Mais ne parlons plus de ça. Ne parlons plus du tout.

Elle agrippa les revers de sa veste et amena sa bouche sur la sienne. Il avait un goût de paradis, pensa-t-elle, poussant un soupir de plaisir. Riley lui rendit son baiser, reprenant le contrôle de leur étreinte. Il glissa la langue dans sa bouche, taquina la sienne et entama une danse intime dont elle avait hâte de connaître la conclusion. Les portes de l'ascenseur s'ouvrirent. Riley et elle pénétrèrent dans un appartement superbe, qui offrait une vue panoramique sur le centre de San Antonio.

— Riley, c'est époustouflant ! s'extasia-t-elle, allant vers les baies vitrées pour admirer le paysage

— Rien n'est plus époustouflant que toi, dit-il, le regard assombri par l'excitation. Mais je dois te rappeler que je n'ai jamais de relations sérieuses, Wynter.

Elle se retourna vers lui.

— Tant mieux, car je ne cherche rien de sérieux.

Si Riley pensait qu'elle voulait se faire passer la bague au doigt, il se trompait. Wynter ressemblait beaucoup à sa tante, une femme libre qui adorait la vie et avait soif d'aventure. Wynter ne cherchait pas à se caser, pas même avec Riley Davis, l'homme de ses rêves.

— C'est follement sexy, tu sais ? répondit-il, retirant sa veste et ses chaussures. Une femme qui ne cherche pas à conquérir mon cœur.

Wynter sourit. Apparemment, Riley était impatient de passer aux choses sérieuses, et elle aussi. Elle n'était pas sûre qu'ils arrivent jusqu'à la chambre. Elle n'avait jamais été une exhibitionniste, mais elle aimait voir San Antonio face à eux. Elle mit la main derrière son dos et descendit la fermeture Eclair de sa robe, laissant le vêtement tomber à ses pieds.

Elle regarda Riley se déshabiller prestement. Elle avait hâte de découvrir son corps sculpté. Lorsqu'il enleva sa chemise, révélant son torse large et ciselé, elle ne fut pas déçue. Elle fut tout aussi captivée quand il retira son pantalon. Son regard se porta sur la toison qui descendait jusque sous la taille de son boxer. Et elle lâcha le souffle qu'elle retenait quand le sous-vêtement tomba au sol.

— Tu es superbe, commenta-t-il.

— C'est moi qui devrais te dire ça.

Elle sourit et commença à faire glisser sa culotte le long de ses jambes. Mais Riley avait effacé la distance qui les séparait. Il posa les mains sur les siennes.

— S'il te plaît, laisse-moi faire.

Il acheva de lui retirer sa culotte et défit l'agrafe de son soutien-gorge, révélant sa poitrine ronde. Immédiatement, ses tétons devinrent turgescents, sous l'effet de l'air et du regard enfiévré de Riley. Il prit ses seins dans ses mains, passant les pouces sur les pointes durcies. Quand il se pencha et prit l'un de ses mamelons dans sa bouche, elle poussa un gémissement satisfait.

Riley sourit.

— Tu aimes ça ?

— Oui.

— Bien. Parce que ça ne fait que commencer.

Puis il referma la bouche autour de son téton. Il aspira la pointe enflée, et Wynter rejeta la tête en arrière, traversée par des ondes de désir. Il se régala de son sein puis transféra son attention sur l'autre.

Lorsqu'il eut mis un terme à ce supplice exquis, il déposa des baisers le long de son corps, descendant jusqu'à son ventre. Il s'agenouilla afin de glisser un doigt entre les boucles resserrées au sommet de ses cuisses. Elle laissa échapper un sanglot, mais Riley ne s'arrêta pas là ; il inséra son doigt à l'intérieur, et l'enfonça jusqu'à ce qu'il atteigne un petit renflement plein de terminaisons nerveuses.

— Ah... ! cria-t-elle.

Il glissa un second doigt entre ses muscles intimes, et les fit aller et venir en elle dans une danse sensuelle. Wynter sanglota son nom quand les premiers spasmes de plaisir la secouèrent.

— Riley !

Elle s'atomisa et ses jambes cédèrent, mais Riley la serra fort, l'appuyant contre la vitre pour la maintenir debout. Les sensations couraient encore dans ses veines, et elle ne pensait pas pouvoir en supporter davantage, mais Riley n'avait pas fini. Il lui prodigua des caresses avec sa bouche, léchant doucement son sexe humide.

Quand il passa la langue sur son bouton sensible, Wynter se retrouva à nouveau au bord d'un océan de félicité. Et lorsqu'il se mit à le mordiller, ses paupières battirent et des frissons incontrôlables la parcoururent, tandis qu'un second orgasme déferlait sur elle. Riley était un expert dans l'art de donner du plaisir aux femmes.

Il ramassa son portefeuille sur le sol et prit un préservatif qu'il déroula sur lui. Puis il se releva rapidement. Elle tremblait de tout son corps tant le désir de l'avoir en elle était fort. Elle pencha la tête, et ils échangèrent d'autres baisers, plus intenses et plus passionnés encore. Quand elle sentit le sommet de son sexe ferme effleurer sa chair moite, elle écarta les jambes d'instinct, le laissant s'enfoncer en elle jusqu'à la garde.

— Oui ! cria-t-elle.

Il la plaqua contre la vitre, enchaînant les va-et-vient rapides et puissants. Il ondula en elle avec une passion déchaînée. Leurs corps se couvrirent de sueur et leurs cris de plaisir se mêlèrent.

Rien ne l'avait préparée à cela. Elle enroula une jambe autour de sa taille et s'accrocha à lui tandis qu'il allait très loin en elle. N'importe quelle personne avec des jumelles pourrait les voir, et le frisson de l'interdit la parcourut à cette pensée, bientôt suivi d'un spasme. Elle enfonça les ongles dans ses épaules, et Riley serra ses fesses.

Il lui donna un dernier coup de reins puissant avant de crier :

— Wynter… !

Ils restèrent pressés l'un contre l'autre pendant plusieurs minutes, sans un mot, tandis que l'immensité de ce qui venait de se passer s'infiltrait dans leur esprit.

Wynter crut que Riley allait se retirer et la laisser seule. Au lieu de quoi, il la prit dans ses bras et la porta dans sa chambre.

8

Riley emmena Wynter dans son lit. Il avait envie de lui faire l'amour en bonne et due forme. Leurs premiers ébats dans le salon avaient été sauvages et enfiévrés, à cause de l'attirance puissante qui faisait rage entre eux depuis des jours. Mais maintenant, il avait envie de prendre son temps. Puisque cette nuit était la seule qu'ils auraient, il tenait à ce qu'ils prennent le plus de plaisir possible.

Wynter n'était pas une vierge naïve. Elle lui rendait ses caresses et ses baisers, et savait exactement comment le faire gémir. Quand elle voulut monter sur lui, il la laissa faire, sans hésiter. Amante talentueuse, elle les amena tous deux vers un point culminant qui fit voir des étoiles à Riley.

Ils prirent une douche à deux, qui se transforma en une nouvelle session torride et sensuelle. Ils restèrent éveillés une bonne partie de la nuit. Ensuite, Riley plongea dans un sommeil profond, ce qui était inhabituel pour lui. Pendant des années, il n'avait pas réussi à dormir plus de quatre ou cinq heures. Adolescent, il dormait peu car il était toujours en alerte, à cause des fluctuations d'humeur de sa mère. Il avait continué à faire de courtes nuits durant ses études universitaires, et maintenant il n'avait plus besoin de beaucoup de sommeil pour être opérationnel.

Seulement, la veille, il avait dormi comme un loir, car il avait eu le corps voluptueux de Wynter contre le sien. Cependant, en se réveillant ce matin, il découvrit qu'il était seul.

Oui, il était *seul* dans le lit.

Tôt ce matin, après la meilleure nuit qu'il ait jamais vécue, Wynter s'était éclipsée. Riley s'assit, décontenancé. Cela ne lui était *jamais* arrivé. D'habitude, c'était lui qui partait, et non sa partenaire.

Riley ignorait s'il devait se sentir offensé ou non. Peut-être Wynter n'avait-elle pas été aussi satisfaite qu'il l'avait cru ? Non, impossible. Les femmes pouvaient simuler le plaisir, mais Wynter n'avait pas simulé un seul instant, il le savait. Il le sentait. Elle était très réactive, et elle avait exprimé de manière très claire ce qu'elle voulait. Elle n'avait pas eu peur de prendre en charge son propre plaisir et le sien.

Wynter s'était hissée au sommet de sa liste de partenaires. Elle était la meilleure amante qu'il ait jamais eue. Certes, il aurait aimé une répétition des ébats de la nuit dernière, cependant, il se réjouissait que Wynter comprenne les paramètres de leur liaison. C'était justement parce qu'elle les comprenait qu'elle était partie de son plein gré, sans qu'il ait à lui montrer la porte comme il avait dû le faire avec certaines ex-amantes.

Au moins, il se souviendrait pour toujours de leur unique nuit de passion. Mais, dans un coin de sa tête, il se demanderait toujours ce qui aurait pu se passer si elle était restée.

Wynter se plaça sous la pomme de douche et laissa l'eau ruisseler sur elle. Ces derniers jours avaient été très chargés. L'enterrement de sa tante, la lecture du testament, son rendez-vous avec Riley – qui avait mené à la nuit de sexe la plus stupéfiante de sa vie ! Bon sang ! Elle ignorait qu'elle pouvait être aussi passionnée, et il avait fallu un homme tel que Riley Davis pour qu'elle le découvre, pensa-t-elle en souriant.

Cela dit, Wynter n'avait pas d'illusions sur un possible

prolongement de leur aventure, car Riley les avait brisées. C'est pourquoi elle était partie avant qu'il ne se réveille. Riley avait été franc, il ne cherchait pas à se fixer. Et elle non plus. Elle avait déjà bien assez à faire avec sa famille. Leur relation était désastreuse et n'avait fait qu'empirer depuis que Wynter était revenue à San Antonio.

Elle espérait une amélioration aujourd'hui. Sa mère l'avait invitée à venir à la maison pour discuter. Fermant les robinets, elle se sécha et s'habilla. Elle ignorait à quoi s'attendre, étant donné ce qui s'était passé à la lecture du testament, mais Wynter était prête à écouter les arguments de sa mère. Si elle la connaissait un tant soit peu, Melinda devait savoir que Wynter partagerait volontiers la fortune de sa tante. Il faudrait plus d'une vie pour dépenser tout cet argent. Wynter souhaitait simplement vivre confortablement, pouvoir écrire, et voyager.

Fouillant dans sa valise, elle trouva un pantalon noir et une tunique à l'imprimé serpent. Une heure plus tard, elle garait sa BMW dans l'allée de la propriété des Barrington. Agnes avait eu la gentillesse de lui ramener sa voiture ce matin, et toutes deux étaient retournées ensemble chez elles. Wynter n'avait pas encore réussi à la déposer chez le concessionnaire. Elle venait de sortir du véhicule quand sa mère ouvrit la porte d'entrée. Étonnant… Sa mère ne daignait pas ouvrir la porte elle-même, d'habitude. Wynter fut aussitôt en alerte.

— Wynter, dit sa mère, l'embrassant sur la joue comme si leur dispute trois jours plus tôt n'avait jamais eu lieu.

— Maman. Tout va bien ?

— Oui, répondit Melinda en refermant la porte. Je suis très heureuse que tu sois là. J'espère que nous allons pouvoir oublier toutes ces tensions.

— Moi aussi.

Wynter ignorait ce qui l'attendait, néanmoins elle suivit sa mère jusqu'au salon, où le soleil filtrait par les hautes fenêtres. Après avoir jeté un regard circulaire dans la pièce, Wynter remarqua qu'elles n'étaient pas seules. Un homme qu'elle ne connaissait pas était là.

— Désolée, je tombe mal ? Maman, si tu étais en train de parler affaires, je peux revenir plus tard.

— Non, non, dit-elle, lui faisant signe d'avancer. Je voulais te présenter Reginald Price, mon avocat.

— Ton avocat ?

— Oui, il a pensé qu'il valait mieux que nous discutions en famille avant d'impliquer la justice.

Wynter plissa les yeux.

— Et tu t'es dit que faire venir ton *avocat* à une réunion de famille était une sage décision ?

— Ne prends pas ce ton avec moi, Wynter.

— Alors ne me prends pas en traître, répliqua Wynter. Je suis venue ici en toute bonne foi, pensant que tu voulais régler nos différends, mais au lieu de ça, tu as fait venir ton avocat ? Pourquoi ? Pour m'intimider, afin que je renonce à mon héritage ?

— Bien sûr que non, s'irrita sa mère. Mais cet héritage est une charge trop lourde pour toi, tu en es sûrement consciente. Et tu ne restes pas plus d'une semaine au même endroit. Comment pourrais-tu gérer les affaires de ta tante ?

Wynter soupira, puis prit une grande inspiration.

— Je suis capable de tenir la maison, maman. Je ne suis pas stupide, et pour ce qui est de l'héritage, c'est à ça que servent les conseillers financiers. Je pensais que tu voulais discuter.

— C'est le cas.

— Et comment comptes-tu régler nos problèmes ? Tu veux que j'abandonne tout, afin que tu puisses agir comme tu l'entends ?

Melinda se leva d'un bond et se mit à faire les cent pas.

— Je fais seulement ce qu'il y a de mieux, Wynter. Tu n'imagines pas à quel point j'ai été dévastée d'apprendre que ma propre sœur m'avait exclue de son testament. Je pensais que nous étions proches. Je me suis sentie blessée.

— Alors, il s'agit d'une vengeance ? rétorqua Wynter. Je constate que tu m'as induite en erreur à propos de cette réunion. Je crois qu'il vaut mieux que je parte.

— Je t'en prie, ne t'en va pas, Wynter. Je ne veux pas que la question du testament mène à une bataille. Pense au scandale que cela pourrait causer si la presse avait vent de notre querelle familiale.

— Le scandale ? Ce n'est pas moi qui en suis responsable. Tu m'as piégée, tu me reçois avec ton avocat alors que mon avocate n'est pas là.

Elle se dirigea vers la porte.

— Wynter, où vas-tu ?

— J'ai des obligations professionnelles urgentes à remplir. À mon retour en ville, nous pourrons discuter davantage, en présence de mon avocate.

— Wynter, ne t'avise pas de franchir cette porte ! Il faut que nous réglions ça. Ce n'est pas parce que tu passes ton temps à parcourir le monde que les affaires doivent rester en suspens.

Wynter haussa les épaules.

— Tu es l'exécutrice testamentaire. C'est à toi de faire en sorte que la maison de tante Helaine fonctionne. Cela dit, j'ai vu avec Hope et avec son mari, ils ont gentiment accepté de rester et de s'occuper de la maison jusqu'à mon retour.

— Tu te comportes comme une enfant gâtée et capricieuse. Tu ne peux pas fuir chaque fois qu'une situation ne te convient pas.

— Je suis une adulte, maman. Et je n'ai pas de comptes à te rendre. Maintenant que papa et toi m'avez coupé les vivres, je vais me débrouiller seule. Voici mon premier acte d'indépendance.

Elle posa les clés de la BMW sur la table.

— C'est ta voiture, déclara sa mère.

— Je sais, mais tant que la question du testament n'est pas réglée, je ne peux pas me permettre de la garder.

Wynter était déjà en train de commander un Uber. Quand elle reviendrait, elle utiliserait la Rolls-Royce de sa tante, jusqu'à ce qu'elle trouve une voiture d'occasion dans son budget.

— Ton comportement me montre que tu n'as pas les qualités nécessaires pour assumer une telle responsabilité, Wynter. Et cela me conforte dans ma décision. Je dois protéger l'héritage de ma sœur.

Melinda se tourna vers son avocat.

— Préparez les documents pour la contestation du testament d'Helaine.

Wynter dévisagea sa mère. Comme elle avait été naïve de croire que quelque chose avait changé ! De croire que sa mère avait enfin vu à quel point elle était compétente ! Pour la première fois, Wynter allait se débrouiller seule. Elle venait d'établir une limite. Et il n'y aurait pas de retour en arrière possible.

— C'est vraiment ce que tu veux ? demanda Wynter.

— Tu ne me laisses pas le choix.

Wynter tourna les talons et s'en alla. Il n'y avait rien de plus à ajouter. Elle devait se préparer pour la bataille.

— Merci d'être venue jusqu'ici, madame Gilbert, dit Wynter le lendemain.

L'avocate spécialisée en droit successoral à laquelle Riley l'avait adressée avait accepté de venir dans la maison de sa tante. Si Wynter s'était rendue au cabinet d'avocats, elle aurait pu croiser Riley, or elle préférait éviter de le voir.

— Je vous en prie. M. Davis m'a demandé de bien m'occuper de vous.

LaTanya était une femme superbe, au teint chocolat foncé. Elle portait un tailleur luxueux et arborait une queue-de-cheval.

Entendre le nom de Riley troubla Wynter. Elle fit de son mieux pour ne pas penser au bel avocat, mais elle avait du mal à oublier la nuit incroyable qu'ils avaient partagée. Et elle ne pouvait même pas se confier à Shay, qui lui avait expressément interdit de se rapprocher de son frère.

Certes, elle pourrait parler à Egypt ou à l'une des autres filles, mais pour l'instant, elle préférait garder cette expérience pour elle. C'était son secret. Il était à elle, et à elle seule. De plus, elle avait bien assez à faire en ce moment : développer son blog, maintenir la tête hors de l'eau, tout en se battant contre sa famille pour obtenir l'héritage qui lui revenait de droit.

— Que puis-je faire, madame Gilbert ? Ma famille semble décidée à contester le testament.

— Ils ont déjà fait un grand pas en déposant une injonction pour bloquer la succession, répondit LaTanya.

— Quand ça ?

— Hier.

Après la réunion avec sa mère. L'avocat avait sans doute préparé et envoyé les documents avant même que Wynter n'arrive chez sa mère. Le rendez-vous de la veille était un leurre.

— Cette injonction vous empêche de dépenser l'argent de votre tante ou de vendre la propriété.

— Ils ont le droit de faire une chose pareille ?

— Temporairement, oui. Mais il leur incombe de prouver que votre tante n'était pas saine d'esprit et de corps quand le testament a été rédigé, ou que vous avez exercé une contrainte, d'une manière ou d'une autre.

— C'était la maison de ma tante, et maintenant elle est à moi. Je ne la vendrai pas. Je comprends que ma mère nous empêche mes amies et moi d'obtenir notre héritage, mais elle empêche aussi les organismes de bienfaisance et le personnel d'Helaine de toucher l'argent qui leur est dû.

Wynter couvrit son visage de ses mains.

— C'est un cauchemar.

— Pouvez-vous trouver un accord avec votre famille ? Un arrangement à l'amiable ?

— C'était ce que j'avais prévu, mais ma mère pense qu'Helaine n'aurait pas dû me léguer ses biens. Or, ma tante me considérait comme la fille qu'elle n'avait jamais eue.

— Wynter, je suis navrée que mes questions vous perturbent.

Ce n'était pas mon intention. Votre famille emploie les grands moyens. C'est une tactique.

— La procédure pourrait prendre des mois, des années, même. N'est-ce pas ?

— C'est possible. Nous pouvons essayer de résoudre le problème en passant par une médiation.

Wynter avait besoin de temps. Du temps pour déterminer ce qu'elle voulait faire. Pour l'instant, elle était trop bouleversée et furieuse pour prendre la moindre décision.

— J'apprécie votre franchise, madame Gilbert, dit-elle en se levant. Laissez-moi digérer tout cela, et je reviens vers vous.

Après avoir raccompagné l'avocate, Wynter poussa un soupir. Cette dernière semaine l'avait épuisée. Le seul point positif avait été la nuit époustouflante qu'elle avait passée avec Riley. Sa vie semblait hors de contrôle, et elle avait envie de fuir. Très loin. Et c'était exactement ce qu'elle allait faire. Quand elle reviendrait, son blog, *Wynter's Corner*, serait un succès. Wynter prouverait à ses parents qu'elle avait bien plus de ressources qu'ils ne le pensaient.

9

Deux mois plus tard

— Mademoiselle Barrington, nous sommes ravis de vous accueillir au Aspen Summit Resort, dit la directrice générale du complexe hôtelier, Karen Holt, quand Wynter arriva à Aspen cet après-midi-là.

Dehors, il faisait moins un degré, mais la neige donnait à la ville des allures de paysage féerique.

— Nous avons adoré les articles que vous avez rédigés pour d'autres marques d'hôtels, et nous avons pensé que vous pourriez faire la même chose pour nous.

— Je suis ravie d'être ici, répondit Wynter tandis que la directrice commençait à lui faire visiter les lieux.

Wynter était arrivée à Colorado Springs après avoir passé ces deux derniers mois en Europe et en Thaïlande. Lorsqu'elle avait quitté San Antonio, elle avait eu besoin de s'éloigner. Pas seulement à cause du conflit avec sa famille, mais aussi à cause de ses émotions contradictoires, après la nuit exceptionnelle qu'elle avait passée avec Riley.

Jamais elle n'avait connu une telle passion. Elle n'avait pas reconnu la femme qu'elle était devenue dans les bras de Riley. L'expérience l'avait tant bouleversée qu'elle était partie à l'aube. Quelques jours plus tard, elle s'était envolée pour l'Europe. Et maintenant, elle se trouvait dans une magnifique station de ski, un lieu idéal pour trouver l'inspiration et créer du contenu pour *Wynter's Corner*.

— Nous disposons de nombreux équipements, déclara Karen. Notre spa est de renommée mondiale, et nous avons un salon de coiffure, un centre de fitness, ainsi que des piscines intérieures et extérieures. Nous souhaitons offrir une expérience holistique afin de restaurer et rééquilibrer la santé et le bien-être de nos clients, par le biais de la nutrition et de thérapies naturelles.

— Ça semble merveilleux, répondit Wynter.

Le complexe l'accueillait gracieusement, en échange d'un article qui serait publié sur son blog et sur le site web de l'hôtel.

— Permettez-moi de vous conduire à votre chambre.

Un garçon d'étage les suivit avec les maigres bagages de Wynter, constitués de sa valise habituelle et d'un sac de voyage. Le complexe avait pour clients des célébrités et des gens fortunés. Wynter ne serait pas surprise de croiser dans les couloirs luxueux un acteur ou un chanteur connus.

Elle fut émerveillée lorsqu'elles arrivèrent dans la vaste chambre qui serait son refuge durant une semaine. La décoration moderne était élégante et la vue sur les montagnes, superbe. Elle fut encore plus impressionnée lorsqu'elle découvrit la cheminée de pierre et la salle de bains en travertin équipée d'un bain à remous ainsi que d'une douche. Et elle était impatiente de découvrir le contenu du minibar.

— Et ici, la terrasse, indiqua Karen, ouvrant des portes vitrées et révélant une petite table et deux chaises.

— C'est charmant.

— Je vous ai prévu un dîner à La Toc ce soir. Si vous avez besoin de quoi que ce soit, n'hésitez pas.

— Merci infiniment, répondit Wynter.

Après avoir donné un pourboire au garçon d'étage et refermé la porte, Wynter se jeta sur l'immense lit. Il était doux, luxueux, et elle s'y enfonça avec délice.

C'était exactement ce dont elle avait besoin. Elle avait travaillé sans relâche ces derniers mois, pour faire de *Wynter's Corner* un succès. Et elle était en passe d'y arriver. Quelques semaines après avoir quitté San Antonio, elle avait réussi à entrer en contact avec la célèbre basketteuse Jasmine Butler, qui adorait voyager. Elles avaient conclu un partenariat et montré comment passer un séjour de rock star dans un hôtel de Saint-Barthélemy. Grâce à cela, *Wynter's Corner* avait explosé, et le nombre de ses abonnés avait grimpé en flèche. À présent, des agences de publicité et des sponsors faisaient appel à elle pour qu'elle mette en avant certaines destinations de voyage, comme l'Aspen Summit Resort. Son blog lui rapportait enfin de l'argent.

Une réussite qui lui mettait du baume au cœur, car elle avait encore d'autres problèmes à régler. Sa mère avait redoublé d'efforts pour contester le testament, et donné pour instruction à M. Price de suspendre tous les employés d'Helaine. Bien qu'elle ait déclaré vouloir éviter un scandale, elle ne semblait pas se soucier de l'attention que la contestation du testament pourrait attirer. Manifestement, elle était si contrariée par les décisions de sa défunte sœur qu'elle se moquait de la publicité négative.

Wynter songeait à téléphoner à Hope pour prendre des nouvelles quand son téléphone sonna. C'était Egypt.

— Bonjour, ma belle, lança son amie à l'autre bout de la ligne. Tu as le temps pour un appel en visioconférence avec les filles ? On ne t'a pas vue ces derniers mois, et les Gemmes veulent avoir de tes nouvelles.

— Absolument. Laissez-moi cinq minutes et je me connecte.

Quelques instants plus tard, Wynter voyait ses cinq amies sur l'écran de son ordinateur portable. Elles la bombardèrent de questions, comme toujours. Après qu'elle leur eut parlé du complexe hôtelier, ce fut Egypt qui posa les questions difficiles.

— Wynter, tu es sûre que tu veux continuer à te battre contre ta famille pour ton héritage ? demanda-t-elle tout en pelant des épis de maïs dans son *food truck*. Franchement, ça n'en vaut pas la peine. Si ta famille ne veut pas que nous ayons cet argent, peu importe. Nous trouverons un moyen de lancer nos entreprises malgré tout ; en revanche, nous ne voulons pas que les œuvres de bienfaisance et les employés de ta tante pâtissent de la situation. Règle ça à l'amiable.

Wynter émit un son incrédule.

— Cela m'étonne que tu dises ça, Egypt. Un arrangement à l'amiable est la dernière chose que j'envisage. Mes parents cherchent à me punir, comme si j'étais une enfant désobéissante. Ils essaient de me contrôler, et par conséquent, de vous contrôler.

Elle pointa un doigt vers la caméra pour appuyer son propos.

— Je ne le permettrai pas. Je vais respecter les souhaits de ma tante. Si je choisis de donner à ma famille une partie de l'héritage, ce sera ma décision. Je ne me laisserai plus harceler ou maltraiter. C'est terminé.

— Bien parlé, conclut Egypt. Et comment va ton blog ?

— *Wynter's Corner* a gagné des abonnés. Tout cela parce que Jasmine Butler et moi avons passé quelques jours ensemble. Les photos et les vidéos ont fait le buzz.

— Le pouvoir des réseaux sociaux est stupéfiant, non ? lança Egypt.

— Oui, approuva Wynter en souriant.

Être vue avec Jasmine avait grandement augmenté sa visibilité. Elle avait même reçu quelques propositions pour faire la promotion de vêtements et de maquillage.

Non seulement *Wynter's Corner* n'était plus dans le rouge, mais ce mois-ci, il avait même généré des profits. Si le succès se confirmait, Wynter pourrait continuer à se battre contre ses parents jusqu'à ce que la justice statue en sa faveur. Mais Wynter savait que ses amies étaient impatientes de fonder leurs entreprises respectives. Elle devrait appeler à un cessez-le-feu avec ses parents, mais elle n'avait pas envie de plier. Pas cette fois.

— Jasmine nous rendra visite à la Barbade ? demanda Asia.

— Non, Asia, répondit Wynter. Ma collaboration avec Jasmine était juste un moyen de me faire de la publicité.

— Peu importe, ce qui compte, c'est que ça a fonctionné, souligna Egypt. Et maintenant, tu n'as plus besoin du soutien financier de tes parents. Tu te débrouilles très bien !

Les autres Gemmes l'acclamèrent.

— Les filles, il faut que je vous laisse. J'ai besoin d'une bonne douche chaude. Je vous recontacte bientôt.

Elle leur fit un signe de la main puis ferma son ordinateur.

Wynter aurait aimé parler de Riley à ses amies, mais elle savait que Shay n'approuverait pas leur relation. D'ailleurs, ce n'était pas une relation mais une aventure d'un soir, et cela ne pourrait jamais être davantage. Wynter ne s'investirait pas avec un phobique de l'engagement tel que Riley. Elle préférait encore rester célibataire.

Une heure plus tard, après avoir pris une douche et enfilé un jean et un pull épais, Wynter prit son ordinateur et se rendit au café du complexe hôtelier, où elle comptait commander une boisson pour se réchauffer. Comme elle arrivait de Thaïlande, où il faisait bien plus chaud, elle était frigorifiée. La décoration du café était à la fois rustique et moderne. Le plafond laissait apparaître les poutres et les tuyaux, et le sol était recouvert de lattes en vinyle d'aspect bois. Les comptoirs en pierre étaient bordés de chêne clair. Des tables et des chaises en bois étaient disséminées dans la vaste salle. Il y avait aussi des niches confortables dans lesquelles il était possible de brancher des appareils.

Wynter choisit de s'installer au bar et brancha son ordinateur sur une prise. Elle devait terminer un article sur la Thaïlande, mais d'abord, elle avait besoin d'une boisson.

Descendant de son tabouret, elle se dirigea vers la file d'attente et commanda un *chai latte* moyen. Pendant qu'elle patientait, elle répondit sur son téléphone à quelques commentaires sur sa page Instagram. Maintenant que *Wynter's Corner* avait davantage d'abonnés, la gestion de ses comptes de réseaux sociaux lui prenait plus de temps.

— Un grand *chai latte* !

Lorsqu'elle entendit le nom de sa boisson, Wynter alla au comptoir pour la récupérer. Alors qu'elle tendait le bras, son téléphone émit un bip, annonçant une notification. Elle était en train de la lire quand elle heurta un solide torse masculin. Son instinct s'activa et des picotements de désir coururent sur sa peau. Elle reconnaissait ce parfum épicé et boisé.

— Riley, murmura-t-elle.

Jamais elle n'aurait imaginé le croiser à Aspen !

Lentement, elle leva les yeux vers lui. Il semblait aussi surpris qu'elle. Et il tenait sa boisson.

— Wynter ! Mais qu'est-ce que tu fais ici ?

Elle afficha un petit sourire. C'était très gênant… Elle était face à un homme avec lequel elle avait couché, et à qui elle n'avait plus donné de nouvelles.

— Je suis invitée par ce complexe hôtelier pour en faire la promotion sur mon blog. Et tu as mon *chai latte*, dit-elle, lui prenant le gobelet des mains.

— C'est bon à savoir, mais c'est ma boisson.

— Tu aimes le *chai latte* ? s'étonna-t-elle.

Il sourit, et elle sentit son cœur tressauter.

— Eh bien, oui. J'ai commandé un grand *chai latte*.

Wynter lui rendit aussitôt la boisson, car elle avait commandé un *chai latte* moyen. Lorsque Riley posa les lèvres sur le gobelet, elle dut fermer les yeux. Les souvenirs de ce qu'il était capable de faire avec sa bouche l'assaillirent. Bon sang, elle était dans le pétrin.

Soudain, la barista lança :

— *Chai latte* moyen !

Dieu merci.

Après avoir récupéré sa commande, Wynter s'écarta du comptoir et retourna vers le bar. Riley la suivit, hélas. Quand elle fut assise, il prit place sur le tabouret à côté du sien. Comment se comporter en pareille situation ? se demanda-t-elle. Elle n'avait jamais eu d'aventure d'un soir auparavant. Riley semblait tout aussi déconcerté qu'elle.

— Er toi ? demanda-t-elle. Que fais-tu ici ?

— J'avais déjà prévu de prendre des vacances avant d'être engagé au cabinet, alors je mêle détente et travail. Je suis venu courtiser un client potentiel. Un milliardaire en plein divorce. J'espère le convaincre de m'engager.

— Je m'étonne qu'il ait besoin que tu le convainques.

— J'ai déjà eu des clients richissimes, dit-il avec un petit rire, mais avec celui-ci, ça va être difficile.

— Pour quelle raison ?

— Parce qu'il y a la garde d'un enfant en jeu. J'essaie d'éviter les affaires dans lesquelles des enfants sont impliqués, mais ce n'est pas toujours possible.

— Pourquoi ?

Riley contemplait Wynter, en particulier ses cheveux ondulés et ses yeux noisette. Dire qu'il était surpris de la voir serait un euphémisme. Lorsqu'elle l'avait bousculé, il avait eu le souffle coupé, comme s'il avait reçu un coup de poing dans le ventre.

Deux mois plus tôt, ils avaient partagé la nuit la plus mémorable de sa vie. Bien qu'il ait essayé de se plonger dans le travail, il n'avait pas réussi à oublier Wynter. La tension dans son corps lui indiquait que son attirance pour la meilleure amie de sa sœur ne s'était pas dissipée. Elle était toujours là, plus vive et plus puissante que jamais.

— Est-ce que tu comptes me répondre ? demanda Wynter.

Riley se ressaisit.

— Oui, dit-il, posant son *chai latte* sur le bar. Les enfants sont victimes de tirs croisés pendant un divorce. Parfois, ils doivent choisir entre un parent et l'autre. Quand je traite des dossiers où des enfants sont concernés, je m'assure que ces pauvres petits soient confiés au parent qui les aime et les soutient.

— Tu t'inspires de ton expérience personnelle ?

D'habitude, il n'évoquait pas le divorce de ses parents, mais avec Wynter, il le pouvait, car elle était l'amie de Shay.

— Oui. Ce n'était pas une période facile. Mon père voulait une garde partagée, tandis que maman voulait nous avoir à plein temps. En voyant à quel point la séparation était difficile pour ma mère, Shay et moi avons choisi de rester avec elle. Mon père était déçu, et je crois que c'est pour cette raison qu'il a choisi de nous rejeter après son remariage.

— Il vous a punis d'avoir choisi votre mère ?

— Oui. Mais il fallait qu'on reste auprès d'elle. Elle était fragile. Si nous étions partis, je ne suis pas sûr qu'elle serait encore de ce monde aujourd'hui.

Il n'avait jamais avoué cela à personne, mais avec Wynter, il parvenait à se confier plus facilement.

— Mais ta mère va mieux à présent.

— Oui. Le chemin a été long. Elle avait besoin d'un traitement et de soins adéquats, et maintenant que nous avons trouvé le bon dosage, elle va bien.

— Je suis très heureuse pour Shay et toi, dit-elle, posant la main sur son bras.

Riley huma une bouffée de son doux parfum. La fragrance sucrée lui rappela leur nuit de plaisir.

Quand il sonda son regard, le monde autour d'eux sembla disparaître, et Riley dut lutter pour ne pas plonger les mains dans sa chevelure et l'attirer contre lui.

— L'affaire que je veux décrocher est différente, reprit-il. L'épouse ne veut pas vraiment s'occuper de leur fils. Elle se sert de lui comme d'un pion, pour obtenir ce qu'elle veut.

— C'est horrible, murmura-t-elle.

— Oui. Voilà pourquoi je veux aider cet homme. Quand

mes associés m'ont parlé de lui, j'ai su que je devais oublier mes réserves, mais le client a refusé de m'accorder un rendez-vous.

— Alors il va falloir que tu le fasses changer d'avis. Et si quelqu'un le peut, c'est bien toi.

Riley pencha la tête sur le côté.

— Je ne savais pas que tu avais une telle foi en moi.

Quand il riva son regard au sien, elle s'humecta les lèvres. Il aurait aimé pouvoir les goûter une fois encore.

— Bon, il faut que je me remette au travail, déclara-t-elle.

— Bien sûr. Désolé de t'avoir retardée.

— Tu ne m'as pas retardée.

— Combien de temps restes-tu ? Peut-être qu'on pourrait dîner ensemble ? Si ton petit ami n'y voit pas d'inconvénient.

— Mon petit ami ? demanda-t-elle, l'air dérouté.

— Je ne peux pas croire qu'une femme aussi belle que toi soit encore célibataire, d'autant que tu es devenue très populaire ces dernières semaines.

— Tu m'as suivie sur les réseaux, on dirait.

Il émit un petit rire. Wynter n'avait pas tort. Après leurs retrouvailles à San Antonio, il s'était abonné à son blog, *Wynter's Corner*, et à ses comptes de réseaux sociaux.

— Puisque tu offres ton contenu au public, tu ne peux pas me reprocher d'avoir jeté un coup d'œil.

— Eh bien, sache qu'il n'y a personne dans ma vie.

— C'est une bonne chose. Cela veut dire que rien ne nous empêche de dîner ensemble.

— Tu penses vraiment que c'est prudent après... ?

Sa voix s'évanouit. C'était la première fois durant cette conversation qu'ils évoquaient ce qui s'était passé entre eux.

— Nous sommes amis, non ? fit-il valoir. Nous pouvons tout de même partager un repas sans nous sauter dessus ?

— Parle pour toi, murmura-t-elle pour elle-même.

Mais Riley l'avait entendue.

— Eh bien, je serai au bar vers 19 heures, dit-il en descendant de son tabouret. Si tu es là, parfait. Sinon, j'aurai reçu le message cinq sur cinq.

Prenant son *chai latte*, il lui fit un signe de tête et quitta le café. Il ne se retourna pas, bien qu'il en ait envie.

Ce soir, il découvrirait si Wynter était prête à prendre un risque et à reconnaître que leur histoire était loin d'être terminée. En fait, elle venait seulement de commencer.

10

Tandis qu'il se dirigeait vers le chalet de Derek Webster, situé sur les hauteurs d'Aspen, Riley essaya une fois de plus de se concentrer sur sa prochaine entrevue. Le géant de la haute technologie avait finalement consenti à lui accorder un rendez-vous. Riley souhaitait lui montrer qu'il était le meilleur avocat pour empêcher sa future ex-femme de s'emparer de la moitié de ses biens. Le régime de la communauté de biens s'appliquant au Texas, l'épouse de Derek ne pourrait pas obtenir la moitié de sa société, puisqu'il l'avait fondée avant leur mariage, mais ce chalet ayant été acheté pendant leur union, comme d'autres propriétés, chacun en possédait la moitié.

Mais Wynter occupait toutes les pensées de Riley. Il n'avait pas pensé la revoir, du moins pas avant un moment, et certainement pas dans le Colorado. Leur relation avait changé ; elle n'était plus simplement une amie de sa sœur, elle était la femme qu'il désirait. Et il la désirait terriblement. Leur unique nuit n'avait pas suffi à calmer son envie. Si elle choisissait de venir au bar ce soir, il lui demanderait de rester avec lui durant tout son séjour. Il la voulait dans son lit. Et il avait le sentiment que ce désir était partagé.

Quand il arriva devant le splendide chalet, il dut admettre qu'il était impressionné. D'après le descriptif qu'il avait lu, la maison valait plus de soixante-quinze millions de dollars. Nina Webster voulait l'avoir, mais Derek refusait d'abandonner cette oasis dotée d'un spa, d'une piscine intérieure et d'une piscine extérieure, d'un jacuzzi, d'une salle de projection et d'un bowling.

Claquant la portière de sa jeep de location, Riley remonta l'allée jusqu'à la porte d'entrée. Il n'avait pas pris la peine de revêtir son plus beau costume, Derek étant peu susceptible d'apprécier ce genre d'efforts. Le milliardaire préférait les jeans et les T-shirts aux costumes de créateur. De plus, Derek pouvait se payer des milliers de costumes onéreux ; Riley comptait donc l'impressionner par ses connaissances juridiques et sa perspicacité.

Il sonna à la porte. À sa grande surprise, ce fut Derek qui vint lui ouvrir. Son client potentiel avait une opulente masse de cheveux noirs, des yeux bleus perçants, et portait un sweat-shirt à capuche ainsi qu'un jean.

— Riley, bonjour. Venez, entrez. Je regardais un match de basket du championnat universitaire. Vous aimez le basket ?

— Oui, dit-il, entrant et refermant la porte derrière lui. Bien que je suive davantage le championnat de la NBA, j'aime regarder des matchs universitaires de temps en temps.

— Bien, alors venez prendre une bière avec moi.

Riley n'eut pas d'autre choix que de le suivre. Il remarqua le sol en marbre italien et le lustre de cristal Lalique tandis qu'ils se dirigeaient vers l'ascenseur. Ils montèrent jusqu'au dernier étage, où étaient situés la cuisine et un grand espace de vie réunissant le salon, la salle à manger et une salle de détente. Le match était diffusé sur un grand écran de télévision. Riley reconnut l'autre homme qui avança vers lui. C'était Craig Abbott, le bras droit de Derek.

— Craig, dit Riley, serrant la main de l'homme blond et mince. Content de vous revoir. Merci d'avoir organisé cette réunion.

— Je vous en prie, répondit Craig. Étant donné votre palmarès, j'ai suggéré à Derek de vous rencontrer.

— Qu'est-ce que vous buvez ? demanda Derek, posté devant le réfrigérateur ouvert.

— Je prendrai une Miller Lite, si vous en avez.

Derek donna une bouteille à Riley puis les trois hommes prirent place sur le canapé pour regarder le match. Riley ignorait s'ils allaient parler du divorce, mais il ne voulait pas se montrer insistant. Quand Derek serait prêt, Riley lui expliquerait exactement comment il comptait lui faire économiser des milliards.

Durant près de deux heures, les trois hommes sirotèrent des bières et commentèrent le match. Après quoi, Derek fut enfin prêt à parler affaires. Il éteignit le téléviseur et déclara :

— Dites-moi pourquoi je devrais vous engager. D'habitude, vous ne prenez pas de dossiers incluant des enfants.

Derek était bien renseigné, nota Riley.

— Non, mais je connais votre dossier. Vous avez sûrement vu mes statistiques. J'ai gagné mes dix dernières affaires.

— Aucune n'impliquait des enfants, souligna Derek.

— C'est vrai, mais je suis l'un des meilleurs avocats du pays. Perdre n'est pas dans mon ADN. Je me battrai pour vous, Derek, et je ferai en sorte que votre femme respecte le contrat prénuptial qu'elle a signé.

Derek émit un son incrédule.

— Cette femme est un barracuda. Une menteuse doublée d'une manipulatrice. Je veux la garde de mon fils, et ma femme sait que je suis prêt à tout pour l'obtenir, y compris à lui donner plus que ne le requiert le contrat prénuptial.

— Que veut-elle ?

— Cette maison. Des parts de mon entreprise, qui, comme vous le savez, n'est pas soumise à la communauté de biens.

— Oui, je suis au courant. Mme Webster est perfide, mais j'ai battu son avocat au tribunal plusieurs fois, et je le battrai encore si vous me donnez la chance de vous représenter.

— Et vous m'obtiendrez la garde de mon fils ?

— Je ferai de mon mieux pour m'assurer que votre fils sera confié à un parent aimant, c'est-à-dire à vous.

— Vous avez piqué ma curiosité, Riley. Mais je vais rencontrer plusieurs avocats cette semaine. Je vous tiens au courant.

— Entendu, dit-il en se levant. Merci pour les bières et le match. Ça vous dirait de faire une randonnée en motoneige avec moi demain ? Vous pourrez apprendre à me connaître en discutant avec l'une de mes amies, qui connaît mon caractère.

— Bonne idée. Parlez-en à Craig, il s'occupera des détails.

— D'accord.

Tout en se dirigeant vers sa voiture, Riley se demanda ce qu'il pourrait faire d'autre pour montrer à Derek qu'il était l'homme de la situation. Certes, il ne prenait pas de dossiers avec enfants d'habitude, car il détestait voir des familles déchirées. Il avait vécu personnellement cette situation, et la séparation de ses parents les avait traumatisés, Shay et lui. Cependant, selon le rapport d'un détective privé, Nina Webster semblait coupable d'abus émotionnels ; par conséquent, Riley se sentait obligé d'intervenir. Il espérait seulement que ce dossier ne déterrerait pas ses propres démons, enterrés et morts depuis des années.

— Wynter, je suis bien contente de pouvoir vous parler enfin, dit LaTanya plus tard ce soir-là. J'ai eu du mal à vous joindre.

Wynter avait travaillé tout l'après-midi et venait de retourner dans sa chambre.

— Désolée, madame Gilbert. J'étais en voyage et je suis maintenant de retour aux États-Unis. Vous avez des nouvelles ?

— Oui, mais je crains qu'elles ne soient pas très réjouissantes.

Wynter soupira. Elle n'était pas étonnée, toutefois elle avait espéré que sa mère renoncerait à contester le testament. Un vœu pieux, apparemment.

— Votre famille a demandé au juge un audit indépendant des finances de votre tante.

— Pourquoi ?

— J'imagine qu'ils veulent voir s'il y a des anomalies ou des irrégularités, comme des grosses dépenses d'argent en votre faveur ou en faveur d'autres personnes. Ils cherchent à démontrer que votre tante n'était pas saine de corps et d'esprit quand elle a rédigé son testament.

— C'est ridicule !

— Êtes-vous sûre de ne pas vouloir d'un règlement à l'amiable ? Vous voulez toujours aller jusqu'au bout ?

Wynter garda le silence. Ces deux derniers mois, elle avait beaucoup réfléchi à la situation. Chaque fois qu'elle envisageait de renoncer, elle se souvenait que sa tante avait voulu qu'elle hérite de sa maison et qu'elle ait des moyens suffisants pour vivre sa vie comme elle l'entendait.

— Vous êtes toujours là ? demanda LaTanya.

— Je veux aller jusqu'au bout.

Après avoir terminé l'appel, Wynter consulta sa montre. 18 heures. Dans une heure, Riley serait au bar, songea-t-elle. La raison lui commandait de rester dans sa chambre, mais une petite voix lui soufflait d'aller prendre un verre avec Riley.

Quelques semaines plus tôt, elle avait justifié sa nuit avec lui en se disant qu'ils avaient simplement cédé à une envie, et qu'elle pourrait ensuite tourner la page. Elle avait eu tort. Elle n'avait pas pu regarder un autre homme, encore moins coucher avec un autre homme, depuis Riley. Il avait laissé une marque indélébile sur elle. C'était comme s'il l'avait marquée au fer rouge. Son instinct de survie lui commandait de fuir, comme elle le faisait lorsqu'elle était face à des difficultés. Affronter la situation, voir si l'étincelle qu'elle avait ressentie tout à l'heure au *coffee shop* était réelle ou imaginaire, serait un test pour elle.

Elle pourrait considérer leur histoire d'un soir comme la réalisation d'un fantasme d'adolescente, ou elle pourrait prendre des risques, comme Riley l'avait suggéré, et commencer une véritable liaison avec lui. Mais elle avait peur. Peur de tomber amoureuse de Riley, séducteur autoproclamé. Il ne s'intéressait pas au long terme, seulement au présent.

Voilà pourquoi elle devrait rester dans sa chambre.

Et pourtant, sans qu'elle sache comment, ses pieds la conduisirent au bar. Dans le lounge, il y avait une cheminée, un téléviseur de cent soixante-cinq pouces, ainsi que plusieurs canapés et fauteuils confortables disposés autour de petites tables. Quatre lustres étaient accrochés au-dessus du bar. C'était tout à fait le genre d'endroit que les parents de Wynter fréquentaient. Pour sa part, elle préférait les décors plus simples.

Elle repéra Riley, installé au bar, et alla le rejoindre.

— Je suis content que tu sois venue, dit-il en souriant.

— Tu croyais que je ne viendrais pas ?

— Non. Tu n'es pas une froussarde.

Il recula un tabouret pour elle.

— Merci, dit-elle, et elle prit place.

— Que puis-je t'offrir à boire ?

Wynter regarda autour d'elle.

— J'ai l'impression qu'un endroit comme celui-ci requiert un whisky.

Il sourit et fit signe au barman. Après avoir passé commande, il reporta son attention sur Wynter. Elle inspira, et le parfum épicé de Riley taquina son nez.

— Quoi de neuf ? demanda-t-il. Tu as pu trouver un arrangement avec ta famille ?

— Je crains que non. Ils veulent me faire passer pour la méchante, mais je refuse d'accepter ce rôle. Je comprends qu'ils m'en veuillent et qu'ils ne souhaitent pas que mes amies héritent de quoi que ce soit, mais ils empêchent des organismes caritatifs d'obtenir des fonds, et ils privent les employés de ma tante des indemnités qui leur sont dues.

— Je suis navré de l'apprendre. J'espérais que la situation s'était améliorée.

— Tu veux dire que tu n'as pas questionné Shay à mon sujet ? s'étonna-t-elle.

Riley saisit sa bière et en but une gorgée.

— Pour qu'ensuite elle me bombarde de questions pour savoir pourquoi je m'intéresse à toi ? Sûrement pas.

— Pourquoi est-elle si opposée à une relation entre nous ?

— Elle pense que je vais te faire souffrir.

— C'est le cas ?

— Pas intentionnellement. Tu me plais, Wynter, et je pensais qu'une nuit serait suffisante pour apaiser ma faim. Quand j'ai compris que ce n'était pas assez, tu n'étais plus là.

Ses mots étaient comme une caresse soyeuse sur son cœur. Elle n'aurait pas dû être si troublée. Ils avaient partagé une seule nuit, pourtant c'est comme si une corde invisible ne cessait de la ramener vers lui.

— J'ai pensé que cela valait mieux, pour éviter une conversation gênante au réveil, avoua-t-elle.

Elle prit le whisky que le barman venait de lui apporter et en but une gorgée.

Les yeux bruns de Riley étaient comme deux flammes, et elle sentit ses tétons se tendre sous sa chemise.

— Je n'ai pas cessé de te désirer depuis cette nuit-là, dit-il.

L'atmosphère devint soudain électrique, et Wynter oublia un instant de respirer. Jetant un regard furtif vers Riley, elle demanda :

— Ce n'est pas toi qui te disais allergique à l'engagement ?

— Si, en effet, et je ne cherche pas à me caser. Je vois le côté sombre du mariage tous les jours, Wynter. Je sais à quel point ça peut être dévastateur pour les deux parties.

— C'est une vision pessimiste. Tous les mariages n'échouent pas.

— Le taux de divorces aux États-Unis augmente régulièrement. La cause majeure est l'infidélité, car nous ne sommes pas censés coucher avec une seule personne.

— Tu veux dire que si tu te mariais, tu serais infidèle ?

— Bien sûr que non ! Je ne me marierai jamais, alors ça n'arrivera pas, mais si je me mariais, je prendrais mes vœux au sérieux. Les gens baissent les bras trop facilement. Le mariage est une affaire de choix. Il faut choisir l'autre personne chaque jour, même quand les choses se compliquent.

— Ce sont des mots très forts.

— Je n'aurais jamais cru avoir une discussion enflammée sur le mariage avec une femme que je suis impatient de déshabiller.

— Eh bien, il va falloir que tu attendes un peu, parce que je meurs de faim.

Après cette conversation, et après les regards enfiévrés que Riley lui avait décochés, Wynter devait calmer le jeu, afin de pouvoir réfléchir. Toutefois, elle avait bien peur que ce soit peine perdue.

Elle avait envie de Riley.

Pourrait-elle résister à ses avances ?

Et tenait-elle vraiment à lui résister ?

Riley s'efforçait de ne pas fantasmer sur Wynter, ce qui était difficile puisqu'elle était face à lui et lui souriait. Le souvenir de ses doux gémissements quand il s'était enfoncé en elle jaillit dans son esprit.

Heureusement, Wynter parvint à le distraire en discutant de différents sujets. Il apprit qu'elle était une fan de basket-ball, tout comme lui, et qu'elle avait adoré les Spurs de San Antonio à leur grande époque. Elle lui révéla qu'elle n'aimait pas les plats à la texture trop molle. Il n'en crut pas ses oreilles quand elle lui confia qu'elle n'aimait pas les glaces à l'italienne et préférait les boules de glace, parce qu'elles étaient plus fermes. Lorsqu'elle se rendit compte que ses paroles étaient suggestives, elle rougit, et Riley eut envie de se pencher pour l'embrasser à pleine bouche. Au lieu de quoi, ils continuèrent à parler pendant une grande partie de la soirée. Riley évoqua sa randonnée en motoneige prévue le lendemain et lui proposa de l'accompagner. Réunir Wynter et Derek pourrait détendre l'atmosphère, selon lui.

— J'en serais ravie, répondit-elle.

— Super ! s'exclama Riley.

Quand le serveur leur demanda s'ils souhaitaient prendre un dessert, tous deux répondirent par la négative.

— J'ai vraiment apprécié ce dîner, et notre conversation, dit Wynter quand Riley eut réglé la note et qu'ils se levèrent.

— Moi aussi.

Et il avait envie que la soirée se poursuive, avec elle.

Un frisson d'excitation le traversa quand il posa la main au creux de son dos et l'escorta vers la sortie.

Lorsqu'ils furent devant l'ascenseur, Riley perçut l'hésitation de Wynter. Il ne la pousserait jamais à faire ce qu'elle ne voulait pas faire. Si elle n'était pas prête, il patienterait. Il était ici pour une semaine au moins. Il resterait le temps nécessaire pour convaincre Derek de l'engager.

Quand les portes de l'ascenseur s'ouvrirent, ils entrèrent dans la cabine. Riley dut recourir à toute sa volonté pour ne pas prendre Wynter dans ses bras, et il se tint à bonne distance. Quelques instants plus tard, ils arrivèrent à l'étage de Wynter. Elle garda le silence tandis qu'il la raccompagnait jusqu'à sa chambre.

Soudain, elle se tourna vers lui.

— Je...

Riley observa ses cheveux ondulés, sa bouche pulpeuse. L'envie de la posséder le tenaillait, mais il lui faudrait attendre. Il posa le pouce sur ses lèvres.

— Rien ne se passera ce soir, Wynter. Je te verrai demain.

Il s'apprêta à partir, mais Wynter le retint par le bras. Ses pupilles étaient dilatées et ses lèvres entrouvertes.

Tandis qu'il penchait la tête, il se dit : *Rien qu'un baiser.*

Et puis, il l'embrassa.

Les lèvres de Riley sur les siennes étaient comme une flamme sur du bois sec, pensa Wynter. À présent, tout son corps s'était embrasé. Chaude et ferme, la bouche de Riley taquinait la sienne, l'effleurant doucement d'abord, faisant monter le plaisir. Wynter s'agita contre lui, le poussant à continuer. Il approfondit leur baiser, et le gémissement qu'elle émit rompit le silence du couloir tandis que la langue de Riley caressait audacieusement la sienne.

Elle était submergée par un flot de sensations. Lorsqu'il inclina la tête, elle noua les bras autour de son cou et plongea les doigts dans sa chevelure. Leur étreinte devint frénétique. Ils étaient collés l'un contre l'autre, hanche contre hanche, torse contre torse, et leurs langues dansaient ensemble.

Riley se pressa contre le creux de ses cuisses et elle sentit son sexe en érection contre elle. Une onde de chaleur se forma entre ses jambes tandis que son corps se préparait à être possédé par Riley. Soudain, Wynter se souvint qu'ils étaient dans un couloir, où n'importe qui pourrait les voir.

Poussant un cri éraillé, elle posa les mains sur ses pectoraux et le repoussa.

Il la relâcha, l'air hébété.

— Wynter ?

— Désolée. Ça n'aurait pas dû arriver.

Elle replaça une mèche de cheveux derrière son oreille.

— En matière de baiser, celui-ci était assez incroyable, dit-il.

Il recula pour lui laisser un peu d'espace.

— Je dois réfléchir, dit-elle, même si son corps réclamait une autre étreinte. Avant d'aller plus loin.

— Je comprends, et je ne veux pas te presser. Quand tu seras prête, ce sera à toi de faire le premier pas. Bonne nuit, Wynter.

Il lui caressa la joue, puis s'éloigna. Wynter aurait aimé le retenir, pour qu'ils finissent ce qu'ils avaient commencé.

Mais elle avait eu raison de se contenter d'un baiser. Elle devait être sûre d'elle avant de commencer une liaison avec Riley. Car, pour lui, il ne s'agissait que de sexe. Elle ne pouvait pas s'autoriser à penser que leur attirance physique était plus que cela. Sinon, elle finirait par avoir le cœur brisé.

11

Riley ignorait comment il avait réussi à s'éloigner de Wynter la veille. Il savait seulement qu'il n'avait pas eu le choix. Il s'efforçait de se comporter un gentleman, mais ce n'était pas facile. La façon dont elle avait réagi pendant leur étreinte lui indiquait qu'elle n'était pas insensible à son charme, toutefois il comprenait ses réticences. Il ne croyait pas à l'amour et au mariage, car il savait quels dégâts ils pouvaient provoquer. C'est pourquoi il appréciait la compagnie des femmes de manière *temporaire*.

Wynter voulait-elle se marier et avoir des enfants ? Oui, sans doute. Peut-être pas maintenant, mais plus tard. Et il ne pourrait jamais lui offrir cela. En revanche, il pouvait lui offrir une semaine exceptionnelle. Ils profiteraient de cette parenthèse, puis chacun repartirait de son côté.

Telles étaient ses pensées pendant qu'il se dirigeait vers les pistes enneigées. Pour les activités du jour, il portait un blouson matelassé, un col roulé et un pantalon de ski, et dessous, un caleçon long et un T-shirt à manches longues. Il allait chercher un café quand il entendit quelqu'un l'appeler.

Il se retourna et sourit. C'était Wynter. Elle portait une tenue de ski classique et un pull à col rond.

— Bonjour ! le salua-t-elle d'un ton joyeux.

— Bonjour. Bien dormi ? demanda-t-il.

Avait-elle eu une nuit aussi difficile que la sienne ? Il avait pensé à elle presque toute la nuit, et avait fini par prendre une bonne douche froide.

— J'ai dormi comme un bébé.

Menteuse.

— Parfait, tu seras en forme pour cette balade en motoneige. J'espère que ça ne t'ennuie pas, j'ai invité mon client potentiel à nous accompagner.

— Pas du tout. Je n'ai jamais fait de motoneige, et ça fera un article génial pour mon blog.

— Bien. Allons chercher un café.

Une fois leurs boissons servies, ils se dirigèrent vers le hall, où Derek et Craig les attendaient. Derek portait une tenue de ski et des bottes appropriées, mais pas Craig.

— Belle journée pour une balade, observa Derek.

— En effet, répondit Riley. Derek Webster, j'aimerais vous présenter Wynter Barrington.

— Enchantée, dit Wynter.

— De même, répondit Derek.

— Craig, vous ne venez pas avec nous ? demanda Riley.

— Oh ! non. Pendant que vous allez parcourir la forêt, je vais m'offrir une journée au spa. Amusez-vous bien, conclut-il avant de s'éloigner.

— J'aurais dû l'obliger à se joindre à nous, railla Derek.

— À quoi bon traîner un rabat-joie toute la journée ? intervint Wynter. Nous nous amuserons encore plus sans lui.

Derek jeta un coup d'œil à Riley.

— Elle me plaît. Il faut essayer de la garder.

— Je suis de votre avis, approuva Riley, et il fut heureux de voir Wynter rougir. Venez, suivez-moi.

Une limousine privée était garée devant l'hôtel. Elle les conduirait dans un ranch spécialisé dans les randonnées en motoneige.

— Une délicate attention, Riley, commenta Derek quand ils grimpèrent dans le véhicule chauffé. Quelles autres surprises avez-vous en réserve ?

— J’adorerais connaître la réponse à cette question, moi aussi, glissa Wynter.

— Nous allons visiter la vallée de Maroon Creek et déjeuner dans un chalet privé, énonça Riley.

— Tu as pensé à tout, commenta Wynter avec un clin d’œil. Je suis impressionnée.

Riley ne se contentait pas de courtiser Derek ; il se servait aussi de tous les atouts dans sa manche pour qu’à la fin de la journée, Wynter accepte de prolonger leur aventure d’un soir par une véritable liaison.

Wynter était contente que Derek soit dans la limousine. Il lui était ainsi plus facile de garder ses distances avec Riley. Après le baiser qu’ils avaient échangé à l’hôtel, elle sentait sa résolution vaciller. Elle avait eu envie de l’inviter dans sa chambre, heureusement elle s’était ressaisie à temps.

Shay n’avait pas eu tort en disant que Riley avait le pouvoir de la faire souffrir. Néanmoins, Wynter adorait passer du temps en sa compagnie. Et, oui, faire l’amour avec lui. Riley était un amant exceptionnel, et elle souhaitait revivre une nuit de plaisir dans ses bras. Mais ne serait-ce pas dangereux pour son cœur ?

Pour ne rien arranger, Riley la regardait avec envie, comme si elle était une crème glacée au caramel. Elle s’agita sur son siège et finit par regarder par la vitre afin de fuir son regard.

Quand ils arrivèrent au ranch, Wynter fut la première à sortir de la limousine, impatiente de tester une nouvelle activité. Tout d’abord, tous trois durent signer une décharge et écouter les consignes de sécurité. Après quelques instructions, ils enfilèrent des casques et furent prêts pour la randonnée.

— Tu es sûre que tu es capable de conduire un de ces engins toute seule ? lui demanda Riley.

— Évidemment ! rétorqua-t-elle.

— Arrêtez de l'embêter, Davis, intervint Derek. Elle s'en sortira très bien.

— Merci, Derek, dit-elle.

Ils suivirent leur guide, Matt, jusqu'aux motoneiges.

— Vous êtes prêts ? demanda Riley quand tout le monde fut sur son véhicule.

Wynter leva les pouces.

— C'est parti ! lança-t-il.

Bientôt, leurs motoneiges filèrent à toute allure dans un superbe paysage de montagne. Wynter n'arrivait pas à croire à sa chance. Sa vie actuelle était si différente de celle qu'elle menait à San Antonio autrefois, et de ce que ses parents souhaitaient pour elle… Elle se sentait complètement libre.

La visite de deux heures lui parut brève et se conclut par une halte dans un magnifique chalet rustique, niché dans les montagnes, pour un déjeuner tardif. Dès leur arrivée, le chef leur servit un chocolat chaud pour les réchauffer. Pendant que Derek discutait avec le guide, Wynter et Riley admirèrent les montagnes à travers les grandes baies vitrées. Le chalet offrait une vue imprenable sur les Maroon Bells.

— C'est magnifique, s'extasia Wynter entre deux gorgées de chocolat.

— Oui, c'est vrai, mais franchement, je n'ai d'yeux que pour toi, lui murmura Riley à l'oreille.

— Riley, arrête, dit-elle, jetant un coup d'œil par-dessus son épaule.

— Que j'arrête quoi ?

— Ton numéro de charme, marmonna-t-elle. Tu m'as déjà fait goûter tes échantillons.

Il rit de bon cœur.

— C'est vrai, mais j'aimerais répéter l'expérience.

Il enroula le bras autour de sa taille et l'attira plus près de lui. C'était si bon d'être tout près de lui… Wynter voulait mettre de côté ses appréhensions. Mais s'ils redevenaient amants, finirait-elle par le regretter ?

Elle se retourna vers lui. Lorsqu'elle sonda son regard teinté de désir, elle sut déjà quelle réponse elle allait lui faire.

Oui, oui, oui.

Elle allait jeter la prudence aux orties, pour pouvoir être à nouveau dans ses bras.

— Tout va bien, les tourtereaux ? lança Derek en les rejoignant, et Wynter s'écarta de Riley. Oh ! ne vous séparez pas à cause de moi. Je suis heureux que vous m'ayez permis de me joindre à vous aujourd'hui. J'ai passé un très bon moment. À mon avis, mon fils adorerait. Excellente initiative, Riley.

— Si je peux me permettre, c'est pour cette raison que vous devriez l'engager, intervint Wynter. Riley sait sortir des sentiers battus.

— Si nous en discutions pendant le déjeuner ? suggéra Riley. Le repas va être servi.

Le chef leur fit signe de s'installer autour d'une table ronde en bois, sur laquelle étaient déposés les plats. Ils commencèrent par l'entrée : soupe de poires asiatiques et courge grillée. Après quoi, ils passèrent au plat principal, un filet de veau braisé aux oignons Cipollini, accompagné de pommes de terre grenailles et de choux de Bruxelles croustillants. Après quelques instants, Derek reçut un appel et quitta la table.

— Riley, je peux te donner un conseil pour convaincre Derek de t'engager ? demanda Wynter.

— Je suis tout ouïe.

— Pendant l'entrée, tu as fait allusion à ton taux de réussite, tu as rappelé pourquoi ton cabinet est l'un des meilleurs du pays, mais tu n'as pas parlé de toi.

— Comment ça ?

— À mon avis, si tu expliques à Derek comment le divorce de tes parents t'a affecté, il pourrait mieux comprendre pourquoi cette affaire est importante pour toi.

— Je n'évoque pas ma vie personnelle avec les clients.

— Je comprends, et tu n'as pas besoin de tout raconter, mais aide-le à comprendre…

Elle se tut car Derek était de retour.

— M'aider à comprendre quoi ? demanda le milliardaire.

— Pourquoi il est l'homme qu'il vous faut, répondit-elle.

Elle fit un signe de tête à Riley. Son regard hésitant lui indiqua qu'il n'était pas sûr qu'elle ait raison, mais Wynter était certaine qu'il devait suivre son conseil.

Riley se cala sur sa chaise et observa Wynter. Cette journée passée avec elle avait été très distrayante. Il aimait son insouciance, sa volonté de tester de nouvelles choses. Elle était gentille, honnête, et elle s'était tout suite très bien entendue avec Derek. Lorsqu'ils avaient fait une pause pour prendre des photos tout à l'heure, il avait remarqué que Derek s'intéressait à Wynter. Riley lui avait fait comprendre qu'elle était déjà prise.

Derek avait bien réagi, néanmoins il n'avait toujours pas fait part de sa décision à Riley. Wynter avait probablement raison : peut-être devrait-il parler de son passé à Derek. Mais il n'était plus aussi pressé de conclure un accord, car plus il resterait à Aspen, plus il passerait du temps avec Wynter.

— Je vous ai parlé de mes statistiques, commença Riley, je vous ai dit pourquoi je suis un des meilleurs avocats du pays, mais ce que je ne vous ai pas dit, c'est que j'ai vécu la même situation que celle de votre fils.

— Je vous demande pardon ? demanda Derek, très attentif maintenant que Riley avait mentionné son fils.

— Ma sœur et moi avons été des pions lors du divorce de mes parents, déclara Riley. Je sais ce que c'est que d'être ballotté entre son père et sa mère. D'être piégé dans un conflit de loyauté. De se sentir impuissant parce qu'on ne peut pas choisir avec qui on veut vivre. Si vous m'engagez, Derek, je me battrai pour votre fils et je défendrai ses intérêts au mieux. Je ferai en sorte que la garde soit accordée au parent aimant et stable qui veut son bonheur. Et ce parent, c'est vous.

— Vous êtes très investi, Riley, remarqua Derek. Je suis heureux que vous m'ayez raconté votre histoire. J'aurais aimé discuter davantage, malheureusement je dois rentrer chez moi. Un rendez-vous d'affaires important.

— Je comprends, assura Riley.

Derek reporta son regard sur Wynter.

— Et vous êtes tout à fait charmante, dit-il avant de lui faire un baisemain.

Soudain, le rugissement d'un hélicoptère résonna au-dessus de leurs têtes.

— C'est mon moyen de transport ! annonça Derek avec un sourire en coin. J'ai prévenu mon pilote. Profitez du dessert. Riley, nous nous reparlerons bientôt.

Sur quoi, il se leva et s'en alla.

— Oh ! mon Dieu ! s'exclama Wynter. Tous les milliardaires ont un hélicoptère prêt à décoller à n'importe quelle heure ?

— Apparemment, répondit Riley tandis qu'ils regardaient l'appareil décoller. Et où sont passés le chef et le guide ?

Il alla dans la cuisine et trouva un message sur le comptoir.

Le chalet a été réservé pour Mlle Barrington et vous jusqu'à demain matin, par M. Webster. Le chef a laissé le dessert sur le comptoir, et les plats de votre dîner sont dans le réfrigérateur. Je reviens vous voir dans la matinée.

Matt.

— Que dit le message ? demanda Wynter, se penchant par-dessus le bras de Riley.

Il ne put s'empêcher de glousser. Ce diable de Webster avait fait en sorte que Wynter et lui soient seuls durant une soirée et une nuit entières. S'ils n'étaient que tous les deux, elle ne pourrait plus nier l'attraction qui faisait rage entre eux.

— Derek nous a vraiment plantés ici, sans notre guide ? demanda-t-elle en croisant les bras.

Riley se retourna et s'appuya contre le plan de travail.

— Il semble que oui.

— C'est toi qui as organisé tout ça ? Pour me convaincre de coucher avec toi ?

— Wynter, je n'ai pas besoin de recourir à ce genre de tactiques pour attirer une femme dans mon lit.

— Vraiment ?

— Oui, car elles n'ont pas besoin d'être convaincues.

— Peut-être que j'en ai besoin, railla-t-elle.

— Non, tu sais ce que tu veux. N'aie pas peur. Sers-toi.

Il espérait qu'elle le prendrait au mot. Elle le poussait à oublier la raison et à suivre son instinct. Il voulait poser les mains partout sur son corps, et partager une autre nuit exquise avec elle, mais il fallait qu'elle le veuille aussi.

Leur donnerait-elle ce qu'ils désiraient tous les deux ?

Wynter poussa un soupir.

Aucun homme ne l'excitait comme Riley. Tout son corps réclamait qu'elle lâche prise, car le désir qui brillait dans les yeux de Riley reflétait l'attirance brute qu'elle ressentait elle-même. Mais il ne bougeait pas. Comme il le lui avait dit la veille, c'était à elle de faire le premier pas.

Ce n'était pas le moment d'hésiter. Wynter avança vers lui et planta les paumes sur sa poitrine. Elle sentit ses muscles fermes sous ses doigts, perçut les battements de son cœur.

Le regard assombri de Riley la transperça.

— Tu es sûre de toi ? Car dans le cas contraire, j'appelle quelqu'un pour venir nous chercher.

En guise de réponse, elle se pressa contre lui et noua les mains autour de son cou. Puis elle effleura ses lèvres des siennes, comme si elle réapprenait le goût et la texture de sa bouche. Son corps brûlait de s'unir à celui de Riley, et il lui semblait qu'elle pourrait s'atomiser de plaisir avec un simple baiser.

Oubliant la raison, elle se concentra sur l'instant présent.

Sur son désir.

Ils s'arrachèrent leurs vêtements tout en se dirigeant vers la chambre. Une fois dans la pièce, ils s'explorèrent mutuellement, frénétiquement jusqu'à ce qu'elle gémisse son envie de l'avoir en elle. Lorsqu'ils s'unirent, elle se sentit complète.

L'espace d'un instant, ils cessèrent tous deux de respirer. Wynter aurait voulu rester ainsi pour toujours, mais leur désir exigeait d'être apaisé. Leurs corps ondulèrent au même rythme, et elle plongea dans un plaisir que seul Riley pouvait lui faire connaître. Une déferlante les balaya tous les deux, et lorsque Riley s'effondra sur elle, elle le serra fort, comme pour le retenir à jamais.

12

Riley écarta les boucles qui barraient le visage de Wynter, blottie contre lui. Les ébats qu'ils venaient de vivre l'avaient stupéfié. Jamais il n'avait ressenti cela avec une autre femme. Ses brèves aventures lui apportaient une satisfaction sexuelle, mais avec Wynter, c'était différent. Il n'arrivait pas à identifier cette émotion ; il savait seulement qu'elle était particulière. Wynter était une amante sans inhibitions, qui se donnait librement, et il adorait cela.

Il était totalement sous le charme.

Cependant, il lui faudrait rappeler à Wynter que cette liaison ne durerait que le temps de leur séjour à Aspen. Après cela, ils redeviendraient des amis, espérait-il. Ses amantes comprenaient en général les règles qu'il appliquait dans le domaine sentimental, mais Wynter n'était pas comme les autres. Ils avaient grandi ensemble. Il la *connaissait*, et pas seulement au sens biblique du terme. Il devait faire preuve de prudence, car il ne voulait pas la faire souffrir.

Il avait sans doute exprimé ses préoccupations à voix haute car elle releva la tête et demanda :

— Est-ce que j'ai l'air de souffrir ?

— Je veux être certain que tu n'auras pas de regrets. Ces ébats étaient plutôt… *spontanés*. Et je veux que tu saches que je n'ai pas planifié ce qui est arrivé. Mais je ne suis pas désolé que ce soit arrivé.

— Moi non plus.

Wynter lui caressa le torse de sa main chaude.

— Alors, que dirais-tu de remettre ça ? suggéra-t-il.

En guise de réponse, elle enroula un bras autour de son cou et lui donna un baiser.

Après avoir fait l'amour pendant la majeure partie de la soirée, ils remontèrent à la surface pour se restaurer. Il faisait noir dehors, et Riley dénicha quelques chandelles pour donner une ambiance romantique à leur soirée. Wynter portait le T-shirt à manches longues de Riley, et lui avait enfilé son boxer. Leur dîner se trouvait dans le réfrigérateur : burgers au bœuf wagyu, gratin de macaronis au fromage et aux truffes, et plateau de petits-fours.

Riley cuisina le bœuf à la perfection pendant que Wynter réchauffait les pâtes et mettait la table. Lorsqu'ils se furent servis, Riley ouvrit une bouteille de pinot noir trouvée dans le cellier.

— Ce gratin de pâtes est divin, commenta Wynter après quelques bouchées.

Elle ferma les yeux et soupira. Quand elle les rouvrit, elle croisa le regard brûlant de Riley.

— Quoi ? demanda-t-elle.

— Si tu continues de gémir comme ça, je t'emmène dans la chambre avant même que tu puisses finir ton repas. J'ai déjà du mal à me concentrer à cause de ta tenue légère.

Elle rougit et jeta un coup d'œil à son T-shirt, qui lui arrivait à mi-cuisse. Elle ne portait rien dessous. Riley n'était guère vêtu, lui non plus. Il était torse nu, et elle avait très envie d'embrasser ses pectoraux, de passer la langue sur son ventre plat, sur ses cuisses fermes comme du granite.

Bien qu'elle sache profiter de l'instant présent, elle n'oubliait pas que le temps filait. Bientôt, cette liaison ne serait plus qu'un souvenir.

— Tu as l'air préoccupée, nota-t-il.

— Ah ?

— Oui. Et je pense savoir pourquoi. Aussi, je propose que nous passions le reste de la semaine ensemble. J'ignore combien de temps tu vas séjourner à Aspen, mais je dois rester ici jusqu'à la fin de la semaine. J'espérais…

— Tu espérais que nous continuerions à coucher ensemble jusqu'à ton départ ? suggéra-t-elle.

— Oui, répondit-il, l'air un peu surpris par sa franchise. Qu'en dis-tu ? Tu pourrais t'installer dans ma suite.

Après Aspen, elle passerait un mois à San Antonio, avant son voyage avec les filles à la Barbade. Durant ces quelques semaines, elle pourrait peut-être faire la paix avec sa famille.

— Si tu as d'autres projets…

— Non, l'interrompit-elle. Je pensais aux tensions avec mes parents. Je n'ai jamais eu le sentiment d'avoir ma place.

— J'ignore ce que c'est que de ressentir ça au sein de sa propre famille. En revanche, je l'ai ressenti pendant mes études. À Princeton, la plupart des étudiants étaient de riches héritiers, et moi, j'étais un garçon noir de San Antonio, avec une bourse d'études. Je n'avais pas l'impression d'être à ma place, moi non plus. Je ne pensais pas être à la hauteur.

— Comment as-tu fait pour t'en sortir ?

— J'ai travaillé très dur. Quand je suis devenu l'un des meilleurs de la promotion, ma confiance en moi s'est renforcée. Tout à coup, tout le monde voulait me parler et être ami avec moi, surtout les femmes.

— C'est à cette époque que tu as décidé de n'avoir que des aventures sans lendemain ?

— Non. J'ai toujours su que je ne marierais jamais. J'ai vu à quel point ma mère a été dévastée quand l'homme qu'elle aimait l'a quittée.

— Donc, tu pars le premier.

Riley rit doucement.

— Je crois que cette conversation va beaucoup trop loin.

Elle n'était pas de cet avis. Riley était le premier homme avec lequel elle se sentait assez à l'aise pour lui faire part de ses difficultés, mais lui hésitait à se confier davantage.

— Tu ne m'as pas parlé de tes relations, dit-il, changeant de sujet.

— J'ai eu quelques rendez-vous.

— Il y a eu une relation sérieuse ? Un garçon spécial ?

Non, parce que aucun d'eux n'était toi. Elle avait sans doute fait de Riley son homme idéal dans sa tête, et aucun homme n'avait pu rivaliser avec lui.

— Pas vraiment.

— Alors nous sommes pareils. Nous gardons nos distances.

— Tu préfères peut-être les brèves histoires, mais pas moi.

— Ah ? Alors pourquoi n'as-tu pas trouvé l'élu de ton cœur ? Tu es trop difficile ? Il faut cocher un certain nombre de cases avant que tu daignes accorder ton attention ?

— Pas du tout. Je suis sélective, c'est tout. L'homme qui partagera ma vie sera celui sans lequel je ne peux pas vivre.

— Si tu penses qu'une seule personne peut combler tous tes besoins, tu te berces d'illusions. C'est idiot d'aimer. J'ai vu à quel point l'amour peut faire mal, surtout si l'un des deux ment ou s'en va.

— Certaines histoires finissent bien. Si on mûrit ensemble et qu'on attend les mêmes choses de la vie, personne ne souffre. Et dans ce cas, l'amour est la récompense.

— Tu es une optimiste, Wynter. Et moi, je gère des divorces. Je sais à quel point ça peut dégénérer.

— Tu dis cela parce que tu as souffert, murmura-t-elle.

Elle ne savait pas si Riley l'avait entendue. Si oui, il choisit d'ignorer son commentaire.

— Tu n'as pas répondu à ma question, rappela-t-il.

— À savoir, est-ce que j'aimerais continuer notre liaison pendant que nous sommes à Aspen ?

— C'est exact.

— Eh bien, maître Davis, je crois que j'ai besoin d'un peu de persuasion.

Son regard se fit si intense qu'elle frissonna. Lorsqu'il le posa sur sa poitrine, elle sentit ses tétons se raidir. Sa respiration s'accéléra quand elle songea au plaisir que Riley pourrait lui donner.

Et lorsqu'il se leva, des picotements d'excitation la parcoururent. Quelle ne fut pas sa surprise quand Riley la porta par-dessus son épaule et se dirigea vers la chambre, où il l'étendit sur le lit avant de s'allonger à côté d'elle.

Bientôt, ils ondulèrent ensemble. Un tourbillon de sensations vrilla en elle, et lorsqu'elle atteignit le summum du plaisir, elle poussa un cri exalté, tandis que Riley rugissait, secoué par un orgasme libérateur.

Wynter se sentait totalement satisfaite, car elle était dans les bras de Riley. L'homme dont elle était en train de tomber amoureuse.

Comme promis, le lendemain, Matt, leur guide, revint les chercher pour les escorter jusqu'au ranch en motoneige.

Riley et Wynter étaient prêts. Après de sensationnels ébats sous la douche, ils avaient enfilé leurs vêtements de ski.

Chaque fois qu'ils faisaient l'amour, Riley découvrait des nouvelles zones érogènes sur son propre corps et sur celui de Wynter. Leur alchimie sexuelle était si forte qu'elle provoquait chez lui des réactions exacerbées. Cette semaine serait mémorable, car Wynter partagerait son lit chaque soir.

Lorsqu'ils regagnèrent le complexe hôtelier, ils partirent chacun de leur côté, après être convenus de se retrouver plus tard dans la soirée. Wynter prendrait un cours de yoga et testerait le spa, afin de faire un compte rendu de ces expériences. Pendant ce temps, Riley réviserait ses dossiers. Bien qu'il soit en vacances, il avait du mal à oublier le travail. Il devait rédiger une plaidoirie et trouver un moyen de convaincre Derek de l'engager. Il était certain d'y parvenir. Après tout, il était le meilleur.

Une fois dans sa suite, Riley alluma son téléphone, qu'il avait éteint pendant qu'il était au chalet. Il avait plusieurs messages de son assistante, Ronda, à propos d'une affaire urgente, et un autre de Shay. Il envisagea d'appeler sa sœur puis se ravisa. Si jamais Wynter lui avait dit qu'ils séjournaient dans le même hôtel, Shay aurait mille questions, or il n'était pas d'humeur à y répondre.

Il travailla toute la matinée, jusqu'à ce que son estomac crie famine. Prenant une pause pour avaler un sandwich, il pensa à Wynter. À sa peau soyeuse, à sa chevelure ondulée, à son parfum délicieux qui le rendait fou…

Il avait demandé à son assistante de faire en sorte que Wynter et lui dînent à la table du chef ce soir. Après le repas, il prévoyait d'emmener Wynter dans son lit et de lui faire l'amour jusqu'à épuisement. Il ne comprenait pas l'emprise qu'elle avait sur lui, et pourquoi il avait toujours autant envie d'elle, mais à la fin de la semaine son désir s'émousserait. Comme toujours.

Wynter trouvait le complexe hôtelier tout à fait impressionnant. Après son cours de yoga, elle avait eu droit à un soin du visage, à une manucure et à une pédicure, et lorsqu'elle avait mentionné qu'elle dînait ce soir dans le restaurant de l'hôtel, Karen, la directrice du complexe, lui avait offert un coiffage et un maquillage, réalisés dans le salon de beauté. Wynter avait maintenant le sentiment d'être la meilleure version d'elle-même. Elle était prête pour sa soirée avec Riley.

Elle n'avait certainement pas prévu que cette semaine à la montagne prendrait cette tournure. Elle avait supposé qu'elle n'aurait droit qu'à une unique nuit avec Riley. Finalement, le hasard les avait réunis dans le même hôtel, et Riley la désirait toujours. Cela semblait trop beau pour être vrai.

Mais c'était bien réel, comme le prouvaient ses muscles endoloris après leur nuit très active. Riley était l'amant le plus inventif et le plus talentueux qu'elle ait jamais connu. Mais elle savait que ce qu'elle ressentait pour lui était plus qu'une simple attirance. Elle l'appréciait réellement. Elle l'aimait, peut-être. Avait-elle jamais cessé de l'aimer ?

Ils pouvaient discuter des heures durant, comme la veille autour d'un dîner aux chandelles. Le sujet importait peu, car Riley pouvait parler de politique, d'art, de musique ou de cinéma. Wynter avait très envie de se rapprocher de lui pour le connaître encore mieux.

En revanche, Riley la tenait à distance, et souhaitait limiter leur liaison à leur séjour à Aspen. Elle pouvait le comprendre, car elle savait que Shay et lui avaient subi bien des épreuves durant leur enfance. Mais il était en train de jeter le bébé avec l'eau du bain. Il ne se permettait pas de ressentir quoi que ce soit car il avait peur de l'effet qu'elle pouvait avoir sur lui. Il craignait de devenir comme sa mère et de ne jamais s'en remettre si elle lui brisait le cœur.

Riley était donc décidé à vivre toute sa vie sans jamais faire l'expérience de l'amour. Wynter voulait lui montrer que, parfois, prendre des risques valait la peine. Elle-même avait pris le risque de quitter la maison de ses parents, deux mois plus tôt. Elle avait eu l'impression d'être au bord d'un gouffre, mais elle était partie malgré tout. Ses parents ne lui avaient pas laissé d'autre choix. Pourquoi ne croyaient-ils pas en elle ? Pourquoi la jugeaient-ils si sévèrement ?

De retour dans sa chambre, sur un coup de tête, Wynter composa le numéro de sa mère. Après plusieurs sonneries, la voix de Melinda résonna au bout de la ligne.

— Wynter, je suis surprise que tu m'appelles. Je croyais que toutes nos conversations devaient passer par nos avocats.

— Nous ne sommes pas obligées d'en arriver là.

— Je suis contente de te l'entendre dire. Comme nous n'avions plus de nouvelles, je commençais à croire que tu voulais garder toute la fortune de ma sœur pour toi seule.

— Ce n'est pas vrai, répliqua-t-elle, blessée que sa mère puisse penser cela d'elle. C'est toi qui contestes le testament, et qui me fais passer pour la méchante dans ce scénario.

Sa mère poussa un lourd soupir.

— Qu'étais-je censée croire, Wynter ? Tu as refusé un règlement à l'amiable.

— Parce que ce n'est pas ce qu'Helaine voulait, riposta-t-elle. Je respecte ses souhaits. Pourquoi ne le vois-tu pas ? Ou est-ce l'argent qui t'aveugle ? Bien que je sois la ratée de la famille, il est normal que je touche l'héritage auquel j'ai légalement droit.

— Ce n'est pas juste ! hurla sa mère dans le téléphone.

Melinda Barrington élevait rarement la voix, mais Wynter refusait d'être son punching-ball. Toute sa vie, elle avait recherché la reconnaissance de ses parents, sans jamais combler leurs attentes. Elle ne se laisserait plus faire.

— Je suis désolée que tu voies les choses ainsi, maman. Pardon de t'avoir dérangée.

— Wynter, attends, murmura sa mère. Excuse-moi d'avoir crié, d'accord ? Toute cette histoire me perturbe.

— Même chose pour moi. Je déteste ces tensions.

Elles n'avaient jamais été proches, mais au moins, elles avaient toujours entretenu une relation cordiale.

— Reviens à la maison, Wynter. Cela fait des mois que nous ne t'avons pas vue.

— J'étais occupée, je travaille sur mon blog. *Wynter's Corner* fait enfin des profits.

— Oh ! Wynter, je ne savais pas ! Je suis très fière de toi.

— C'est vrai ?

Wynter n'avait pas l'habitude de recevoir le moindre éloge

de la part de ses parents. D'habitude, ils soulignaient ce qu'elle avait fait de mal ou ce qu'elle devait améliorer.

— Oui. S'il te plaît, rentre à la maison pour que nous puissions discuter face à face.

— Je vais y réfléchir.

— D'accord. Prends soin de toi, Wynter.

Et sa mère raccrocha. Il n'y avait jamais aucun « je t'aime » avec ses parents, qui n'étaient pas du genre chaleureux et affectueux. Quand, enfant, elle s'écorchait le genou ou était bousculée par un camarade, il n'y avait personne pour essuyer ses larmes ou déposer un baiser magique sur ses bobos. Au bout du compte, Wynter s'était endurcie, mais une part d'elle voulait toujours être aimée.

Ces quelques jours avec Riley ne mèneraient à rien de durable, c'était certain. Pourtant, Wynter ne voulait pas renoncer à cette aventure. Riley était son idéal masculin, sur tous les plans. Pourrait-elle naviguer sur les eaux troubles de cette liaison et en sortir indemne ? Ou était-elle en train de commettre la plus grande erreur de sa vie, en s'engageant avec un homme qui ne lui donnerait jamais l'amour qu'elle recherchait désespérément ?

13

— C'est beaucoup trop ! s'exclama Wynter plusieurs jours plus tard.

Riley venait de commander presque tout ce qui figurait au menu du room service : thon jaune, calamars, croquettes au chèvre, galette aux champignons sauvages. Ils avaient prévu de pique-niquer sur le sol de leur suite.

Depuis qu'elle s'était installée dans la chambre de Riley, ils avaient pris certaines habitudes. Pendant que Riley étudiait ses dossiers, elle travaillait sur ses articles pour le complexe hôtelier. Durant leur temps libre, ils faisaient des activités exaltantes : ski, snowtubing et balade en traîneau à chiens. Ce soir, cependant, ils n'avaient pas envie de revêtir d'épaisses tenues de ski. Wynter portait un pyjama de flanelle et Riley un T-shirt et un bas de jogging.

Elle adorait le fait qu'ils soient si à l'aise l'un avec l'autre. Passer du temps ensemble, à discuter, leur suffisait. Ce soir, ils échangeaient des confidences sur leurs années à l'université.

— Lorsque j'ai quitté la maison, ça a été une bouffée d'air frais, expliqua Riley. C'était la première fois que j'étais libre de m'amuser sans craindre de recevoir un appel concernant ma mère. Quand j'étais lycéen, on m'appelait pendant que je disputais un match de lacrosse, ou lorsque j'étais dans une soirée, pour me dire que ma mère faisait une crise de panique.

— Je compatis. Je sais que c'était rude.

— Pendant mes premières semaines à Princeton, j'avais toujours la tête dans les livres, jusqu'à ce que mon camarade de chambre me rappelle que je devais profiter de ma jeunesse. J'ai fréquenté les clubs d'étudiants, et je suis rapidement devenu la coqueluche de ces dames.

— C'est à cette époque que tu es devenu un tombeur ?

— Pas au début. J'avais peu d'expérience, mais j'ai rattrapé le temps perdu, avoua-t-il en souriant.

— Je veux bien te croire. Raconte-moi ton histoire la plus folle. Tu en as sûrement une.

Une lueur malicieuse s'alluma dans son regard.

— Si je te raconte la mienne, tu me racontes la tienne ?

Wynter sourit et hocha la tête.

— Un soir, nous étions tous réunis dans le salon de ma résidence universitaire. Comme il n'y avait pas grand-chose à faire, nous avons joué à un jeu d'alcool. J'ai dû relever un défi qui consistait à courir nu dans toute la résidence.

— Tu l'as fait ?

— Oui ! Et j'ai failli me faire attraper par le surveillant. Inutile de dire que je n'ai jamais recommencé. Et toi ? Raconte-moi.

— Eh bien, j'avais des vues sur un garçon. Bien qu'elle soit au courant, une de mes amies est sortie avec lui. J'ai honte de l'avouer, j'étais jalouse. Quand ils sont arrivés ensemble à l'anniversaire d'une camarade, je me suis disputée avec mon amie, et j'ai fini par lui lancer le gâteau d'anniversaire dans la figure.

— Oh ! mon Dieu ! s'esclaffa Riley. Tu plaisantes ?

— Hélas, non ! Mon amie m'a couru après sur la pelouse enneigée du campus, en plein hiver. Quand elle m'a rattrapée, elle m'a poussée au sol, et nous avons livré un combat épique à coups de boules de neige.

Riley riait tant qu'il se tenait le ventre.

— Ton histoire est beaucoup plus drôle !

— Inutile de dire que le garçon en question ne voulait plus entendre parler de nous. Il nous trouvait trop immatures.

— Merci de m'avoir fait part de cette histoire.

— J'ai pris beaucoup de décisions stupides dans ma jeunesse, surtout pour attirer l'attention de mes parents.

— Ta relation avec ta famille a toujours été aussi aigre ? demanda-t-il, mordant dans un morceau de galette.

— Non, c'était l'indifférence qui prédominait. Mes parents se moquaient de ce que je faisais tant que je ne les mettais pas dans l'embarras. Maintenant, le changement est radical, puisqu'ils ont choisi de laver notre linge sale en public. Je ne comprends pas pourquoi. Ce n'est pas comme si ma mère avait besoin d'argent. Pourquoi tient-elle tant à obtenir les biens de tante Helaine ? La seule explication qui me vient à l'esprit, c'est qu'elle ne veut pas que ce soit *moi* qui hérite.

— Tu le crois vraiment ?

— Je ne vois aucune autre raison. Si c'était Corey qui héritait, elle n'en ferait pas toute une histoire. Je sais que tous les parents ont leur enfant préféré, et ce n'est pas moi, manifestement.

— Eh bien, tu es ma personne préférée en ce moment, dit Riley.

Elle fut surprise, et heureuse quand il la prit dans ses bras. Plutôt que de lui donner un baiser passionné, il l'étreignit simplement, comme il l'avait fait ce soir-là, sur la River Walk. C'était exactement ce dont elle avait besoin.

Elle avait eu raison de vivre le moment présent et de profiter de ces journées avec Riley, car elle n'en aurait peut-être pas d'autres. Après son compliment, il avait ajouté « en ce moment », ce qui signifiait que leur aventure allait bientôt prendre fin. Wynter refusait d'être une de ces femmes qui s'accrochaient désespérément à leur petit ami. Quand le moment viendrait, elle partirait la première.

— Riley, merci d'être revenu, dit Derek quand Riley arriva chez lui le lendemain matin.

Son hôte l'emmena dans la salle à manger, au dernier étage de son chalet, et désigna les chaises autour de la table.

— Asseyez-vous, je vous en prie.

Riley prit place et patienta. Il avait fait de son mieux pour convaincre Derek de l'engager, y compris parler de son passé, mais le milliardaire était coriace. Riley avait décidé d'arrêter les frais. Si Derek ne pensait pas qu'il était le meilleur avocat pour défendre sa cause, eh bien, tant pis.

— Je souhaite que nous parlions affaires, déclara Derek. Merci de m'avoir laissé le temps de voir d'autres avocats.

— Avez-vous pris une décision ?

— Oui. J'aimerais que vous me représentiez.

— Excellente nouvelle, Derek ! s'exclama Riley. Vous ne serez pas déçu. J'ai déjà pris la liberté de rédiger un contrat.

Il sortit le document de sa mallette et le posa sur la table.

— Je vais demander à mes avocats de l'étudier, répondit Derek. Pour être franc, le jour où vous m'avez parlé du divorce de vos parents, j'ai su que vous étiez celui qu'il me fallait, mais l'homme d'affaires en moi devait s'assurer que vous cochiez toutes les cases. En vous voyant avec la belle Wynter, j'ai compris que vous aviez la tête sur les épaules.

— C'est le cas. J'ai déjà préparé un brouillon d'ordonnance temporaire, afin que vous obteniez un droit de visite, puisque votre femme a la garde exclusive de votre fils.

— Vous ne perdez pas de temps, observa Derek.

— Non. Je tiens à ce que vous voyiez votre fils.

Quand Wynter lui avait parlé de sa famille la veille, il avait eu de la peine pour elle. Elle recherchait désespérément l'affection de ses parents. Même maintenant, à vingt-sept ans, elle la recherchait encore. Il ferait tout son possible pour empêcher le fils de Derek de connaître pareille souffrance.

Wynter était réellement en train de tomber amoureuse de Riley. Depuis leurs retrouvailles au café quelques jours plus tôt, ils avaient passé toutes leurs journées ensemble, et toutes leurs nuits. Et Riley venait de lui annoncer que pour leur dernière journée à Aspen, il avait prévu quelque chose de spécial. Plusieurs fois cette semaine, elle l'avait surpris en train de l'observer intensément, et chaque fois, une vague de chaleur l'avait envahie. Wynter espérait que leur liaison pourrait se transformer en relation sérieuse, mais pour l'instant, Riley n'avait fait aucune allusion en ce sens.

La veille, alors qu'ils faisaient les boutiques, Riley avait acheté des cadeaux pour sa mère et pour Shay, ce qui était normal. En revanche, il avait surpris Wynter en choisissant un joli pendentif en forme de papillon pour *elle*. Lorsqu'il l'avait vue l'admirer dans la vitrine, il avait tenu à le lui offrir.

Wynter avait été ébahie. Elle n'avait jamais reçu de cadeaux de ce genre de la part de ses précédents petits amis. Peut-être parce que aucun d'eux n'avait été l'élu de son cœur, contrairement à Riley. Elle voulait croire qu'ils pouvaient être davantage que des amants temporaires, mais Riley avait affirmé à maintes reprises qu'il ne croyait pas à l'amour ou au mariage. Plus les jours passaient, plus Wynter voyait ses espoirs s'amenuiser. Était-elle stupide de ne pas avoir mis un terme à cette liaison ?

Ces pensées tournaient en boucle dans son esprit, et quand Egypt lui téléphona, Wynter décida de tout lui raconter. Jusqu'ici, elle avait gardé sa liaison avec Riley secrète, mais maintenant, il fallait qu'elle se confie à quelqu'un, sinon elle allait exploser. Riley étant allé voir Derek, elle était seule dans la suite.

— Hé, ma belle, dit joyeusement Egypt à l'autre bout de la ligne. Alors, qu'est-ce que ça fait de côtoyer les gens riches et célèbres ?

— C'est merveilleux, fou et romantique.

— Je ne te suis pas. Je comprends que ce soit merveilleux et fou si l'hôtel te dorlote afin que tu écrives un article génial, mais je ne comprends pas en quoi c'est romantique ?

— C'est Riley, avoua Wynter. Nous avons une liaison

clandestine depuis mon arrivée ici, et maintenant, je crois que je suis amoureuse de lui, mais il ne croit pas à l'amour, alors je ne sais pas quoi faire et...

— Oh là ! Attends une minute, la coupa Egypt. Tu couches avec le frère de Shay ? Tu plaisantes ?

— Non, pas du tout. Riley est un amant époustouflant, le meilleur que j'aie jamais connu. Je savais que je n'aurais pas dû m'impliquer avec lui. J'aurais dû me contenter de notre aventure d'un soir, mais nous nous sommes recroisés et...

— Quoi ? Riley et toi vous avez couché ensemble à San Antonio ? Après l'enterrement de ta tante, j'imagine ? Et tu ne m'en parles que maintenant ?

— Oh ! bon sang ! fit Wynter, baissant la tête comme si Egypt pouvait la voir. Ne sois pas fâchée contre moi.

— Fâchée ? Trésor, pourquoi je me fâcherais alors que tu prends du bon temps ? En revanche, je me fâcherai si tu ne me racontes pas tout !

— Eh bien, c'était censé n'être qu'une histoire sans lendemain, mais ensuite, je l'ai revu à Aspen. Et...

— Vous avez remis le couvert.

— C'est ça ! fit Wynter en riant. Je ne peux pas lui résister. Quand je suis avec lui, c'est comme si j'avais trouvé l'autre moitié de moi-même.

— Mais il ne ressent pas la même chose ?

— Si, justement, Egypt. Je pense qu'il ressent la même chose. Je ne crois pas qu'il pourrait me faire l'amour comme ça s'il n'éprouvait rien pour moi.

— Parfois, le sexe n'est que du sexe pour les hommes, ma chérie. Ils ne s'attachent pas émotionnellement comme nous.

— C'est ce qui me fait peur. Je suis très investie dans cette relation, mais peut-être que lui pense déjà à rompre ?

— Ça m'inquiète. Je ne veux pas que tu souffres.

— Trop tard pour revenir en arrière. Shay m'avait pourtant mise en garde. Mais je ne l'ai pas écoutée.

— Elle n'est pas au courant ?

— Non, avoua-t-elle dans un soupir.

— À ta place, je ne lui dirais rien. Inutile de créer un conflit entre le frère et la sœur si votre liaison est éphémère. Si ça se transforme en histoire sérieuse, en revanche, il faudra que tu le dises à Shay.

— Egypt... que dois-je faire maintenant ?

— Wynter, tu sais que je suis toujours franche. Parle à Riley. Dis-lui ce que tu ressens vraiment.

— Et si ce n'est pas réciproque ?

— Au moins, tu seras fixée.

Wynter savait qu'Egypt avait raison. Néanmoins, il ne serait pas facile de suivre ce conseil.

— Merci, ma belle.

Après avoir dit au revoir à Egypt, elle raccrocha.

Était-elle prête à ce que sa liaison avec Riley prenne fin ?

Non.

Mais il fallait qu'elle sache ce que Riley ressentait. Se berçait-elle d'illusions en pensant qu'il pourrait éprouver davantage pour elle que de l'affection, de la tendresse et du désir ? Elle ne le saurait jamais si elle ne lui avouait pas ses véritables sentiments, mais elle redoutait sa réaction.

Elle était habituée à l'indifférence de sa famille, habituée à être invisible, mais avec Riley, elle se sentait regardée, écoutée, *désirée*. Néanmoins, s'il lui disait ne pas partager ses sentiments, ce serait un coup terrible pour son estime d'elle-même, et elle mettrait peut-être des années à s'en remettre. Elle allait peser le pour et le contre, et si la situation se présentait, elle dirait à Riley qu'elle l'aimait.

— Tout va bien ? demanda Shay.

Riley venait de revenir dans le salon de sa suite pour se préparer à sa dernière journée avec Wynter. Elle faisait ses bagages dans la chambre. Pendant ce temps, il avait décidé d'appeler Shay pour prendre des nouvelles de leur mère. Non seulement Eliza était en pleine forme, mais elle était aussi heureuse avec son nouveau compagnon. Ils étaient allés prendre un brunch et devaient se rendre au cinéma ensuite.

Riley avait peine à y croire. Le changement chez sa mère était si profond… La femme dépendante, anéantie par son divorce, avait laissé place à une femme souriante et séduisante. C'était comme si les deux dernières décennies n'avaient pas existé, comme si elle était redevenue la mère de son enfance. Cette évolution le perturbait, mais elle lui donnait aussi de l'espoir.

— Oui, tout va bien, dit-il à Shay, qui le regarda dans l'écran. Pourquoi cette question ?

— Eh bien, il y a quelque chose de changé chez toi. Tu sembles moins débordé. En fait, tu as l'air détendu.

— Je n'ai pas l'air détendu, d'habitude ?

— Pas du tout. Tu as toujours un air pincé, j'en ai bien peur, comme si tu venais perpétuellement de goûter quelque chose d'amer.

Riley ne put s'empêcher de rire.

— Merci beaucoup, Shay.

— Que veux-tu que je te dise ? Je sais que ton métier peut être difficile. Les divorces houleux, les familles qui se déchirent.

— C'est parfois difficile, oui, admit-il.

Mais il faisait de son mieux pour cacher le fait qu'il était sous pression. Apparemment, il n'y arrivait pas très bien. Cette semaine, cependant, il se sentait plus léger, plus libre, comme si tout était possible.

Grâce à Wynter.

Elle était un vrai rayon de soleil. Ils avaient des conversations passionnantes, et quand elle n'était pas là, elle lui manquait. La veille, lorsqu'un joli collier avait attiré son attention dans une boutique, il le lui avait offert, rien que pour voir son visage s'éclairer. Il aurait plutôt choisi un bijou onéreux, comme il le faisait pour ses précédentes partenaires quand la fin de leur liaison était proche. Cette fois, cependant, il avait acheté ce cadeau simplement parce qu'il en avait envie. Bien que Wynter soit née dans une famille riche, elle se moquait que le collier ne soit pas cher ou luxueux, car c'était une fille simple et gentille.

— Riley !

— Oui ?

— Tu as entendu ce que je viens de dire ?

Il cligna des yeux. Durant ces dernières minutes, son esprit avait été accaparé par Wynter. Donc, il n'avait rien entendu.

— Non, désolé.

— Ça ne te ressemble pas d'avoir la tête ailleurs. Tu vois quelqu'un ?

— Pourquoi cette question ? esquiva-t-il.

— Eh bien, oui ou non ?

— Quand trouverais-je le temps pour une aventure ? Je suis à Aspen pour des vacances mais aussi pour le travail. J'espère décrocher la grosse affaire dont je t'ai parlé. Je n'ai pas le temps pour des rendez-vous galants.

— Si tu le dis.

— Je t'assure.

— Eh bien, tu devrais prendre ce temps. Je ne veux pas que tu finisses seul. J'ai peut-être commis une erreur en épousant Kevin, mais j'ai toujours foi en l'amour.

— Tu es une optimiste, Shay, tu l'as toujours été. Je ne suis pas comme toi, c'est tout.

Cela dit, passer du temps avec Wynter l'avait fait réfléchir. S'il y avait une femme capable de le faire changer d'avis, c'était bien elle. Mais il ne croyait pas à l'amour et à toutes ces balivernes. Alors il chassa cette idée de son esprit.

— Je suis content que maman se porte bien, et je t'appelle quand je serai de retour en ville.

Il raccrocha avant que sa sœur puisse lui vanter les joies de la vie conjugale. Ses idées sur la question n'avaient pas changé. En revanche, il commençait à penser qu'une relation à long terme pouvait avoir ses avantages.

Wynter était une femme fantastique, et ils partageaient un lien fort. Riley ne s'était pas amusé autant depuis des années. Rien ne les obligeait à se séparer après Aspen. Ils pourraient se voir chaque fois que Wynter serait à San Antonio. Peut-être serait-elle d'accord pour continuer à le voir indéfiniment ?

Il n'y avait qu'un moyen de le savoir : lui poser la question.

14

— Tu t'es vraiment surpassé, commenta Wynter.

Elle s'enfonça dans les sources chaudes après un plongeon dans l'eau froide. Riley l'avait emmenée dans un site non loin d'Aspen, qui comptait vingt-cinq piscines géothermiques. Ces eaux thermales étaient connues pour leurs propriétés thérapeutiques, grâce aux minéraux qu'elles contenaient.

— Heureux que ça te plaise, répondit-il. Nous repartons à San Antonio demain, et je voulais faire quelque chose de spécial pour une femme exceptionnelle.

— Je suis très touchée.

Bien que Riley ait essayé d'être froid et distant, il se souciait des gens qui lui étaient proches et se montrait attentionné. C'était l'une des raisons pour lesquelles elle l'admirait, outre le fait qu'il soit séduisant, brillant et drôle.

Riley et elle avaient déjà testé tous les bassins. Chacun avait une température différente et procurait des sensations différentes. Certains étaient pleins de monde, d'autres calmes et spacieux. Riley et Wynter avaient opté pour une piscine déserte afin d'avoir un peu d'intimité.

Riley était torse nu, et la légère toison qui s'étendait sur ses pectoraux puissants formait un chemin jusque sous son nombril. Wynter avait très envie d'y déposer une pluie de baisers.

Riley remarqua ses lèvres entrouvertes et plongea son regard sombre dans le sien. Bien qu'elle l'ait vu en tenue d'Adam de nombreuses fois, il lui faisait toujours autant d'effet. Il était splendide, sûr de sa virilité, et Wynter était absolument folle de lui – mais il n'en avait aucune idée.

Elle décida de garder ses sentiments pour elle jusqu'à ce que le bon moment se présente. Un moment qui ne vint pas cet après-midi-là, dans les piscines, ni pendant leur massage aux huiles essentielles, ni au cours de leur dîner. Ce ne fut que plus tard, dans la chambre de Riley, quand elle vit le champagne et les fraises qu'il avait commandés, qu'elle envisagea d'évoquer ce qu'elle ressentait, comme Egypt l'avait suggéré.

Après cette journée si romantique, elle était sur des charbons ardents. Devrait-elle avouer ses sentiments ? Évoquer la possibilité d'une relation sérieuse ? Elle savait que Riley était réfractaire à cette idée. Mais peut-être avait-il changé d'avis après cette semaine passée ensemble ?

— Que dirais-tu de poursuivre notre liaison après ce séjour ? demanda Riley en lui tendant une flûte de champagne.

Wynter se figea, la flûte à mi-chemin de sa bouche.

— Je n'y ai pas pensé.

Elle posa le verre sur la table de chevet et essaya, sans succès, de localiser la fermeture Eclair au dos de sa robe bustier. Elle aperçut son reflet dans le miroir et s'avisa de refouler les larmes qui menaçaient de couler. Elle ne voulait pas s'emballer, mais c'était difficile. Il fallait qu'elle reste forte, pour lui dire ce qu'elle ressentait réellement.

— Eh bien, penses-y, dit-il.

Il se posta derrière elle, mit sa chevelure sur le côté et ouvrit la fermeture Eclair, la robe tombant à ses pieds.

— Je ne veux pas que ça se termine, gronda-t-il, l'attirant contre lui. On pourrait se voir chaque fois que tu es en ville.

Elle le sentit se raidir contre elle. Il posa son autre main sur sa poitrine nue, et se mit à caresser ses seins.

— Donc, ce serait une relation sans attaches, comme tes autres relations ? questionna-t-elle.

Le désir l'affaiblissait, d'autant que Riley taquinait ses tétons avec ses doigts et son pouce. Baignée par la chaleur de son corps, elle sentit sa respiration s'accélérer, comme si elle courait un marathon. Quand elle regarda dans le miroir, elle croisa le regard enfiévré de Riley.

Il se tendit mais ne la quitta pas des yeux.

— Il ne faut pas voir les choses comme ça. Cette semaine était géniale, non ?

Elle soutint son regard à travers le miroir, sans dire un mot.

— Alors dis oui, insista-t-il.

Elle le regarda, fascinée, tandis qu'il se déshabillait et enfilait un préservatif. Peut-être fonçait-elle tête baissée vers le désastre, mais il fallait qu'elle apaise le feu qui brûlait en elle.

— Oui, répondit-elle.

Riley fit glisser sa culotte le long de ses jambes. Elle s'appuya contre lui et sentit son sexe en érection contre elle. Tendant la main, elle promena les doigts le long de sa verge ferme.

Riley serra les mâchoires et gémit, ce qui ne l'empêcha pas de lui caresser le ventre et de descendre jusqu'à sa toison de boucles sombres. Elle soupira quand il se mit à taquiner son clitoris et, bientôt, elle poussa un cri.

Tout son corps était en feu, car Riley savait exactement comment lui donner du plaisir. Ses muscles internes moites se contractèrent autour de ses doigts, mais il les retira brusquement.

— J'ai besoin de toi, protesta-t-elle.

Il s'assit sur le lit.

— Viens là, ordonna-t-il.

Elle avança vers lui et s'apprêta à monter sur lui, mais il la fit pivoter pour qu'elle soit face au miroir.

— Écarte les jambes.

Wynter n'avait pas l'habitude qu'il lui donne des ordres, mais cela ne la dérangeait pas. Elle avait tant envie de lui… Il saisit ses hanches et la fit asseoir sur lui, dos contre torse, les jambes de chaque côté de ses cuisses puissantes. Elle frissonna et battit des paupières.

— Ouvre les yeux et regarde-nous.

Wynter obéit, et fut choquée par son propre reflet. Elle était là, offerte, totalement vulnérable. Ébahie, elle regarda Riley insérer les doigts dans son sexe. La sensation était si incroyable qu'elle ondula contre sa main.

Un désir puissant brillait dans les yeux de Riley. Une onde de chaleur monta en elle... Son orgasme arrivait à la vitesse de la lumière. Riley l'avait sans doute senti car il la souleva afin qu'elle puisse se placer sur le sommet de son sexe dressé. Elle frissonna tandis qu'elle l'accueillait en elle. Lorsqu'il saisit ses cuisses et la fit onduler sur lui, le sang pulsa dans ses veines, et un tourbillon de sensations vrilla dans son ventre.

— Je suis si près... tellement près, murmura-t-elle.

— Ne résiste pas.

Dans le miroir, elle le vit effleurer son cou, pincer ses tétons puis dériver jusqu'à son point le plus sensible. Dès qu'il le caressa, elle fut projetée dans un orgasme cataclysmique qui surpassa tous ceux qu'elle avait vécus avec lui jusqu'ici.

— Oh ! bon sang. Bon sang ! lâcha-t-elle.

Riley continua d'onduler en elle à un rythme effréné, jusqu'à un dernier coup de reins puissant. Elle l'entendit gémir tandis que son corps tout entier se tendait et qu'il atteignait à son tour les cimes du plaisir.

Alanguie à présent, Wynter laissa retomber la tête contre son épaule. Riley se pencha et lui donna un baiser profond et brûlant. Puis il se dégagea de leur étreinte et alla dans la salle de bains. Trop épuisée pour bouger ou parler, elle se glissa entre les draps, heureuse et satisfaite.

Riley était assis à côté de Wynter dans l'avion qui les ramenait à San Antonio. Il avait réussi à la convaincre de poursuivre leur liaison. Il aurait dû être ravi d'avoir obtenu gain de cause. Pourtant, ce n'était pas le cas, car il avait l'impression de ne pas avoir le contrôle sur la situation.

Ses derniers ébats avec Wynter lui avaient paru encore plus époustouflants que les autres. Mais il n'avait pas eu le sentiment de partager une simple relation sexuelle. Il avait plutôt eu l'impression de sortir d'hibernation après un long hiver.

Comment était-ce possible ?

Chaque fois que Wynter s'abandonnait entre ses bras, il commençait à s'inquiéter. Il avait peur qu'elle compte davantage pour lui que n'importe quelle femme. Il y aurait un prix à payer pour cette aventure avec Wynter. Il était devenu accro à elle.

Il ne laissait jamais une femme s'infiltrer dans son cœur, c'était bien trop dangereux. Mais Wynter était une énigme qu'il ne parvenait pas à résoudre. Il ne comprenait pas l'emprise qu'elle avait sur lui, puisqu'il n'avait jamais laissé une femme susciter des émotions en lui. Or, Wynter était sur le point d'y parvenir. Il commençait à oublier que leur liaison était purement charnelle. Et qu'elle devait se *terminer*.

Il devrait laisser Wynter s'en aller avant qu'elle ne souffre, car elle méritait plus que ce qu'il pouvait lui offrir.

Cependant, dès qu'ils furent à San Antonio et montèrent à bord de la limousine qu'il avait réservée, il pressa les lèvres sur les siennes. Et Wynter lui rendit son baiser avec ardeur.

L'esprit en ébullition et le cœur battant, il lui fit l'amour pendant des heures.

Le lendemain matin, Wynter retourna dans la demeure de sa tante. Quand elle passa la porte, elle reçut un accueil chaleureux de Hope, de son mari et des autres employés. Elle savait qu'elle n'aurait pas dû s'absenter aussi longtemps, mais entre le décès de sa tante, la contestation du testament et la situation précaire de son blog, elle s'était sentie dépassée. Au moins, elle avait réussi à faire de *Wynter's Corner* une entreprise lucrative. Elle était extrêmement fière de ce qu'elle avait accompli en si peu de temps.

Si seulement sa vie amoureuse était aussi facile à remettre d'aplomb… Quand Riley avait suggéré qu'ils continuent leur liaison, elle avait songé à dire non, mais ensuite, il l'avait amenée à la jouissance dans ses bras, et elle n'avait pu décliner son offre. L'homme dont elle était tombée amoureuse voulait être avec elle, et malgré ses doutes, elle n'était pas prête à renoncer à lui. Riley avait peut-être raison de penser que l'amour rendait idiot, car elle s'imaginait maintenant qu'il pourrait tomber amoureux d'elle. Il n'en était pas loin. Du moins, elle le pensait. La nuit dernière, ils avaient vécu une telle harmonie…

Ils n'avaient pas partagé des ébats sans conséquence. Ils avaient fait l'amour. Après cela, Riley l'avait attirée contre son corps chaud. C'était comme s'il avait eu besoin de son énergie et de sa force. Lorsque, plus tard dans la nuit, il lui avait fait l'amour à nouveau, ondulant frénétiquement en elle, elle n'avait pas hésité. Elle avait fermement enroulé les jambes autour de sa taille, consciente du conflit qui faisait rage en lui. Et quand le désir s'était transformé en une tempête qui les avait balayés tous les deux, ils s'étaient regardés dans les yeux, comme s'ils étaient chacun le havre de l'autre.

La nuit dernière avait été grandiose, et Wynter ne l'oublierait sans doute jamais.

Mais pour le moment, Wynter devait parler à sa mère, et régler la question du testament de sa tante une bonne fois pour toutes. Elle avait voyagé pendant un peu plus de deux mois pour développer son blog, et pour prendre le temps de panser ses plaies. Mais il était temps que ce conflit prenne fin. Plutôt que d'attendre une invitation, elle avait décidé de faire une visite surprise à sa mère. Après avoir déballé ses affaires dans la chambre d'amis, elle prit la voiture de sa tante pour se rendre chez les Barrington.

Agnes l'accueillit chaleureusement et la conduisit dans le salon, où sa mère prenait le thé.

— Wynter ! s'exclama Melinda. Je n'arrive pas à croire que tu sois là.

Sa mère était très élégante dans une tunique florale sans manches et un pantalon palazzo blanc. Il faisait plus de trente degrés à San Antonio, et Wynter avait opté pour un combi-short et des sandales.

— Tu souhaitais que nous discutions, répondit Wynter, prenant place sur le canapé face à sa mère. Il est temps.

— Tu veux un peu de thé ?

— Je ne suis pas venue pour déguster un thé et des scones. Que veux-tu, maman ? Pour mettre un terme à cette bataille ?

— Tu es si abrupte. On dirait que tu as de mauvaises fréquentations.

— Ne change pas de sujet. Que faut-il pour mettre un terme à toute cette histoire et pour que les légataires de tante Helaine obtiennent leur argent ?

— À t'entendre, je suis une femme cupide.

Wynter ne dit rien, pour ne pas mettre de l'huile sur le feu.

— L'entreprise de ma famille a été vendue il y a des années, et j'estime normal que l'argent de cette vente me revienne, dit Melinda.

— Je sais que tu as fait mener un audit des finances de tante Helaine. Une fois tous les legs payés, je partagerai ce qui reste avec toi, mais je garde la maison. Ça te semble juste ?

Sa mère pencha la tête sur le côté et l'observa.

— Oui, cela me va. Nous pourrons enfin oublier toutes ces frictions. Je vais demander à mon avocat de suspendre immédiatement la procédure de contestation du testament.

— Bien.

Wynter se leva. Maintenant qu'elles étaient parvenues à un accord, elle pouvait enfin reprendre le cours de sa vie.

— Wynter, attends, dit sa mère en posant la main sur son bras. Pourquoi es-tu si pressée de partir ? Tu m'as manqué.

— Eh bien, c'est une première, ironisa-t-elle.

Face à l'air peiné de sa mère, elle regretta son ton acerbe.

— Maman, qu'est-ce que tu attends de moi ? Je ne suis pas à ma place ici. Pendant des années, j'ai essayé de rentrer dans le moule, en vain. J'en ai assez de faire des efforts, d'essayer de te plaire. Ça m'a rendue malheureuse pendant trop longtemps, et désormais, je refuse de donner, à toi ou à quiconque, un tel pouvoir sur moi.

— Wynter, je ne savais pas que tu voyais les choses ainsi.

— Allons, maman ! J'ai toujours fait les choses à ta façon, pourtant tu ne cessais de me critiquer. Quand j'étais adolescente, selon toi, je faisais tout de travers. Tu chantais les louanges de Corey, et moi, j'étais la ratée de la famille.

— Je suis désolée de t'avoir donné cette impression.

— Il n'y avait pas que toi, il y avait aussi papa et Corey. Je ne me suis jamais sentie à la hauteur. Ni désirée, d'ailleurs. C'est comme si j'étais invisible dans cette famille.

— Pourquoi ne t'es-tu pas exprimée avant ?

— Parce que je ne pouvais pas ! s'emporta-t-elle. Pourquoi crois-tu que je sois partie ? C'était pour échapper à toute cette négativité et trouver ma propre voie. Je devais découvrir qui j'étais, et j'y suis parvenue. Mais tu ne me connais pas. Je crois que tu ne m'as jamais connue.

— J'aimerais te connaître maintenant. Crois-tu que nous pourrions repartir de zéro ? Ou essayer de trouver un terrain d'entente ? Je sais que je ne suis pas une mère parfaite. Regarde comment je me suis comportée à propos de ce testament. Je n'ai pas besoin de cet argent, Wynter. Je n'en ai jamais eu besoin. J'étais blessée que ma sœur ne m'ait pas montré davantage de reconnaissance, j'imagine, et j'étais furieuse, jalouse et amère. Mais je n'avais pas le droit de m'en prendre à toi. Et je suis navrée.

Wynter sentit des larmes couler sur ses joues. C'était la conversation la plus honnête que sa mère et elle aient jamais eue.

— Je ne suis plus la Wynter que j'étais il y a quelques mois. Je suis plus forte à présent, et je ne tolérerai plus ton indifférence et celle de papa, ni l'hostilité de Corey. Je voulais juste être aimée. Depuis toujours.

— Je t'aime, Wynter. Je ne suis peut-être pas douée pour le montrer, mais je t'aime. Je t'en prie, pardonne-moi.

À la grande surprise de Wynter, sa mère ouvrit les bras. Wynter s'y précipita. Au début, elle crut qu'elle était en train de rêver, mais quand sa mère appuya la tête sur la sienne, elle sut que ce moment était bien réel.

Elles étaient enfin sur la voie de la réconciliation.

15

— Riley, content que vous ayez pu venir si vite, dit Derek quand Riley fut sur le seuil de sa maison, située dans un quartier chic de San Antonio.

Comme à l'accoutumée, le milliardaire portait un jean, un T-shirt graphique et des baskets à la mode.

— C'est bien normal, dit Riley. Dans votre message, vous disiez qu'il s'agissait d'une question urgente. Comment puis-je vous aider ? Y a-t-il un problème avec votre ex-femme ?

— En effet, répondit Derek à voix basse. Si ça ne vous ennuie pas, je préfère que nous discutions dans mon bureau.

Riley le suivit jusqu'à une pièce lumineuse décorée dans des tons bleus et gris pâle. La décoration était minimaliste : un grand bureau, un ordinateur et une seule lampe.

— Je loue cette maison en attendant que le divorce soit prononcé, expliqua Derek. Si j'avais acheté un autre logement, il aurait été soumis à la communauté de biens.

— Rassurez-vous, je ne suis pas là pour juger de vos talents de décorateur. Votre femme a fait des siennes, je suppose ?

— Oh ! ça oui. Figurez-vous qu'elle a demandé à son coach personnel de s'installer dans la maison où elle vit avec mon fils – et ils dépensent mon argent ! Selon Max, ils font la fête jour et nuit, ils boivent et Dieu sait quoi d'autre. Ils ont déjà fait fuir la moitié du personnel, alors parfois, mon fils doit se préparer à manger tout seul. C'est insensé ! Il faut que nous allions au tribunal pour obtenir la garde temporaire.

— Je suis entièrement d'accord avec vous, déclara Riley.

Les parents étaient censés aimer leurs enfants et prendre soin d'eux, et non les laisser se débrouiller tout seuls. Autrefois, quand sa mère était incapable de se lever de son lit, il devait faire le ménage et cuisiner lui-même, pour Shay et pour lui. Il ne voulait pas que Max ou n'importe quel autre enfant vive ce genre de situations.

— Je vais demander une audience en urgence.

Derek poussa un grand soupir.

— Merci, Riley. J'apprécie votre efficacité.

— Il n'y a pas de quoi. Je suis là pour ça.

Après avoir obtenu d'autres informations de la part de Derek, Riley retourna directement à son bureau, où il passa le reste de l'après-midi à préparer les documents nécessaires. Lorsqu'il eut terminé sa tâche, il s'adossa dans son fauteuil. Cette affaire lui rappelait bien des souvenirs. Des souvenirs douloureux, de son enfance et de son adolescence. Il avait cru qu'il avait tourné la page, mais peut-être Wynter avait-elle raison. Il devait parler de cette période de sa vie, pour pouvoir enfin lâcher prise.

Heureusement, il pourrait trouver du réconfort dans les bras de Wynter ce soir. Après avoir passé toute la semaine ensemble à Aspen, et partagé une nuit à leur retour en ville, ils s'étaient mis d'accord pour faire une pause de quelques jours dans leur liaison. Riley l'admettait aisément, cette pause l'aidait à reprendre le contrôle de lui-même.

Cette unique semaine avec Wynter avait changé la donne. Son sourire, son rire, son parfum sucré et enivrant lui manquaient. Cependant, s'ils n'avaient pas pris un peu de temps pour eux-mêmes, les sentiments qu'il avait commencé à éprouver à Aspen auraient pu le submerger, une perspective qui l'effrayait plus que tout. Il lui faudrait renforcer les défenses qui protégeaient son cœur et prier pour que Wynter ne les franchisse pas. Car il n'était pas prêt à la laisser partir.

— Je suis très heureux que ta mère et toi ayez pu avoir une franche discussion, dit Riley.

Il était venu voir Wynter dans la soirée. Son travail l'avait accaparé, mais il avait finalement réussi à se libérer. À son arrivée, il lui avait donné un baiser fougueux, et elle s'était sentie fondre entre ses bras. Elle n'avait pas mesuré à quel point il lui avait manqué.

— Oui, moi aussi, dit-elle. Je suis la première surprise. Et je ne parle pas seulement de l'héritage. Je crois que toutes les deux, nous avons laissé notre fierté nous entraver, et qu'aucune de nous ne voulait faire de concessions.

— Qu'est-ce qui t'a décidée à renoncer à la moitié de l'argent ? Tu avais le droit de tout avoir.

— L'argent ne représente pas tout à mes yeux. Mes parents et mon frère essaient toujours de remplir leur monde de choses matérielles. Moi, je préfère les gens. Je veux que les Gemmes et tous les employés de ma tante reçoivent leurs legs. Quelle importance, si j'ai moins d'argent ? J'ai cette splendide maison – elle écarta les bras – et je ne suis pas pauvre.

— Ce sont des qualités que j'admire chez toi, Wynter. Ta bonté et ta générosité, dit-il, l'attirant sur ses genoux et effleurant ses lèvres des siennes. Je crois n'avoir jamais rencontré une femme comme toi.

— C'est parce que je suis une originale, dit-elle en souriant.

— Ça, c'est bien vrai, approuva-t-il, et il prit son visage en coupe.

Une fois de plus, Wynter songea que sa vie était bien plus agréable quand Riley en faisait partie. Peut-être était-il en train de revoir ses positions. Peut-être une relation sérieuse était-elle envisageable, finalement ?

Les semaines suivantes défilèrent, et Wynter commença à apprécier à nouveau la vie à San Antonio. Elle adorait vivre dans la maison d'Helaine, et Hope lui facilitait son quotidien. Elle avait donc davantage de temps pour développer *Wynter's Corner*. Avec le succès du blog, les offres de contrats publicitaires pleuvaient. Si cela continuait ainsi, elle aurait besoin d'engager une assistante. Elle songeait à transformer son blog en magazine de voyage en ligne.

Autre point positif, sa mère et elle se retrouvaient de temps en temps autour d'un café et réapprenaient à se connaître. Wynter passait aussi du temps avec Shay ; cette dernière avait beaucoup d'idées pour sa future salle de sport. Wynter était heureuse de pouvoir l'écouter et la conseiller.

Et puis, il y avait Riley. Elle adorait passer du temps en sa compagnie. Elle avait cru que, peut-être, elle prenait ses désirs pour des réalités en ce qui concernait leur relation, mais plusieurs semaines s'étaient écoulées et leur attirance était toujours aussi forte. Son corps réclamait ses baisers, ses caresses, et tout le reste.

Dans une semaine à peine, elle retrouverait les filles à la Barbade. Aujourd'hui, elle était venue chez Riley afin que Hope puisse avoir sa soirée de libre. Quand Wynter était chez elle, Hope se sentait obligée de lui préparer ses repas. Ce soir, en revanche, c'était Wynter qui avait essayé de cuisiner. Elle ne savait pas faire grand-chose, mais il était difficile de rater des spaghettis. Elle avait demandé à Hope quelques astuces, et le résultat était plutôt réussi.

Les pâtes étaient parfaitement *al dente* et la sauce était exquise, grâce aux épices et aux herbes fraîches qu'elle avait ajoutées. Riley dégustait son plat tout en lui parlant de Derek. Le milliardaire était ravi car, grâce à Riley, il avait obtenu la garde temporaire de Max. Apparemment, la bataille au tribunal avait été acharnée, mais le Requin de la côte Est avait remporté la victoire.

Riley et elle s'installèrent sur le canapé pour prendre le dessert, une crème glacée au chocolat.

— C'était excellent pour une néophyte, commenta Riley.

Elle lui donna une petite tape sur le bras.

— N'aie pas l'air si surpris !

— Hé, ce n'est pas juste, protesta-t-il en riant. C'est toi qui m'as dit que tu ne savais pas cuisiner.

— Je ne suis pas un cordon-bleu, mais je sais faire quelques plats simples.

— C'est bon à savoir, mais ce n'est pas pour tes talents culinaires que je suis avec toi.

Il posa leurs bols sur la table basse.

— Ah, non ? fit-elle, haussant un sourcil.

— Non.

Il passa le pouce sur sa lèvre inférieure pour essuyer une tache de chocolat. Elle inspira brusquement lorsqu'il la regarda dans les yeux et se lécha le pouce.

— Riley...

Un courant électrique la traversa, et Riley sut d'instinct ce dont elle avait besoin. Il la prit dans ses bras et l'embrassa à perdre haleine. Il ne fallut guère de temps pour qu'ils se retrouvent dans la chambre de Riley, nus, et qu'ils plongent dans un océan de plaisir.

Au cours de la nuit, ou au petit matin – Wynter n'avait plus la notion du temps –, Riley, un préservatif en place, tendit le bras vers elle. Ils ne dirent pas un mot. Seuls des halètements et des gémissements émaillèrent le silence tandis que Riley s'unissait à elle. Ils se regardèrent pendant quelques fractions de seconde, puis il se mit à aller et venir en elle à un rythme soutenu.

Lorsqu'il saisit sa hanche afin de l'attirer vers lui, elle arqua le dos et s'accrocha à ses larges épaules, l'amenant plus loin en elle, aussi loin qu'elle le pouvait. Un maelström d'émotions la submergea. Riley semblait submergé lui aussi, car sa retenue vola en éclats et il poussa un cri en même temps qu'elle. Elle haleta, frissonna et trembla, vague après vague de plaisir.

C'était toujours ainsi entre eux. Le lien qui les unissait était si fort que Wynter savait, sans l'ombre d'un doute, qu'elle était tombée amoureuse de cet homme incroyable, intelligent, drôle et sexy. Et il semblait tomber sous son charme, lui aussi. Il était tout ce dont elle avait rêvé. Il n'était plus seulement son coup de cœur d'adolescente, mais un homme bien réel.

Leurs deux cœurs battaient à l'unisson, et Wynter se sentait enfin le courage de lui révéler ses véritables sentiments. Ils étaient enlacés, et leurs lèvres se touchaient encore. Leurs corps, leurs esprits et leurs âmes étaient unis. C'était le moment parfait pour lui dire les mots qui lui brûlaient les lèvres.

— Je t'aime, Riley.

Il se raidit, comme si elle venait de lui lancer un seau d'eau froide. Puis, à sa grande surprise, il repoussa les draps et s'écarta d'elle.

Wynter sut alors qu'elle venait de commettre une grave erreur. Elle était sur le point de perdre l'homme qu'elle aimait.

Riley aurait dû se douter que cela se produirait. Wynter et lui avaient été très proches ces dernières semaines. Quoi d'étonnant à ce qu'elle ait pris cette proximité pour de l'amour ? Mais Riley était incapable d'aimer une personne qui ne soit pas de sa famille. Il ne se le permettrait pas.

— Écoute… Wynter. Tu confonds la passion et les sentiments.

— Ne me dis pas ce que je ressens ! rétorqua-t-elle.

— Alors qu'attends-tu que je dise ? Que je t'aime aussi ? J'ai été honnête avec toi dès le début sur ce que je pouvais te donner.

Il l'entendit inspirer brusquement et vit ses yeux s'embuer.

— Je veux davantage, répliqua-t-elle.

Elle se leva, enroulant un drap autour d'elle tout en cherchant ses vêtements.

— Tu n'as pas à partir, Wynter. Reste, nous pouvons discuter.

— Pourquoi ? J'ai déjà l'impression d'être une idiote, et je n'ai pas besoin que tu remues le couteau dans la plaie.

— Je suis désolé, Wynter. Je croyais que tu avais compris que notre relation était sans attaches – bien qu'elle soit incroyable, dit-il avec un petit sourire. Je t'avais dit dès le départ que...

— Je sais ce que tu as dit, mais c'était avant que nous...

Elle s'interrompit, et il supposa qu'elle avait voulu dire : *Avant que nous tombions amoureux.*

Elle passa devant lui pour gagner la salle de bains, mais il l'arrêta en lui saisissant le bras.

— Wynter, s'il te plaît. Essaie de comprendre. L'amour, ce n'est pas pour moi. J'ai vu à quel point il pouvait être dévastateur, et je refuse de m'infliger cela.

— C'est parce que tu es effrayé, Riley. Pourquoi as-tu peur de prendre des risques et d'aimer une autre personne ? Après les semaines que nous avons passées ensemble, tu ressens sûrement quelque chose pour moi, non ?

— Évidemment. Je tiens énormément à toi, Wynter. Je t'ai soutenue quand tu as eu des difficultés avec ta famille, non ? Ce n'est pas facile pour moi non plus. Je ne veux pas te faire de mal.

— Alors pourquoi agis-tu ainsi ? Je sais qu'aimer représente un grand risque, car on n'est pas sûr que le sentiment soit réciproque, malgré tout, j'ai envie d'essayer. Pourquoi refuses-tu de nous laisser une chance ?

— Parce que je ne crois pas à l'amour éternel. Je ne peux pas te donner ce que tu recherches, ce dont tu as besoin.

— Tu ne m'as peut-être pas dit que tu m'aimais, mais tes actes me poussent à penser le contraire. Je constate que j'ai été bête, lâcha-t-elle.

Elle dégagea son bras et alla s'enfermer dans la salle de bains. Il la suivit et posa la main contre la porte close. Il savait que Wynter était adossée à l'autre côté du battant. Il percevait sa souffrance, il l'entendait pleurer, mais il ne pouvait pas ouvrir la porte pour aller la consoler.

Elle méritait un homme qui n'était pas brisé. Un homme capable de l'aimer comme elle méritait d'être aimée. Et il n'était pas cet homme. Bien qu'une part de lui le regrette. Elle avait raison, il était comme mort à l'intérieur. Il s'était protégé de toute émotion, tout sentiment après avoir vu sa mère pleurer tous les soirs suite à son divorce. Après l'avoir vue s'effondrer au point d'être incapable de se doucher et de s'habiller.

L'amour faisait souffrir, et Riley refusait d'être une victime de plus.

Il entendit l'eau de la douche couler. Dix minutes plus tard, Wynter sortit de la salle de bains. Elle avait les joues striées de larmes et les yeux rougis. Évitant son regard, elle alla chercher son sac à main.

Elle ne pouvait pas partir comme ça, se dit-il. Il la suivit jusqu'à la porte, et lorsqu'elle l'ouvrit, il la referma aussitôt.

— Wynter, si tu pars maintenant, sache au moins que je tiens à toi.

Quand elle finit par le regarder, il vit de la peine dans ses yeux noisette, et il se sentit coupable.

— Tu tiens à moi ? Je ne crois pas. Si c'était vrai, tu ne me rejetterais pas.

— Je suis vraiment navré.

— Il ne faut pas. Grâce à toi, j'ai pris conscience que j'étais une personne spéciale. Je mérite d'être reconnue, aimée et désirée, et si tu n'es pas capable de me donner ce que je mérite, alors soit. Mais laisse-moi te dire quelque chose.

— Quoi ? demanda-t-il calmement.

— Je suis la meilleure chose qui te soit jamais arrivée, Riley, et tu vas regretter de m'avoir laissée partir.

Écartant sa main, elle quitta la pièce et claqua la porte derrière elle. Riley resta là, sonné. *Avait-elle raison ?* Venait-il de commettre la plus grande erreur de sa vie ?

16

— Egypt ! fit Wynter, se jetant dans les bras de son amie.

Après avoir été rejetée par Riley, Wynter n'avait pas su où aller. Egypt était la seule personne à être au courant de sa liaison avec Riley. Bien sûr, cette dernière l'avait volontiers invitée à venir se réfugier chez elle, à Raleigh.

— Entre, dit Egypt, et elle la conduisit vers le canapé.

L'appartement reflétait sa personnalité : couleurs vives, tapis à l'imprimé zèbre, cuisine pleine de casseroles et de poêles suspendues au plafond.

Elles s'assirent et Egypt mit un bras autour de ses épaules.

— Raconte-moi ce qui s'est passé. Quand tu m'as téléphoné depuis l'aéroport, je n'ai rien compris à ce que tu m'as dit.

— Je suis désolée, dit-elle, tapotant ses yeux avec un mouchoir.

Dans l'avion, elle s'était effondrée, à tel point qu'une hôtesse lui avait demandé ce qui lui arrivait. Wynter avait expliqué qu'elle venait de rompre avec son petit ami. Compréhensive, l'hôtesse lui avait offert un verre, que Wynter avait vidé d'un trait. Cela l'avait suffisamment calmée pour qu'elle puisse arriver jusque chez Egypt.

— Il n'y a pas de mal. Simplement, je suis surprise. Je pensais que tout allait bien entre Riley et toi, dit Egypt, ramenant ses jambes sous elle.

— Oh ! tant qu'il ne s'agissait que de sexe, tout allait très bien. Mais quand j'ai dit à Riley que je l'aimais, tout a changé. Il ne m'aime pas.

Elle avait été prête à tout donner à Riley, mais il n'avait pas voulu d'elle.

— Ce n'est pas parce qu'il ignore quelle gemme tu es que tu n'es pas digne d'être aimée.

— Je sais, dit Wynter. Si j'ai appris quelque chose pendant ma relation avec Riley, c'est que je suis digne d'être aimée.

— Oui, absolument.

— Je ne tolérerai plus qu'on m'ignore, je n'accepterai plus qu'on me donne moins que ce que je mérite, que ce soit avec Riley ou avec mes parents. Trop longtemps, j'ai accepté les miettes qu'ils m'offraient. Mais c'est terminé.

— Heureuse de te l'entendre dire, Wynter ! Tu as laissé ta famille et les autres te maltraiter trop longtemps.

Son amie avait raison. Après avoir été privée de l'amour de ses parents, Wynter voulait que quelqu'un la place au centre de son univers. Et, pendant quelques brèves semaines, elle avait eu l'impression que c'était ce que Riley avait fait.

— Eh bien, c'est fini. Je suis plus forte. Mais je souffre encore. J'ai cru que Riley commençait à avoir des sentiments pour moi. Le dernier jour, nos ébats étaient particulièrement intenses. Il m'a semblé voir de l'amour dans ses yeux.

Elle se remit à pleurer, et Egypt lui donna d'autres mouchoirs.

— J'avais cru compter pour lui. Je me suis trompée.

— Ça arrive, dit Egypt. Mais ça ne veut pas dire que tu as eu tort d'ouvrir ton cœur. Un jour, tu trouveras l'amour vrai.

— Je ne te savais pas si romantique. Je te croyais réaliste.

— Je suis les deux. Je prends ce que les hommes disent pour argent comptant, je ne lis pas entre les lignes, mais ça ne signifie pas que je ne rêve pas du prince charmant.

— Il viendra un jour, ma belle, assura Wynter en serrant sa main. Tu le mérites tellement.

— Et toi aussi, répliqua Egypt en lui tapotant la cuisse. Si on s'envoyait quelques verres ? J'ai du brandy que je garde pour mes recettes.

— J'ai bien besoin d'un remontant, en effet.

Elle suivit Egypt dans la cuisine, en s'efforçant de chasser Riley de son esprit. Elle n'arrivait pas à oublier son regard quand elle était partie. Il avait eu l'air blessé, alors que c'était lui qui l'avait repoussée. Cela n'avait aucun sens.

Elle soupira. Il fallait qu'elle cesse de penser à Riley. Ils auraient pu vivre une merveilleuse relation, hélas il avait refusé d'accorder une chance à l'amour.

— Comment va Wynter ? demanda Derek à Riley.

Riley était passé voir son client, qui avait récupéré la garde de son fils. Riley se réjouissait que l'enfant puisse retrouver un environnement sain après ce qu'il avait subi chez sa mère.

Mais entendre le prénom de Wynter l'ébranlait. Elle était partie parce qu'il l'avait repoussée, parce qu'il ne s'était pas laissé dominer par ses émotions.

Il songea à mentir à Derek, puis se ravisa.

— Nous avons rompu.

— Rompu ? s'étonna Derek. Mais pourquoi ? C'est une femme sensationnelle.

— Je suis d'accord, mais...

Il ne parvint pas à finir sa phrase.

— Elle est amoureuse de vous, avança Derek. Vous ne partagez pas ses sentiments ?

— Non.

— Vous en êtes sûr ? insista-t-il. Car l'homme que j'ai vu à Aspen était absolument fou de Mlle Barrington.

— Vous devez vous tromper. Je ne crois pas à l'amour.

— C'est ce que vous dites, répondit Derek en l'étudiant de près. Je pense que vous changerez d'avis.

De retour dans son appartement, Riley se demanda ce que

Derek avait voulu dire. Certes, le charme et l'esprit de Wynter lui manquaient, ainsi, bien sûr, que leurs nuits enflammées. Néanmoins, il estimait avoir pris la bonne décision. Il avait libéré Wynter de l'idée qu'elle pouvait le changer. Un jour, elle rencontrerait un homme qui l'aimerait et la demanderait en mariage. En ce qui le concernait, l'amour et le romantisme étaient exclus de sa vie. Point.

Cependant, il avait désiré Wynter comme il n'avait jamais désiré une autre femme. Elle l'intriguait, l'excitait. Elle lui manquait terriblement, ce qui le surprenait beaucoup. Il ne cessait de penser à elle. Pourquoi avait-elle demandé plus qu'il ne pouvait donner ? Pourquoi avait-elle voulu qu'il exprime ses sentiments ? Pendant des années, il avait cadenassé ses émotions et enchaîné les aventures sans jamais s'investir. Pourtant, c'était indéniable, il se sentait différent à présent. Et ce changement était dû à Wynter.

— Wynter, tu t'es surpassée ! s'extasia Asia.

Les Six Gemmes venaient de descendre de la Cadillac Escalade louée pour la semaine. Elles étaient face à leur logement de vacances, une maison à deux niveaux située à Holetown, sur la côte ouest de la Barbade.

— Merci, répondit Wynter.

Elle commença la visite de la maison aux murs blanchis à la chaux, dotée de quatre chambres, de quatre salles de bains, d'une piscine et d'un accès direct à la plage.

— Il y a toutes les commodités, se réjouit Teagan, retirant son chapeau à larges bords.

Au premier étage se trouvaient une grande cuisine moderne et des pièces décorées dans un style colonial. Au rez-de-chaussée, l'une des chambres donnait sur le jardin, tout comme le salon où trônaient une table de billard, des transats, et même un hamac.

— C'est le paradis ! s'extasia Lyric.

Elle retira ses chaussures et se cala dans l'un des canapés du salon.

— Que la fête commence ! lança Egypt. Il faut qu'on file au supermarché pour acheter tous les produits essentiels.

— Inutile, il y a déjà tout ce qu'il faut, annonça Wynter.

Elle ouvrit un placard, révélant un assortiment de vins, de spiritueux et de boissons gazeuses. Puis elle ouvrit le réfrigérateur, qui était plein.

— Oh ! génial ! Je t'adore, déclara Egypt.

Après avoir serré brièvement Wynter dans ses bras, elle prit le blender sur le plan de travail et réunit les ingrédients nécessaires pour préparer des margaritas.

Wynter sourit puis alla sur la terrasse couverte qui surplombait l'océan et offrait une belle vue sur le jardin aux palmiers luxuriants et aux plantes colorées. Six chaises longues étaient disposées au bord de la piscine. Un séjour ressourçant était exactement ce dont elle avait besoin après la dure semaine qu'elle venait de vivre. Elle avait dormi sur le canapé d'Egypt et pleuré sur son épaule chaque soir. Elle comptait tout dire aux autres Gemmes, mais elle n'était guère pressée de connaître la réaction de Shay. Car elle savait que son amie lui en voudrait de ne pas avoir écouté ses conseils. Mais il s'agissait de Riley. L'homme que Wynter aimait depuis l'adolescence.

Comme si elle avait perçu sa détresse, Shay la rejoignit.

— Qu'est-ce qui te tracasse, Wynter ? s'enquit-elle. Tu n'as pas l'air dans ton assiette.

— Comment pourrais-je aller mal dans un lieu pareil ?

Shay s'appuya contre la balustrade.

— Je ne suis pas dupe, Wynter. Tu n'as jamais été douée pour cacher tes émotions. Quelque chose te perturbe. Tu peux te confier à moi – à nous toutes.

Wynter esquissa un sourire.

— C'est vrai, quelque chose me perturbe, mais je ne suis pas encore prête à en parler.

— D'accord, mais je suis là si tu as besoin de moi.

— Merci.

Wynter fut soulagée quand Shay s'éloigna et la laissa seule avec ses pensées. Elle savait qu'elle devait se ressaisir, et tourner la page. Elle peinait à écrire des textes pour son blog, car chaque fois qu'elle se mettait au travail, les souvenirs de ses journées avec Riley resurgissaient.

Souffrait-il autant qu'elle ?

Elle en doutait. Il n'éprouvait sans doute aucune émotion.

Riley avait vécu une semaine infernale. Il était arrivé en retard à un rendez-vous et avait bafouillé au tribunal, alors que l'affaire était pourtant facile. L'avocat de la partie adverse ne l'avait pas ménagé, et Riley avait été à peine capable d'aligner deux phrases. Il était totalement chamboulé.

Les nuits étaient encore pires. Tous les soirs, il fixait le plafond en priant pour que le sommeil vienne, en vain. Chaque fois qu'il fermait les yeux, il voyait Wynter. Wynter perchée sur la motoneige. Wynter en train de rire pendant leur balade en traîneau. Wynter qui léchait de la ganache sur une cuillère. Wynter face au miroir pendant qu'il lui donnait du plaisir.

C'était ridicule !

Avec les autres femmes, il avait toujours su compartimenter ses émotions. Il n'avait jamais couru le danger de tomber amoureux, avec aucune d'entre elles, car il ne s'autorisait que des liaisons purement charnelles. Mais maintenant, alors qu'il fixait l'horizon de San Antonio depuis son appartement, Riley se sentait différent.

Car il *était* différent. Wynter, avec ses magnifiques yeux noisette, son sourire chaleureux et sa générosité, avait fait une brèche dans les murs qu'il avait érigés autour de son cœur. Avec elle, il s'était senti plus vivant que jamais. La joie et la lumière avaient surgi dans sa vie dès l'instant où il l'avait vue sur la River Walk.

Durant leur courte liaison, une chose invisible mais puissante s'était infiltrée en lui. Il posa la main sur son cœur. Elle était là. Elle faisait partie de lui.

Cette chose invisible qui le liait à Wynter lui faisait peur. Il avait peur de l'identifier, il ne voulait pas dire son nom à haute voix, mais il savait. Au fond de lui, il savait.

L'amour.

Oui, bien qu'il l'ait combattu, l'amour avait trouvé son chemin jusqu'à son cœur et y avait élu résidence.

Riley passa la main sur ses cheveux courts. Que faire, maintenant ? Il avait gâché toutes ses chances avec Wynter, lorsqu'il avait rejeté sa déclaration d'amour. Il lui avait dit des choses blessantes, pour la repousser, pour nier les émotions qu'il avait vues briller dans ses yeux humides. Il devait lui dire qu'il l'aimait, mais l'écouterait-elle ? Pourquoi prendrait-elle cette peine ? Elle ne lui devait rien. Il avait tout fait pour cela.

Mais peut-être l'aimait-elle encore, au fond d'elle ? Il fallait qu'il sache. Il se battrait pour obtenir son pardon, sans relâche, car il gagnait toujours. Mais cette fois, c'était différent. Il n'aidait pas quelqu'un à renoncer à l'amour. Cette fois, il allait se battre pour l'amour.

17

Wynter se sentait beaucoup mieux, grâce au ciel bleu, aux températures clémentes et à la présence de ses amies. Certes, sa rupture avec Riley avait bien failli la terrasser. Mais, d'une part, sa mère avait officiellement renoncé à contester le testament, et d'autre part, l'article qu'elle avait écrit pour le complexe hôtelier d'Aspen était un succès. À tel point que la chaîne d'hôtels de luxe lui avait demandé de créer d'autres contenus, une bonne nouvelle pour *Wynter's Corner*.

Quand elle n'écrivait pas pour son blog, Wynter profitait de la compagnie de ses amies. Elles nageaient dans la piscine, prenaient le soleil sur les chaises longues, faisaient des balades à cheval sur la plage et mangeaient les délicieux plats caribéens préparés par un chef à domicile : cou-cou barbadien traditionnel, poisson volant, ragoût de bœuf aux épices, ragoût de poulet accompagné de riz et de petits pois... Egypt ne tarissait pas d'éloges sur ces recettes authentiques et comptait les reproduire dès leur retour aux États-Unis.

Ce matin, les Gemmes arpentaient le marché couvert de Broad Street. Egypt achetait des épices à différents vendeurs pendant que Wynter passait en revue les articles pour touristes : T-shirts, lunettes de soleil, magnets... Elle était en train de mettre côte à côte deux T-shirts pour faire son choix quand Shay apparut à côté d'elle.

— J'aime bien celui-là, dit son amie, montrant un T-shirt noir orné du drapeau bleu et jaune de la Barbade.

— Moi aussi, je penche pour celui-là, approuva Wynter. Tu me connais bien.

Wynter régla son achat puis Shay et elle continuèrent à parcourir l'allée, bras dessus, bras dessous.

— Et parce que je te connais bien, je constate que tu vas mieux qu'à notre arrivée, remarqua Shay.

— Oui, c'est vrai.

— Tu es enfin prête à te confier à moi ?

Wynter soupira. Oui, elle était prête. Mais elle aurait besoin de courage, car elle était certaine que ses aveux perturberaient Shay. Asia, Lyric et Teagan ne seraient pas ravies non plus de ne pas avoir été mises dans la confidence.

— Bientôt, assura Wynter en lui tapotant le bras.

Quelques heures plus tard, Egypt retrouva Wynter dans la cuisine.

— Que s'est-il passé entre Shay et toi tout à l'heure ?

Wynter jeta un regard circulaire pour s'assurer qu'elles étaient hors de portée de voix.

— Elle voulait savoir pourquoi j'étais dans un tel état.

— Tu lui as parlé de Riley ? demanda Egypt.

À cet instant, Shay entra dans la cuisine.

— Vous parlez de Riley ? demanda-t-elle.

Egypt baissa la tête.

— Oh ! mince, il va y avoir du grabuge…

— Shay…, commença Wynter.

— Riley ? Tu as une liaison avec mon frère ? s'exclama Shay. Depuis combien de temps ? Depuis l'enterrement ?

Wynter la suivit jusqu'au salon, où étaient assises les autres Gemmes.

— Non. Enfin…

— Enfin quoi ? s'impatienta Shay.

— Après l'enterrement, nous avons eu une histoire d'un soir, avoua Wynter.

— Oh ! mince ! fit Asia, agrippant le collier fantaisie qu'elle avait acheté au marché couvert.

— Ça ne devait pas aller plus loin, reprit Wynter, mais ensuite...

Elle lança un regard à Egypt, qui l'encouragea à poursuivre d'un signe de tête.

Shay remarqua leur échange silencieux et fusilla Egypt du regard.

— Tu étais au courant ?

— Oui, admit Egypt. Puisque ce n'était qu'une nuit sans lendemain, je ne voyais pas pourquoi Wynter devait t'en parler.

— Elle aurait dû me le dire parce que nous sommes amies ! riposta Shay avant de se tourner vers Wynter. Continue.

— Quelque temps plus tard, je suis allée à Aspen, et je suis tombée sur Riley. L'alchimie était toujours bien présente. Nous avons passé la semaine ensemble, et à notre retour à San Antonio, nous avons continué à nous voir. Et je... je suis tombée amoureuse de ton frère... Mais ce n'était pas réciproque. Riley m'a dit qu'il ne m'aimerait jamais.

— Oh ! Wynter ! fit Shay.

À sa grande surprise, son amie vint la serrer dans ses bras.

— Je suis désolée, Wynter. Je t'avais mise en garde, dit-elle avant de prendre son visage en coupe. Riley a été traumatisé par le divorce de nos parents, et il a fait une croix sur l'amour et le mariage.

Des larmes coulèrent sur les joues de Wynter.

— Je sais... Je croyais qu'après ces jours passés ensemble...

— Tu pensais que mon frère changerait ? J'espère qu'il changera un jour. Quoi qu'il en soit, tu mérites d'être aimée, Wynter. Tu l'as toujours mérité.

— Merci. Et je suis désolée de ne pas vous en avoir parlé, les filles, dit-elle en s'adressant à tout le groupe.

— Ça ne fait rien, dit Shay, lui essuyant une larme avec son pouce. Aucun homme, y compris mon frère, ne séparera les Gemmes. Il y a des années, nous avons fait le serment que notre sororité ne serait jamais brisée. Ça n'a pas changé.

— Bien dit ! approuva Asia, et toutes les Gemmes entourèrent Wynter dans une accolade groupée.

Après quoi, Egypt déclara :

— Maintenant, il est temps de faire la fête, non ? La mère de Wynter a renoncé à contester le testament d'Helaine, nous allons toutes recevoir notre part d'héritage !

— Youpi ! s'exclama Asia, et elle exécuta une petite danse.

Teagan fila dans la cuisine et revint quelques instants plus tard avec du champagne et six flûtes. Lorsqu'elle eut débouché la bouteille et servi tout le monde, elle leva son verre et déclara :

— À tante Helaine et au lancement de nos entreprises !

— À tante Helaine !

Elles firent la fête jusque très tard, puis allèrent sur la terrasse écouter les vagues et parler de leurs futures affaires. Ces derniers mois, pendant qu'elles attendaient que la question du testament soit réglée, elles avaient beaucoup avancé. Teagan avait obtenu une licence lui permettant d'ouvrir sa propre agence immobilière. Egypt, qui avait trouvé un lieu pour son restaurant, allait céder son *food truck*. Lyric avait déjà une liste d'élèves pour sa future école de danse. Quant à Shay, les clientes qui suivaient ses cours de yoga et de Pilates lui avaient assuré qu'elles la suivraient lorsqu'elle ouvrirait sa propre salle. Enfin, Asia, qui continuait de vendre ses bijoux sur les marchés et en ligne, était impatiente d'ouvrir son propre magasin.

— C'est génial, et c'est exactement ce que ma tante voulait pour chacune de vous, conclut Wynter. Je suis fière de vous.

— Et toi, Wynter ? demanda Lyric. Quels sont tes projets ?

Wynter avait beaucoup réfléchi durant ses voyages, et elle savait désormais ce qu'elle voulait.

— Je vais créer mon propre magazine de voyage en ligne.

— C'est fantastique ! s'enthousiasma Teagan. Mais, et *Wynter's Corner* ?

— Je n'abandonne pas entièrement mon blog. Je donnerai encore mon avis sur différentes destinations, mais je compte incorporer mes articles dans le magazine. Et j'engagerai du personnel pour m'aider. Pour l'instant, j'aimerais me poser et profiter de la vie. J'ai une maison maintenant, c'est officiel. Je vais enfin pouvoir planter mes racines.

Egypt hocha la tête et arbora un grand sourire.

— Excellente idée.

— Merci, ma belle, répondit Wynter.

Et quand elle rentrerait à San Antonio, elle essaierait de combler le fossé entre ses parents et elle ; elle avait déjà fait des progrès avec sa mère.

En ce qui concernait Riley, elle chérirait toujours les moments qu'ils avaient partagés, mais elle devait reléguer ses souvenirs avec lui dans un coin de son cœur, jusqu'à ce que le temps guérisse ses blessures.

Néanmoins, elle devait le remercier. Il l'avait libérée, et grâce à lui, elle ne se cachait plus derrière un voile d'invisibilité. Depuis leur liaison, elle avait revu ses exigences à la hausse. Elle voulait être aimée. Riley ne l'aimait peut-être pas, et elle ne pouvait pas forcer ses sentiments. Plutôt que d'attendre quelque chose qui n'arriverait jamais, elle comptait aller de l'avant. Un jour, elle retrouverait l'amour. Elle ne savait pas quand, voilà tout.

18

Riley se gara sur le parking d'un centre commercial, où il était censé retrouver Shay. Les cadres dynamiques et les nouvelles familles affectionnaient ce nouveau quartier, mais il ignorait pourquoi sa sœur lui avait donné rendez-vous ici. Avait-elle une nouvelle à lui annoncer ?

Il sortit du véhicule et se dirigea vers le bâtiment dont Shay lui avait donné l'adresse. Quand il poussa la porte, il découvrit un large espace commercial au sol de béton.

— Shay ?

Quelques secondes plus tard, sa sœur apparut au fond du local.

— Alors, qu'en penses-tu ? demanda-t-elle, le regard pétillant.

— Ce que je pense de quoi ?

— De cet endroit, comme salle de yoga et de Pilates ?

— La famille de Wynter a officiellement renoncé à contester le testament, et les dons vont être versés ?

Le simple fait de prononcer le prénom de Wynter fit remonter ses sentiments à la surface. Des sentiments dont il n'avait pris conscience que récemment. Des sentiments dont il n'avait pas pu faire part à Wynter car elle avait passé la semaine à la Barbade avec Shay.

Qui plus est, il ignorait encore quelle était la meilleure approche pour reconquérir Wynter.

— C'est exact, dit-elle avec un grand sourire.

— C'est vrai ? Fantastique !

Il prit Shay par la main et la fit tournoyer. Il était ravi pour Wynter. Elle allait toucher son héritage, et les employés et les organismes caritatifs recevraient enfin les legs auxquels ils avaient droit.

Quand il relâcha sa sœur, elle l'observa et sourit.

— Tu m'as l'air drôlement content pour Wynter.

— Eh bien, euh... j'ai vu à quel point elle était bouleversée après l'enterrement et...

— Arrête ! le coupa-t-elle en levant la main.

— Que j'arrête quoi ? demanda-t-il, interloqué.

— Arrête de mentir, asséna-t-elle en appuyant l'index entre ses pectoraux. Je connais la vérité, Riley. Je sais que Wynter et toi étiez ensemble à Aspen.

Quand Riley tenta de l'interrompre, elle ajouta :

— Je suis aussi au courant pour votre aventure d'un soir. Et je sais que vous avez continué à vous voir après Aspen.

Riley baissa la tête. Il n'aurait pas dû être surpris. Wynter et Shay étaient les meilleures amies. Combien de temps Wynter aurait-elle pu lui cacher leur histoire, surtout si elle souffrait ? Et Riley savait qu'elle souffrait. Il avait vu la douleur dans ses yeux quand elle avait quitté son appartement.

— Shay, je suis désolé.

— De quoi ? D'avoir couché avec Wynter ou de lui avoir brisé le cœur ? demanda-t-elle en le fusillant du regard.

— De lui avoir brisé le cœur, bien sûr. Je ne voulais pas lui faire de mal, pourtant je l'ai blessée. Je le regrette.

— Contente de te l'entendre dire. Ça m'ennuierait que mon frère soit l'un de ces hommes qui ne pensent qu'à une chose.

— Notre liaison n'était pas uniquement charnelle, Shay. Nous plaisantions, nous discutions de tout ensemble. Nous nous sommes bien amusés à Aspen, et encore plus à notre retour en ville.

— Alors pourquoi... pourquoi l'as-tu laissée partir ? demanda-t-elle, sa voix montant de quelques octaves.

— Parce que je suis un idiot ! Je n'ai pris conscience de tout ce que j'ai perdu que lorsqu'elle est partie.

Shay se radoucit et posa la main sur son bras.

— Je me doutais que tu avais rencontré quelqu'un. Quand nous nous sommes parlé pendant que tu étais à Aspen, et ensuite ici, ton comportement était différent.

— Tu avais vu juste. J'avais peur des sentiments que Wynter faisait naître en moi. Je ne veux pas finir comme notre mère, Shay. Le départ de papa l'a dévastée. Nous l'avons perdue pendant tellement longtemps.

— Je sais, Riley. Mais tu n'es pas maman. Un mariage est ce que tu en fais. Tu ne le vois donc pas ? L'amour n'est pas une faiblesse, c'est une force, mais il faut que tu le laisses venir à toi.

— Comment peux-tu encore avoir foi en l'amour après ton divorce ?

Shay haussa les épaules.

— Kevin n'était peut-être pas mon âme sœur, mais ça ne veut pas dire que l'institution du mariage est défaillante. Ça veut dire que j'ai commis une erreur. Je ne vais pas renoncer à l'amour pour autant.

— Que puis-je faire maintenant, Shay ? Je veux que Wynter revienne

Shay gloussa.

— Ça ne m'étonne pas ! Wynter est une femme sensationnelle, mais il va falloir te battre pour la récupérer. Elle est en colère et elle souffre. J'ignore comment tu vas pouvoir réparer les dégâts que tu as provoqués.

— Je l'ignore aussi, mais il faut que j'essaie. Tu veux bien m'aider ?

Shay leva les yeux et se frotta le menton.

— Hmm... laisse-moi y réfléchir.

— Shay, s'il te plaît...

— Évidemment que je vais t'aider ! Samedi, les parents de

Wynter donnent une fête pour leur anniversaire de mariage. Elle y sera. Tu devrais y aller aussi.

Wynter ne s'attendrait pas à le voir, il aurait donc l'avantage. Pourvu qu'il ne soit pas trop tard pour reconquérir la femme qu'il aimait…

Lorsque Wynter était rentrée de la Barbade, elle avait découvert que ses parents lui avaient envoyé une carte, afin de l'inviter à la fête qu'ils donneraient pour leurs trente ans de mariage. Bien que les choses se soient détendues avec sa mère, Wynter n'était pas prête à pardonner à son père, à son frère et à Francesca, mais elle savait qu'elle devait faire un pas vers eux si elle voulait que la paix revienne dans cette famille. Elle avait donc accepté l'invitation.

L'événement aurait lieu ce soir, et Wynter était sur le point de changer d'avis. Mais Egypt était en train de la remotiver par téléphone.

— Tu te souviens quand tu as dit aux Gemmes que tu allais exiger ce que tu mérites et ne plus te contenter de ce que tes parents, Riley ou quiconque te donne ?

— J'ai l'impression d'être devant un tribunal, répondit Wynter.

Egypt rit.

— Ce n'était pas mon intention. Mais je veux que tu te souviennes de la nouvelle Wynter, celle que tu es devenue. Si je le pouvais, je t'accompagnerais.

— Ne t'en fais pas. Tu travailles dur pour ouvrir ton restaurant, tu ne peux pas te permettre de t'absenter maintenant. Tout ira bien, je n'ai pas besoin d'une baby-sitter ou d'un garde du corps. Je suis une grande fille et je suis capable de me débrouiller seule.

— D'accord. Tu es sûre ? Je pourrais demander à Shay de venir en renfort.

— Je te l'ai dit, tout ira bien.

Le soir venu, lorsque Wynter se rendit chez ses parents en limousine, elle sentit sa résolution vaciller. Elle se rappela une fois de plus qu'elle n'était plus une enfant en quête de l'amour et de l'approbation de ses parents. Elle était une adulte financièrement indépendante, et n'avait plus besoin de leur aide.

Quand bien même elle n'aurait pas hérité de la fortune de sa tante, Wynter avait appris qu'elle pouvait gagner sa vie et subvenir à ses besoins grâce à son blog. C'était la plus grande révélation de ces derniers mois si éprouvants. Elle avait découvert une force en elle qu'elle ne soupçonnait pas.

Wynter puisa dans cette force, et quand la limousine s'arrêta devant la demeure des Barrington, elle était calme et apaisée. Pour cette soirée, elle avait choisi une robe bustier en mousseline rose au décolleté plongeant, des escarpins à bout ouvert rouges, une pochette dorée et des boucles d'oreilles scintillantes. Elle avait souligné ses yeux d'un trait de khôl et appliqué un rouge carmin brillant sur ses lèvres. Elle savait que sa tenue était irréprochable, mais elle ne serait pas surprise si un membre de sa famille émettait une critique.

Ce soir, ce n'était pas Agnes mais un majordome en uniforme qui accueillait les invités. Une fois entrée, Wynter resta un instant dans le vestibule. Elle avait vécu ici durant des années, mais ce n'était plus son chez-elle. Désormais, c'était la maison de sa tante, où elle avait toujours eu le sentiment d'avoir une place, qui était devenue son foyer.

Elle entra dans le grand salon. Ses parents vinrent aussitôt à sa rencontre. Son père portait un smoking noir élégant, et sa mère une robe noire dont la longue traîne était surmontée d'un énorme nœud.

— Wynter ! s'exclama Melinda, prenant ses mains dans les siennes. Je suis si heureuse que tu sois venue ! Cela me touche beaucoup.

— Oui, moi aussi, renchérit son père en souriant.

— Malgré tout ce qui s'est passé, je ne voulais pas manquer

cette occasion spéciale. Joyeux anniversaire, dit Wynter avec un sourire forcé. Merci pour l'invitation.

— Ce serait un manquement à l'étiquette s'ils ne t'avaient pas invitée, ironisa Corey qui venait de les rejoindre avec Francesca.

— Je vois que tu n'as pas changé, riposta Wynter.

— Mais toi, si, intervint Francesca. Tu es superbe dans cette robe, Wynter, et ton teint est lumineux, mais il faut dire que tu as assez d'argent à ta disposition maintenant.

— Merci, Francesca. Si vous voulez bien m'excuser.

Wynter ne perdrait pas plus de temps avec son frère et avec sa prétentieuse épouse. Trop longtemps, elle avait été le souffre-douleur de sa famille. Cette époque était révolue.

Elle se dirigea vers le bar et commanda un bourbon, car elle avait bien besoin d'un remontant. Si elle était ici, c'était uniquement pour recoller les morceaux avec sa famille. Il lui tardait de rentrer chez elle pour se détendre devant un bon film.

Elle sirotait son bourbon quand elle sentit un frisson la parcourir. Elle jeta un regard circulaire dans la pièce et croisa un regard sombre. Elle se raidit, et son cœur s'emballa.

Riley.

Dans sa chemise et son smoking noirs, il ressemblait à un chevalier noir, mais il n'était plus *son* chevalier. Que faisait-il ici ? Que voulait-il ? Une autre nuit de passion ? Et pourquoi maintenant ? Leur rupture remontait à des semaines, et elle commençait enfin à retrouver le sommeil.

Elle ne pouvait pas lui parler maintenant. Elle avait rassemblé juste assez d'énergie pour aller au bout de cette soirée, et pas une once de plus. Elle avala le reste de son bourbon, l'alcool lui brûlant la gorge. Puis elle se hâta de quitter la pièce. Elle était dans le couloir quand elle entendit des éclats de voix provenant d'une pièce voisine.

C'étaient les voix de ses parents et de son frère.

— Pourquoi ne peux-tu pas être aimable avec ta sœur ? demanda sa mère. C'est trop demander ?

— Pourquoi ? rétorqua Corey. Tu ne t'en es jamais souciée jusqu'à maintenant. En fait, papa et toi, vous aimiez nous monter l'un contre l'autre. Mais maintenant que Wynter accepte de partager l'héritage, vous allez lui lécher les bottes ? C'est pour cette raison que vous l'avez invitée ?

Wynter ouvrit la porte à la volée.

— J'aimerais connaître la réponse à cette question.

Surpris, tous se retournèrent vers elle. Sa mère avait un air coupable. Corey disait-il vrai ?

Le ventre noué, elle recula lentement.

— Wynter, attends !

— Pourquoi, maman ? Pour écouter d'autres mensonges ? Corey a raison, n'est-ce pas ? Tu m'as fait venir ce soir pour que nous puissions donner l'image d'une famille heureuse, mais tu n'es pas vraiment sincère, hein ?

— Bien sûr que si, intervint son père. Nous tenions à ce que tu viennes pour pouvoir renouer le dialogue et apaiser les tensions.

— Je n'aurais jamais dû contester le testament, déclara sa mère. J'aurais dû respecter les souhaits de ma sœur, mais j'en voulais tant à Helaine de t'avoir choisie plutôt que moi que je m'en suis prise à toi. C'était injuste.

— En effet. Mais tu ne m'as jamais traitée de manière juste, souligna Wynter avant de se tourner vers son père. Quant à toi, papa, tu m'as toujours regardée de haut et fait sentir que je n'étais pas à la hauteur. C'était comme si je n'avais pas ma place dans cette famille.

— Je sais. J'ai été un père horrible, Wynter, admit-il. Je ne savais pas comment t'aimer car mon père était froid et distant aussi, alors je t'ai repoussée, mais je veux essayer de changer maintenant. Pourras-tu me pardonner un jour ?

— Je ne sais pas, répondit Wynter.

— C'est peut-être un peu trop tôt, chérie, et nous le comprenons, dit Melinda. Nous espérons seulement qu'avec le temps, tu nous donneras une chance de nous racheter. D'être les parents que tu mérites.

Wynter observa ses parents puis son frère, adossé au mur, l'air défait.

— Et l'argent ? demanda-t-elle.

— Si tu penses que l'argent compte plus que toi à mes yeux, tu te trompes, affirma sa mère avec force. Tu peux tout garder. Cet argent est à toi. Ta tante voulait que tu en hérites, même si tu n'en as pas besoin. J'ai dit à ton père que *Wynter's Corner* rencontre un grand succès.

— Je suis fier de toi, ma petite fille, la félicita-t-il. Tu as tout fait toi-même, sans aucune aide. Je voulais que tu te débrouilles seule, et tu as réussi. Tu nous as montré, à moi et à tous les autres rabat-joie, que tu es une femme forte et indépendante.

Bien que tout ne soit pas encore pardonné, Wynter sourit. Il leur faudrait du temps pour retrouver une certaine harmonie, mais cette soirée était un bon début.

— Maintenant que nous sommes tous réconciliés, quelle est la prochaine étape ? lança Corey. Chanter l'*Ode à la joie* tous ensemble ?

Wynter se retourna vivement vers son frère.

— Pourquoi est-ce que tu me détestes tant ?

— Je ne te déteste pas, Wynter. Je suis jaloux de toi. Parce que tu pouvais mener ta vie sans avoir à combler les attentes de nos parents. Tu n'étais pas l'aînée, tu n'as pas porté tous leurs espoirs et leurs rêves sur tes épaules. Tu étais libre de trouver ta voie, de faire des erreurs et d'en tirer des leçons, alors que moi, je devais toujours filer droit.

— Sans vouloir offenser maman et papa – elle jeta un regard dans leur direction –, pourquoi te soucies-tu de ce qu'ils veulent ? Il s'agit de ta vie, Corey, et tu dois la vivre comme bon te semble. Et la première chose que tu peux faire, c'est cesser d'être aussi détestable avec ta sœur.

— Tu penses ce que tu as dit ?

— Oui, Corey. Voilà, ma tirade est terminée.

Elle alla vers ses parents et les serra chacun brièvement dans ses bras.

— Joyeux anniversaire, dit-elle.

Sur quoi, elle quitta la pièce. Elle était si absorbée par ses pensées qu'elle ne regarda pas devant elle et heurta un torse ferme. Relevant la tête, elle croisa le regard de Riley.

— Wynter, peut-on discuter ?

— Non, je ne peux pas !

D'abord, ses parents, ensuite Corey, et maintenant, Riley... cela faisait beaucoup pour une seule soirée.

— Quand, alors ? À toi de choisir le jour et l'heure.

— Je t'appellerai.

Elle avait cru qu'ils s'étaient tout dit avant son départ pour la Barbade. Qu'est-ce qui avait changé ? Pour sa part, elle voulait toujours trouver l'amour. Était-ce pour cette raison que Riley était venu ce soir ? Était-il possible qu'il n'ait plus peur de ses sentiments ? Était-il enfin prêt à aimer ?

19

Riley se sentait très mal. Si mal qu'il fit une chose qu'il n'avait jamais faite de toute sa carrière : il téléphona à son bureau pour se faire porter pâle. Comment avait-il pu penser que se rendre chez les Barrington samedi dernier était une bonne idée ? Il avait tendu une embuscade à Wynter, après lui avoir dit qu'il ne l'aimait pas et ne l'aimerait jamais.

Pas étonnant qu'elle t'ait fui, non ?

Il avait songé à la suivre, à la supplier de l'écouter, avant de se raviser. À en juger par son expression lorsqu'elle était sortie de la pièce, il s'était passé quelque chose entre ses parents et elle. Quelque chose qu'elle n'avait pas réussi à accepter ou à verbaliser.

Il avait cru que les parents de Wynter souhaitaient renouer le dialogue. Apparemment, ils n'étaient pas doués pour les réconciliations.

La veille, allongé sur son lit, Riley avait fixé le plafond, en se demandant comment il pourrait arranger les choses. Après tout, régler les conflits faisait partie de son métier. Les gens le payaient très cher pour qu'il remette leur vie d'aplomb après l'effondrement de leur mariage. Et maintenant, alors qu'il devait remettre en ordre sa propre vie, Riley avait l'impression d'être mal armé pour cette mission. Wynter lui avait dit qu'il regretterait de l'avoir laissée partir, et elle avait eu raison. Il regrettait d'avoir été lâche, et de ne pas avoir su accepter son amour, ce cadeau si précieux.

À présent, il était assis dans un café, seul, sur la River Walk, près de l'endroit où il avait croisé Wynter quelques mois plus tôt. Pourquoi était-il venu ? Parce qu'il espérait la voir ? Et que lui dirait-il ? *Je suis désolé d'avoir été un crétin et d'avoir tourné le dos à la meilleure chose qui me soit jamais arrivée.* Rectificatif. *Désolé de t'avoir fait du mal.*

Il fut stupéfait quand, quelques minutes plus tard, Wynter entra dans le café. Au lieu de passer commande, elle se dirigea vers sa table. Elle était si sexy dans sa longue robe au décolleté plongeant que Riley déglutit.

— Ça te dirait de faire une balade ? suggéra-t-elle.

— J'en serais ravi, dit-il, le cœur battant.

Il déposa plusieurs billets sur la table et se leva.

Ils marchèrent côte à côte plusieurs minutes, puis Wynter s'arrêta et se tourna vers lui.

— Je suis désolée d'avoir fui l'autre soir.

— Tu n'as pas à t'excuser. Je t'ai en quelque sorte piégée.

— Peut-être, mais je m'étais promis de ne plus fuir, et d'aborder les difficultés de front, et finalement, je me suis dégonflée. Alors, me voilà. De quoi voulais-tu me parler ?

Riley était fier de Wynter. Elle avait mûri pendant ces derniers mois. Elle n'avait plus peur d'affronter ses problèmes. Il devait faire preuve du même courage. Il prit une grande inspiration avant de se lancer.

— Wynter, je regrette ce que je t'ai dit quand tu es partie.

— Tu n'as pas à t'excuser d'avoir été honnête, Riley. C'est moi qui ai eu tort de croire que je pouvais te changer.

— Ton amour m'a changé.

Wynter parut décontenancée par sa déclaration hardie.

— Pendant très longtemps, reprit-il, j'en ai voulu à mon père de nous avoir abandonnés, et à ma mère de s'être effondrée après le divorce. Cela me faisait mal de la voir souffrir jour après jour. Alors, j'ai commencé à considérer l'amour comme une maladie qui devait être soignée. Je ne voulais pas connaître ce sentiment, mais quand je t'ai vue assise ici, au bord du fleuve, j'ai senti mon cœur s'emplir d'une émotion nouvelle.

— Ta gentillesse m'a beaucoup touchée ce soir-là.

— Ce n'était pas seulement de la gentillesse. Je te désirais, tout comme je te désire maintenant.

— Riley...

— Laisse-moi finir, s'il te plaît, Wynter.

Il avait l'impression que son cœur était pris en étau. Il fallait qu'il avoue ses sentiments, sinon il allait exploser.

— Je me suis ouvert à toi, je t'ai révélé des choses sur moi. Je t'ai expliqué que j'étais un bourreau de travail, que je ne cherchais que des relations à court terme.

— Oui, parce que tu voulais me faire comprendre que je ne serais qu'une passade. Mais laisse-moi te dire une chose. Ces brèves aventures ne combleront jamais le vide en toi, Riley.

— Non, en effet. Parce que tu l'as comblé.

— Je te demande pardon ?

Riley voulut lui prendre la main, mais elle recula. Il ne pouvait guère lui en vouloir. Il allait devoir se battre pour regagner son amour.

— J'étais prisonnier de mon passé, et je protégeais mon cœur parce que j'avais peur de tomber amoureux, mais ma sœur, dans sa grande sagesse, m'a dit que l'amour n'est pas une faiblesse mais une force. J'ai compris alors que je ne peux plus me comporter comme un lâche qui a peur de souffrir, sinon, comme tu l'as dit, je renoncerai à la meilleure chose qui me soit jamais arrivée.

— Qu'es-tu en train de dire, Riley ?

— Je dis que je t'aime.

Il guetta sa réaction face à ces mots qu'il disait rarement. Elle l'observa, incrédule, alors il les répéta.

— Je t'aime, Wynter.

Elle secoua la tête et serra les poings.

— Tu m'as affirmé que tu ne croyais pas à l'amour. Pourquoi me dire que tu m'aimes ?

— Parce que c'est vrai, trésor. Je suis perdu sans toi. Je n'arrive plus à dormir, à réfléchir, à travailler. J'ai signé avec Derek grâce à toi, car tu m'avais conseillé de parler avec mon cœur, afin qu'il comprenne que j'étais le meilleur choix.

— Je suis contente que tu aies convaincu Derek, mais tu n'as pas à me dire que tu m'aimes si tu ne le penses pas.

— Pourquoi ne me crois-tu pas ? Parce que tu penses que tu n'es pas digne d'être aimée ? Parce que tes parents ne t'ont pas donné l'amour et l'affection que tu méritais ? Eh bien, je suis venu te dire que tu mérites tout l'amour et le bonheur que ton cœur pourra contenir.

Des larmes roulèrent sur les joues de Wynter. Elle l'avait enfin entendu, se dit-il. Et elle commençait à le croire.

Wynter avait envie de croire Riley, de croire que tous ses rêves étaient en train de devenir réalité, mais elle avait donné son amour à sa famille, puis à Riley, et ils l'avaient rejeté. Elle redoutait de mettre son cœur en danger une fois de plus.

Riley lui saisit les mains et la fit asseoir sur un banc.

— Tu sais comme moi que lors de notre première balade le long de ce fleuve, nous avons noué un lien fort. Tu savais que tu pouvais me faire confiance. Même si nous ne nous étions pas vus depuis des années, tu m'as demandé de m'asseoir à côté de toi à l'enterrement de ta tante. Parce que, d'instinct, tu savais que tu pouvais te reposer sur moi.

Il avait raison sur ce point. Sa présence avait été d'un grand réconfort.

— Et plus tard, nous avons fait l'amour. Je ne le savais pas encore, mais tu venais de m'anéantir. Tu avais anéanti l'ancien moi, parce que je ne cessais de penser à toi. Après cette histoire d'un soir, je n'ai couché avec aucune autre femme, parce que tu étais la seule que je désirais.

— C'est vrai ?

— Oui. Et quand nous nous sommes retrouvés à Aspen, j'étais à nouveau complet. Mais j'ai tout gâché, par peur. Tu avais raison, j'ai été un lâche parce que j'avais peur de ressentir des émotions. Je t'ai dit que je ne croyais pas à l'amour, mais ce n'était pas vrai. Je t'aime vraiment, Wynter. S'il te plaît, dis-moi qu'il n'est pas trop tard pour que je puisse me racheter.

Wynter hocha la tête, les yeux emplis de larmes.

— J'ai besoin de te l'entendre dire, chérie.

— Ce n'est pas trop tard, Riley, dit-elle doucement. J'avais un faible pour toi à l'adolescence, et quand je t'ai revu après toutes ces années, j'ai éprouvé une forte attirance pour toi. Mes sentiments se sont développés après notre première nuit ensemble. Et ils se sont renforcés à Aspen, puis à notre retour en ville. J'ai essayé de les mettre de côté mais, comme toi, je n'ai pu coucher avec personne d'autre, parce que tu possédais déjà mon cœur.

— Oh ! Dieu merci !

Il appuya le front contre le sien, et elle lui caressa la joue.

— Je t'aime, Riley Davis.

Il l'attira contre lui et l'embrassa avec la fougue dont il faisait toujours preuve. Wynter mêla sa langue à la sienne, songeant qu'elle ne se lasserait jamais de l'embrasser.

Quand leur long baiser prit fin, Riley demanda :

— Veux-tu m'épouser, Wynter ?

— Oui ! s'exclama-t-elle, s'accrochant à son cou.

Ils s'embrassèrent jusqu'à ce que leurs souffles se confondent et que leurs cœurs battent à l'unisson.

Plus tard, lorsqu'ils furent seuls et que Riley entra en elle, non seulement leurs corps fusionnèrent, mais aussi leurs âmes, unies par un amour qui durerait toute la vie.

Épilogue

Six mois plus tard

— Félicitations, Egypt ! s'exclama Wynter.

Riley et elle venaient d'arriver à l'inauguration du restaurant de sa meilleure amie, baptisé Flame. Ils avaient pris l'avion pour Raleigh dans l'après-midi, car Riley avait dû assister à l'audience finale du divorce de Derek. Le Requin de la côte Est avait gagné. Il avait pu démontrer que l'ex-femme de Derek était une mère inapte. Derek et lui avaient également découvert qu'elle entretenait une liaison avec son coach personnel depuis des mois. L'accord prénuptial stipulait expressément qu'elle n'avait droit à aucune compensation en cas d'infidélité. Par conséquent, Derek avait pu conserver tous ses biens et obtenir la garde exclusive de son fils Max.

Riley était aux anges. Il aurait aimé rester à San Antonio pour fêter cette victoire avec Derek, mais sachant à quel point cette soirée était importante pour Wynter, il avait décidé de l'accompagner et avait loué un jet privé afin d'être sûr qu'ils arrivent à temps.

Wynter donna à son amie un grand bouquet de fleurs.

— Je suis si fière de toi !

— Merci infiniment, Wynter, répondit Egypt, radieuse.

— Et ça aussi, c'est pour toi, ajouta Riley, brandissant une bouteille de champagne. Où est-ce que je la pose ?

— Là-bas, avec les autres cadeaux, dit Egypt en indiquant une table sur laquelle étaient posés des cartes et des paquets.

Riley suivit ses instructions. Pendant ce temps, Wynter glissa le bras sous celui d'Egypt.

— Alors, comment te sens-tu ?

— Heureuse. Effrayée. Dépassée, avoua son amie. Et si j'échouais ? La moitié des nouveaux restaurants mettent la clé sous la porte avant la fin de la première année.

— Chut, fit Wynter en secouant la tête. Flame sera un succès, et je ne veux pas entendre un mot négatif de plus.

— Bien dit ! approuva Shay qui venait de les rejoindre.

Les Gemmes répondaient toujours présentes quand il s'agissait de soutenir l'une des leurs. Egypt avait mis de l'argent de côté pendant deux ans pour ouvrir son restaurant, et il lui aurait fallu bien plus de temps pour réunir une somme suffisante sans le legs de tante Helaine. Les autres Gemmes préparaient quant à elles le lancement de leurs activités respectives.

— Si on portait un toast à Egypt ? suggéra Teagan.

— Bonne idée ! s'exclamèrent les autres.

Bientôt, le champagne coula à flots. Wynter était ravie de voir tout le monde heureux.

Elle ne protesta pas quand Riley l'entraîna dans un coin sombre et déposa un baiser brûlant sur ses lèvres. Dans quelques mois, elle épouserait l'élu de son cœur et vivrait avec lui un amour de conte de fées.

Ces derniers mois, leur relation avait progressé à pas de géant, car Riley avait enfin ouvert son cœur. À présent, il lui disait souvent qu'il l'aimait, car il savait qu'elle serait toujours à ses côtés. Il était peut-être le frère de sa meilleure amie, mais il détenait son cœur depuis des années, et jamais elle n'avait aimé un homme comme elle aimait Riley.

— Tu es incroyable, murmura-t-il, et elle vit l'amour briller dans ses yeux.

Autrefois, elle ignorait où était sa place, mais désormais, elle le savait. Sa place était aux côtés de Riley. Il était son univers, et leur amour était sans limites.

— Tu es incroyable, murmura-t-il, et elle vit l'amour briller dans ses yeux.

Autrefois, elle ignorait où était sa place, mais désormais, elle savait. Sa place était aux côtés de Riley. Il était son univers, et leur amour était sans limites.

JOANNE ROCK

Voluptueux gala

Traduction française de
PEGGY SASTRE

PASSIONS

HARLEQUIN

1

Pour Frankie Walsh, il n'y avait pas besoin de chercher midi à quatorze heures : sa génération avait tué le romantisme.

Beaucoup faisaient porter le chapeau aux applications de rencontres. Et il n'était pas faux que la mentalité « glissement à gauche, glissement à droite » avait achevé le dernier espoir de spontanéité et d'imprévu dans ce bas monde. Mais que la faute incombe aux *millennials*, aux applis ou à des parents qui avaient élevé leurs enfants comme s'ils étaient le nombril du monde, Frankie partageait le constat de ses amies : l'amour était une chose du passé.

Alors pourquoi était-elle encore à traîner devant le ranch Currin et à attendre, le cœur battant, que son patron, Xander Currin, fasse une apparition ?

Parce qu'elle était une belle idiote, voilà pourquoi. Elle avait déjà fait ce qu'elle avait à faire – prendre deux secondes pour récupérer les clés de l'étable où était entreposé l'équipement de fenaison. Xander les avait gentiment laissées devant l'entrée arrière, bien en évidence sur la table du patio en bois, à l'endroit même que le régisseur lui avait indiqué. Un des employés qui devait aider aux fourrages était malade et avait accidentellement gardé avec lui l'autre jeu.

Frankie s'était portée volontaire pour cette tâche si spontanément que les autres employés du ranch l'avaient tous regardée de travers. Si elle continuait sur cette lancée, son béguin pour Xander allait bien vite être un sujet de railleries pour le personnel du ranch Currin.

Il fallait qu'elle se ressaisisse. Elle accordait trop d'importance à son travail pour créer le moindre malaise dans l'équipe et s'était trop démenée pour faire ses preuves, notamment quant à sa résistance physique, pour risquer de tout gâcher avec une amourette.

Secouant la tête, elle coinça les clés dans la poche arrière de son jean et s'éloigna du grand manoir en rondins surplombant une rivière. Elle resta sur le chemin de pierre qui passait devant la piscine et serpentait au travers d'une haie de petits cyprès, puis retrouva la pelouse où elle avait laissé Carmen, la jeune jument pleine d'énergie qu'elle avait chevauchée pour venir jusqu'ici.

Le temps passé avec les animaux était la plus belle gratification de son travail, mais aussi une partie nécessaire des exigences de l'école vétérinaire où elle voulait s'inscrire. Du moins, si elle réussissait à économiser assez d'argent pour la payer.

Soit une autre raison pour laquelle il ne fallait pas faire n'importe quoi. Son travail était crucial. Elle faisait aussi du bénévolat – durant ses jours de congé au ranch, elle assistait un vétérinaire et donnait un coup de main à un refuge pour animaux –, mais son poste au ranch Currin était son vrai boulot. Celui qui lui envoyait un chèque tous les mois.

Caressant le flanc de la jument, elle était sur le point de repartir quand elle entendit des éclats de rire et de voix dans l'arrière-cour.

La voix d'un homme. Et d'une femme.

Un doux frisson parcourut sa nuque. Était-ce le signe de partir ? Ou bien un appel à rester ?

La curiosité – et la chaleur de la voix masculine qu'elle aurait reconnue entre mille – l'incita à ne pas remonter tout de suite sur son cheval. Il était là, l'objet de son stupide béguin.

Sauf que les rires féminins reprirent de plus belle et firent oublier à Frankie toutes les idées fantaisistes qu'elle pouvait se faire au sujet de Xander. Comme congelée sur place, elle regarda le couple s'avancer sur le chemin bordé de cyprès.

Xander escortait une blonde belle comme un cœur et vêtue d'une robe jaune vif qui accentuait ses courbes sculpturales. L'ondulation de ses boucles brillantes suivait le balancement chaloupé de son corps, rythmé par le cliquetis de ses escarpins battant le pavé. Lorsqu'elle atteignit le bout de l'allée, elle fut à moins de dix mètres de l'endroit où se tenait Frankie, même elle ne posa pas le moindre regard sur elle. À la place, elle agita la main vers Xander et se glissa dans une décapotable bleu électrique qui, de toute évidence, avait dû lui revenir plus cher que toute une formation en école vétérinaire.

Avait-elle... passé la nuit avec le maître des lieux ?

La jalousie l'assaillit. Il fallait qu'elle l'ignore.

Sans plus attendre, Frankie mit un pied à l'étrier et se hissa sur sa monture, bien décidée à lui faire prendre la trajectoire opposée aux gaz d'échappement de la décapotable qui avait démarré en trombe et fait sursauté son cheval.

Apaisant la jument en empoignant fermement les rênes et en appliquant une légère pression des cuisses sur ses flancs, Frankie était sur le point de se diriger vers la grange quand elle remarqua Xander qui s'avançait vers elle. Grand et musclé, il portait un jean et un T-shirt comme n'importe quel autre employé du ranch. Sauf qu'il était l'héritier de la fortune de la famille Currin, sa présence avait donc quelque chose d'altier, d'impressionnant. Et avec ses yeux bleus fixés sur le cheval et la ligne de sa mâchoire ombragée par une barbe de quelques jours, il avait tout l'air d'être un danger ambulant. Le genre d'animal que Frankie ne pouvait pas regarder sans avoir l'impression de frôler la liquéfaction.

La jument sentit sa nervosité et eut un nouveau mouvement de recul, plus ostensible que celui provoqué par le moteur de la décapotable.

— Tout doux, Carmen, dit Xander à l'intention du palomino. Tout doux.

— Tout va bien, lui assura Frankie, en se penchant légèrement en arrière sur la selle. Je maîtrise.

Son cœur s'accéléra, davantage à cause de l'apparition soudaine de son patron à ses côtés que de la petite frayeur que venait de lui faire Carmen. Frankie ne l'aurait pas prise si elle n'avait eu une entière confiance dans cette jeune jument. De plus, garder le contrôle de Carmen était un jeu d'enfant par rapport au rodéo, que Frankie pratiquait depuis peu. Une activité qu'elle avait commencée à cause d'un défi lancé par un autre propriétaire de ranch, pour découvrir qu'elle ne se débrouillait pas trop mal. Sans compter qu'il y avait de l'argent à se faire lors des compétitions, et qu'elle en avait bien besoin.

Xander l'étudia un long moment.

— Je ne pensais pas que le chef d'équipe l'avait autorisée à travailler.

En se rapprochant, son regard passa de l'animal à elle, et vice versa.

— Carmen n'est pas là depuis longtemps, ajouta-t-il.

Son patron se pencha pour caresser le museau du palomino, ses cheveux foncés contrastant fortement avec le pelage doré et la crinière blanche du cheval. Elle avait l'habitude de le voir avec son Stetson noir, à s'affairer autour du ranch.

Au grand dam de son père.

Tout le monde au ranch Currin savait que Ryder Currin voulait voir son fils unique s'occuper de l'entreprise pétrolière familiale, pas de bétail ni de chevaux. Sauf que durant les onze mois depuis lesquels Frankie faisait partie du personnel, elle n'avait cessé de voir Xander participer à toutes les activités du ranch, du parcage des troupeaux au fourrage. Et il avait l'air d'adorer jouer les contremaîtres, même si elle savait que ce n'était pas un rôle fait pour un héritier.

— Non, je n'ai pas travaillé avec elle aujourd'hui, corrigea Frankie en s'obligeant à se détendre, ne serait-ce que pour le bien de Carmen. Je l'ai juste prise avec moi pour lui faire faire une petite course car je devais récupérer les clés de la grange. J'ai pensé qu'une sortie lui ferait du bien.

Pourquoi les yeux bleus de Xander ne pouvaient-ils pas se poser sur elle pour des raisons positives et non parce qu'il pensait qu'elle avait fait n'importe quoi ? Elle avait espéré tant de fois pouvoir attirer son attention. Son rêve s'était enfin réalisé, sauf qu'il semblait tendu. Passablement à cran, même.

— Quand un cheval n'est pas autorisé à travailler, c'est qu'il ne faut pas le monter, dit-il d'une voix crispée comme sa mâchoire à mesure qu'il se rapprochait d'elle.

Son épaule, en particulier, n'était plus qu'à quelques millimètres du mollet de Frankie. La proximité était envoûtante.

— Un bon cheval de ranch n'a pas peur des bruits de moteur. Pas besoin de la mettre en échec alors qu'elle n'est pas encore prête.

Frankie se mordit la lèvre pour éviter de faire remarquer qu'une voiture de luxe italienne n'était pas le genre de bruit typique que les chevaux entendaient dans un ranch. Idem pour la pop sucrée qu'avaient crachée les haut-parleurs de la décapotable lorsque son invitée avait démarré en trombe.

Mais elle n'articula qu'un :

— Oui, boss. Je ferais mieux de la ramener aux écuries.

Xander releva la tête vers elle.

Dans le silence qui suivit, elle prit conscience du doux bourdonnement du taille-haie électrique qu'un jardinier manœuvrait à proximité. À chaque respiration, l'odeur de chlorophylle dans l'air estival devenait de plus en plus entêtante.

Xander se racla la gorge et demanda :

— Quel est ton nom, déjà ?

Est-ce qu'il voulait lui faire un rapport ? Mince… Il n'allait quand même pas la virer pour avoir sorti la jument pour une course aussi brève ! Elle avait vraiment besoin de ce travail et des centaines d'heures de soins aux animaux qui l'aideraient à obtenir un entretien avec l'école vétérinaire. Elle faisait peut-être partie du personnel depuis près d'un an, mais elle venait tout juste de commencer à travailler au contact direct des chevaux.

Pendant les six premiers mois, elle avait été assignée aux tâches les plus ingrates du ranch, ce qui expliquait sans doute pourquoi le patron ne se souvenait pas de son nom.

— Frankie Walsh, dit-elle rapidement, mourant d'envie de pouvoir se cacher sous son chapeau dont elle tira la visière un peu plus bas sur son front. Merci pour les clés.

Il lui fit un signe de tête, mais ne recula pas.

— Les règles ne sont pas là pour faire joli. Et pas seulement pour protéger les chevaux, mais aussi le personnel du ranch.

Ce qui la prit au dépourvu.

— Vous voulez dire moi ?

Elle secoua la tête et sentit sa queue-de-cheval lui chatouiller la nuque.

— Ne vous inquiétez pas pour ma sécurité. Je suis plus solide que j'en ai l'air.

En repartant, elle pria pour que Xander oublie vite leur embarrassante rencontre.

Surtout que dans l'affaire, il n'y avait que son ego qui avait été blessé, après tout. Les craintes de Xander étaient clairement mal placées. Sans doute parce qu'il pensait à des femmes bien plus délicates. Ce que Frankie n'avait jamais été et ne serait jamais.

Elle soupira. Il fallait vraiment qu'elle se concentre sur sa vie professionnelle au lieu de rêvasser à son patron.

Il y avait un rodéo à une foire du comté le week-end suivant et Frankie devait garder la tête froide. Elle était meilleure que la plupart des cavaliers du ranch Currin, et elle partait avec une belle longueur d'avance, d'autant plus que la compétition promettait de ne pas attirer beaucoup de compétitrices.

Elle avait donc toutes ses chances de repartir avec le prix – un billet pour le gala de bienfaisance du Club des éleveurs du Texas à destination des victimes des récentes inondations. Un événement où allait se presser tout le gotha de l'élevage, une merveilleuse opportunité de rencontrer les riches propriétaires de ranch et de commencer à se faire un carnet d'adresses pour son futur cabinet vétérinaire.

Oui, il valait mieux retourner à l'écurie et cesser de penser à Xander. Le moment, à tous les points de vue, n'était pas idéal pour songer à l'amour.

Le concours musical avait déjà commencé lorsque Xander gara son 4x4 devant le champ de foire pour le rodéo du vendredi. Comme le ranch Currin était l'un des principaux sponsors de l'événement, il avait sa place réservée tout près du stand de restauration où il avait rendez-vous avec son père pour leur dîner hebdomadaire.

En règle générale, un dîner avec Ryder Currin prenait du temps sur son agenda car son père appréciait les dîners cinq étoiles, un personnel aux petits soins et les meilleurs crus qu'une cave à vin pouvait offrir. Mais comme Xander préférait, et de loin, un bon barbecue texan à n'importe quel restaurant huppé, le repas de ce soir promettait d'être beaucoup plus distrayant.

De plus, plus le dîner serait court, moins son père allait avoir de temps pour son interrogatoire – quand allait-il se décider à quitter la gestion du ranch et rejoindre les bureaux de la direction de l'entreprise pétrolière familiale ?

Lâchant son Stetson sur sa tête, Xander sortit de sa camionnette pour se retrouver dans le brouhaha de la soirée de rodéo. Ses bottes claquant sur le gravier sec, il franchit le cordon VIP alors qu'une foule de plus en plus dense applaudissait le groupe country qui transpirait sous les projecteurs de la grande scène centrale. La piste de danse, recouverte de sciure de bois, était quasiment pleine, même s'il était encore tôt. Le rodéo ne démarrerait pas avant une bonne heure et les manèges du carnaval croulaient eux aussi sous le monde malgré la chaleur. L'odeur du ragoût de bœuf traditionnel alourdissait d'autant plus l'atmosphère, sans compter celle émanant du chapiteau où les meilleurs chefs grilladins de l'État préparaient côtes et travers de porc.

— Xander, appela une voix profonde et familière. Par ici !

Repérant son père, il doubla une famille et sa poussette puis rejoignit Ryder, assis à l'une des rares tables pour deux personnes installées sous le chapiteau.

Son père n'avait jamais porté de costume, mais d'une manière ou d'une autre, même en jean et en bras de chemise, il se dégageait toujours de lui une autorité considérable. Avec ses bottes et son Stetson brun, Ryder portait à peu près la même tenue que les autres hommes venus pour le rodéo, sauf qu'il avait l'air bien plus sévère.

— J'espère que ça ne te dérange pas, mais j'ai pris la liberté de commander un peu de tout.

Ryder se pencha en arrière sur sa chaise alors qu'une rousse pulpeuse vêtue d'une chemise à franges et d'une minijupe en jean installait un plateau où fumaient au moins dix assiettes différentes. Deux bouteilles de bière trônaient au centre de ce festin.

Alors que la serveuse terminait de déposer le plateau, une panière à petits pains et les bières, Xander s'assit, prêt pour l'interrogatoire hebdomadaire sur son existence, ses plans de carrière et le moment où il arrêterait enfin de « jouer les sauvages », comme aimait à le dire son père, et rejoindrait le monde des gratte-ciel et des costumes-cravates.

Xander savait aussi que, pour son père, ces dîners étaient un moyen à peine voilé de compenser toutes les années qu'il n'avait pas passées auprès de lui durant son enfance et d'apaiser sa culpabilité de père absent.

Xander vivait peut-être dans une aile de la résidence de son père, mais ils se voyaient rarement dans les environs du ranch. Ryder Currin gardait le secret le plus épais sur sa vie privée. Des rumeurs avaient circulé récemment au Club des éleveurs du Texas et disaient qu'il sortait avec Angela Perry, la fille de son ennemi juré, Sterling. Mais Xander n'avait pas la moindre intention d'aborder ce sujet.

— Il s'avère que je sais qu'elle est célibataire, observa Ryder alors que la serveuse s'éloignait de leur table.

Il pencha la tête dans la direction de la jolie rousse.

— Au cas où ça t'intéresserait.

Les pensées de Xander étaient tellement à mille lieues des femmes qu'il lui fallut un moment pour comprendre de quoi son père parlait. Bizarrement, la seule femme dont il avait détecté l'existence dernièrement était une brune bourrée d'énergie nommée Frankie.

Avec ses mains sèches de travailleuse, ses grands yeux verts et son jean taché de poussière, elle n'était pas le genre habituel de Xander, mais quelque chose dans son attitude bravache et dans son regard incendiaire le faisait vibrer.

— Oh non, pas intéressé, avoua-t-il honnêtement à son père en retirant son chapeau et en l'installant sur la chaise laissée libre à côté de lui. Et je suis presque sûr d'avoir passé l'âge où j'aurais eu besoin de l'aide de mon père pour m'approcher d'une femme. D'au moins dix bonnes années.

Il tendit la main vers le centre de la table et une bouteille de bière qu'il porta à ses lèvres.

Ryder s'esclaffa.

— Oui, tu as raison. Tu sors toujours avec Kenzie ?

Son père attrapa à son tour une bouteille à long col.

— J'ai cru voir sa voiture garée devant la maison la semaine dernière.

Dans le haut-parleur, une annonce appela les jeunes participants du rodéo de mouton à rejoindre l'arène. Une poignée de familles avec enfants quittèrent le pavillon de la restauration en hâte. Le groupe continuait à jouer, leurs amplis mis brièvement en sourdine le temps de l'annonce. Derrière eux, la grande roue tournait lentement, ses néons clignotants semblaient de plus en plus aveuglants à mesure que le soir tombait.

— Non. Elle est seulement passée ce matin-là pour me demander de faire partie du jury du rodéo féminin la semaine prochaine avec elle.

Xander l'avait d'ailleurs raccompagnée à sa voiture le plus vite possible, car il savait que sa requête n'était qu'une excuse pour passer le voir. Comme le fait de l'appeler pour lui demander s'il n'avait pas cherché à la joindre, ou autre. Mais il n'était toujours pas prêt pour une relation. Pas après…

La douleur d'avoir perdu sa fiancée dans une chute tragique de cheval s'était atténuée au cours des deux dernières années, mais il était plus que jamais convaincu qu'il ne s'engagerait plus sur la voie de l'amour. Plus jamais. Sans compter que cette relation avait été compliquée, avec des couches de malheur qu'il n'avait jamais comprises. Et à la fin, cette fin… il avait été comme éviscéré. Le travail de la terre était donc tout ce qu'il pouvait faire pour se reconstruire, et Xander n'était pas prêt à y renoncer de sitôt.

— Je comprends.

Se penchant en avant sur sa chaise, Ryder était subitement devenu sérieux.

— Mieux que tu crois, d'ailleurs. Quand j'ai perdu Elinah…

Son sourire s'effaça à la mention de sa seconde femme, morte d'un cancer treize ans plus tôt.

— Je sais que ce n'est pas facile d'aimer à nouveau après avoir perdu quelqu'un.

Xander n'avait que douze ans à l'époque, et il ne vivait pas avec son père. Il passait la plupart de son temps avec sa mère, Penny, la première femme de Ryder. Mais même enfant, Xander avait vu comment son père s'était réfugié en lui-même pendant des années après cette tragédie. Elinah avait été l'amour de sa vie.

Aujourd'hui, il appréciait l'empathie de son père.

— Pour être honnête, l'amour est le dernier de mes soucis.

À ces mots, il rapprocha l'un des plats de côtes et en mordit une grosse bouchée.

— Ne l'oublie pas complètement quand même, avertit son

père, ignorant son téléphone qui vibrait à côté de lui sur la table. Tu rencontreras peut-être quelqu'un au gala de bienfaisance du Club des éleveurs du Texas demain soir.

Il regarda Xander de biais.

— Tu y seras, j'espère ?

Ryder avait déjà insisté sur ce point, puisqu'il était lui-même l'hôte de l'événement. Xander n'avait aucune envie de passer la soirée à une fiesta en smoking, mais il avait aussi l'intention de soutenir son père dans sa guerre en cours avec Sterling Perry pour obtenir le contrôle de la branche de Houston du Club des éleveurs du Texas.

Sterling avait beau être un homme d'affaires fortuné, avec une vaste compagnie spécialisée dans l'immobilier, la construction et la gestion de parcs locatifs, il n'inspirait rien de bon à Xander. En partie parce que Sterling détestait son père, bien sûr. Mais Xander avait aussi des difficultés à respecter un propriétaire de ranch qui ne passait pas une minute sur ses terres. Il possédait peut-être le prospère ranch Perry, mais son succès n'avait rien à voir avec ses compétences en matière d'élevage.

— Oui, j'y vais en célibataire.

Xander avait bien un billet en réserve, mais la visite maladroite de Kenzie avait renforcé sa détermination à ne la fréquenter que pour des raisons parfaitement superficielles. Elle était d'ailleurs partie de chez lui fâchée et avait fait crisser ses pneus en sortant de l'allée.

Si Frankie Walsh n'avait pas été une cavalière aussi accomplie, le geste immature de Kenzie aurait d'ailleurs pu sérieusement mettre en danger l'employée du ranch. Mais Frankie avait gardé son sang-froid, ce qui n'était pas donné à tout le monde vu le caractère de sa jeune jument.

— Oh il y aura plein de femmes célibataires là-bas, de toute façon.

Son père s'essuya les mains sur une serviette en papier alors que la serveuse venait reprendre quelques-unes de leurs assiettes désormais vides. Il attendit qu'elle s'éloigne pour terminer sa phrase.

— Garde quand même l'esprit ouvert.

— Ça n'arrivera pas, papa.

Mais à peine avait-il prononcé ces mots que l'image de Frankie surgit dans son esprit. Frankie et ses longues jambes, son sourire sexy… Il faisait tellement chaud d'un coup. Il avala d'un trait le fond de sa bouteille de bière.

Le bruit des cloches et des acclamations surgit de l'arène voisine et il comprit que le rodéo pour enfants avait commencé. La compétition pour adultes n'allait pas tarder.

— La plupart des femmes que je rencontre sont plus intéressées par le nom de Currin. Ou la fortune. Ou…

Il faillit laisser échapper « mes prouesses sexuelles », mais il se contrôla aussitôt. Ce n'était pas un sujet à aborder avec quiconque, et surtout pas son père.

Une autre annonce dans le haut-parleur appela les concurrents de l'épreuve de *barrel racing*. Le spectacle principal n'allait vraiment plus tarder. Xander y vit une excuse pour finir son repas.

— Je ferais mieux d'aller dans l'arène.

Il avait demandé à son père de dîner ici car plusieurs employés participaient aux événements de la soirée.

— Je veux leur souhaiter bonne chance avant que les choses ne commencent.

Et oui, une partie de lui se demandait s'il verrait Frankie. Elle pouvait être là pour soutenir les autres employés. Ou peut-être qu'elle participerait au *barrel racing* ou à l'une des autres épreuves féminines. Il ne savait pas grand-chose sur elle. Ce qui, là encore, était inhabituel pour lui.

En vérité, il l'avait évitée à chaque fois que leurs chemins avaient failli se croiser au ranch Currin. Il savait qu'il ressentait une profonde attirance pour elle, mais il devait l'étouffer. Hors de question d'avoir une aventure avec quelqu'un qui travaillait pour lui. Il savait seulement qu'elle était l'employée avec le moins d'ancienneté voici de cela quelques mois. Puis un nouveau gamin était arrivé. Frankie devait donc avoir son lot de tâches ingrates dans le ranch.

— Oui, bien sûr.

Ryder leva sa bière.

— Si je ne te vois pas à l'intérieur, je te rejoindrai au gala, fiston.

Xander hocha la tête, ramassa son chapeau et le replaça sur sa tête avant de quitter le pavillon.

À l'extérieur de l'arène, il vit le porte-drapeau faire la queue à cheval avec ses accompagnateurs. Quelques clowns de rodéo les attendaient. Ce qui signifiait que le coup d'envoi allait être bientôt donné.

Il avait assisté à de nombreux rodéos, depuis le grand *Houston Livestock Show* jusqu'aux événements locaux du vendredi soir comme celui-ci, et il appréciait beaucoup plus les compétitions dans les petites villes. Et la vie au grand air.

S'il appréciait la visibilité nationale que l'industrie du rodéo, avec ses milliards de dollars, apportait à l'élevage, il prenait davantage de plaisir au quotidien, avec les hommes et les femmes qui travaillaient dur pour gagner leur vie.

L'élevage en ranch était un travail difficile, mais il avait quelque chose de cathartique. Et c'était aussi extrêmement gratifiant de voir les résultats de première main.

— Hé, patron ! cria quelqu'un derrière les palissades.

Xander reconnut Reggie Malloy, un vieil habitué des rodéos et membre de longue date de l'équipe du ranch Currin. Il s'avança vers lui, esquivant quelques familles en train de récupérer leurs enfants descendus de leurs moutons.

— Content de te voir, Reggie.

L'homme plus âgé lui tapa sur l'épaule.

— Je suis juste descendu deux minutes pour souhaiter bonne chance à tout le monde avant le début des compétitions, ajouta Xander.

Ils s'éloignèrent un moment des éleveurs venus apporter

leurs veaux pour le premier round d'épreuves. Dans l'arène, la procession du coup d'envoi avait commencé. Des projecteurs violets stroboscopiques éclairèrent l'arène.

— Tout le monde est en feu, s'exclama Reggie avec un large sourire, les joues rouges à cause de la chaleur.

À la ceinture, il portait une boucle de championnat qui célébrait ses exploits.

— Je parie sur le petit nouveau, Wyatt, pour que le ranch soit fier ce soir. Je travaille avec lui de temps en temps depuis Noël et il a fait du chemin.

— C'est super que tu fasses ça, Reg. Les jeunes t'admirent tous.

Il baissa la voix alors que la foule se calmait pour l'hymne national. Même les gens dans les coulisses se figèrent. Il n'y avait plus que les veaux qui battaient des sabots. Une lycéenne vêtue de rouge, de blanc et de bleu rendit hommage au pays d'une voix cristalline. Une fois l'hymne terminé, après un quart de seconde de silence, la foule applaudit à tout rompre. Comme l'annonça l'animateur dans le haut-parleur, l'heure du clou du spectacle avait sonné.

Reggie cala une corde sous un bras et, avant d'aller rejoindre les concurrents, tourna la tête vers Xander.

— Patron, vous restez pour le rodéo féminin ?

— Du rodéo féminin ? s'étonna-t-il

Il avait déjà participé à de nombreux rodéos auparavant, et ce n'était pas souvent qu'il voyait des femmes participer à des épreuves aussi difficiles, surtout dans les petits événements comme celui-ci.

— Oui, c'est un énorme succès maintenant, lui assura Reggie pendant que les clowns faisaient quelques tours de piste pour chauffer le public. Notre Frankie Walsh nous représente. Je l'ai vue grimper des broncos, elle se débrouille vraiment pas mal !

— Frankie ?

Une vision de l'employée du ranch sur le dos d'un cheval sauvage lui traversa l'esprit. Suivie des souvenirs de la chute de

Rena. Il n'était pas là le jour où sa fiancée était morte, mais cela ne l'avait pas empêché d'imaginer la scène des milliers de fois.

Son instinct s'emballa et un nœud froid prit possession de sa poitrine.

— Où est-elle ? Où est-elle ?

De la sueur moite dégoulina sur ses tempes.

— Où est Frankie ?

Il avait besoin de l'en dissuader. Non, il devait lui rappeler le règlement et lui dire qu'elle n'avait pas le droit de concourir. Qu'avait-elle dans la caboche ? Le rodéo était un sport dangereux pour n'importe qui, homme ou femme.

— Vous allez bien ?

Les sourcils blonds de Reggie se soulevèrent et l'homme tendit la main vers une bouteille d'eau posée sur un gradin vide non loin de là.

— Tenez, buvez, vous n'avez pas l'air en forme.

En glissant une main le long de son front, il essaya d'éteindre les images qui lui passaient par la tête.

— Je vais bien. Je vais bien.

Il fouillait déjà du regard l'arène à la recherche de la belle brune.

— Où est Frankie ?

Reggie montra du doigt l'extérieur de l'arène.

— La dernière fois que je l'ai vue, elle sortait pour s'isoler. Je crois qu'elle se dirigeait vers la grande roue.

Reggie n'eut pas à en dire davantage, les santiags de Xander étaient déjà en mouvement.

2

Frankie faisait les cent pas derrière la grande roue, à bonne distance des enfants et des couples qui attendaient leur tour pour l'attraction carnavalesque.

Avant un événement comme celui-ci, elle avait toujours les nerfs en pelote. Elle n'avait fait qu'une demi-douzaine de rodéos, mais savait reconnaître l'étrange cocktail d'excitation et de doutes qui la tourmentait, et savait aussi qu'il précédait l'euphorie de son passage dans l'arène. Cette partie – l'attente – était bien plus difficile à gérer que les huit secondes qu'il lui fallait tenir sur le dos d'un cheval en furie.

L'atmosphère sonore était un beau brouhaha. De la musique rock jaillissait des haut-parleurs du manège. Non loin de là, un groupe country donnait son meilleur sur la scène du concours musical. Il y avait aussi les sifflets et les clochettes de diverses compétitions d'habileté dans la fête foraine, avec des festivaliers haranguant les passants pour qu'ils prolongent au maximum leur soirée. Qu'ils s'amusent plus et dépensent plus. De temps à autre, une annonce rappelait à tel ou tel compétiteur qu'il devait rejoindre l'arène du rodéo. Lutteurs et cow-boys attendaient leur tour.

Accélérant la cadence de ses pas, Frankie savait que ce soir allait être difficile. Il n'y avait qu'une poignée de compétitrices dans son épreuve, mais elle avait vu la liste et reconnu les noms de deux championnes d'une tournée entièrement féminine qui avait enflammé le Texas l'année précédente. Ses chances étaient bien minces...

Sauf que le rodéo était aussi, justement, une question de chance. Les chevaux pouvaient surprendre n'importe qui. Et Frankie ne reculait jamais devant un défi. Sa mère le lui avait suffisamment répété pour que ce soit vrai.

Non, il ne fallait pas qu'elle pense à sa mère adoptive. Ou à son père. Ni au foyer aimant qu'elle avait fui au lendemain même de ses dix-huit ans. Elle devait garder ses soucis pour une autre soirée, quand elle ne serait pas sur le point de risquer sa peau.

— Frankie.

La voix d'un homme la sortit de ses pensées tumultueuses. Elle releva la tête pour voir Xander Currin se diriger vers elle.

Oui, tout droit vers elle.

Un frisson la traversa. Il la fixait de ses yeux bleus, qui firent s'envoler une nuée de papillons dans son ventre.

— Oui ?

Que lui voulait-il ? Elle essaya de se concentrer et de passer outre au rythme effréné de ses battements de cœur.

Une chose était certaine : il n'avait pas l'air content. Lui en voulait-il toujours d'avoir sorti Carmen l'autre jour ? Non, ce n'était pas possible, à moins que...

— Je viens de voir Reggie.

Son patron s'arrêta à quelques dizaines de centimètres d'elle, probablement plus près qu'il ne l'avait encore jamais été auparavant.

— Il m'a dit que tu allais participer à l'épreuve du bronco ?

— Oui, c'est vrai.

Elle laissa échapper un soupir de soulagement. Il n'était pas là pour lui remonter les bretelles à propos de Carmen.

— Il y a une compétition féminine ce soir.

— Je sais, dit-il sèchement. Mais est-ce que tu sais quel danger ça représente ?

Sa voix semblait aussi aiguisée que la dernière fois qu'ils s'étaient parlé.

Une boule se forma dans sa poitrine. Sa seule existence semblait suffisante pour irriter cet homme.

— Euh, je travaille au contact des chevaux et des bovins tous les jours, comme vous. Je crois être au courant, oui.

Elle croisa les bras, bien décidée à ne pas se laisser intimider. Hors du ranch Currin, il n'était pas son patron, il était un homme comme les autres et il n'avait aucun droit de l'infantiliser.

Elle avait travaillé trop dur dans sa vie pour se laisser dicter sa conduite par n'importe qui.

— Ça ne veut pas dire que tu es prête à chevaucher une bête hargneuse et élevée pour faire valser les cavaliers.

Il serra les poings et les mâchoires et ajouta :

— Est-ce que tu sais le boulot que font les cavaliers pour se préparer à une telle épreuve ?

Elle leva les yeux au ciel et voulut lui répondre d'aller se faire voir lorsqu'un tonnerre d'applaudissements retentit près d'eux.

Une fois qu'un silence relatif fut revenu, elle se décida à attaquer le sexisme de son patron bille en tête.

— Tu as fait à Reggie le même discours, je suis sûre.

Elle espéra qu'il ne s'offusque pas de son passage inopiné au tutoiement, et qu'il le prenne comme un appel à la considérer comme son égale.

— Ou à Wyatt, le plus jeune de tes employés qui se lance ce soir dans le rodéo ?

Les lèvres de Xander devinrent une fine ligne.

— Non. Mais...

— Mais tu n'es qu'un macho, voilà, il n'y a rien d'autre à dire. Pourquoi venir me faire la leçon alors que je me suis démenée à m'entraîner pour la compétition de ce soir, sinon ?

Son expression avait un peu changé. Ses yeux avaient pris une teinte que Frankie ne leur connaissait pas. Il sembla prendre une profonde inspiration avant de répondre :

— Oui, je connais ta réputation de travailleuse dans le ranch, mais je ne savais pas pour l'entraînement. C'est la première fois que j'en entends parler, désolé.

Son ton s'était réellement adouci. Ce qui fit revenir les papillons…

— En réalité, je n'ai pas beaucoup de temps libre pour m'entraîner avec mon emploi du temps.

Certains jours, elle avait même tellement de courbatures qu'elle arrivait à peine à se faire à manger avant de prendre une douche brûlante et de s'effondrer dans son lit.

— Je prends autant d'heures que possible pour joindre les deux bouts.

Elle leva le menton pour le défier. Avait-il encore quelque chose à redire ? Ce n'était pas une honte de vouloir travailler pour mettre de l'argent de côté.

Le groupe de country qui jouait à proximité lança un de ses tubes, accueilli par l'enthousiasme du public et des sifflets et des cris de la part des danseurs de l'autre côté de la grande roue. Les clignotements colorés des néons et les phares des voitures sur le parking complétaient le tableau d'un entêtant ballet lumineux.

— Bon, je ne veux pas que tu ailles dans cette arène ce soir, dit Xander tout de go, ses yeux plissés en deux meurtrières.

Elle se rappela qu'elle travaillait pour lui. Qu'elle ne voulait pas se confronter à la puissante famille Currin. Mais bon sang, pour qui se prenait-il ce soir ?

— C'est dommage, dit-elle, parce qu'à l'heure actuelle, je ne suis pas ton employée, donc je fais ce que je veux. Patron ou pas, ce soir, tu n'as pas à me donner d'ordres.

Le regard de Xander se perdit un instant dans le lointain puis revint vers elle.

Il lui sourit timidement.

— Pourquoi ce rodéo est-il si important à tes yeux ?

Quelque chose dans sa voix l'incita à être honnête.

— Je travaille dur pour essayer de mettre suffisamment

d'argent de côté pour mes études vétérinaires, et je n'ai pas beaucoup de temps libre.

Elle se força à se détendre et à décroiser les bras. À se tenir droite et à reprendre le contrôle de ses pensées et de ses sentiments.

— Et quand j'ai entendu parler du gala qu'organise le Club des éleveurs du Texas pour les victimes des inondations, j'ai pensé que c'était le genre de divertissement dont j'avais besoin. Quelque chose d'amusant et de différent qui me donnerait un aperçu de la vie que je voudrais avoir. Tu comprends ?

Xander pencha la tête comme s'il ne saisissait pas bien ce qu'elle voulait dire.

— Tu veux aller au gala de bienfaisance du club ? demanda-t-il lentement.

— Oui, c'est ce que je veux. Et si je gagne le bronco de ce soir, le prix me permettra d'acheter un billet pour le gala.

Le haut-parleur annonça l'imminence de son épreuve. Ses nerfs se nouèrent dans son ventre.

À cause du rodéo ou de l'homme qui la fixait ?

— Il faut que j'y aille.

Elle fit un pas en avant, mais il s'interposa.

— Non, Frankie, je suis sérieux.

Son patron était peut-être beau comme un dieu, il était aussi têtu comme une mule – un deuxième aspect de sa personne qui lui avait jusqu'ici échappé.

— Et tu vas faire quoi si j'y vais ? Tu ne peux pas me virer, tu as cinq autres employés dans l'arène, je te rappelle.

Les yeux rivés sur la piste, son cœur tambourinait toujours plus fort dans sa poitrine. Elle ne voulait vraiment pas perdre sa place. Mais elle avait aussi besoin de l'argent du prix.

Cruel dilemme…

— Donc je te propose un marché, dit alors Xander d'une voix profonde. Si tu déclares forfait ce soir, je t'offre un billet pour le gala. Tu seras ma cavalière.

Elle s'arrêta net et se retourna pour le regarder. Et analyser son expression.

— Je ne comprends pas, tu ne peux pas me virer, mais tu veux quand même m'inviter au gala ?

Elle avait du mal à le croire. Le carnet d'adresses de Xander Currin croulait sous tout ce que la région comptait de femmes plus magnifiques et riches les unes que les autres.

— Pourquoi ? ajouta-t-elle.

— Tu as dit que tu voulais un billet. J'en ai un à t'offrir, rétorqua-t-il en éludant savamment la question qu'elle venait de lui poser. Sois ma cavalière demain soir.

Frankie secoua la tête.

— Je ne comprends pas, quel intérêt pour toi ?

— J'ai deux billets, articula-t-il. Tu en veux un ou pas ?

Les pensées se précipitèrent dans son esprit. Après tout, qu'elle remporte l'épreuve du bronco n'avait vraiment rien de garanti vu le niveau de ses concurrentes. Et qu'avait-elle à perdre en acceptant l'invitation de Xander ? Ce n'était pas comme s'il ne peuplait pas déjà ses fantasmes... Une soirée avec lui promettait d'être à tout le moins excitante.

— Bon, bon, d'accord.

Elle n'arrivait pas à croire qu'elle allait être la cavalière de son patron à un événement aussi important.

— J'irai au gala avec toi.

— Bien.

Xander n'avait pas vraiment l'air heureux, mais plutôt soulagé.

— Maintenant, partons d'ici. Je te ramène au ranch.

Une pointe de déception l'agaça, mais elle choisit de se focaliser sur l'opportunité inattendue qui venait de se présenter à elle.

— Tu ne veux pas voir comment s'en sortent les autres gars de l'équipe ? demanda-t-elle.

L'idée d'esquiver ainsi le rodéo lui faisait mal au cœur. Ces gars du ranch Currin étaient désormais sa seule famille. Le fait qu'ils habitent tous sur place y était pour beaucoup dans la solidité de leur groupe.

— Non, précisa Xander, je ne veux prendre aucun risque de te voir te faufiler en douce dans l'arène.

À ces mots, il lui passa la main dans le dos. Un geste fugace, quasiment imperceptible, mais qui suffit à l'électriser.

— Je suis garé juste là.

Au parking VIP, bien sûr...

— Pas besoin de me ramener à la maison. Je peux rentrer avec les gars.

En outre, elle ne voulait pas qu'ils s'inquiètent pour elle.

— Reggie va forcément se demander où je suis passée.

— Je lui envoie un texto.

Il tira son téléphone de la poche de sa chemise alors qu'ils sortaient de la foire et se dirigeaient vers le parking. Après avoir tapoté pendant quelques secondes sur l'écran, il le remit à sa place.

— Voilà. C'est fait.

Autant d'assurance la laissa songeuse. À quoi pouvait bien ressembler la vie d'un Currin ? À avoir le monde à ses pieds ?

— Je n'arrive pas à croire que tu n'aies pas déjà une cavalière pour le gala.

Une horrible pensée lui vint à l'esprit.

— Tu n'annules pas la blonde juste pour m'empêcher de participer au rodéo, n'est-ce pas ?

Même si Frankie se souvenait de son démarrage en trombe qui avait failli faire ruer la pauvre Carmen, elle se sentait quelque peu désolée pour elle.

— La blonde ?

Xander n'avait pas l'air de percuter.

— Oui, celle qui a fait sursauter mon cheval lorsque tu l'as raccompagnée à sa décapotable. Enfin, ce n'est pas comme si cela me regardait.

Mais elle voulait savoir... La curiosité lui brûlait les joues alors qu'elle prenait place à l'avant du 4x4.

— Elle s'appelle Kenzie, et non, elle n'a jamais été ma cavalière pour le gala, dit-il en refermant la portière passager avant de faire le tour du véhicule pour s'installer au volant.

Très intéressant…

Est-ce que cela signifiait qu'il était actuellement libre ? En même temps, elle ne lui avait connu aucune relation sérieuse depuis qu'elle avait rejoint le ranch.

— Mais tu ne crois pas que cela va jaser ? Après tout, je suis ton employée.

L'appréhension lui noua la gorge

— Pas du tout. Il y a assez de drames au Club des éleveurs du Texas pour que personne ne se soucie de qui sera à mon bras, je t'assure !

Il ne restait plus qu'à espérer qu'il dise vrai.

Frankie prit une profonde inspiration.

À quoi allait ressembler cette fête ? À un véritable rendez-vous galant avec un homme qui s'avérait être son patron ou allait-il la laisser naviguer à vue dans le gotha une fois la porte du gala passée ?

C'était une chose d'être courageuse sur le dos d'un cheval fou. Au moins, elle savait à quoi s'attendre. Mais affronter le grand monde… C'était une autre paire de manches. Qui pouvait parfaitement être aussi humiliant que chuter de sa monture pour se retrouver les fesses dans la boue. Que savait-elle de Xander, à part qu'il ne semblait pas taillé pour la vie à deux ?

En le regardant de côté alors qu'il tournait la clé dans le contact, Frankie se fit une promesse : le lendemain, elle allait tenir la bride haute à son attirance. Et simplement profiter d'un événement auquel elle avait tant voulu assister.

Après tout, vu qu'elle venait d'avoir un aperçu du sexisme et de l'arrogance dont il était capable, il n'allait pas être très difficile d'oublier qu'il lui faisait battre le cœur comme personne.

Sauf que le 4x4 n'était pas encore sorti du parking que Frankie était déjà plongée dans ses rêves. Où Xander, comme à son habitude, tenait le premier rôle…

Ouf, la crise avait été évitée.

Alors qu'il conduisait son 4x4 vers l'autoroute, Xander essayait de se persuader lui-même : il avait fait ce qu'il fallait faire. Il s'était assuré que Frankie ne participe pas à une compétition dangereuse, et maintenant il la raccompagnait en toute sécurité vers son bungalow dans la propriété familiale.

Mais tandis qu'une chanson d'amour country passant à la radio emplissait l'habitacle, il ne pouvait pas non plus nier qu'en évitant un désastre, il en avait peut-être préparé un autre. Parce que même s'il avait dit à Frankie que sa présence à son bras allait passer inaperçue au gala du Club des éleveurs, il savait qu'elle allait faire jaser. Sa réputation ne lui importait pas trop, mais c'était pour Frankie qu'il avait peur. Rien ne garantissait que la soirée ne se transforme pas en cauchemar pour elle. Sans compter l'après… Les rumeurs n'avaient pas leur pareille pour se répandre comme une traînée de poudre dans la communauté très soudée des éleveurs.

Comme il ne savait pas trop comment aborder cette question, il essaya de se focaliser sur les aspects positifs de ce qui venait de se passer. Il garda les yeux sur la route, sachant qu'il valait mieux se concentrer sur sa conduite que de se laisser aller à penser à la très – *trop* – séduisante cow-girl assise sur le siège passager.

— Je peux changer de station ?

Sa voix l'extirpa de ses pensées. Du coin de l'œil, il vit sa main s'avancer vers la radio.

Soit vers lui…

Son regard passa brièvement de ses doigts à sa silhouette divinement mise en valeur par les lueurs nocturnes.

— Comme tu veux, bredouilla-t-il.

Bon sang, qu'est-ce qu'elle était jolie. Même s'il se forçait à garder les yeux rivés sur la route devant ses phares, il ne pouvait s'empêcher d'être obsédé par sa tresse brune reposant sur sa délicate épaule et attachée avec un ruban bleu.

Elle portait un Stetson bleu vif qu'il n'avait jamais vu auparavant, et un gilet en daim brun par-dessus sa chemise western turquoise et jaune. Les touches féminines n'adoucissaient pas tout à fait l'inclinaison fière de son menton ou l'entêtement de sa mâchoire, mais c'était le genre de contradiction qui la rendait d'autant plus intéressante.

Qui était donc cette employée de ranch prête à risquer sa peau dans l'arène pour un billet de gala ?

— Merci, dit-elle.

En tournant le bouton de la radio, elle trouva une chanson country d'inspiration rock plus rapide et augmenta le volume.

Pour éviter d'avoir à parler ? Il n'allait pas lui en tenir rigueur. Il ne voulait pas réfléchir à ce dans quoi il s'embarquait avec leur rendez-vous. Et il voulait d'autant moins songer à l'attirance qu'il ressentait pour elle. Elle travaillait pour lui, elle lui était donc interdite. Point final.

Mais quelques instants plus tard, elle brisa le silence après avoir baissé de nouveau le volume alors qu'il prenait la bretelle pour sortir de l'autoroute et terminer sur la petite route sombre menant au ranch.

— Tu as dit qu'il y avait beaucoup de drames au Club des éleveurs du Texas.

Elle se déplaça sur son siège pour se tourner légèrement vers lui, son coude reposant sur la console entre eux.

Près de son bras.

— J'ai dit cela ?

Il n'avait jamais prêté beaucoup d'attention aux rumeurs. Mais son père avait été tellement impliqué dans l'ouverture d'une succursale du CET à Houston qu'il lui avait été impossible de ne rien entendre.

— Oui, tu as dit que personne n'allait remarquer ma présence à ton bras vu les drames que le club doit gérer en ce moment.

Sa voix avait une intonation douce et rauque. Il se surprit à penser à la voix qu'elle pourrait avoir le matin, après une nuit de…

Il secoua nerveusement la tête et se racla la gorge pour essayer de faire disparaître l'image, bien trop crue, qui venait de lui passer derrière les yeux.

Elle insista.

— De quoi s'agit-il ? Quelque chose que je devrais savoir ?

Il la regarda de nouveau brièvement, ses grands yeux verts faisaient naître en lui une chaleur qu'il ne pouvait ignorer.

Oui, il valait mieux parler des petites et grandes histoires du CET que de s'attarder sur l'étincelle qui s'allumait à l'évidence entre eux. Sans compter qu'il ne pouvait qu'admirer sa rapidité d'esprit et sa volonté de se préparer à une sortie dans le monde.

— Je suis sûr que tu as entendu parler du corps retrouvé sur le chantier de la succursale de Houston.

Il se redressa sur son siège, notamment pour mettre davantage de distance entre lui et l'intrigante femme qui l'accompagnait.

— Qu'un meurtre ait pu se produire au CET met tout le monde sur les nerfs.

Son père n'en avait pas beaucoup parlé, mais Xander était sûr et certain qu'il avait ses soupçons. Ryder Currin connaissait tous ceux qui voulaient mettre des bâtons dans les roues de leur expansion à Houston.

— Oui, j'ai lu tous les articles à ce sujet, répondit Frankie en laissant courir un doigt sur le cuir de la console centrale. J'ai l'impression que personne n'ose rien dire avant l'identification du cadavre.

— Non, personne ne veut rien dire publiquement, mais je t'assure que les gens parlent. Et beaucoup. Certains pensent que la victime pourrait être Vincent Hamm, un assistant du conseil d'administration de Perry Holdings, qui a disparu sans laisser d'adresse juste avant les intempéries.

— Quelqu'un a essayé de le localiser ?

Elle s'arrêta, une note d'alarme dans la voix.

— Apparemment, sa famille a dit à la police qu'il a toujours été un solitaire. Il détestait son travail et parlait souvent de partir dans une île des Caraïbes pour devenir surfeur. Il ne voulait pas les inquiéter. C'est peut-être ce qu'il a finalement fait.

Elle se tut à nouveau, regardant par la fenêtre alors qu'ils doublaient un tracteur.

— Je sais ce qu'on peut ressentir dans ces cas-là. Moi aussi j'ai pris la clé des champs un jour, dit-elle dans un soupir après un long silence.

Il ne s'attendait vraiment pas à ce que la conversation prenne un tel tour. À n'en pas douter, cette femme était décidément pleine de surprises.

— C'est vrai ? Je ne t'imagine pas tout laisser derrière toi pour devenir surfeuse.

Frankie éclata de rire. D'un rire si joyeux et cristallin qu'il lui donna immédiatement envie de l'entendre à nouveau.

— Définitivement pas, dit-elle en s'esclaffant de plus belle. Non, je voulais dire que je suis partie de chez moi il y a longtemps et je n'ai jamais regardé en arrière.

Un frisson le traversa lorsqu'il tourna la tête vers elle.

— J'espère que personne ne t'a fait du mal.

Ses mains se crispèrent sur le volant.

— Oh non, vraiment pas.

Elle avait visiblement envie de dissiper son inquiétude.

— Mes parents se sont très bien occupés de moi, mais ils n'étaient pas mes vrais parents et j'ai toujours eu l'impression qu'ils m'avaient caché quelque chose sur mes origines.

Elle poursuivit en expliquant comment ses parents l'avaient trouvée enfant, abandonnée sur une aire d'autoroute près de Laredo. Ils l'avaient élevée comme leur propre fille, mais ils avaient toujours refusé de lui donner des détails sur les circonstances de son arrivée dans leur vie et les mesures qu'ils avaient prises, le cas échéant, pour retrouver ses vrais parents.

— Ils étaient gentils avec moi, mais il y avait toujours quelque chose de bizarre avec eux. Comme un non-dit, un tabou, même.

À ces mots, elle leva les épaules. Un geste trahissant bien plus du stress que de l'indifférence.

— Quoi qu'il en soit, en parlant de Vincent Hamm qui voulait tout quitter pour partir sur une île, j'ai pensé à ma ville natale. Je me demande ce que mes amis et mes parents ont pensé après mon départ.

— Je ne sais pas, mais je suis sincèrement désolé que tu aies dû traverser ça.

Qu'est-ce qui avait bien pu pousser cette femme forte et déterminée à tourner le dos à ceux qui l'avaient élevée ? Il y avait probablement davantage à connaître dans cette histoire qu'elle ne lui en avait dit, mais il ne voulait pas paraître indiscret. Pas alors qu'il commençait à peine à la connaître.

— J'aimerais te présenter ma sœur, Maya. Mon père l'a adoptée quand elle était bébé, et pour autant que je sache, il n'a jamais dit à personne comment elle était entrée dans sa vie.

— C'est vrai ? Quel âge a-t-elle ?

Frankie se raidit alors que le 4x4 rebondissait sur les nids-de-poule du chemin menant au bâtiment principal du ranch.

— Elle a dix-huit ans et vient de rentrer à la fac. Mon père devait lui raconter toute l'histoire une fois sa majorité atteinte, mais il ne l'a pas encore fait. Ce qui contrarie beaucoup Maya, je ne te le cache pas.

Xander alluma ses pleins phares quand la voiture atteignit l'arche de bois portant l'enseigne du ranch Currin.

— Je déteste les secrets, siffla Frankie.

La passion qui animait ses mots était évidente.

— On est deux, alors.

Il avait eu lui aussi son lot de tabous et de surprises, et il n'avait vraiment pas l'intention de s'engager de nouveau sur cette voie.

Il passa devant le dortoir collectif où dormaient beaucoup de jeunes ouvriers et se dirigea vers les bungalows.

— Mais je suppose que mon père a de bonnes raisons de garder les siens. Comme tes parents, qui ont peut-être voulu te protéger.

— Oui, peut-être.

Elle n'avait pas l'air convaincue.

— Bon, on est arrivés, merci de m'avoir raccompagnée.

Elle tira sur sa ceinture de sécurité alors qu'il n'avait pas encore garé le 4x4. Parce qu'elle voulait s'échapper ? Ou parce qu'elle voulait elle aussi ignorer l'étincelle ?

— Pas de quoi. Je sais que ce n'est pas la soirée que tu avais en tête.

Il stoppa le moteur du 4x4 et alla pour l'accompagner jusqu'à sa porte.

— C'est bon, dit-elle dans un souffle alors qu'elle ouvrait déjà la portière. Je suis une grande fille, je peux rentrer toute seule.

Il se pencha vers elle et posa la main sur son avant-bras.

— Frankie, attends.

La toucher avait été une erreur. Ce qu'il sut dès que ses doigts atterrirent sur sa manche. Ils avaient leur volonté propre. Ils voulaient s'attarder, glisser plus haut, autour de son épaule pour l'attirer plus près de lui. Son cerveau, par contre, aurait voulu qu'ils décollent sans demander leur reste, comme si le bras de Frankie avait été en feu. Et d'une certaine manière, il l'était…

— J'ai été un bel abruti avec toi ce soir. Laisse-moi au moins te raccompagner à ta porte pour te montrer que je peux me comporter en gentleman.

— Tu es mon patron, pas un gentleman.

Elle porta une main devant sa bouche et fronça les sourcils.

— Pardon, je ne voulais pas dire ça, pas comme ça.

— Oui, mais comme tu l'as si bien dit tout à l'heure, nous sommes sur ton temps libre. Strictement parlant, tu ne travailles pas pour moi ce soir.

Ses doigts caressaient la peau nue de son poignet, un endroit étonnamment sensible où il pouvait sentir son pouls battre rapidement.

Les pupilles de ses yeux verts se dilatèrent dans la faible lueur du porche.

— Oui, c'est vrai, dit-elle d'une voix blanche.

Elle s'éclaircit la gorge.

— Très bien, d'accord.

Ses doigts se délièrent et il la laissa se pencher vers l'extérieur. Il sortit du 4x4 en hâte et se dirigea vers elle.

Il tendit la main pour l'aider à sortir, mais elle la refusa. Parce qu'elle avait peur de son contact ? Ou parce qu'elle était obstinément fière ? Sans doute un peu des deux.

— Merci, répéta-t-elle en se mordant la lèvre inférieure. À quelle heure on se revoit demain ?

— Je passerai te prendre à 19 heures.

Xander s'interrogea de nouveau sur la sagesse du marché qu'il avait conclu avec elle.

Si elle l'émouvait autant maintenant, à quoi devait-il s'attendre demain, lorsqu'ils auraient passé toute une soirée ensemble ?

Elle hocha la tête, sa tresse brune glissa le long de son épaule.

— Et que ce soit clair, demain je ne serai pas de service non plus ?

Était-elle en train de flirter avec lui ? Ou prenait-il ses désirs pour des réalités ?

La tension lui noua les épaules, alors qu'ils étaient ensemble depuis moins d'une heure.

— Je te laisse décider, Frankie. À toi de me dire quelle partie de la soirée tu souhaites garder professionnelle et laquelle…

Il la fixa du regard. Le clair de lune caressait ses traits comme s'ils étaient ceux d'une statue. Il ne savait pas comment finir sa phrase sans paraître trop entreprenant. Il choisit de jouer le tout pour le tout.

— … laquelle tu veux garder pour le plaisir.

Le sourire qui se dessina sur ses lèvres lui fit comprendre que ses désirs avaient une certaine réalité.

— Bonne nuit, Xander, à demain.

Il l'imaginait déjà en robe du soir et il aimait terriblement ce qu'il voyait.

— Bonne nuit, Frankie.

Avec un signe de tête silencieux, elle se retourna et disparut à l'intérieur de son bungalow.

Le souvenir de la sensation de ses doigts sur sa peau promettait de l'entêter longtemps. Jusqu'à ce qu'il ait la chance de la toucher à nouveau...

3

L'après-midi avant le gala, Frankie voulut terminer son travail le plus rapidement possible. Elle allait avoir besoin de temps pour se préparer. Elle avait cravaché sur le système d'irrigation presque toute la journée et l'état de ses bottes, de son jean et de son visage pouvait en témoigner.

Sans doute que sous son chapeau, ses cheveux ne ressemblaient pas non plus à grand-chose.

L'excitation lui donnait de l'énergie alors qu'elle ramenait l'un des véhicules tout-terrain du ranch dans le garage du manoir. Elle laissa les clés sur le contact, remarquant que le 4x4 de Xander était là, mais pas sa voiture de sport. Elle ne l'avait pas vu du tout de la journée, mais il lui avait dit qu'il viendrait la chercher à 19 heures au bungalow.

Ce qui lui laissait moins de deux heures pour se préparer.

Au moins, elle n'avait pas de temps à perdre pour choisir une robe, puisqu'elle n'avait qu'une seule option dans son placard. Sa robe de cocktail noire était peut-être un peu trop ennuyeuse pour un gala, mais elle allait devoir faire l'affaire. Traversant la grande allée en fer à cheval menant à son bungalow, elle remarqua un coupé Mercedes blanc garé devant l'entrée principale du manoir Currin.

Alors qu'elle approchait du véhicule, la grande porte en chêne de la maison s'ouvrit et Annabel Currin, la demi-sœur de Xander, sortit sous le porche. Dans les bras, elle portait une demi-douzaine de robes de soirée, chacune dans une housse élégante portant le nom d'une marque de créateur hors de prix.

— Ces robes ont l'air superbes, lui dit Frankie en la saluant.

Elle ne connaissait pas bien Annabel, mais la sœur de Xander avait toujours été gentille avec elle.

Grande et longiligne, Annabel avait été doublement bénie question beauté grâce à sa mère kényane, Elinah, et à son beau-père, Ryder Currin, beau comme une star du cinéma. Frankie avait vu des photos du couple avant la mort d'Elinah. La belle-mère de Xander avait été éblouissante. Annabel tenait de sa mère, avec des pommettes hautes et des yeux brun foncé.

— Ne me fais pas douter ! lui répondit Annabel en riant alors qu'elle se précipitait sur les marches menant à sa voiture. J'ai décidé de garder la jaune pour le gala de ce soir, mais c'était une décision difficile parce que je les aime toutes. Les autres, je vais les donner demain.

Frankie savait qu'Annabel était une blogueuse mode et qu'elle recevait souvent des échantillons de designers.

— Tu veux dire que ce sont les robes que tu exclus ?

Frankie ralentit le pas quand elle s'approcha de la voiture d'Annabel. Une nouvelle vague d'inquiétude la submergea. Avait-elle bien respecté le code vestimentaire de la soirée ?

— Tu crois qu'une robe cocktail sera suffisante pour ce soir ? Ou je vais faire tache ?

Annabel écarquilla les yeux.

— Tu as besoin d'une robe ? Tu vas au gala ?

Frankie hocha la tête, son anxiété grossit de plus belle.

— Une robe de cocktail n'est pas un bon choix, c'est ça ?

— Tu peux porter un de ces trucs ! Pas besoin de me la rendre. Je parie que tu fais exactement ma taille.

Annabel l'examina de haut en bas.

Frankie se sentait gênée. Elle n'avait jamais rien porté d'aussi beau que les robes qu'Annabel avait dans les bras.

— Oh non, c'est beaucoup trop généreux. Je ne peux pas...

— Arrête, c'est absurde, je n'ai pas déboursé un centime pour ces robes. Et ça me fera plaisir !

Annabel lui prit le poignet d'une main et la tira vers les marches.

— En plus, je t'assure, les relookages de cow-girls sont ma spécialité.

Elle était sérieuse ? Frankie avait effectivement vu quelques photos « avant/après » sur son blog à succès.

— Annabel, je ne ressemble à rien.

L'inquiétude grandissant, elle la suivit sous le porche et passa avec elle la porte d'entrée de la maison de la famille Currin. Qui ressemblait bien davantage à un palais.

— Raison de plus, tu seras un super modèle.

Sans plus attendre, Annabel se dirigea directement vers l'escalier principal.

— Et ce sera amusant, puis ça nous permettra de faire connaissance.

— Mais tu dois te préparer aussi ! se raidit Frankie. Je ne veux pas te faire perdre ton temps.

— Ne t'inquiète pas, je peux me préparer en dix minutes, si nécessaire.

Elle lui jeta un regard de connivence.

— Crois-moi, j'ai fait une vidéo pour mon blog à ce sujet.

Frankie s'esclaffa.

— C'est impressionnant. D'accord, je suis partante si tu l'es. Mais il faut que j'enlève mes bottes.

Quelques minutes plus tard, elles étaient dans l'immense suite d'Annabel. Frankie était déjà entrée dans la maison Currin, mais elle n'avait encore jamais dépassé le foyer. Elle embrassa du regard l'immense chambre d'Annabel, avec ses murs gris colombe et blanc cassé. L'ensemble donnait une impression très relaxante, chaleureuse et paisible.

Elle écouta Annabel chantonner alors qu'elle accrochait les robes de rechange à un mur constellé de patères de cuivre près d'une psyché à l'ancienne. Puis elle disparut un instant dans son dressing et en ressortit avec un sac de soie rose.

— Viens avec moi.

Annabel lui fit signe d'ouvrir la porte de la salle de bains.

— Normalement, il y a un peignoir supplémentaire…

Elle jeta un rapide coup d'œil derrière la porte de la salle de bains pour s'en assurer.

— Et là, tu as tout le nécessaire de toilette qu'il te faut.

Elle déposa le sac de soie rose sur la vanité en marbre.

— Pendant que tu te douches, je vais réfléchir à ce qu'on peut faire de tes cheveux. Ça te va ?

Émue à l'idée qu'Annabel lui ouvre sa maison, lui prête une robe hors de prix et l'aide à se préparer pour une soirée si spéciale, Frankie ne savait plus quoi dire. Elle craignait qu'en voulant la remercier, elle se ridiculise en fondant en larmes.

Hochant simplement la tête, elle se réfugia dans la salle de bains géante aux murs recouverts de marbre blanc lisse et de tomettes gris pâle. Un bouquet de gardénias et de clématites blanches débordait d'un vase en étain et remplissait l'air de leurs délicates notes parfumées.

Frankie se lava le plus vite possible, en s'assurant de se débarrasser de toute trace de terre du Texas. Quand elle fut certaine d'être impeccable, elle s'essuya avec l'un des draps de bain duveteux qu'Annabel lui avait préparé. À côté des serviettes, elle repéra le sac en soie rose. À l'intérieur, elle trouva de jolis sous-vêtements flambant neufs, une brosse à dents de rechange et des échantillons de produits de beauté. Après s'être brossé les dents, elle se glissa dans le peignoir blanc de rechange. Elle n'avait jamais connu de sensation aussi réconfortante.

Lorsqu'elle rouvrit la porte de la suite d'Annabel, l'espace avait été transformé. L'éclairage encastré avait été mis sur variateur, de sorte que le lit et le salon étaient désormais plongés dans la pénombre. La partie la plus lumineuse de la pièce se trouvait maintenant dans le coin à côté de la psyché. Un paravent avait été rabattu et dévoilait une coiffeuse à l'ancienne. Un petit tabouret en cuir était posé devant la vanité.

— Prête pour la métamorphose ? Annabel la salua de l'autre bout de la suite et Frankie remarqua qu'elle s'était maquillée pendant qu'elle était sous la douche. Elle s'avança et lui sourit.

— Si Madame veut bien prendre place.

— Je n'arrive pas à croire que tu fasses tout ça pour moi.

Alors qu'elle s'installait sur le tabouret, elle essaya d'exprimer sa gratitude.

— Tu es comme ma bonne fée !

— J'adore m'occuper des gens, lui dit Annabel. Je n'ai jamais vraiment trouvé ma place dans le ranch, mais l'industrie de la beauté me va à ravir.

Elle lui parla un peu plus de son travail de blogueuse mode et beauté, puis de son fiancé, Mason Harrison, un cadre chez Currin Oil. Frankie était complètement détendue et laissa Annabel lui sécher les cheveux et les mettre dans des bigoudis chauffants, des accessoires que Frankie n'avait encore jamais utilisés.

— Alors, avec qui vas-tu au gala ce soir ? lui demanda Annabel une fois l'étape maquillage arrivée.

Elle inclina le visage de Frankie et l'étudia dans la lumière avant de saisir une palette de fards allant des nuances crème à brun foncé.

— Xander.

Elle lui raconta l'histoire du rodéo avorté et du marché qu'ils avaient conclu.

— Ce ne sera donc pas un vrai rendez-vous galant. C'est sa façon à lui de s'assurer que je ne me casse pas le cou, je suppose.

À ces mots, Annabel se raidit et laissa tomber le pinceau qu'elle avait dans la main.

— Annabel ?

Frankie se pencha pour ramasser le pinceau qui avait craché un peu de poudre rose sur le sol carrelé.

— Est-ce que ça va ?

Avait-elle dit quelque chose qu'il ne fallait pas.

— Oui, oui, ça va, lui dit-elle d'un ton qui lui sembla forcé comme son sourire.

— Désolée, j'ai été distraite un instant. Tu sais, on devrait choisir la robe avant de continuer. Pour que je puisse utiliser les bonnes couleurs pour ton visage.

Était-ce l'imagination de Frankie, ou Annabel avait-elle envie de changer de sujet ? Mais comme elle ne voulait pas mettre son hôtesse mal à l'aise, elle se leva du tabouret et alla essayer des robes. Une fois dans l'immense dressing – qui tenait vraiment de la pièce supplémentaire, avec un lustre et un petit sofa – elle entendit Annabel chuchoter de l'autre côté de la cloison. Lorsque Frankie revint dans la suite, vêtue d'une robe fourreau en soie turquoise, elle trouva Annabel en train de pianoter sur son téléphone.

Elle lui jeta un coup d'œil et sembla sursauter.

— Oh ! Frankie, tu es magnifique. Elle te va à merveille.

— Vraiment ?

Elle ne put s'empêcher de sourire.

— Je l'ai essayée en premier parce que c'était ma préférée. Elle m'a tout de suite tapé dans l'œil.

— Oui, c'est une couleur parfaite sur toi. J'adore la façon dont elle rend le vert de tes yeux encore plus profond. Quelle est ta pointure ?

— 39.

Mais où avait-elle la tête… Elle n'avait pas pensé aux chaussures !

— Parfait, c'est la taille de Maya. Elle aura sans doute quelque chose dans sa chambre pour aller avec ta robe. Je pense vraiment que tu peux arrêter les essayages, tu as la gagnante.

Elle lissa l'ourlet d'un geste de la main et fronça les sourcils en voyant les pieds de Frankie.

— Bon, il ne faut pas tarder si on veut te vernir les orteils.

Annabel saisit l'avant-bras de Frankie.

— Oh ! j'allais oublier ! Xander m'a envoyé un texto tout à

l'heure, il m'a demandé de te dire qu'il t'enverra une limousine. Sa réunion a pris du retard, mais le chauffeur aura ton billet, ne t'inquiète pas.

Frankie ne s'inquiétait pas, mais elle ne put s'empêcher de ressentir une pointe de déception en comprenant que Xander n'allait pas vraiment être son cavalier ce soir. Tant pis, elle allait pouvoir se concentrer sur les contacts à prendre pour sa future clinique vétérinaire. Sans compter qu'elle avait gagné une amie – une bonne fée – dans la manœuvre.

Décidément, il fallait qu'elle s'y fasse, la romance n'était plus à l'ordre du jour.

Xander attendait que sa réunion se termine dans la suite que son père avait réservée pour que les VIP du Club des éleveurs du Texas discutent boutique avant le gala. Il n'avait qu'une seule envie : sortir et aller retrouver Frankie. En réalité, il mourait même d'impatience de la revoir.

Sauf que pour le moment, il était coincé dans la suite de golf. Le Four Seasons de Houston avait des salles de bal pour accueillir le gala en bas, mais Ryder Currin avait réuni ses puissants amis avant le début des festivités pour parler des affaires du CET.

La suite décorée dans une thématique sportive comprenait un simulateur de golf professionnel et les invités qui ne voulaient pas parfaire leur swing pouvaient se détendre sur les canapés en cuir ou à un petit bar. En règle générale, Xander ne s'intéressait pas beaucoup au golf, mais il alla récupérer un club pour tenter sa chance au simulateur alors que son père continuait à passer en revue moult détails de dernière minute concernant le gala. Il était nerveux, agité, et peut-être qu'une partie de golf virtuelle allait le calmer.

S'alignant sur le green, Xander soupira. Il ne voulait pas être ici à s'occuper de questions administratives au lieu d'accompagner

Frankie à ce qui était très probablement le tout premier gala de bienfaisance de sa vie.

Il aurait donné cher pour que son plan se réalise, sauf que son père avait insisté : il fallait que Xander soit là au cas où son ennemi juré, Sterling Perry, ferait une apparition à la réunion.

La tension dans ses épaules le fit taper un peu trop à droite et la balle alla s'écraser dans un immense plan d'eau. Derrière lui, la réunion continuait. Xander entendit son père se disputer avec quelqu'un au sujet de Sterling Perry. Les deux hommes avaient une histoire d'inimitié remontant à bien avant la naissance de Xander, alors il ne prétendait pas en connaître toutes les subtilités. Selon les rumeurs, Ryder avait eu une liaison avec Tamara, la femme de Sterling à l'époque. Mais Xander n'y avait jamais cru. Il pensait que Sterling détestait son père parce que Ryder avait travaillé comme manouvrier pour le riche père de Tamara Perry, Harrington York, et qu'il avait hérité d'un petit morceau de propriété dans le testament de cet homme. Le terrain s'était avéré renfermer un gisement de pétrole qui avait fait de Ryder un homme très riche.

Sterling en voulait au père de Xander depuis ce temps-là, et la querelle semblait avoir repris vie avec l'ouverture d'une succursale à Houston par le Club des éleveurs du Texas. Les deux hommes en voulaient le contrôle, et la stratégie de Ryder avec le gala de collecte de fonds de ce soir visait sans doute à collecter des points en sa faveur.

Xander tapa encore quelques fois dans la balle virtuelle et perfectionna le tir qu'il avait raté au premier coup. Mais en jetant un œil à sa montre et voyant l'heure qui tournait, il décida qu'il avait suffisamment donné de son temps à la politique du CET.

Il était sur le point de dire à son père qu'il descendait pour retrouver sa cavalière quand une femme entra dans la suite.

Tous les collaborateurs de son père – huit hommes et deux femmes, dont son assistante, Liane Parker – ne bougèrent pas d'un iota tandis qu'Angela Perry, la fille de Sterling, s'enfonçait dans la pièce. Angela portait ses longs cheveux blonds en une queue-de-cheval simple et était vêtue d'une robe rouge assez discrète. Xander devina qu'elle approchait de la quarantaine et savait qu'elle était déjà la vice-présidente exécutive de Perry Holdings.

Que faisait-elle ici ?

Il n'eut pas à attendre longtemps avant de connaître la réponse. Son père se leva et vint à sa rencontre, glissa un bras autour de sa taille et déposa un baiser sur sa joue.

— Tu es magnifique, lui dit son père.

Xander faillit en avaler sa langue, et le reste de l'assemblée devait être aussi ébahi que lui. Ryder Currin sortait avec Angela Perry, fille de Sterling, l'homme qu'il détestait le plus au monde ? Apparemment, oui. Et son père semblait aussi avoir oublié la maxime qu'il prêchait à tout bout de champ concernant la loyauté envers la lignée et la priorité accordée à l'entreprise familiale.

En retournant son club de golf sur le support près du simulateur, Xander quitta enfin la pièce pour aller retrouver sa propre cavalière. Le début de la soirée avait été difficile. Mais le reste promettait d'être… Oh ! comme il avait hâte de voir Frankie. Il ne s'était pas senti excité par un rendez-vous depuis…

Son cœur s'affola alors que le visage de Rena prenait possession de son esprit.

Il repoussa ses souvenirs. Ce qui n'était pas forcément compliqué. Il devait juste se focaliser sur l'instant présent et en profiter. Savourer tout ce qu'allait lui offrir le gala.

Et Frankie.

La femme.

Dix minutes plus tard, en entrant dans la salle de bal doucement éclairée par des candélabres en fer forgé, Xander chercha Frankie du regard. Il passa à côté de quelques grosses légumes de Perry Holdings, dont Tatiana Havery et son frère, qui riaient de bon cœur. Au bar, il reconnut aussi des propriétaires de ranchs.

Xander avait presque abandonné l'idée de la retrouver quand une sublime créature entra dans son champ de vision.

Frankie ?

Frankie.

Elle était tout simplement stupéfiante dans sa robe turquoise, d'autant plus qu'elle se tenait près d'un mur d'orchidées fuchsia. Le thème du gala dont les fonds seraient reversés aux victimes des inondations était « Refleurir après l'adversité » et la salle de bal du Four Seasons était donc décorée de toutes sortes de fleurs.

Mais Frankie était la plus belle de toutes. Ses cheveux bruns s'enroulaient en boucles douces autour de son visage, ce qui donnait une impression radicalement différente de la queue-de-cheval fonctionnelle qu'elle portait tous les jours au travail. Des cristaux miroitants pendaient à ses oreilles et frôlaient presque ses épaules nues. Deux délicates bretelles soutenaient sa robe de soie moulante ornée de paillettes, dont la forme s'ajustait à sa silhouette sculpturale puis s'évasait au niveau des genoux, comme une queue de sirène.

Frankie était plus belle que n'importe quelle femme dans l'assistance et faisait tourner bien des têtes vers elle.

L'orchestre se lança dans une chanson lente. Les lumières s'estompèrent et dans sa vision périphérique, Xander remarqua que les couples s'approchaient de la piste de danse. Mais il ne pouvait pas quitter Frankie des yeux. Elle tenait un petit sac argenté entre ses deux mains. Elle balayait la salle du regard comme si elle cherchait quelqu'un.

Lui, sans aucun doute.

Bon sang, pourquoi n'était-il pas descendu plus tôt ?

Attiré vers elle comme par un aimant, il aurait voulu avoir des fleurs à lui offrir. Rendre cette soirée la plus romantique et la plus mémorable possible. Parce qu'il ne pouvait plus le nier. Il avait envie de Frankie Walsh, et prétendre le contraire n'allait pas suffire à faire disparaître son désir.

Il cueillit alors une fleur d'orchidée dans une urne d'argent posée près d'une sculpture de glace. Puis il avança jusqu'à elle, sans jamais la quitter du regard.

— Tu es… incroyable.

Il leva la main et la porta à ses lèvres, s'attardant alors que son regard entrait en collision avec le sien.

Ses yeux étaient d'un vert profond, comme un champ luxuriant d'herbe printanière. Sa bouche était peinte d'une nuance de rose vif, ce qui lui donnait envie d'y goûter. L'odeur de sa peau – une fragrance de pêche et de rose – lui donnait même une faim de loup.

— Vous m'accorderez cette danse ?

À ces mots, il déposa délicatement la fleur derrière son oreille, se demandant comment elle avait réussi sa transformation, de cow-girl boueuse à femme du monde exotique. Il l'avait toujours trouvée attirante, mais cette attirance était jusqu'à présent unidimensionnelle. En la voyant ainsi apprêtée, il avait l'impression d'avoir devant lui le genre de joyau qui pendait à ses oreilles et agaçait ses épaules.

Personne n'aurait pu dire qu'elle avait passé la moitié de la journée à creuser un système d'irrigation qui fuyait pour le réparer. Ou qu'il avait dû l'empêcher de participer à un rodéo la veille au soir.

Combien d'autres facettes lui cachait cette femme ?

— Oui, j'adorerais danser.

Heureux de cette approbation rapide, qui trahissait une nouvelle fois tout le caractère bien trempé de Frankie Walsh, il la conduisit alors sur la piste de danse, enveloppant sa main dans la sienne, et ne put résister à la taquiner.

— Je ne crois pas t'avoir déjà vue par ici, puis-je te demander comment tu t'appelles ?

4

Sérieusement ?

Frankie manqua perdre l'équilibre.

Elle savait qu'Annabel l'avait transformée. De sa magie du maquillage, elle lui avait offert des yeux de chat avec un trait parfait d'eye-liner. De la robe aux bijoux, sa métamorphose était complète. Mais était-elle pour autant méconnaissable ? Elle fut légèrement irritée à l'idée que Xander danserait avec une autre femme alors qu'il n'avait même pas encore pris le temps de retrouver sa cavalière.

— Francesca, répondit-elle avec sang-froid, en lui donnant son prénom complet, un joli nom qu'elle avait toujours trouvé trop délicat et féminin pour elle.

Sauf qu'en cet instant précis, elle se sentait bel et bien comme une Francesca. Une Francesca enveloppée dans les bras d'un bel homme qui l'emmenait sur la piste de danse dans un décor de conte de fées débordant de fleurs.

— Et que penses-tu du gala jusqu'ici, Francesca ?

Son prénom rendait un son si séduisant sur les lèvres de Xander. Il avait sa tête inclinée vers son oreille pour qu'elle puisse entendre ses mots doux malgré la musique de l'orchestre.

— C'est très beau, admit-elle. Je n'ai jamais rien vu d'aussi beau, je crois.

Des bouquets de fleurs fuchsia étaient installés en centres

de table et d'autres s'enroulaient sur les colonnades encadrant la scène où se produisait l'orchestre. De minuscules bougies blanches en enfilade égayaient les tables chargées de verdure. Avec la lumière des chandeliers muraux, la salle avait un éclat chaleureux et onirique. Le parfum des roses, des jacinthes et des orchidées embaumait la pièce d'une nappe capiteuse.

— Moi j'ai déjà vu quelque chose de plus beau encore.

Xander ralentit ses pas alors que le morceau touchait à sa fin. Les autres danseurs applaudirent les musiciens pendant que Xander lui faisait pencher le menton pour mieux la voir.

— C'est toi, Frankie.

Le souffle coupé, elle sentit ses pommettes rosir.

— Tu m'as reconnue !

— Bien sûr que oui, dit-il avec un sourire au coin des lèvres. J'ai juste voulu un peu te taquiner pour commencer la soirée en beauté. J'ai pensé que si nous étions des étrangers qui se rencontraient pour la première fois, nous pourrions profiter de notre soirée ensemble sans penser à ce qu'elle pourrait signifier pour notre relation de travail.

Elle lui prit la main alors qu'il la conduisait hors de la piste de danse, un frisson de plaisir lui chatouillant le bras.

— Oui, ce serait certainement plus facile pour moi si je n'étais pas ton employée pendant quelques heures.

— Mais tu ne voulais pas profiter de cette soirée pour faire du réseautage ?

Il s'arrêta près de l'imposante sculpture de glace représentant les locaux historiques du CET à Houston, un ancien hôtel-boutique de luxe qui s'était délabré au cours du temps et qui était en cours de rénovation pour devenir un immense complexe immobilier.

Frankie avait suivi toutes les informations à ce sujet, intriguée qu'elle était par la lutte de pouvoir entre Ryder Currin et Sterling Perry, deux des hommes les plus riches de la ville.

— Il me faudra un certain temps avant d'obtenir mon diplôme de vétérinaire puisque je n'ai même pas encore commencé les cours, dit-elle avec ironie, en cueillant une fraise d'un buffet de desserts à proximité. Je n'ai donc pas nécessairement besoin de faire du réseautage. Je voulais juste assister à cette réunion de la branche de Houston du Club des éleveurs du Texas car j'espère pouvoir un jour servir tous ces gens avec mon cabinet.

— Bon, d'accord, mais je compte quand même te présenter quelques-uns des membres clés du club. Mais tu veux d'abord manger ?

Xander désigna le buffet des desserts.

— Notre table est là-bas, là où j'ai laissé ton sac avant que nous dansions. Si tu veux bien aller t'asseoir, je peux nous apporter des assiettes.

— Oui, ce serait super, merci.

Quelques instants plus tard, ils étaient assis à la même table que Ryder Currin et – Frankie n'en croyait pas ses yeux – Angela Perry. Ils étaient ensemble ! Mais ils eurent à peine le temps de se présenter avant que Ryder ne vienne l'inviter à danser.

S'excusant, le couple surprise se dirigea vers la piste de danse. Les têtes se retournèrent vers eux au fur et à mesure. Frankie comprit donc qu'elle n'était pas la seule à être stupéfiée par leur union.

Elle se retourna pour en parler à Xander, mais elle le surprit en train de la fixer, d'une manière qui lui échauffa l'esprit. Nerveusement, elle passa une main dans ses cheveux.

— J'ai quelque chose qui cloche ? demanda-t-elle.

Elle détestait devoir révéler sa nervosité, mais elle ne voulait pas non plus gâcher tout le travail d'Annabel.

— J'ai des visions de mon maquillage qui coule ou de mes cheveux qui reprennent une vie propre.

— Non, rien de tout cela, fit Xander. Pardon, je ne voulais pas te dévisager de la sorte.

Sa main s'approcha de ses cheveux, poussant quelques mèches derrière son épaule.

— J'ai cru un instant que c'était un tatouage sur ton cou.

Elle sentit ses joues s'empourprer.

— Non, c'est une tache de naissance.

Ce qui ne la complexait pas le moins du monde. Elle était visible tout le temps au travail quand elle avait les cheveux relevés. Mais le regard attentif de Xander la rendait beaucoup trop consciente d'elle-même.

De lui.

De l'électricité qui courait entre eux deux.

— C'est un croissant de lune si parfait, commenta Xander.

Il lui caressa le lobe de l'oreille. Elle frissonna.

— Mais je dois aussi avouer que j'ai du mal à faire le lien entre la femme que j'ai sous les yeux aujourd'hui et celle qui voulait monter un cheval sauvage pour quelques billets hier soir.

— Je croyais être Francesca ce soir et non Frankie, ironisa-t-elle en faisant plonger sa cuillère dans un minuscule ramequin de crème brûlée.

— Dans tous les cas, vous m'intriguez toutes les deux.

Sa bouche était trop sèche pour répondre quoi que ce soit.

Elle avait le béguin pour Xander Currin depuis qu'elle travaillait dans son ranch. Donc qu'importe que l'amour ne soit plus à l'ordre du jour, elle savait bien qu'il n'était pas le genre d'homme à chercher la romance de toute façon.

Ce qui ne l'empêchait pas de vouloir *faire* l'amour avec lui.

Oh oui, ça, elle en avait terriblement envie. Et elle n'était certainement pas la seule à être ainsi tiraillée par son désir.

Sa main s'attardait sur elle, tout comme son regard.

Peut-être qu'elle travaillait pour lui, peut-être n'était-elle qu'une simple employée, mais elle savait reconnaître les signes du désir masculin.

— C'est bien, dit-elle dans un soupir en rassemblant tout son courage pour terminer sa phrase.

Ou sa folie.

— Parce que tu nous fascines toutes les deux aussi, Xander.

Quelque chose sembla vaciller dans son regard. Du désir, de l'envie, de l'excitation. Peu importe. Il avait une façon de la regarder qui lui donnait l'impression d'être la seule femme dans la pièce. Sur cette terre.

Ce qu'elle n'avait encore jamais ressenti. Avec personne. Était-ce seulement l'effet de la magie d'Annabel ?

— C'est pour ça que je préférais t'éviter au ranch, confessa-t-il. Je t'ai remarquée il y a longtemps et j'ai essayé de faire en sorte que nos chemins ne se croisent pas plus que nécessaire.

— Tu m'as remarquée ?

Sa voix avait une tonalité bien trop impatiente. Elle semblait trop essoufflée, troublée. Il fallait qu'elle se calme.

Son envie de desserts était en train de s'évanouir, remplacée par une tout autre faim.

— Je n'en avais aucune idée.

— Au travail, j'essaie de mettre en avant mes qualités professionnelles. Donc focaliser mon attention sur une belle femme de mon équipe serait une mauvaise idée.

Sa voix était devenue grave, comme un orage d'été.

— Mais je crois qu'il n'est plus possible de se mentir.

Il la regarda dans les yeux. Elle se sentit comme prise dans une gangue chaude et épicée. Son emprise...

Non, il n'était plus possible de se mentir.

Son regard se posa sur sa bouche et elle ne pensa plus qu'à une chose : l'embrasser. Connaître le goût de ses lèvres, de sa langue.

Elle s'éclaircit la voix mais aucun son articulé ne put sortir de sa gorge.

— Bon, et si j'allais te présenter pour que l'on puisse ensuite continuer cette conversation autre part ? proposa-t-il.

Elle hocha la tête et écarta son assiette.

— Oui, excellente idée.

Ce qui lui donnerait aussi le temps de réfléchir à ce qui pouvait se passer ensuite. Avec son pouls rapide et ses pensées pleines de Xander Currin, il lui fallait cependant un temps à peu près calme pour être sûre de pouvoir accepter toutes les conséquences de son désir.

Alors qu'elle lui prenait la main et le laissait la conduire vers un couple de personnes âgées à l'allure élégante, Frankie se mit en pilote automatique – le temps était venu de penser à sa carrière et de faire bonne impression. Mais alors qu'elle souriait à s'en user la mâchoire et répondait aux questions qu'on lui posait sur les animaux, Frankie ne pouvait chasser Xander de son esprit.

Devait-elle sauter le pas ? Répondre à l'appel de son désir ? Ou bien continuer à résister à la tentation pour le bien de... Quoi ? Son travail ?

En vérité, elle ne s'inquiétait pas pour cela. Xander était un homme d'honneur et n'allait pas l'embarrasser au ranch si jamais il se passait des choses... embarrassantes entre eux ce soir. Sans compter qu'il l'avait déjà évitée auparavant ; alors il pouvait parfaitement l'éviter à nouveau.

Son cœur ? Non, là non plus elle ne pouvait pas se mentir à elle-même et dire qu'elle ne ressentait rien pour Xander. Sauf qu'elle savait aussi, pour l'avoir observé durant quasiment toute une année, qu'il n'était pas le genre d'homme à s'attacher. Elle ne lui connaissait que des aventures. Aussi intenses que fugaces. Elle ne pouvait pas en attendre davantage avec lui.

Et elle était suffisamment intelligente pour savoir que ce genre d'homme ne changeait pas du jour au lendemain et ne devenait pas l'homme d'une seule femme en une nuit.

Qu'importe la magie de sa transformation permise par la fée Annabel, passé les douze coups de minuit, Frankie redeviendrait Cendrillon. Il n'y avait donc plus de temps à perdre.

Xander savait qu'il ne pouvait pas prendre Frankie Walsh dans ses bras et s'enfuir du gala. Mais deux heures après avoir entendu sa grande révélation – qu'il la fascinait –, il n'arrivait toujours pas à vaincre le désir qu'il éprouvait pour elle et qui le tourmentait dans ses moindres gestes.

Il l'attira de nouveau sur la piste de danse, voulant s'assurer qu'elle s'amusait. Elle était prête à risquer sa belle peau pour obtenir un billet pour cette fête, alors il n'allait pas la priver du gala juste pour satisfaire ses désirs personnels. Il l'avait présentée à tous les grands éleveurs et lui avait donné l'occasion de leur décrire ses projets de cabinet vétérinaire une fois ses études terminées. Elle avait déjà reçu deux offres pour passer du temps dans des granges si jamais elle manquait d'heures de surveillance d'animaux – ce qu'elle ignorait d'ailleurs nécessaire pour son programme.

Il avait aussi appris qu'elle consacrait la majeure partie de son temps libre à assister un vétérinaire local ou à travailler dans un refuge pour animaux.

— Frankie, j'espère que tu sais que tu peux me demander plus d'heures dans les granges du ranch Currin.

Il n'avait pas l'intention d'avoir une conversation professionnelle avec elle ce soir, mais il n'aimait pas non plus l'idée que d'autres éleveurs puissent l'attirer avec de meilleures positions.

— Je suis désolé que tu aies passé tant de temps aujourd'hui sur le système d'irrigation alors que tu as besoin d'heures de surveillance d'animaux pour être admise à l'école vétérinaire.

Elle secoua la tête, ce qui fit glisser quelques vrilles de cheveux bruns autour de ses boucles d'oreilles.

— Non, je ne suis pas le genre d'employée qui demande un traitement spécial, insista-t-elle. J'ai peu d'ancienneté, alors je fais ce qu'on me demande.

Il voulait en savoir davantage sur elle. D'où lui venait son éthique professionnelle ? Pourquoi voulait-elle devenir vétérinaire ? Pourquoi avait-elle pris des risques aussi insensés quand elle avait un bel avenir devant elle ?

Son esprit le porta de nouveau vers le souvenir qu'il avait essayé de chasser quelques heures plus tôt. Sa fiancée portait un casque d'équitation lorsqu'elle était tombée pendant un saut, mais cela ne l'avait pas empêchée de heurter un poteau de clôture. Ce qui l'avait tuée sur le coup.

— Tu es avec nous depuis presque un an. Ce n'est pas un traitement de faveur que de partager tes objectifs de travail avec ton superviseur direct.

Il allait s'assurer qu'elle serait plus présente dans les granges.

— Le ranch Currin a tout intérêt à ce que tu te souviennes bien de lui lorsque tu auras obtenu ton diplôme.

— Le ranch Currin sera difficile à oublier, lui murmura-t-elle à l'oreille.

Ses pieds suivaient les siens. Il sentit le bas de sa robe glisser contre sa jambe de pantalon pendant qu'il la faisait tournoyer. Le murmure du tissu était terriblement sensuel.

— Et je n'oublierai jamais ce que tu as fait pour moi ce soir, Xander. Rencontrer tant de grands éleveurs, voir le nouveau Club des éleveurs du Texas en construction, je ne peux pas te dire à quel point cela compte pour moi.

Une de ses mains reposait sur son épaule, l'autre était recroquevillée à l'intérieur de la sienne. Mais elle n'était pas encore assez proche de lui. Il n'avait qu'une seule envie : se cramponner à ses hanches et l'attirer au plus près de lui. Et sans sa robe. Ou son smoking.

— J'en déduis que tu as passé une bonne soirée ?

Il adorait la manière dont la lueur des bougies se reflétait dans ses cheveux et leur apportait une chaude nuance caramel. Quant au rose sur ses joues, il aimait penser qu'il y était pour quelque chose...

— Oui, c'est encore plus beau que ce que j'imaginais.

Elle scruta la salle de bal du regard, laquelle était encore bien remplie d'hommes en smoking et de femmes en robes de soirée multicolores.

— Voir le monde du Club des éleveurs du Texas va me motiver encore plus.

— Qu'est-ce qui t'a donné envie de devenir vétérinaire ?

— Je crois que je suis tombée amoureuse des animaux quand j'ai sauvé un oisillon des griffes du chat d'un voisin.

Le souvenir la fit sourire.

— Mes parents me scolarisaient à la maison et je n'avais pas le droit de faire partie d'une équipe sportive locale ou…

Elle secoua la tête. Elle semblait toujours perdue dans sa mémoire, sauf qu'elle ne souriait plus.

— … de n'importe quel club, d'ailleurs, ajouta-t-elle. Je n'avais pas beaucoup de compagnie humaine, mais ils m'ont permis de garder des animaux errants. J'ai survécu à mes années de solitude grâce à mes amis les bêtes.

— Quelles bêtes ? demanda-t-il, curieux et désireux de la voir parler de souvenirs heureux. Je suppose que tu as gardé l'oiseau, déjà ?

— Oh ! pas longtemps.

Son sourire revint.

— Juste le temps qu'il soit assez vaillant pour s'envoler de nouveau.

— Alors, de quels autres petits vagabonds t'es-tu occupée ?

— Des chats, beaucoup de chats.

La musique de sa voix était encore plus séduisante que celle de l'orchestre. Il aurait voulu pouvoir l'écouter des heures sans discontinuer.

— À un moment, je nourrissais au moins dix chats par jour, et vu le prix des croquettes, j'ai dû devenir livreuse de journaux à vélo pour me faire de l'argent de poche.

— C'est très courageux de ta part.

— Merci. Ensuite, il y a eu des serpents et des lézards, un très gros iguane, des écureuils et des tamias, deux chevreuils…

— Des chevreuils ?

Il avait sous-estimé sa passion pour la faune locale.

— Oui, enfin c'était une biche pour l'un, rescapée d'une chasse. L'autre était un faon abandonné que je n'ai gardé que jusqu'à ce que je sois sûre de savoir comment le relâcher avec succès dans une troupe.

Il se perdait dans son histoire de sauvetage de chauve-souris lorsque la musique s'arrêta et repartit sur un rythme plus rapide.

Xander en profita pour l'attirer dans un coin plus calme de la pièce.

Enfin, jusqu'à ce que la voix d'une femme monte en volume à la table derrière eux. Il arriva à temps pour voir Angela Perry fusiller du regard sa sœur jumelle, Melinda. Avec leurs cheveux blonds et leurs yeux bleus, les deux se ressemblaient énormément même si elles n'étaient pas de vraies jumelles. Et à ce moment précis, elles semblaient sur le point de se jeter à la gorge l'une de l'autre.

— Sérieusement ? (Angela serra les poings, sans même se donner la peine de baisser la voix.) Comment oses-tu remettre en question mes choix amoureux quand tu sors avec un gangster ?

Melinda pâlit.

Xander fouilla la foule à la recherche de son père et ne le trouva pas. Il comprit que la première apparition publique d'Angela avec Ryder Currin ne faisait pas sauter de joie sa famille.

— Ce n'est pas un gangster ! riposta Melinda, les paupières plissées en deux meurtrières. Si tu veux tout savoir, il a juste des *liens* avec la mafia.

À ces mots, elle arracha son sac à main perlé de la table et tourna les talons, laissant Angela seule.

L'air dévasté.

Xander détestait devoir faire semblant de ne pas les avoir entendues, mais n'était-ce pas la chose la plus polie à faire ?

Frankie semblait par contre disposée à offrir quelques mots de réconfort à Angela, faisant un pas dans sa direction. Mais au même moment, Ryder arriva après avoir fendu la foule, deux coupes de champagne à la main et une expression inquiète sur le visage.

Il ne faisait aucun doute que son père remédierait à la situation. Ou essayerait de le faire.

— Allons-y, Xander pressa Frankie, en enroulant fermement son bras autour de sa taille.

Il remarqua que plusieurs personnes se tournaient vers Angela alors que Melinda quittait les lieux sans demander son reste.

Ou bien vers quelqu'un d'autre ? Un intense brouhaha s'empara de la salle.

— Hors de mon chemin ! cria un homme juste avant que Xander ne repère Sterling Perry qui se précipitait en direction de Ryder et Angela.

— Oh bordel, marmonna Xander, regrettant déjà la tournure que prenait une soirée qu'il avait voulue si spéciale pour Frankie.

Il s'amusait tellement en sa compagnie...

— J'aimerais t'emmener loin d'ici, mais je dois m'assurer qu'il n'y aura pas de bain de sang. Ou d'arrestations.

Il ne faisait pas du tout confiance à Sterling, et l'homme semblait aussi enragé qu'un taureau sauvage.

Il s'arrêta à quelques mètres de sa fille, qui se tenait à côté de Ryder.

Qui pour sa part avait l'air très calme. Xander devina que son père avait dû affronter Sterling à de nombreuses reprises depuis des années.

— Je ne le croirais pas si je ne le voyais pas de mes propres yeux ! leur hurla Sterling pendant que la moitié des convives se retournaient pour voir ce qui se passait. Ce salaud de fils de rat me coupe l'herbe sous le pied en organisant un gala au nom d'un club dont il n'est même pas responsable, mais maintenant, ma propre fille me trahit et...

Il s'arrêta au milieu de sa phrase, comme s'il était trop en colère pour articuler une phrase compréhensible. Un épais silence s'abattit sur la salle de bal.

— Je n'ai rien fait de tel, dit Angela à son père d'une voix blanche.

Elle aussi avait l'air calme, mais Xander remarqua ses phalanges blanches crispées autour de sa coupe de champagne.

— Si tu ne romps pas sur-le-champ avec cet arriviste de Currin, je te jure que je te vire de la compagnie !

Les épaules en avant, Sterling éructait.

— Je te jure, répéta-t-il. Je le ferai !

Les muscles bandés, Xander était prêt à intervenir au besoin. Ce n'était vraiment pas la soirée qu'il espérait offrir à Frankie. Toute la famille Perry semblait écumer et Sterling était le plus en colère de tous.

Ryder posa une main sur le dos d'Angela et lui parla à l'oreille. Angela secoua tristement la tête.

— Je suis désolée, Ryder, lui dit-elle, en posant la flûte de champagne en cristal juste avant de récupérer son petit sac. Mais je pense qu'il vaut mieux que je parte.

— Comme ça ? (La voix rocailleuse de Ryder était basse, mais Xander put encore l'entendre.) Tu vas le laisser te tyranniser ?

Son père était en colère. Xander pouvait le voir à la façon qu'il avait de se tenir, même si, aux yeux du reste du monde, il pouvait sembler serein.

Il avait risqué gros pour apparaître en public avec Angela ce soir. Qu'elle le quitte devant tout le monde avait donc de quoi le bouleverser.

Et c'est ce que fit Angela en prenant le bras de Sterling et en sortant avec lui du gala.

Xander était persuadé que les musiciens s'étaient mis à jouer plus fort, comme s'ils voulaient faire en sorte que la fête continue malgré tout. Il avait de la peine pour son père. Il savait mieux que personne comment une femme pouvait vous briser le cœur. Ce qu'il avait appris de Rena avant son accident le hantait encore. De si vieux regrets…

— Tu veux parler à ton père ? demanda Frankie en posant une main sur sa manche de smoking alors que Ryder disparaissait dans l'arrière-salle interdite au public. Il a l'air vraiment contrarié.

Xander se força à abandonner ses propres démons. Ce n'était ni le lieu ni le moment de les invoquer.

— Non, je pense qu'il préférerait être seul.

Xander connaissait son père et savait qu'il n'y avait rien à faire ni à dire pour le moment. Il fallait que sa colère se tasse.

— J'irai lui parler demain. Pour l'instant, c'est pour toi que je m'inquiète le plus. Ce n'est pas comme ça que je voulais finir la soirée. À toi de décider si on reste plus longtemps ou si on s'en va.

Pour sa part, il savait ce qu'il préférait.

Il voulait se retrouver seul avec Frankie depuis qu'il l'avait vue devant le mur de fleurs.

— Même si je déteste que la soirée se termine ainsi, je suis prête à partir.

Elle avait une décoration dans les mains, un des nombreux petits fers à cheval argentés qui ornaient les tables du buffet.

— Je vais le garder comme souvenir. C'est tellement joli.

Son sourire, son bonheur si simple et sincère le firent fondre. Sans plus attendre, il la prit dans ses bras et colla sa bouche à son oreille pour lui chuchoter ce qu'il mourait d'envie de lui dire depuis des heures.

— Tu sais, ce n'est pas parce qu'on quitte la fête que la nuit doit se terminer.

Je sirote mon whisky lentement, j'en savoure le goût. La bière centenaire est onctueuse, moelleuse et délicieuse, mais elle n'a rien à envier au plaisir d'une autre nuit de travail réussie. Après le gala de bienfaisance pour les victimes des inondations, je ne peux m'empêcher de constater à quel point tout s'est bien passé ce soir. Mon plan de vengeance se déroule à merveille. Je déteste Sterling Perry et Ryder Currin pour ce qu'ils m'ont fait. Pour tout ce qu'ils ont volé et ruiné dans ma vie. Mais les choses commencent à tourner en ma faveur. Chaque jour, je me rapproche. Ils vont comprendre ma douleur. Elle va devenir la leur. Ce soir, Sterling Perry était tellement en colère qu'il semblait souffler du feu par les narines lorsqu'il a vu sa fille avec Ryder Currin. J'ai cru qu'il allait faire une attaque !

Et Ryder ne s'en est pas vraiment mieux tiré. La tête qu'il a faite lorsque sa cavalière l'a quitté devant tout le Club des éleveurs du Texas !

L'homme cache bien mieux ses émotions que son rival, mais c'est évident qu'il se sentait humilié. Qui ne l'aurait pas été ?

Tant de succès à savourer, et je n'ai pas eu à lever le petit doigt.

Maintenant, je dois juste garder un œil sur ma cible. Une fois qu'Angela Perry découvrira l'information que j'ai cachée au sujet de Ryder, elle ne pourra rien faire d'autre que le laisser tomber. Pour toujours.

Quant à Sterling ? Sa bonne réputation sera bientôt réduite en cendres.

5

C'était loin d'être la première fois que Frankie franchissait le portail du ranch Currin. Mais lorsque Xander fit ralentir son luxueux coupé devant les socles de pierre de deux mètres de haut qui soutenaient les arches de bois arborant le signe de bienvenue du domaine, lorsque les capteurs électroniques ouvrirent les portes devant eux, elle fut forcée d'avouer que cette fois, arriver en tant qu'invitée suscitait en elle une sensation inédite.

Elle était l'invitée de Xander.

Pendant le gala, il lui avait clairement laissé entendre que la soirée n'était pas obligée de se terminer lorsqu'ils quitteraient la fête. Elle avait compris que cette invitation signifiait qu'ils pourraient bien la terminer au lit. À présent qu'ils parcouraient l'allée menant à la demeure, elle savait qu'il lui revenait, à elle, d'exposer clairement ce vers quoi elle avait envie d'aller.

Ce qu'elle *voulait*, elle le savait. Elle n'était simplement pas bien sûre qu'il était vraiment sage de se laisser aller à ses désirs. Ça avait été amusant d'en apprendre un peu plus sur son patron sexy et le monde dans lequel il évoluait, même s'il avait très habilement réussi à la faire parler d'elle plus qu'elle de lui. Cela ne lui ressemblait guère d'étaler les détails de son passé comme ça – comment elle en était venue à aimer se retrouver en compagnie d'animaux, ou sa solitude, enfant, provoquée par le style de vie isolé de ses parents.

Et pourtant, elle s'était vue lui raconter tout cela.

— Je te raccompagne à ton bungalow ?

Il lui jeta un coup d'œil, le visage illuminé par les reflets orange du tableau de bord.

— Ou est-ce qu'on prend un verre au ranch d'abord ? compléta-t-il.

Elle aurait préféré un baiser. Et tout ce qui allait avec. Mais allait-elle oser suivre cette envie et passer à l'acte ?

Après tout, ce n'était pas en renonçant à ses désirs qu'elle en était arrivée là dans la vie.

— C'est vraiment le bazar chez moi, confessa-t-elle.

C'était également très petit et fort modestement meublé. Elle poursuivit :

— Donc je pense qu'aller chez toi est une bien meilleure idée.

Donc voilà, c'était en train de se passer.

— Parfaitement d'accord.

Il s'arrêta dans l'allée et appuya sur le bouton qui commandait une des portes du garage. Celle-ci s'ouvrit à son approche.

— Le poolhouse est allumé, observa-t-il avant de faire entrer la voiture dans l'immense bâtiment. Il ne fait pas trop chaud ce soir, si tu veux rester un peu dehors.

— Ça peut être agréable en effet.

Et romantique. Très tentant. Elle resta sur le siège passager après qu'il eut garé la voiture ; il sortit et en fit le tour pour l'aider à descendre.

— Un peu d'air frais me fera du bien, reprit-elle.

Elle lui prit la main ; ce n'était déjà pas une mince affaire d'étrenner une robe du soir et des talons dans une salle de bal, mais alors monter à bord et descendre d'une voiture de course à ras de terre, c'était un véritable défi. Elle se redressa et franchit derrière lui une porte latérale qui les mena à une terrasse, à l'arrière du poolhouse. Le bâtiment était conçu dans le même esprit que la maison principale, tout en rondins façon western. Un des côtés était constitué d'une verrière qui s'étendait du sol au plafond, percée de portes-fenêtres. Juste devant, une table de jardin et des chaises longues garnies de coussins étaient à demi cachées par des bougainvillées aux couleurs vives qui dévalaient le long de la pergola en genévrier de Virginie. Les lumières dissimulées dans les arbres et les buissons du jardin alentour donnaient à la piscine des airs d'oasis nocturne.

— Je vais nous chercher à boire, proposa-t-il en lui lâchant la main pour ouvrir la porte.

— Je vais t'aider.

Elle se faufila devant lui pendant qu'il lui tenait la porte.

— Et puis, je suis curieuse de voir à quoi ressemble un poolhouse.

Le style de vie de la famille Currin l'intriguait. Elle était ravie du bungalow qui lui était fourni en échange de son travail au ranch, mais entrer dans le monde des Currin, c'était comme ouvrir un magazine en papier glacé rempli de célébrités richissimes. Elle n'avait pas besoin de cette vie-là, mais elle n'en était pas moins agréable à contempler.

La maison dans laquelle elle avait grandi était minuscule ; c'était une grange isolée, loin de tout, sans voisins sur des kilomètres.

— Mon père n'est pas féru de décoration intérieure, expliqua Xander en désignant d'un geste l'immense espace ouvert flanqué d'un bar d'un côté et d'une petite cuisine de l'autre. Il est définitivement adepte de l'école de pensée minimaliste.

— La suite d'Annabel n'était pas comme ça. Mais j'imagine qu'elle a fait la décoration elle-même.

Elle s'aventura dans la pièce et tourna sur elle-même. Le sol était en pierre naturelle et l'ensemble élégamment meublé. En face de l'entrée, un canapé d'angle en cuir était placé juste devant une cheminée. Bien que simplement meublé, cet espace dégageait une impression de luxe et de richesse, des pales silencieuses du ventilateur de plafond au-dessus de sa tête jusqu'aux lourdes décorations de bronze autour de la cheminée, en passant par les suspensions qui éclairaient le bar en quartz gris d'une lumière tamisée et créaient une ambiance intime dans la pièce. La lumière plus vive, dehors, de la piscine, entrait par les hautes fenêtres.

— Annabel a clairement imprimé sa marque sur les pièces qu'elle occupe. Mais le reste de la maison est plus dépouillé. As-tu déjà vu la maison des Perry ? demanda Xander en leur versant deux verres d'eau pétillante.

Il replaça la bouteille dans le réfrigérateur de la cuisine et lui apporta un des deux verres.

— Son ranch ressemble plus à un château qu'autre chose, à côté je trouve que mon père a des goûts plutôt simples, continua-t-il.

— J'ai vu des images du ranch Perry dans des magazines, alors je vois ce que tu veux dire. Mais ce lieu a une autre sorte de beauté. La sobriété peut aussi avoir énormément de charme.

Debout près d'une table basse, elle balaya la pièce du regard pour mieux en découvrir les détails, jusqu'à ce que ses yeux croisent ceux de Xander. Elle eut chaud, soudain.

Il leva son verre, sans la quitter des yeux.

— Je bois à ton premier gala, tu t'en es sortie comme une reine.

Elle l'imita, le cœur battant à tout rompre.

— Je bois à cette soirée qui me permet de voir en vrai un monde dont j'ai toujours rêvé. Merci de m'avoir emmenée ce soir.

Elle avala une lente gorgée et laissa l'eau fraîche apaiser un peu le feu qui avait commencé à la parcourir au moment où elle s'était rendu compte qu'ils n'avaient jamais été aussi seuls. Elle n'entendait que le bruit de sa propre respiration et le cliquetis des glaçons dans les verres.

— Tout le plaisir était pour moi.

Il posa son verre sur la table basse. Puis, alors qu'elle baissait le bras pour en faire autant, il le lui prit des mains et le posa sur un sous-verre en marbre, à côté du sien.

— En général, ce genre d'événements bling-bling m'indiffère un peu, reprit-il, mais ce soir ça m'a plu d'y aller avec toi.

Sa gorge était sèche, alors même qu'elle venait juste de boire. Subjuguée, elle leva les yeux vers lui, mourant d'envie qu'il la touche.

— J'ai eu envie de t'embrasser à la première minute où je t'ai vue ce soir, confia-t-il.

Il tendit la main vers ses cheveux et saisit la fleur d'orchidée derrière son oreille. Elle avait oublié qu'il l'avait mise là quand il était venu à sa rencontre, au gala. Il déposa les délicats pétales sur la table à côté des verres, et elle sentit son cœur taper comme un fou contre sa poitrine.

Elle avait trop rêvé de lui pendant tous ces mois. Il semblait à peine possible qu'à force de fantasmer ce moment, il soit devenu réalité.

— C'est vrai ?

Sa voix était devenue rauque. Elle était bien décidée à avoir cette nuit avec lui. Cette nuit-là, et toutes celles qu'il serait prêt à lui accorder. Elle s'obligea à prendre un ton plus détaché.

— Alors qu'est-ce que tu attends ?

Il garda ses yeux plongés dans les siens pendant un moment qui lui sembla interminable, avant de lui relever le menton de son poing fermé. Elle sentit des frissons d'anticipation lui parcourir la peau. Il se rapprocha et elle le respira intensément, l'espace d'un instant, avant qu'il ne pose ses lèvres sur les siennes. Un effleurement.

Doux. Sensuel. Aguichant.

Elle s'immobilisa, en proie à une foule de sensations simultanées. Une odeur de cèdre et de musc. La chaleur de sa main glissant autour de sa taille. Elle se colla contre lui pour sentir cette délicieuse puissance du muscle masculin. La soie de sa robe glissait entre eux dans un excitant chuchotis.

Le baiser éveilla des envies en elle et lui rappela toutes les fois où elle avait rêvé ce moment, et toutes les manières dont son imagination avait été au bout de ce fantasme. La réalité de Xander était plus excitante encore. Plus dévorante.

Ou alors c'était elle qui prenait feu.

Parce que lorsqu'il approfondit ce baiser, elle eut l'impression d'être à deux doigts de la combustion spontanée. La pression de ses lèvres lui envoyait des décharges de plaisir dans tout le corps. Elle plongea des doigts nerveux sous sa veste de smoking et se mit à déboutonner fiévreusement sa chemise, prise d'un désir si ardent qu'il en était presque douloureux.

Soudain il s'éloigna d'elle, haletant, comme s'il avait couru.

— Attends une seconde.

Il retira ses mains de sa taille et se dirigea vers la porte qu'il verrouilla. La clé fit un bruit sec et, semblait-il, accueillant. Lorsqu'il se tourna de nouveau vers elle, elle avisa sa mâchoire qui commençait à s'ombrer et son nœud papillon de soie que ses mains affolées venaient de chiffonner. Deux boutons de sa chemise étaient défaits, ce qui lui donnait un début de vue assez impressionnante sur son torse. Elle sentit les battements de son cœur retentir au rythme des pas de Xander qui revenait vers elle de plus en plus vite.

— Viens avec moi.

Il lui prit la main et l'entraîna avec lui.

Elle n'avait pas remarqué la petite porte derrière la cuisine, au bout d'un espace voûté bordé d'un bar d'un côté et d'un placard à bouteilles de l'autre. Il l'ouvrit et elle découvrit une chambre dont le blanc des murs était atténué par la cheminée de pierre au pied du lit, et un plafond lambrissé en pente, peint en gris. Le couvre-lit blanc et la tête de lit en cuir gris étaient aussi sobres que le reste de la pièce.

Elle entra et Xander ferma la porte derrière elle. Les stores étaient tirés ; l'obscurité se dissipa lorsqu'il appuya sur un interrupteur qui alluma une lampe en fer forgé posée sur la tablette de la cheminée. Elle se débarrassa de ses chaussures pendant qu'il disparaissait dans la salle de bains, d'où il réapparut quelques secondes plus tard avec un petit paquet en aluminium qu'il posa sur le coffre en cèdre à côté du lit.

Il la regarda. Il attendait.

Elle comprit que le moment était venu d'être bien certaine

de ce qu'elle voulait. Le préservatif était une façon claire de lui indiquer son désir pour elle. Elle n'hésita pas.

D'un coup d'épaule, elle dégagea une des bretelles de sa robe. Puis elle passa le doigt sous l'autre pour la faire glisser à son tour. Ensuite elle lui tourna le dos et recula vers lui, pour que sa fermeture Éclair soit bien accessible, et, tournant la tête, lui jeta un coup d'œil.

— Un petit coup de main s'il te plaît ?

Elle était tellement avide de se retrouver nue qu'elle aurait réussi à se débarrasser de sa robe avec ou sans les mains.

Il se rapprocha doucement, et elle sentit son regard la brûler. Il repoussa les épaisses boucles qu'Annabel avait faites dans ses cheveux et dégagea sa nuque au creux de laquelle il déposa un baiser. Le frisson qui la parcourut alors était du plaisir à l'état pur.

Puis il commença à faire descendre sa fermeture Éclair. La soie glissa dans un mouvement sensuel sur sa peau et vint tomber sur ses hanches telle une corolle de fleur légère. Toujours derrière elle, Xander passa un bras autour de sa taille et dégagea le tissu qui tomba à ses pieds.

— Wow.

Ce simple mot, murmuré avec respect, insuffla en elle un sentiment nouveau.

Elle n'avait jamais été le genre de femme à inspirer ce genre de réaction chez les hommes. Elle virevolta entre ses bras pour lui faire face.

— Maintenant c'est à mon tour de te regarder.

Elle défit un nouveau bouton de sa chemise et posa de petits baisers chauds sur chaque parcelle de peau découverte au fil de son déshabillage. Elle se perdait dans son odeur et sentait le rythme rapide de son cœur sous ses lèvres, les muscles tendus de ses abdominaux à mesure qu'elle se rapprochait de sa taille.

Lorsque d'une chiquenaude elle défit le bouton de son pantalon, il lui rendit la pareille en dégrafant son soutien-gorge. Et si elle n'était pas franchement convaincue d'être une femme fatale, elle aima la lueur d'appréciation qu'elle vit luire dans ses yeux avant qu'il ne pose sa main sur l'un de ses seins, ce qui lui fit oublier, l'espace d'un instant, qu'elle était en train de le déshabiller.

Elle chancela et rétablit son équilibre en lui saisissant les épaules. Des épaules nues, chaudes et musclées. Ses genoux se mirent à flageoler de plus belle jusqu'à ce qu'il la fasse reculer jusqu'au lit, où il l'allongea sur le couvre-lit duveteux, avant de l'y rejoindre. En sentant ses hanches contre les siennes, elle se dit que la nuit promettait d'être belle.

Le désir papillonna dans l'intimité de sa féminité, comme une caresse légère... et ils n'étaient même pas encore totalement nus. Elle se cambra contre lui. Elle en voulait davantage.

Et elle le voulait tout de suite.

Il commença par lui embrasser le sein, en s'attardant sur son mamelon jusqu'à ce qu'il devienne incroyablement dur et tendu. Elle passa ses mains dans ses cheveux noirs pendant qu'il embrassait et léchait l'autre sein, et sentit la tension monter.

— J'y suis presque. S'il te plaît.

Elle lui caressa le dos et passa les doigts sous la ceinture de son pantalon de smoking.

— Vraiment ?

Il se recula pour la regarder, et ses yeux bleus aux pupilles dilatées s'obscurcirent.

— Tu n'es pas obligée de m'attendre.

Il lui posa une main entre les cuisses et exerça une pression à travers le minuscule bout de soie qu'il lui restait encore. Toute cette délicieuse tension s'exacerba. Elle poussa un petit cri de plaisir.

— Je peux attendre. Ça me...

Elle tendit la main pour attraper le préservatif, mais la table de nuit était trop loin.

— Ça me fait...

Il écarta la soie et se mit à tracer des cercles, *juste là*, là où elle avait le plus besoin de le sentir.

— J'ai hâte de te faire du bien, chuchota-t-il dans son oreille, en caressant sa joue de ses lèvres et en bloquant une de ses jambes avec la sienne de la plus agréable des manières.

C'était plus qu'agréable. C'était torride, terriblement sexy. Et ce qu'il faisait avec sa main, c'était tellement... Brusquement, toute la tension accumulée éclata et elle explosa, fort, brutalement, le corps secoué de vagues de plaisir. Encore. Et encore. Il semblait savoir exactement comment les faire durer, et son contact provoquait les étincelles de plaisir d'un orgasme tel qu'elle n'en avait jamais connu, ni seule, ni avec quelqu'un. Les yeux fermés, des lueurs folles derrière les paupières, elle était incapable de parler. Elle sentit qu'il se plaçait au-dessus d'elle, suffisamment proche pour qu'elle puisse l'embrasser. Nouer ses bras autour de son cou et passer sa main tout le long de son corps dur et chaud. Suffisamment pour regarder ses yeux pendant qu'il la pénétrait doucement, la remplissant tout entière. Elle entoura sa taille de ses jambes et le maintint en place pendant que son corps s'ajustait au sien et qu'elle essayait de reprendre son souffle. Et soudain, en regardant les yeux bleus dont elle avait trop souvent rêvé, elle sut que cela n'allait probablement pas arriver. Elle était en train de coucher avec l'objet de ses fantasmes. Quelqu'un sur qui elle ne pourrait pas compter.

Et ça irait très bien qu'elle se contente de se noyer dans l'instant présent. Elle ferma les yeux et lâcha prise, accompagnant ses mouvements de bassin jusqu'à trouver son propre rythme. Lorsqu'il la fit rouler sur lui, elle ondula tout en abandon et laissa son corps décider pour elle jusqu'à sentir cette délicieuse tension qui revenait. Elle l'écarta pour se concentrer sur lui, embrasser son cou, mordiller son lobe d'oreille, et pencha la tête pour caresser son torse de bas en haut avec ses cheveux dans un contact doux comme la soie.

Elle sut qu'il n'était plus très loin de son paroxysme lorsqu'il lui saisit les hanches. Il la tenait fermement et la déplaçait à l'endroit exact où il avait envie d'elle. La guidait. Ce n'est qu'à ce moment-là qu'elle se laissa aller à tout ce qu'elle ressentait. Pour la seconde fois. Lorsque ses muscles à lui se tendirent, les siens y répondirent dans une parfaite symétrie de plaisir. Elle explosa une seconde avant lui et il cria, noyant ses gémissements tandis qu'elle se laissait porter par un tourbillon de sensations délirantes.

Elle s'affaissa à côté de lui et le serra fort. Elle avait envie de se blottir tout contre lui et d'y rester pour toujours.

Dangereuses pensées.

Mais elle était trop repue pour trouver la volonté de chasser ce genre de réflexion de son esprit. Elle était encore toute frémissante et son cœur commençait à peine à ralentir sa course folle. Leurs deux respirations, doucement, se synchronisèrent. Tandis que sa peau se rafraîchissait grâce aux pales du ventilateur, elle céda à son envie de poser la tête sur son torse. Si elle ne devait avoir qu'une seule nuit avec Xander Currin, elle allait en profiter jusqu'à la dernière goutte.

Xander savait qu'il avait franchi la ligne rouge en couchant avec une employée. Il avait manqué d'éthique. C'était égoïste. Irréfléchi. Et il n'arrivait pas à en éprouver le moindre regret. Frankie lui avait offert quelque chose de plus précieux qu'un simple plaisir physique ce soir, même si le sexe avait été incroyable. Elle lui avait également donné une soirée de trêve, loin de ses démons intérieurs, et c'était une surprise qu'il n'était pas encore prêt à analyser.

Dans le calme qui suivait la tempête de leurs ébats, il passa la main dans les cheveux de la jeune femme, savourant l'apaisement de son esprit. L'absence de la culpabilité et du chagrin qui l'avaient accablé à chaque nuit qu'il avait passée avec d'autres femmes. Comment avait-elle réussi une chose pareille ?

Était-il simplement temps pour lui de tourner la page du passé une bonne fois pour toutes ? Il écarta ces questions pour se concentrer sur la femme allongée à ses côtés.

— Tu veux quelque chose ?

Il enroula une boucle de cheveux autour de son doigt, bien décidé à faire preuve de délicatesse. De tact.

Il voulait qu'elle reste un peu.

— Une peau propre.

Elle leva les yeux vers lui en souriant.

— Je n'ai jamais été aussi maquillée de ma vie et j'ai peur de laisser la moitié de mon visage sur l'oreiller.

Avec douceur, il dessina du doigt un des traits d'eye-liner qui partait vers sa tempe.

— Il est toujours parfait, ce maquillage.

Sa peau était si douce.

— Mais si tu viens sous la douche avec moi, reprit-il, je te promets que tu sortiras avec une peau toute propre. On prendra le temps qu'il faudra...

Il lisait le désir dans ses yeux à mesure qu'elle buvait ses paroles. Elle ferma le poing posé sur sa poitrine.

— Voilà qui me paraît... bien ambitieux de ta part.

Elle fit courir ses doigts le long de ses abdos. Les laissa là.

Son envie d'elle revenait. Déjà.

— Je ne cherche qu'à faire plaisir, répondit-il malicieusement.

Il glissa à bas du lit et la fit se remettre debout.

— En outre, je sais déjà ce que ça fait que d'être avec Francesca, ton alter ego exotique. Mais c'est Frankie qui m'intéresse.

Il ouvrit la porte de la salle de bains et entra dans la cabine de douche pour faire couler l'eau. Huit jets se mirent en marche d'un seul coup, mais il en éteignit quatre pour leur donner davantage de possibilités.

— Je vais peut-être avoir besoin d'une spatule, observa Frankie en frottant une ombre pailletée au-dessus de son œil. Ta sœur a vaporisé un genre de fixateur à maquillage sur mon visage. Je ne savais même pas que ça existait.

— Annabel est une artiste de la beauté.

Il saisit deux gants de toilette, un préservatif et un savon parfumé dans le placard et posa le tout sur l'étagère en tek installée dans la douche.

— Mais à mon avis, reprit-il, tu es encore plus jolie sans toute cette sorcellerie.

Frankie se détourna du miroir, les sourcils levés de surprise, avant de secouer la tête.

— Merci. Mais Annabel m'a permis de me sentir à la hauteur de la robe et de l'événement, tu comprends ? Comme si mon visage était sur son trente et un, lui aussi.

— Eh bien nous allons te déshabiller. Et je dois avouer que j'ai énormément aimé te dévoiler ce soir.

Il l'attira avec lui dans la douche, où elle renversa la tête en arrière pour la mouiller.

Il prit tout son temps pour la laver – pour lui masser la tête en la shampouinant, jusqu'à ce qu'elle bascule la tête pour la poser sur son épaule. Après avoir rincé toute la mousse, il la lava avec le gant de toilette, en s'attardant parfois sur certaines zones. Dans la nuque, où elle était extrêmement sensible, et en bas des reins, où chaque contact la faisait frissonner de plaisir.

Xander se serait volontiers oublié plus longtemps car il aimait découvrir ce qui la faisait vibrer. Mais lorsqu'il fit passer le gant entre ses cuisses une fois de trop, elle s'empara d'un autre gant et commença sa propre petite exploration sensuelle de tout son corps. Elle utilisait ses lèvres aussi, et l'excitait de ses baisers chauds et humides tout en lui massant la peau de ses doigts. Et le repoussa tout au bout de ses limites, juste comme cela.

Lorsqu'il sentit que ni l'un ni l'autre n'en pouvait plus, il lui prit le gant mouillé des doigts et le jeta sur le carrelage avec le sien. Il enfila le préservatif et se plaça entre elle et le jet horizontal de la douche. Elle haletait, ses yeux verts brumeux et remplis de désir. Il lui écarta les cuisses et la pénétra d'un mouvement brusque.

Il la souleva jusqu'à ce qu'elle puisse accrocher ses jambes autour de sa taille. L'eau dégoulinait sur le corps de la jeune femme tandis qu'elle s'arc-boutait contre lui, les bras accrochés à ses épaules, la tête renversée en arrière, abandonnée. Il y avait chez elle quelque chose de tellement désinhibé. De tellement sexy.

Il voulut attendre, mais la voir dans cet état était plus que ses sens n'en pouvaient supporter. Il tendit le bras entre eux, essaya d'étouffer son besoin pour faire passer le sien d'abord, et caressa son centre si doux, lui arrachant de petits cris de gorge. De minuscules gémissements. Il pouvait sentir à quel point elle était tendue aussi. Elle se cambra encore davantage.

Les pulsations rapides de sa féminité enserrée autour de lui furent la goutte d'eau qui fit déborder le vase. Il perdit tout contrôle et s'appuya contre le mur de la douche pour se stabiliser tandis que le plaisir l'anéantissait.

Il resta immobile pendant un moment, de peur que ses jambes ne le trahissent. Enfin elle se détacha de lui, avec son aide. Il ne s'était jamais senti aussi bien.

C'est à ce moment que le sentiment de culpabilité revint en force, lorsqu'il se rendit compte qu'il n'avait plus rien à offrir à une femme depuis qu'il avait perdu Rena.

Il ferma l'eau, passa une serviette à Frankie et en prit une pour lui en essayant de chasser cette pensée. Pendant qu'ils se séchaient, il comprit que son chagrin semblait moins ancré que d'habitude. Il aurait peut-être même pu y échapper cette fois s'il ne s'était pas dit à quel point être avec Frankie était un bonheur.

Était *génial*, insista même une petite voix dans sa tête.

Il réussit néanmoins à entretenir la conversation. Il aida Frankie à trouver un peigne pour qu'elle se démêle les cheveux et la pressa de venir s'allonger à côté de lui, lui assurant qu'elle n'était pas du tout obligée de partir tout de suite.

Mais il savait qu'il était arrivé au bout de son histoire avec elle. Comme avec toutes les autres femmes depuis la mort de sa fiancée. Ce qui le dérangeait, c'était que cette fois, il n'avait pas aimé la relation sexuelle simplement parce qu'elle lui permettait de s'échapper pour un instant. Ce soir, ça avait été différent parce qu'il n'avait pas envie que le moment passé ensemble se termine. Étant donné qu'il n'avait aucune intention d'avoir de nouveau une vraie relation avec quelqu'un, Xander comprit que les choses risquaient de devenir compliquées.

6

De retour au lit une heure plus tard, Frankie ne voulait pas s'endormir.

Allongée à côté de Xander sous les draps, elle écoutait le son de sa respiration lente et essayait de comprendre ce qui s'était passé ce soir. Quelque chose avait changé entre eux après la douche. Ou plutôt, quelque chose avait changé pour Xander. Elle avait pu pratiquement le sentir s'éloigner d'elle dans les secondes qui avaient suivi l'incroyable libération. Une tension s'était glissée dans tout son corps. Alors qu'après la première fois, il avait été aussi détendu qu'elle.

Avait-elle déjà atteint la date de péremption que Xander semblait fixer à toutes ses relations ? C'était comme si un chronomètre s'était déclenché dans sa tête en lui disant qu'il avait passé assez de temps avec elle. Et c'était dur, même si elle savait dès le début que ça arriverait.

Il avait continué d'être gentil avec elle, lui disant des mots doux, lui massant les épaules et lui trouvant un T-shirt et un caleçon. Mais elle voyait qu'il l'avait quittée.

Émotionnellement.

Mentalement.

Lorsque sa respiration devint profonde et régulière, elle glissa hors du lit et récupéra la belle robe et les chaussures qu'Annabel lui avait prêtées. Son bungalow était proche, mais la grange avec les véhicules l'était encore plus, alors elle emprunta une camionnette du ranch pour rentrer chez elle. De toute façon, elle la ramènerait tôt le matin, parce qu'elle ne s'attendait pas à dormir beaucoup après tout ce qui s'était passé.

Son cerveau était occupé à tourner tous les détails dans tous les sens et à essayer de comprendre ce qui allait se passer. Elle ne s'inquiétait pas de son travail, parce que Xander était un homme d'honneur et n'allait pas lui rendre la vie compliquée à ce niveau-là. Mais elle s'inquiétait de la façon dont les autres ouvriers du ranch pourraient la traiter une fois qu'on aurait su qu'elle était sortie avec le patron.

Cela promettait d'être embarrassant.

Mais d'une manière ou d'une autre, elle devait aller de l'avant maintenant qu'elle avait couché avec l'homme qu'elle aimait en secret depuis quasiment un an. Il ne fallait plus qu'il la déconcentre et lui fasse oublier l'essentiel : son avenir.

Sauf qu'elle avait aussi un étrange sentiment, comme il elle savait pertinemment qu'elle se berçait d'illusions… Sans réussir à se l'avouer totalement. Parce que même si les lumières du manoir étaient bien derrière elle, elle se surprit à regarder dans le rétroviseur et à penser à ce qui se serait passé si elle avait continué la nuit dans le lit de Xander.

Au lendemain de la catastrophe qu'avait été le gala du Club des éleveurs du Texas, Angela Perry se réveilla au son des messages arrivant sur son téléphone. Un bip après l'autre, toutes les notifications venaient de Ryder Currin.

Fermant les yeux, Angela s'enfonça la tête dans l'oreiller. Elle avait dormi dans la suite d'amis du ranch Perry – autrefois sa chambre de petite fille. Elle était rentrée chez elle avec son père après le gala pour tenter de le calmer. Il était tellement fâché contre elle pour avoir osé sortir avec Ryder qu'elle avait passé la majeure partie de la nuit à essayer de lui faire entendre raison. Et au lieu d'appeler un taxi pour rentrer chez elle, elle s'était retirée dans l'une des nombreuses chambres vacantes du ranch, montant vers celle qui avait été la sienne. Avec Melinda, Esme et Roarke, ils avaient tous été élevés dans cette maison.

Une maison aujourd'hui bien vide. Roarke avait déménagé jusqu'à Dallas pour échapper à la famille. Esme et Melinda vivaient en ville, comme elle. Leur mère était morte depuis dix ans et Angela souffrait de son absence tous les jours.

Plus rien n'y était comme avant. Mais la veille au soir, Angela avait été trop fatiguée pour se disputer avec son père. Sans compter qu'elle avait une idée derrière la tête...

Se levant sur un coude, elle se résigna à vérifier son téléphone où elle vit le SMS de Ryder.

Est-ce que c'est Sterling qui te dicte ta vie amoureuse ? La nuit dernière ne s'est pas terminée comme je l'espérais. J'aimerais te parler.

Elle porta une main à son ventre. Elle était si angoissée. Elle se sentait coupable d'avoir quitté la fête sans lui hier soir, mais elle n'était pas encore prête à affronter Ryder.

Pas tant qu'elle n'aurait pas parlé à une tierce personne, neutre, pour apprendre tout ce qu'elle pouvait sur le passé de Ryder avec sa mère. Elle avait entendu les ragots. Qu'il avait eu une liaison avec sa mère, Tamara, à l'époque où Ryder travaillait au ranch du père de Tamara. Que Ryder avait fait chanter sa mère pour convaincre son propre père de bien vouloir lui léguer une partie de son terrain et rendre la famille Currin riche.

Angela n'y croyait absolument pas. Mais sa plus proche amie et une autre vice-présidente de Perry Holdings, Tatiana Havery, l'avaient convaincue. Il fallait qu'elle se renseigne auprès d'employés qui avaient été les collègues de Ryder lorsqu'il travaillait pour son grand-père maternel, Harrington York. Pour savoir si l'un d'entre eux se souvenait d'avoir vu sa mère et Ryder ensemble d'une manière susceptible d'attirer des soupçons. À cette époque, l'endroit ne s'appelait pas encore le ranch Perry. Le père d'Angela avait changé son nom, le ranch York, après la mort de Harrington.

Le conseil de Tatiana lui semblait avisé. Ce qui n'était pas surprenant. Avec Tatiana, elles étaient amies depuis le pensionnat. Quand elles s'étaient rencontrées, la famille Havery était encore plus influente que les Perry, et Angela avait toujours apprécié l'honnêteté de Tatiana. Son amie n'était pas du genre à tourner autour du pot. Il fallait donc qu'elle suive le conseil et apprenne tout ce qu'elle pouvait sur la relation de Ryder et de sa mère. Ensuite, peut-être, elle pourrait passer à autre chose.

Et répondre aux SMS de Ryder. Parce que s'il était vrai qu'il avait eu une liaison secrète avec sa mère... Non, Angela ne pouvait même pas y penser. Surtout pas depuis qu'elle l'avait embrassé et que l'alchimie entre eux avait été incroyable.

Agrippant son téléphone, elle se força à se lever du lit parce qu'elle savait à qui elle devait s'adresser. L'un des plus vieux employés du ranch était une employée, Carla, la gouvernante. Angela avait juste besoin de ne pas éveiller les soupçons en l'interrogeant car elle ne pouvait pas se permettre de donner à son père d'autres raisons de lui en vouloir pour sa relation avec Ryder.

Que Sterling Perry déteste Ryder, cela ne faisait aucun doute. Mais n'était-ce qu'un simple ressentiment parce que Ryder avait fait fortune grâce au terrain que Sterling convoitait pour lui-même ? Ou parce que son père savait de première main que Ryder avait eu une liaison avec la mère d'Angela ?

Dans son ventre, la sensation de malaise s'aggrava. Elle n'imaginait pas sa mère infidèle, que Sterling l'ait su ou pas. Tamara n'avait pas été ce genre de femme.

Elle aurait pu tomber amoureuse de quelqu'un d'autre, ça oui, mais dans ce cas, elle aurait divorcé avant de conclure quoi que ce soit.

Une chose était cependant certaine. Elle n'allait pas quitter le ranch Perry avant d'avoir ses réponses.

À midi, Frankie n'avait toujours pas vu le moindre signe de vie de Xander, mais c'était sans doute parce qu'elle avait passé toute la matinée dans les pâturages à vérifier et réparer les clôtures avant que la moitié du troupeau ne s'y installe la semaine prochaine.

Alors que le coucher du soleil approchait et qu'elle ne l'avait toujours pas vu dans les granges, elle se dit qu'il devait probablement l'éviter.

Parce qu'il était en colère contre elle parce qu'elle était partie dans son sommeil ?

Ou parce qu'il allait faire comme si la nuit dernière ne s'était jamais produite ? Et recommencerait à l'éviter comme avant ?

Elle était en train de réparer une barrière pour empêcher une chèvre de jouer les filles de l'air quand Xander apparut dans l'enclos. Comme toujours, il lui tapait dans l'œil avec sa silhouette mince et musclée, sa foulée athlétique et ses yeux bleus comme un ciel d'été du Texas. Mais maintenant, depuis qu'il s'était passé ce qui s'était passé entre eux et qu'elle savait ce que ça faisait d'être la cible de ce regard azuré, le désir que suscitait sa présence était d'autant plus impossible à ignorer.

Cela ne faisait donc aucun doute : au lieu de la guérir de son béguin pour Xander, passer la nuit avec lui l'avait au contraire renforcé. Il lui fallut un acte de volonté suprême pour se concentrer de nouveau sur son travail en gardant un air décontracté.

— Le portail est réparé, dit-elle d'une voix qui lui parut bien trop empruntée.

Mais elle était nerveuse et ne savait pas quoi dire d'autre à l'homme qui était son patron – et qui venait d'être son amant.

— Plus d'escapades nocturnes pour les chèvres !

Ce ton faussement enjoué... Elle aurait voulu se donner des gifles.

— Piquependre s'apprête à avoir son poulain, lui dit Xander d'une voix monocorde alors qu'il passait devant elle et se dirigeait vers la grange sans ralentir son pas ni jeter un coup d'œil au loquet de la porte. J'ai dit à Len de te programmer dans la grange ce soir et d'autres soirs aussi pour que tu aies tes heures de surveillance d'animaux.

Elle glissa son tournevis dans une poche latérale de sa salopette de travail et se précipita vers lui. Elle ne savait pas ce qui l'enthousiasmait le plus : être avec la jument qui allait avoir son premier bébé ou que Xander accepte qu'elle passe plus de temps avec le bétail du ranch.

Ce qui voulait dire qu'il n'était pas fâché contre elle ? Ou lui faisait-il simplement ce cadeau parce qu'il allait la laisser tomber comme une vieille chaussette après hier soir ?

Il fallait qu'elle s'endurcisse. Que l'un ou l'autre des scénarios lui soit indifférent.

— Vraiment ?

Elle enjamba quelques chats de ferme endormis. Les matous prenaient apparemment un après-midi de repos dans leur travail de chasse aux souris.

— Merci beaucoup, merci beaucoup, répéta-t-elle.

Lorsqu'ils arrivèrent dans le box de mise bas, Xander alla fermer la porte de la grange derrière eux. Sans doute pour que Piquependre se sente isolée et au calme pour sa première naissance. Frankie avait déjà assisté à des naissances de veaux et de chatons, mais jamais de poulains. Et jamais non plus pour toute la mise bas.

Elle avait assisté à beaucoup d'autres mises bas avec le vétérinaire local pour lequel elle faisait du bénévolat, mais avec les animaux du ranch, c'était différent. Spécial, d'une certaine façon, parce qu'elle les connaissait ces bêtes. Elles faisaient en quelque sorte partie de sa famille. Dans son esprit, en tout cas.

— Tu es partie hier soir, dit Xander tout de go alors qu'il se tenait dans l'ombre projetée par les immenses poteaux de bois qui soutenaient la charpente. Tu peux m'expliquer pourquoi ?

Ses yeux trouvèrent les siens alors qu'elle essayait de s'adapter à l'obscurité. Elle pouvait voir la déception sur son visage. L'entendre dans sa voix.

La confusion lui noua l'estomac. Avait-elle mal interprété ses signaux ? Elle était si sûre d'avoir été mise à distance...

— Je ne voulais pas abuser de ton hospitalité, lui dit-elle doucement, surprise qu'il soit disposé à aborder un sujet intime alors qu'ils travaillaient.

Elle s'approcha de Piquependre, un joli quarter horse beige avec de belles marbrures sur le dos.

La jument ne semblait pas encore agitée. Elle se contenta de remuer un peu la tête pendant que Frankie lui frottait le museau. Une odeur de foin frais s'échappa de dessous ses sabots lorsqu'elle fit quelques pas.

— Tu ne t'es pas sentie chez toi ? demanda Xander, en gardant la voix basse, probablement par respect pour la future maman.

— Si.

Elle s'était sentie tout à fait la bienvenue. Sans oublier plus sensuellement comblée qu'elle n'aurait pu l'imaginer. Mais elle n'allait pas le lui dire.

— Peut-être que je ne voulais pas affronter le matin d'après, le malaise...

Comment pouvait-elle lui dire qu'elle avait peur qu'il l'abandonne comme toutes les autres femmes ?

S'il avait su à quel point elle avait regardé ses conquêtes aller et venir au cours des onze derniers mois, il aurait compris qu'elle avait des sentiments pour lui depuis longtemps. Trop longtemps.

— Je comprends. Par contre quand tu pars en douce au milieu de la nuit, il n'y a pas de malaise ?

Le sarcasme pesait sur chacun de ses mots.

— Tu crois vraiment que si j'étais restée toute la nuit, ça aurait été différent aujourd'hui ? Ça allait forcément être tendu, tu es mon patron.

— Pourquoi dis-tu cela ? Tu sais que je ne veux pas te compliquer la vie ici. Mais quelqu'un t'a dit quelque chose ?

Il lui prit la main pour l'accompagner hors du box.

Xander referma la porte pour aider Piquependre à se détendre.

— Non, dit-elle en baissant les yeux. Je crois que personne ne savait qu'on allait au gala ensemble, de toute façon.

Toute la nuit précédente lui semblait être un rêve.

Sauf qu'elle était bien dans la grange avec Xander et qu'il lui avait confié de nouvelles responsabilités qui l'aideraient sur le chemin de l'école vétérinaire. Il prenait ses rêves au sérieux. L'aidait à atteindre ses objectifs.

— Qu'importe qu'il y ait des ragots, ça ne regarde personne d'autre que nous.

Il vérifia l'heure sur sa montre et jeta un coup d'œil en arrière.

— Je peux demander à quelqu'un d'autre de venir surveiller Piquependre pendant environ une heure pour que tu aies le temps de te laver et de manger un morceau. La nuit va être longue et Len m'a dit que tu es sur le pont depuis l'aube.

— Tu es sûr ?

Frankie se mit sur la pointe des pieds pour regarder à l'intérieur du box où la jument continuait à faire du sur-place.

— Je ne veux rien rater !

Elle était à sa place. C'était pour cela qu'elle était devenue ouvrière de ranch. Pas pour réparer les fossés de drainage ou les clôtures, même si cela faisait aussi partie du boulot. Ce qui la motivait avant tout, c'était d'être au contact des bêtes.

— C'est sa première mise bas. On a encore beaucoup d'heures avant qu'elle ne devienne maman.

— Dans ce cas, je serai de retour dans une heure ou moins. Et merci de m'avoir donné la chance d'être ici.

Elle se sentait un peu coupable qu'il ne l'ait assignée à la surveillance des granges que parce qu'il l'avait entendue parler de ce besoin à d'autres propriétaires de ranchs lors du gala.

Avait-elle profité injustement de leur soirée ?

— Tu l'as plus que mérité. Mais je te préviens, ce n'est pas seulement parce que je veux t'aider à entrer à l'école vétérinaire que je t'invite à revenir ici ce soir.

Quelque chose dans son regard lui assécha la gorge. Elle eut des visions de leurs deux corps enlacés dans la paille. À l'évidence, il pensait à autre chose… n'est-ce pas ?

— Tu aurais un projet secret ?

Il s'appuya contre la charpente de bois d'un box vide, la tête inclinée vers la sienne.

— Oui, Frankie. Parce que tu me fuiras peut-être, mais je sais que tu ne quitteras pas d'une semelle Piquependre ce soir. Et je veux en profiter pour mieux te connaître. Sans être distrait par…

Son regard erra sur elle d'une manière qui l'enflamma.

— Tout ce qui nous a distraits la nuit dernière, compléta-t-il.

— Très bien, me voilà prévenue, dit-elle en essayant de garder un ton léger.

Elle avait tant besoin que les choses restent… légères entre eux deux.

Avec un autre homme, elle aurait pu être flattée. Mais elle savait que Xander n'était pas du genre à s'investir dans des relations amoureuses. Elle était là depuis assez longtemps pour ne se faire aucune illusion sur leur avenir : ils n'en avaient pas. Alors il ne fallait pas qu'elle s'attache, au risque de lui laisser un bout de son cœur dans la manœuvre. Voire un bout d'elle-même.

Le monde de Xander était sens dessus dessous depuis qu'il s'était réveillé seul au matin. Le parfum de pêche et de rose de Frankie obsédait encore ses draps.

Et maintenant que l'horloge de la grange approchait de minuit, et que le travail de Piquependre progressait doucement, il devait admettre que Frankie l'avait fait salement sortir de son orbite.

À l'évidence, elle était très exaltée d'être dans la grange pour le poulinage, ce qu'elle avait démontré à maintes reprises en se levant de son pliant pour faire les cent pas ou aller voir la jument dans son box. Ils n'étaient pourtant qu'à quelques mètres de la porte grillagée qui leur faisait voir tout ce qui se passait de l'autre côté et le kit de poulinage était fin près. Il n'y avait absolument rien à craindre.

Ce qui n'avait pas empêché Frankie de se lever plusieurs fois pour regarder de plus près, surtout quand la jument leur tournait le dos ou était couchée dans la paille.

— Tu as dû assister à de nombreuses naissances d'animaux je parie, dit-il pour montrer qu'il ne mentait pas lorsqu'il avait annoncé vouloir profiter de la veillée pour mieux la connaître.

Installé sur son pliant, il la regarda reprendre place à côté de lui, l'odeur de foin et de chevaux alourdissait l'air brassé par un large ventilateur au plafond.

— Oui, confirma-t-elle. Cela fait presque deux ans que je suis bénévole pour le Dr Macallan.

Elle faisait référence à un cabinet vétérinaire situé à quelques kilomètres du ranch Currin.

— Oui, je le connais, il vient ici de temps en temps quand notre vétérinaire habituel n'est pas disponible.

Xander se souvenait de lui quand il était enfant ; il était plus âgé que son père.

— En réalité, ajouta-t-elle, c'est lui qui m'a aidée à obtenir un emploi dans le ranch, afin que je puisse avoir un travail rémunéré non loin de son cabinet.

Elle resserra l'élastique autour de sa queue-de-cheval, sa tache de naissance en croissant de lune sur son cou était bien visible lorsqu'elle bougeait.

— Et il essaie de planifier des sorties de terrain les jours où je suis avec lui. Ça me fait de super expériences, du traitement de petites blessures aux chirurgies d'urgence.

— Et c'est là-bas que tu passes tes jours de congé du ranch ?

— Oui, en général. Je fais aussi du bénévolat dans un refuge pour animaux. Si je n'ai pas à me plaindre avec le Dr Macallan, cela m'aide à diversifier mes expériences auprès des animaux.

— C'est ambitieux.

De son côté, il avait obtenu son MBA en un temps record, mais il n'avait jamais eu à s'inquiéter du coût de ses études.

— Tu crois que tu pourras te focaliser sur tes études à plein temps si tu es acceptée ?

— Quand je serai acceptée, corrigea-t-elle immédiatement avant de se mordre la lèvre d'un air gêné. Désolée. La pensée positive est une de mes habitudes mais je ne voulais absolument pas mettre ces mots dans ta bouche.

Il s'esclaffa.

— Aucun souci. Absolument aucun, c'est génial de penser ainsi.

— Mais pour répondre à ta question, non je ne pense pas pouvoir gérer la charge de cours tout en travaillant au ranch à temps plein, alors je vais sans doute devoir réduire mes heures.

Il lui demanda ensuite avec quels animaux elle aimait travailler – les chiens et les chevaux faisaient partie de ses préférés – et ceux qui étaient les plus compliqués à soigner. Les chats pouvaient être teigneux, mais son vétérinaire avait une autruche en convalescence dans sa petite ferme et l'oiseau leur donnait pas mal de fil à retordre.

Mais ce qui ébranlait Xander, c'était sa méfiance à l'égard de sa famille et de ses amis. Elle semblait disposée à parler des animaux et de ses projets d'avenir jusqu'au bout de la nuit, mais elle était bien plus réticente à évoquer son enfance hors normes ou les raisons de son départ de chez elle à dix-huit ans, sans jamais plus regarder en arrière.

Xander n'avait pas insisté, mais il se demandait à quel point elle pouvait souffrir de ne pas avoir de famille sur qui compter.

Il y songea lorsqu'elle se leva pour aller voir Piquependre pour la cinquième fois en une demi-heure. La dévotion était encore un mot bien pâle pour désigner son zèle.

— Oh ! cria-t-elle en se tenant à l'entrée du box de poulinage. Xander, c'est l'heure ! Je vois les sabots.

Ses grands yeux verts étaient brillants d'émotion.

Il bondit de son pliant comme un diable monté sur ressort,

se maudissant intérieurement de ne pas avoir focalisé toute son attention sur la jument. Piquependre était allongée et semblait aussi à l'aise qu'une mère peut l'être lors de sa première mise bas. Son ventre s'agitait de contractions de plus en plus fortes. Elle était nerveuse et transpirait, mais elle ne semblait pas souffrir outre mesure. Ses naseaux ne cessaient de se dilater, elle soufflait fort.

— On la surveillera pendant la prochaine demi-heure.

Il n'interviendrait que si Piquependre cessait de pousser.

Le cheval gémit et agita la tête en lui donnant des coups de nez sur le côté. La contraction suivante brisa la poche des eaux et Frankie apporta de la paille fraîche pendant que Xander gardait un œil sur la jument.

Une demi-heure plus tard, un petit poulain noir tout à fait parfait était venu au monde.

Le moment était des plus heureux et il avait été très agréable de le partager avec Frankie. Ils œuvrèrent de concert pour nettoyer l'étable et donner à la nouvelle maman la possibilité de récupérer. Une fois Piquependre de nouveau sur ses pattes, ils la laissèrent tranquille et quittèrent le box en refermant doucement la porte derrière eux.

— Il est si beau ! s'exclama Frankie en regardant le poulain dans le box à travers la grille.

Elle tendit le bras et lui serra la main comme pour partager son enthousiasme.

— Il est si pur, si précieux.

Le geste lui rappela à quel point leur nuit ensemble avait été incroyable. Combien il voulait être à nouveau avec elle.

Il enroula un bras autour de sa taille et la tint tout près de lui alors qu'ils admiraient le spectacle du poulain essayant de se tenir debout.

— C'est une beauté, sans aucun doute.

Ses yeux glissèrent sur le profil de Frankie tandis qu'elle regardait le poulain vaciller sur ses jambes bancales.

— Laissons-les tranquilles maintenant, pour qu'ils s'attachent bien l'un à l'autre.

Ses cheveux foncés étaient tirés en une queue-de-cheval et son débardeur noir laissait entrevoir un bout de son épaule dénudée.

— Oui, tu as raison.

Elle hocha la tête, les yeux embués, et se tourna vers lui.

— Il ne faut pas stresser Piquependre et prendre le risque qu'elle rejette son propre bébé.

Quelque chose dans la façon dont elle avait prononcé ces mots – avec un soupçon d'ironie mordante – lui fit comprendre qu'elle pensait à autre chose. Ses propres parents ? Le soir où il l'avait ramenée du rodéo, elle lui avait dit que sa famille adoptive l'avait trouvée sur une route près de Laredo.

— C'est très rare que cela arrive, rassure-toi, lui dit Xander en lui caressant l'épaule alors qu'ils retournaient prendre place sur leurs pliants dans la grange à l'extérieur du box.

Il éteignit le projecteur du box de poulinage. Ils pouvaient encore voir les animaux grâce à une ampoule de faible puissance suspendue au plafond du box.

— Chez les chevaux, sans doute.

Elle se laissa choir dans son pliant, comme si elle n'en pouvait plus de fatigue accumulée.

— Les humains, c'est une autre histoire.

Il se pencha pour lui prendre la main.

— Tu as des raisons de croire que tes parents biologiques t'ont abandonnée ? demanda-t-il doucement.

— Non. Mais je n'ai aucune raison de croire qu'ils me voulaient non plus.

Elle haussa l'épaule. Son geste lui sembla aussi douloureux que les mots qui sortaient de sa bouche.

— Qui laisse une petite fille de deux ans se promener près d'une voie rapide ?

Il comprenait ce qu'elle voulait dire. Il fit courir son pouce le long de ses phalanges. Comme il aurait voulu être capable d'apaiser la douleur qu'elle ressentait…

— Je t'ai dit que ma sœur Maya a été adoptée elle aussi, et je pense vraiment que mon père ne lui a jamais dit, ni à n'importe qui d'autre dans la famille, comment elle est entrée dans nos vies car il essaye de la protéger.

— Où est-elle ? Je suis étonnée de ne l'avoir jamais vue depuis le temps que je travaille au ranch.

Elle le regarda brièvement avant de tourner la tête vers le box et le poulain qui se frottait le museau à sa mère.

— Maya est à l'université. Elle devait rentrer cet été, mais elle a repoussé sa venue. J'espère qu'elle sera bientôt là, elle me manque.

Il demanderait à Annabel si elle avait eu de ses nouvelles. Que Maya ne soit pas encore passée cet été était étrange, cela ne lui ressemblait pas.

— Je ne sais pas si j'adhère à l'idée de protéger un enfant devenu adulte, commenta-t-elle. Mais je suppose que ton père sait ce qu'il fait.

L'émotion dans ses yeux était visible même dans la demi-pénombre de la grange.

— Quoi qu'il en soit, ajouta-t-elle, la vérité vaut toujours mieux que le mensonge et les non-dits. Vous ne pouvez jamais vous en sortir dans la vie si vous ne connaissez pas vos origines. Et le chagrin, c'est quelque chose qui se combat, comme tout.

La jument poussa tendrement son poulain de la tête pour l'aider à se relever de nouveau. Les mots de Frankie lui donnaient le vertige.

— Il y a des chagrins contre lesquels on ne peut rien, tu sais.

Il fut le premier à être surpris par ses paroles. Il n'avait pas l'intention de parler de Rena, mais c'était à elle qu'il pensait.

Elle se déplaça pour lui faire face, ses yeux verts pleins d'empathie, tandis que ses doigts s'emparaient de sa main.

— Je suis désolée, Xander. Je sais que tu as perdu ta mère quand tu étais jeune.

— Oui.

Il acquiesça d'un signe de tête, se souvenant de ces années sombres qui avaient vu la mère d'Annabel mourir, puis sa propre mère trois ans plus tard. Son père avait à peine fini de pleurer sa femme quand Xander était venu vivre avec eux.

— J'avais quinze ans quand elle est morte. Mais je pensais à ma fiancée.

Elle cligna des yeux. Deux fois.

— Oh.

Elle secoua la tête, sa queue-de-cheval frôlant son bras.

— Je ne savais pas que tu avais été fiancé, murmura-t-elle.

Il hocha la tête.

— Pendant six mois. Nous étions à deux mois de notre mariage quand elle est morte dans un accident de cheval.

Même deux ans après les faits, les mots semblaient encore étranges à dire. Comme lourds et maladroits. Il n'avait encore jamais parlé de Rena à une autre femme. Mais en ressentant la douleur qui venait de se raviver dans sa poitrine, il sut qu'il n'était pas encore prêt à parler de sa relation tumultueuse avec Rena avant sa mort.

— Ça a dû être horrible.

Frankie se mordit la lèvre.

— Pardon d'avoir semblé insensible quand j'ai dit que le chagrin pouvait se combattre.

Il lui sourit.

— Toi ? Insensible ? Ça m'étonnerait.

À l'intérieur du box de poulinage, le petit de Piquependre avait trouvé le pis de sa mère et avait commencé à téter.

Leur travail était bel et bien terminé pour ce soir.

Les lèvres de Frankie se courbèrent en un large sourire devant ce spectacle.

— Piquependre est une bonne mère, observa Frankie.

Qu'elle comprenne qu'il était temps de changer de sujet et

qu'elle le fasse aussi subtilement lui confirma qu'elle était une femme exceptionnelle.

Elle plongea les yeux dans les siens et lui dit :

— Je suis si heureuse d'avoir vécu ça avec toi ce soir.

Il savait qu'elle ne parlait pas du poulinage. Et il était tellement soulagé qu'elle n'insiste pas pour en savoir plus sur son passé. Sur la relation qui l'avait éviscéré.

— Moi aussi, admit-il.

En réalité, il avait besoin d'elle. Besoin de la retrouver dans ses bras le plus vite possible. D'oublier tout à part elle.

Il se leva et l'invita à faire de même, puis l'attira tout contre lui. Son cœur battait à tout rompre.

— Je te raccompagne à ton bungalow si tu es disposée à passer la nuit avec moi. Toute la nuit, Frankie.

— Ai-je vraiment le choix ? demanda-t-elle d'un air mutin. Et si j'ai des exigences quant à la suite des événements ?

Le désir l'électrisa et il résista tant bien que mal à l'envie de lui faire l'amour tout de suite dans la grange.

— Tout ce que tu voudras, ma belle cow-girl.

Ses yeux s'embrasèrent.

— Alors si c'est ainsi, dit-elle dans un souffle. C'est d'accord pour la nuit dans mon lit et je te promets que je ne disparaîtrai pas comme une voleuse.

7

En tournant la clé dans la serrure de la porte d'entrée de son bungalow une demi-heure plus tard, Frankie savait qu'elle faisait courir un gros risque à son cœur.

Le chagrin de Xander pour sa fiancée était tangible ; elle le comprenait maintenant. Elle comprenait aussi qu'il avait essayé de l'enterrer dans des relations sans lendemain. Et cela lui faisait mal de se dire qu'elle n'était qu'un autre moyen d'oublier la femme qu'il avait aimée.

Et pourtant… Alors que Xander la suivait à l'intérieur, le cœur de Frankie lui chuchota qu'elle était peut-être différente de ses autres aventures. Ne lui avait-il pas confié quelque chose d'important ce soir ? Ne lui avait-il pas dit qu'il avait été déçu quand il ne l'avait pas trouvée à ses côtés ce matin ?

Et s'il y avait une chance qu'ils puissent avoir quelque chose de plus ? Elle savait qu'il voulait se perdre dans leur alchimie pour la nuit. Et comme elle en avait aussi besoin, elle ne voulait pas tirer un trait sur l'amour et le sexe sous prétexte qu'elle ne pouvait en avoir qu'un des deux, elle ne pouvait pas nier les deux. Tant qu'elle se rappelait que ce n'était que temporaire, elle irait bien.

Débordante d'émotions à cause de tout ce qu'ils avaient partagé ce soir, elle accrocha ses clés en hâte à une patère métallique près de la porte d'entrée et se tourna vers Xander. Il était juste là, quelques centimètres derrière elle, à refermer la porte derrière eux. Il n'hésita pas plus longtemps. Eroulant ses bras autour de sa taille, il la tira au plus près de lui.

Les odeurs de foin et de savon antibactérien jaillissaient de leurs vêtements. La chaleur de son corps intensifiait le dernier soupçon d'après-rasage épicé dans sa nuque. Elle s'en remplit les poumons lorsqu'elle se mit sur la pointe des pieds pour l'embrasser.

Ses yeux se fermèrent. La sensation était familière, mais aussi différente et excitante. Elle enfonça ses doigts dans ses cheveux courts et inclina la bouche vers ses lèvres.

Le baiser fut incendiaire. Les mains de Xander se mirent à courir le long de son dos, la serrant davantage contre lui. Avec ses seins pressés contre son torse, elle eut le sentiment que ses genoux allaient se dérober, comme si ses jambes s'étaient liquéfiées.

Elle ne put s'empêcher de gémir lorsqu'il tira sur son débardeur pour l'en débarrasser. Puis elle l'imita et lui retira son T-shirt avant de s'accrocher à ses épaules.

La faible lumière d'une lampe voisine baignait sa peau d'un éclat doré.

— Viens, on monte.

Prenant sa main, elle le conduisit jusqu'aux marches qui menaient à la mezzanine de son petit bungalow, l'espace qu'elle avait aménagé pour en faire sa chambre.

L'escalier en bois rond à planches lisses les conduisait au-dessus de la cuisine jusqu'au recoin où elle avait installé un lit et une table de chevet. Il n'y avait pas beaucoup de place pour autre chose. L'odeur du pin pesait lourd dans l'air, même si le ventilateur de plafond tournait à basse vitesse.

On était loin du luxueux poolhouse où il l'avait emmenée la veille au soir. Mais Frankie aimait sa chambre et la lucarne qui donnait sur le ciel, auquel la lune donnait ce soir une douce lueur laiteuse. Elle avait toujours adoré regarder les étoiles.

Attrapant Xander pour le tirer vers le lit, elle remarqua qu'il fronçait les sourcils en regardant le salon en contrebas.

— Tu vis dans une boîte à chaussures ! dit-il en se tournant vers elle. Nous avons des bungalows plus spacieux disponibles dans la propriété, je t'en trouverai un autre.

Que leurs mondes étaient éloignés...

— Je suis très heureuse ici, insista-t-elle. Je n'ai pas besoin de plus.

En outre, que l'hébergement soit gratuit lui permettait de mettre de l'argent de côté pour l'école vétérinaire.

— Peut-être, mais tu mérites une vraie chambre avec quatre murs autour.

Il prit son visage en coupe entre ses mains et pencha son front vers le sien.

— Je m'en assurerai.

— Je n'ai pas besoin d'aide, protesta-t-elle. C'est ma vie, je la gère comme je l'entends.

Sa mâchoire se tendit. Une ombre passa dans son regard et il resta silencieux.

— Qui plus est, si je monte en gamme au niveau de mon hébergement, ce sera le meilleur moyen pour faire naître des ragots. Tout le monde va dire que je suis chouchoutée et cela ne serait pas juste pour le reste de l'équipe.

Attendre sa réponse fut un calvaire. Elle ne voulait pas se disputer. Pas maintenant. Ni penser à tout ce qui les divisait. Ils étaient meilleurs lorsqu'ils travaillaient ensemble, que ce soit pour aider une jument à mettre bas ou pour faire la conversation avec des éleveurs comme au gala.

Xander hocha la tête, la tension sembla en partie le quitter.

— D'accord, je comprends, ce n'est pas le moment d'aborder ce sujet.

Il lui caressa les tempes et replaça une mèche égarée derrière son oreille.

— Je veux juste que tu sois bien. Heureuse.

Elle fut émue par son geste.

Il se pencha pour l'embrasser juste sous ses lèvres et fit courir sa bouche tout le long de son cou.

Elle en fut électrisée.

— C'est ce qui me rend heureuse, dit-elle dans un murmure. Quand tu me touches.

Il l'étudia à travers ses yeux mi-clos et descendit les mains jusqu'à ses mamelons durcis par le désir.

— Très bien, alors je vais m'y employer.

— Je t'avais dit que j'avais quelques exigences, fit-elle en reculant vers le lit. Mais je crois que nous avons encore trop de vêtements pour cela.

— Tu crois ?

Il baissa une main pour ouvrir le bouton de son jean et ses doigts s'attardèrent sur le centimètre carré de peau nue qu'il venait de découvrir.

— On pourrait aussi… prendre notre temps.

Elle tendit les bras et le fit basculer sur elle.

— Non, dit-elle fermement, en serrant ses hanches plus fort.

Elle sentit contre son ventre un renflement caractéristique.

— J'ai envie de toi, tu as envie de moi et je n'en peux plus t'attendre. Je n'ai pas la patience pour les taquineries.

— Personne n'a parlé de taquinerie, clarifia-t-il en lui ôtant son jean et sa culotte d'un geste expert. Bon sang, comme tu es belle.

À ces mots, il plongea la tête au cœur de son intimité.

Elle crut en mourir de plaisir et s'agrippa à la couette en dessous d'elle. Elle voulait que ce moment dure, elle voulait savourer la sensation de sa bouche et de sa langue jouant avec le tréfonds de sa féminité. Se perdre dans son souffle chaud chatouillant l'intérieur de ses cuisses.

Il la faisait fondre.

Il la faisait jouir.

Il lui dérobait le cœur.

Lorsqu'elle reprit ses esprits, elle sut que quelque chose d'important s'était produit. Peut-être pas pour Xander. Mais pour elle.

Elle savait qu'elle courait un risque à faire de nouveau l'amour avec lui, mais elle n'avait pas réalisé à quelle vitesse *l'amour* pouvait s'immiscer en elle. Non, elle n'avait pas qu'un petit béguin pour Xander Currin, elle n'en était pas seulement tombée amoureuse. Elle l'aimait, de tout son corps et de toute son âme.

Et elle aimait un homme qui s'était fermé pour toujours à l'amour.

Xander avait bien l'intention de passer le peu qui restait de la nuit avec Frankie. Elle n'allait pas travailler le matin puisqu'elle avait veillé dans les granges pendant que les employés du ranch dormaient.

Il pensait lui faire son petit déjeuner, lui montrer qu'elle n'avait pas besoin de s'inquiéter du matin – du malaise entre eux. Il était certain qu'ils pouvaient simplement profiter de ce qui se passait entre eux sans avoir à projeter plus d'une journée à la fois.

Sauf que son père lui avait envoyé un texto à l'aube pour lui poser une question au sujet de Piquependre. Le message avait fait comprendre à Xander que Ryder errait seul dans les granges. Un phénomène assez rare pour être signalé et qui indiquait que son père n'allait pas bien.

L'autre indice, c'était qu'il avait contacté son fils au sujet du ranch. Ce qu'il ne faisait jamais. Il lui parlait de la compagnie pétrolière, bien sûr, ou de tout autre sujet, mais jamais du ranch. Son père avait-il trouvé le même réconfort dans les granges que lui ? Son inquiétude grandissait, alors il se décida à faire ce qu'il s'était promis de ne pas faire : quitter Frankie endormie et la laisser se réveiller seule.

Après s'être rhabillé sans faire de bruit, il coinça son téléphone dans sa poche arrière et quitta le bungalow en direction des granges. Ce fut une courte marche durant laquelle il n'arrêta pas de penser au meilleur hébergement qu'il allait pouvoir trouver pour Frankie.

Il respectait son courage et son éthique professionnelle ou encore le fait qu'elle ait accepté les tâches les plus ingrates, mais elle faisait partie de l'équipe depuis près d'un an, alors elle méritait qu'on en tienne compte. Il y avait des bungalows disponibles plus loin des granges, plus spacieux... Mais peut-être préférait-elle plus petit pour être au plus près des animaux ?

Il entra dans l'écurie dans la lumière grise de l'aube et trouva son père assis dans un pliant à l'extérieur du box de poulinage.

— Xander.

Son père se passa nerveusement les doigts dans les cheveux.

— Je ne m'attendais pas à ce que tu viennes ici à cette heure.

Il avait l'air surpris.

— Et je ne m'attendais pas à ce que tu me poses des questions sur la vie au ranch, lui dit Xander en caressant le nez de Domino, son cheval de trait préféré. D'habitude, cela ne t'intéresse pas.

Depuis des années, son père s'occupait des tâches administratives de la compagnie et se focalisait bien davantage sur le pétrole que sur le bétail.

— J'avais besoin de penser à autre chose pendant quelques jours. De me vider la tête.

Ryder s'enfonça dans sa chaise, ses bottes croisées sur le plancher de foin devant lui.

— Et j'ai eu envie de prendre des nouvelles de Piquependre.

— Elle s'en est bien sortie, le rassura Xander. Le poulain a tété quasi tout de suite. J'ai dit à Len de passer les voir aujourd'hui.

Toujours en train de caresser le nez de Domino, Xander ne voyait pas la nécessité de parler de Frankie. Il n'était pas prêt à partager ce qui se passait entre eux avec qui que ce soit.

Rien que l'invitation au gala représentait un engagement inédit pour lui depuis plus d'un an. Car aucune autre femme n'avait suscité en lui un tel désir.

Ryder souffla en haussant les épaules.

— Ces derniers jours ont été horribles.

À voir l'état de sa chemise, Xander comprit que son père n'avait pas dormi depuis le gala.

— Ce n'est pas tous les jours qu'une femme me quitte en public.

Angela Perry… Xander l'avait presque oubliée. À l'évidence, ce n'était pas le cas de son père.

— Tu lui as parlé depuis qu'elle est partie du gala avec Sterling ?

— Non, elle n'a pas répondu à mes appels ni à mes SMS.

Son père se leva et se mit à faire les cent pas dans la grange entre les différents box.

Les chevaux, sentant son agitation, se mirent à taper des sabots ou à balancer la tête. Ce que Ryder ne semblait même pas remarquer.

Xander ne l'avait jamais vu aussi sombre et nerveux. Ce qui ne lui ressemblait absolument pas. Ryder avait toujours été plus calme et pondéré que son ennemi juré, Sterling Perry.

— Son père a beaucoup d'influence sur elle, souligna Xander, espérant le calmer. Pas seulement parce qu'elle occupe le poste de vice-présidente chez Perry Holdings. L'aspect émotionnel doit aussi peser sur elle. Tu as vu comme son père était furieux.

— Il a toujours été une tête brûlée. Avec trop d'orgueil.

Ryder se figea et s'appuya contre la porte d'un box, les sourcils froncés.

Xander resta silencieux. Il espérait que son père lui révèle quelque chose sur sa longue inimitié avec Sterling. Ryder avait-il séduit la femme de Sterling des années auparavant ?

Mais son père tira son Stetson d'un crochet près de la sellerie et le mit sur sa tête.

— Je devrais aller voir Angela en personne, annonça-t-il en marchant vers la sortie.

— Le soleil n'est même pas encore levé.

Xander sortit avec lui, humant l'air frais du matin.

— Tu es sûr que c'est une bonne idée ?

— Fils…

La voix de son père était encore plus grave que d'habitude, sans doute à cause du manque de sommeil.

— Si j'ai appris une chose sur les relations amoureuses au fil du temps, poursuivit-il, c'est qu'il ne faut pas attendre qu'elles soient mortes pour sortir la tête du sable.

Pour autant, fallait-il qu'un homme se précipite tête baissée vers les problèmes parce qu'une femme ne lui avait pas donné signe de vie depuis un jour ou deux ? N'avait-elle pas aussi le droit de réfléchir ? Sans doute que son scepticisme s'exprima sur son visage, car son père secoua la tête.

— Lorsqu'il s'agit de problèmes relationnels, le penchant naturel d'un homme est d'attendre en espérant que les choses s'arrangent d'elles-mêmes. Mais les femmes voient souvent cela comme de l'égoïsme ou comme un manque d'attention.

Ryder haussa les épaules et tira les clés de son 4x4 de sa poche.

— Donc si tu as des problèmes avec une femme, mieux vaut les affronter tout de suite, sinon tu risques de perdre quelque chose de précieux pour toujours.

Les mots de Ryder résonnèrent en lui alors que les premières nuances de pourpre illuminaient le ciel à l'est. Frankie allait-elle lui en vouloir qu'il soit parti dans la nuit ? Ou être soulagée de ne pas avoir à vivre le malaise du matin ? Il n'en avait pas la moindre idée.

— Papa, je dis juste qu'elle ne va peut-être pas sauter de joie de te voir débarquer chez elle à l'aube.

— Peut-être que oui, peut-être que non, mais moi je sais que je dois y aller, souffla Ryder en jetant son Stetson sur le siège passager avant de se glisser derrière le volant. Mais je te garantis qu'elle sera contente que je me sois assez soucié d'elle pour venir. Pour avoir essayé de sauver notre couple.

Sur ce, son père tourna la clé dans le contact et démarra dans un panache de poussière, ses feux arrière rougeoyant dans la pénombre du petit matin.

Xander resta debout devant l'écurie, à mi-chemin entre le ranch principal et le bungalow de Frankie. L'envie d'aller la retrouver était si forte. Son désir pour elle était si fort.

Il voulait être de nouveau avec elle. Lui faire l'amour, encore et encore. Mais il voulait aussi l'aider à entrer à l'école vétérinaire. Lui trouver un logement plus confortable. Continuer à la présenter aux membres éminents du Club des éleveurs du Texas afin qu'elle ait un carnet d'adresses fourni lorsqu'elle ouvrirait son cabinet.

Mais il savait aussi, au plus profond de lui, qu'elle méritait bien mieux que tout ce qu'il était prêt à lui offrir.

Enfant, elle avait concentré tout son amour et son affection sur les animaux parce que ses parents ne lui avaient pas donné la possibilité de se faire d'autres amis. Est-ce que cela ne disait pas quelque chose sur elle ? Elle leur en avait suffisamment tenu grief pour quitter la maison à dix-huit ans et ne pas regarder en arrière… Il y avait de bonnes chances qu'elle soit un juge des plus sévères face à quelqu'un incapable de répondre à ses attentes.

Oui, elle méritait mieux que ce que Xander avait à lui donner. Tellement mieux. Tellement plus.

En théorie, il pouvait retourner chez elle. Peut-être qu'elle dormait encore et qu'elle ne se rendrait même pas compte de son absence. Son père n'avait-il pas raison ? L'essentiel n'était-il pas de montrer qu'on se souciait de la relation et qu'on ne voulait pas tout gâcher ?

Sauf que Xander voulait Frankie, mais il ne voulait pas risquer d'être dévasté par une relation amoureuse. Une nouvelle fois.

Il avait déjà donné. Déjà perdu. Et il se l'était promis : plus jamais quelqu'un ne lui déchiquetterait le cœur.

Les poings serrés et les yeux secs, il tourna les talons vers le manoir Currin et rentra chez lui.

Ryder arriva à l'appartement en centre-ville d'Angela après le lever du soleil. Le ciel rose et orange réchauffait le bâtiment en pierre blanche. Il gara son 4x4 et prit l'ascenseur jusqu'au quinzième étage après avoir donné son nom à l'agent de sécurité.

Il ne l'avait pas prévenue de sa venue. Inutile de lui donner une chance de s'enfuir. Au moins, elle n'avait pas refusé de le voir.

Après avoir frappé à sa porte, il attendit qu'elle réponde. Quelques secondes plus tard, la porte s'ouvrit et Angela apparut dans une robe bleu marine ajustée avec des boutons argentés sur le devant. Elle devait sortir de la douche car ses cheveux étaient encore humides et son visage n'était pas maquillé.

Qu'importe, elle était magnifique. Il regretta que leur soirée ne se soit pas terminée différemment deux nuits auparavant.

Le parfum de son gel douche mêlé à celui du café frais était tout bonnement entêtant.

— Ryder…

Elle n'hésita qu'un instant avant de reculer et de lui ouvrir la porte.

— Entre, entre.

— Je sais qu'il est tôt.

Il entra et se demanda s'il n'aurait pas dû apporter quelque chose. Des fleurs, peut-être.

— Mais je voulais vraiment te voir.

Il n'était jamais venu chez elle, mais elle avait été facile à trouver. Elle avait déjà parlé de son appartement en centre-ville quand ils avaient discuté d'immobilier local avant de conclure l'affaire pour la propriété de Houston, celle qui était devenue le nouveau siège social du Club des éleveurs du Texas. Il s'était aussi souvenu que sa sœur jumelle, Melinda, vivait dans le même immeuble.

— Pas de souci.

Angela referma la porte derrière lui et le conduisit vers la cuisine.

— Je te sers un café ?

— Avec plaisir, merci.

Il la suivit dans la cuisine et le salon en enfilade, donnant sur une grande baie vitrée offrant un panorama impressionnant sur le centre-ville.

— J'allais t'appeler aujourd'hui de toute façon.

Pieds nus, elle avança silencieusement sur le plancher de bois brut pour récupérer une tasse dans un placard.

— J'avais juste besoin d'un peu de temps hier pour réfléchir.

Son intonation n'était pas de bon augure pour leur histoire.

Il la regarda se verser une tasse de café de la machine à expressos avant de remplir la sienne. Elle tendit ensuite la main vers le comptoir pour cueillir une cuillère dans un pot et il en profita pour s'installer sur l'un des tabourets de bar du comptoir de la cuisine.

— Je suis désolé de t'avoir mis dans une position embarrassante au gala.

Il jeta un coup d'œil autour de lui. L'espace était à l'image d'Angela. Simple et élégant.

Les canapés gris et les murs blancs étaient brisés par une éclaboussure occasionnelle de jaune. Il n'y avait pas beaucoup de photos, mais un grand cadre argenté contenait une image d'elle et de Melinda à côté de leur père.

Une autre, beaucoup plus ancienne, la montrait avec sa plus jeune sœur, Esme, en compagnie de leur mère, Tamara.

Des souvenirs le submergèrent. Tamara Perry avait été la fille d'un homme puissant et s'était mariée par devoir alors qu'elle rêvait d'amour. Son mari avait toujours accordé plus d'attention aux affaires qu'à sa femme, et Ryder avait toujours méprisé Sterling pour cela.

Sauf que Ryder avait fait la même erreur avec sa première femme, Penny, et le regrettait amèrement.

Raison de plus pour s'assurer de ne plus jamais commettre ce genre d'erreur.

Il recentra son attention où elle devait être, à savoir sur Angela.

— Vraiment ? lui demanda-t-elle en lui passant le sucrier. Pourquoi es-tu désolé ? Je t'avoue que je me suis demandé si ton invitation au gala n'était pas qu'un autre moyen de continuer votre rivalité avec mon père. C'était peut-être l'occasion parfaite pour lui mettre la puce à l'oreille ?

Il agita la main.

— Non, absolument pas.

Il attendit qu'elle prenne place à côté de lui et plongea les yeux dans les siens.

— Angela, c'est tout le contraire. J'ai longtemps essayé d'ignorer l'attirance que je ressentais pour toi parce que je savais que les choses allaient être difficiles avec ton père.

— Jusqu'à ce que je t'embrasse.

Son expression sembla s'adoucir à l'évocation de ce baiser.

— Je me suis surprise moi-même ce jour-là, tu sais.

— Tu m'as surpris aussi, mais je suis heureux que tu l'aies fait.

Il voulait lui prendre la main. La toucher. La convaincre qu'il n'avait que de bonnes intentions. Mais cette conversation était trop importante pour qu'ils se laissent distraire par le désir.

— Je ne pouvais pas faire comme si je n'avais pas ressenti quelque chose pour toi après ce baiser. Quelque chose de très fort.

Un sourire triste courba ses lèvres avant qu'elle n'y porte sa tasse de café rouge vif. La sienne était blanche.

— La vraie question, poursuivit Ryder, c'est : est-ce que tu le regrettes ?

Il s'arrêta un instant pour admirer son profil altier.

— La pression de ton père est trop forte ? On va déjà jeter l'éponge ?

Avant de lui poser cette question, il n'avait pas encore réalisé combien il redoutait qu'elle sorte de sa vie. En réalité, il voulait qu'elle en fasse partie pour toujours.

Un souvenir de l'expression de Xander ce matin lui traversa l'esprit, rappelant à Ryder à quel point son fils était loin de comprendre que vivre sans amour était une condamnation à la solitude.

Xander était peut-être persuadé qu'il protégeait son cœur en gardant la jolie employée du ranch à distance, mais il faisait en réalité tout l'inverse. Il se faisait du mal, et à elle aussi.

Sa stratégie était insensée, mais il savait qu'il ne pouvait le dire aussi simplement à son fils. Il ne l'écouterait tout simplement pas et pire, cela risquerait de le braquer.

Une chose était certaine, cependant : il ne voulait pas prendre ses distances avec Angela.

— Je ne sais pas, soupira-t-elle. Je ne sais plus.

Elle posa sa tasse sur le comptoir de granit et pivota vers lui sur le tabouret de bar rembourré en cuir.

— J'ai passé la journée d'hier au ranch Perry, et j'ai parlé à l'une des bonnes qui se souvenait de toi à l'époque où tu y travaillais. Selon elle, ta relation avec ma mère ne se résumait pas à de l'amitié.

La douleur dans sa voix lui perça le cœur. Pourquoi en étaient-ils encore là ? Il avait pensé que ces maudites rumeurs avaient disparu avec la mort de Tamara, mais apparemment, quelqu'un donnait une nouvelle vie à l'histoire.

Il serra le poing, espérant pouvoir bien vite faire taire ces allégations.

— Angela.

Cette fois, il n'hésita pas et la toucha, en recouvrant sa main de la sienne.

— Je tenais beaucoup à ta mère, mais je n'ai jamais eu de sentiments amoureux envers elle.

Il ne s'était jamais inquiété de ce que le reste du monde pensait de sa relation avec Tamara, mais il se souciait beaucoup de ce qu'Angela pensait.

— Je te jure que je ne l'ai jamais embrassée, ni rien d'autre.

Elle était restée silencieuse depuis si longtemps qu'il craignit d'avoir perdu pour toujours sa confiance.

Mais elle fit un petit signe de tête qui le rassura.

— Merci de me l'avoir dit.

Elle ferma les yeux un moment, puis les rouvrit en prenant une profonde inspiration.

— Il faut que je réfléchisse maintenant. Je n'arrive plus à y voir clair.

Le poids de la déception lui retomba sur les épaules comme une enclume. Il glissa sa main loin de la sienne. Il ne fallait pas qu'il insiste. Il ne pouvait pas lui reprocher sa confusion. Son père l'avait détesté toute sa vie et qu'elle ait pu accepter d'être avec lui avait déjà été une énorme surprise.

Peut-être qu'il avait juste besoin de lui donner du temps...

— Nous partagions une belle amitié.

Il voulait cependant mieux expliquer les choses à Angela, contextualiser sa relation avec Tamara.

— Une amitié que ton grand-père a appréciée. C'est la seule raison pour laquelle il m'a donné cette terre. Parce que j'avais été l'ami de ta mère quand elle en avait besoin.

Il n'y avait rien d'autre à ajouter. Qu'Angela le croie ou non, c'était la vérité. Il ne s'était rien passé d'autre avec Tamara. Qui était morte dans un accident de voiture l'année même où Xander avait perdu sa mère.

Trois ans après que Ryder avait perdu Elinah...

Ces années-là, les catastrophes n'avaient pas cessé de se multiplier. La perte d'Elinah l'avait dévasté et Ryder comprenait pourquoi Xander avait tant de mal à tourner la page sans la femme qu'il avait prévu d'épouser. Xander s'était pratiquement retiré du monde après la mort de Rena et s'était noyé dans son travail au ranch Currin – le seul travail auquel il s'était d'ailleurs intéressé de toute sa vie.

Et Ryder n'avait que trop bien compris sa douleur, c'est pourquoi il avait permis à Xander de gérer le ranch, même si ce n'était pas là la meilleure manière de mettre en valeur son brillant esprit d'entreprise. Son rêve était de voir Xander devenir P-DG de Currin Oil.

Telle était la vérité la plus dure que Ryder avait apprise au cours de son existence tumultueuse : la vie continue, même après des morts auxquelles on ne pensait pas pouvoir survivre.

La perte d'Elinah l'avait presque tué. Mais il était encore là, debout, vivant, à mettre un pied devant l'autre. À essayer de trouver le bonheur. Et la femme qui était à côté de lui incarnait la meilleure chance de bonheur qui se soit présentée à lui depuis longtemps.

La belle Angela Perry, la fille de son ennemi juré.

8

Le matin, après un passage rapide dans la grange pour voir Piquependre et le nouveau poulain, Frankie songeait à un moyen de combler son temps libre. Elle s'attarda avec les chevaux, grattant une des juments plus âgée sur le museau, se demandant si elle ne devait pas l'emmener faire un tour pour soulager la douleur dans sa poitrine qui lui semblait dangereusement proche d'un cœur brisé.

Se réveiller seule, alors qu'elle s'attendait à voir Xander au lit à côté d'elle, lui avait fait mal. Très mal. Quelques heures plus tard, elle n'arrivait toujours pas à se défaire de l'idée que la nuit qui avait été si importante pour elle n'avait rien signifié pour lui.

Mais à quoi avait-elle rêvé ? Elle savait qu'il ne fallait pas s'attacher à un homme qui n'était jamais resté longtemps avec une seule femme. Elle était censée prendre du bon temps, profiter, s'amuser. Se perdre dans les baisers enivrants, le sexe hors du commun, le relâchement physique si bon qu'il en était presque transcendant.

Et passer à autre chose, la tête claire et le cœur sec.

Sauf que ses émotions ne semblaient pas résister à l'envie de s'impliquer, peu importe le nombre de fois qu'elle avait tenté de leur rappeler les règles de base.

En sortant de la grange, elle décida de marcher au lieu de monter à cheval cet après-midi. Il y avait un sentier ombragé autour d'un des étangs d'irrigation qui la protégerait des assauts du soleil.

En temps normal, elle passait tout son temps libre à faire du bénévolat au refuge pour animaux ou à suivre le Dr Macallan dans ses rondes. Et elle adorait ce travail. Mais aujourd'hui, elle était contente d'avoir quelques heures à elle. Seule, pour se remettre les idées en place.

Elle se hâtait de passer devant le manoir, mais s'arrêta lorsqu'elle entendit la voix d'une femme l'appeler.

— Frankie !

Annabel Currin lui fit signe de la main depuis l'allée près de la cour latérale où elle sortait du garage avec ses clés à la main.

— Salut, répondit Frankie en portant une main à son front.

Elle espérait que Xander n'était pas dans les parages. Elle n'était pas encore prête à le voir.

— Tu as un peu de temps ? fit Annabel en s'avançant vers elle. J'ai un déjeuner qui m'attend dans le poolhouse et je suis sûre qu'il y en a assez pour deux.

Elle fit un geste en direction du bâtiment où Xander avait emmené Frankie après le gala.

— Il y a une table dans le patio, c'est très aéré, je pense qu'on ne suffoquera pas.

La camionnette d'un jardinier sortait tout juste de l'allée. L'odeur de l'herbe fraîchement coupée flottait dans l'air. Toutes les fleurs et tous les arbres du domaine étaient entretenus à la perfection.

Frankie hésita, surtout parce qu'elle ne voulait pas tomber sur Xander alors qu'elle n'avait pas encore décidé de sa stratégie le concernant.

— C'est gentil, mais j'allais me promener à l'étang.

— Tu vas fondre dans cette chaleur, déclara Annabel, en faisant un geste vers l'espace piscine. Assieds-toi avec moi quelques minutes pour que je puisse au moins avoir le scoop sur l'esclandre lors du gala.

Annabel était trop mignonne pour qu'elle refuse son invitation. En outre, c'était agréable d'avoir quelqu'un qui voulait passer du temps avec elle. Enfant unique, avec des parents qui l'avaient isolée, Frankie ne s'était pas vraiment fait d'amis avant de quitter la maison. Et même à l'époque, elle avait tellement arpenté le pays pour essayer de se trouver de nouvelles racines qu'elle n'avait jamais réussi à tisser des amitiés durables.

— Bon d'accord, concéda-t-elle.

Après tout, pourquoi ne pas tout simplement profiter d'une journée de congé ?

— Mais pas besoin de me nourrir, ajouta Frankie.

— Ne dis pas de bêtises, il y en aura largement pour deux. Notre cuisinière me prépare des repas comme si j'étais en pleine poussée de croissance.

Annabel rit en ouvrant la porte pour les laisser entrer dans le poolhouse.

— Je crois qu'elle n'a pas compris que je n'avais plus douze ans.

Le regard de Frankie se dirigea directement vers le cabanon, et les souvenirs de sa première nuit avec Xander la submergèrent. Toute la soirée avait été magique, depuis son relooking de Cendrillon, sa belle robe, jusqu'aux sensations inouïes que Xander avait fait naître en elle.

Elle ne réalisa pas qu'elle s'était figée avant d'entendre Annabel dire son nom. Quand elle vit l'expression de perplexité sur le visage de son amie, elle devina qu'elle avait dû le répéter plusieurs fois.

— Pardon, la nuit a été courte avec le poulinage. Je me disais que l'endroit était parfait pour passer un après-midi à lire.

Distraitement, elle suivit Annabel jusqu'à la table en fer forgé du patio, niché sous une pergola couverte de vigne vierge. Un système de brumisation et un ventilateur rendaient effectivement l'endroit frais et supportable malgré la canicule.

— Oui, j'adore venir ici pour travailler sur mes blogs. Mais je veux tout savoir sur ta soirée de gala. Tu t'es bien amusée ?

Annabel laissa tomber son sac à main sur l'une des chaises du patio.

— C'était incroyable, lui dit-elle honnêtement, en glissant sur la chaise en face d'Annabel. Je n'étais jamais allée au Four Seasons. La décoration était féerique avec toutes ces fleurs.

Elle avait pressé l'orchidée que Xander lui avait donnée entre des feuilles de papier ciré pour la préserver. Pas forcément par romantisme, mais ses parents s'étaient toujours catégoriquement opposés à la laisser dans de grandes salles peuplées. Elle n'était jamais allée à l'école, n'avait jamais connu de bal de fin d'année. Le gala de bienfaisance pour les victimes des inondations avait donc été la première soirée de sa vie, et elle voulait en garder le souvenir.

Ou peut-être aussi, un peu, par romantisme. Mais à une époque qui avait tué l'amour, qui allait pouvoir lui reprocher de s'accrocher à quelques traditions féminines ?

— C'était magnifique, confirma Annabel en glissant une assiette supplémentaire et une serviette en lin vers Frankie.

Son sourire s'estompa aussi rapidement qu'il était apparu sur son visage.

— Nous ne sommes pas restés longtemps, mais nous avons fait une brève apparition.

Quelque chose clochait dans la voix d'Annabel. S'était-elle disputée avec son fiancé ?

— Tout va bien ? demanda Frankie en posant la serviette sur ses genoux.

— Oui, oui, très bien.

Annabel écarta l'inquiétude d'un geste de la main et son sourire revint alors qu'elle sortait un pain surprise de la glacière. Le diamant de sa bague de fiançailles brillait encore à son doigt.

— Et alors, qu'est-ce que Xander a pensé de ton look de princesse ?

Frankie s'interrogea sur les règles amicales à suivre. Elle soupçonnait que quelque chose avait contrarié Annabel. Devait-elle l'interroger à ce sujet ? Lui en parler ? Elle se sentait parfaitement à l'aise avec Annabel, mais elle ne la connaissait objectivement pas depuis longtemps, alors elle ne voulut pas insister. Pas pour le moment.

— Je crois qu'il lui a bien plu.

Frankie ne put s'empêcher de sourire en repensant à leur première danse.

— Tu m'étonnes, s'esclaffa Annabel en remplissant deux verres d'eau d'un pichet en étain. Cette robe était fantastique sur toi.

— Ce pain surprise est énorme, observa Frankie en y plongeant une main pour y récupérer un des petits sandwichs qu'il contenait.

— Tu vois, je te l'avais dit qu'il y aurait trop à manger. On pourrait encore inviter quelques amis et nous en aurions toujours assez pour refaire un repas ce soir ! Mais ne change pas de sujet, je veux tout savoir sur ton rencard !

Annabel lui lança un regard gourmand.

— Si j'en crois ce que j'ai entendu hier soir en passant à la grange pour voir Piquependre, vous aviez l'air de très bien vous entendre.

Frankie sentit ses joues s'enflammer et espéra qu'Annabel était passée en début de soirée, lorsqu'ils ne faisaient que discuter de ses projets de carrière en surveillant l'avancée du travail de la jument. Pas quand les choses étaient devenues un peu plus… chaudes.

— Tu es passée ? Quand ?

— En début de soirée.

Frankie poussa un discret soupir de soulagement.

— Vous étiez en pleine discussion sur ton école vétérinaire et le programme que tu devais suivre pour y être acceptée, donc j'ai fait demi-tour. Piquependre était entre de bonnes mains !

Annabel regarda par-dessus son épaule, comme pour vérifier qu'elles étaient bien seules. Puis elle se pencha vers elle et murmura :

— Je t'avoue que cela m'a fait plaisir d'entendre mon frère sembler si heureux. J'ai donc décidé de ne pas vous interrompre.

— Tu ne crois pas qu'il a été heureux ces derniers mois ?

Surprise d'entendre Annabel parler de son frère, Frankie se demanda si elle ne s'était pas fait des idées sur Xander. Était-il possible qu'elle n'ait rien vu de son chagrin pour sa fiancée ?

— Il fait bonne figure, mais il n'est plus l'homme qu'il était avant la mort de Rena, dit Annabel d'une voix blanche.

Une boule se forma dans sa poitrine lorsqu'elle comprit qu'elle n'avait sans doute pas encore vraiment connu le Xander dont parlait Annabel.

L'expression de son visage dut la trahir, car Annabel posa une main sur son poignet.

— Tu lui fais beaucoup de bien, Frankie, je t'assure. Hier soir, il y avait une intonation dans sa voix que je n'avais pas entendue depuis très longtemps.

Annabel disait-elle vrai ? Ou avait-elle simplement entendu ce qu'elle voulait entendre – que son frère se remettait de son deuil. Comme s'il était possible de s'en remettre un jour…

— Je ne sais pas, si tu le dis.

Frankie poussa son assiette sur le côté et s'enfonça dans sa chaise. Sa boule de stress lui descendait maintenant dans le ventre.

— Il est parti au beau milieu de la nuit sans me prévenir, je croyais que…

Elle baissa les yeux et se força à arrêter son récit, pour ne pas dire à Annabel qu'elle avait espéré qu'ils se rapprochaient. Elle n'avait pas l'habitude de parler de sa vie personnelle.

— Mieux vaut ne pas se faire trop d'illusions, poursuivit-elle. Je n'ai aucune raison de croire que nous aurons un jour un autre rendez-vous.

Elle avait tellement essayé de se dire qu'elle s'amusait. Mais se réveiller seule, c'était loin d'être amusant.

Annabel fronça les sourcils, les yeux pleins d'empathie.

— Ça a dû être blessant. Je suis désolée qu'il t'ait traitée comme ça, Frankie, mais pour ce que ça vaut, il a aimé dans le passé. Je suis sûre qu'il pourra aimer à nouveau.

Une idée qui lui réchauffa le cœur, mais elle savait aussi qu'elle était prête à gober ce qu'Annabel voulait croire. Évidemment qu'elle espérait aussi que Xander retrouve le goût de l'amour.

Ce qui ne voulait pas dire qu'il était capable de donner son cœur à quelqu'un. Rena était morte. Et Frankie était juste… elle-même.

Elle savait qu'elle n'était pas du tout comme les femmes avec qui il sortait habituellement.

— Ne t'en fais pas, ça va. Quand j'ai accepté son invitation pour le gala, je savais qu'il ne cherchait rien de sérieux.

Elle imprima un sourire sur son visage. Elle ne se mentait pas et elle ne mentait pas à Annabel. Depuis le début, elle savait que leur histoire n'avait aucun avenir. Elle n'avait cessé de se le répéter – *le romantisme est mort, abandonne toute espérance*. Pour dissiper son béguin et l'oublier avant de partir pour l'école vétérinaire.

— Et toi, qu'en penses-tu ? (Les yeux sombres d'Annabel semblaient voir à travers elle.) Tu es sur la même longueur d'onde.

Devait-elle lui dire la vérité ? Elle était terrifiée à l'idée de ne pas l'être.

Mais elle n'avait pas le choix.

— Bien sûr que oui, dit-elle en hochant la tête, entendant la fausse note dans sa voix.

Elle sut qu'Annabel ne pouvait pas la rater.

— D'aaaccooord, dit lentement Annabel pour bien montrer qu'elle n'était pas dupe. Mais Xander est un homme bien. Et si ça ne tenait qu'à moi, tu ne l'abandonnerais pas encore.

Frankie secoua nerveusement la tête, incapable de parler, et encore plus de s'engager à ce qu'elle suggérait. Mais elle appréciait la marque d'amitié d'Annabel. Ce qu'elles étaient en train de partager.

Elle porta son verre d'eau à sa bouche, en espérant rafraîchir la nouvelle émotion qui venait de s'allumer en elle. Cette petite lueur d'espoir ressentie aux paroles d'Annabel... Et qui ne manquerait pas de la brûler si elle n'y faisait pas attention.

Heureusement, Annabel orienta leur conversation vers des sujets plus légers en leur servant leur dessert. Des quartiers de citron, de citron vert et d'orange mélangés à du sorbet.

— Au fait, il y a une réunion de planification au Club des éleveurs du Texas la semaine prochaine.

Annabel vérifia son téléphone pendant qu'elle parlait et reposa l'appareil sur la table.

— Même si tu ne veux pas poursuivre l'aventure avec Xander, je te conseille d'y aller pour apprendre à connaître les éleveurs les plus influents de la région.

— Une réunion ?

Curieuse, elle essaya de mettre de côté ses pensées concernant Xander pour se concentrer sur son rêve de carrière.

— Ce ne sera pas aussi barbant que ça en a l'air. Les grosses légumes du CET seront toutes là et ça se tiendra dans la salle de conférences d'une auberge très sympathique de la région, Les Haciendas. Il y aura un cocktail ensuite. Je suis sûre que je peux t'avoir une invitation.

— Tu seras là ? demanda Frankie, pensant que ce serait plus amusant si Annabel était présente.

— Peut-être.

Elle vérifia de nouveau son téléphone et fronça les sourcils.

— J'ai envoyé un message à Maya pour la convaincre de revenir à la maison pour l'été et d'assister à certains des événements du CET, mais je n'ai pas encore eu de ses nouvelles.

— J'aimerais la rencontrer, murmura Frankie, en se souvenant de l'histoire que Xander lui avait racontée au sujet de Maya qui ne connaissait pas l'identité de ses parents biologiques.

Elle avait aussi ça en commun avec la plus jeune sœur adoptive de Xander.

Une fois le déjeuner terminé, Frankie prit congé d'Annabel en l'embrassant tendrement sur les deux joues. Qu'allait-elle faire maintenant ? Trouver Xander et lui parler de la réunion et du cocktail ? Cela semblait risqué.

Mais avait-elle un jour hésité à relever un défi ? Même s'il avait le potentiel de la blesser gravement ?

Non, ce n'était pas son genre d'abandonner sans se battre. C'était ainsi qu'elle s'était libérée de ses contraintes familiales. Qu'elle était allée à l'université. Et s'était mise au rodéo !

Alors non, ce n'était pas encore le moment de se soustraire au danger. D'autant plus que le jeu nommé Xander en valait largement la chandelle.

Terminant quelques appels téléphoniques sur le vol privé qui le ramenait d'Amarillo, Xander bascula la tête sur le siège en cuir et s'interrogea sur son prochain appel.

À Frankie.

Elle lui avait manqué pendant ce voyage impromptu. Il ne l'avait pas vue depuis trois jours, depuis qu'il avait dû quitter le ranch Currin sans préavis.

Il n'appréciait pas que son père ait orchestré le voyage qui s'était avéré être plus administratif qu'on ne l'avait fait croire à Xander. Assister à des ventes de bétail faisait partie de son travail de contremaître, mais Ryder lui avait demandé de rencontrer plusieurs propriétaires de ranch à Amarillo pendant qu'il était là-bas.

Était-ce une façon pour son père de forcer Xander à jouer un rôle plus actif dans l'entreprise ? En doublant ses responsabilités professionnelles ?

À deux jours de la réunion du comité de planification du CET, Xander savait que les tensions s'exacerbaient au sein du groupe vu que Sterling et Ryder étaient pris dans une lutte de pouvoir. Et dire qu'il y a un mois à peine, il ne s'intéressait pas vraiment à la nouvelle succursale du Club des éleveurs du Texas... Était-ce parce qu'il commençait à oublier son chagrin pour de bon ? Ou parce que Frankie s'était intéressée au CET et qu'il voulait que le groupe soit un endroit chaleureux et accueillant pour elle ?

Peut-être un peu des deux.

Quoi qu'il en soit, il ne pouvait nier que la connaître l'avait ramené à la vie de bien des façons. Déjà, il n'avait pas complètement rechigné à l'aventure Amarillo. Et même s'il n'avait pas apprécié qu'on ne l'ait pas consulté au sujet des réunions supplémentaires, il ne les avait pas trouvées aussi barbantes que celles des derniers mois.

Son cerveau reprenait vie et il s'interrogeait même sur la possibilité d'occuper le poste qui l'attendait chez Currin Oil. Celui de P-DG, une fois que son père aurait quitté ses fonctions.

Peut-être même qu'il était prêt à aller plus loin avec Frankie. Une chose était certaine : il voulait la revoir. En soi, c'était déjà quelque chose d'inédit pour lui.

Composant son numéro, il regarda par le hublot de l'avion qui se rapprochait de Houston. Une lumière sur l'aile clignotait dans l'obscurité.

— Oui ?

Sa voix, douce et sexy, déclencha en lui une vague de désir et de convoitise.

Comme elle lui manquait...

— C'est Xander.

Il regrettait de ne pas l'avoir appelée plus tôt, car c'était lui qui s'était enfui la dernière fois. Il lui avait dit par SMS qu'il quittait la ville, mais elle n'avait pas répondu.

— Je serai bientôt de retour au ranch.

— Super, il est toujours debout.

La froideur de son ton le frappa en plein cœur.

Fallait-il en déduire qu'elle lui en voulait ? Il ne l'espérait pas, car il était impatient de la revoir. Il ne s'attendait pas à ce qu'elle lui manque autant.

— Et toi, comment tu vas ? Cela m'intéresse davantage, tu sais.

Il s'agrippa à l'un des accoudoirs alors que le jet traversait une zone de turbulences.

— Tu m'as manqué.

Le silence à l'autre bout du fil lui sembla terriblement long.

— Ah bon, j'ai cru que tu étais passé à autre chose, finit-elle par répondre. Quand je me suis réveillée sans toi, je me suis dit que c'était peut-être ta façon de me dire que notre histoire s'arrêtait là.

Il ferma les yeux, se détestant de l'avoir blessée. Elle avait probablement observé ses habitudes de célibataire plus souvent qu'il ne l'avait su depuis un an.

— Oh non, murmura-t-il dans le combiné. C'est loin d'être le cas.

La nuit passée dans le bungalow n'avait cessé de l'obséder.

— J'ai voulu t'appeler plus tôt, mais mon père m'a demandé de faire ce voyage à Amarillo pour la vente du bétail et je n'ai pas pu dire non.

Son père était effectivement débordé. En plus de ses responsabilités au Club des éleveurs du Texas, il fallait qu'il gère sa rivalité avec Sterling, laquelle commençait à déborder sur sa vie amoureuse.

— Comment s'est passée la vente ? demanda-t-elle, l'entraînant dans une conversation qui dura jusqu'à l'atterrissage et continuait lorsqu'il retrouva son 4x4 sur le parking de l'aérodrome.

Elle semblait intéressée par tous les aspects de la vente, du côté commercial aux questions sur les tendances des races. Elle en savait beaucoup sur le bétail, mais elle se posait aussi des questions sur la possibilité d'avoir des moutons et des chèvres au ranch Currin, des acquisitions permettant de diversifier et de faire croître les activités de l'entreprise.

Ce n'est que lorsqu'il vit le panneau du ranch qu'il réalisa combien de temps ils avaient parlé.

— Et sinon, que fais-tu ce soir ? Tu ne voudrais pas un peu de compagnie ? demanda-t-il, pressé de la voir.

De la toucher.

De la sentir.

De lui parler jusqu'au bout de la nuit.

— Euh, je ne suis pas vraiment habillée pour de la compagnie. Peut-être demain ?

La déception le mordit. Jusqu'à ce qu'un rire sarcastique éclate dans le téléphone.

— À moins que cela ne te dérange pas de me voir en petite tenue, bien sûr.

9

Xander voulait la séduire. Lui faire la cour. Prendre le temps.

Elle lui avait manqué et, ce soir, il voulait lui montrer à quel point.

Mais quand Frankie lui ouvrit la porte de son bungalow avec un T-shirt de nuit et rien en dessous, tous les mots qu'il s'apprêtait à dire s'asséchèrent et disparurent. Sans maquillage et avec ses cheveux bruns ébouriffés, elle déroba le reste de sa raison quand elle glissa ses bras autour de son cou et l'embrassa.

Ses lèvres étaient parfaites, moulant les siennes un instant, puis glissant jusqu'au creux de son cou l'instant d'après. Elle semblait aussi avide que lui, aussi affamée, aussi impatiente de retrouver ce qu'ils avaient vécu les fois précédentes où ils avaient fait l'amour.

Lorsqu'il commença à gravir l'escalier de la mezzanine, elle verrouilla ses chevilles autour de sa taille. Chaque pas l'excitait, le mouvement s'accompagnant chez elle de petits gémissements qui ne faisaient qu'aggraver son désir.

Atteignant le lit, il la déposa au milieu de la couette. Un doux parfum de lavande s'éleva des draps pendant qu'il arrachait sa chemise et détachait sa ceinture.

Ses yeux verts suivaient ses actions, s'attardant sur sa poitrine avant de plonger plus bas.

Sans le quitter du regard, elle attrapa un préservatif sur la table de nuit et se mit à genoux pendant qu'il lui enlevait le dernier de ses vêtements.

— Je peux ? demanda-t-elle.

— Oh ! oui.

Elle déchira l'emballage sans la moindre finesse, mais ses mains furent bien prudentes - oh, tellement prudentes - lorsqu'elle déroula le préservatif sur son sexe. Il faillit exploser quand elle le caressa de la pointe jusqu'à la base, comme pour tester la solidité de son installation.

Un geste qui lui arracha un gémissement.

Son désir pour elle était si intense qu'il en devenait presque douloureux.

Il enleva son T-shirt et la renversa contre la couette, en se plaçant au-dessus d'elle. Fermant les yeux, il glissa à l'intérieur d'elle.

Ses seins pressés contre son torse, elle lui réclama sa bouche. L'embrassant encore et encore pendant que le rythme de leurs hanches s'accordait.

Ses ongles ratissèrent son dos, ses dents s'enfoncèrent dans son épaule. Une douce piqûre qui le rappela un court instant au réel alors qu'il était juste au bord du précipice.

Juste sur le point de se perdre.

Frankie glissa hors de son lit avant l'aube.

Pas pour partir. Juste pour mettre le café en route et savourer la fin de nuit la plus parfaite qui soit.

Alors que les doigts roses de l'aurore glissaient vers l'horizon, elle s'appuya sur le comptoir de la cuisine et regarda fixement les pâtures derrière son bungalow.

Y était-elle arrivée ? Elle avait réussi à transformer son béguin pour Xander en quelque chose de plus tangible et cela avait mené au meilleur sexe de sa vie. Elle comprenait maintenant pourquoi il fallait que ce soit temporaire. Que Xander ne pouvait pas lui donner plus que ça parce qu'il avait perdu l'amour de sa vie.

Une réalité qui s'était ancrée en elle après son déjeuner avec Annabel, quand elle avait réalisé qu'elle n'était pas prête à abandonner ce qu'ils partageaient.

Que ce soit temporaire ou non, elle le voulait dans sa vie.

L'odeur torréfiée qui emplissait la cuisine et le voyant de la cafetière qui s'alluma lui firent savoir que le café était prêt.

— Bonjour, ma belle.

La voix de Xander descendant de la mezzanine fut du miel pour ses oreilles.

Torse nu et son jean à demi boutonné, il était d'une beauté à tomber. Ses cheveux en bataille donnaient l'impression qu'une femme ivre de plaisir y avait fait courir ses doigts toute la nuit.

Et cette femme, c'était Frankie.

— J'étais perdue dans mes pensées, je ne t'ai pas entendu te lever, lui dit-elle avec un large sourire.

— Trop occupée à fantasmer sur ce que nous pourrions faire en ce moment si tu étais restée au lit avec moi ?

Comment pouvait-il l'exciter à ce point alors qu'ils venaient de faire l'amour durant des heures ? Son ventre prit feu à l'idée de replonger dans ses bras.

— Oui, peut-être.

Elle sortit deux tasses du placard.

— Ou peut-être que je me disais qu'on avait survécu à cette nuit sans que personne ne soit parti en courant.

Elle ne voulait pas casser l'ambiance, mais c'est exactement l'effet qu'eut son commentaire. Elle put le voir à la manière dont le sourire de Xander s'effaça sur son visage.

— Frankie, je suis désolé d'être parti l'autre nuit, vraiment.

Il se glissa sur l'un des tabourets du comptoir étroit qui remplaçait la table dans sa petite cabine.

En portant les deux tasses vers lui, elle s'assit sur le tabouret à côté du sien.

— Pardon, je ne sais pas ce qui…

— Ne t'excuse pas, Frankie. Mon père avait des problèmes

et je suis sorti pour aller lui parler. J'aurais dû te laisser un mot. Ensuite, tout s'est enchaîné.

— Xander, je sais que tu n'es pas prêt pour autre chose. J'ai compris et je l'accepte.

En vérité, elle s'était préparée à la fin de leur aventure dès leur première nuit.

— Non, Frankie, je ne suis pas parti parce que je voulais rompre. Mais tu mérites de savoir ce qui s'est passé avec Rena.

— Je sais, Xander, n'importe qui aurait eu le cœur brisé de perdre sa fiancée.

— Non, il y a autre chose.

Il prit une profonde inspiration et ajouta :

— Elle avait annulé nos fiançailles juste avant l'accident.

La tasse de café de Frankie se figea sur le chemin de ses lèvres. Son regard se perdit dans celui de Xander. Dans le miroir de son âme où se reflétait la dure vérité des mots.

— Je ne l'ai jamais dit à personne, continua-t-il, en prenant une gorgée de sa tasse fumante. À personne. On s'était disputés la veille de son enterrement de vie de jeune fille. Je lui avais dit qu'elle réagissait de façon excessive quand elle m'avait annoncé vouloir annuler le mariage. Qu'elle avait simplement le trac et que tout rentrerait dans l'ordre une fois revenue à la maison.

Elle glissa sa paume sous la sienne et la serra, ne voulant pas l'interrompre alors que le souvenir lui était clairement douloureux.

Reposant sa tasse sur le comptoir recouvert de céramique blanche, il fixa leurs mains jointes.

— Après sa chute, quand je roulais comme un fou pour me rendre sur le lieu de l'accident, j'étais bouleversé. Je n'arrêtais pas de me demander si elle avait parlé de notre séparation à quelqu'un.

Il secoua la tête, ferma les yeux et soupira avant de la regarder à nouveau.

— Je ne sais toujours pas si ses amis et ses parents savaient qu'elle voulait commencer une nouvelle vie sans moi.

— Je suis vraiment désolée.

Le cœur de Frankie se serra lorsqu'elle prit conscience de tout ce que Xander avait perdu en même temps.

— Cela a dû être terrible.

— C'est du passé. Ça m'a pris du temps, mais j'ai tourné la page.

Il glissa sa main loin de la sienne pour prendre une autre gorgée de sa tasse.

Pour prendre ses distances ? Ou simplement parce qu'il avait besoin de plus de café ? Il fallait qu'elle arrête de trop réfléchir.

Carpe diem, *profite de l'instant présent*, se répéta-t-elle.

Le téléphone de Xander vibra, mais il l'ignora et se focalisa sur elle.

— Il m'a fallu du temps pour mettre Rena dans le passé parce que je n'avais pas que sa mort à surmonter. Je devais aussi comprendre comment j'avais pu rater les signaux, ne pas voir qu'elle n'était plus heureuse avec moi.

Il roula les épaules comme s'il voulait se dégager d'un poids.

— A-t-elle dit pourquoi ?

— Oui, mais rien n'avait de sens pour moi. Elle m'a dit qu'elle avait besoin de plus de temps pour savoir qui nous étions. Comme si je ne savais pas exactement qui j'étais et ce qui était important pour moi.

Sa mâchoire se crispa.

— Mais je ne pense pas que ce soit la vraie raison. Et je sais qu'elle n'a pas pris cette décision sur un coup de tête. Elle devait y réfléchir depuis longtemps et moi, je n'ai rien vu.

Il soupira et resta silencieux un instant avant de poursuivre :

— Ou je n'ai rien voulu voir. Je ne sais pas.

Elle n'imaginait pas comment il s'en était sorti après un tel drame. Pas étonnant qu'il lui ait fallu du temps pour passer à autre chose.

Tandis qu'elle cherchait les mots justes pour offrir tout le réconfort qu'elle pouvait, il continuait à parler.

— Je me suis plongé dans le travail au ranch pendant longtemps, mais ce voyage à Amarillo m'a fait comprendre que je suis prêt pour prendre la tête de Currin Oil.

Surprise, elle essaya d'imaginer sa vie quotidienne sans voir Xander. La vision du ranch Currin sans son Currin préféré la laissa interdite. Elle s'intégrait à peine dans son monde où elle était ouvrière de ranch et lui le contremaître. Le fossé n'allait-il pas s'élargir encore plus lorsqu'il aurait pris le contrôle d'une société de plusieurs milliards de dollars ?

— Vraiment ? C'est merveilleux. Ton père doit être ravi.

Elle essaya de camoufler ses émotions mitigées. Elle devait montrer qu'elle était heureuse pour lui. Ce qu'elle était. Après tout, elle avait aussi ses propres rêves et il les avait soutenus dès le départ.

Alors que leurs mondes étaient si différents. Et s'apprêtaient à le devenir encore plus.

— Je ne lui ai pas encore dit, précisa Xander. Je l'ai réalisé hier soir dans le vol de retour.

Il posa une main sur son genou. La chaleur de sa paume calma quelque peu l'agitation qui s'était emparée de son esprit.

— Au fait, il y a une réunion de planification du Club des éleveurs du Texas suivie d'un cocktail demain. Tu veux venir avec moi ? Il y aura encore pas mal de monde à qui te présenter.

Il fallait qu'elle se concentre sur la moitié pleine de la bouteille : après tout, elle n'avait même pas eu besoin de lui parler de la soirée.

Peut-être que Xander allait quitter le ranch, mais il pensait encore à elle. L'aidait à réaliser ses rêves. Ce qui était sans doute de bon augure pour leur histoire – ils allaient pouvoir encore profiter un peu plus longtemps de leur liaison, jusqu'à ce que la flamme ne s'éteigne.

— Oui, Annabel m'a parlé de la réunion et du cocktail. Je serais ravie d'y aller avec toi !

— Alors c'est noté.

Il finit son café d'un trait et se leva.

— Bon, il faut que j'aille travailler et dire à Len que tu auras besoin d'un jour de congé pour la réunion. Tu pourras être prête avant midi ?

— Bien sûr que oui.

Il fallait qu'elle s'efforce de tenir la bride courte à ses émotions. Et qu'elle comprenne la place qu'elle prenait dans sa nouvelle vie maintenant qu'il avait pris une décision aussi importante pour sa carrière.

— Nous pourrons porter un toast à ton avenir de magnat du pétrole, dit-elle avant de l'embrasser et de le laisser partir.

Elle ne pouvait pas nier qu'il avait l'air plus heureux. Plus libre. Comme s'il avait fait la paix avec son passé et était prêt à passer à autre chose.

Et si Frankie avait joué un petit rôle pour l'aider à y arriver, elle était contente. Contente pour lui, en tout cas.

De son côté... Elle le sentait déjà s'éloigner d'elle pour embrasser la vie pour laquelle il avait toujours été fait.

Une vie qui ne laisserait sans doute que peu de place à une cow-girl orpheline et fugueuse avec de grands rêves et un avenir bancal.

En regardant furtivement les autres femmes présentes à la réunion et au cocktail qui avait suivi, Frankie se dit qu'elle avait eu raison de choisir la robe de soie blanche pour laquelle elle venait de débourser une somme rondelette.

Angela Perry était toujours aussi élégante dans une jupe crayon couleur cerise foncée avec une blouse noire aux manches transparentes. Sa jumelle, Melinda, portait un tailleur de créateur aussi extravagant que magnifique, mais que Frankie aurait été incapable de porter.

— Tu es incroyable, lui murmura Xander à l'oreille alors que la réunion officielle s'était terminée et que le réseautage social commençait. Tu es aussi belle en blanc qu'en couleur !

— Merci, murmura Frankie en prenant un verre d'eau gazeuse

du plateau d'un serveur qui venait de passer à sa hauteur. Ça ne me ressemble pas de faire des folies vestimentaires, mais si c'est ma dernière chance de passer du temps avec le Club des éleveurs du Texas pendant un moment, alors je veux en profiter.

— Pourquoi ce serait ta dernière chance ? demanda Xander, sa main touchant brièvement le creux de son dos.

Il s'arrêta sur le côté de la salle pendant que le reste des membres organisateurs du Club des éleveurs du Texas s'installaient dans le patio débordant à l'extérieur. Un bar avait été aménagé à l'extrémité d'un jardin et un guitariste classique égayait l'atmosphère de rythmes flamencos.

Le volume de la fête augmentait progressivement, comme si tout le monde était soulagé d'en avoir terminé avec la partie de la journée consacrée aux affaires.

Même Sterling Perry semblait à peu près calme et surtout disposé à garder ses distances avec son rival, Ryder Currin. Les deux hommes étaient littéralement aux deux extrémités opposées de la salle.

Frankie se mordit les lèvres. Elle aurait aimé pouvoir simplement se concentrer sur le moment présent et regrettait son faux pas verbal. Après tout, Xander ne lui avait pas officiellement dit que les choses étaient terminées entre eux. Mais elle voulait lui faciliter les choses.

Pour eux deux.

— Je veux dire, comme tu vas devenir P-DG de Currin Oil, on ne se verra plus autant.

Sa tête pencha d'un côté pendant qu'il l'étudiait.

— Qu'est-ce qui te fait penser ça ?

Le malaise d'avoir à répondre lui fut épargné par l'arrivée du père de Xander, Ryder.

— Bonjour, Frankie. Je suis désolé de vous interrompre, mais, Xander, tu peux t'occuper de nos convives pendant quelques minutes le temps que j'aille parler à Angela en privé ?

Ryder jeta un coup d'œil par-dessus son épaule, vers le bar à côté duquel se tenait Sterling.

— Nul besoin d'une redite du gala de bienfaisance pour les victimes des inondations, si tu vois ce que je veux dire.

— Bien sûr, pas de problème.

Xander hocha la tête, mais il se concentrait toujours sur Frankie.

Son ventre était noué par la nervosité. Elle ne voulait vraiment pas contrarier Xander, d'autant plus qu'elle espérait toujours profiter du cocktail pour faire du réseautage.

Ryder lui sourit, ses yeux du même bleu que ceux de son fils.

— Profites-en pour présenter Frankie à nos invités. Je suis sûr qu'elle aimerait parler à Zane Daughtry. Son fils est vétérinaire à Galveston, tu sais.

— Je vais le faire, lui assura Xander, sa main se courbant de manière possessive sur sa hanche alors qu'il se rapprochait. Merci papa.

Lorsque Ryder s'éloigna, Frankie scruta la pièce.

— Lequel est Zane Daughtry ? demanda-t-elle, espérant distraire Xander de la conversation qu'ils avaient laissée inachevée.

Mais avant que Xander puisse répondre, une beauté aux cheveux auburn s'arrêta devant eux, la main collée devant la bouche et les yeux écarquillés.

Remarquant l'autre femme, Xander installa un sourire poli sur ses lèvres. Il la salua chaleureusement, mais la femme continuait toujours d'avoir l'air interloquée en regardant Frankie.

— Abby, ravi de te voir ce soir, dit Xander. Tu connais Frankie ?

Il se tourna vers elle pour faire les présentations.

— Frankie, je te présente Abigail Langley.

Frankie eut une sensation étrange. Abby Langley semblait avoir une trentaine d'années et ses cheveux étaient longs et ondulés. Mais ce qui la frappa le plus, c'était qu'elle restait bouche bée devant elle, comme si elle avait vu un fantôme.

— Ravie de faire votre connaissance, dit poliment Frankie en lui tendant la main.

Abby Langley ne cessait de secouer nerveusement la tête.

— Pardonnez-moi, je suis émue. Je ne voudrais pas vous mettre mal à l'aise en vous dévisageant, mais...

Elle se tut un instant pour avaler d'un trait le fond de sa coupe de champagne puis poursuivit, haletante :

— Cette marque sur ton cou, ma chérie. Je jure que c'est la tache de naissance des Langley !

Elle lui avait pris la main en même temps qu'elle l'avait tutoyée comme si elle la connaissait depuis toujours.

Frankie eut l'impression que le sol s'était ouvert sous ses pieds. Le cœur battant, elle leva sa main vers sa nuque.

— Ma tache de naissance ? répéta-t-elle sans comprendre.

— Oui, la plupart des femmes de ma famille ont la même. Et tu me sembles avoir le bon âge. Quel âge as-tu ?

— Je suis désolée, je ne comprends pas.

Frankie lâcha la main de la femme pour agripper celle de Xander. Ses oreilles bourdonnaient. Sa vue se brouillait. Elle avait l'impression que la pièce s'était mise à tourner. Et qu'elle allait faire un malaise.

Xander intervint, le ton inquiet.

— Abby, de quoi tu parles ?

— Et tes yeux, ce vert ! C'est la bonne nuance.

Abigail regardait toujours Frankie, au point que leur conversation attira l'attention d'une partie des convives.

— Ma cousine, Josie Langley, a perdu sa petite fille il y a vingt-trois ans dans des intempéries semblables à celles qui ont secoué Houston au printemps. Et je n'ai pas pu m'empêcher de remarquer combien tu lui ressembles. C'est pour ça que j'ai eu le souffle coupé quand je t'ai vue.

À ces mots, Abby Langley sortit son téléphone de sa pochette de cuir et fit glisser son doigt sur l'écran pour trouver une photo.

Dans la tête de Frankie, les pensées se précipitaient.

Les calculs tombaient juste... Frankie avait effectivement

vingt-cinq ans. Et ses parents avaient prétendu l'avoir trouvée quand elle en avait deux.

— Vous pensez que je pourrais être...

Abby retourna son téléphone pour montrer à Frankie la photo d'une jolie femme aux cheveux bruns et aux yeux verts. L'expression sur son visage lui était familière car c'était la même que Frankie voyait tous les jours dans le miroir.

La femme sur la photo lui ressemblait étrangement.

Elle était une version plus âgée de Frankie.

— Même sans la tache de naissance, j'aurais été abasourdie par votre ressemblance, dit Abby, la main tremblante devant l'écran du téléphone. Mais avec ce croissant de lune, il n'y a plus de doute possible, ma chérie. Je crois que tu es l'héritière perdue des Langley.

10

Une heure plus tard, Xander était assis à côté de Frankie dans l'une des suites de l'auberge restée vacante. Il avait besoin de lui parler sans risquer d'être interrompu. Il s'était donc approché d'un des organisateurs de l'événement qui lui avait proposé cette solution.

Frankie était si pâle depuis la rencontre avec Abigail Langley qu'il s'inquiétait pour elle. Il avait commandé de quoi se restaurer, mais Frankie n'avait montré aucun intérêt pour les desserts cinq étoiles qui la mettaient d'habitude en joie et en appétit. Elle s'était simplement assise sur une chaise rembourrée en cuir près d'une table en bois massif, ses doigts crispés autour d'une tasse de thé qu'elle avait acceptée sans y porter les lèvres.

Elle semblait abasourdie, sidérée. Des vitres fumées de la véranda, elle semblait regarder la soirée se dérouler dans les jardins, mais Xander comprit qu'elle avait en réalité les yeux perdus dans le vide.

— Tu veux qu'on appelle quelqu'un ? Tes parents, peut-être ? suggéra-t-il d'une voix douce, bien décidé à ne pas la contrarier ou la brusquer. Si tu leur disais ce que vient de t'annoncer Abigail, peut-être qu'ils auraient des compléments à t'offrir. Une contextualisation, d'une façon ou d'une autre, tu ne crois pas ?

Xander ne savait pas encore s'il croyait à la révélation d'Abby. Certes, il ne pouvait pas nier que Frankie ressemblait aux Langley dont il avait vu la photo sur son téléphone, mais il ne voulait pas non plus lui donner de faux espoirs. Et si l'insistance d'Abby à dire que Frankie était bien l'héritière de la fortune des Langley était le fruit du désir personnel de cette femme pour cette famille ? Tomber ainsi sur une héritière que l'on pensait à jamais perdue lors d'un cocktail mondain semblait pour le moins… une drôle de coïncidence.

Après son annonce, Abigail s'était dite prête à s'occuper des tests ADN, mais lorsque Xander avait vu combien la nouvelle bouleversait Frankie, il lui avait demandé un peu de temps pour digérer la nouvelle. Ensuite, il l'avait rapidement abandonnée. Dans l'idéal, il serait même parti de la soirée, mais cela aurait attiré trop d'attention. Prendre en douce la tangente vers une suite vide était une bien meilleure solution.

— Pourquoi mes parents adoptifs se mettraient aujourd'hui à me dire la vérité ?

Elle leva la tasse vers ses lèvres puis hésita, la posant sur la table, les mains tremblantes. Sa voix était tendue et elle était manifestement en colère.

— Je leur ai demandé des réponses toute ma vie, et tout ce que j'en ai tiré, c'est d'être toujours plus isolée du reste du monde.

Parce qu'ils étaient protecteurs ? Ou parce qu'ils l'avaient kidnappée ? Frankie devait forcément se demander la même chose.

— Mais s'ils étaient au courant de la situation, de l'insistance d'Abby Langley, peut-être qu'ils pourraient te donner suffisamment d'informations montrant qu'elle se trompe ?

S'ils n'étaient pas ses kidnappeurs… Il y avait cependant d'autres options, comme une adoption illégale auprès de personnes peu recommandables.

— Tu ne penses pas que c'est vrai ?

Elle lui jeta un coup d'œil de l'autre côté de la table où il était assis de biais. Son regard n'était plus perdu, il était parfaitement concentré. Focalisé.

— Tu ne crois pas que je puisse être cette héritière perdue ?

Une bougie vacilla dans la brise du ventilateur de plafond, qui fit aussi légèrement bruisser les fleurs de tournesol fraîches trônant dans un vase au milieu de la pièce.

— Non, ce n'est pas ce que je dis. Je voulais juste dire que tes parents pourraient avoir suffisamment de faits pour réfuter les allégations d'Abby et t'épargner l'angoisse d'avoir à attendre les résultats des tests ADN.

Il ne pouvait s'empêcher de vouloir la protéger. Parce qu'il ressentait sa douleur au plus profond de lui.

— Ou ils pourraient encore se couvrir, comme ils l'ont toujours fait, et me pousser à les détester encore plus de m'avoir privée d'une enfance normale parce qu'ils redoutaient que quelqu'un cherche à me retrouver.

Elle mit le thé de côté et se leva, puis s'avança vers la baie vitrée donnant sur le cocktail. Les vitres fumées permettaient de voir sans être vu.

La lueur bleue de la piscine éclairée commençait à illuminer le jardin au coucher du soleil. Des projecteurs s'allumèrent automatiquement.

Comment la réconforter alors qu'il partageait ses craintes ? Xander la suivit pour observer les festivités à ses côtés.

Il passa un bras autour de sa taille, l'attirant contre lui. Elle semblait parfaitement faite pour cette place, la tête sous son menton. Il inclina sa joue contre les mèches soyeuses de ses cheveux et respira profondément leur doux parfum.

— Personne ne va venir te chercher maintenant, Frankie, la rassura-t-il. Tu es adulte, autonome. Tout ce que tu as accompli, tu l'as accompli toi-même. Et tu as de quoi être fière.

— Certes, mais tout aurait été bien plus facile avec l'aide d'une famille, dit-elle d'une voix blanche.

Elle recula d'un pas pour le regarder.

— Cela fait sept ans que j'ai quitté la maison et que j'essaye de cumuler toute une vie d'expériences, de rattraper désespérément mon retard. Enfant, je n'avais le droit de rien faire. Alors aujourd'hui, le ranch, le rodéo, le bénévolat, le refuge, tout cela, c'est parce que je mourais de faim. De faim du monde.

Mettait-elle leur liaison dans le même panier ? L'idée lui fit comme un coup au cœur. Il admirait son courage, mais son besoin d'expériences avait-il un prix ? Pour tous les deux ?

— Personne ne peut t'enlever ce que tu as accompli, insista-t-il.

Comprenait-elle seulement combien sa vie était impressionnante ? Qu'elle ait réussi à se faire seule ? Qu'elle soit sur le point de rentrer en école vétérinaire sans l'aide de personne ?

— Personne ne peut dire que tu es arrivée là où tu es grâce à ta famille.

— Peut-être, mais je n'aurais pas été contre un peu d'aide.

En croisant les bras, elle jeta un regard noir vers la fête qui se poursuivait sans eux.

— Les Perry et les Currin peuvent s'affronter, mais ils sont tous deux très sûrs de leur place dans le monde. Ton nom – ou le leur – suffit à vous donner le pouvoir.

— Tu voudrais que ça soit vrai.

S'il n'en était pas sûr jusqu'à présent, son intonation ne lui laissait désormais aucun doute.

— Tu veux être l'héritière des Langley, n'est-ce pas ?

Elle se retourna vers lui. Cette fois, le chagrin dans ses yeux verts était clair comme de l'eau de roche.

— Qui de sensé choisirait d'être orpheline et non pas une femme ayant une famille et des relations ? Une famille dont le seul nom aurait pu me donner tous les privilèges dont tu as profité toute ta vie ?

En théorie, il la comprenait. Évidemment.

Mais cela ne voulait pas dire qu'il était prêt à accepter son avenir en tant que Langley. Entre eux, tout changerait.

Leurs deux familles s'intéresseraient à leur relation. Les Langley et les Currin, deux clans bien connus du Texas, auraient chacun leur mot à dire.

Il y aurait plus que de la pression. Du contrôle.

Cette même atmosphère suffocante qui avait poussé Rena à vouloir annuler leurs fiançailles.

Et une héritière Langley voudrait-elle même sortir avec un Currin qui travaillait comme contremaître dans un ranch ? S'il ne devenait jamais P-DG de Currin Oil ? Les choses allaient si vite qu'il se sentait perdu. Dépassé.

— Ma famille m'a peut-être donné des privilèges, reconnut-il en allant reposer le plateau sur le buffet pour échapper à l'angoisse qui transpirait de son regard.

Ou bien parce qu'il ne voulait pas qu'elle capte la sienne ? Il voulait se servir un verre, mais il n'y avait rien d'autre que de l'eau pétillante et une bouteille de champagne non ouverte sur le plateau. Et cela ne ressemblait guère à une fête. Il prit une profonde inspiration avant de continuer.

— Comme toi, j'ai travaillé dur pour arriver là où je suis. Et tu ne peux pas non plus nier que tu as aussi profité des privilèges associés au nom de Currin. L'accès au Club des éleveurs du Texas, par exemple. La soirée de gala, le réseautage pour ton avenir.

Renonçant à son envie d'alcool, Xander retourna vers Frankie.

Elle le regardait comme si elle le voyait pour la première fois. Son expression était proprement indéchiffrable.

— Oui, merci, Xander.

Son ton semblait parfaitement raisonnable. Ce qui ne fit rien pour apaiser sa crainte : que ce qu'ils avaient tant bien que mal réussi à construire soit en train de s'effondrer.

— Et tu n'auras plus besoin de mon aide quand tu seras une Langley, n'est-ce pas ? remarqua-t-il, réalisant ce qu'être une héritière allait signifier pour elle. Avec ta fortune, tu n'auras certainement plus besoin de travailler au ranch. Et tu auras tout le soutien nécessaire pour devenir membre du Club des éleveurs du Texas. Abby a été présidente de la branche de Royal, alors tu seras entre de bonnes mains là-bas. Elle a sûrement davantage de connexions que moi.

Il voulait arrêter le flux de mots sortant de sa bouche, sûr et certain qu'ils sonnaient la fin de leur histoire. Il savait aussi qu'il était injuste avec elle.

Bon sang, ils n'étaient même pas encore certains qu'elle était une Langley ! Mais l'idée de la perdre de cette manière le déchirait. Bien plus qu'il ne l'aurait cru.

Il n'avait plus qu'une envie. S'enfuir vite, et loin.

— Je ne suis pas sortie avec toi pour que tu m'aides ! siffla-t-elle.

Il avait à l'évidence touché une corde sensible.

— Permets-moi de te rafraîchir la mémoire : c'est toi qui es venue me chercher, moi j'étais prête à acheter le billet pour le gala par mes propres moyens !

Ce n'était vraiment pas la conversation qu'il avait en tête lorsqu'il avait décidé de s'éloigner de la fête en trouvant une chambre tranquille. Mais il ne pouvait plus faire marche arrière, qu'importe les conséquences.

— Oui, en risquant ta peau ! Comme une petite inconsciente ! Une idiote !

Voilà, les mots avaient dépassé sa pensée.

Sa poitrine lui faisait mal à force de la regarder. Elle était si délicate et si forte à la fois.

— La vérité, c'est que tu prévoyais la fin de notre histoire dès notre première nuit passée ensemble. Car à moi de te rafraîchir la mémoire, c'est toi qui es partie en pleine nuit, pas moi !

— Ce n'est pas juste, murmura-t-elle, les bras nerveusement croisés sur sa poitrine.

Rien de tout ce qui se passait n'était juste. Ce qui n'en rendait pas la douleur moins réelle.

Il recula d'un pas pour récupérer les clés de son 4x4 sur la table.

— Je vais prendre l'air. La chambre est à toi pour la nuit si tu veux.

— Non, je ne...

Il ne la laissa pas finir sa phrase et se dirigea vers la porte pour sortir de la pièce.

Bien sûr qu'elle ne voulait pas de la chambre. Comment en être surpris ? Xander n'avait plus rien à lui offrir.

Par la fenêtre de la véranda de la suite, Frankie regardait la fête se dérouler sans elle. Et sans Xander. Le soleil était complètement couché depuis qu'il était parti. Le silence avait recouvert les lieux comme un linceul après leur dispute.

Mais était-ce seulement une véritable dispute ? Plutôt un échange d'émotions trop longtemps contenues. Un retour du refoulé. Elle l'avait fait avec lui, il l'avait fait avec elle. Un point partout, tout le monde perdant.

Jamais elle n'aurait pensé avoir le pouvoir de faire souffrir Xander Currin. L'homme lui semblait invincible, vacciné contre les tourments de l'amour. C'est du moins ce qu'elle avait déduit de toutes les femmes qu'elle avait vues lui tourner autour depuis son arrivée au ranch. Que Xander était un coureur de jupons, pas d'émotions.

Mais en réalité, elle s'était trompée, et dans les belles largeurs. Il n'était pas vacciné contre les tourments de l'amour, il les avait juste enfouis au plus profond de lui. Et ce soir, tout avait explosé.

En plein cœur.

Il s'était protégé après la perte de sa fiancée. Elle en avait fait de même après l'abandon qui avait été gravé dans sa nature dès son plus jeune âge. Avait-elle suffisamment fait attention à sa sensibilité ? Non, parce qu'elle avait tellement pensé aux risques qu'il faisait courir à son cœur qu'elle avait négligé ceux qu'elle faisait courir au sien.

Et maintenant, Frankie regardait un jardin luxuriant derrière une vitre fumée d'où personne ne pouvait la voir. Quelle métaphore parfaite pour toute sa vie ! Toujours, elle était extérieure, isolée, exclue.

Seule.

Jamais elle n'avait ressenti le profond sentiment d'intimité, de sécurité, de confort, que pouvait susciter une famille. Un couple. Pas avant qu'elle ne rejoigne le ranch Currin et y trouve sa vraie famille. Une famille de guignols et de vachers grisonnants. Et même là… Elle avait eu davantage envie de travailler auprès des animaux que des gens.

Le choc provoqué par la révélation d'Abigail Langley la laissait complètement désemparée. Tous les enfants abandonnés ont un jour pensé à ce genre de scénario improbable. À un kidnapping. Une adoption louche. Quelqu'un, quelque part, qui vous cherche toute sa vie et ne baisse jamais les bras jusqu'à ce que… Sauf que cela faisait longtemps que Frankie avait appris à oublier ces rêves et à sauter à la gorge de la réalité. S'y agripper et rester en selle coûte que coûte, comme sur le dos d'un cheval fou.

À quoi allait bien pouvoir ressembler son avenir si Abby disait vrai ? Si elle était une héritière ?

Elle ne pouvait même pas imaginer à quel point sa vie serait bouleversée. Radicalement. Elle n'aurait pas à compter chaque sou pour son école de médecine vétérinaire ni même pour ouvrir son propre cabinet. Plus important encore, elle allait pouvoir se permettre de consacrer tout son temps à ses études au lieu de travailler pour subvenir à ses besoins.

Ce qui était… bien trop incroyable.

En plus des avantages évidents offerts par l'argent, Frankie aurait sa place. Xander avait raison lorsqu'il avait dit qu'elle n'aurait plus besoin de lui. À une nuance près : elle ne voulait pas *dépendre* de lui. En étant l'héritière Langley, elle aurait d'elle-même son entrée au Club des éleveurs du Texas. Grâce à une famille privilégiée qui l'aiderait à obtenir cet endroit.

Car le fait qu'elle n'ait pas besoin de Xander ne voulait pas dire qu'elle ne voulait pas avoir besoin de lui. En réalité, elle craignait aujourd'hui d'avoir *toujours* besoin de lui. Qu'il la veuille ou non.

Combien de temps allait-elle encore rester là ? À regarder la fête ? À être submergée par des émotions contradictoires auxquelles elle ne comprenait plus grand-chose ?

Elle soupira en voyant un éclat blond passer dans son champ de vision. C'était Angela Perry en pleine conversation animée avec son père sous un vieux chêne du parc. Eux aussi semblaient vouloir s'isoler du cocktail.

Un père et sa fille. Une famille.

Même si Sterling semblait dominateur et beaucoup trop intrusif dans la vie de sa fille, au moins Angela avait la certitude d'être aimée. Irrévocablement. Incontestablement. Le cœur de Frankie se serra, une nouvelle fois malmené par un désir de famille qu'elle ne pourrait sans doute jamais assouvir.

Fallait-il qu'elle fasse contre mauvaise fortune bon cœur ? Qu'elle rejoigne la fête ? Sorte de sa cachette ? Cette fois, elle serait toute seule, livrée à elle-même. Sans Xander pour lui frayer un chemin dans la foule et s'occuper des présentations.

Devait-elle en profiter pour garder la tête haute ? Apprendre à s'imposer ? Retourner à la soirée et dire à Abigail Langley qu'elle acceptait de passer le test ADN, même si l'idée qu'elle fasse partie de sa famille lui semblait toujours aussi absurde ?

Il était certainement plus facile de ne pas bouger. Rester cachée dans la suite que Xander leur avait réservée. Attendre que le feu qui consumait son cœur en vienne à se calmer. Un peu…

Non, cela n'avait jamais été dans sa nature. Là encore, Xander avait raison. Elle avait une part d'inconscience.

Dans ce cas, il fallait donc qu'elle prenne le taureau par les cornes. Et retourne à Laredo pour enfin obtenir les réponses qu'elle avait préféré fuir à ses dix-huit ans.

Angela Perry n'avait pas voulu faire face à son père. Pas ce soir, pas pendant le cocktail qui suivait la réunion de planification du Club des éleveurs du Texas. Elle ne voulait pas d'un nouvel esclandre. Elle voulait encore du temps pour réfléchir.

Sauf que son père savait s'imposer et lui avait demandé de choisir : soit ils s'isolaient et ils se parlaient, soit il recommençait comme lors du gala de bienfaisance pour les victimes des inondations et réglait ses comptes devant tout le monde.

À son corps défendant, Angela avait donc opté pour la première solution.

— Je pensais avoir été très clair au sujet de ce bâtard de Ryder Currin, fulmina son père, les yeux plissés en deux meurtrières.

Son Stetson et ses bottes étaient tout neufs, et des boutons de manchette en forme de fer à cheval étincelaient à ses poignets.

Son père était un homme très différent de Ryder. Si différent.

Angela serra plus fort son sac à main, consciente des yeux qui les entouraient, même s'ils étaient cachés derrière le tronc d'un vieux chêne. Avec le doux éclairage du jardin et sa température plus fraîche qu'à l'intérieur, beaucoup de convives prenaient l'air. Et comment leur en vouloir ? L'ambiance était paradisiaque.

— Oui, tu as été très clair, papa. Tu refuses d'entendre raison et de m'écouter.

De l'autre côté de la foule, Angela repéra Ryder. Son Stetson sombre était parfaitement assorti à son jean et sa veste.

Son aisance l'avait toujours attirée. Il n'avait jamais eu le goût du clinquant et elle aimait cela chez lui. Elle n'allait pas prétendre le contraire pour le bien de son père.

— Tu es au courant des rumeurs ? demanda Sterling.

Les veines de son cou ressortaient à mesure que sa colère augmentait.

— Oui, je suis au courant, répondit-elle avec un ton de défi. Je suis au courant de la prétendue aventure avec maman et je n'y crois pas une minute. Et je sais que toi non plus ou tu l'aurais quittée il y a longtemps.

Angela connaissait son père. Il n'était pas le genre d'homme à passer outre à une telle offense. S'il n'avait pas quitté sa mère, c'est qu'elle avait réussi à prouver son innocence. Ou que Sterling n'avait jamais eu le moindre commencement de preuve de cette aventure…

Et elle n'avait vraiment pas l'intention de laisser des ragots barrer la route à son bonheur avec Ryder.

— Ryder Currin a essayé de me nuire toute ma vie.

Sterling la pointa du bout de sa bouteille.

— Tu penses vraiment qu'il voit en toi autre chose qu'un moyen d'affaiblir Perry Holdings ?

Angela tenta d'ignorer la douleur que suscitèrent ces mots. Parce qu'ils impliquaient qu'elle ne signifiait rien pour Ryder.

— Je pense avoir plus d'intérêt que ça, papa. Et je pense aussi que j'ai trop d'importance pour Perry Holdings pour que tu me vires simplement parce que tu ne veux pas de ma relation avec Ryder. Ma vie personnelle est mon affaire. Pas la tienne.

Son père semblait prêt à exploser de colère. Angela eut très envie de s'en aller avant qu'il ne puisse répondre, mais elle savait aussi que cela ne ferait que retarder leur inévitable confrontation.

En outre, deux hommes en costume mal taillé se dirigeaient vers eux. Quelque chose clochait chez eux, comme s'ils n'étaient pas à leur place. Le premier était grassouillet et grisonnant. L'autre, beaucoup plus grand et mince, le visage parfaitement glabre, semblait avoir à peine vingt ans.

Les têtes de quelques convives se tournèrent vers eux alors qu'ils fendaient la foule pour se diriger vers Angela et son père.

Lorsqu'ils arrivèrent à leur hauteur, le plus âgé sortit un badge.

La police.

— Papa, murmura-t-elle, nous avons de la compagnie.

Puis elle se tourna vers le policier plus jeune et lui demanda ce qui se passait.

Sterling jeta un œil aux hommes, puis s'approcha d'Angela.

— Je suis sûr que c'est encore à cause du cadavre trouvé sur le site du nouveau CET, la rassura-t-il.

Angela eut un très mauvais pressentiment. Les officiers n'avaient pas du tout l'air d'être là pour un motif anodin ou une simple vérification de routine. Et leur attention était fermement fixée sur son père.

— Sterling Perry ? demanda l'homme aux cheveux gris avant de remettre son badge dans la poche de sa veste.

— Oui, répondit son père. C'est moi.

Son regard fut attiré par un éclat métallique. Avec horreur, Angela réalisa que le jeune officier avait retiré une paire de menottes de son équipement.

— Sterling Perry, vous êtes en état d'arrestation pour fraude en bande organisée. Vous avez le droit de garder le silence…

Sous le choc, Angela ne saisit pas le reste de la phrase. Sa vision était floue. Elle avait l'impression de flotter dans du coton. Sous ses pieds, le sol semblait s'être transformé en marécage.

— Que se passe-t-il ? bredouilla-t-elle.

Sa sœur jumelle, Melinda, apparut soudainement et lui prit la main juste avant qu'elle ne manque s'évanouir.

— Mais, mais, pourquoi…

Sa jumelle, généralement si inébranlable, semblait aussi angoissée et abasourdie qu'elle.

— Je ne sais pas, ma chérie, j'ai bien peur que ce soit un très mauvais moment à passer. Quand les investisseurs apprendront la nouvelle, ils vont tous vouloir revendre leurs actions.

Melinda n'eut pas à en dire davantage. Une panique d'investisseurs signifiait que trop d'actionnaires allaient vouloir reprendre leurs billes. Les finances de la holding n'allaient pas y survivre. Et beaucoup de gens honnêtes allaient se retrouver le bec dans l'eau, que son père soit ou non réellement coupable.

Ma vue a été imprenable sur le spectacle de ce soir. L'arrestation de Sterling Perry devant tout le monde ! Évidemment que j'étais en bonne position, car j'avais divulgué quelques informations à la police… Que Ryder et Angela ne se séparent pas comme je l'espérais, je dois bien l'avouer, m'avait mis passablement en colère. Je commençais à craindre que les choses ne se passent pas comme prévu…

Mais avec Sterling derrière les barreaux, c'est heureusement l'inverse

Mon plan se déroule à merveille ! Le revirement de l'opinion publique ne devrait plus tarder maintenant.

Les personnes qui ont tenu Sterling en si haute estime ne manqueront pas de le lâcher du jour au lendemain. Quelle punition parfaite pour lui, compte tenu de la rapidité avec laquelle ma vie a pris feu à cause de Sterling Perry et de Ryder Currin.

Je me souviens trop bien de ce que j'ai ressenti à l'époque. J'en crève encore. Ma famille perdue. Ma richesse et mes privilèges perdus. Bien sûr, j'ai eu ensuite de beaux succès, mais sans commune mesure avec mon ancienne vie.

Voir Angela et Melinda se tenir la main. Leur mine déconfite. L'inquiétude pour leur précieux père... Ah, j'enrage ! Je n'ai aucun enfant qui se fasse autant de souci pour moi. Je déteste encore plus Sterling pour cela. Si je me réjouis de le voir emmené par la police, j'aimerais tellement pouvoir tout lui prendre en même temps.

Son honneur, sa famille, sa raison de vivre.

Mais il faut être patient.

Une chose à la fois. Je dois me satisfaire des progrès faits chaque jour pour me venger. Vouloir aller trop vite, c'est aussi risquer de se faire prendre.

Et je refuse que cela se produise.

De l'autre côté du jardin, Xander vit Sterling être emmené menottes aux poignets.

Il n'avait pas voulu quitter tout de suite la fête. Il s'était donc attardé devant la suite en réfléchissant à un moyen de résoudre ses problèmes avec Frankie.

Mais il n'avait pas encore eu le temps de trouver un seul mot que la police avait débarqué et traîné Sterling hors de la propriété comme un malpropre.

La soirée avait été un désastre absolu, de bout en bout...

Depuis son point d'observation près du bar en plein air, Xander pouvait voir Frankie se profiler à la lueur de la bougie

derrière la fenêtre de la véranda. En sachant qu'elle était là, i
pouvait la deviner dans sa robe blanche immaculée. Et il savai
qu'elle était là. Ses yeux pourraient la remarquer n'importe où
n'importe quand.

Ses poumons se contractèrent pour expulser un lourd soupir
Le cocktail du Club des éleveurs du Texas se dissolvait sous se
yeux. Dans un océan de conversations tendues, d'appels télépho
niques paniqués, un tsunami de commérages.

L'inquiétude de voir Sterling derrière les barreaux affectai
tout le monde, amis comme ennemis. Xander savait qu'il devrai
contacter son père, sans doute le seul capable de rassurer Angela
la suite de cette nouvelle épreuve. Mais il ne pouvait pas détache
son regard de Frankie.

Elle aussi était sous le choc après les révélations d'Abigai
Langley.

Qu'elle soit ou non l'héritière perdue, Frankie méritait so
soutien. Mais pouvait-il oublier combien elle s'était montré
distante ? Combien elle lui rappelait... Rena ?

Il secoua nerveusement la tête. Jusqu'à la fin de ses jours, i
serait hanté. Pourquoi n'avait-il pas vu les signaux ? Que sa fiancé
n'était pas heureuse ? Il avait fallu sa mort prématurée pour que..

Alors qu'il se débattait avec sa conscience, son téléphon
portable vibra dans la poche de sa veste. Était-ce Frankie qu
ravalait son orgueil et lui tendait la main ?

Ses espoirs furent douchés lorsqu'il vit le nom de son père su
la notification lui indiquant un nouveau SMS.

Il faut qu'on se parle. Tout de suite.

Mais le bond que son cœur avait fait dans sa poitrine était u
signal clair : il était tombé amoureux de Frankie.

11

Quatre jours après la soirée, Xander n'avait toujours pas eu a moindre nouvelle de Frankie. Il lui avait laissé un message lans lequel il disait espérer la revoir pour lui parler, mais il ne oulait pas se montrer trop insistant. Surtout sachant qu'il avait té celui qui l'avait laissée seule lors d'une nuit particulièrement lévastatrice pour elle.

Il le regrettait profondément, et il savait sur le moment qu'il llait le regretter. Il savait que ses mots dépassaient sa pensée, nais il les avait dits quand même. Il savait qu'il était injuste, u'il mélangeait tout, qu'il subissait un trop-plein d'émotions nfouies depuis trop longtemps… Mais il n'avait rien pu faire t le mal était fait.

En réalité, il n'était tout simplement pas prêt pour l'annonce urprise d'Abby Langley, sans parler de ce que cela signifiait pour on avenir avec Frankie.

S'il y avait seulement encore un avenir envisageable entre eux. l avait peut-être détruit toutes leurs chances en ne lui accordant as sa priorité au moment même où elle avait le plus besoin de lui.

Debout devant la porte de son bungalow et s'apprêtant à rapper, il se dit qu'elle devait l'éviter. Il avait travaillé quasiment ans arrêt depuis la réunion de planification du Club des éleveurs u Texas. Les retombées de l'arrestation de Sterling touchaient jusqu'à la nouvelle succursale de Houston car des membres se demandaient si Sterling appartenait au club.

Une affaire qui avait pris beaucoup de temps à Ryder, qui avait demandé à Xander de l'aider avec Currin Oil. Son père avait été ravi de l'avoir dans ses bureaux et Xander était heureux d'avoir enfin accepté le rôle qu'il avait toujours prévu de jouer dans la société. D'autant plus qu'il savait que son second au ranch aurait enfin la chance de se mesurer au poste de contremaître. Mais en d'autres termes, cela signifiait qu'il n'était pas repassé au ranch pour voir Frankie.

— Frankie, appela-t-il en frappant une seconde fois.

Le seul bruit qu'il entendit en réponse fut un corbeau croassant depuis la gouttière. Au-dessus de sa tête, le soleil de fin d'après-midi déclinait sous une chaleur accablante.

— Elle est partie, patron ! cria une voix masculine depuis la route herbeuse du ranch.

Xander se retourna pour voir Reggie Malloy, membre de longue date de l'équipe du ranch Currin qui était là le soir du rodéo où Xander avait persuadé Frankie de ne pas participer à la compétition.

— Partie ?

Xander descendit du petit porche du bungalow, se dirigea vers le chemin de terre où Reggie était assis sur un appaloosa tacheté.

— Oui, elle a demandé à Len quelques jours pour convenance personnelle. Je crois qu'elle est allée voir ses parents à Laredo ou un truc comme ça.

Reggie releva son chapeau et s'épongea le front avec la manche de sa chemise à carreaux.

Rien d'étonnant à ce que Reggie soit au courant du voyage car les nouvelles se répandaient rapidement dans une petite communauté comme la leur. Len, l'adjoint de Xander, s'occupait des problèmes de personnel.

Ce qui dérangeait Xander, c'est que personne ne l'avait informé de son départ… Et en premier lieu Frankie. Pourquoi risquerait-elle une confrontation avec ses parents ?

Bon sang, il savait qu'il aurait dû venir la voir plus tôt. En lui laissant du temps pour se calmer, l'avait-il complètement repoussée ?

Il détestait l'idée qu'elle soit livrée à elle-même pour revoir ses parents après tout ce temps. Sauf qu'il n'avait pas le droit de se prononcer sur ses choix de vie en général, et encore moins après l'avoir laissée seule après la révélation d'Abby.

Il avait tellement besoin d'être avec elle, de la protéger, de la soutenir. Tellement qu'il eut envie de sauter dans son 4x4 et de démarrer en trombe pour prendre la route de Laredo.

Perdu dans ses propres pensées, il fut surpris d'entendre Reggie lui demander :

— Vous pensez vraiment qu'elle est l'héritière perdue de Langley ?

La selle craqua sous Reggie, ce qui trahit la nervosité de son employé.

— Nous avons entendu ce qui s'est passé lors de la réunion du Club des éleveurs du Texas quand Abigail Langley a reconnu cette tache de naissance.

— Je ne sais pas trop quoi croire.

L'instinct de Xander lui disait que c'était probablement vrai. Mais il ne voulait pas trop parler d'elle en son absence.

Elle avait sans doute déjà pris sa décision concernant le test ADN, mais il espérait réussir au moins à lui parler avant l'arrivée des résultats, le cas échéant. Il devait lui assurer que les résultats ne signifiaient rien pour lui – mais qu'elle signifiait tout et qu'il la voulait dans sa vie.

Reggie sourit du sommet de l'appaloosa.

— C'est rigolo de se dire que l'employée la plus coriace du ranch est une aristocrate. Mais nous lui avons tous dit qu'elle avait toujours une place parmi nous.

En faisant claquer doucement les rênes de son cheval, le vacher partit avec son appaloosa et laissa Xander seul avec ses pensées.

Le personnel du ranch Currin avait su trouver les mots pour Frankie lorsqu'elle avait été confrontée à une révélation dramatique sur sa naissance... mais pas Xander. Qu'est-ce que cela pouvait bien révéler de lui ? Qu'il était le dernier des égoïstes, et des imbéciles. Avait-il seulement la moindre chance de regagner la confiance de Frankie ? De la reconquérir ?

Il avait bien l'intention d'avoir les réponses à ces questions. Sans plus attendre.

Après avoir jeté son tablier en caoutchouc dans une poubelle devant la porte arrière du cabinet vétérinaire, Frankie rentra pour se nettoyer de sa journée passée sur le terrain. Elle venait d'accompagner le Dr Macallan pendant près de huit heures dans sa camionnette. Ils avaient visité des veaux malades, un cheval blessé et un cochon très triste avec un pied infecté. Le vétérinaire vivait sur la propriété, dans une ferme à proximité, et s'était déjà retiré chez lui pour la soirée. Il projetait une bonne partie de pêche le lendemain matin.

Elle en était à son deuxième passage de savon antibactérien quand son téléphone vibra. Elle avait reçu un SMS. Elle jeta un coup d'œil sur la tablette au-dessus du lavabo et vit le nom de l'expéditeur.

Xander.

Son cœur se serra lorsqu'elle lut le message, avant même d'avoir envisagé la possibilité de l'ignorer :

Je décolle pour Laredo dès que possible. S'il te plaît, attends-moi avant de parler à tes parents.

Stupéfaite, elle se sécha rapidement les mains.

Quitter Xander lui avait peut-être fait un mal de chien, mais elle n'allait pas pour autant lui faire gâcher un billet d'avion. Deux des autres employés de la clinique étaient rentrés chez eux, la laissant seule au cabinet avec la nièce du vétérinaire. La jeune fille jouait avec un chaton qu'un de leurs clients avait trouvé abandonné près de l'autoroute et qu'elle avait décidé d'adopter.

Tout comme moi, pensa Frankie en souriant. Elle aussi avait été adoptée dans un foyer étrange. Sauf que la famille qui l'avait trouvée n'avait pas voulu regarder de trop près la vérité sur ses origines. Et pire encore, ils l'avaient volontairement cachée du monde pour empêcher sa vraie famille de la retrouver.

Et maintenant, elle avait les résultats des tests ADN qui prouvaient sans équivoque qu'elle était une Langley. La lettre confidentielle du laboratoire l'attendait à son retour de Laredo. Abigail Langley avait payé un supplément pour accélérer les résultats et avait aussi eu la gentillesse de faire suivre son courrier pour que Frankie ait tout le temps de réfléchir à ce qu'elle voulait faire de ces informations.

Elle ne le savait toujours pas…

Prenant place sur une des chaises en plastique de la salle de pause, près de la cafetière, Frankie tapa une réponse à Xander tandis que la fatigue de la journée la rattrapait. Le travail manuel au ranch avait un impact physique, mais les soins aux animaux l'épuisaient émotionnellement. Même en cas de guérison, les propriétaires effrayés s'inquiétaient toujours pour leurs animaux domestiques et les animaux en détresse avaient toujours besoin de réconfort.

Tandis qu'elle laissait l'épuisement l'envahir, elle tenta de contenir l'étincelle d'espoir qu'elle avait ressentie en voyant le nom de Xander s'afficher sur son téléphone.

Plus à Laredo. Fin de journée à la clinique Macallan.

Elle supposa qu'un des gars du ranch Currin lui avait dit où elle se trouvait, car ses collègues étaient les seuls à savoir qu'elle était partie voir ses parents cette semaine. Elle ne voulait pas recevoir les résultats des tests ADN avant d'avoir donné à ses parents l'occasion de lui dire la vérité.

Ce qui ne les avait pas empêchés de s'entêter dans leurs mensonges...

Le texto suivant arriva presque immédiatement.

Alors ne pars pas, STP, je dois te parler.

Pour lui dire que c'était bel et bien fini ? Qu'il avait eu le temps de réfléchir et qu'il était plus que jamais certain qu'ils ne pouvaient pas être ensemble ?

Telles étaient ses peurs. Mais ses espoirs étaient bien différents. Parce qu'il lui avait manqué. Terriblement.

D'accord.

Elle appuya sur « envoyer », incapable d'en dire davantage, submergée qu'elle était par un flot d'émotions contradictoires. Elle s'était tellement employée à dissiper le béguin qu'elle avait pour Xander – en tirer le plus de plaisir possible avant de se résoudre à un éloignement qu'elle pensait évident – qu'elle avait raté l'occasion de vraiment le connaître.

De le comprendre.

De trouver un terrain d'entente.

Et désormais, alors que leur relation était en train de se disloquer, elle ne savait pas comment lui parler de ce qui comptait.

De ses espoirs et de ses peurs.

Elle supposait qu'il en avait lui aussi. Beaucoup. Peut-être qu'elle serait capable de les voir maintenant qu'elle avait cessé de le considérer comme un bellâtre inaccessible et qu'elle commençait à le regarder comme un homme.

Un homme intelligent, attentionné, généreux, qui s'était plié en quatre pour l'aider même quand elle n'avait rien à lui donner. Quoi qu'il en soit de leur relation, elle lui devait toute sa gratitude pour les liens qu'elle avait tissés au sein du Club des éleveurs du Texas. L'accès à plus de références potentielles pour l'école vétérinaire. Ses nouvelles opportunités de bénévolat pour davantage d'heures de travail auprès des animaux.

Mais ce dont elle avait toujours besoin, c'était de *lui*.

L'angoisse qu'elle avait ressentie dans son cœur cette semaine n'avait pas grand-chose à voir avec les résultats des tests ADN, ni avec les choix qu'elle avait à faire concernant son avenir avec sa famille ou sa carrière. Tout son chagrin avait été de perdre Xander. Elle était peut-être une tête brûlée, capable de relever bien des défis, mais l'idée d'une vie sans Xander avait le pouvoir de la mettre à genoux.

Quand on frappa à la porte arrière de la clinique, Frankie sentit son rythme cardiaque s'accélérer. Elle se leva et se dépêcha de sortir de la salle de repos pour aller ouvrir.

Xander se tenait sur la dernière marche, vêtu d'un jean et d'une veste grise, son Stetson sombre protégeant son visage du soleil de fin d'après-midi.

Le frisson qui l'électrisa était maintenant familier, mais elle fut heureuse de constater qu'il ne semblait pas vouloir s'effacer. Qui espérait-elle berner ? Comment une liaison, certes torride, aurait-elle pu tarir sa soif de cet homme ? Plus elle passait de temps avec lui, plus elle le désirait.

Et plus elle l'aimait.

Derrière lui, la clinique rurale s'ouvrait sur un parking presque vide, à l'exception de son 4x4 et de la camionnette du vétérinaire. Des enclos situés à proximité abritaient certains des gros animaux en convalescence. Un couple de chevaux à la retraite mâchait tranquillement son foin tandis qu'une autruche solitaire poussait des petits cris dans son enclos.

— Salut.

Frankie avança prudemment sur le seuil. Son regard se fixa sur Xander comme pour aspirer tous les jours passés loin de lui. Le manque lui transperçait le cœur.

— Tu es arrivé vite.

Elle se demanda à quoi il pouvait penser derrière ses yeux bleu glacier. Elle avait toujours su qu'il ne resterait pas dans sa vie, mais elle n'avait pas compris à quel point leur séparation la dévasterait. Penser au mystère de sa naissance ces derniers jours avait été – pour une fois dans sa vie – une distraction bienvenue de son obsession pour Xander.

Si seulement elle savait comment arranger les choses entre eux...

— J'étais à mi-chemin d'un aérodrome privé pour grimper dans un jet à destination de Laredo, admit-il.

Il se tourna vers la petite ferme du vétérinaire.

— Y a-t-il un endroit où nous pourrions parler tranquillement ?

— Bien sûr.

Elle salua la nièce du vétérinaire avant de fermer la porte derrière eux. Elle était nerveuse et agitée. Effrayée, même, à l'idée d'avoir tout gâché de façon irréversible.

— Il y a un endroit que j'aime bien par là-bas si cela ne te dérange pas de marcher pendant quelques minutes.

Il faisait encore chaud dehors. Elle les fit passer devant l'enclos des cochons et l'écurie des ânes, les animaux personnels du Dr Macallan. Un peu plus loin, un moulin à vent en ruine se dressait au bord d'un étang poissonneux.

Quelques instants plus tard, Xander avait dû apercevoir leur destination : une yourte installée sur une plate-forme en bois parmi les pins. Une petite terrasse partait de l'entrée principale où deux chaises Adirondack étaient disposées côte à côte.

— Une yourte ?

Xander fixa la tente puis revint vers elle.

Le moment d'amusement partagé fut fugace, mais réel. Frankie se demanda si elle pourrait un jour ressentir une telle connexion avec un autre être humain.

— Le vétérinaire appelle cela son espace de méditation.

Elle y était déjà venue de temps en temps pour prendre son déjeuner, quand les températures étaient moins caniculaires.

— Il a sans doute déjà quitté la ville pour un long week-end de pêche, donc tout est à nous.

Xander la suivit le long des marches étroites jusqu'au pont à l'ombre de pins épais. Elle s'assit dans l'une des chaises Adirondack et Xander s'installa dans l'autre. Il s'assit sur le bord de la chaise et la regarda attentivement. Il enleva son chapeau et le glissa sur la balustrade en bois d'un côté du pont.

— Tout d'abord, je suis désolé que tu sois allée voir tes parents seule.

Dans sa voix, la sincérité était indéniable. Une preuve supplémentaire qu'il était un homme gentil et attentionné.

— Comment ça s'est passé ? ajouta-t-il

Des oiseaux se disputaient au-dessus des arbres, faisant tomber quelques aiguilles de pin sur la terre molle. Frankie fut ravie d'avoir un autre sujet de conversation que les cendres encore chaudes de leur relation.

— Je n'ai rien appris.

Elle avait pris la décision d'aller confronter ses parents de façon impulsive, sans leur téléphoner pour les prévenir de son arrivée.

— Du moins, pas à propos de mon passé. Quand je suis arrivée à la maison où j'ai grandi, une autre famille y vivait. J'ai appris que mes parents l'avaient mise en vente deux mois après mon départ.

Qu'ils aient semblé tourner la page si vite n'avait pas été sans lui faire mal. Certes, ils n'auraient pas pu la contacter pour le lui dire de toute façon, car elle avait délibérément changé de numéro pour se ménager une marge de manœuvre, loin de leur emprise. Mais un départ si rapide indiquait aussi qu'ils ne se souciaient guère de son possible retour...

— Tu n'as pas pu les voir ?

— Non.

Elle s'était sentie tellement idiote quand elle était arrivée là-bas.

— Je ne sais pas si je suis soulagée ou déçue d'avoir fait cinq heures de route pour rien. Je ne sais pas non plus ce que je ressens réellement à ce sujet, mais le fait est que je ne sais pas où les trouver.

— Un détective privé pourrait retrouver leur trace assez facilement, proposa-t-il, avant d'enlever sa veste de costume et de la poser sur le bras de la chaise.

Elle suivit ses mouvements, observant le jeu de muscles à

travers la chemise de coton blanche. En souhaitant avoir toujours le droit de s'abriter dans ses bras puissants.

L'avait-elle perdu pour toujours ?

— Je ne sais même pas si j'ai vraiment envie de les contacter, tu sais.

Elle avait eu tout le loisir d'y réfléchir durant son trajet retour vers Houston et n'avait pas décidé de la marche à suivre concernant ses parents adoptifs. Elle avait cependant passé un coup de fil aux autorités et fait une déclaration à ce sujet, donc elle était au moins en règle sur un plan juridique.

— J'ai seulement fait le voyage parce que je pensais judicieux de donner à mes parents l'occasion de s'expliquer avant de connaître les résultats du test ADN.

Sa bouche se comprima en une ligne mince. Parce qu'il n'était pas d'accord avec sa décision de ne pas rechercher sa famille adoptive ? Ou parce qu'il pensait qu'elle n'aurait pas dû faire le test ?

— Abigail Langley t'a contactée ? demanda-t-il, dans une question qui ne révélait pas ses intentions.

— Je lui ai reparlé à la soirée, après l'arrestation de Sterling et j'ai accepté de passer le test.

Frankie savait qu'elle n'allait plus réussir à dormir avant d'avoir résolu le problème, donc autant découvrir la vérité au plus vite.

— Je lui ai demandé de ne pas partager les résultats avec qui que ce soit pendant quelques jours, alors qu'elle a généreusement payé des frais exorbitants pour obtenir des résultats en urgence.

Xander demeura immobile. Seuls les sons d'un tracteur lointain et de quelques oiseaux gazouillants brisaient le silence.

— Tu connais déjà les résultats ?

Ses sourcils noirs s'arquèrent.

— Oui.

Elle avait toujours du mal à accepter le fait qu'elle avait des parents qu'elle n'avait jamais connus. Une sœur aussi. Est-ce que son retour dans leur famille leur causerait de la joie ? De la peine ?

— Tu es la première personne à qui j'en ai parlé. Tu es le seul à savoir, à part Abby et moi, que je suis une Langley.

Elle avait téléphoné à Abigail après avoir ouvert le courrier du laboratoire, estimant qu'elle méritait d'être au courant.

Xander se pencha vers elle et lui prit la main, qu'il serra fort.

— Frankie, je suis si heureux ! Je suis si heureux pour toi !

Ses paroles étaient si généreuses... Si chaleureuses. Elles l'emplirent d'un profond soulagement et elle eut l'impression d'avoir retenu sa respiration depuis des lustres.

— C'est vrai ? Je ne savais pas comment tu allais réagir.

Son regard se dirigea vers l'endroit où leurs mains restaient jointes.

Son geste était-il simplement amical ? Ou voulait-il dire autre chose... Qu'il restait un espoir ?

Elle n'en pouvait plus de nervosité. L'idée de le perdre définitivement était une véritable torture.

— Je sais que je ne me suis pas bien exprimé l'autre soir lorsque nous en avons parlé.

Il secoua la tête, le regret débordait de ses mots.

— Ce que j'ai voulu dire, en m'y prenant atrocement mal, c'est que tu es une personne incroyable, qu'importe ton véritable nom de famille. Mais comme je sais combien ton enfance a été difficile, je suis heureux que tu aies retrouvé un si bon entourage. Je n'ai jamais rencontré les cousins d'Abigail, mais si son caractère indique la moindre chose, c'est que tu seras choyée et aimée.

— Xander...

Elle ne savait pas par où commencer. Elle voulait tout. Son cœur. Son amour.

— Merci, bredouilla-t-elle, cela signifie beaucoup pour moi.

Hochant la tête, elle essaya de se ressaisir pour ne pas s'effondrer devant lui.

Était-elle en train de retarder l'inévitable ?

— Mais quelque chose m'étonne, dit-il en desserrant l'étreinte de ses doigts. Pourquoi n'en as-tu pas davantage parlé autour de toi ?

— Parce que j'ai toujours du mal à savoir quoi faire de cette nouvelle, soupira-t-elle.

Rangeant ses pieds sous sa chaise, elle regarda les enclos pour animaux et la vieille ferme pittoresque où elle faisait du bénévolat depuis des mois, ne voulant pas penser à une vie sans Xander.

— Est-ce que je veux me bâtir une pratique mixte comme le Dr Macallan ? Me spécialiser dans la médecine des grands animaux ? Ou carrément tout laisser tomber et me consacrer à la philanthropie maintenant que je suis l'héritière d'une fortune ? Et quel genre d'obligation ai-je envers une famille qui a pleuré un enfant perdu pendant vingt-trois ans ?

Bien sûr, aucun de ces soucis avait la moitié de l'importance du sujet dont elle n'avait pas parlé. Dont elle ne pouvait pas parler.

En rapprochant sa chaise, il passa un bras autour d'elle.

— Frankie, ta première obligation est envers toi-même.

Il la réconfortait tellement par sa présence physique. Par ses paroles. Quoi qu'il arrive entre eux, elle était déjà heureuse de savoir qu'elle pouvait compter sur son amitié.

— Je connais la famille Langley et je sais qu'ils seront désolés de t'avoir causé un seul moment de tristesse après tout ce que tu as vécu.

— Oh ! je ne suis pas malheureuse.

Pas à cause de cela, en tout cas. Elle ne voulait pas paraître ingrate. En partie, son choix d'attendre se justifiait par le fait qu'elle ne voulait pas révéler le mélange confus d'émotions qui la submergeait.

— La nouvelle est meilleure que je n'aurais jamais pu l'espérer. Mais après avoir passé toute ma vie à me douter que je ne faisais pas totalement partie de la vie de mes parents adoptifs, je ne voudrais pas être une déception pour une nouvelle famille.

— Frankie, c'est impossible. Tu ne seras jamais une déception pour personne, je peux te l'assurer.

Et il la rassurait. La confiance qu'il lui exprimait apaisait les peurs qui la hantaient depuis qu'elle avait appris la bonne nouvelle.

— Plus que tout, j'aurais aimé pouvoir exprimer cela lors de la fête l'autre soir au lieu de laisser mes propres angoisses me barrer la route.

Elle se redressa.

Il fallait qu'elle se concentre sur cette partie de la conversation. Elle ne voulait pas courir le risque de mal comprendre ce qui se passait entre eux.

Et elle voulait exprimer le plus clairement du monde ce qu'elle espérait. Ce qu'elle désirait.

— Oui, je pense que j'étais dans un état de choc à la fête, admit-elle, se souvenant qu'elle s'était sentie comme dans du coton, incapable de bien voir, de bien entendre ce qui se passait autour d'elle. Et je ne me suis pas bien exprimée non plus.

Il laissa échapper un profond soupir qu'elle espéra être un soulagement. Le cas échéant, fallait-il y voir le signe qu'il voulait lui aussi sauver leur relation ?

— Que dirais-tu d'un petit retour en arrière alors ? Qu'on reprenne les choses là où nous les avons laissées ?

Rien ne l'aurait rendue plus heureuse.

— J'en dis beaucoup de bien, s'exclama-t-elle.

Elle avait besoin de cette deuxième chance. Elle était déterminée à ne pas la gâcher.

— Quand Rena a rompu nos fiançailles, je n'ai jamais su pourquoi. Pas vraiment en tout cas. Et j'ai évité les vraies relations depuis lors parce que j'avais peur de refaire les mêmes erreurs. De ne pas voir les signaux, les problèmes.

Alors qu'elle fixait ses pieds, essayant de rassembler ses pensées, un tamia rayé plongea tête la première dans un trou de la terrasse en bois.

L'aveu de Xander fut une épiphanie. D'un coup, tout se mit en place. Elle comprenait.

Le défilé sans fin des femmes au ranch.

Pourquoi il avait été si tendu qu'elle ne reste pas jusqu'au matin lors de leur première nuit...

— Je ne voulais pas que les choses se finissent entre nous, avoua-t-elle à son tour à Xander. Tu avais raison de dire que je me préparais à la fin, mais uniquement parce que je pensais que tu allais forcément t'éloigner et que je ne voulais pas que tu me brises le cœur.

Elle rassembla son courage et le rejoignit. Prenant sa main entre les siennes, elle la serra fort pour qu'il comprenne à quel point elle le voulait dans sa vie. Comme ami, comme amant, comme amour.

— Xander, continua-t-elle, voulant tout lui dire avant de perdre courage. Pendant tout ce temps, je pensais que mon cœur était cette chose que je pouvais décider ou non de te donner. Mais j'ai compris cette semaine que je n'avais absolument aucun contrôle sur lui, peu importe ce que je me disais. Et en réalité, je t'ai offert mon cœur lors de notre première nuit, dans le poolhouse.

Se révéler à lui de la sorte était la chose la plus effrayante qu'elle ait jamais faite de toute sa vie. À côté, le rodéo faisait bien pâle figure.

Elle retint son souffle, attendant qu'il dise quelque chose.

— Tu es en train de me dire que j'ai déjà ton cœur ?

Ses doigts se plièrent sous les siens, se pressant contre sa paume.

— Tu l'as, confirma-t-elle.

Elle était nerveuse et inquiète, mais sûre et certaine que Xander méritait d'entendre ces mots de sa bouche.

— Dans ce cas…

Il se leva de sa chaise, elle fit de même, et avant qu'elle ait eu le temps de comprendre ce qui se passait, il mit un genou à terre.

— Dans ce cas, répéta-t-il, je vais te donner mon cœur en retour, avec tout mon amour.

Ses lèvres s'écartèrent de surprise, son cœur battant à tout rompre.

— Pardon, bredouilla-t-elle, j'ai peur de mal comprendre.

— J'ai dit que je t'aimais, Frankie Walsh. Ou Francesca Langley. Qu'importe ton nom. Je t'aime, je t'aime, je t'aime, que tu sois une cow-girl recouverte de boue, une studieuse candidate à l'école de vétérinaire ou une beauté à couper le souffle dans un gala huppé. Chaque facette de ta personne m'hypnotise. Je te veux pour toute ma vie.

Que pouvait-elle répondre ? Aucun mot n'était suffisant pour dire à quel point ses paroles l'avaient touchée.

Alors elle se baissa à sa hauteur et l'embrassa. Jusqu'à perdre le souffle et la notion du temps.

Et jusqu'à oublier le mensonge qu'elle s'était inlassablement répété. Un mensonge qui lui avait donné l'illusion que son cœur pouvait être dompté comme un cheval sauvage : non, le romantisme n'était pas mort.

Il était bel et bien vivant, et il avait un nom et un visage. Celui de Xander Currin. L'homme qu'elle avait idéalisé sans le connaître et qui, à mesure qu'il était entré réellement dans sa vie, n'en était devenu que plus idéal.

Son homme, son amour, pour toujours.